Michael Phillips

Das Geheimnis der Rose

CHRONIK DER FAMILIE VON DORTMANN

Michael Phillips

Das Geheimnis der Rose

Schulte & Gerth

Die amerikanische Originalausgabe erschien im Verlag
Tyndale House Publishers, Wheaton, Illinois
unter dem Titel „Eleventh Hour“.

Aus dem Amerikanischen übersetzt von Eva Weyandt

Best.-Nr. 15 282
ISBN 3-89437-282-6
1. Auflage 1994
Umschlagillustration: Tyndale House/Olaf Johannson
Satz: Typostudio Rücker & Schmidt
Druck und Verarbeitung: Wiener Verlag
Printed in Austria

Einführung

Vielleicht kann nur ein Schriftsteller verstehen, daß sich ein Buch bei seiner Entstehung regelrecht verselbständigen kann. Die Handlung entfaltet oft eine derartige Eigendynamik, daß der Autor ihr nur noch zu folgen braucht.

Das bedeutet natürlich nicht, daß sich ein Buch von selbst schreibt.

Es bedeutet eine Menge harter Arbeit und viel Zeit.

Und doch – hat man erst einmal den Anfang gemacht, wird man von den Akteuren mitgerissen, so als würden sie Tempo und Richtung bestimmen. Die wichtigste Aufgabe scheint dann die zu sein, ihnen zu folgen!

Ein solches Phänomen kann durch Situationen und Beziehungen ausgelöst werden. Es gibt eben Geschichten, die sich einem regelrecht aufdrängen.

„Das Geheimnis der Rose" ist eine solche Geschichte.

*

Meine Frau und ich lieben Rosen.

Neulich schnitt Judy mitten im Winter eine Rosenknospe von unserem Rosenstrauch ab, die offensichtlich vergessen hatte, daß die Zeit zum Blühen längst vorbei war. Obwohl die Blüte eine hübsche Form hatte, war sie doch sehr klein, und sie würde niemals ihr volle Größe erreichen. Es war eben eine „Winterrose".

Irgend etwas an ihr war jedoch einzigartig. Dies war keine gewöhnliche Rose.

Vielleicht lag ihr Charme in der Winzigkeit der Knospe,

vielleicht war es ihr starker Duft, der sich nun hier, im warmen Haus, voll entfaltete. Vielleicht war sie aber auch einfach ein Symbol für Tapferkeit, weil sie mitten im Winter eine Knospe getrieben hatte.

Wie konnte inmitten solcher Kälte Leben entstehen? Und doch war sie da, reckte stolz ihren kleinen Kopf in die Höhe und ließ Wind und Wetter über sich hinweggehen.

Es war doch nur eine Blume, könnten Sie sagen. Kann man wirklich so viel in sie hineininterpretieren?

Wie auch immer, während dieser Zeit hatten wir uns verschiedentlich über neue Ideen für ein Buch unterhalten. Zwei Tage, nachdem sie die Rose gepflückt hatte, rief Judy mich in meinem Büro an.

„Ich kann mir nicht helfen, ich glaube, es liegt eine Geschichte darin", sagte sie. „Was hältst du von einem Buch mit dem Titel *Die Rose*? Die Blüte ist so einfach und doch so voll ... ich weiß nicht – siehst du nicht etwas Geheimnisvolles in ihr? Ein Geheimnis, eine Liebesgeschichte ... irgend etwas! Stell es dir nur vor ..."

Ich sah auf einmal einen einsamen Mann in einem Schaukelstuhl sitzen. Er hielt die vertrockneten Blätter eines Rosenpotpourris in der Hand ...

Wir beendeten unsere Unterhaltung. Kurze Zeit später tauchte Judy in meinem Büro auf. Sie hielt die rote Rose und die Vase in der Hand und stellte sie in mein Büro. Wir unterhielten uns darüber, und innerhalb von wenigen Minuten wußten wir beide, daß dies eine Geschichte war, die erzählt werden *mußte,* die sich einem aufdrängte, eine Geschichte, die größer war als wir.

Im Herzen der Rose liegt die Geschichte der allumfassenden Liebe. Denn zu welchem anderen Zweck wurde die Rose geschaffen, als diese Geschichte zu erzählen und einen Vorgeschmack auf die größere Liebe zu gewähren, aus der heraus wir alle geschaffen worden sind und in der die Liebe des ganzen Universums wohnt? Die Erinnerung an ihren Duft kann bittersüß oder erhebend sein.

Also setzte ich mich am folgenden Tag an meine Schreibmaschine und versuchte, die ersten Fäden der verwobenen Geheimnisse zu entdecken, die unsere Rose vielleicht verbarg. Und ich schrieb und schrieb.

Und obwohl ich der Schreibende war, war ich nicht zugleich der Erfinder, denn die Wahrheit der Geschichte erzählte sich gewissermaßen selbst.

Dies ist also nicht *meine* Geschichte, sondern eher ein Bericht über eine Erfahrung, die wir alle machen können, wenn wir den Duft einer Rose einatmen und damit die Geheimnisse, die Gott in sie hineingelegt hat.

Michael Phillips
Eureka, Kalifornien

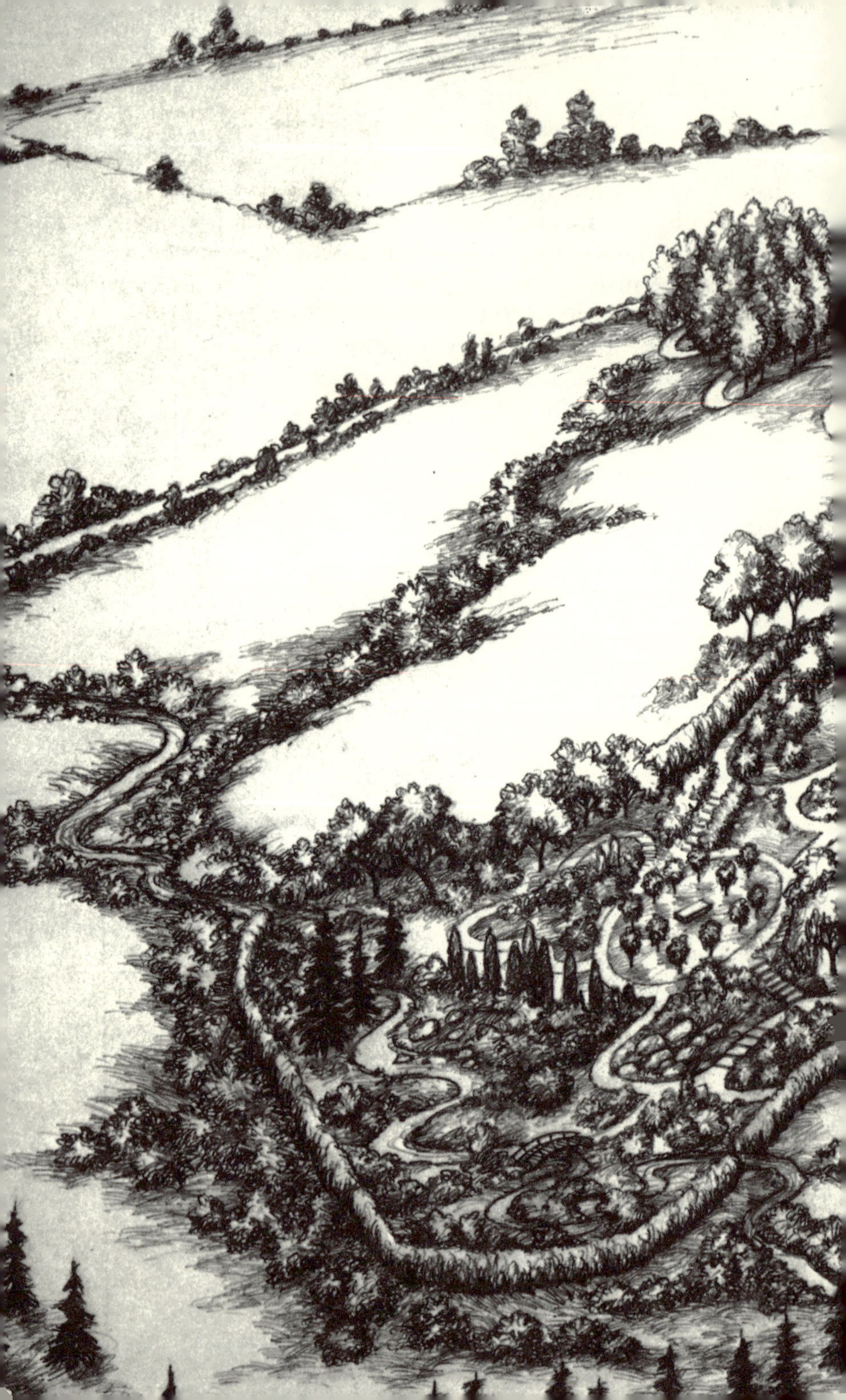

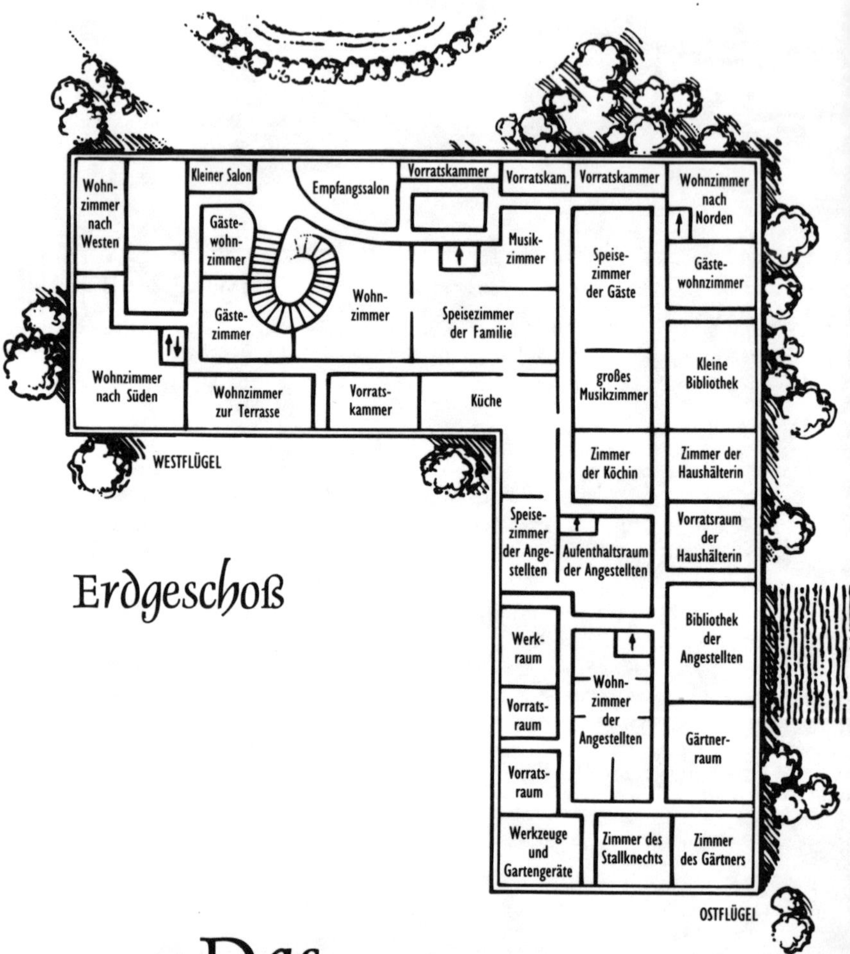

Das Lebenshaus

(erbaut 1765)

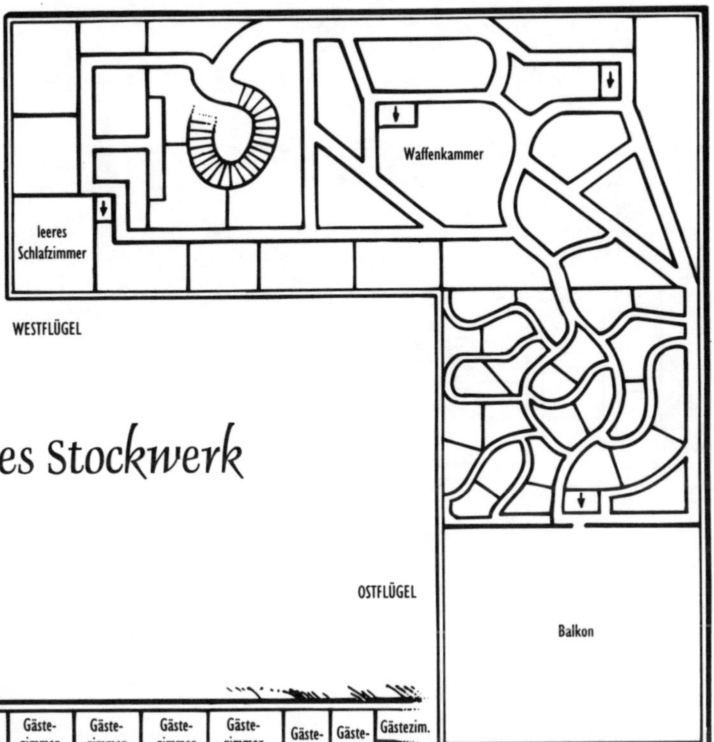

zweites Stockwerk

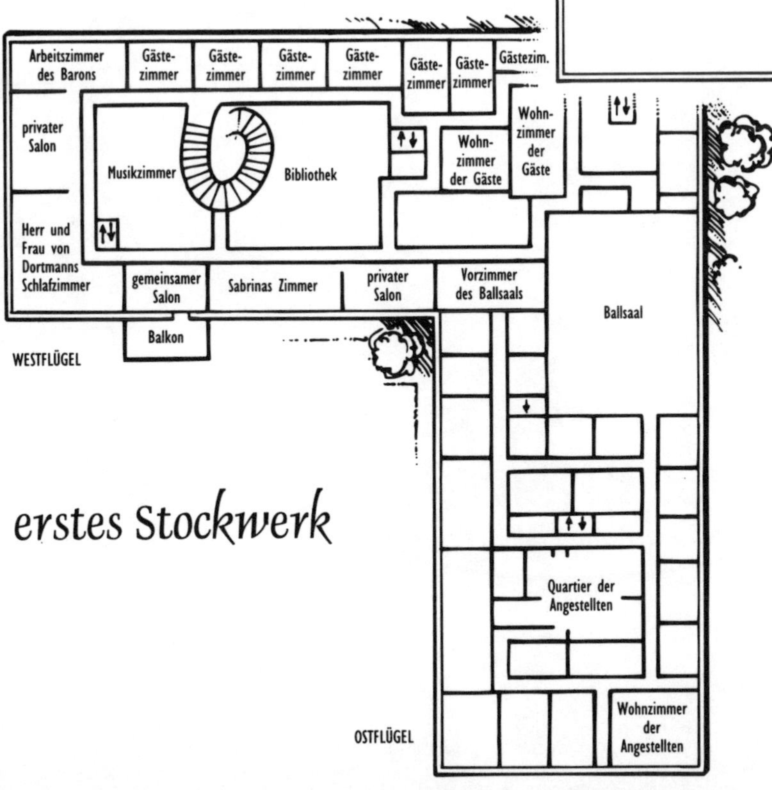

erstes Stockwerk

Prolog

1960

In dem Schaukelstuhl saß ein Mann.

Sein dichtes, braunes Haar zeigte nur vereinzelt graue Strähnen. Er wirkte alt, obwohl sein Gesicht nicht zu sehen war. Seine Schultern waren gebeugt von der Last der Verzweiflung. Beine und Arme hingen wie leblos an seinem Körper, und es hatte den Anschein, als hätten sie nicht genügend Kraft, den Schaukelstuhl in Bewegung zu halten.

Er schien jeglichen Lebenswillen verloren zu haben und zeigte keinerlei Interesse an seiner Umwelt.

Das einzige Lebenszeichen war eine leichte Bewegung seiner Finger, die in seinem Schoß lagen, obwohl man nicht erkennen konnte, was er in seinen Händen hielt.

Das Fenster gab den Blick frei auf die malerischen bayerischen Alpen; Frieden und Stille vermittelten sie, Balsam für seine Seele nach der Tragödie.

Die grünen Wälder, der Schnee, der stellenweise immer noch das Land bedeckte, das Läuten der Kuhglocken und der Blick auf die schneebedeckten Berge im Süden – all das trug dazu bei, daß seine Seele getröstet wurde. Er erinnerte sich an die Briefe, die er damals bekommen hatte, als er im Lazarett gelegen und darauf gewartet hatte, daß seine Wunde am Bein verheilte.

Zwar konnte er nun wieder laufen, doch was bedeutete das schon, so dachte er verbittert. Würde es ihm jemals wieder etwas bedeuten ... nun, wo er *sie* nicht mehr hatte, mit der er sich gemeinsam daran freuen konnte?

Das Leben war so schön gewesen, so reich, so voller Freude! Nie hätte er sich ein solches Glück vorstellen können!

Und dann hatte die grausame Hand des Schicksals ihm alles auf einmal so brutal entrissen!

So schien es ihm in den Augenblicken, wenn die Verzweiflung ihn übermannte, obwohl er tief in seinem Innern versuchte, sich selbst vom Gegenteil zu überzeugen. Er glaubte genausowenig an das Schicksal, wie sie es getan hatte, auch wenn es nicht immer leicht war.

Er wußte genau, was sie sagen würde, wenn sie hier wäre: Alles würde sich schließlich doch zum Guten wenden.

Diese entsetzliche Katastrophe würde er niemals als etwas Gutes ansehen können! (Nur ab und zu gestattete er sich, darüber nachzudenken, daß sich vielleicht doch noch alles zum Guten wenden könnte, auch wenn diese Vorstellung ihm abwegig erschien.)

Die Erinnerung an sie, das war das einzige, was ihm noch geblieben war. Der Klang ihrer Stimme ... ihr melodisches Lachen ... ihre Zähne, ihre Lippen, ihr Lächeln ... *Die Erinnerung an sie* ... und diese getrockneten Blätter in dem Kästchen, das sie ihm geschenkt hatte. Welch ein Schatz! Und nun kamen sie ihm so leblos vor; der einst so liebliche Duft erschien ihm auf einmal stechend und machte ihn traurig.

Er konnte die Sehnsucht nach ihr nicht unterdrücken, genausowenig wie er sie wieder zurückholen konnte. Der Duft schnitt ihm ins Herz; es war der Duft ... von *ihr*.

Er hielt das Kästchen an sein Gesicht, hob den Deckel und beugte sich über seine Öffnung.

Tief atmete er den Duft der Vergangenheit ein. So viele Male hatte er dies nun schon getan, und er würde es noch unzählige Male tun. Denn in dem Duft lagen viele Geheimnisse, und er war der einzige, der sie kannte.

Er ließ das Kästchen wieder sinken. Eine einsame Träne tropfte aus seinem Auge. Seine Gedanken wanderten zurück zu jenem Tag, an dem er das wunderschöne Gesicht der Frau zum ersten Mal erblickte, durch die er das Geheimnis der Liebe erfahren hatte.

Teil I

Das Geheimnis des Gartens

Sommer 1937

I

Eine exklusive Gesellschaft

Auf der außerordentlich großen Rasenfläche spielte ein Streichquartett das „Menuett“ aus Mozarts Serenade in G-Dur.

Kellner in eleganten Anzügen bewegten sich unauffällig unter den Gästen. Geschickt balancierten sie die Silbertabletts durch die Menge, die beladen waren mit vielen guten Sachen, mit Trüffeln und diversen Häppchen, appetitlich angerichtet, und Gläsern mit Weiß- und Rotwein. Auf den Tischen, die überall im Garten aufgebaut waren, häuften sich noch viele andere Delikatessen.

Die meisten Männer trugen einen Frack und schwarze Fliegen dazu, die Frauen Abendkleider. Dieses Ereignis war lange erwartet worden. Alles, was in Berlin Rang und Namen hatte, war anwesend. Sogar der Führer hatte sein Erscheinen zugesagt, obwohl er noch auf sich warten ließ.

Die einzigen, die keine teuren Fräcke trugen, waren die Männer in Uniform, und tatsächlich waren mehr Mitglieder der Wehrmacht und Luftwaffe zugegen, als den ausländischen Diplomaten gefallen mochte. Daß sich Deutschland in Windeseile wieder zur Militärmacht gemausert hatte, war der Weltöffentlichkeit nicht verborgen geblieben, und der Ausdruck auf den Gesichtern der Männer in Uniform deutete nicht darauf hin, dies als eine gute Entwicklung anzusehen.

In den Augen einiger Anwesender waren großer Eifer und vollkommene Hingabe an „die Sache“ zu lesen. In den folgenden Jahren sollten diese Männer die ganze Nation in Angst und Schrecken versetzen. Erst im Vorjahr waren die Gestapo und die SS unter dem Befehl von Heinrich Himmler vereinigt worden. Zwar war der Name der Geheimpolizei bereits gut bekannt, doch längst noch nicht so gefürchtet, wie das später der Fall sein sollte.

Die strahlenden Gesichter, das Gelächter und die kultivierte Heiterkeit, die die Gestapo und die Offiziere an diesem Tag umgaben, sowie die Anwesenheit der reichsten und einflußreichsten Leute Deutschlands straften die drohenden Weltereignisse, die mit unaufhaltsamer Macht näherkamen, Lügen. Dies war Berlin, das Auge des Hurrikans, von dem aller Aufruhr ausging, von dem man aber nichts spürte. Hier war die Elite der Gesellschaft versammelt, die, obwohl sie noch nichts davon wußte, den Lauf der Geschichte bestimmen und die Welt für immer verändern sollte.

Sie erfreuten sich an Mozarts Kleiner Nachtmusik, dem Klirren der Champagnergläser und dem fröhlichen Gelächter. Selbstzufrieden sonnten sie sich in ihrer scheinbaren Bedeutsamkeit, um so mehr, nachdem sie zwei oder drei Gläser des teuren Weines genossen hatten, den Otto von Dortmann seinen Gästen zu diesem besonderen Anlaß servieren ließ.

Der Gastgeber war im Augenblick damit beschäftigt, einen Gast zu begrüßen, dessen Ähnlichkeit zu ihm auffallend war, dem er aber offensichtlich kein großes Interesse entgegenbrachte.

„Nun, Heinrich“, sagte Otto, „anscheinend können deine Landarbeiter auch ohne dich auskommen.“

„Natürlich“, antwortete der andere unmerklich lächelnd. „Genau wie deine Bankangestellten ohne dich.“

„Ja, aber Bankgeschäfte und Landwirtschaft kann man doch wirklich nicht miteinander vergleichen, meinst du nicht auch?“

„Das stimmt, Otto. Deshalb bin ich ja auch so froh, ein Landwirt zu sein.“

Otto zwang sich zu einem Lächeln. „Nun, Heinrich, ich bin froh, daß deine Felder und Kühe dich so lange entbehren können und daß du in die Stadt kommen konntest. Aber jetzt muß ich die anderen Gäste begrüßen. Wenn du mich bitte entschuldigen willst ...“

Heinrich nickte und sah Otto nach.

Das gezwungene Lächeln lag noch immer auf Ottos Gesicht. Trotz der Kürze war dieses Gespräch für ihn unerfreulich gewesen. Nur ungern ließ er die Leute wissen, daß Heinrich sein Bruder war. Doch die finanzielle Situation der Familie erforderte es, daß er ihn wenigstens hin und wieder zu solchen Anlässen einlud.

Der Mann, mit dem er gesprochen hatte, sah ihm traurig nach. Langsam drangen die Klänge des Streichquartetts und das Klirren der Gläser in sein Bewußtsein.

Der „Bruder vom Lande", wie der Gastgeber ihn in seiner Abwesenheit stets nannte, Baron Heinrich von Dortmann, hörte jedoch noch eine andere Musik außer den Klängen der beiden Violinen, der Viola und des Cellos. Und diese Musik ließ ihn erzittern, genau wie die wenigen ausländischen Diplomaten, die ebenfalls eingeladen waren ...

„Ah, Herr Baron, ich freue mich sehr, Sie wiederzutreffen", sagte ein Mann in fehlerfreiem Deutsch – wenn auch mit leichtem Akzent – zu Heinrich.

„Das Vergnügen liegt ganz auf meiner Seite, Mr. McCallum", erwiderte Dortmann. „Sie müssen mir gestatten, mit Ihnen in *Ihrer* Muttersprache zu sprechen!"

„Aber gern", meinte der andere, und die beiden Männer schüttelten sich die Hände.

„Ich freue mich wirklich, Sie hier zu treffen. Wie steht's in der Botschaft?"

Ein Schatten flog über das Gesicht des Amerikaners. „Die Zeiten sind, ... äh, schwierig und ... gelegentlich unangenehm, Herr von Dortmann", antwortete er und warf unbewußt einen Blick auf eine der Hakenkreuzflaggen, die zu beiden Seiten des Eingangs postiert waren. „Aber ein Diplomat in einer ausländischen Hauptstadt muß immer mit dem Unerwarteten rechnen, wissen Sie!" fügte er hinzu.

Er versuchte zu lachen. Doch sein Lachen klang nicht so unbeschwert wie das der Damen um ihn herum. Dies und der Blick auf die Fahne waren dem Bruder des Gastgebers nicht entgangen.

„Ich glaube, ich weiß, was Sie meinen", sagte von Dortmann. „Bitte, Herr Botschafter, Sie brauchen sich vor mir nicht in acht zu nehmen. Ich bin kein Nazi und hege auch keine großen Sympathien für sie."

„An einem Ort wie diesem, Herr von Dortmann", sagte der andere leise, „scheint es mir angebracht, diese Tatsache nicht allgemein bekannt werden zu lassen."

„Vermutlich haben Sie recht. Ich muß lernen, meine Worte sorgfältiger zu bedenken."

Der andere sagte nichts darauf. Eigentlich war Thaddeus McCallum nicht der Botschafter, sondern nur der Stellvertreter des amerikanischen Botschafters in Deutschland. Er hatte gelernt, sich zurückzuhalten. Seine Frau war verstorben, und er lebte seit vier Jahren mit seinem einzigen Sohn in Berlin.

„Ach, hier ist ja mein Sohn – Matthew", sagte er, drehte sich um und wandte sich einem sympathischen, etwa siebzehnjährigen jungen Mann zu, der herangeschlendert kam. In der Hand hielt er mehrere kleine Häppchen. „Matthew, ich möchte dir Herrn von Dortmann vorstellen."

„Nett, Sie kennenzulernen, Herr von Dortmann", sagte der junge Mann und reicht dem Baron seine freie Hand.

„Ganz meinerseits", erwiderte Dortmann. „Sie scheinen sich da einen jungen Diplomaten heranzuziehen, der Ihrem Vorbild folgt", meinte er lächelnd zu dem Vater des Jungen. „Meine Tochter –", sagte er und schaute sich suchend um, „meine Tochter ist auch hier irgendwo. Sie ist ungefähr in Ihrem Alter, denke ich, Matthew – ach ja, da steht sie, bei ihrem Onkel. Warten Sie bitte – ich möchte sie Ihnen gern vorstellen."

Der Baron drehte sich um und bahnte sich hastig einen Weg durch Ottos angesehene Gäste. Matthew beschäftigte sich mit den Häppchen in seiner Hand, während sein Vater einige Bekannte begrüßte, die in der Nähe standen, unter anderem den deutschen Botschafter in Washington, der für einen Monat in Deutschland weilte.

Nach kurzer Zeit kam der Baron mit einer jungen Dame an

seinem Arm zurück. Sie war das hübscheste Mädchen, das Matthew je gesehen hatte.

„Mr. McCallum ... Matthew", sagte von Dortmann voller Stolz, „darf ich Ihnen meine Tochter Sabrina vorstellen."

„Fräulein von Dortmann", begann der stellvertretende Botschafter auf Deutsch, „ich bin –"

Der Baron unterbrach ihn lachend.

„Meine Tochter spricht besser Englisch als ich, Mr. McCallum", erklärte er. „Und wie ich sie kenne, wird sie hocherfreut sein, ihr Englisch zu gebrauchen!"

„Entschuldigen Sie."

„Das macht doch nichts", erwiderte Sabrina. Ihr Englisch war perfekt, genau wie ihr Vater gesagt hatte, natürlich mit leichtem deutschen Akzent.

„Fräulein von Dortmann, ich bin Thaddeus McCallum."

„Ich freue mich, Sie kennenzulernen", sagte sie und streckte ihm ihre Hand entgegen.

„Und das ist mein Sohn Matthew."

Die beiden jungen Leute reichten sich die Hand. Keiner sagte ein Wort. Nur kurz trafen sich ihre Blicke, dann schauten sie beide zur Seite.

Doch dieser Augenblick war lang genug gewesen, das hatten sie beide gespürt.

Noch bevor die Situation peinlich werden konnte, gesellte sich eine fünfte Person zu der kleinen Gesellschaft.

„Hallo, McCallum", ertönte eine Stimme in akzentuiertem Englisch, „ziemlich gute Show, die diese Nazis abziehen, wenn sie lange genug Pause machen von ihrem *Sieg Heil*-Gerufe."

„Eine erstklassige Party, da haben Sie recht, Worchester", erwiderte der Amerikaner lachend. „Aber Sie sollten lieber aufpassen, was Sie sagen – der Baron hier spricht besser Englisch als Sie!"

2

Unterhaltung auf dem Rasen

Während der Diplomat dem Baron den britischen Abgesandten in Berlin, Lord Percival Worchester, vorstellte, begannen die jungen Leute eine Unterhaltung.

Der junge Mann, Matthew McCallum, war von mittlerer Größe. Sein Körper war wohlproportioniert, jedoch nicht sehr hochgewachsen. Sein dichtes, braunes Haar war vom Wind etwas zerzaust; er legte auf sein Äußeres keinen übermäßigen Wert, obwohl er mit seinem grauen Anzug, der dunkelblauen Fliege und den polierten schwarzen Schuhen bestens in die festliche Atmosphäre des Gartenfestes hineinpaßte. Seine Gesichtszüge ließen eine gewisse Menschenkenntnis erahnen, doch lag auch genügend Eifer der Jugend darin und Wissensdurst. Sein Körper war athletisch gebaut. Er war aber weder schwer noch groß genug, um Football zu spielen. Die hohen Wangenknochen und die Linie seines Mundes ließen darauf schließen, daß er entschlossen war, seine eigenen Ziele zu verwirklichen. Sie zeigten, daß er zur Stärkung seines Selbstbewußtseins nicht den Triumph auf dem Spielfeld brauchte. In seinen Augen brannte eine Leidenschaft, die ihm selbst noch nicht recht bewußt war. Er wollte allein etwas erreichen, nicht in der Gruppe. Seine gerade, römische Nase unter den tiefliegenden hellgrauen Augen ließ vermuten, daß hinter ihnen der Intellekt eines Denkers lag, dessen Fähigkeiten noch nicht zur vollen Entfaltung gekommen waren. Es gab keinen Zweifel, daß hier ein Intellektueller stand, dessen Anlagen aber erst durch die Unwägbarkeiten des Lebens gereinigt werden mußten, bevor sie zur vollen Entfaltung kommen würden.

All dies lag verborgen in der jugendlichen und noch in der Entwicklung befindlichen Erscheinung von Matthew McCallum, als die Nichte des Gastgebers das Gesicht und die Gestalt des jungen Mannes betrachtete, dem sie soeben vorgestellt worden war.

„Wie lange leben Sie schon in Berlin?“ fragte Sabrina.

„Seit vier Jahren. Nur mein Vater und ich“, erwiderte Matthew.

„Und Ihre Mutter?“

„Sie ist schon vor acht Jahren gestorben.“

„Das tut mir leid. Das muß schwer für Sie sein.“

„Ja. Es war schwieriger, als ich noch klein war, aber mein Vater und ich sind gute Freunde.“

„Auch ich stehe meinem Vater sehr nahe“, sagte Sabrina, „vielleicht kann ich Sie deshalb in gewisser Weise verstehen.“

Ein kurzes Schweigen folgte, in dem Matthew die Gelegenheit hatte, die junge Dame zu betrachten, mit der er auf einmal allein war. Er konnte sich kaum ein vollkommeneres Bild weiblicher Schönheit vorstellen. Das Mädchen war wirklich erstaunlich!

Etwas an dieser jungen Dame, an der Art, wie sie sich verhielt, an ihrem Lächeln, ihrem Lachen, ihrer Stimme, zeigte ihm, daß sie versuchte, unter die Oberfläche vorzudringen. Als ihre Blicke sich getroffen hatten, hatte er mehr gesehen als nur ihre Augen. In diesem Augenblick hatte er etwas Tiefergehendes und Persönlicheres berührt, und er konnte noch nicht genau sagen, was es war.

„Ich sah Sie bei den anderen dort drüben stehen“, sagte Matthew nach einer Weile. „Sind das Freunde von Ihnen?“

„Meine Cousine Brigitte und ihre Freunde. Ich sprach gerade mit ihr.“

„Wollen Sie wieder hinübergehen?“ fragte Matthew. „Ich würde es Ihnen nicht übelnehmen, wenn Sie –“

„Nicht für eine Minute!“ unterbrach ihn Sabrina mit einem fröhlichen Lachen. „Der Sohn des amerikanischen Botschafters ist viel interessanter als meine Cousine und ihre Freunde. Um ehrlich zu sein, ich war hocherfreut, als mein Vater mich von ihrer Gesellschaft befreite.“

„Der Sohn des *stellvertretenden* Botschafters“, korrigierte Matthew sie.

„Das spielt doch keine Rolle. Sie könnten der Sohn des

Müllministers von Berlin sein, und ich würde Sie immer noch interessanter finden!"

Während sie miteinander sprachen, schaute Sabrina hinüber zu Brigitte, die ein Kleid trug, das besser zu einer reiferen Frau gepaßt hätte. Brigitte versuchte immer, älter zu wirken, als sie tatsächlich war. Sie kokettierte mit ihren langen Wimpern und flirtete mit den Männern, die um sie herumstanden. Einer von ihnen war ein Freund von Himmlers Neffen. In Sabrinas Gesichtsausdruck lag eine Mischung aus Mitleid und Verärgerung, und ihrem Mund entrann ein ungewollter Seufzer. Matthew war verwirrt durch diesen Ausdruck auf ihrem Gesicht, und er wollte mehr denn je wissen, was sich hinter diesen wunderschönen Augen verbarg.

Matthew seinerseits betrachtete das Gesicht eines jungen Mannes, der neben Sabrinas Kusine stand. Er schätzte ihn auf achtundzwanzig oder dreißig Jahre, vielleicht sogar einunddreißig. Seinen Blick hatte Matthew schon des öfteren in den Augen von jungen deutschen Männern gesehen – ein Blick, der ihn an Stahl erinnerte. Eiskalt und gefühllos. Nicht einmal das Lächeln auf seinem Gesicht, welches zeigte, daß er sich durch die Aufmerksamkeit, die das Mädchen ihm entgegenbrachte, geschmeichelt fühlte, konnte die Kälte mindern, die von ihm ausging. Matthew drängte sich der Gedanke auf, daß der Nationalsozialismus darauf angelegt war, jegliches Gefühl aus den Herzen der Menschen zu vertreiben.

Während sie eine Weile schweigend die Menge betrachteten, wurde Matthew plötzlich klar, was ihn an Sabrina so anzog.

Genau das war der Unterschied, der ihm schon im ersten Augenblick aufgefallen war!

Jedes Mädchen, das er kannte – egal ob amerikanisch oder deutsch –, das auch nur halb so attraktiv war wie sie, war permanent damit beschäftigt, die anderen um sich herum auf diese Tatsache aufmerksam zu machen. Ihr ganzes Verhalten war darauf angelegt, die Männer zu beeindrucken. Doch Sabrina schien es gleichgültig zu sein, welche Wirkung sie auf andere ausübte und was andere von ihr hielten.

„Ich bin überrascht, daß Sie sich mit mir unterhalten", sagte Sabrina nach einer Weile. „Wie Sie sehen können, befindet sich jeder andere der hier anwesenden jungen Männer in dem Kreis um meine Cousine."

„Vielleicht habe ich einen anderen Geschmack als die anderen."

„Das werte ich als Kompliment. Ich mag Sie jetzt schon!"

Dieses Mädchen spricht aus, was sie denkt! dachte Matthew. *Die meisten Deutschen reden nur über das Wetter, wenn man sie zum ersten Mal trifft. Die Europäer sind sehr zurückhaltend darin, einem Fremden persönliche Gedanken oder Gefühle mitzuteilen. Doch hier ist jemand, der fast sofort frei und offen sagt, was er denkt.*

„Würden Sie gern ... äh, wollen wir zum Buffet hinübergehen?" fragte er, wobei er versuchte, die Unterhaltung von sich abzulenken.

„Gern", antwortete sie.

Sie gingen zu einem der Tische. Matthew nahm sich einige weitere Schnittchen und ein Glas Fruchtsaft, Sabrina nur ein Glas Mineralwasser. Sie schlenderten langsam über die riesige Rasenfläche. Vor ihnen lag ein kleiner Goldfischteich. Die meisten der anderen Gäste hielten sich in der Nähe des Hauses und der Tische mit den Erfrischungen auf.

„Sind Sie und Ihre Cousine befreundet?" fragte Matthew. Er wollte gern mehr über diese junge Dame erfahren. Sie war kein Mädchen, in das man sich bloß verliebte, sondern das man gern näher kennenlernen wollte.

„Wie das bei Cousinen eben so ist", antwortete Sabrina. „Wir kennen uns schon unser ganzes Leben lang und haben zusammen mit Puppen gespielt, als wir noch klein waren. Aber gut befreundet ... das könnte ich nicht sagen."

„Wie sind Sie denn miteinander verwandt?"

„Mein Vater und ihr Vater, mein Onkel Otto, sind Brüder. Sie sind beide auf dem Land aufgewachsen, dort, wo wir jetzt noch leben, doch meinen Onkel zog es in die Stadt. Brigitte ist genauso. Sie liebt die Stadt und die Menge, Feste und Lichter, Ballsäle und schöne Kleider."

„Und Sie, was lieben Sie?" fragte Matthew.

„Das wage ich Ihnen gar nicht zu erzählen."

„Warum nicht?"

„Ich weiß nicht. Dafür gibt es eigentlich keinen Grund. Wahrscheinlich, weil so wenige Leute unseres Alters das verstehen."

„Menschen wie Ihre Cousine Brigitte?"

„Ja", lachte Sabrina. „Sie versteht es wirklich nicht."

„Nun, lassen Sie uns ausprobieren, ob ich es verstehen kann."

„Gut. Lassen Sie mich überlegen ... ich liebe die Natur. Ich liebe weite, offene Ebenen, wo ich allein sein kann."

„Sie reden so ganz anders als Ihre Cousine."

„Denken Sie nicht, daß ich zu ländlich und altmodisch bin?"

„So ein Unsinn."

„Lieben Sie das Land?"

„Ja, aber wir leben schon so lange in der Stadt, daß ich mich gar nicht mehr richtig erinnern kann, wie es dort aussieht", erwiderte Matthew.

„Oh, ich wünschte, ich könnte Ihnen den Besitz meines Vaters zeigen!"

„Erzählen Sie mir davon", sagte er. Ihre offensichtliche Begeisterung gefiel ihm.

„Ich liebe das Land."

„Warum?"

„Es gibt so viel zu tun."

„Zum Beispiel?"

„Oh, durch die Felder und Wälder reiten oder manchmal auch bis zum Meer – kennen Sie die Ostsee?"

„Mein Vater hat mich einmal dorthin mitgenommen", erwiderte Matthew. Ihm fiel auf, wie Sabrinas Augen glänzten, als sie davon erzählte, wie gern sie ausritt. Sie war so voller Leben und Begeisterung!

„Ich liebe es, am Strand entlang zu laufen, den Wellen zuzusehen und das Kreischen der Seemöven zu hören. Sind Sie übrigens schon mal in den Alpen gewesen?" fuhr sie fort.

„Nein, so weit in den Süden sind wir noch nicht gekommen."

„Sie müssen unbedingt einmal dorthin fahren!" rief Sabrina. „Es gibt nichts Schöneres als Interlaken, als das Berner Oberland und Luzern. Nichts ist herrlicher als in den Bergen zu wandern. Einmal haben wir eine Wanderung von Wengen aus um das Lauberhorn nach Grindelwald und weiter über die Wengernalp bis zum Klein-Schneidegg gemacht. Und dann kam aus heiterem Himmel plötzlich ein schreckliches Gewitter über uns. Innerhalb von wenigen Minuten waren wir klatschnaß! Dann kam die Sonne wieder hervor, und als wir auf der anderen Seite nach Grindelwald hinuntergingen, waren wir schon wieder trocken – aber ich erzähle und erzähle, und Sie interessiert das vielleicht alles gar nicht! Das ist wirklich mein schlimmster Fehler. Ich rede einfach zuviel!"

„Bitte sagen Sie so etwas nicht", lachte Matthew. „Nichts könnte mich mehr interessieren, als Ihren Abenteuern von Anfang bis Ende zuzuhören."

„Wahrscheinlich sagen Sie das nur, um mich nicht in Verlegenheit zu bringen", meinte Sabrina lächelnd, „aber ich weiß es trotzdem zu schätzen."

„Ich schwöre, ich habe jedes Wort ernst gemeint."

„Vielen Dank. Sie sind sehr nett. Aber ehrlich, ich liebe die Alpen. Ich glaube, es ist der einzige Ort auf der Erde, wo man sich vorstellen kann, wie es im Himmel sein wird."

„Im Himmel?"

„Ja, denken Sie nicht manchmal darüber nach, wie es dort wohl sein mag?"

„Ich muß gestehen, daß ich mir noch nicht viele Gedanken darüber gemacht habe."

„Aber sind Sie denn kein Christ? Ich dachte, alle Amerikaner seien Christen. Wie kann ein Christ nicht über den Himmel nachdenken?"

„Sie meinen, ob ich an Gott glaube? Wahrscheinlich schon."

„Wahrscheinlich? Wissen Sie das denn nicht?"

„Ich denke schon, daß ich an Gott glaube. Es war mir nie besonders wichtig."

„Sprechen Sie denn nie mit Ihrem Vater über solche Dinge?"

„Sie meinen über Gott und den Himmel?"

„Ja. Mein Vater und ich sprechen oft über Gott."

„Mein Vater ist zu praktisch für so etwas. Seine Zeit gehört der Politik und Diplomatie."

„Mein Vater ist auch Praktiker. Aber vielleicht in etwas anderer Weise. Er ist der vernünftigste Mann, den ich kenne, und doch halten Brigitte und mein Onkel ihn für einen Provinzler. Ich glaube zwar nicht, daß sie uns verachten, aber ganz sicher lachen sie über uns, wenn wir nach einem Besuch wieder abreisen."

„Glauben Sie das wirklich?"

„Die anderen aus der Familie halten uns für etwas seltsam. Aber Papa, Mama und mir macht das nichts aus. Wir lieben das Leben auf dem Land, und uns ist egal, was sie darüber denken."

Sie hatten den Fischteich erreicht und setzten sich nun auf die Gartenbank, die daneben stand.

„Erzählen Sie mir mehr von Ihrem Leben auf dem Land, wie Sie es nennen", sagte Matthew.

„Wir haben Milchkühe – Papa liebt die Kühe – und viele Pferde. Reiten Sie?"

„Selten."

„Oh, das müssen Sie unbedingt öfter tun. Wenn man reitet, sieht man unheimlich viel vom Land."

„Das ist leicht gesagt, wenn man mitten in Berlin wohnt. Was gibt es bei Ihnen noch?"

„Riesige Weizen-, Roggen- und Haferfelder – und natürlich den schönsten Garten in ganz Deutschland. Ich wünschte, ich könnte Sie auf der Stelle hindurchführen. Er ist ganz anders als dieser kultivierte Garten von Onkel Otto."

„Er hat viele hübsche Goldfische", sagte Matthew nekkend.

„Das stimmt. Und dieser Teich ist größer als all die kleinen Teiche in unserem Garten. Aber ich würde die Goldfische jederzeit gegen Bäume und Hecken tauschen. Wir haben einen *richtigen* Garten ... man kann sich darin verlaufen."

„Verlaufen? Sie machen wohl Witze", lachte Matthew.

„Nein, er ist riesig. Es ist wirklich schon passiert, daß Leute die Orientierung verloren und nicht zum Haus zurückgefunden haben!“

„Das würde ich wirklich gern sehen. Es klingt nach einer Herausforderung, der ich mich gern stellen würde.“

„Lieben Sie Blumen und Pflanzen?“ fragte Sabrina.

„Nicht mehr als alles andere, denke ich.“

„Oh, ich liebe sie ... besonders Rosen. Papas Rosengarten liegt genau in der Mitte. Er ist das Schönste am ganzen Garten.“

„Ich weiß nicht viel über Rosen, nur daß sie schön sind und duften.“

Sabrina sah beinahe erschrocken aus. „Ist das alles, was Sie über sie sagen können?“ erwiderte sie.

Während sie sprach, waren ihre Hände, ihre Augen und selbst ihre Füße stets in Bewegung. *Ob sie wohl jemals stillsitzen kann?* fragte Matthew sich.

„Rosen sind die schönsten Blumen überhaupt“, fuhr sie fort. „Je mehr man über Rosen weiß, desto mehr muß man sie lieben. Und je mehr man über sie weiß, desto mehr entdeckt man. Man lernt viel über das Leben und über Gott ... und über alles. Rosen gehören zu den ganz besonderen Dingen, die Gott geschaffen hat.“

Sie schwiegen eine Weile und beobachteten einen langsam hin- und herschwimmenden orangefarbenen Fisch im Teich. Es war die erste längere Pause in ihrer Unterhaltung.

Matthew war wie verzaubert von dieser lebhaften jungen Deutschen. Sie war so lebendig und wirkte richtig ansteckend. Er hatte das Gefühl, durch ihre Sichtweise von bestimmten Dingen mit einer völlig anderen Welt in Berührung gekommen zu sein, mit Dingen, über die er, wie er zugeben mußte, nie viel nachgedacht hatte.

Unbewußt begann er, Krümel von dem Stück Brot in seiner Hand in den Teich zu werfen. Dann beobachtete er, wie die Fische auftauchten und daran knabberten.

„Interessieren Sie sich für Politik und Wirtschaft?“ fragte Sabrina nach einer Weile.

„Ja, dafür interessiere ich mich tatsächlich", erwiderte Matthew. „Darüber spricht nämlich *mein* Vater die ganze Zeit. Aber Sie wahrscheinlich nicht, oder?"

„Warum sagen Sie das?"

„Mädchen interessieren sich in der Regel nicht dafür."

„Sie wollen mich doch nicht mit allen anderen in einen Topf werfen, oder?" lachte Sabrina.

„Wie könnte ich! Nein, Sie sind ganz anders als die anderen."

„Wie soll ich das verstehen?" fragte sie, wobei sie beleidigt tat.

„Natürlich als Kompliment. Aber sind Sie es denn?"

„Bin ich was?"

„An Politik interessiert und an der Welt?"

„Ein wenig. Nicht annähernd so viel wie Sie, denke ich, bei der Position Ihres Vaters. Werden Sie dasselbe machen wie er, wenn Sie älter sind?"

„Ich würde schon gern in die Politik gehen, vielleicht sogar eines Tages für ein Amt kandidieren. Oder vielleicht werde ich Diplomat wie mein Vater, wer weiß das schon? Auf jeden Fall möchte ich irgendwie für meine Regierung arbeiten."

„Sie müssen sie wirklich mögen."

„Sie sprechen davon, daß Sie das Meer, die Berge und Ausritte lieben, ich dagegen liebe den Nervenkitzel, das Geschehen um mich herum, ich möchte daran teilhaben, es mitbestimmen, dabei sein, wenn wichtige Entscheidungen getroffen werden. Das ist so aufregend!"

„Sie müssen eine Menge wichtiger Persönlichkeiten in Ihrer Heimat kennen."

„Ich weiß nicht, ich habe nie darüber nachgedacht. Allerdings habe ich FDR einmal getroffen, kurz nach der Ernennung meines Vaters."

„FDR? Was heißt das?"

„FDR – Franklin Delano Roosevelt. Er ist unser Präsident."

„Sie sind ihm tatsächlich persönlich begegnet?"

„Das war keine große Sache. Sie können Ihren Präsidenten doch bestimmt auch kennenlernen."

„Hitler? Ich bin nicht sicher, ob ich das möchte. Papa hat ihn kennengelernt. Er sagte, ein Schauer wäre ihm über den Rücken gelaufen, als er ihm die Hand gedrückt hat."

Auf einmal ertönte hinter ihnen eine Stimme.

„Aber Sabrina, *Liebes* – warum hast du mich deinem Freund nicht vorgestellt?"

Sie drehten sich beide um und erhoben sich von der Bank.

„Hallo, Brigitte", sagte Sabrina freundlich in ihrer Muttersprache. „Das ist Matthew McCallum aus den Vereinigten Staaten."

„Nett, Sie kennenzulernen", sagte Matthew, ebenfalls auf Deutsch.

Brigitte hielt ihm die Hand hin. Offensichtlich erwartete sie, daß Matthew sie küssen würde. Matthew nahm sie kurz und ignorierte dabei das kokette Lächeln des Mädchens und ihren Versuch, seinen Blick auf sich zu ziehen. Dann ließ er sie wieder los, ohne sie zum Mund geführt zu haben.

„Hätten Sie nicht Lust, uns Gesellschaft zu leisten, Mr. McCallum?" fragte Brigitte schmeichelnd. „Meine Freunde und ich haben uns gerade darüber unterhalten, was ausländische Männer an deutschen Frauen so attraktiv finden. Sabrina langweilt Sie bestimmt mit ihrem plebejischen Gerede von ihrem Leben auf dem Land. Außerdem brauchen wir die Meinung eines gutaussehenden Amerikaners, der uns sagen kann, was *Ihnen* an uns gefällt."

Dabei lächelte sie ihn so verführerisch an, daß kaum ein Mann hätte widerstehen können.

„Vielen Dank, Fräulein von Dortmann", gab Matthew zurück. „Ich bezweifle, daß ich Ihnen eine große Hilfe sein könnte."

„Bitte", sagte sie schmeichelnd und schürzte die Lippen.

„Ich bin ganz zufrieden mit der Gesellschaft, die ich im Augenblick habe."

„Sabrina hat Sie doch bestimmt mit ihrem Gerede über Gärten und Tiere gelangweilt, nicht wahr?"

„Ganz und gar nicht. Ich langweile mich absolut nicht."

„Finden Sie die europäischen Frauen attraktiv, Mr. McCallum?“ fragte Brigitte.

„Vielleicht nicht in der Weise wie Sie und Ihre Freunde.“

„Ich würde so gern Ihre Meinung hören. Vielleicht könnten Sie und ich –“

„Ich muß wirklich ablehnen, mein Fräulein. Ihre Cousine und ich hatten unsere Unterhaltung noch nicht beendet. Ich fürchte, Sie werden uns entschuldigen müssen.“ Er lächelte ihr freundlich zu.

Darauf wendete er sich wieder Sabrina zu und führte sie über den Rasen um den Fischteich herum. Fassungslos starrte Brigitte ihnen nach.

„Sie ist aber wirklich aufdringlich“, meinte Matthew prustend, als sie außer Hörweite waren.

„Das wird Sie Ihnen niemals verzeihen“, sagte Sabrina.

„Ich werde es überleben“, meinte er gelassen.

„Ich meine es wirklich ernst. Sie pflegt ihren Groll länger beizubehalten als jeder andere, den ich kenne. Glauben Sie mir, sie wird einen Weg finden, es Ihnen heimzuzahlen. Sie kann es absolut nicht ertragen, lächerlich gemacht zu werden.“

„Dazu braucht sie meine Hilfe doch gar nicht!“

Sabrina mußte lachen.

„Manchmal kann ich es kaum mit ihr aushalten. Ich weiß, sie ist meine Cousine, und ich muß freundlich zu ihr sein. Aber sie stellt meine Geduld und meinen guten Willen wirklich auf eine harte Probe, wenn sie sich so verhält! Es ist ganz egal, um wen oder was es sich handelt, wenn sie sieht, daß ich an irgend etwas Freude habe, versucht sie immer, es schlechtzumachen oder mir fortzunehmen. So war es schon, als wir noch klein waren.“

„Was mich betrifft, so brauchen Sie sich keine Sorgen zu machen. Ich würde mich lieber eine Minute lang mit Ihnen über das Leben auf dem Gut unterhalten als eine Stunde mit Ihrer Cousine und ihren Freunden!“

„Versprechen Sie mir nur, daß Sie auf sich aufpassen werden, falls Sie sie noch einmal treffen.“

Matthew lachte fröhlich.

„Versprechen Sie es mir", wiederholte Sabrina. „Sie kennen sie nicht so gut wie ich."

„Also gut, ich verspreche es", sagte Matthew. Er lachte immer noch leise vor sich hin und schaute sie an. Dabei stolperte er über einen der großen Steine, die am Rand des Teiches lagen.

Matthew verlor das Gleichgewicht und fiel hin. Sabrina beugte sich schnell vor, um ihm aufzuhelfen.

Er ergriff ihre ausgestreckte Hand und versuchte, das Gleichgewicht wiederzufinden, doch nun verlor auch sie den Halt auf dem unebenen Gehweg.

Er stolperte nun seitwärts, verschüttete dabei das halbe Glas Fruchtsaft, das er noch in der Hand hielt, über seinen Anzug und fiel mit einem Platsch ins Wasser. Ein Bein und ein Arm hingen im Wasser, das andere Bein und der andere Arm noch am Teichufer.

Sabrina kämpfte damit, nicht die Balance zu verlieren, verlor den Kampf jedoch und fiel rückwärts auf den Rasen, wobei ihe linkes Bein ebenfalls ins Wasser rutschte.

„Du meine Güte, ich fasse es nicht. Was bin ich doch für ein Tolpatsch!" murmelte Matthew angewidert.

„Sind Sie in Ordnung?" fragte Sabrina, die sich bereits aufgesetzt hatte und schon wieder stand. Als sie sah, wie er im Teich hing, begann sie zu lachen.

Sie trat an den Teich heran, beugte sich, so gut es ging, hinunter und half Matthew, aus dem Wasser zu klettern. Im nächsten Moment lagen sie beide auf dem Gras. Die Hälfte seines Anzugs war durch und durch naß.

„Ich kann es wirklich nicht glauben!" sagte er wieder und schlug sich an die Stirn. „Normalerweise passiert mir so etwas nicht!"

Sabrina lachte aus voller Kehle, wobei sie sich allerdings bemühte, nicht zuviel Aufmerksamkeit zu erregen. Es dauerte nicht lange, bis Matthew in ihr Gelächter miteinstimmte.

„Das ist sicher ein gefundenes Fressen für Ihre Cousine, oder nicht?" fragte Matthew zynisch. „Vielleicht kann ich mich unauffällig davonschleichen!"

„Zu spät“, sagte Sabrina, die versuchte, ihr Lachen zu unterdrücken. „Sie haben zuviel Lärm gemacht. Alle haben das Platschen gehört!“

Matthew schaute zu den anderen hinüber. Die Gäste aus den obersten Schichten der deutschen Gesellschaft starrten nun auf die beiden Jugendlichen, die lässig auf dem Rasen saßen.

Eine Weile herrschte sprachloses Staunen, während alle die Szene in sich aufnahmen, dann sah Matthew, wie Brigitte anfing zu kichern und schließlich laut loslachte. Alle, die um sie herumstanden, folgten ihrem Beispiel, und innerhalb kurzer Zeit erfreuten sich die meisten der anderen Gäste dieses unerwarteten Schauspiels. Nur der Bursche, mit dem Brigitte zuvor gesprochen hatte, schien nicht von Herzen lachen zu können. Die Andeutung eines Lächelns umspielte seine Lippen, doch es war kein fröhliches Lächeln.

Als die Leute erfuhren, daß der Unglücksrabe Amerikaner war, steigerte sich die Heiterkeit noch.

In tödlicher Verlegenheit drückte Matthew sein Gesicht in seine Hände.

„Du lieber Himmel!“ hörte Sabrina ihn stöhnen.

3

Baron Heinrich von Dortmann

Eine Fahrt nach Berlin, aus welchem Anlaß auch immer, stürzte Sabrinas Vater immer in inneren Aufruhr.

Der Besuch der Hauptstadt war in der Regel begleitet von einem heftigen Gefühl des Unwohlseins in der Magengegend, und Heinrich von Dortmann empfand alles andere als Freude bei der Aussicht auf einen Aufenthalt in der hektischen Metropole.

Daß er diese Reise mit seiner Tochter machte, linderte sein Unbehagen ein wenig. Aber obwohl Sabrina nun an seiner Seite war, war er auf der Rückfahrt zu seinem Gut doch sehr nachdenklich.

Der Kontrast zwischen dem Getöse und der Schnellebigkeit der Stadt und der weiträumigen Heiterkeit der deutschen Ländlichkeit rührte ihn an und veranlaßte ihn, über seine Beziehung zu seinem Bruder nachzudenken.

Ein Besuch bei ihm, besonders zu einem gesellschaftlichen Anlaß wie dem gestrigen, machte ihre Gegensätzlichkeit besonders deutlich und ließ ihn immer in tiefes Nachdenken versinken.

Das Ergebnis seines gedanklichen Abschweifens war immer dasselbe – eine große Dankbarkeit für das Leben, das er führte und die Freude auf seine Heimkehr.

Der Baron ließ seinen Blick über das weite Land zu beiden Seiten der Straße schweifen, während er und Sabrina in wohltuendem Schweigen nebeneinander saßen.

Niemand würde dieses Land, die pommersche Ebene südlich der Ostsee, als das schönste der Welt bezeichnen.

Es war überwiegend flach und uninteressant, ohne schneebedeckte Berge oder dichte Wälder, nicht einmal ein Fluß zog sich hindurch, der in einem Lied besungen worden wäre.

Kein Schwarzwald, keine Donau, keine Alpen zogen die Besucher an.

An der Küstenlinie, die an den Besitz seiner Vorfahren grenzte, erhoben sich keine majestätischen Klippen, wie es sie in England und Schottland gab. Früher waren hier viele Bäume gewachsen, und auch jetzt gab es immer noch viele Wälder in diesem Gebiet, doch die Bäume, die auf seinem Land wuchsen, waren dünn und spärlich, keinesfalls so wie im Schwarzwald. Noch nicht einmal die Oder konnte man rechtmäßigerweise zu Pommern oder Preußen zählen, obwohl sie nur wenige Kilometer westlich seines Landes verlief.

Es gab tatsächlich nur wenig Anziehendes ... bis auf die Erde – gute Erde, fruchtbare, schwarze Erde; Erde, die durch den Regen und die warmen Winde, die die Meeresströme begleiteten, im Frühling kleine grüne Pflänzchen hervorbrachte, hoffnungsvoll und vielversprechend, Pflänzchen, die groß und im Sommer schließlich goldgelb wurden; Pflänzchen, die dann im Herbst eine reiche Ernte hervorbrachten, um viele hungrige Menschen zu sättigen.

Dies war ein Land mit fruchtbarer Erde, durchdrungen von dem Geheimnis des Lebens.

In dieser Erde gedieh auch, wie er entdeckt hatte, eine Vielfalt von Blumen und Bäumen, Büschen und anderen wunderschönen Pflanzen. Wenn sie die nötige Pflege erhielten, zogen sich ihre Wurzeln die lebenswichtigen Nährstoffe aus dem Boden und verwandelten sie in die ausgefallensten Farben und Formen mit den schönsten Düften, die er je gesehen und gerochen hatte.

Mit jedem Jahr offenbarten ihm die einfachen Knospen und Blüten seines Garten mehr von dem Geheimnis des Lebens und von dem Schöpfer des Lebens.

Die Länder und Königreiche seiner Vorfahren waren in Vergessenheit geraten. An ihre Stelle war, wie man sich heutzutage erzählte, die größte Nation getreten, die die Erde je hervorgebracht hatte, ein erhabenes Reich, das die Träume und Wünsche des mächtigsten Volkes erfüllen sollte, das je auf ihr gelebt hatte.

Er gehörte diesem Volk an.

Und er hatte dabei ein ungutes Gefühl. Die Welt veränderte sich. Schnell … zu schnell. Reiche erhoben sich östlich und westlich seines Landes, Reiche, deren Gier die Menschen eines Tages dazu bringen würde, über diese grüne Ebene zu marschieren.

Er betete, daß es nicht so sein würde. Und doch konnte er seine Furcht nicht loswerden.

*

Baron Heinrich von Dortmann, preußischer Herkunft, entstammte einer alten Familie von Großgrundbesitzern. Die ehemaligen Königreiche Polen, Preußen und Pommern hatten um die Kontrolle über dieses Gebiet zwischen der Odermündung und dem Golf von Danzig gewetteifert, das sich nach Süden bis zur Warthe und im Osten bis zur Weichsel erstreckte.

Jedes der Königreiche hatte im vergangenen halben Jahrtausend das Recht auf die Herrschaft über dieses Gebiet beansprucht. Jedes von ihnen hatte für eine gewisse Zeit das Land regiert. Und die Grafen und Barone der von Dortmanns waren ungehindert in den Korridoren der Macht gewandelt und hatten Umgang gehabt mit den Königen und Königinnen, die das Land regierten. Mit dem Wechsel der Herrscher über die Jahrhunderte hinweg vergrößerte sich der Besitz der von Dortmanns stetig. Die Männer dieser Familie besaßen eine außerordentliche Geschicklichkeit in Finanzangelegenheiten und waren außerdem von großer Integrität. Diese beiden Eigenschaften trugen dazu bei, daß sich ihr Vermögen und ihr Einfluß in Norddeutschland, Polen und Preußen vergrößerten. In der Mitte des neunzehnten Jahrhunderts bestand ihre Familie aus Kaufleuten und Bankiers, Politikern und Generälen. Und natürlich gab es auch solche, die das Land bearbeiteten und seinen Ertrag in die Kornspeicher von Berlin, Wien und Hamburg brachten.

Die Preußen und Pommern waren mittlerweile zu einem neuen Volk verschmolzen worden. Nur die Polen waren als Volk übriggeblieben, doch sie hatte man weiter nach Osten gedrängt. Vermutlich würde den Namen *Preußen* in einigen Jahren kaum noch jemand kennen.

Doch die ganze Welt kannte *Deutschland* ... kannte es und zitterte.

Heinrichs Cousin war einer der führenden Schiffsbauer von Danzig; sein Bruder war einer der meistgeachteten Bankiers von Berlin, und sein Onkel, Kaufmann und Importeur, ließ die Schiffe seines Cousins in die ganze Welt fahren. Heinrich von Dortmann jedoch war immer damit zufrieden gewesen, das Land zu bebauen.

Sein Vater und Großvater hatten große Pachtgüter nordöstlich von Berlin gehabt, und er selbst hielt sich am liebsten auf dem Familienbesitz auf, der hundertvierzig Kilometer von der Hauptstadt entfernt war. Er war weit in Europa herumgekommen, hatte den Kontinent aber nie verlassen. Der Baron war belesen, sprach drei europäische Sprachen fließend und gestattete seinem Bruder, seine Finanzen und Liegenschaften zu verwalten. In der Familie galt er aber als ehrgeizloser Abweichler von der Dortmann-Linie.

Niemand hätte es jedoch gewagt, ihn einen Einfaltspinsel zu nennen, denn obwohl sanft, so war er doch ein kluger und gelehrter Mann von unzweifelhaftem Charakter. Und die vielen Millionen Reichsmark, die auf seinen Konten bei der Reichsbank lagen, würden selbst einem Narren Ansehen verliehen haben.

Aber natürlich war Heinrich von Dortmann kein Narr. Vielleicht lag eine gewisse Naivität in seinem Wesen, auf die der Bruder und der Onkel gelegentlich anspielten. Er war städtisch genug, beredt, wenn er wollte, ein vollkommener preußischer Landadeliger, der so viel Geschäftssinn besaß, daß er selbst während der schwarzen dreißiger Jahre noch Gewinn gemacht hatte. Er hatte die Universität absolviert und einige Zeit auf den hervorragendsten Gütern Europas verbracht, um alles zu lernen, was nötig war, um das Gut wettbewerbsfähig zu halten.

Doch er hatte auch einige seltsame Anwandlungen. Oft machte er merkwürdige Bemerkungen, gewöhnlich über die metaphysische und geistliche Dimension der Welt, wie er es nannte. Sein Bruder erklärte sich für unfähig, das religiöse Gerede Heinrichs zu verstehen. Doch er nahm es hin, wie man die Narrheiten eines Kindes hinnimmt, weil Heinrich als dem Älteren die Kontrolle über die Familienangelegenheiten oblag und es nicht in Ottos Interesse lag, ihm einen zu genauen Einblick in seine Geschäfte zu gewähren.

Mehr Sorgen machte den Verwandten Heinrichs Großzügigkeit allen Menschen gegenüber, die er arglos „Brüder" nannte. Schon als Kind hatte er solche lächerlichen Vorstellungen gehabt. Sie waren der Familie stets ein Ärgernis gewesen, wenn auch ein harmloses. Immer wieder brachte Heinrich

Nachbarsjungen, Kinder von Feldarbeitern oder armen Emigranten mit nach Hause und gab ihnen ein Brot oder einen Kuchen mit. Ihre Mutter schien dies noch zu fördern, und Otto konnte sich damit abfinden, als sie älter wurden. Die gelegentlichen merkwürdigen Schenkungen an die vom Schicksal weniger Begünstigten konnten das Familienvermögen nicht mindern. Er tat die Verschrobenheit seines Bruders als eine Auswirkung des zu langen Lebens auf dem Lande ab, wo es nichts anderes gab als Felder, Stille, Tiere und frische Luft.

Jetzt jedoch brach eine neue Zeit an, und heutzutage mußten Namen mit jahrhundertealter Tradition durch kluges und vorsichtiges Verhalten unterlegt werden. Es gab Leute, denen gegenüber Wohlwollen zu zeigen höchst *unklug* war, egal wie groß das eigene Herz war. Selbst ein unpassendes Wort konnte einen teuer zu stehen kommen. Unsichtbare Ohren gab es überall.

Sein Bruder und sein Onkel machten sich Sorgen um Heinrich, allerdings weniger um seinet- als um ihrer selbst willen. Sie suchten nach Wegen, unvorsichtige Bemerkungen und unangebrachte Wohltaten seinerseits abzumildern. Wenn sie nicht aufpaßten, könnte er sie alle in größte Schwierigkeiten bringen.

4

Der Opportunist

Nicht nur Heinrichs Gedanken drehten sich um seinen Bruder Otto, den Bankier. Während er und seine Tochter noch auf dem Heimweg zu ihrem Landgut waren, überdachte ein anderer, der ebenfalls Ottos Gartenfest besucht hatte, die Vorgänge des Nachmittags.

Der junge Gestapomann, dessen leidenschaftslose, harte

Gesichtszüge Matthew McCallum aufgefallen waren, mußte über die hübsche Tochter des Gastgebers nachdenken, die ihr Bestes getan hatte, um ihn zu umgarnen.

Emil Korsch sah in der Tat aus wie der typische Gestapomann. Matthew hatte recht gehabt mit seiner Feststellung. Was er allerdings nicht hatte sehen können, war das Feuer, das hinter dem kalten Blick verborgen brannte. Im Gegensatz zu den meisten Nazis galt seine Loyalität nicht dem Reich, sondern nur sich selbst.

Glücklicherweise hatte er von dem Fest erfahren, und es war ihm gelungen, eine Einladung zu erhalten. Er wußte sehr wohl, daß in einigen Gesellschaftskreisen die Gestapo nicht sehr willkommen war. Und trotz seiner Verbindung zu dem Neffen Himmlers hatte er noch nicht die Stellung in der Organisation, die ihm erlaubte hinzugehen, wo er wollte, ohne vorher Erlaubnis einholen zu müssen.

Das würde sich ändern, dachte er bei sich.

Er hatte gestern nachmittag aufmerksam zugehört und sich jeden Namen, jede Bemerkung und jede Unterhaltung gemerkt.

Nichts war ohne Bedeutung für ihn. Jede Information, die man heutzutage besaß, konnte einen weiterbringen. Besonders Informationen über Angehörige der hochgestellten Kreise!

Die Tochter des Bankiers war reizend, das stimmte. Aber Korsch war mehr an dem Geld ihres Vaters interessiert. Für gewöhnlich führte Geld zu Einfluß und Macht. Heutzutage jedoch ging es auch umgekehrt: man konnte Macht in Geld verwandeln!

In dieser Zeit konnte man sein Glück machen, wenn das Schicksal es gut mit einem meinte. In diesem heimtückischen Spiel um die Macht gab es Gewinner und Verlierer. Die Verlierer verloren ihr Leben. Umstürze und Säuberungsaktionen charakterisierten die Nazi-Herrschaft seit den Anfängen des Nationalsozialismus, was dem modernen Gedankengut und der fortschreitenden Technisierung des zwanzigsten Jahrhunderts vollkommen zuwiederlief. Der Reichstagsbrand im

Jahre 1933 und die blutige Säuberungsaktion vom Juni 1934 ließen keinen Zweifel an den Konsequenzen, die sich ergeben würden, wenn man auf der falschen Seite stand. Unwillkürlich drängte sich ihm der Gedanke an die grausamen zaristischen Regimes in der dunklen Geschichte seiner eigenen Vorfahren auf.

Die Gewinner hingegen würden um so mehr bekommen! Die Welt würde ihnen bald zu Füßen liegen. Die Herrschaft über ganz Europa, vielleicht sogar über die ganze Welt, würde einem ausgewählten Personenkreis zufallen. Diejenigen, die sich halten konnten, würden Mitglieder der erlesensten Bruderschaft der Welt werden.

Diese Bruderschaft der Macht würde ihren Sitz genau hier in Berlin haben, und er hatte die feste Absicht, dazuzugehören!

Ohne recht zu wissen, warum, wanderten Korschs Gedanken auf einmal von Otto von Dortmann zu dessen Bruder, dem Baron. Er hatte gehört, wie jemand auf dem Fest von ihm gesprochen hatte, und sich vorgenommen, ihn kennenzulernen.

Jetzt fiel ihm auf, daß er das den ganzen Nachmittag über wieder vergessen hatte. Diese Gelegenheit war ihm nun entgangen.

5

Das Gut der Familie von Dortmann

Die Zufahrt zu dem Gut der Familie von Dortmann, auch bekannt als das *Lebenshaus*, war von Birken und Lärchen gesäumt. Die Bäume standen schon seit Generationen hier und hatten mittlerweile eine beträchtliche Höhe erreicht.

Nun wurde die Allee von Autos befahren, die, weil sie bergauf fahren mußten, kaum schneller waren als eine vierspännige elegante Kutsche des vorigen Jahrhunderts. Die Straße war äußerst schmal, auf eine Entfernung von vierhundert Metern konnten keine zwei Wagen aneinander vorbeifahren. Doch wegen der Schönheit und der Tradition der Zufahrt hatte keiner der letzten Barone auch nur in Erwägung gezogen, sie zu verbreitern.

Automobile gab es schon, seit Heinrich von Dortmann denken konnte, war er doch im Jahre 1894 geboren. Sein Vater gehörte zu den ersten deutschen Adeligen, die ein Auto besaßen, einen aus England importierten Rolls-Royce. Daneben hatte er noch einen deutschen Düsenberg gefahren, worum ihn die Männer im Umkreis von vielen Kilometern beneideten. Und doch hatte sich der jüngere von Dortmann nie so ganz an den Fortschritt des modernen Zeitalters gewöhnt. Er wehrte sich immer noch dagegen, die Zufahrt zu pflastern, und benutzte seinen eigenen Wagen nur dann, wenn es unbedingt erforderlich war. Entfernungen bis zu zehn Kilometern legte er zu Pferde zurück.

Nicht nur sein Garten war berühmt, sondern auch seine Trakehnerzucht. Er, seine Frau und seine Tochter waren begeisterte Reiter und fühlten sich im Sattel zu Hause.

Heinrich dachte oft darüber nach, daß er vielleicht besser in einer anderen Zeit geboren worden wäre. *Das Zeitalter der Kaiser hätte besser zu mir gepaßt,* dachte er bei sich, irgendwann während des letzten Jahrhunderts, bevor der große Krieg ganz Europa durcheinandergebracht hat.

Es gab Momente, wo seine Phantasie ihn in die Vergangenheit zurückversetzte, und er stellte sich vor, wie es im *Lebenshaus* wohl ausgesehen haben mochte, als die Zeit noch nicht so schnellebig und das Leben noch einfacher gewesen war als heutzutage. Die Rückfahrt aus der Stadt bedeutete für ihn immer mehr als nur der Wechsel aus dem Lärm der Großstadt in die ländliche Abgeschiedenheit. Er hatte das Gefühl, als wäre die Zeit hier stehengeblieben.

Wenn er aber die Uhr schon nicht anhalten konnte, so konnte er doch wenigstens sein Zuhause zu einer Zufluchtsstätte machen, was ja auch der Name besagte, den er dem Gut gegeben hatte. Er und seine Familie brauchten nicht Schritt zu halten mit dem Schlag der Trommeln Berlins. Sie brauchten sich auch nicht von unangenehmen Ereignissen in ihrem Lebensrhythmus erschüttern zu lassen. Er war entschlossen, den Frieden dieses Ortes zu erhalten und ihn jedem zu öffnen, der sich von der Schnellebigkeit dieses unpersönlichen Jahrhunderts zurückziehen wollte.

Während der Baron und seine Tochter nach Hause fuhren, erinnerte er sich an Sabrinas Begeisterung, als sie über die bevorstehende Fahrt nach Berlin gesprochen hatten.

Auch da hatte er über die Zukunft nachgedacht, während er zwischen den sorgfältig geschnittenen Hecken, Büschen und Bäumen des *Frühlingsgartens* spazierengegangen war, der an sein Haus grenzte. Er hatte sich gebückt, um den Boden um einige seiner Rosenstöcke aufzulockern, doch seine Gedanken waren bei der vor ihnen liegenden Fahrt in die Stadt gewesen.

Es ist gutes Land, dachte er ... *mein Land. Doch für wie lange noch?*

Auf einem Bein kniend hatte er eine Handvoll der guten, braunen Erde gegriffen und sie durch seine Finger rieseln lassen.

Es war wirklich ein großer Reichtum, den er sein eigen nennen konnte; die Pflanzen, die er selbst zog – und alles, wofür sie standen –, gehörten zu seinem wertvollsten Besitz. Er hatte zwei Rosenblüten von einem Rosenstrauch geschnitten, eine rote für seine Frau und eine weiße für seine Tochter, und sich dann wieder aufgerichtet.

Nach wenigen Schritten war er stehengeblieben und hatte voller Freude den Abhang hinunter bis hin zu dem Tannenwald im Süden und auf die Felder geschaut, die ihn von allen Seiten umgaben. Was immer auch daraus werden mochte, es war gutes Land, und er fühlte sich überreich beschenkt, daß ihm ein solches Erbe anvertraut worden war.

Auf einmal war seine Tochter hinter einer Biegung aufgetaucht.

„Papa, Papa!“ hatte sie gerufen. „Ich habe dich gesucht.“

„Und mich gefunden!“ hatte er lächelnd erwidert. „Hier – diese Rose habe ich für dich geschnitten.“

„Vielen Dank, Papa“, hatte sie gesagt und die Knospe an die Nase gehalten.

„Warum hast du mich denn gesucht?“

„Hast du das ernst gemeint, was du eben gesagt hast, daß ich mit dir zu Onkel Ottos Gartenfest nach Berlin fahren kann?“

„Natürlich habe ich das ernst gemeint. Was sagt deine Mama dazu?“

„Daß sie mich mit dir sogar bis nach Rußland fahren lassen würde.“

„Oh, ich hätte aber Angst, dorthin zu fahren“, hatte ihr Vater lachend erwidert. „Obwohl ich versuche, in jedem Menschen das Gute zu sehen, kann ich den Bolschewiken einfach nichts abgewinnen. Glücklicherweise fahren wir nicht nach Rußland, sondern nach Berlin.“

„Oh, ich bin so aufgeregt. Wann fahren wir, Papa?“

„Morgen früh bei Sonnenaufgang.“

Das war vor zwei Tagen gewesen. Nun waren sie auf der Heimfahrt und hatten schon die schmale Birkenallee, die Zufahrt zu ihrem Haus, erreicht. Der Baron steuerte seinen Mercedes aus dem Jahre 1934 über das riesige Rondell zum Vordereingang des Gutshauses. In der Mitte dieses Rondells stand ein Springbrunnen aus Stein, der so verschnörkelt war, daß er ihm schon nicht mehr gefiel.

Das große steinerne Pferd, aus dessen Maul Wasser rann, stand aufgebäumt auf seinen Hinterbeinen. Sein wilder Blick sollte zweifellos Eindringlinge warnen, vorsichtig zu sein. Ein solcher Wächter war vollkommen fehl am Platze in dieser heiteren, ländlichen Umgebung, dachte der Baron jedesmal, wenn sein Blick auf diesen Springbrunnen fiel.

Von Kindesbeinen an hatte er dieses Pferd jeden Tag vor Augen gehabt, und soweit er sich erinnern konnte, hatte es niemals bei irgend jemandem ein anderes Gefühl als Desinteresse hervorgerufen. Nach jedem Schneesturm spähte der Baron nach draußen in der heimlichen Hoffnung, das Ding wäre umgeweht worden und könnte nicht mehr repariert werden. Von sich aus würde er es niemals übers Herz bringen, es abzumontieren. Viel lieber hätte er Rosen in der Mitte des Rondells gepflanzt, und er wünschte, ein starker Sturm möge ihm zu Hilfe kommen.

Aber schon seit hundert Jahren trotzte das tapfere, schweigende, häßliche Wesen jedem Sturm. Es stand immer noch hochaufgerichtet auf seinem Platz und spuckte denen Wasser entgegen, die es wagten, sich dem von Dortmannschen Gut zu nähern.

Der Baron parkte den Wagen vor dem Vordereingang. Er würde ihn später in die Garage bringen. Vater und Tochter brannten darauf, ins Haus zu gehen.

Das Gebäude war ein sehr weitläufiger Komplex, in L-Form angeordnet und drei Stockwerke hoch. Den einen Flügel zierte ein Turm, der von der Ebene aus schon von weitem sichtbar war, da das Gutshaus auf einer kleinen Anhöhe stand. Von außen wirkte das Anwesen farblos und düster, nichts ließ auf das prächtige Innere schließen, das sich hinter den grauen Steinmauern verbarg.

Vermutlich war dieser Platz auf dem Plateau des Hügels vor fünfhundert Jahren der besseren Verteidigung wegen ausgewählt worden, wofür sprach, daß die Scheunen etwas abseits vom Hauptgebäude standen. Das Haupthaus war nicht mehr in seiner ursprünglichen Form erhalten, es war mehrmals entweder abgebrannt oder abgerissen und wieder neu errichtet worden.

Viele hätten sich vielleicht gewünscht, es wäre nicht auf dem Plateau wieder aufgebaut worden. Die Leibeigenen der Vergangenheit, die die Felder für die Generationen von Baronen und Großgrundbesitzern bearbeitet hatten, hatten nach einem langen Arbeitstag den steilen Weg zurück zum Haus verflucht, und auch heute noch stöhnten die Feldarbeiter über den langen Heimweg.

Die Gebäude waren als Mittelpunkt des Anwesens durch die Jahrhunderte hindurch an derselben Stelle geblieben.

Baron von Dortmann und seine Tochter betraten das Haus

durch den Haupteingang, der nach Westen lag. Der zweite Flügel des Hauses war von dieser Stelle aus nicht zu sehen, er lag hinter dem Gebäude auf der Nordseite. Auf diese Weise war die riesige Terrasse auf der Rückseite des Hauses vor den frischen Nord- und Westwinden geschützt. Daher war es beinahe das ganze Jahr hindurch recht angenehm auf der Terrasse. Wenn der Wind allerdings von Rußland her wehte, blieb man am besten im Haus.

An diesem Tag jedoch war es sehr warm. Die Frau des Barons, Marion, hielt sich im Freien auf und begrüßte beide mit einem Kuß.

*

Von der großen, ebenen Rasenfläche aus, in deren Mitte sich ein kleiner Teich befand, der von einigen Rosensträuchern umgeben war, führten an zwei Seiten Stufen in den *Frühlingsgarten*. Eine riesige alte Eiche wuchs genau gegenüber der Stelle, wo die beiden Flügel des Hauses aufeinandertrafen. Unter ihren weit ausladenden Ästen stand eine alte Steinbank.

In unregelmäßigen Abständen verteilt waren etwa zehn zusätzliche Holz- oder Steingebäude errichtet – Scheunen, Ställe, Kornspeicher und Geräteschuppen. Diese breiteten sich an den östlichen und nordöstlichen Hängen aus; der erst kürzlich errichtete Kornspeicher befand sich sogar ganz unten in der Ebene mitten in einem Kornfeld. Überall wuchsen Bäume, die entweder von dem Baron oder von dessen Vater gepflanzt worden waren, denn beide hatten einen ausgepägten Sinn für Ästhetik und wollten ihre Umgebung so schön wie möglich gestalten.

Baron von Dortmann und seine Familie bewohnten den Westflügel des Hauses. Im Ostflügel hatten die Dienstboten und Gutsarbeiter ihre Zimmer, wobei der Gutshof nicht mehr als zehn oder zwölf Männer fest beschäftigte. Zur Erntezeit griff man auf Erntehelfer aus der Umgebung zurück.

Außer seinem Schönheitssinn besaß der Baron auch Geschäftssinn. Er hielt immer Schritt mit den neuesten technischen Entwicklungen, und durch das stetige Anwachsen des Maschinenparks war die Zahl der zur Bewältigung der Arbeit notwendigen Männer und Pferde ständig verringert worden. Daher stand die Hälfte des Ostflügels leer. Viele Räume waren unmöbliert, andere in Lagerräume umgewandelt worden, und zwei oder drei der Räume, die an den Westflügel angrenzten, wurden noch als Gästezimmer genutzt, obwohl im Haupthaus genügend Räumlichkeiten zur Beherbergung von Besuchern vorhanden waren. Alle Arbeiter wohnten im Erdgeschoß oder im ersten Stock. Das gesamte zweite Stockwerk des Ostflügels stand leer.

Die Küche befand sich genau im Schnittpunkt der beiden Gebäude, das Speisezimmer der Familie angrenzend im Westflügel, das der Dienstboten im Ostflügel. An dem Abhang zum Norden hin war ein großer Gemüsegarten angelegt worden.

Am obersten Stockwerk des Hauses entlang verlief eine Brüstung mit etwa einen Meter hohen Zinnen, die zu einem Balkon auf der nordöstlichsten Seite führte. Ob dieser Aussichtspunkt nun dazu bestimmt war, herannahende Feinde zu erspähen oder den Gutsbesitzern die Aufsicht über ihre Feldarbeiter zu erleichtern, würde man nie herausfinden.

Auf jeden Fall konnte man an klaren Tagen von dort aus viele Kilometer weit blicken, bis nach Posen im Südosten, Berlin im Südwesten, und manchmal sogar, wenn es besonders klar war, bis zur Ostsee, die fünfzehn bis zwanzig Kilometer weiter nördlich lag.

Dieser Dachbalkon war schon immer einer der Lieblingsplätze des Barons gewesen. Es machte ihm Freude, die Landschaft von dort oben aus zu betrachten. Doch in der gegenwärtigen Situation blickte er mit gemischten Gefühlen nach Berlin und fragte sich, was wohl als nächstes kommen würde. Mit denselben Gefühlen schaute er gen Osten, nach Polen und Preußen, wohl wissend, daß das *Lebenshaus* genau die Mitte zwischen den neuen Kräften, die Deutschland regierten, und dem ehemaligen Königreich Bismarcks bildete. Ein seltsames Gefühl des Unbehagens stieg in ihm hoch.

6

Ein stummer Beobachter

Die Unterwanderung des Landes mit Spionen sollte erst zwei oder drei Jahre später erfolgen.

Im Augenblick waren der Führer und seine engsten Mitarbeiter noch damit beschäftigt, diejenigen zu trainieren und auszubilden, die später jeden Ansatz von Auflehnung gegen die Nazis ausrotten sollten. Doch ihre Gegenwart war noch nicht spürbar, und die Furcht vor den Geheimpolizisten hatte die Bevölkerung noch nicht ergriffen.

Doch schon jetzt waren alle Gesellschaftsschichten wachsamer geworden. In dieser Zeit war es nicht angebracht, sorglos zu sein. Man mußte seine Worte, seine Freunde und selbst seine Gedanken sorgfältig abwägen.

Schwere Stiefel bahnten sich ihren Weg durch einen dichten Wald. Sie hätten zu einem Jäger oder einem Spaziergänger gehören können, der sich zu einem Morgenspaziergang aufgemacht hatte.

Doch das war nicht der Fall.

Der Mann, zu dem diese Füße gehörten, war in einer ganz anderen Mission unterwegs, einer sehr persönlichen Angelegenheit. Obwohl er mehrere Kilometer von jedem menschlichen Wesen entfernt war, machte es die Geheimhaltung seiner Angelegenheit notwendig, genau aufzupassen, wo er hintrat.

Es war noch sehr früh. Selbst in diesem Land, in dem die Hälfte der Bevölkerung schon bei Sonnenaufgang aufstand, war es nicht wahrscheinlich, daß ihm jemand begegnete, außer vielleicht einem Hasen oder einem Reh. Er war der einzige an diesem Morgen, der Ausschau halten würde – und er würde einen anderen beobachten.

Er wußte, daß sie fortgefahren und gestern nachmittag wieder zurückgewesen waren.

Er marschierte weiter, den sanft ansteigenden Hügel hinauf. Die Bäume wuchsen nun spärlicher, und sein Weg wurde leichter.

Fünfzehn Minuten später hatte er sein Ziel erreicht; er ließ sich nieder, setzte das Fernglas, das er mitgebracht hatte, an die Augen und suchte die Gegend ab, die sich vor ihm ausbreitete. Er richtete den Blick auf das riesige Haus auf dem Hügel. Alles war ganz deutlich zu erkennen. Nun mußte er nur noch warten – den ganzen Tag, falls notwendig.

Langsam schwenkte er sein Fernglas herum und nahm die beiden Fenster auf der linken Seite ins Visier.

Schweigend saß er in der Stille des Waldes und wartete. Manchmal kamen sie schon früh heraus, aber manchmal war auch große Geduld erforderlich. Doch er war nicht in Eile. Er hatte den ganzen Tag Zeit.

Mehrere Stunden vergingen. Dort drüben bei den Feldarbeitern herrschte erstaunliche Aktivität, doch nicht deswegen war er noch vor Sonnenaufgang aufgestanden und hatte den langen Weg auf sich genommen. Immer noch hielt er das Fernglas an die Augen gepreßt und suchte weiter das gesamte Gelände ab.

Auf einmal sah er, wie sich eine Tür öffnete, die Tür zum Dachbalkon. Sein Herz tat einen Sprung!

Da war sie! Hielt ein Buch in der Hand wie immer.

Sie setzte sich, mit dem Rücken an die Mauer gelehnt.

Ungefähr zwanzig Minuten lang beobachtete er sie. Sie saß reglos, war sich des stummen Zeugen ihrer Morgenbeschäftigung nicht bewußt.

Auf einmal schaute sie auf, anscheinend dachte sie über eine Passage nach, die sie gerade gelesen hatte, dann erhob sie sich und verließ schnell die Dachterrasse.

Immer noch beobachtete er und wartete.

Fünf Minuten später tauchte sie wieder auf, diesmal kam sie aus einer Tür im Erdgeschoß, überquerte, immer noch das Buch in der Hand haltend, die Rasenfläche und verschwand in dem riesigen Garten. Er versuchte, ihren Bewegungen zu folgen, doch das Buschwerk war zu dicht, und einige Minuten lang war sie seinem Blick entschwunden.

Er war immer noch damit beschäftigt, sie wiederzufinden, als er auf einmal aus den Augenwinkeln heraus eine Bewegung beim Haus wahrnahm. Schnell wendete er das Fernglas in diese Richtung.

Da war der Baron, vielleicht die Hauptperson seines ganzen Plans. Auch er verdiente aufmerksame Beobachtung.

Der Baron war gerade aus dem Haus gekommen und überquerte nun ebenfalls die Rasenfläche. Er nahm fast denselben Weg wie seine Tochter.

Der Baron ist größer, dachte der Beobachter. *Ihn werde ich nicht so leicht aus dem Blick verlieren.*

7
Der Frühlingsgarten

Südlich vom Haus des Baron von Dortmann erstreckten sich auf einem Hektar Land riesige Rasenflächen, Hecken und verschlungene Gehwege durch den *Frühlingsgarten,* wie der ältere Baron ihn genannt hatte. Der jetzige Baron hatte ihn zu einem Schmuckstück gemacht, um das ihn jeder Gartenliebhaber zwischen dem Gut und Berlin beneidete.

Der Garten, in Terrassen angelegt, war am Südhang des Hügels gelegen. Viele Wege, kleine Treppen, Brücken und Hecken, Bogengänge, Biegungen und Höfe zierten ihn, so daß man, wenn man hindurchging, schnell vergaß, daß er an einem Abhang angelegt war.

Nur der Baron, seine Frau Marion und seine Tochter Sabrina fanden sich in dem Labyrinth von Gängen zurecht. Mehr als einmal hatten sich Besucher darin schon verirrt und mußten von ihrem Gastgeber „gerettet“ werden.

Nach einem solch beunruhigenden Abenteuer hatte ein Gast vorgeschlagen, den Namen auf dem steinernen Bogengang, der in den Garten hineinführte, in *Geheimnisgarten* abzuändern.

„Mein Garten enthält in der Tat einige Geheimnisse", hatte der Baron gelacht, „doch keine der Art, auf die Sie anspielen. Nein, ich denke, wir sollten es bei *Frühlingsgarten* belassen, und es jedem einzelnen überlassen, ob er die Geheimnisse des Gartens erforschen möchte oder nicht."

Hätte man den ganzen Garten überblicken können, wäre es wahrscheinlich leichter gewesen, die Orientierung zu behalten. Doch der Baron hatte alle Wege, alle kleinen Terrassen und Gartenabschnitte von einer zwei Meter hohen Hecke umgeben. Nur ein Riese hätte über sie hinwegsehen können. Auf diese Weise war jeder Abschnitt ein Garten für sich, und jeder konnte sich ganz nach seinem Geschmack das Gartenstück aussuchen, das ihm am besten gefiel. Durch die Südlage bekamen die Pflanzen besonders viel Licht und Wärme, so daß hier sogar einige exotische Pflanzen gediehen.

Der Garten erstreckte sich von der Terrasse auf der Rückseite des Gutshauses den ganzen Hügel hinunter, quer über den Fluß bis hin zum Tal. Der Baron hatte sich die Flußwindungen zunutze gemacht und einige kleine Wasserfälle und Seen, Vogelbäder und Fischteiche angelegt.

Von der Terrasse und noch besser von der Dachterrasse aus, zu der der Baron seine Gäste häufig brachte, um ihnen einen ersten Gesamteindruck des Gartens zu vermitteln, war es relativ leicht, die Anlage des Gartens zu durchschauen. War man hingegen erst einmal auf ebener Erde, blieb jeglicher Orientierungssinn auf der Strecke.

An diesem Tag fand Baron von Dortmann seine Tochter an ihrem Lieblingsplatz im *Frühlingsgarten:* dem Rosengarten.

Es war warm. Sie saß, in ein Buch vertieft, auf einer der Eichenbänke, die er eigens hierfür hatte anfertigen lassen.

Er kam von oben herunter und blieb einen Moment stehen, um diese friedliche Szene in sich aufzunehmen.

Sie hatte die tiefblauen Augen ihrer Mutter geerbt, soviel stand fest, und die dazugehörigen blonden Haare von ihrem

Vater, eine Kombination, die die Männer schon seit Tausenden von Jahren bezauberte.

Es gab Leute, die behaupteten, sie hätte das Lachen des Barons geerbt.

Er war nicht dieser Meinung.

Daß sie lachen konnte, darüber bestand kein Zweifel. Und wenn sie zusammen lachten, wie es häufig der Fall war, konnte er eine gewisse Ähnlichkeit mit ihm nicht leugnen. Doch wenn seine Tochter den Mund öffnete, blitzten ihre weißen Zähne, und aus ihrer melodischen Stimme klang überschäumende Fröhlichkeit. Daran hatte er keinen Anteil.

Sabrina war nun sechzehn Jahre alt, und, obwohl körperlich bereits erwachsen, in vieler Hinsicht doch noch sein kleines Mädchen, so unschuldig, so voller Liebe zum Leben und unberührt von der ernüchternden Wirklichkeit des Erwachsenwerdens. Sie balancierte auf der Schwelle zur Reife; in einem Augenblick freute sie sich wie eine Siebenjährige an einer wundersamen Entdeckung, im nächsten schon trat ein Blick in ihre Augen, der erahnen ließ, daß sie erwachsen wurde.

Manchmal schnitt es ihm ins Herz, wenn er darüber nachdachte, wie kurz die Zeit vermutlich war, die er noch mit ihr würde teilen können.

Wie viele Stunden hatten sie gemeinsam hier im Rosengarten verbracht! Sie hatte ihm geholfen, fünfzig oder mehr von den Rosenstöcken zu pflanzen, die sie beide so liebten. Hier hatte sie auf seinem Schoß gesessen oder auf seinen Schultern, wenn sie sich die Rosen besehen hatten. Hier hatte er ihr vorgelesen, ihre Tränen getrocknet und viele seiner Gedanken mit ihr geteilt.

Der Rosengarten war eine Welt für sich. Er kam hierher, um allein zu sein, um nachzudenken, um zu beten. Hier war sein Zufluchtsort. Zwischen diesen Bäumen, Büschen und Hekken hatte er seiner Tochter so viel von seinem eigenen Glauben mitgegeben.

Baron Heinrich von Dortmann war das Bild eines Germanen, wie es in diesen Zeiten verherrlicht wurde. Er war imposant, nicht nur aufgrund seiner Größe von 1,88 Metern, sondern wegen seiner ganzen Erscheinung, auffallend gutaussehend und immer bestens gekleidet. Doch viel wohler fühlte er sich, wenn er die Kluft eines Arbeiters trug, ausgetretene Stiefel an den Füßen hatte und seine Hände schmutzbedeckt waren von der fruchtbaren dunklen Erde, die er so liebte.

Sein dichtes, früher blondes Haar, war beträchtlich nachgedunkelt und wurde allmählich grau. Seine ausdrucksvolle, ekkige Stirn wies Falten auf, die allerdings keine Sorgenfalten waren. Die buschigen Augenbrauen darunter – sie erinnerten daran, daß er in seiner Jugend blond gewesen war – betonten seine Augen.

Sein Gesicht war kantig und wohlproportioniert, mit ausgeprägten Gesichtszügen.

Er sprach mit einem sanften, fast seidigen Bariton, weder besonders tief noch besonders laut, doch sehr klangvoll. Es war eine Stimme, der man zuhörte, selbst wenn sie nur flüsterte, eine Stimme voller Autorität.

Doch es waren nicht die äußerlichen Merkmale, die den Baron herausragen ließen, sondern seine inneren Werte, die sich in seinen hellblauen Augen widerspiegelten. Sie drückten Begeisterung für das Leben, Frieden und Zufriedenheit aus, und vor allem eine tiefe Liebe zu allen Lebewesen. Es waren Augen, die nach *innen* sehen konnten und sich nicht mit dem äußeren Anschein zufrieden gaben.

Heinrich von Dortmann war tatsächlich aus einem anderen Holz geschnitzt als die meisten seiner Zeitgenossen des Deutschen Reiches. Sein Lebensziel stand im krassen Gegensatz zu den Zielen, denen das Reich und seine Anhänger dienten. Trotz seines Titels und seiner durch und durch deutschen Abstammung erstreckte sich sein Geburtsrecht weiter als auf die germanische und keltische Tradition, von der der Name *Dortmann* abgeleitet war. Seine eigentlichen Wurzeln lagen weiter südöstlich, in dem Gebiet auf der anderen Seite des Mittelmeeres. Sein wahres Geburtsrecht hatte er nicht durch das Blut seiner Eltern erworben, sondern nach dem dritten Kapitel des vierten Evangeliums. Denn er wußte, daß er ein Kind Gottes war, einer jener sozusagen privilegierten Heiden, von denen Petrus und Paulus sprachen, die in die königliche Abstammung Davids erhoben worden waren. Er war ein Hebräer durch den Glauben, und von daher nicht minder ein Sohn und Nachkomme Abrahams.

Heutzutage war es jedoch nicht sehr klug, solche Gedanken und Gefühle zu äußern. Baron Heinrich von Dortmann ließ sich zwar nicht von Furcht regieren. Doch er fürchtete um die, die er liebte, besonders um seine Frau und seine Tochter. In welch einer Welt würde Sabrina leben müssen? Würde die Ruhe der zwanziger Jahre erhalten bleiben, oder würde ihr unschuldiges Lächeln von bitteren Tränen gezeichnet werden? Würde er in der Lage sein ...

Er rief sich selbst zur Ordnung. Solche Fragen durfte er sich nicht stellen. Das hatte keinen Zweck. Er konnte nicht wissen, was die Zukunft bringen würde, und er hegte immer noch die Hoffnung, daß sich alles zum Guten wenden würde.

Mit einem tiefen Seufzer schob er seine aufgekommene Melancholie beiseite und strebte dem Rosengarten zu.

*

Obwohl er vermutlich ohnehin kein Wort begriffen hätte, ärgerte sich der stumme Beobachter, daß er die nun folgende Unterhaltung zwischen dem Baron und seiner Tochter nicht verstehen konnte.

8

Das Geheimnis des Gartens

Sabrina schaute auf und lächelte ihren Vater an.

„Hallo, Papa“, sagte sie.

„Du siehst aus, als wärst du tief in Gedanken versunken,

meine Tochter", erwiderte der Baron. „Was hast du gelesen?"

„Die Asher-Übersetzung von George MacDonald, die du mir gegeben hast."

„Ach ja. Unser Freund Herr Asher in Berlin erweist den Deutschen mit seinen Übersetzungen einen wertvollen Dienst. Wie findest du das Buch?"

„Es ist so ganz anders als jedes Buch, das ich bisher gelesen habe, Papa. Ich würde es gerne auch im Original lesen."

„Ich werde sehen, was Herr Buchmann für uns in seinem Laden finden kann. Es könnte schwierig werden. Ausländische Publikationen, besonders die von MacDonald, sind in manchen Kreisen heutzutage recht verpönt. Doch ich werde sehen, was ich tun kann, Sabrina. Ich habe eine Reihe von Originalausgaben in der Bibliothek, aber ich fürchte, daß dieses Buch nicht dazugehört."

„Vielen Dank, Papa."

„Wo bist du denn gerade?"

Sabrina suchte den Blick ihres Vaters und lächelte wissend.

„Ich glaube, ich habe soeben entdeckt, warum du mir ausgerechnet *dieses* Buch von ihm gegeben hast", sagte sie verlegen.

„Willst du damit etwa andeuten, ich hätte etwas Bestimmtes im Sinn gehabt?" entgegnete der Baron mit Unschuldsmiene und doch verschmitzt lächelnd.

„Papa, du wußtest genau, daß ich den Abschnitt finden würde."

„Ich weiß gar nicht, wovon du sprichst!"

„An dem Tag, an dem du mir das Buch gegeben hast, hast du über unseren *Frühlingsgarten* gesprochen und über Gärten im allgemeinen. Du hast gesagt, je älter der Garten ist, desto mehr würdest du ihn mögen. Das kannst du nicht vergessen haben."

Der Baron lächelte. „Vielleicht erinnere ich mich wirklich an diese Unterhaltung", sagte er.

„Ich habe dich nach dem Grund gefragt. Du sagtest, manchmal würden bestimmte Dinge schlafend unter der

Erde liegen und darauf warten, sich den Menschen wieder zu zeigen. Ich sagte, daß sich das anhörte, als könnten Erde, Samen, Zwiebeln und Wurzeln selbständig denken und entscheiden."

„Und ich erwiderte, daß meine Bemerkung sich eher auf die Realität bezöge und nicht auf Pflanzen."

„Und dann sagtest du, da wir gerade bei Gärten waren", fuhr Sabrina fort, „daß die Dinge in der Erde, obwohl sie nicht wirklich *denken* könnten, doch ein Bild für die Gedanken Gottes seien, der niemals aufhöre, darüber nachzudenken, wie er sich denen offenbaren könne, die ihn sehen wollten. Du sagtest, daß Gott, als er den Samen, die Erde, die Pflanzen und Bäume schuf, sein eigenes Leben in sie hineingelegt habe, das niemals sterben könne und immer die richtige Gelegenheit abwarte, lebendig zu werden und zu blühen."

Der Baron lachte in sich hinein. Seine Tochter hatte sein Spiel durchschaut.

„Du scheinst dich noch sehr gut an diese Unterhaltung zu erinnern."

„Ich erinnere mich an alles, was du mir über den Garten und das Wachstum der Pflanzen erzählst, Papa." Ihre Stimme klang ernst.

„Darüber freue ich mich, meine Tochter. Alle Lebewesen haben uns so viel von ihrem Schöpfer zu erzählen."

„Von dem du vieles an mich weitergegeben hast."

„Geheimnisse, Wahrheiten, die nur den besonders Aufmerksamen und Suchenden offenbart werden."

„Warum ist das so, Papa? Warum möchte Gott nicht, daß alle so viel wie möglich von ihm wissen?"

„Das möchte er ja, Sabrina."

„Warum gibt es dann so viele Geheimnisse? Warum kann man so vieles nicht verstehen?"

„Aus demselben Grund, warum so viele der eindrucksvollsten Wunder die meiste Zeit unter der Erde verborgen sind und nur für eine kurze Zeit im Jahr zum Vorschein kommen, sich dann aber auch nur denen offenbaren, die sie lieben."

„Ich verstehe dich nicht, Papa."

Der Baron ging einige Schritte, zog sein Messer aus der Tasche und schnitt eine orangefarbene Rose von einem Busch, die sich schon ganz geöffnet hatte. Er gab sie seiner Tochter und setzte sich neben sie auf die Bank.

„Sag mir, Sabrina", meinte er, „ist das nicht eine einzigartige Blume?"

„Ja, natürlich, sie ist wunderschön."

„Glaubst du, daß Onkel Otto und seine Freunde in Berlin, die bei diesem Gartenfest gewesen sind, eine solche Rose bewundern würden?"

„Ja. Sie haben alle Blumen bewundert, die gerade blühten und auch die Blumen, die abgeschnitten in den Vasen standen."

„Meinst du, daß sie sie aus denselben Gründen bewundern wie du und ich, oder nur wegen ihrer schönen Farbe und ihres süßen Duftes."

„Wie meinst du das? Lieben wir sie nicht auch wegen ihrer Farben und ihres Duftes?"

„Natürlich. Aber doch auch wegen der tieferen Dinge, die sie uns erzählen ... ihrer Geheimnisse ... den Einblicken, die sie uns in die ewigen Dinge gewähren."

„Vielleicht hast du recht. Ich bezweifle, daß irgendeiner der Leute auf Onkel Ottos Gartenfest an so etwas gedacht hat, als er dort die Blumen sah."

„Die Menschen sehen auf verschiedenen Ebenen, Sabrina. Es gibt innere und äußere Augen. Darum spricht unser Herr auch davon, daß die Menschen sehen und hören, und doch nicht wahrnehmen. Manche Menschen sehen und *sehen doch nicht.* Sie hören, aber *hören doch nicht,* und darum habe ich dich so oft hierhergebracht, als du noch klein warst, damit du die Erde und das, was der Vater daraus entstehen läßt, lieben lernst."

„Im Wachstum liegen mehr Geheimnisse verborgen, als wir jemals begreifen werden", erwiderte seine Tochter. „Das hast du mir so oft erzählt."

Der Baron erhob sich und ging zu einem leeren Beet, wo die Erde aufgehackt und mehrere Löcher gegraben worden waren, um neue Rosenstöcke zu pflanzen. Er kniete sich hin, nahm eine Handvoll Erde und setzte sich wieder neben seine Tochter.

„Was siehst du hier in meiner Hand, Sabrina?"

„Erde."

„Siehst du eine Farbe, riechst du den Duft einer Rose?"

Sie schüttelte den Kopf.

„Vielleicht ist die Schönheit tatsächlich in die Rose hineingelegt, die du in deiner Hand hältst", fuhr er fort. „Doch das *Leben*, das *Geheimnis* – das halte ich in meiner Hand! Jetzt, wo ich die wunderschöne orange Blüte abgeschnitten habe, hat sie schon begonnen zu sterben. So lange sie tief in der Erde verwurzelt ist, lebt die Pflanze, gedeiht und blüht in dieser wunderschönen Farbe. Doch sobald man sie aus der Erde herausreißt, ist ihr Leben vorbei."

Er machte eine Pause und starrte auf seine Hand.

„Sieh sie dir nur an", meinte er schließlich. „Was siehst du? Nichts als Schmutz, würden die meisten sagen. Lege die Erde auf das Kleid einer Frau, auf den Fußboden in unserem Wohnzimmer oder auf einen Teller auf unseren Eßtisch. Dort wäre sie vollkommen fehl am Platz."

Bei dieser Vorstellung mußte Sabrina lachen.

„Wir verachten sie und verbannen sie aus unseren Wohnungen, und bevor wir das Gemüse aus dem Garten deiner Mutter essen, waschen wir sorgfältig alle Spuren der Erde ab. Ist es nicht seltsam, daß diese verachtete Masse, die wir *Dreck* nennen, der Lebensspender jeglichen Lebens ist, das auf Gottes schöner Welt wächst?"

„Darüber habe ich noch nie nachgedacht."

Sie saßen eine Weile schweigend da. Dann erhob sich Herr von Dortmann, warf die Erde wieder in das Loch, aus der er sie geholt hatte, und sagte: „Komm, Sabrina – ich möchte dir noch etwas anderes zeigen."

Sie erhob sich, nahm seinen Arm und folgte ihm aus dem Garten, den Weg entlang, der den Hügel hinunter führte hin zu den Feldern, auf denen unter der sengenden Sommersonne die Ähren reiften.

Sie gingen ein kurzes Stück durch das Kornfeld. Er pflückte einige Ähren ab, wie er es jedes Jahr Dutzende von Malen tat. Dann führte er sie einen Feldweg entlang und um die Ostseite des Abhangs herum bis zum Viehstall. Sie blieben beim Hühnerstall stehen, wo der Baron noch ein Ei fand, das die Küchenhilfe am Morgen übersehen hatte. Vierzig Minuten später saßen sie wieder auf der Bank im Rosengarten, außer Atem und erhitzt von der Hitze des Tages und der Anstrengung des Anstiegs.

Sabrina kannte ihren Vater gut genug, um zu wissen, daß sie nun schweigen und abwarten mußte. Vieles ging ihm im Kopf herum, und er würde es ihr sagen, wenn er seine Gedanken geordnet hatte.

Schweigend saß sie da und wartete geduldig auf seine weisen Gedanken.

Auch der Baron schwieg und rieb fast ehrfürchtig die Ähren in seiner Hand, bis ein oder zwei Dutzend winzige Körner in seiner Hand übrigblieben.

„In einem Monat werden sie goldgelb sein und reif zur Ernte stehen“, meinte er schließlich nachdenklich.

Er schüttelte sie ein wenig in seiner Hand hin und her und steckte schließlich alle bis auf eines in seine Tasche. Dieses eine reichte er Sabrina.

„Das Geheimnis des Lebens steckt in diesem winzigen Korn. Weißt du, wo, Sabrina?“

„Innen im Keim.“

„Ja, dort, wo das Auge des Menschen es nicht sehen kann.“

Er nahm es zurück und ritzte es vorsichtig mit dem Fingernagel auf. „Da, siehst du – der weiße Keim!“

Er schaute es einen Augenblick an, dann steckte er es in den Mund und kaute.

„Oh, Papa!“ lachte Sabrina, „du liebst wirklich alles, was wächst, nicht wahr?“

„Ich möchte gern Gottes Leben entdecken, wo immer es exisitert.“

Aus seiner anderen Tasche holte er das Ei, das er eben vorsichtig dort hineingelegt hatte. Er reichte es seiner Tochter.

„Und wo ist hier das Leben?“ fragte er.

„Im Dotter. Das hast du mir schon vor Jahren beigebracht.“

Er lachte. „Ermüden dich meine Lektionen, Sabrina?“

„Nein, nie, Papa!“

„Was haben nun das Ei, das Weizenkorn und die Erde gemeinsam?“

„Sie alle enthalten die Anlage zum Leben.“

„*Verborgenes* Leben!“ ergänzte der Baron. „Leben, das nur für diejenigen sichtbar wird, die danach suchen – und gerade darin liegt das Geheimnis!“

„Aber warum, Papa?“ fragte Sabrina. „Ich verstehe nicht, warum das so ist.“

„Ach ja. Das ist eine große Frage, Sabrina. Ich habe nicht vergessen, daß du sie gestellt hast. Darum habe ich auch mit dir den kleinen Spaziergang gemacht, um den Weizen und das Ei zu finden, sozusagen um mich vor einer Antwort zu drükken.“

Er wurde schweigsam und betrachtete die Schönheit des Gartens um sich herum.

„Gottes Wege sind oft seltsam und voller Geheimnisse“, fuhr er fort. „Warum versteckt er die Wahrheit immer? Es gibt so vieles, was ich nicht verstehe, Sabrina, und das gehört dazu! Aber manchmal verschließt Gott Wahrheiten in geheimnisvollen äußeren Hüllen, von denen man nicht auf ihren Inhalt schließen kann. Wer könnte von der harten Schale des Eis auf die Farbe und die Form des Dotters schließen? Wer kann auch nur erahnen, warum die Wurzel einer Rose in der Lage ist, Nahrung aus gemeinem Schmutz zu ziehen und solche Schönheit hervorzubringen?

Das wird mir immer ein Geheimnis bleiben. Aber ich denke, daß hier ein Prinzip sichtbar wird, nämlich daß Gott nur denen die Wahrheit offenbart, die wirklich danach suchen. Diejenigen, die die Wahrheit suchen, entdecken während ihres Lebens Schicht auf Schicht; diejenigen, die nur sich selbst suchen, verschließen sich immer mehr vor der Wahrheit, je mehr sie sich mit sich selbst beschäftigen.

Daher verschließt Gott die Wahrheit in äußeren Hüllen, damit diejenigen, die wirklich seinen Willen und seine Wege erfahren wollen, graben und suchen, beten und fragen – bis das Licht in ihren Herzen aufscheint.

Wir müssen durch die Schalen und Hüllen hindurchsehen, tief in das Herz aller Dinge. Wir müssen die Hüllen abpellen, die Schalen knacken, tiefer unter die Oberfläche in den fruchtbaren Boden graben, der vor unserem Blick verborgen ist – dort finden wir das Leben in allen Dingen!"

„Ist dies das Geheimnis des Gartens, von dem du mir immer erzählst?"

Der Baron lachte. „*Das* Geheimnis? Nein, mein Kind. Es ist nur eines von vielen tausend Geheimnissen!"

„Du redest immer mehr wie George MacDonald, Papa."

Wieder lachte Herr von Dortmann. Doch ganz plötzlich drängte sich ihm in dieser Unterhaltung mit seiner Tochter der Gedanke an seinen Bruder Otto auf. Sein Lächeln verschwand, und er wurde nachdenklich.

9

Beweggründe und Pläne

Der Regen trommelte gegen die Fensterscheiben.

Schon sehr früh am Morgen war der warme Sommersturm von der Ostsee heraufgezogen, und der Regen prasselte schon den ganzen Tag unaufhörlich auf Norddeutschland herunter. Die Bauern würden sich zweifellos freuen, doch die Straßen und Gehwege Berlins standen unter Wasser. Nun, da die Nacht hereinbrach, war immer noch keine Wetterbesserung in Sicht.

Emil Korsch stand am Fenster und starrte in die Dunkelheit. Er war kein Philosoph, doch irgendwie machte Regen ihn immer nachdenklich, soweit Nachdenken überhaupt zu seinen Fähigkeiten gehörte.

Die Zeiten sind genauso gefährlich wie die rutschigen Straßen Berlins, dachte er. Gefährlich und doch voller Gelegenheiten! Es war ein risikoreiches Unterfangen, viel gefährlicher für jemanden wie ihn, als vielen seiner Kollegen klar war. Sollte einer seiner Feinde sein Geheimnis entdecken und es dem Mann, den er in einer Stunde treffen wollte, verraten, dann würde er selbst eines der vielen namenlosen Opfer der SS-Säuberungsaktionen werden.

Korsch wendete sich vom Fenster ab, kehrte zu seinem Schreibtisch zurück und vertiefte sich in die Papiere, die vor ihm lagen. Er besaß Dossiers über Amerikaner, Deutsche, Russen, eine lange Liste einflußreicher Leute aus allen Schichten – Informationen, die er zu seinem eigenen persönlichen Gebrauch angesammelt hatte und einsetzen wollte, wenn es an der Zeit war, die nächste Sprosse auf der Leiter innerhalb der verborgenen Hierarchie der Geheimpolizei zu erklimmen. Die gestrige Aufforderung Himmlers, des Reichsführers der SS, zu ihm zu kommen, zeigte ihm, daß der Augenblick gekommen war.

Wenn er in Himmlers Gunst stand, konnte er schnell vorankommen, aber ebenso schnell konnte er wieder abstürzen. Er mußte nur aufpassen und sicherstellen, daß niemand sich zu intensiv mit seiner Vergangenheit beschäftigte.

Loyalität war in dieser Zeit keine verläßliche Ware. Der Wind drehte sich schneller, als einem lieb sein konnte. Und diese Sturmwolken waren nicht so sichtbar wie die des Unwetters, das vor zwölf Stunden über Norddeutschland niedergegangen war.

Wieder beschäftigte er sich mit den Papieren, die vor ihm lagen, um zu sehen, ob er irgend etwas übersehen hatte, das ihm bei dem späteren Gespräch nützlich sein konnte.

Er hatte sich Unterlagen aus allen Hierarchiestufen der nationalsozialistischen Partei besorgt, über führende Juden, Ausländer in Deutschland, Diplomaten, Kirchenführer und besonders über Finanziers und Industrielle, von deren Vermögen er profitieren konnte, wenn ihm die Gelegenheit dazu geboten würde. Ihm war jedes Mittel recht, Korruption eingeschlossen. Um so besser, wenn er neben der patriotischen Pflichterfüllung auch noch seine Taschen füllen konnte. Es sollte niemand behaupten, der Nationalsozialismus biete seinen Anhängern nicht genügend Gelegenheiten, voranzukommen und sich Vermögen zu schaffen ...

Vierzig Minuten später verließ Korsch das Gebäude. Er zog seinen Hut tief ins Gesicht, setzte sich in seinen Wagen und trat die Fahrt an zu der, wie er hoffte, schicksalhaften Begegnung mit dem angeblich zweitmächtigsten Mann Deutschlands.

Während der Fahrt dachte er über die Ereignisse nach, die ihn bis hierher gebracht hatten, bis dicht an den Gipfel der Macht.

Emil Korsch war in Moskau als Waslaw Korsakajew geboren worden. Im Alter von fünf Jahren wanderte er mit seinen Eltern nach Polen aus. Zwei Jahre später, kurz vor dem Ausbruch des Ersten Weltkriegs, zogen sie nach Deutschland. Die schmerzvollen Jahre seiner Kindheit hatten ihn zwei Dinge gelehrt: zu hassen und niemandem außer sich selbst zu vertrauen.

Die angeborene Antipathie der Deutschen den Russen gegenüber brachte ihn zuerst dazu, sich selbst zu hassen – seine Muttersprache, seinen Akzent, seinen Namen, seine russische Abstammung. Wo immer er hinkam, erfuhr er Verachtung und Spott. Er versuchte, sich anzupassen, wie die anderen Kinder zu sein, die neue Sprache korrekt zu sprechen. Doch er war nun mal anders, und sie waren darauf bedacht, ihn spüren zu lassen, daß er ein Außenseiter war und niemals „einer von ihnen" sein würde.

Deshalb lernte er schnell, auch die Deutschen zu hassen. Er haßte sie wegen ihrer Arroganz, ihres arischen Stolzes, ihrer vermeintlichen Überlegenheit gegenüber allen anderen Völkern und Rassen. Doch er lernte auch, daß er eine Rolle spielen und einer von ihnen werden mußte, wenn er überleben wollte. Er schwor sich, daß er mit zwanzig Jahren ein akzentfreieres Deutsch sprechen würde als jeder gebürtige Österreicher oder Bayer. Er würde sie mit ihren eigenen Waffen schlagen. Doch dieses Ziel mußte er im geheimen erreichen. Er würde sich als der vollendete Deutsche ausgeben und derjenige sein, der zuletzt lachte.

Nach dem Krieg änderte er seinen Namen in Emil Korsch um, wurde deutscher Staatsangehöriger, und nach dem Tod seiner Eltern konnte er sich in den politischen Wirren zu Beginn der zwanziger Jahre gefälschte Papiere besorgen, die ihn zu einem gebürtigen Deutschen machten, der genau hier, in Berlin, geboren und aufgewachsen war. Die Revolution in seinem Heimatland bekam er zwar mit, doch kam ihm niemals wirklich die Idee, ins Rußland der Bolschewiken zurückzukehren. Statt dessen wurde er ein deutscher Faschist und schließlich Angehöriger der SS.

Als Hitler 1933 die Macht ergriff, war Emil siebenundzwanzig und stand auf der Erfolgsleiter der Nazis. Der ganze Haß, der sich bei ihm während der vergangenen zwanzig Jahre angestaut hatte, leistete ihm nun gute Dienste, denn der Haß war das Öl, das die faschistische Maschinerie schmierte. Niemand anderes konnte geeigneter sein für die Gestapo, die im selben Jahr aus der preußischen Geheimpolizei entstand. Im darauffolgenden Jahr war er maßgeblich an der von Hitler und Göring angeordneten Säuberungsaktion beteiligt. Eigentlich hätte er lieber die SA-Führer und die katholischen Kirchenführer getötet und andere, mit denen der Führer noch eine alte Rechnung zu begleichen hatte. Doch im Laufe der Zeit lernte er, die Juden, die Christen und die Reichen zu hassen, aber auch die Amerikaner, die Engländer – und natürlich die Deutschen.

Je mehr er sich jedoch in den Faschismus verstrickte, desto mehr mußte er feststellen, daß er sich seltsamerweise zu den Wurzeln seiner Vergangenheit hingezogen fühlte und sich immer mehr für die Revolution interessierte, die über sein russisches Heimatland hereingebrochen war. Obwohl Bolschewiken und Faschisten erbitterte Feinde waren, und obwohl die Deutschen und Russen sich aus tiefster Seele haßten, schlugen doch zwei Herzen in seiner Brust. Heimlich fing er an, Marx und sogar Lenin zu lesen, und er mußte feststellen, daß ihm ihre kommunistischen Ideale sympathisch waren. Zu seinem ganzen Haß gesellte sich nun noch die kommunistische Feindschaft gegenüber dem Adel und den ehemaligen Landbaronen sowohl in Deutschland als auch in Rußland.

Trotz seines Ehrgeizes, die Karriereleiter innerhalb der SS emporzusteigen, identifizierte er sich mit den Idealen von 1917, nach denen alle alten Machtgruppen eines Tages fallen würden und eine neue Elite ihren Platz einnehmen würde. Die Großgrundbesitzer, die jüdischen Geschäftsleute, die mächtige christliche Kirche und die ehemals mächtigen Kontrollorgane der Regierung – sie alle würden eines Tages gestürzt werden, und Hitler schien derjenige zu sein, der als Kopf einer neuen Ordnung hervorgehen könnte. Daher wollte er auf die Nazis setzen. Ein in Rußland geborener Deutscher, Mitglied der nationalsozialistischen Partei und Angehöriger der Geheimpolizei mit kommunistischen Überzeugungen – alles in allem war Emil Korsch ein Rätsel für sich.

Er haßte die Christen genauso sehr wie Hitler die Juden. Während Hitlers Haß ideologischer und rassistischer Natur war, war seiner aus der persönlichen Erfahrung heraus entstanden. Die Deutschen, die seinen Vater und seine Mutter verfolgt und ihn so grausam behandelt hatten, waren keine Juden, sondern Lutheraner gewesen, gute deutsche Christen; seither hatte er nichts als Abneigung ihnen gegenüber empfinden können. Seiner Meinung nach hegten alle Christen Vorurteile gegen die, die anders waren als sie selbst. Es waren die vielen Millionen deutsche Christen gewesen, die Hitler an die Macht gebracht hatten und sich nun so energisch gegen die Juden wandten.

Die ganzen Jahre über hatte er Akten geführt, sie immer wieder auf den neuesten Stand gebracht, und als im Jahre 1933 der Pfarrernotbund gegründet wurde, hatte er damit begonnen, die Beteiligten intensiver zu beobachten in der Überzeugung, daß diese Informationen ihm noch einmal von Nutzen sein würden. Als von einer Anti-Nazi-Gruppe die Bekennende Kirche ins Leben gerufen wurde, hatte er sofort versucht, diese neue Bewegung zu unterwandern. Während Hitler und Himmler sich auf das Judenproblem konzentrierten, hatte er für sich die Möglichkeit des Vorankommens entdeckt, indem er Experte auf dem Gebiet der „christlichen Bedrohung" für den Faschismus wurde.

Auch war ihm von Anfang an klar, daß die Amerikaner, Briten und Franzosen eine große Bedrohung für die Zukunft des Nationalsozialismus darstellten. Ihr gemeinsames Ideal war die Freiheit, und der selbstgerechte Stolz auf ihre demokratische Regierung war ihnen allen gemein. Daher hatte er angefangen, auch über sie Informationen zu sammeln.

So hatte er langsam und vorsichtig sein eigenes Netzwerk von Untergebenen aufgebaut, indem er junge, eifrige Männer suchte, die er nach seinen Vorstellungen formen konnte.

Doch nun mußte er diese Gedanken und Pläne beiseite schieben. Der große Moment war gekommen.

Sein Herz klopfte ungewöhnlich schnell, als er auf die Tür zuging. Er zögerte nur einen kurzen Moment, dann klopfte er.

10

Eine Aufgabe

„Ach, Herr Korsch", sagte Himmler und schaute auf, als Korsch auf seine Aufforderung hin eintrat. „Ich freue mich, Sie wiederzusehen." Der Oberbefehlshaber der SS erhob sich nicht und gab ihm auch nicht die Hand.

„Das Vergnügen liegt ganz auf meiner Seite, Herr Reichsführer", erwiderte Korsch, schlug zackig die Hacken zusammen und streckte seinen rechten Arm zum Hitlergruß aus. Darauf näherte er sich dem Schreibtisch und blieb davor stehen.

„Mein Neffe hat eine sehr hohe Meinung von Ihnen, Korsch."

„Das freut mich zu hören."

„Er sagt, daß Sie eines Tages an der Spitze der Gestapo stehen wollen, und daß ich gut daran täte, eine höhere Position für Sie zu finden."

Korsch erwiderte nichts.

„Ich habe mir Ihre Akte angesehen", fuhr Himmler fort, „und ich muß sagen, daß Sie sich wirklich um das Reich verdient gemacht haben."

Die Unterhaltung zwischen dem einunddreißigjährigen Gestapomann und Heinrich Himmler, dem Chef der Polizei des Dritten Reiches und dem Kopf der SS und der Gestapo – er war nur sechs Jahre älter als Korsch – entsprach genau dem Klima der Zeit. In einem Regime, das die arische Rasse idealisierte, stellten diese beiden, genau wie ihr Führer, das vollkommene Gegenteil dar.

Himmler war klein in jeder Beziehung – klein von Statur, er hatte keine herausragenden persönlichen Eigenschaften, war unattraktiv und uninteressant. Sein rundes Gesicht, seine hohe, sanfte Stimme, seine runde Brille mit dem dünnen Rand und sein zögerndes, fast schüchternes Verhalten waren nicht dazu geeignet, Autorität auszustrahlen. Sein eigenwilliges, übertrieben gespreiztes Verhalten ließ ihn eher für einen Professorenposten geeignet erscheinen als für die Führung der Polizei eines Landes. Allerdings besaß er etwas, das in dem Naziregime äußerst wichtig war: ein Herz aus Stein.

Als Rassist haßte Himmler Juden, Schwarze, Asiaten, Russen, Serben und Araber. Schon die Säuberungsaktion des deutschen Militärs und der Regierung vom Juni 1934 war seinem Hirn entsprungen, und erst kürzlich hatte er insgeheim Pläne entworfen, alle Juden und Slawen gefangenzunehmen und auszurotten. Aber zuerst würde er natürlich gewisse geheime „Experimente" an den Gefangenen durchführen lassen zum Wohl der Wissenschaft und zur Förderung der Rassenbereinigung. Solche Experimente hatte er schon auf der kleinen

Hühnerfarm durchgeführt, auf der er vor dem Beginn seiner Karriere im Nationalsozialismus gearbeitet hatte.

Himmler war das perfekte Ebenbild seines Führers. Adolf Hitler, körperlich unansehnlich, machtbesessen, unfähig, persönliche Beziehungen zu pflegen und voller Haß, fühlte sich zu anderen hingezogen, die einen genauso deformierten Charakter besaßen wie er selbst. Durch Brutalität und die Verbreitung von Furcht und Schrecken war es ihnen gelungen, eine ganze Nation dazu zu bringen, ihre Befehle auszuführen. Hitler hatte eine einflußreiche Gruppe um sich geschart, zu der Himmler, Hermann Göring und Martin Bormann gehörten, bekannt auch als der „Mitternachtsclub". Dieser Name hätte nicht treffender gewählt sein können, denn unter ihrer dämonischen Führung führten sie das Land nicht in das glorreiche tausendjährige Reich, von dem sie träumten, sondern eher in die schwärzeste Nacht, die Deutschland jemals in seiner Geschichte erlebt hatte.

Die Führer, die die Überlegenheit der Deutschen predigten, waren, wie gesagt, selbst das genaue Gegenteil dieses Ideals. Eine Persönlichkeit, die zufrieden ist in ihrem Sein, sucht nicht den Konflikt, sondern den Frieden. Sie braucht sich nicht selbst zu überheben und sieht nicht auf die herab, die anders sind. Nur die Minderwertigkeit besteht darauf, sich über andere zu erheben. Die Tatsache, daß der deutsche Stolz, die deutsche Tapferkeit, Macht und Überlegenheit sich immer wieder selbst beweisen mußten, zeigte, daß diese vermeintlichen Charaktereigenschaften nur aufgesetzt waren und nichts als Angst dahinter steckte.

„Wie ich sehe", fuhr Himmler fort, während er auf die Papiere vor sich schaute, „haben Sie eine besondere Abneigung den Christen und der Kirche gegenüber."

„Das stimmt, Herr Reichsführer."

„Sind Sie Atheist, Herr Korsch?" Himmler schaute auf und beobachtete den Mann, der vor ihm stand. Ganz offensichtlich wollte er ihn prüfen.

„Meine Loyalität gehört dem Führer und dem Reich, mein Reichsführer", antwortete Korsch.

Himmler starrte ihn weiter an. Das gedämpfte Licht der Lampe über ihm wurde von seinen Brillengläsern reflektiert, so daß Korsch seine Augen nicht sehen konnte. Offenbar war er zufrieden mit dem, was er sah, denn nach einer Weile schaute Himmler wieder nach unten und fuhr fort zu sprechen.

„Ich bin froh, das zu hören", sagte er. „Wie Sie wissen, ist unser verehrter Führer ein regelmäßiger Kirchgänger und glaubt an Gott. Sein Glaube an den Allmächtigen ist die Wurzel von allem, wofür der Nationalsozialismus steht und was er erreichen möchte."

Er machte eine Pause und schaute Korsch wieder an. Doch der junge Nazi war genauso geübt darin, seine Gefühle zu verbergen wie der Reichsführer. Er schwieg.

„Die Kirche jedoch", fuhr Himmler fort, „ist neuerdings durchzogen von Elementen, die den Nutzen unserer Sache für die Religion Deutschlands nicht erkennen. Es gibt eine Minderheit von Kirchenführern, die, wie Sie sicherlich wissen, unserem Führer zunehmend kritisch gegenüberstehen."

„Ich weiß darüber Bescheid, Herr Reichsführer."

„Und was sollte man Ihrer Meinung nach mit ihnen tun?" Wiederum eine Testfrage.

„Sie müßten aus der Kirche entfernt werden, Herr Reichsführer."

Ein fast unmerkliches Lächeln umspielte die Lippen des SS-Führers. Sein Neffe hatte recht gehabt. Dieser junge Mann war sehr vielversprechend.

„Welche Vorgehensweise würden Sie vorschlagen?"

„Zuerst diskret."

„Und falls das fehlschlagen sollte?"

„Dann müßten stärkere Maßnahmen ergriffen werden."

„Sie sagten *entfernt* – meinen Sie damit aus der Kirche?"

„Und aus dem Reich, falls sie auch weiterhin gegen uns opponieren sollten."

„An welche stärkeren Maßnahmen hatten Sie gedacht, Herr Korsch?"

„Ein Verbot sämtlicher Aktivitäten und Predigten, ein Treueeid. Und wenn sie sich weigern, Verhaftungen."

„Wir haben solche Beschränkungen doch schon verhängt."

„Aber nur mit wenig Erfolg, wenn ich das so sagen darf, Herr Reichsführer."

Himmler schaute den jungen Mann scharf an. „Und Sie meinen, Sie könnten bessere Ergebnisse erzielen?" fragte er mit einem Anflug von kaltem Sarkasmus in der Stimme.

„Wenn Sie erlauben, ja, das glaube ich."

„Wie?"

„Ich habe Akten und Kontakte. Mit der Macht der Gestapo und der SS hinter mir bin ich überzeugt, daß dieser Illoyalität Einhalt geboten werden könnte."

Eine Pause folgte. Himmler blätterte die Akte durch, nahm ein Blatt heraus, schaute kurz darauf und sagte: „Wie ich sehe, sprechen Sie fließend Russisch, Herr Korsch."

„Ja, Herr Reichsführer."

„Wie sind Sie dazu gekommen?"

„Ich wuchs im Osten auf, Herr Reichsführer, in der Nähe von Polen. Dort lebten viele russische Einwanderer."

„Und Sie haben die Sprache ... nur aufgeschnappt?" fragte Himmler skeptisch.

„Ich habe eine Vorliebe für Sprachen."

„Dann lieben Sie Rußland, Korsch?"

„Nein", erwiderte Korsch eine Spur zu schnell. „Ich hasse Rußland, Herr Reichsführer."

„Genau wie unser verehrter Führer", entgegnete Himmler. „Warum erlernten Sie aber dann die russische Sprache?"

„Ich dachte, es könnte unserer Sache eines Tages dienlich sein, Herr Reichsführer."

„Vielleicht. Haben Sie schon Gebrauch davon gemacht?"

„Ich habe einige Kontakte zur Botschaft, die ich von Zeit zu Zeit pflege."

Diese Information nahm Himmler mit mehr Interesse auf, als er zeigen wollte. „Ich brauche einen Gestapomann, dem ich vertrauen kann", sagte er. „Es werden sogenannte *Verträge* mit den Bolschewiken abgeschlossen werden. Es könnte sein, daß ich einen Spion brauchen werde, der sich als einer von ihnen ausgibt. Glauben Sie, Sie könnten einen Russen spielen, Korsch?"

„Ich denke schon."

„Und wären Sie bereit dazu?"

„Mein Dienst für das Reich steht unter Ihrem Befehl, Herr Reichsführer."

„Haben Sie schon früher mit den Russen zusammengearbeitet?"

„Ich habe einen Diener in die Botschaft eingeschleust."

„Sie scheinen ein findiger junger Mann zu sein, Korsch."

„In der SS kommt man nicht voran, wenn man nicht in der Lage ist, die Initiative zu ergreifen."

„Ist Vorankommen denn Ihr Ziel?"

„Mein Ziel ist, dem Reich zu dienen."

Eine lange Pause folgte. Korsch stand reglos da. Himmler schaute auf seinen Schreibtisch und dachte nach.

„Können Sie töten, Korsch?" fragte er schließlich. Korschs Rolle in der Säuberungsaktion von 1934 war ihm unbekannt.

„Ja, Herr Reichsführer."

„Mit Ihren eigenen Händen?"

„Wenn es nötig ist."

„Haben Sie es schon getan?"

„Ja, Herr Reichsführer."

Wieder folgte ein kurzes Schweigen. Mittlerweile war es spät geworden. Die Stadt lag ruhig da. Kein Geräusch war im Gebäude zu hören.

„Ich werde Sie zu meinem Assistenten ernennen, Herr Korsch. Sie werden sich besonders der Christen annehmen", sagte Himmler schließlich. „Ich erwarte, daß Sie mir persönlich Bericht erstatten. Sie bekommen jede Hilfe, die Sie brauchen. Suchen Sie sich Ihre Assistenten aus, wenn sie nur loyal sind – mir, dem Reich und natürlich unserem verehrten Führer gegenüber. Haben Sie mich verstanden?"

„Jawohl, Herr Reichsführer."

„Sie haben für diese Angelegenheit ein Jahr Zeit."

„Ich werde Sie nicht enttäuschen."

„Natürlich nicht. In der Zwischenzeit versuchen Sie weiter, die russischen und amerikanischen Delegationen in Berlin zu unterwandern. Es könnte gut sein, daß wir diese Kontakte noch einmal benötigen werden."

„Ich habe verstanden, Herr Reichsführer."

Himmler beschäftigte sich mit einer anderen Akte. Korsch stand auch weiterhin reglos da. Nach einer Weile schaute Himmler auf, überrascht, den jungen Gestapomann noch immer vorzufinden.

„Das ist alles, Korsch", meinte er kurz angebunden.

„Jawohl, Herr Reichsführer", sagte dieser, streckte den Arm zum Hitlergruß aus, drehte sich um und ging.

Teil II

Das Geheimnis vom Reich Gottes

Hochsommer 1937

11

Gäste auf dem Lande

Die Einladung hätte zu keinem besseren Zeitpunkt kommen können, sagte sich Thaddeus McCallum.

Seit der deutschen Wiederaufrüstung im Jahre 1935 war die Situation der Botschaftsangehörigen immer schwieriger geworden. Mehr und mehr wurden sie von der Regierung unter Druck gesetzt. Die offizielle Neutralität Amerikas ließ sie auf einem diplomatischen Drahtseil zwischen den Franzosen, Engländern und Deutschen balancieren – was zunehmend schwieriger wurde angesichts der steigenden Aggressivität des Hitlerregimes.

Die Besetzung des Rheinlands im vergangenen Jahr war, wie McCallum befürchtete, erst der Anfang. Frankreich war nicht in der Lage, der deutschen Wehrmacht auch nur den geringsten Widerstand entgegenzusetzen, um den Status der entmilitarisierten Zone beizubehalten, der dem Rheinland im Versailler Vertrag auferlegt worden war. Daher wurden die Expansionsbestrebungen Deutschlands nicht behindert. Hitlers Absichten in Bezug auf sein Geburtsland Österreich waren bereits dokumentiert. Der Anschluß Österreichs an das deutsche Reich war das erklärte Ziel der Nazis. McCallum hatte große Befürchtungen.

Er las den Brief noch einmal durch.

Sein Freund, der Baron, mußte seine Gedanken erraten haben. Er wollte im Augenblick nichts lieber als der Stadt zu entfliehen. Ein Wochenende auf dem Gut der von Dortmanns wäre eine willkommen Atempause.

Matthew würde sicher nichts dagegen einzuwenden haben. Seit er dieses Mädchen auf dem Gartenfest kennengelernt hatte, sprach er nur noch von ihr. „Hör dir das an, Matt", sagte McCallum an diesem Abend und schaute seinen Sohn an. „Ich habe heute diesen Brief bekommen."

Er las ihn laut vor.

„Was meinst du dazu?"

„Ich weiß nicht, ob ich in der Lage sein werde, ihr noch einmal gegenüberzutreten, nachdem ich mich so blamiert habe."

„Sie hat sich prächtig amüsiert. Sie war naß und sah genauso schlimm aus wie du, aber es war ihr egal, daß die anderen über sie lachten."

Matthew nickte. „Ja, wenn ich es recht bedenke, hast du recht. Sie ist wirklich ein prächtiges Mädchen, so offen und persönlich."

„Genau wie ihr Vater. Sie sind recht ungewöhnliche Zeitgenossen, das steht fest. Was meinst du? Ich hätte gegen paar Tage auf dem Land nichts einzuwenden."

„Hört sich gut an. Wann sollen wir kommen?"

„Dieses Wochenende. Wir fahren Freitagnachmittag und reisen Sonntag wieder ab."

*

Vier Tage später bogen Matthew und Thaddeus McCallum von der Landstraße in die Birkenallee ein, die zum Gut von Baron Heinrich von Dortmann führte.

Oben angekommen fuhren sie um das wasserspeiende Pferd herum und hielten vor dem Haupteingang. Baron von Dortmann, der sie erwartet hatte, erschien höchstpersönlich an der Tür und hieß seine Gäste herzlich willkommen.

Eine halbe Stunde später, nachdem man den McCallums ihre Zimmer gezeigt hatte, hießen die drei von Dortmanns im Wohnzimmer ihre Gäste erneut willkommen.

„Ich möchte Ihnen meine Frau vorstellen, Mr. McCallum", sagte der Baron in seiner Muttersprache. „Sie spricht Ihre Sprache nicht, Sie werden also Ihr Deutsch gebrauchen können. Marion, dies sind Thaddeus McCallum und sein Sohn Matthew."

„Herzlich willkommen in unserem Hause“, sagte die Dame des Hauses und schüttelte Vater und Sohn die Hand. „Mein Mann hat mir schon viel von Ihnen beiden erzählt.“

„Guten Tag, Frau von Dortmann“, sagte McCallum.

„Ich hoffe, er hat nicht allzu ausführlich von mir erzählt“, sagte Matthew und warf Sabrina ein verschmitztes Lächeln zu.

„Ich fürchte, ich weiß über den Zwischenfall am Fischteich Bescheid“, meinte Frau von Dortmann lächelnd.

Matthew stöhnte.

„Aber machen Sie sich keine Gedanken. Sie sind hier unter Freunden. Nehmen Sie doch bitte Platz“, fügte sie hinzu. „Heidi wird uns gleich Kaffee und Kuchen bringen.“

„Ich sage Ihnen, McCallum“, sagte der Baron, als sich die fünf auf der bequemen Ledergarnitur niedergelassen hatte, „meine Frau und ihre Mädchen und Köche versorgen uns sehr gut. Es ist ein Wunder, daß wir noch nicht dick geworden sind.“

„Der deutschen Tradition entsprechend, nicht wahr?“ meinte der Amerikaner. „Wenigstens konnte ich das in der Zeit meines Aufenthalts hier feststellen.“

„In der Tat“, lachte der Baron. „Wir haben heute nur ein leichtes Mittagessen zu uns genommen. Heute abend um sechs werden wir nach amerikanischer Tradition das Abendessen einnehmen, morgen essen wir nach deutscher Sitte.“

„Sie könnten der Diplomat sein, Baron von Dortmann“, warf Matthew ein.

„Es ist uns wichtig, daß unsere Gäste sich hier wohl und wie zu Hause fühlen“, fügte die Gastgeberin hinzu.

„Haben Sie oft Gäste?“ fragte McCallum.

„Ich weiß nicht, ob man ‚oft‘ sagen kann, aber zumindest regelmäßig“, antwortete Frau von Dortmann. „Ja, wir haben alle möglichen Gäste hier – Freunde, Bekannte, manchmal auch Leute, die wir nicht einmal kennen.“

„Ich habe schon von der deutschen Gastfreundlichkeit gehört, aber das scheint mir doch ungewöhnlich –“

Er wurde von den beiden Mädchen unterbrochen, die die

Tabletts hereintrugen – auf dem einen standen eine Kaffee- und eine Teekanne, auf dem anderen einige leckere Kuchen. Die Mädchen stellten die Tabletts ab und begannen, die Gastgeber und ihre Gäste zu bedienen.

Einige Minuten später nahm Baron von Dortmann das Gespräch wieder auf.

„Vielleicht ist Ihnen die Inschrift über der Eingangstür aufgefallen", meinte er.

„Ja, sie ist mir tatsächlich aufgefallen, doch um ehrlich zu sein, ich habe mir nicht die Zeit genommen, sie zu entziffern. Sagen Sie mir doch, was darauf steht."

„Die Inschrift lautet: Ein Landhaus für Leben und Zurückgezogenheit", antwortete der Baron.

„Das ist mir nicht ganz klar."

„Wortwörtlich würde man es wohl übersetzen: Ein Landhaus für Leben, Abgeschiedenheit und Einsamkeit. Eine Art Zuflucht also. Über die Jahre hinweg setzte sich der Name *Lebenshaus* durch. Eigentlich ist das kein einwandfreies Deutsch, es müßte korrekterweise *Haus des Lebens* heißen. Doch ich wollte gern nur ein Wort als Namen haben, und da wir eine mehrsprachige Familie sind, haben wir eben ein neues Wort geschaffen."

„Ich glaube, ich verstehe die Bedeutung. Eine Art Quelle für die Seele."

„Genau! Das gefällt mir – eine Quelle für die Seele! Sehr gut ausgedrückt!" Der Baron lachte herzlich.

„Was bedeutet das alles?" fragte Matthew. „Sie haben die Worte erklärt, aber nicht, was sich hinter ihnen verbirgt."

„Einen scharfsichtigen Sohn haben Sie da, Herr McCallum", bemerkte Frau von Dortmann. „Er weiß die richtigen Fragen zu stellen."

„Auch ich bin neugierig, was die Inschrift zu bedeuten hat", meinte Thaddeus. „Die Bedeutung hinter der Bedeutung."

„Ich habe die Inschrift angesprochen als Antwort auf Ihre Frage nach unseren Gästen", erklärte der Baron. „Wie Sie sehen können, sind wir eine kleine Familie, die gesegnet ist mit einem riesengroßen Haus, in dem eigentlich zwanzig Familien untergebracht werden könnten. Trotz unserer Bediensteten und Gutsarbeiter, die längst nicht mehr so zahlreich sind wie früher, steht dieses Gebäude zur Hälfte leer."

Der Baron machte eine Pause und trank einen Schluck Kaffee.

„Schon seit einer Reihe von Jahren sind wir mit Besuchern und Gästen gesegnet. Einige kommen aus der Nachbarschaft, einige aus den größeren Städten, wieder andere von weither. Wie es begonnen hat, wissen wir selbst nicht so genau. Doch seit wir verheiratet sind – wie lange ist das jetzt her, Schatz, einundzwanzig Jahre? –"

„Ja, Heinrich", antwortete seine Frau lächelnd, „einundzwanzig Jahre."

„... Während der ganzen Zeit sind immer wieder Leute hierher gekommen. Zuerst waren es nur unsere Freunde, dann Freunde dieser Freunde, bis so ganz allmählich bekannt wurde, daß es hier auf dem Land einen Ort gibt, an dem man Frieden und Ruhe finden kann. Wir haben uns nicht bewußt darum bemüht, doch es hat uns bereichert, und die Gästezimmer im *Lebenshaus* sind uns nun genauso wichtig wie unsere eigenen Zimmer. Einige von ihnen sind immer hergerichtet, damit sie jederzeit in Anspruch genommen werden können."

„Sehr interessant. Was tun die Leute hier, wenn sie kommen?"

„Es gibt keinen festen Zeitplan, wenn Sie das meinen. Manchmal unterhalten wir uns, manchmal bleiben sie für sich. Das Anwesen übt eine beruhigende Wirkung aus. Viele haben uns hinterher gesagt oder geschrieben, sie seien durch die Zeit hier grundlegend verändert worden. Manche kommen auch nur, um den Garten zu sehen."

„Ja, ich habe schon von Ihrem Garten gehört."

„Was für Gründe die Leute auch immer haben mögen, sie sind willkommen im *Lebenshaus,* und obwohl ich einen Titel trage, der früher von einiger Bedeutung war, betrachte ich mich, wenn Gäste hier sind, als ihr Diener. Wir hier und unser

Gut haben uns dem Leben verschrieben, Thaddeus ... dem Leben, das Gott gegeben hat, in welcher Form auch immer."

Es wurde still im Zimmer und alle dachten über die Bedeutung der Worte des Barons nach.

Der Rest des Tages verging wie im Fluge. Es war schon spät, als man sich zurückzog. Der Baron freute sich darüber, daß diese beiden Männer ihm so gute Freunde geworden waren.

12

Ein Morgen im Garten

Ich wußte, daß ich dich hier finden würde, Papa!"

„Sabrina", rief der Baron und drehte sich überrascht um. „Was führt dich so früh hierher?"

„Der Sonnenaufgang weckt nicht nur die Männer, wie du weißt, Papa. Manchmal ruft er auch mich."

Der Baron lachte. „Der Morgen ist die schönste Zeit am Tag. Wie man ihn verschlafen kann, werde ich wohl nie verstehen, obwohl ja alle unterschiedlich veranlagt sind. Und woher wußtest du nun, daß ich hier war?"

„Wo solltest du sonst sein?"

„Du kennst mich tatsächlich sehr gut!"

„Na ja, ich bin auch dem Geruch deines Kaffees gefolgt", fügte Sabrina lächelnd hinzu.

Baron von Dortmann schaute auf die Tasse in seiner Hand an und lachte. Das starke, schwedische Gebräu war in der Tat sehr aromatisch.

„Es gibt nichts Schöneres als die kühle, feuchte Morgenluft", sagte er, „bevor die Hitze des Tages die Feuchtigkeit und Kühle der Nacht vertreibt. Ist deine Mama schon aufgestanden?"

„Sie ist mit Heidi und Carola in der Küche."

„Und unsere Gäste?"

„Ich habe sie noch nicht gesehen. Ich fürchte, sie verschlafen die schönste Zeit des Tages."

„Dieses eine Mal werden wir ihnen noch verzeihen", lachte ihr Vater. „Sie haben die lange Fahrt hinter sich und werden mindestens eine Nacht brauchen, um die Fesseln der Stadt abzuschütteln. Und wir haben sie gestern abend so lange festgehalten! Doch morgen sind sie bestimmt auf den Beinen, noch bevor der Hahn kräht!"

Der Baron nahm einen Schluck Kaffee aus seiner Tasse, während Sabrina langsam zwischen den Rosenbeeten herging.

Sie machte einen großen Bogen und kam schließlich wieder zu der Bank, wo ihr Vater noch immer saß.

„Als ich kam, hast du nicht nur die Rosen bewundert, nicht wahr?"

Der Baron lächelte und nickte dann.

„Ich bete immer für diejenigen, die Gott uns schickt. Er hat uns so viel geschenkt. Was er von uns hier möchte, ist viel mehr, als nur Getreide zu ernten. Auf den Feldern Gottes wächst eine ganz andere Ernte."

„Du hast für Matthew und seinen Vater gebetet?"

„Ich habe sie vor Gott gebracht und ihn gebeten, daß er ihnen ihre Zeit hier von Nutzen sein läßt – in Bezug auf das, was wirklich zählt."

„Als ich heute morgen aufgewacht bin, habe ich auch an sie gedacht, Papa."

„Es ist kein Zufall, daß sie hier sind. Obwohl ich es war, der sie eingeladen hat, hat alles, was Gott geschehen läßt, doch einen Sinn. Ich versuche immer, diesen Sinn herauszufinden, obwohl ich ihn manchmal nur recht langsam begreife."

„Kennst du Gottes Wege immer, Papa?"

Er seufzte. „Vielleicht erscheine ich dir als ein glaubensstarker Mann, weil ich schon so lange mit Gott lebe, und vielleicht weiß ich wirklich schon viel von ihm, was ich dir weitergeben kann. Aber, ach, meine Tochter, es gibt Augenblicke, in denen ich mich so schwach fühle, als wäre ich noch ein Kind."

„Das kann ich wirklich kaum glauben, Papa." Sabrina war verwirrt.

„Du wirst es eines Tages verstehen, mein Kind. Eines Tages wirst du es verstehen."

Sie trennten sich. Sabrina ging noch weiter in den Garten hinein; der Baron blieb sitzen, wo er war.

Eine dreiviertel Stunde später tauchten Vater und Tochter Arm in Arm aus dem Garten auf und stiegen die Steintreppe hoch. Der Baron hielt eine einzelne langstielige rote Rose in der Hand. Sie gingen ins Haus. In der Küche herrschte bereits rege Geschäftigkeit.

Nachdem er die Dienstboten freundlich begrüßt hatte, ging er zu seiner Frau hinüber, reichte ihr die Rose, umarmte sie und flüsterte ihr etwas ins Ohr.

Als einzige Antwort darauf lächelte sie.

Darauf verließ der Baron die Küche, um zu sehen, ob seine Gäste schon aufgestanden waren.

„Was hat Papa zu dir gesagt, Mama?" fragte Sabrina.

„Das, was er mir jeden Morgen sagt", erwiderte ihre Mutter.

„Aber was denn, Mama?"

„Er hat mir das Geheimnis der Rose erzählt."

13

Ritt durch die Wälder

Gegen halb elf Uhr an diesem Morgen führte Sabrina Matthew den Hügel hinunter zu den Ställen; sie wollten vor dem Mittagessen noch ausreiten. Schmidt, der Stallbursche, stand bereit, um das Pferd zu satteln, das der Gast sich auswählte.

Sabrinas Lieblingspferd, den dunkelbraunen Trakehner-Wallach Luchs, hatte er bereits zum Morgenausritt fertiggemacht.

Zwanzig Minuten später ritten sie los, Sabrina auf Luchs und Matthew auf einer Schimmelstute namens Waldfee. Sabrina wählte den Weg am Garten vorbei in Richtung Süden. Sie überquerten den Fluß auf einer schmalen Holzbrücke.

„Hast du dich von deinem Sturz in den Teich meines Onkels erholt?" fragte Sabrina, während sie dahinritten. Das „Du" war ihr ganz von selbst über die Lippen gekommen, ohne daß sie es bemerkte.

„Ich hatte gehofft, du würdest dieses Thema nicht anschneiden!" Auch Matthew benutzte die vertraute Anrede; es schien ihm nur natürlich.

„Es war doch gar nicht so schlimm, oder?"

„Ich fand es regelrecht demütigend! Daß ich das meinem Vater antun mußte, wo all die wichtigen Leute da waren!"

„Ich fand es lustig!"

„Dir hat es nichts ausgemacht, was deine Kusine von dir gedacht hat, als du zum Haus zurückmarschiert bist, nicht wahr? Mit vollkommen durchnäßtem Kleid, ich pitschnaß hinterher, und alle haben gelacht."

„Wen kümmert schon, was sie dachte?" lachte Sabrina. „Ich meine immer noch, daß es lustig war!"

Sie ritten weiter über die Wiese auf der anderen Seite des Flusses, bis der Feldweg in den Tannenwald mündete. Bald waren sie vom Schatten der Bäume umgeben. Eine ganze Weile hörten sie kein anderes Geräusch als den Hufschlag ihrer Pferde.

„Ist das nicht ein herrlicher Geruch?" seufzte Sabrina schließlich.

Matthew atmete tief durch und nickte ihr lächelnd zu. „Es gibt nichts, was dem Duft eines Tannenwaldes vergleichbar wäre", sagte er, „besonders an einem warmen, sonnigen Tag. Ich denke, es muß irgend etwas in der Tanne sein – in den Nadeln, der Rinde oder sonstwo –, das besonders auf die Sonnenstrahlen und ihre Wärme reagiert. An warmen Tagen verströmen sie einen Duft, dem nichts in der Welt gleichkommt. Ich liebe diese Wälder."

„Gibt es dort, wo du herkommst, auch Wälder?"

„Ob es dort Wälder gibt!" antwortete Matthew. „Nun, dort, wo ich herkomme, würde man diese kleine Baumgruppe, so wunderbar sie auch duftet, wohl kaum einen Wald nennen."

„Woher kommst du denn?"

„Aus einem Bundesstaat mit Namen Montana."

„Hmm ... ich habe von New York und Kalifornien gehört, aber nicht von Montana. Ist es schön dort?"

„Schön ist gar kein Ausdruck dafür! Es ist so riesengroß und offen. Dort gibt es zwar keine Alpen, aber Berge, die wir die Rockies nennen. Und riesige Ebenen, wo es Hirsche, Elche und sogar Büffel gibt."

„Und Wälder?"

„Wälder, wie du sie noch nie gesehen hast! Tannen- und Fichtenwälder – und jeder hat seinen eigenen Duft, sein eigenes Buschwerk und sein eigenes Wild."

„Wie groß ist der Bundesstaat Montana?"

„So groß wie dein ganzes Deutschland!"

„Ein kleiner Staat so groß wie ganz Deutschland?"

„Kannst du dir nun die Wälder vorstellen?"

„Ein bißchen vielleicht."

„Stell dir einen Wald vor, der sich von hier bis nach Berlin erstreckt und bis hinunter nach Posen, ohne Unterbrechung, ohne eine Stadt oder ein Dorf, dann kommt eine kleine Lichtung mit zwei oder drei Städten, und dann wieder ein Wald, der genauso groß ist wie der auf der anderen Seite der Städte. So groß sind die Wälder in Montana."

Sie schwiegen eine Weile.

„Aber du magst meinen kleinen Tannenwald doch auch, oder?"

„Ja", lachte Matthew, „hier bin ich Montana so nah wie in den vergangenen vier Jahren nicht mehr."

„Ich möchte dir gern einen meiner Lieblingsplätze zeigen."

Sabina galoppierte davon, und Matthew tat sein Bestes, ihr

auf seiner gutmütigen Stute zu folgen, doch sie war schon beinahe außer Sicht, als sie auf einmal abrupt anhielt und abstieg.

Matthew holte sie ein und stieg ebenfalls ab. Sie banden ihre Pferde an einem Ast an, und sie führte ihn durch die Bäume.

Sie gingen über den mit Tannennadeln übersäten, weichen Boden zwischen Bäumen hindurch, deren Stämme nicht mehr als dreißig Zentimeter im Durchmesser maßen. Nun, da ihre Pferde nicht mehr bei ihnen waren, hörte man nur das leise Knacken der Äste, auf die sie traten.

Allmählich wurde der Wald dichter. Immer noch ging Sabrina weiter. Schließlich mußte Matthew seine Hände schützend vor das Gesicht halten. Zielstrebig bahnte Sabrina sich ihren Weg weiter durch das Dickicht, und er folgte ihr blind, bis sie auf einmal an eine Lichtung kamen.

Matthew schaute sich erstaunt um.

„Jetzt staunst du, was?“ lachte Sabrina.

„Ich könnte nicht sagen, wo du mich hingeführt hast! Selbst in einem so kleinen Wald kann man sich ohne weiteres verirren – aber was ist das hier?“

„Eine Lichtung – eine Wiese.“

„Aber sie ist ... sie ist so geschützt, so versteckt, und liegt doch mitten im Wald.“

Er schaute sich weiter um. Tatsächlich standen sie am Rand einer runden Lichtung, etwa zehn Meter im Durchmesser und umgeben von dichtem Tannenwald. Die Wiese selbst war sehr flach, kein Busch war darauf zu sehen, nur saftiges, grünes Waldgras, dicht und immer noch feucht vom Morgentau.

„Unsere Wälder sind vielleicht nicht so riesig, doch auch sie haben ihre Besonderheiten. Solche kleinen Wiesen gibt es hier überall. Man würde sie niemals hier vermuten, weil man nicht durch das Dickicht sehen kann, das sie umgibt.“

„Es ist wundervoll hier ... so geschützt und ruhig“, sagte er und ging langsam über die Wiese. In der Mitte blieb er stehen und drehte sich um sich selbst, so als wolle er jeden Zentimeter dieses Plätzchens in sich aufnehmen. „Man sieht nichts außer dem Gras unter seinen Füßen, der Mauer von Bäumen und dem blauen Himmel direkt über sich. Eine kleine Welt für sich! Wie hast du diese Lichtung gefunden?"

„Seit ich vier oder fünf Jahre alt war, habe ich in diesen Wäldern gespielt und bin hier geritten. Ich kenne fast jeden Zentimeter hier."

„Kommst du oft hierher?" fragte Matthew.

„Ich habe einige solcher Lieblingswiesen wie diese. Hier äst das Rotwild, von dem es genügend gibt."

„Es ist so friedlich hier – ich liebe diesen Ort!"

„Aber jetzt komm – ich möchte dir noch etwas anderes zeigen."

Wieder einmal mußte Matthew sich durch das Geäst kämpfen, bis die Bäume nicht mehr so dicht standen und sie allmählich wieder durch lichteren Wald gingen. Kurze Zeit später kamen sie zu der Stelle, wo sie ihre Pferde angebunden hatten.

Matthew schaute zurück. „Ich hätte niemals gedacht, dort im Wald eine Lichtung zu finden", meinte er. „Man glaubt, daß der Wald endlos weitergeht, und man ahnt nicht, was sich da so alles verbirgt."

„Wir müssen weiterreiten", sagte Sabrina und bestieg ihr Pferd.

Matthew schwang sich auf Waldfees Rücken und folgte ihr. Er hatte vollkommen die Orientierung verloren. Sie ritten wohl nach Südosten in einem großen Halbkreis durch den Wald, einen Weg entlang, der etwas anstieg. Nach etwa einer Viertelstunde hatten sie die Spitze eines bewaldeten Hügels erreicht, der etwa halb so hoch war wie der, auf dem das von Dortmannsche Gut lag.

„Was ist das?" fragte Matthew und deutete auf einen Hochsitz.

„Das ist ein Hochsitz."

„Sieht aus wie ein Baumhaus ohne Baum."

„Dann baut ihr die Hochsitze in die Bäume?"

„Sicher, ich habe noch nie einen anderen gesehen."

„Sollen wir hinaufsteigen?“ fragte Sabrina, sprang von ihrem Pferd und lief auf die Holzleiter zu, über die man hochklettern konnte.

Matthew folgte ihr, und innerhalb kurzer Zeit hatten sie sich gemütlich auf dem Hochsitz niedergelassen.

„Was für ein Ausblick!“ rief Matthew, als er über das Land hinwegblickte. „Ich habe gar nicht bemerkt, daß wir auf einen Hügel geritten sind, doch von hier aus kann man über die Baumwipfel in alle Richtungen sehen.“

„Was meinst du, warum ich dich hierher gebracht habe?“ lachte Sabrina. „Von hier aus hat man den schönsten Blick auf die Umgebung. Im Wald gibt es viele Hochsitze, doch auf diesen steige ich am liebsten.“

„Ich weiß auch, warum! Man kann das ganze Tal überblicken, die Felder zur Rechten, und da, genau vor uns, befindet sich das Anwesen deines Vaters. Da hinten scheint auch ein Dorf zu sein, das ist mir vorher noch gar nicht aufgefallen.“

„Ja. Das ist Niedersdorf.“

„Und liegt da nicht noch ein anderer Hof zwischen dem deines Vaters und dem Dorf?“

„Er ist nicht so groß wie Papas, aber auch recht ansehnlich. Dort wohnt der Graf von Schmundt.“ Als sie den Namen aussprach, kam ein Frösteln in ihre Stimme.

„Du magst den Grafen nicht, nehme ich an?“

„Es ist mehr eine Antipathie, obwohl, wenn ich so darüber nachdenke, mag ich ihn wirklich nicht besonders. Aber wir wollen jetzt nicht darüber sprechen. Heute ist ein zu schöner Tag, als daß wir ihn uns verderben lassen. Laß uns den Ausblick genießen.“

„Es tut mir leid, daß ich gefragt habe“, sagte Matthew und wendete seinen Blick wieder dem von Dortmannschen Gut zu. „Man hat fast den Eindruck, als würde man die ganze Landschaft vom Flugzeug aus überblicken.“

„Siehst du, da links unter dem Haus ist der *Frühlingsgarten,* die Ställe befinden sich rechts. Und dort, auf dem Dach, ist der Dachbalkon.“

Einige Minuten lang betrachteten sie schweigend die Landschaft.

„Wir sollten vielleicht gehen“, meinte Sabrina schließlich. „Es ist bald Mittag. Wenn sie nur nicht schon auf uns warten. Es liegt noch ein langer Ritt vor uns!“

14

Führung durch ein faszinierendes Haus

Ihr Haus ist beeindruckend, Baron“, sagte Thaddeus McCallum, als sie um den Mittagstisch im Speisezimmer saßen. „Ich bin von außen herumgeführt worden und habe es von allen Seiten gesehen, von vorne und von hinten. Bei den vielen Fenstern kann man sich vorstellen, wie viele Zimmer und Flure dahinter liegen. Ich würde mich niemals hier zurechtfinden.“

Der Baron lachte.

„Es ist ein enorm alter Bau. Selbst ich vergesse oft, wie einige der abgelegenen Ecken aussehen. Ich zweifle nicht daran, daß es Räume gibt, die ich seit meiner Kindheit nicht mehr betreten habe.“

„Wieviele Räume hat das Haus?“

„Nun, wo Sie so fragen, fällt mir auf, daß ich das gar nicht weiß. Früher wußte ich es einmal. Erinnerst du dich daran, Marion?“

„Sind es nicht an die einhundertzwanzig, Heinrich?“ erwiderte seine Frau.

„Ja, so ungefähr.“

„Das ist ja ein Schloß!“ rief Matthew. „Mehr als einhundert Zimmer. Ein riesiges Haus!“

„Ein Landhaus, wie ich es noch nie gesehen habe“, lachte McCallum. „Wahrscheinlich war es sehr schwierig, Elektrizität und Wasser zu installieren.“

Der Baron lachte. „Das können Sie sich gar nicht vorstellen! Insgesamt zehn Badezimmer auf drei Stockwerken und Elektrizität in jedes Zimmer – ja, das war der Schrecken eines jeden Elektroinstallateurs!“

„Würden Sie es gern richtig besichtigen?“ fragte Sabrina.

„Mit dem größten Vergnügen!“ sagten der ältere und der jüngere Amerikaner wie aus einem Mund.

„Dann werden wir eine Führung machen!“ erwiderte Sabrina voller Begeisterung. „Vielleicht habt ihr die größeren Wälder, Matthew, aber wir Europäer haben die größeren Häuser! Wollen wir, Papa?“

„Auf jeden Fall. Nach dem Mittagessen ist Bewegung genau das Richtige, um Körper und Geist wieder in Schwung zu bringen.“

„Nach diesem Morgenritt glaube ich nicht, daß mein Körper noch mehr Bewegung braucht“, meinte Matthew. „Aber wie soll unser Geist stimuliert werden?“

„Nun, indem wir aufpassen, daß wir uns nicht verlaufen, mein Junge!“ antwortete der Baron. „Dies ist kein gewöhnliches Haus. Es gibt unzählige Flure und geheime Kammern, falsche Wände und verborgene Treppen!“

„Und Kerker!“ warf Sabrina ein.

„Nur in der Phantasie der alten Eppie“, hielt ihr Vater dagegen.

„Wer ist denn die alte Eppie?“ fragte Matthew.

„Unsere älteste Hausangestellte“, entgegnete der Baron. „Sie lebt nun schon lange im Ruhestand. Niemand weiß ihr Alter ganz genau, doch sie müßte jetzt ungefähr fünfundachtzig Jahre alt sein. Aber sie möchte nicht zugeben, daß sie im Ruhestand lebt.“

„Dann ist sie noch immer hier? Sie versorgen sie?“

„Natürlich. Sie gehört zur Familie. Sie hat schon meinem Vater gedient und ihre Mutter meinem Großvater.“

„Sie ist in der Mitte des neunzehnten Jahrhunderts geboren", erklärte Marion. „Damals war Deutschland nicht einmal eine Nation. Ganz zweifellos stammt sie aus einer anderen Zeit."

„Ihr versteht doch, wenn ich nicht mit auf den Rundgang gehe, nicht wahr, meine Lieben?" sagte Marion. „Ich werde in der Küche gebraucht."

Der Baron gab seiner Frau einen Kuß und führte die kleine Gruppe vom Speisezimmer im Erdgeschoß aus bis etwa in die Mitte des Westflügels. Weiter ging es durch das angrenzende Wohnzimmer nach links zu dem breiten Flur auf der entgegengesetzten Seite, bis sie schließlich zur großen Eingangshalle kamen.

„Dies ist der geeignete Ausgangsort für unseren Rundgang", sagte der Baron. „Es gibt vier verschiedene Treppenfluchten, die die drei Stockwerke miteinander verbinden –"

„Sechs, Papa", korrigierte Sabrina.

„Die anderen beiden hatte ich mir noch aufgespart", erklärte der Baron lächelnd. „Also sagen wir, es gibt vier bekannte Treppen und zwei, die – na ja, Sie werden ja sehen."

Er führte sie die breite, gewundene Eichentreppe hinauf.

„Die große Treppe, wie wir sie nennen, und die anderen Treppen sind die einzigen Orientierungspunkte in jedem Stockwerk. Wie Ihnen wahrscheinlich schon aufgefallen sein wird, ist die Anordnung der Zimmer in jedem Stockwerk unterschiedlich. Jedes Stockwerk scheint nicht nur unabhängig von den anderen geplant worden zu sein, man hatte anscheinend auch unterschiedliche architektonische Leitmotive. Die Flure im Erdgeschoß sind sehr breit, die Zimmer hell und geräumig und dazu bestimmt, Gäste zu beherbergen. Doch im ersten Stock, wo wir uns nun befinden, sind die Flure schmaler und die Zimmer kleiner, sehr zweckmäßig. Es gibt vorwiegend Schlafzimmer und einige Wohnzimmer. Im Ostflügel, in dem nach alter Tradition schon immer das Dienstpersonal untergebracht war, finden wir dasselbe Prinzip."

„Die Treppe führt noch weiter hinauf. Also gibt es noch ein Stockwerk?" fragte McCallum.

„Ja, und die zweite Etage ist wieder ganz anders aufgeteilt."

„Sehr viel anders", bestätigte Sabrina.

„Wie?" fragte Matthew.

„Ein Labyrinth von Gängen und kleinen Räumen. Die geheimen Treppen, von denen ich gesprochen habe – sie befinden sich im zweiten Stock. Selbst ich finde mich dort nur schlecht zurecht. Entweder ist es von jemandem entworfen worden, der einen seltsamen Sinn für Humor hatte – oder von einem Betrunkenen, wie mein Vater immer sagte. Die meisten Zimmer dort stehen allerdings leer. Die Zimmer, die wir für Gäste bereithalten, befinden sich überwiegend in der Nähe der Treppe; sie werden häufig benutzt. Ihre Räume liegen hier rechts. Ich werde Sie nun ein wenig im Westflügel herumführen."

Von der Treppe aus führte er sie zur südlichsten Seite des Flügels, dann nach links parallel zur Südmauer und wieder nach links hinein in einen langen, geraden Korridor, der sich über die ganze Breite des Hauses zur Nordseite hin erstreckte. Sie gingen an vielen Türen vorbei.

„Linker Hand liegt das Musikzimmer und rechts die Schlafräume und Wohnzimmer", erklärte der Baron, während sie den Flur entlanggingen. „Die Räume unserer Familie liegen hier."

Mit der Hand deutete er auf die Zimmer zu seiner Rechten.

„Marion und ich bewohnen das Eckzimmer, von dem aus wir hinunter auf die Terrasse und in den Garten sehen können. Und hier", sagte er, als sie weitergingen, „ist Sabrinas Zimmer. Sie kann auf die Veranda sehen, aber nicht in den Garten. Das Eckzimmer im zweiten Stock steht leer, sie hätte also auch das beziehen können, doch sie zog dieses Zimmer hier vor – sie wollte wohl nicht so weit von uns entfernt sein, nicht wahr, Sabrina?" fragte er neckend.

„Ja, Papa – oder zu weit von der Bibliothek!" lachte seine Tochter.

„Ach ja, die Bibliothek", sagte der Baron. „Wir wollen hineingehen – sie ist genau hier, zu unserer Linken."

Er öffnete die große Tür, die Sabrinas Zimmer genau gegenüberlag, und betrat die geräumige Bibliothek. Thaddeus und Matthew schauten sich erstaunt um, als der Baron sie langsam durch das Labyrinth von deckenhohen Bücherregalen und Bücherschränken führte.

„Einfach bemerkenswert, Baron!" sagte der Amerikaner. „Nie zuvor habe ich eine so riesige Privatbibliothek gesehen. Das müssen ja zwanzig- oder dreißigtausend Bücher sein!"

„Sogar an die fünfzigtausend", gab der Baron zurück.

Sie wanderten weiter an den langen Reihen und hohen Regalen entlang. Denjenigen, die Buchläden und Bibliotheken liebten und häufig aufsuchten, war der Geruch von Staub und Moder, Leder und Papier bekannt. Sabrina und ihr Vater gehörten dazu. Nichts liebten sie mehr, als ihre Nasen in die Bücher zu stecken, die diesen feinen Geruch des Alters abgaben.

Natürlich war es nicht nur der Geruch, der die Familie in diesen Raum zog, sondern vor allem die gesammelten Ideen der Jahrhunderte, die in diesen Regalen ruhten. Hier rief aus allen Ecken leise die Weisheit vieler Lebender und Toter und lud alle ein, die ihre Stimme hören konnten, an ihren intellektuellen, literarischen, poetischen, theologischen und historischen Erkenntnissen teilzuhaben und davon zu lernen. Es gab Heldensagen, Romane, Gedichtbände, Tagebücher, Reiseberichte und Geschichtsbücher; Philosophen waren vertreten und Denker und Lyriker; für jede Stimmung das Passende.

„Das ist wirklich bemerkenswert, Baron", wiederholte Thaddeus fast ehrfürchtig flüsternd. „Das alles hier muß ein Vermögen wert sein. Viele der Bücher, das sieht man gleich, sind schon sehr alt und – wenn ich mich nicht irre – sehr selten."

„Diese Bücher sind uns nicht nur wegen ihrer Seltenheit oder ihres Wertes sehr kostbar, sondern vor allem wegen ihres Inhalts. Um ehrlich zu sein, die meisten dieser Bände stammen von meinem Vater und Großvater, und obwohl sie sehr kostbar sind, haben sie mich doch nicht sehr fesseln können. Doch die Werke der Autoren, bei denen ich eine Seelenverwandtschaft zu mir entdecken konnte, würde ich nicht für eine Million Reichsmark, Pfund oder Dollar hergeben."

„Sind sie überwiegend in Deutsch geschrieben?"

„Die meisten schon. Doch wir als Familie lieben nicht nur das, was unser eigener linguistischer Garten hervorgebracht hat. Wir haben einige spanische und französische Bücher und natürlich die griechischen Klassiker, sowohl in der Originalfassung als auch in ihrer Übersetzung in verschiedene europäische Sprachen. Außerdem ist fast die gesamte englische Literatur vom sechzehnten bis zum neunzehnten Jahrhundert vertreten. Das ist Sabrinas Lieblingsliteratur. Sie möchte ihre Studien in englischer Geschichte später gern fortsetzen, vielleicht auf einer englischen Universität. Und wir haben auch viele Ihrer berühmten amerikanischen Autoren. Sabrina und ich lesen fließend Englisch und bevorzugen die großen englischen Dichter – Burns, Shakespeare, Scott, Tennyson, Dikkens, Wordsworth. Mein Lieblingsautor ist ein Schotte aus dem neunzehnten Jahrhundert. Hier drüben habe ich seine gesammelten Werke."

Der Baron führte sie zu einem Bücherschrank, der etwas abseits von den anderen stand. In ihm befanden sich eine Reihe ledergebundener Bände von unterschiedlicher Stärke.

„George MacDonald ... hmm, ich habe nie von ihm gehört", bemerkte McCallum, während er die Titel der Bücher überflog.

„Nur wenige kennen ihn heutzutage noch", sagte der Baron. „Aber man sollte meinen, daß Sie sein Werk kennen, wo die Namen doch so ähnlich sind."

„Ah, Baron, Sie begehen Verrat an Ihrem Wissen. *Mc* deutet auf irische Abstammung hin, *Mac* auf schottische."

Baron von Dortmann lächelte. „Ich könnte dagegenhalten, daß Schotten und Iren sehr wohl dieselben Wurzeln haben, wenn Sie nur tief genug im Boden Ihrer gemeinsamen Vergangenheit graben. Das Wort *Scot* – Schotte – wurde ursprünglich auf die angewandt, die über den Nordkanal aus *Scotia* gekommen waren, wie Irland früher genannt wurde."

„Ich gebe mich geschlagen, Baron! Sie kennen sich in meiner Geschichte besser aus als ich selbst. Aber leider kenne ich Ihren Lieblingsautor wirklich nicht."

„Es sei Ihnen verziehen. Vielleicht möchten Sie sich ja eines seiner Bücher ausleihen, damit Sie sehen können, ob sein Stil Ihnen gefällt."

„Das würde ich sehr gern."

Während ihrer Unterhaltung hatten sie die ganze Bibliothek durchwandert und waren nun wieder an der großen Eingangstür angekommen.

„Ach, da sind wir ja wieder an unserem Ausgangspunkt", sagte McCallum. „Dort drüben sind unsere Zimmer, Matt", fügte er hinzu.

„Sie sagten doch, wir würden uns verlaufen, Herr von Dortmann", sagte Matthew.

Der Baron lachte. „Geben Sie uns eine Chance, mein Junge! Wir haben uns erst einen kleinen Teil auf der Südseite angesehen."

„Darf ich unsere Gäste zum Ballsaal führen, Papa?" fragte Sabrina.

„Nur zu!"

Sie wendeten sich nach rechts, und Sabrina führte sie an mehreren Gästezimmern vorbei bis zu einem Flur, der nach rechts vom Hauptgang abzweigte.

„Diese Treppe hier", sagte sie und zeigte auf die schmale Treppe, „führt sowohl nach oben als auch nach unten, und wenn Sie dem Korridor nach rechts folgen, kommen Sie wieder zu meinem Zimmer und der Hintertür der Bibliothek. Doch ich wollte Ihnen ja den Ballsaal zeigen. Er liegt weiter vorn."

Mit diesen Worten ging sie weiter, um mehrere Ecken herum, und kam schließlich zu zwei massiven, mit Ornamenten verzierten Türen.

„Da sind wir schon – Papa, hast du den Schlüssel?"

Der Baron trat vor und zog einen großen Ring mit alten und interessant geformten Schlüsseln aus der Tasche. Einen davon steckte er ins Schloß, und im nächsten Moment öffnete sich die Tür.

Der Raum, den sie betraten, war fast quadratisch. Es war wahrscheinlich der größte Raum im ganzen Haus, etwa dreißig Meter in der Länge und in der Breite. Der Fußboden bestand aus poliertem Parkett, ideal zum Tanzen. An den Wänden hingen alte Familienporträts, Bilder von preußischen und pommerschen königlichen Hoheiten und riesige Wandteppiche. Der Saal war fast leer, nur hier und da standen einige Stühle herum.

„Benutzen Sie ihn auch?“ fragte Matthew. Seine Stimme hallte von den Wänden und der Decke wider. „Ich meine, für Bälle und Tanzveranstaltungen und so?“

„Gelegentlich. Mein Großvater hatte eine Vorliebe für Feste. Ich glaube, während des neunzehnten Jahrhunderts sind alle Angehörigen der europäischen Königshäuser zu irgendeiner Zeit einmal in diesem Saal gewesen. Der Zar, mehrere Könige von England, Bismarck, und natürlich auch Kaiser Wilhelm waren hier zu Gast. Er und mein Urgroßvater waren eng befreundet. Ich habe sogar gehört, daß auch König Ludwig von Bayern hier zu Besuch gewesen sein soll, als er seine drei Schlösser im Süden plante.“

„Und die restliche Zeit ist er ungenutzt?“ fragte Thaddeus.

„Leider ja, obwohl wir manchmal auch Konzerte hier veranstalten, und in jedem Herbst findet eine große Erntedankfeier für alle unsere Arbeiter und das Personal statt.“

Er führte sie weiter zu einer einzelnen Tür an der gegenüberliegenden Seite des Saales.

„Die beiden Flügel des Hauses –“, begann der Baron. Doch er wurde unterbrochen, als die Tür sich öffnete, durch die sie gerade gekommen waren und seine Frau auf sie zugelaufen kam.“

„Heinrich, Heinrich, komm schnell!“ rief sie.

„Was ist los?“ fragte er und eilte auf sie zu.

„Eppie“, erwiderte Marion. „Sie ist gestürzt und phantasiert jetzt.“

Der Baron und Sabrina liefen sofort los.

„Werden Sie zurückfinden?“ rief er Thaddeus und Matthew zu.

„Wir versuchen es“, erwiderte Thaddeus.

„Schauen Sie sich ruhig weiter um. Wir treffen Sie dann bei der Bibliothek.“

Im nächsten Augenblick waren die drei von Dortmanns schon verschwunden. Ihre beiden Gäste blieben allein in dem riesigen Ballsaal zurück.

15

Die alte Eppie

Als Heinrich, Marion und Sabrina zu Eppies Schlafzimmer kamen, fanden sie Heidi vor, die am Bett der alten Frau saß. Eppie lag mit geschlossenen Augen da. Heidi hielt ihre Hand, mit der anderen strich sie ihr sanft über Stirn und Haare.

Heidi schaute auf.

„Wie ernst ist es?“ fragte der Baron, als sie eintraten.

„Ich glaube nicht, daß sie sich etwas gebrochen hat, Herr Baron“, erwiderte die Haushälterin, „vermutlich hat sie sich das Knie verrenkt, der Schmerz muß schrecklich gewesen sein. Dann ist sie ohnmächtig geworden, und als sie wieder zu sich kam, hat sie so wirr dahergeredet, daß ich nicht ein einziges Wort verstanden habe.“

„Was hat sie denn gesagt, Heidi?“

„Oh, Sie kennen ja Eppie“, erwiderte sie lächelnd. „Sie hat mit Bismarck geschimpft, wie in einem Streit unter Freunden, und dann hat sie von einem Graf Sowieso gesprochen, der versuchte, seine Hand an einen Schatz zu legen.“

Der Baron schaute liebevoll auf die schmächtige Gestalt im Bett. „Sie ist sehr blaß“, seufzte er. „Ich denke, wir sollten für sie beten.“

Er ging auf die andere Seite des Bettes und legte sanft seine Hand auf die weißen Haare. Er konnte spüren, daß sie selbst im Schlaf noch litt.

Auch Marion und Sabrina traten an das Bett heran und legten ihre Hände auf Eppie.

Nach einigen Minuten des Schweigens betete der Baron laut, und die anderen beteten leise mit.

„Lieber Vater im Himmel", sagte er leise, „wir befehlen unsere Schwester, deine Dienerin, deiner Fürsorge an. Wir danken dir für ihr Leben und für das Geschenk, daran teilhaben zu dürfen. Wir bitten dich im Namen deines Sohnes, daß du sie wieder gesund machst, daß du ihre Schmerzen mit deiner heilenden Hand der Liebe fortnimmst. Wir legen sie in deine Hände, lieber Vater. Und falls du sie heimholen möchtest zu dir, dann loben und preisen wir dich dafür, daß sie ihr Leben lang in deinem Dienst gestanden hat. Wenn es aber dein Wille ist, daß Eppie noch eine Weile bei uns bleibt, dann erneuere du ihre Kraft und hilf ihr, die Zeit, die ihr noch bleibt, nach deinem Willen zu leben."

Der Baron machte eine kleine Pause.

„Und, lieber Vater", fuhr er fort, „gib uns die Kraft, dir so treu zu dienen, wie Eppie es die ganzen Jahre ihres Lebens über getan hat. Amen."

In dem Augenblick, in dem der Baron seine Hand von ihrer Stirn nahm, öffnete Eppie die Augen und versuchte, sich im Bett aufzusetzen. Sie schien aufgeregt.

Als sie den Baron an ihrer Seite stehen sah, beruhigte sie sich ein wenig. Dann begann sie mit gehetzter Stimme zu sprechen:

„Seien Sie auf der Hut, Herr Baron", sagte sie. „Sie sind hinter Ihnen her."

„Wer, Eppie?" fragte er. Seine Stimme klang ruhig; er wollte ihr klarmachen, daß sie sich keine Sorgen zu machen brauchte.

„Spione, Herr Baron", sagte sie. „Wachsame Augen beobachten Sie, um Sie zu vernichten. Es gibt Tunnels, Herr Baron! Er wird hereinkommen durch das Verlies und den Schatz nehmen und Macht über Sie gewinnen!"

„Von wem sprichst du, Eppie? Von dem Feind?"

„Ja ... ja, natürlich – von dem Feind. Er ist Ihr Feind, Herr Baron!"

„Er ist unser aller Feind, Eppie. Das Volk Gottes muß wachsam sein."

„Ich meine nicht *ihn,* Herr Baron! Oh, warum sehen Sie denn die Gefahr nicht? Sie müssen es doch begreifen! Ich habe seine Augen gesehen ... er meint es nicht gut mit Ihnen, Herr Baron ... er meint es nicht gut!“ sagte sie und sank mit einem Stöhnen zurück in die Kissen. Ständig murmelte sie Worte vor sich hin, die den drei Zuhörern unverständlich und ohne Bedeutung zu sein schienen.

Heidi hielt immer noch ihre Hand, während der Baron ihr sanft über die Stirn strich. Wenige Minuten später war sie wieder eingeschlafen.

„Ich werde bei ihr bleiben“, sagte Heidi.

„Hol mich, wenn sie wieder aufwacht“, sagte Marion. „In der Zwischenzeit werde ich eine gute Bouillon zubereiten.“

Die drei Mitglieder der Familie verließen die kleine Kammer. Der Baron und Sabrina machten sich auf den Weg zur Bibliothek, während Marion nach unten in die Küche ging.

16

Die Besichtigung geht weiter

Der Baron und Sabrina trafen Matthew und seinen Vater in der Bibliothek. Thaddeus hatte sich in einen Sessel gesetzt und blätterte die deutsche Übersetzung eines amerikanischen Geschichtsbuches durch. Matthew schlenderte an den Bücherregalen vorbei und las die Titel der einzelnen Werke.

„Ist alles in Ordnung?“ fragte Thaddeus und erhob sich.

„Ja“, erwiderte der Baron. „Die alte Eppie, von der ich Ihnen ja bereits erzählte, hat starke Schmerzen. Doch jetzt schläft sie.“

„Dann können wir also das Haus weiter besichtigen?“ fragte Matthew.

„Sind Sie sicher, daß es Sie nicht langweilt?“ lachte der Baron.

„Machen Sie Witze?“ entgegnete Matthew. „Es ist großartig! Während mein Vater hier gelesen hat, habe ich mich übrigens am Ende des Ganges ein wenig umgesehen, wo Sie uns zurückgelassen haben.“

„Und was haben Sie gefunden?“

„Ich bin eine schmale Treppe hinuntergestiegen, da irgendwo in der Nähe des Ballsaals. Dann kam ich zu einer Mauer mit einer Geheimtür. Ich möchte gern wissen, wohin diese Tür führt.“

„Aha“, lachte der Baron. „Sie haben also ein bißchen Detektiv gespielt! Warum haben Sie sie nicht geöffnet?“

„Ich wußte nicht, wie. Es ist ja keine richtige Tür, nur ein verdächtig aussehendes Stück in der Mauer.“

Wieder lachte der Baron. „Nun, sollen wir weitergehen? Wo waren wir stehengeblieben?“

„Sie hatten gerade angefangen, uns von den beiden Flügeln zu erzählen.“

„Ach ja! Das Haus ist also aufgeteilt in einen Westflügel und einen Ostflügel, wie wir es nennen“, erklärte der Baron und führte sie von der Bibliothek in den Ballsaal zurück. „Sie wurden, wie man den Aufzeichnungen der letzten beiden Jahrhunderte entnehmen kann, zu verschiedenen Zeiten gebaut. Es scheint ein gemeinsames Fundament zu geben, doch wegen der vielen Veränderungen, die im Laufe der Zeit vorgenommen worden sind, ist es schwierig nachzuvollziehen, welche Form das ursprüngliche Gebäude hatte. Wenn wir in die zweite Etage kommen, werden Sie sofort erkennen, daß sie sich sehr von den anderen beiden Stockwerken unterscheidet, was mich zu der Schlußfolgerung führt, daß die Gestaltung dieser Etage von einem anderen meiner Vorfahren ausgeführt wurde als die der restlichen beiden Geschosse. Auf jeden Fall wurden diese beiden Flügel gebaut, um den Kontakt der Bewohner der beiden Flügel zu minimieren. Früher machte man einen größeren Unterschied zwischen den Adeligen und ihrem Dienstpersonal. Heute betrachten wir diejenigen, die für uns arbeiten, als Teil unserer Familie. Doch das war nicht immer so. Daher bestand kaum Verbindung zwischen diesen beiden Flügeln; es ist fast so, als wären es zwei verschiedene Häuser. Von diesem Geschoß aus führt der Weg in den Ostflügel zum Beispiel nur durch den Ballsaal. Vom Erdgeschoß aus gab es ursprünglich keine Verbindungstür in den anderen Flügel, doch ich ließ eine Wand durchbrechen, so daß der Flur zwischen der Küche und den beiden Speisezimmern nun in beide Richtungen geht. Und auf der zweiten Etage – nun, das werden Sie ja sehen!" fügte er grinsend hinzu und führte sie aus dem Ballsaal in den Ostflügel.

Dort waren die Flure viel schmaler, und viele Türen gingen von ihm nach beiden Seiten ab.

„Hier liegen die Zimmer des Dienstpersonals", sagte der Baron, „und die Treppe hier führt hinunter zum Erdgeschoß in das Wohnzimmer und die Halle. Auch das Speisezimmer des Personals ist hier gelegen. Aber", fügte er hinzu und drehte sich wieder um, „wir wollen hinauf in den zweiten Stock des Ostflügels gehen."

Er führte sie also den Weg zurück, den sie gekommen waren, dann nach rechts und in einer großen Schleife zum östlichsten Ende des Flügels. Schließlich kamen sie an der Treppe an, die in beiden Richtungen nach oben und nach unten führte.

„Und nun kommen wir zum *pièce de résistance,* um eine wunderschöne alte französische Redewendung zu gebrauchen", sagte der Baron, als sie die gewundene, schmale Treppe hinaufstiegen. „Dies ist nun einer der schönsten Plätze des ganzen Anwesens."

Sie folgten ihm nacheinander die schmalen Steintreppen hinauf. Oben angekommen gingen sie durch eine Tür und sahen sich plötzlich im hellen Sonnenlicht stehen.

„Ist das hell hier!" rief Thaddeus und schirmte seine Augen ab.

Langsam gingen sie zur Brüstung des Steinbalkons und schauten auf die Landschaft, die sich vor ihnen ausbreitete. Mehrere Minuten lang sagte niemand auch nur ein Wort.

Thaddeus und Matthew schlenderten langsam an der Brüstung entlang und nahmen das Bild, das sich ihnen bot, in sich auf.

„Wundervoll", sagte Thaddeus schließlich und blieb stehen. „Der Blick ist einfach überwältigend. Und dieser Frieden und diese Ruhe ... Ich wünschte, wir könnten eine Woche lang hierbleiben."

„Warum tun Sie es nicht?" entgegnete Baron von Dortmann. „Sie sind uns herzlich willkommen."

„Die Pflicht ruft", seufzte McCallum. „Leider ist es im übrigen Europa nicht so friedlich wie hier."

Nun war es der Baron, der seufzte. „Sie haben leider recht", sagte er, „so sehr ich das auch oft aus meinen Gedanken zu verdrängen suche. Sehen Sie nur", fügte er hinzu und deutete auf die beiden jungen Leute, die an der südöstlichsten Ecke des Balkons zusammenstanden. Sabrina zeigte Matthew gerade den Hochsitz, auf dem sie am Vormittag gesessen hatten. „Ich habe Angst um ihre Zukunft", fuhr der Baron fort. „Ich habe Angst um das, was unser Führer anrichten wird. Ich fürchte, die Welt, wie wir sie kennen, ist dem Untergang geweiht, Thaddeus. Meine Sorge gilt besonders der Jugend, unseren Kindern – sie sind so jung, so sorglos, so lebenslustig, so unschuldig –"

Unwillkürlich fuhr er zusammen und brach ab. „Verzeihen Sie! Manchmal werde ich nachdenklich und rede mit mir selbst."

„Das macht doch nichts, Baron. Ich schätze Ihre Offenheit. Es ist äußerst ungewöhnlich, einen Deutschen in dieser Zeit so reden zu hören."

„Bei meinen Landsmännern würde ich mich mehr in acht nehmen. Heutzutage gibt es überall Spitzel."

Der Baron ahnte nicht, wie recht er hatte. Selbst in diesem Augenblick wurde er von weitem beobachtet.

„Wenn ich eine solche Äußerung zum Beispiel bei dem Gartenfest meines Bruders gemacht hätte", fuhr der Baron fort, „wäre ich innerhalb weniger Tage vor die Gestapo in unserer Nachbarschaft zitiert worden. Hier kann ich offen zu Ihnen sprechen, anderswo wäre ich vorsichtiger."

„Was würden sie mit Ihnen gemacht haben?“

„Ich denke, so schnell wäre ich nicht verhaftet worden. Meine gesellschaftliche Position ist immer noch von einiger Bedeutung, obwohl sie mehr und mehr abnimmt. Eine neue Ordnung entsteht in diesem Land. Aber ganz sicher wäre ich von da an genaustens beobachtet worden.“

„Als Sie von der Gestapo in Ihrer Nachbarschaft gesprochen haben, haben Sie doch nur einen Scherz gemacht, oder?“

„Vermutlich“, lachte der Baron. „Aber Gestapo und SS haben wirklich überall ihre Spione.“

„Die neue Ordnung, von der Sie gesprochen haben?“

Der Baron nickte und schwieg zunächst.

Nach einer Weile seufzte er wieder und schaute seinen Gast ernst an. „Ich sage Ihnen, Thaddeus, er ist ein böser Mann.“

„Sie meinen ...?“

„Ja, unser geliebter Führer. Ich liebe mein Land. Aber ich habe schreckliche Angst. Seien Sie wachsam, und geben Sie Ihren Kollegen auch diesen Rat.“

„Das möchte ich Ihnen auch raten, Baron“, erwiderte McCallum ernst.

„Das bin ich – glauben Sie mir. Es steht zu viel auf dem Spiel, für mich, für meine Familie und viele andere.“

„Viele?“

„Es steht mehr auf dem Spiel, als ich sagen kann. Ich werde Ihren Rat befolgen und meine Zunge im Zaum halten.“

In diesem Augenblick kamen Sabrina und Matthew auf sie zu. „Schön hier oben, Dad, nicht wahr?“ bemerkte Matthew.

„Da kann ich dir nur zustimmen!“ erwiderte Thaddeus.

„Wollen wir die Besichtigung fortsetzen?“ fragte Sabrina. „Ich möchte Ihnen das zweite Stockwerk zeigen.“

„Die Etage der Geheimnisse und Rätsel, ja?“ fragte Thaddeus.

„Davon weiß ich nichts, nur von den Windungen und Kurven.“

„Als Kind fandest du es ziemlich unheimlich, Sabrina“, lachte der Baron. „Erinnerst du dich noch daran, wie du dich verlaufen hattest und ich dich schließlich herzzerbrechend weinend fand, weil du dachtest, du würdest uns niemals wiederfinden?"

„Ach, Papa, da war ich doch noch ganz klein!" meinte Sabrina lachend. „Komm, Matthew. Wir gehen allein. Diese beiden sollen ihren Weg nach unten ruhig selbst suchen."

Sie rannte zur Tür, durch die sie gekommen waren, bog dann aber direkt nach links in einen dunklen Gang ein.

„Warte", rief Matthew. „Ich kann absolut nichts erkennen! Es ist zu dunkel!"

Niemand antwortete ihm. Vorsichtig ging er weiter, seine Augen gewöhnten sich allmählich an die Dunkelheit. Doch von Sabrina war keine Spur zu sehen.

„Sabrina", rief er. „Willst du mich etwa erschrecken?"

Immer noch keine Antwort.

Matthew stellte fest, daß er sich in einem langen, schmalen Gang befand, dessen Wände, Decke und Fußboden aus groben Steinen gemauert war. Man konnte glauben, in einen unterirdischen Tunnel geraten zu sein. Auch hier fand sich wieder bestätigt, daß das Haus von innen größer war, als es von außen wirkte.

„Sabrina", rief er wieder, indem er langsam weiterging. „Das ist nicht fair ... du bist im Vorteil. *Sa-bri-na ...*"

„*Huh!*" rief Sabrina auf einmal und sprang von links aus einem Korridor hervor.

Obwohl Matthew so etwas erwartet hatte, schreckte er doch zusammen.

„Wenn ich mich hier erst einmal auskenne, werde ich dasselbe mit dir machen!" lachte er. Sabrina stimmte in sein Gelächter mit ein.

„Komm", sagte sie dann, „folge mir."

„Nur wenn du mir versprichst, bei mir zu bleiben."

„Ich verspreche es. Kein Erschrecken mehr ... zumindest nicht mehr von meiner Seite. Für die Gespenster kann ich allerdings nichts versprechen."

„Gespenster!"

„Natürlich!" lachte Sabrina. „Alle alten Häuser haben Gespenster – wußtest du das nicht? Oder habt ihr in Amerika keine Gespenster?"

„Was für Gespenster?" fragte Matthew.

„Ich weiß es nicht – Menschen, die früher hier gelebt haben, Vorfahren. Ich habe zwar noch nie eins gesehen. Aber die alte Eppie erzählt Geschichten, die Jahrhunderte zurückliegen. Von Gespenstern, Geheimgängen, Morden und lauter solchen unheimlichen Sachen!"

Während ihrer Unterhaltung waren sie durch so viele schmale und gewundene Korridore gekommen, von denen jeweils wieder so viele andere Flure abzweigten, daß Matthew vollkommen die Orientierung verloren hatte.

„Ich habe keine Ahnung mehr, wo wir sind", stöhnte er. „Wenn du mir nun davonlaufen würdest, würde ich niemals wieder aus diesem Labyrinth herausfinden. Dieses Stockwerk ähnelt eher einem Verlies. Wenn ich es nicht besser wüßte, würde ich denken, ich sei unter der Erde. Und ich warte immer noch darauf, daß du mir diese Geheimtür zeigst, die ich gefunden habe."

Sabrina lachte. „Alles zu seiner Zeit."

Sie gingen weiter.

„Das Schöne an diesem Teil des Hauses ist", meinte Sabrina nach einer Weile, „daß er so ganz anders ist als die anderen Stockwerke. Es ist wie ein riesiges Puzzle. Und die Zimmer hinter diesen Steinmauern sind genauso ungewöhnlich wie diese ganze Etage – seltsame Formen, runde Wände – es ist einfach wundervoll."

„Werden diese Zimmer genutzt?" fragte Matthew.

„Nicht hier im Ostflügel. Hier gibt es etwa zwanzig oder sogar noch mehr Zimmer, doch sie stehen leer. Die Dienstboten haben Angst, hier heraufzukommen. Doch einige der oberen Zimmer im Westflügel werden genutzt – da sind wir schon."

Sie waren gerade aus einem Gang gekommen, der in einen breiteren, helleren mündete. Dort hörten sie die Stimmen der beiden Väter, die im Gang hinter ihnen widerhallten.

„Schnell!" sagte Sabrina und lief nach links. „Sie sollen uns nicht einholen."

Matthew folgte ihr, und wenige Augenblicke später waren sie durch eine alte, eisenbeschlagene Tür getreten, die so aussah, als gehöre sie zu einem Verlies. Sorgfältig schloß Sabrina sie hinter ihnen.

„Wir werden uns in der Waffenkammer vor ihnen verstekken!" sagte sie und führte ihn weiter in den Westflügel hinein.

Hier waren die Gänge nicht so schmal und dunkel, doch immer noch verzweigt und gewunden. Wie zuvor hatte Matthew nicht die geringste Ahnung, wo sie sich befanden. Auf einmal traten sie in einen seltsam geformten Raum ein, der gut durch ein Dachfenster belichtet war. An den Wänden hingen verschiedene Schwerter, Messer, Dolche, Kettenhemden, Schilder und Gewehre. In jeder der vier Ecken stand eine vollständige Rüstung, die die Waffen der vergangenen Jahrhunderte bewachten.

Matthew schaute sich staunend um. Nie zuvor hatte er eine so überwältigende Sammlung gesehen. Doch Sabrina ließ ihm keine Zeit, sie zu bewundern.

„Papa wird deinen Vater ganz sicher hierherbringen! Neben der Bibliothek ist dies eines seiner Lieblingszimmer im ganzen Haus. Sie werden jeden Moment hier sein. Wir wollen uns hinter der Rüstung verstecken! Ich stelle mich hinter diesen Burschen, du hinter den dort!" sagte sie und deutete in die entgegengesetzte Ecke.

Matthew tat, wie sie ihm gesagt hatte.

Sabrina flüsterte ihm von Zeit zu Zeit etwas zu, bis sie hörten, daß sich die Tür öffnete.

„Psst ...!" machte sie.

„... obwohl ich mich selbst als Pazifisten betrachte", sagte der Baron gerade, als sie den Raum betraten, „muß ich doch gestehen, daß ich eine Vorliebe für alte Waffen haben. Es bringt mich etwas in Verlegenheit, doch ich kann es nicht leugnen."

Matthews Vater staunte ebenso wie sein Sohn.

„Haben Sie die Sammlung selbst angelegt?"

„Die meisten Stücke waren schon da, als ich noch ein Junge war. Mein Vater brachte mich gern hier herauf und erzählte mir Geschichten über jedes Schwert, wem es gehört hatte, und in welcher Schlacht es zum Einsatz gekommen war. Zweifellos stammt mein Interesse für Waffen aus dieser Zeit."

„Das ist verständlich."

„Meine Liebe zur Geschichte hat sicher auch damit zu tun. Ich habe der Sammlung nur die schottischen Schwerter hinzugefügt, diese zweischneidigen Breitschwerter hier." Er führte den Amerikaner zu einer der Wände und blieb davor stehen. „Dieses Schwert soll in der Schlacht von ..."

„Uah!" rief Sabrina und sprang hinter ihrer Rüstung hervor.

„Ach, Sabrina, immer zu einem Scherz aufgelegt!" sagte ihr Vater gutmütig, der so etwas schon gewohnt war.

Auch Matthew tauchte aus seinem Versteck auf, ein wenig verlegen, daß er bei solchen Kinderspielen mitmachte.

„Das ist ein Haus, nicht wahr, Matt?" sagte sein Vater. „Man kann sich hier direkt verlaufen."

„Ich hätte mich einmal schon fast verlaufen", erwiderte Matthew. „Sabrina hat mich im Stich gelassen."

„Aber nur für eine Minute!" verteidigte sich Sabrina.

Alle lachten. Der Baron erklärte seinen Gästen weiter die Schätze in seiner Waffenkammer; danach gingen sie zu ihrem Ausgangspunkt, der großen Treppe, zurück.

„Ich würde nur ungern in einem dieser Flure da oben alleingelassen werden", sagte McCallum.

„Vor allem nicht in der Nacht", fügte Sabrina hinzu.

Zusammen gingen sie an der riesigen Treppe vorbei.

„Da sind Sie wieder im ersten Stock und bei Ihren Zimmern", sagte der Baron. „Ich denke, wir haben mit unserem Rundgang einen guten Teil des Mittagessens abtrainiert. Wollen Sie beide sich nicht etwas hinlegen?" schlug er Matthew und Thaddeus vor. „Sie können mich dann später in der Bibliothek treffen, wenn Sie Lust haben. Ich werde Heidi bitten, uns den Tee dort zu servieren."

„Hört sich gut an", erwiderte McCallum. „Sie können mir das Buch dieses Schotten zeigen, das Sie mir leihen wollten."

„Nichts lieber als das."

17

Der Baron als Bauer

Am folgenden Tag, dem Sonntag, wachte Thaddeus McCallum früh auf. Die Sonne war gerade erst aufgegangen, doch er konnte nicht weiterschlafen.

Er erhob sich und zog sich an. Ein letztes Mal wollte er die Stille des frühen Morgens genießen.

Er verließ das Haus durch den Vordereingang. Draußen war es kühl und still, die Luft war angenehm erfrischend, nicht nur für seine Lungen, sondern auch für seine Seele. Wenn die Sonne erst einmal auf das Land schien, würde es sich schnell erwärmen.

Vom Haus aus ging er ein Stück auf der Zufahrt entlang, wandte sich dann nach links und strebte auf die westliche Hecke des *Frühlingsgartens* zu. An dieser Hecke entlang ging er bis hinunter zum Fluß. Dort blieb er stehen, dachte eine Weile nach, suchte nach der engsten Stelle, nahm Anlauf und sprang hinüber.

Er fühlte sich in seine Kindheit zurückversetzt!

Er ging weiter und fand sich schließlich in der Nähe der Ställe und Scheunen wieder. Es war immer noch sehr früh. Die Morgenarbeit schien noch nicht begonnen zu haben. Als er sich jedoch dem größeren Gebäude näherte, hörte er unmißverständlich das Muhen der Kühe, in das sich von Zeit zu Zeit das Scheppern eines Melkeimers mischte.

Er entschloß sich, einen Blick in den Stall zu werfen.

„Guten Morgen, Thaddeus!“ hörte er auf einmal eine bekannte Stimme von irgendwo rufen.

Vorsichtig wagte er einige Schritte vor und versuchte, sich im düsteren Innern des Stalles zu orientieren.

„Sind Sie das, Baron?“ fragte er.

„Ja, kommen Sie herein und begrüßen Sie meine Damen.“

„Sie überwachen das Melken höchstpersönlich, Baron?“

Der andere brach in gutmütiges Gelächter aus. Nun hatte

Thaddeus sich an die Lichtverhältnisse im Stall gewöhnt und konnte seinen Gastgeber zwischen den Kühen ausmachen.

„*Überwachen,* Thaddeus?" fragte er und kam auf den Amerikaner zu. „Ich bin der einzige hier! Es gibt niemanden, den ich überwachen könnte."

„Sie melken die Kühe selbst?"

„Natürlich. Es sei denn, Sie bieten sich an, mir zu helfen. Das würde ich natürlich gern in Anspruch nehmen."

„Ich weiß nichts über Kühe, aber wenn Sie meine Hilfe benötigen – ich tue, was Sie mir sagen."

„Großartig! Noch bevor eine Stunde um ist, werden Sie wie ein Fachmann melken können. Hier – nehmen Sie den Eimer", fügte er hinzu und deutete auf einen halbvollen Behälter, der nicht weit von Thaddeus entfernt stand. „Kommen Sie mit."

Thaddeus tat wie ihm geheißen, und der Baron führte ihn zum äußersten Ende des Stalls.

„Aber haben Sie denn keine Männer, die das für Sie erledigen?" fragte McCallum.

„Doch, aber ich liebe meine Kühe und beschäftige mich auch gern selbst mit ihnen. Man wird so leicht faul und dick. Wenigstens einmal am Tag mache ich mir Hände und Stiefel schmutzig. Ich möchte dazu bereit sein, auch alles selbst zu tun, was ich meinen Männern auftrage. Ich bin ein Landwirt, und ich liebe harte Arbeit. So ist sie, Thaddeus, meine Theorie über die Landwirtschaft!"

„Aber Sie melken die Kühe doch sicher nicht immer allein. Dann hätten Sie ja niemals Zeit für etwas anderes."

„Sie haben recht. Gewöhnlich tun das meine Männer, doch sonntags lasse ich sie ausschlafen und erledige die Stallarbeit allein."

„Die *ganze* Arbeit?"

„Es ist gar nicht so viel Arbeit, nur die Kühe melken, sie dann auf die Weide bringen, ihre Ställe ausmisten und ihr Lager für die Nacht bereiten."

„Aber warum? Warum machen Sie das einmal in der Woche allein?"

„Um Heiko und Friedrich einmal eine Verschnaufpause zu gönnen, und damit ich selbst den Kontakt nicht verliere. Ich muß im Bilde bleiben über alle Bereiche des Guts, was wäre ich sonst für ein Gutsbesitzer? Außerdem experimentiere ich mit einer Art Maschine, die das Melken erleichtern soll, und probiere bestimmte Dinge aus. Ich liebe eben meine Arbeit, und deshalb engagiere ich mich dafür. Aber jetzt müssen Sie sich erst einmal Ihre Schuhe ausziehen. Ich habe noch ein Paar Gummistiefel dort in der Ecke. Ziehen Sie sie an und setzen Sie sich hierhin. Es müssen nur noch wenige Kühe gemolken werden. Dies hier ist Gerda."

Thaddeus zog die Gummistiefel an und setzte sich auf auf den Hocker mit einem Blick, der eher Furcht als Begeisterung ausdrückte. Er lauschte den Anweisungen des Barons, der gerade einen neuen Eimer unter die Kuh stellte und ihm zeigte, was er zu tun hatte. Dann griff er vorsichtig nach Gerdas prall gefülltem Euter und nahm die erste Zitze zwischen seine Finger.

„Nun ziehen und drücken Sie", sagte der Baron. „Das ist schon alles."

Ein dünner Milchstrahl ergoß sich über Thaddeus' Bein. „Oh, nein!"

„Nicht schlecht für den Anfang!" lachte der Baron. „Wenn die Milch erst einmal fließt, dann können Sie auch besser in den Eimer zielen!"

Thaddeus versuchte es noch einmal, diesmal kam etwas mehr warme Milch aus dem Euter, doch die Richtung stimmte immer noch nicht. Seine Stiefelspitze war auf einmal weiß und naß.

„Uh!" rief er lachend. „Ich glaube, ich bin nicht für diese Arbeit geeignet, Baron!"

„Sie schaffen das schon. Bleiben Sie nur dran. Ich nehme mir derweil Toni vor."

Allmählich zeigte das Geräusch im Eimer, daß Thaddeus es geschafft hatte, und kaum fünf Minuten später war schon etwas Milch im Eimer.

„Es scheint gut zu gehen." Der Baron war erfreut.

„Ich bin sicher, Gerda merkt, daß sie in den Händen eines Amateurs ist“, entgegnete McCallum, „obwohl ich zugeben muß, daß es gar nicht so übel ist. Es ist jedenfalls mal etwas ganz anderes!“

Tapfer hielt Thaddeus durch, während er den Baron mit seinen Saugnäpfen, Gummischläuchen und der Pumpe hantieren hörte.

Schließlich trafen sie sich bei den zwei letzten Kühen. Der Baron verkündete: „Wir haben es geschafft, Thaddeus. Sie waren mir eine große Hilfe!“

„Es hat sehr viel Spaß gemacht“, meinte Thaddeus. „Warum hat mir niemand gesagt, wie langweilig das Büroleben ist?“

„Auch diese Arbeit kann eintönig werden“, erwiderte der Baron. „Es muß immer jemand hier sein und zweimal am Tag melken, und das 365 Tage im Jahr. Wenn man Milchkühe hat, gibt es keinen Urlaub.“

„Das stimmt natürlich. Doch es ist schon etwas anderes, den Boden zu bearbeiten und mit diesen Tieren zu tun zu haben, die nur die Grundbedürfnisse des Lebens kennen. Ich verstehe jetzt, warum Sie Ihre Arbeit lieben und warum Sie mit Ihren Männern zusammenarbeiten wollen.“

Das Gut des Barons baute, genau wie die kleineren Höfe der Umgebung, nicht nur eine Frucht an, sondern verschiedene, um gegen Mißernten und Preisverfall gewappnet zu sein. Außer seinen Milchkühen hatte er etwa ebenso viele Rinder, die er zum Verkauf mästete, er baute Roggen, Weizen, Sommer- und Wintergerste, Zuckerrüben, Mais, Hafer und Kartoffeln an. Daneben hatte er noch ungefähr drei Dutzend Schweine.

Nachdem sie die Kühe gemolken hatten, brachten sie die vollen Milchkannen auf einen Anhänger, der von einem Traktor zur Hauptstraße gefahren werden sollte, wo die Milch abgeholt und zur Molkerei in Niedersdorf gebracht werden würde. Doch nun mußten die Kühe auf die Weide getrieben werden.

„Stellen Sie sich dort drüben hin“, wies der Baron Thaddeus an, während er eine der großen Stalltüren öffnete. „Die Tiere kennen zwar den Weg zur Weide, aber es gibt immer ein oder zwei halsstarrige, die versuchen auszubrechen, wenn man es zuläßt. Sonntags sind sie besonders eigenwillig, weil sie wissen, daß ich allein bin."

„Und was soll ich dann tun?" fragte Thaddeus. Er war doch sehr unsicher.

„Ich werde vorgehen. Die Leitkühe werden mir folgen, und die anderen kommen hinterher. Sie brauchen nur der letzten Kuh aus dem Stall zu folgen und darauf zu achten, daß sie weitergehen. Wenn man sie nicht ständig antreibt, sind einige so langsam, daß sie einfach stehenbleiben und sich mitten auf den Weg legen würden."

„Aber was soll ich tun, wenn sie nicht gehen?"

„Schreien Sie sie an oder geben Sie ihnen einen Klaps aufs Hinterteil."

„Was ist aber, wenn sie wütend werden oder mich umrennen oder so etwas?"

Der Baron lachte. „Sie haben doch wohl keine Angst, oder? Vor einer kleinen alten Kuh?"

„So klein sind sie gar nicht!"

„Sie müssen ihnen einfach nur zeigen, wer der Herr im Hause ist. Und lassen Sie sie bloß nicht spüren, daß Sie sich fürchten."

„Das ist leicht gesagt!"

Wieder lachte der Baron. „Haben Sie etwa Angst?"

„Ja, ich habe wirklich Angst."

„Dann bluffen Sie einfach, Thaddeus! Da kommen sie schon. Stellen Sie sich da drüben hin, ich werde sie auf die Weide führen."

Thaddeus eilte zu der ihm angegebenen Stelle, während der Baron den Kühen zurief, ihm zu folgen. Er sprach sie mit Namen an. Sie folgten ihm tatsächlich, und langsam leerte sich der Stall. Die schwarz-weißen Holsteiner Kühe trotteten hinter ihrem Herrn her. Ab und zu gab Thaddeus einen vorsichtigen Ruf der Ermahnung von sich. Der Baron vorne an der Spitze drehte sich alle paar Sekunden um, lächelte in sich hinein und fragte sich, ob die Kühe wohl das zaghafte Englisch des Mannes verstanden, dessen Stimme in den diplomatischen Kreisen eine ganze Nation vertrat. Schon hatten sie das Gatter der Weide erreicht, auf der die mittlerweile hungrig gewordenen Kühe an diesem Tag grasen sollten.

„Da sind wir schon", rief er seinem Begleiter zu und trat beiseite, während die Kühe nacheinander auf die Weide marschierten und sofort zu grasen begannen. Nachdem die letzte die Weide erreicht hatte, schloß der Baron das Gatter.

„Das war doch gar nicht so schlimm, oder?" fragte er.

„Nein", gab Thaddeus lächelnd zu. „Hat eigentlich Spaß gemacht. Sie müssen wissen, das alles ist schrecklich neu für mich. Ich fühle mich wie ein Kind."

„Ich weiß", erwiderte der Baron. „Gab es Schwierigkeiten?"

„Eine langsame Kuh versuchte, auf den anderen Weg dort drüben zu laufen. Aber ich habe getan, was Sie mir gesagt hatten, schrie sie an und lief ein paar Schritte vor, um ihr den Weg zu versperren."

„Hatten Sie Angst?"

„Schreckliche Angst! Ich war sicher, sie würde mich umstoßen und zu Tode trampeln oder mich aufspießen wie die Stiere einen Torero!"

„Und?"

„Sie ist einfach wieder in die Reihe zurückgegangen, genau wie Sie gesagt haben."

„Na, sehen Sie. Wollen Sie noch weitermachen, oder haben Sie genug?" fragte der Baron.

„Sie meinen, es gibt noch mehr zu tun?"

„Das Beste kommt noch."

„Was denn?"

„Wir müssen jetzt den Kuhstall ausmisten – wie ich schon sagte, den Damen ihr Lager für die Nacht bereiten."

„Muß man Angst dabei haben?"

„Kein bißchen – es ist nur keine saubere Arbeit."

Als sie den leeren Stall betraten, fiel Thaddeus auf, wie still es auf einmal war, nun da seine Bewohner nicht mehr da waren. Heinrich holte zwei Mistgabeln, die an der Mauer lehnten und warf seinem Gast eine davon zu. Dann ging er zum hinteren Ende und fing an, das verschmutzte Stroh auf den Schubkarren zu häufen, der zu diesem Zweck in der Mitte des Ganges stand.

Mit einem lauten *Platsch* fiel der Mist auf den Schubkarren, wobei er in alle Richtungen spritzte, unter anderem auch auf Thaddeus' Hemd.

„Ihh!“ rief er und sprang beiseite.

„Entschuldigung“, lachte der Baron. „So etwas gehört zum Geschäft. Doch nun sind Sie an der Reihe. Sie müssen diese Mistgabel wie ein Mann in die Hand nehmen! Ich möchte sehen, aus welchem Holz die Amerikaner geschnitzt sind!“

Wieder landete eine Ladung Mist auf der Schubkarre.

Mit noch mehr Zurückhaltung als er den Kühen gegenüber gezeigt hatte, stieß Thaddeus seine Mistgabel in die braune, schmierige Masse zu seinen Füßen – mit einem Ausdruck auf dem Gesicht, wie ihn ein Kind angesichts eines Tellers voll Spinat hat. Schließlich landete eine kleine Ladung sanft in dem Schubkarren.

„Gut!“ rief der Baron begeistert. „Sie werden sich noch daran gewöhnen, genau wie an die Kühe. Bald wird es Ihnen Spaß machen!“

„Spaß machen!“

„Der Geruch und alles ... ich garantiere es Ihnen. Sie fahren nach Berlin zurück, und innerhalb einer Woche werden Sie sich nach meinem Stall und seinen Damen sehnen. So kommt man am besten in Berührung mit der Natur. So ist der Kreislauf der Natur: das Gras dient der Kuh, damit sie Milch und Mist als Dünger produzieren kann. Die Milch ernährt Kinder und Erwachsene. Den Mist verteilen wir nach der Ernte wieder auf den Feldern. So düngt er das Getreide des nächsten Jahres, damit Brot gebacken werden kann, das man zu dem Käse essen kann. Ich finde das einfach faszinierend. Wir stehen mitten im Kreislauf der Natur.“

„Wenn Sie meinen“, sagte Thaddeus und schaute herunter

auf seine Stiefel, die tief im schmierigen Mist steckten. Er holte Luft, nahm erneut eine Ladung, diesmal etwas größer, und ließ sie in die Schubkarre fallen.

„Um ehrlich zu sein, ich kann nicht verstehen, daß mein Bruder Otto damit zufrieden ist, immer nur mit Geld und Investitionen zu tun zu haben. Geld ist so eine tote Sache. Dieser Mist hat mehr Leben in sich als all das Geld der Banken von Deutschland. Ist Gold etwa in der Lage, Brot hervorzubringen? Nein – dieser Mist hingegen kann es!"

Die beiden arbeiteten sich durch die Stallboxen. Der Miststapel auf der Schubkarre wurde immer höher. Schließlich legte der Baron seine Mistgabel aus der Hand und brachte die Schubkarre nach draußen zum Misthaufen. Auch diese Arbeit war vollbracht.

„Wir werden Ihre Kleidung waschen müssen, bevor Sie uns verlassen", sagte der Baron. Auf einmal brach er in Gelächter aus.

„Was ist denn?" fragte Thaddeus.

„Sie haben gerade den Schmutz an Ihrer Hand im Gesicht verteilt! Es tut mir leid, aber ich konnte nicht anders als lachen."

Thaddeus schaute auf seine Hand herunter und schmunzelte.

„Was wohl meine Kollegen in der Botschaft sagen würden, wenn sie mich so sehen könnten!"

„Sie würden vermutlich nicht viel sagen, sondern sich nur ihre Nasen zuhalten."

Zwanzig Minuten später, nachdem sie fünf Ballen frisches Stroh vom Heuboden heruntergeworfen und in den Ställen verteilt hatten, lehnten der Baron und der Diplomat ihre Mistgabeln an die Wand und verließen den Stall.

„Vielen Dank, Baron", sagte Thaddeus, als sie langsam den Hügel hinauf zum Haus gingen. „Jeder Tag hier ist voller neuer Erfahrungen – sowohl für mich als auch für meinen Sohn. Seit ich nach Deutschland gekommen bin, habe ich mich nicht mehr so lebendig gefühlt. Kühe und Mist und grüne Weiden … in einem Haus übernachten, das viele hundert Jahre alt ist ... die Stiefel eines anderen Mannes tragen ... ein von Spinnennetzen durchzogener Heuboden ... der Geruch des Landlebens ... Felder mit goldenem Korn, das darauf wartet, geerntet zu werden – ich kann gar nicht ausdrücken, was das alles für mich bedeutet. Ich wünschte, Matthew könnte noch länger hierbleiben."

„Wir würden uns glücklich schätzen, ihn hierzubehalten."

„Vielleicht wird die Zeit kommen", sagte Thaddeus.

18

Ein Strich durch die Pläne

An diesem Nachmittag wollten Matthew und Sabrina noch einmal ausreiten, bevor Matthew mit seinem Vater nach Berlin zurückkehren mußte.

Eigentlich hatte sie mit ihm zum Meer reiten wollen, doch das hätte viel zu lange gedauert. Statt dessen begnügten sie sich mit einem Ausritt durch die Felder und über die Wiesen ihres Vaters.

In der Zwischenzeit saßen Baron von Dortmann und Thaddeus McCallum im Rosengarten und unterhielten sich.

„Haben Sie sich von der für Sie ungewohnten Morgenarbeit erholt?" fragte der Baron.

„Ich denke schon", lachte Thaddeus.

„Sie haben einen prächtigen Sohn, Thaddeus", sagte der Baron. „Ich habe ihn richtig ins Herz geschlossen."

„Dasselbe kann ich von Ihrer Tochter sagen."

„Wie war das für ihn, mit einem vielbeschäftigten Vater in einem fremden Land aufzuwachsen?"

„Ich fürchte, es war nicht leicht für ihn. Und ich bin wirklich sehr beschäftigt, vielleicht zu sehr."

„Er scheint aber nicht darunter gelitten zu haben. Sie beide scheinen eine innige Beziehung zueinander zu haben, und er macht den Eindruck eines sehr ausgeglichenen jungen Mannes."

„Das ist er wirklich", erwiderte Thaddeus.

Die beiden Väter plauderten weiter, während der Sohn und die Tochter sich wieder auf dem Heimweg befanden.

*

Als sie noch etwa einen Kilometer vom Gut entfernt waren, trieb Sabrina ihr Pferd auf einmal zum Galopp an.

„Wir machen ein Wettrennen", rief sie Matthew über die Schulter zu.

Matthew tat sein Bestes, sein Pferd voranzutreiben, doch er konnte nicht mithalten. Er hatte Mühe, sich im Sattel zu halten, als sein Pferd über unebenen Boden galoppierte.

Schon nach wenigen Minuten flog Sabrina regelrecht über den Fluß hinweg und brachte ihr Pferd auf dem Weg, der den Hügel hinauf zu den Ställen führte, zum Stehen. Sie drehte sich um und hielt Ausschau nach Matthew.

Sofort erkannte sie, daß es sehr töricht gewesen war, ihn zu diesem Wettrennen herauszufordern. Sein Pferd ließ sich von der Situation mitreißen und donnerte über den Boden. Sabrina sah, daß Matthew absolut nicht sicher auf seinem Rükken war.

„Halt sie an!" schrie sie ihm zu.

Aber es war zu spät. Waldfee machte sich bereit, über den Fluß zu springen. Sabrina ritt ihnen so schnell sie konnte entgegen, aber da sprangen Pferd und Reiter schon durch die Luft.

Der Sprung selbst ging noch recht gut vonstatten, doch die Wucht des Aufsetzens war zu stark. Matthew konnte sich nicht halten und fiel seitlich vom Pferd hinunter auf den Weg.

Sabrina war in kürzester Zeit bei ihm. Matthew lag mit schmerzverzerrtem Gesicht auf dem Boden und hielt sich den Knöchel. „Es scheint, als landete ich immer, wenn ich mit dir zusammen bin, auf dem Boden!" stöhnte er und versuchte zu lachen. Doch sein Gesicht war weiß wie eine Wand.

„Ich hole Papa“, sagte sie. Ihr war klar, daß er ernsthaft verletzt sein mußte.

Matthew nickte, sagte aber nichts. Die Schmerzen waren so stark, daß es ihm die Tränen in die Augen trieb.

Sabrina stieg rasch auf ihr Pferd, galoppierte den Hügel hinauf zu den Ställen, sprang ab und rannte laut rufend aufs Haus zu. Nur einen Augenblick später liefen Sabrina, der Baron und Thaddeus McCallum den Hügel hinunter zu der Unglücksstelle.

Der Baron kniete als erster bei Matthew, und eine hastige Untersuchung beseitigte jeden Zweifel daran, daß der Doktor gebraucht wurde.

„Sabrina“, sagte der Baron, „lauf schnell und rufe Herrn Abrahams im Dorf an.“ Flüsternd setzte er hinzu: „Sag ihm, er solle alles Notwendige mitbringen, um einen Knochen zu schienen.“

„Oh, Papa!“ rief Sabrina und schlug entsetzt die Hände vors Gesicht.

„Er wird wieder in Ordnung kommen“, beruhigte sie der Baron, „und nun lauf.“

Der Baron ging, um Schmidt und einen flachen Karren zu holen, während Thaddeus bei seinem Sohn blieb. Kurze Zeit später rumpelte der Karren, von einem schweren Kaltblutpferd gezogen, den Berg hinunter. Vorsichtig legten sie Matthew darauf, wobei sie darauf achteten, das Bein nicht zu bewegen. Schmidt wendete langsam das Pferd und führte es den Weg zum Haus hinauf, während der Baron und Thaddeus neben Matthew hergingen. Sabrina kam ihnen entgegengelaufen und begleitete den Krankentransport auf dem letzten Stück bis zum Haus.

„Tut es sehr weh, Junge?“ fragte der Baron.

Matthew verdrehte die Augen und stöhnte.

„Das geht vorbei, das kann ich dir versichern. Sobald wir dich ins Haus gebracht haben, werden wir dir etwas gegen die Schmerzen geben. Und einen besseren Arzt als Doktor Abrahams findest du selbst in Berlin nicht.“

Nachdem sie ihn ins Haus getragen hatten, betteten sie ihn

auf eine breite Couch in dem Wohnzimmer im Erdgeschoß. Als sie den Wagen des Doktors vorfahren hörten, war schon wieder etwas Farbe in Matthews Gesicht zurückgekehrt.

„Danke, daß du so schnell gekommen bist, Aaron", sagte der Baron und schüttelte dem Freund die Hand.

Er führte Herrn Abrahams zu dem Diwan. Thaddeus erhob sich und trat beiseite.

„Dann lassen Sie mich mal sehen", meinte der Doktor, schaute sich das Bein an und begann dann mit der Untersuchung.

„Sag mir, wo es schmerzt, Junge", sagte er auf deutsch. Er wußte nicht, daß die Gäste des Barons Amerikaner waren.

„Au! Das tut weh!" rief Matthew auf Englisch. Sabrina, die dabeistand und alles beoabachtete, zuckte bei seinem Schmerzensschrei unwillkürlich zusammen.

„Ich glaube nicht, daß wir das übersetzen müssen", sagte Thaddeus.

Der Doktor fuhr mit der Untersuchung fort. Nach kurzer Zeit erhob er sich und sprach mit dem Baron. Das Wadenbein war genau über dem Knöchel an einer oder sogar zwei Stellen gebrochen. Er wollte sofort einen Gipsverband anlegen.

„Kann er reisen?" fragte der Baron.

Das Gesicht des Doktors verfinsterte sich. „Es wäre mir lieber, wenn er ein oder zwei Tage im Bett bleiben könnte, um sicher zu sein, daß keine anderen Verletzungen an diesem Bein oder vielleicht sogar auch an dem anderen Bein vorhanden sind", meinte der Doktor.

„Ich muß heute abend nach Berlin zurückkehren", sagte McCallum ernst. „Morgen früh habe ich eine Besprechung mit den Österreichern und den Franzosen."

„Wir würden Matthew gern hierbehalten", sagte der Baron. „Er könnte doch die Woche über hierbleiben. Ihr Wunsch von heute morgen scheint in Erfüllung zu gehen. Sie können dann am nächsten Wochenende wiederkommen, oder aber wir bringen ihn in die Stadt zurück."

Thaddeus dachte einen Augenblick nach und schaute dann Matthew an. „Was meinst du, Matthew?"

„Ich wäre damit einverstanden“, erwiderte Matthew. „Was der Baron und du für das Beste haltet.“

„Nun, das ist wirklich eine plötzliche Änderung der Pläne“, seufzte Thaddeus, der immer noch über andere Möglichkeiten nachdachte. „Aber ich nehme an, es ist wirklich das Beste. Wir werden also den Rat des Doktors und Ihr Angebot gern annehmen.“

„Gut“, entgegnete der Baron. „Es wird uns ein Vergnügen sein, Matthew noch eine Weile länger hierzubehalten.“

„Ich habe nur eine Bedingung“, fügte Thaddeus schmunzelnd hinzu.

„Und welche?“ fragte der Baron.

„Daß Sie ihn, sobald er dazu in der Lage ist, in den Stall mitnehmen. Ich möchte, daß auch mein Sohn Ihre Damen kennenlernt!“

Der Baron lachte aus voller Kehle. „Ich werde mein Bestes tun!“

Der Doktor nahm seine Tasche auf und ging zur Tür. Der Baron folgte ihm, doch das Lächeln verschwand schnell von seinem Gesicht, als sie sich flüsternd unterhielten. Dann verließ der Doktor das Haus, um alles für das Eingipsen des Beins Notwendige aus dem Auto zu holen.

19

Ein unliebsamer Besucher

Sabrina saß lesend auf dem Balkon des Wohnzimmers im ersten Stock. Ihre Mutter kam heraus und von hinten auf sie zu.

„Gustav ist hier und möchte dich besuchen, Sabrina“, sagte sie.

„Mich?“

„Wen denn sonst, mein Liebes?“ fragte Frau von Dortmann lächelnd.

„Oh, Mama, muß ich wirklich?“ stöhnte Sabrina. „Er ist so langweilig.“

Marion antwortete nicht.

Sabrina seufzte, legte ihr Buch beiseite und ging zur Eingangstür, wo ein junger Mann draußen wartete.

„Hallo, Gustav“, sagte Sabrina.

Das Gesicht des Jungen hellte sich auf, als er sie begrüßte. „Hallo, Sabrina“, sagte er. „Mutter läßt fragen, ob du nicht zum Abendessen herüberkommen möchtest.“

„Heute?“

Er nickte.

„Ich fürchte, das geht nicht, Gustav. Grüß deine Mutter herzlich von mir.“

„Deine Mutter meinte aber, du würdest vielleicht kommen“, erwiderte er leicht weinerlich.

„Wir haben einen Gast. Es wäre wirklich nicht in Ordnung, wenn ich ihn allein lassen würde.“

„Einen Gast?“ wiederholte Gustav, obwohl er genau wußte, daß Besucher auf dem Gut waren.

„Ja, einen amerikanischen Jungen. Er war mit seinem Vater hier und hat sich bei einem Reitunfall den Knöchel gebrochen.“

Gustav versteifte sich unmerklich, versuchte aber, sich nichts anmerken zu lassen. „Einen *Jungen*?“

„Einen jungen Mann hätte ich sagen sollen.“

„Wie jung?“

„In unserem Alter. Ich glaube, er ist siebzehn.“

„Ich bin achtzehn, Sabrina“, sagte Gustav. Ohne großen Erfolg versuchte er, seine Verärgerung zu unterdrücken.

„Du warst doch bei meiner Geburtstagsfeier.“

„Ja, natürlich. Ich erinnere mich jetzt.“

„Wie konntest du das vergessen? Du hast doch fast den ganzen Abend lang mit mir getanzt.“

„Verzeih mir, es ist mir nur einfach entfallen, das ist alles.“

„Es ist dir entfallen! Das war das größte gesellschaftliche

Ereignis, das Niedersdorf seit Jahren gesehen hat! Selbst deine Cousine meinte, dieses Fest hätte mit jedem anderen in Berlin mithalten können."

„Es tut mir leid, daß ich deinen Geburtstag vergessen habe. Nun habe ich mich zweimal entschuldigt. Was willst du von mir, Gustav?" fragte Sabrina, die allmählich ärgerlich wurde.

„Du könntest die Einladung meiner Mutter zum Abendessen annehmen. Sie denkt allmählich, daß du sie nicht leiden kannst."

„Das ist doch lächerlich, Gustav. Ich habe den Verdacht, daß du mich nur herumkriegen willst. Ich glaube nicht, daß deine Mutter so etwas gesagt hat."

Gustav antwortete nicht sofort und scharrte verlegen mit den Füßen. „Wollen wir denn wenigstens einen Ausflug machen?" fragte er nach einer Weile. „Ich habe ein neues Auto."

„Ich glaube nicht."

„Oder wenigstens ein kleiner Gang durch den Garten deines Vaters, bevor ich heimgehe?" fragte Gustav äußerst bemüht, einen leichten Tonfall anzuschlagen.

„Ich glaube nicht, Gustav. Ich fürchte, ich bin nicht in der richtigen Stimmung für einen Spaziergang."

„Aber du hast mich doch immer in den Garten mitgenommen. Als wir noch Kinder waren, haben wir fast jeden Tag dort gespielt. Du hast mir den Namen von jeder Pflanze, jedem Baum, jedem exotischen Busch genannt. Haben sich die Dinge wirklich so zwischen uns verändert, daß du nicht einmal mit mir in den Garten gehen möchtest?"

„Es tut mir leid, Gustav. Wir werden das nächste Mal, wenn du kommst, in den Garten gehen. Heute kann ich nicht. Grüß deine Mutter von mir."

Sabrina drehte sich um und ging ins Haus zurück. Gustav blieb unten an der Treppe stehen, genauso reglos wie das steinerne Pferd hinter ihm und mit einem ähnlichen Ausdruck in seinen Augen.

20
Der Invalide

Sabrina von Dortmann und der Sohn ihres nächsten Nachbarn, Graf Ernst von Schmundt, waren praktisch zusammen aufgewachsen. Ihre Eltern besaßen beide ausgedehnte Ländereien im Nordosten des sich ständig ausbreitenden Deutschen Reiches. Sie hatten seit ihren Kindertagen immer miteinander gespielt und waren mit dem Land des anderen fast so vertraut wie mit dem eigenen.

Die Zuneigung auf Seiten der jungen Dame hatte sich in letzter Zeit jedoch merklich abgekühlt, was auch leichte Spannungen in der Beziehung der Eltern hervorrief.

Gustav von Schmundt fuhr die Auffahrt hinunter und bog nach rechts ab. Während er schneller fuhr, als es auf der schmalen Landstraße angebracht schien, überdachte er verschiedene Möglichkeiten. Schließlich kam er zu dem Entschluß, mit seiner Mutter zu sprechen, auch wenn das nicht gerade ein besonders männlicher Schachzug war. Zuvor hatte er aber noch etwas im Dorf zu erledigen. Als er nach etwa zwei Kilometern zu dem Gut seines Vaters kam, fuhr er geradeaus weiter nach Niedersdorf, bog nach links ab und hielt vor dem Wirtshaus an.

*

Sabrina fand es viel interessanter, sich um Matthew zu kümmern, als eine Unterhaltung mit Gustav von Schmundt in Gang zu halten.

„Wie geht es dir heute morgen?“ fragte sie den Sohn des amerikanischen Botschafters, als sie in sein Zimmer kam.

„Ich schäme micht immer noch, aber ich habe keine Schmerzen mehr.“

„Warum schämst du dich?“ lachte Sabrina.

„Weil ich immer, wenn ich in deiner Nähe bin, stürze oder

ungeschickt bin. Glaub' mir, früher habe ich nie so viele Unfälle gehabt!"

„Das braucht dir doch nicht peinlich zu sein. Schon immer hat es Reitunfälle gegeben. Vor zwei Jahren wurde ein Mann in Niedersdorf sogar getötet."

„Wie ist das passiert?"

„Er war unvorsichtig und zu sehr von sich selbst überzeugt. Er hatte vergessen, wie stark und temperamentvoll Pferde manchmal sein können. Auf einmal lag er auf dem Boden und wurde von dem Huf des Pferdes am Kopf getroffen. Er war sofort tot. Schrecklich war das."

„Willst du damit sagen, daß ich froh sein kann, mir nur das Bein gebrochen zu haben?"

„So ungefähr", gab Sabrina lächelnd zu. „Und ein Gutes hat das Ganze ja. Du kannst noch länger hierbleiben."

„Was habe ich schon davon, wenn ich die ganze Zeit im Bett liegen muß?"

„Heute nachmittag kommt der Doktor wieder", sagte Sabrina. „Ich habe gehört, wie mein Vater mit ihm gesprochen hat. Wenn der Gips hart ist, bin ich sicher, daß er dich aufstehen läßt. Und Papa hat ihn gebeten, einen Rollstuhl für dich mitzubringen."

„Einen Rollstuhl! Oh nein!"

„Ich werde dich spazierenfahren."

„Einen Rollstuhl!" stöhnte Matthew wieder.

„Vielleicht kannst du ja auch auf Krücken gehen."

„Du meine Güte. Du sprichst von mir, als sei ich ein Invalide!"

„Das bist du ja auch!" lachte Sabrina. „Nun brauchst du dich einfach nur zu entspannen und uns für dich sorgen lassen ... und deinen Aufenthalt hier genießen. Ich werde dir jetzt etwas aus meinem Buch vorlesen."

Sie setzte sich auf einen Stuhl neben sein Bett und nahm das Buch auf, das sie am Abend zuvor dort liegengelassen hatte.

„Wie heißt es?" fragte Matthew.

„*Der geheimnisvolle Raum*", antwortete sie. „Es handelt von einem großen Schloß in England, mit Abenteuern, Liebe, Gespenstern und Geheimnissen."

„Bist du sicher, daß es nicht von eurem Haus handelt?" fragte Matthew mit einem Grinsen.

„Unseres ist eine kleine Hütte im Vergleich zu dem Schloß in dem Buch!" lachte Sabrina. „Hör nur zu." Sie blätterte die Seiten durch, die sie bereits gelesen hatte und fand schließlich die Stelle, die sie suchte. „Um das zu erfüllen, wozu wir geschaffen worden sind, müssen wir Kinder Gottes sein. Nur dann ist der Sinn unserer Schöpfung erfüllt – nur dann werden wir sein können, wozu wir geschaffen sind."

„Ich dachte, es handelte sich um ein geheimnisvolles Schloß!"

„Das stimmt, doch viele kleine Wahrheiten über Gott sind auch darin zu finden. Ich mag die Art, wie der Schriftsteller das alles zusammenbringt."

„Also gut, ich brauche in der Tat eine kleine Abwechslung. Lies mir etwas Schauriges vor!"

„In Ordnung!" lachte Sabrina. „Ich werde sehen, ob ich etwas finde – warte einen Moment!" sagte sie.

Sie blätterte zurück und begann zu lesen. So verbrachten sie fast den ganzen Morgen.

Doktor Abrahams kam am frühen Nachmittag vorbei und brachte tatsächlich einen Rollstuhl mit.

„Du kannst ihn mit hinausnehmen, wenn du möchtest, aber er muß im Rollstuhl bleiben", wies er Sabrina an.

Sabrina nickte, und der Doktor ging. An der Tür blieb er stehen und sprach flüsternd mit Marion.

„Ist Heinrich zu Hause?" fragte er.

„Er ist für zwei Tage nach Finkenwalde gefahren", erwiderte Marion.

„Hmmm ...", meinte der Doktor mit ernstem Gesicht.

„Stimmt etwas nicht?"

„Ich weiß es nicht, Marion. Es gibt bestimmte Entwicklungen. Aber wenn er im Seminar ist, wird er sowieso davon erfahren."

„Ich brauche im Augenblick also nichts zu tun?"

Der Arzt dachte eine Weile nach. „Sag mir Bescheid, wenn Heinrich zurückkommt. Ich werde sowieso nach dem Bein des Jungen sehen müssen. Aber wir drei haben ernste Angelegenheiten zu besprechen."

21

Zwei Mütter

Als Doktor Abrahams ins Dorf zurückfuhr, begegnete ihm ein Wagen, der sehr schnell und gefährlich dicht an der Mittellinie fuhr. Der Doktor scherte leicht aus und fuhr dann weiter ins Dorf.

Hinter ihm trat Gustav hart auf die Bremsen, bog links ab und fuhr zu dem Gutshaus hinauf, in dem seine Eltern wohnten.

Er traf seine Mutter im Wohnzimmer an.

„Mutter", begann er, „Sabrina hat deine Einladung abgelehnt."

„War sie beschäftigt, mein Lieber?"

„Nicht im geringsten", antwortete er und ging zu ihr hinüber. „Sie sagte einfach, sie wollte nicht kommen. Sie wollte nicht einmal mit mir ausfahren."

„Gustav", meinte seine Mutter mit ernstem Gesicht, als ihr Sohn näherkam, „hast du getrunken? Du scheinst so aufgebracht zu sein."

„Ich habe im Dorf ein Bier getrunken."

„Was hattest du dort zu tun?"

„Ich mußte ein paar Freunde treffen. Und, ja, Mutter, ich bin wirklich aufgebracht", fuhr er schnell fort. „Sabrina behandelt mich manchmal, als sei ich ein Fremder. Sie lädt mich nicht mehr ein, mit ihr in den Garten zu kommen, und falls wir doch einmal ausreiten – die Hälfte meiner Einladungen lehnt sie sowieso ab –, habe ich den Eindruck, daß sie nur aus Höflichkeit mitkommt. Ich weiß einfach nicht, was ich tun soll, Mutter. Sie verhält sich mir gegenüber ganz bestimmt nicht so, wie sie es ihrem zukünftigen Ehemann gegenüber tun sollte."

Ingrid von Schmundt, eine mit ihren 42 Jahren immer noch schöne Frau, hörte ihrem Sohn mitleidig zu. Schon von klein auf wußte er, wie er mit ihr umzugehen hatte, um alles zu bekommen, was er sich wünschte.

Sie und Graf von Schmundt hatten sich vor Ausbruch der Feindseligkeiten, die zum Ersten Weltkrieg führten, kennengelernt und verlobt. Unter den Jubelrufen der Dorfbewohner war er in den Krieg gezogen, hatte sich dort mehrere Auszeichnungen erworben und war als Held zurückgekehrt. Ihre Hochzeit war das größte gesellschaftliche Ereignis des Jahrzehnts gewesen. Schon im darauffolgenden Jahr war ihr Sohn geboren worden, und während der friedlichen zwanziger Jahre und der Weimarer Republik wurden auf dem Schmundt-Anwesen etwas außerhalb von Niedersdorf zahllose Feste und Bälle veranstaltet, die sogar die Gesellschaft von Berlin anzogen.

Diese Jahre stellten den Höhepunkt in Ingrids Leben dar. Unglücklicherweise traf der wirtschaftliche Zusammenbruch und die anschließende Depression ihren Mann, der durch unbekümmerte Spekulationen reich geworden war, härter als ihren Nachbarn, den etwas umsichtigeren Mann ihrer besten Freundin.

Zwar war er nicht völlig ruiniert, doch der Graf fing an zu trinken, war immer länger von zu Hause fort und schloß sich der nationalsozialistischen Bewegung an, die damals noch in den Kinderschuhen steckte. Sie, die immer im Überfluß gelebt hatten, mußten sich nun drastisch einschränken. Da Ingrid wenig inneren Halt hatte, verlor sie nach und nach das Interesse am Leben. Ihr Sohn wurde ihr einziger Lebensinhalt, was ihm nicht gut tat; ihm galt ihre ganze Fürsorge, ihm verschaffte sie jeden Vorteil, ihm galt jeder Luxus. Sie verwöhnte ihn maßlos.

„Ich werde mit ihrer Mutter sprechen, Gustav“, sagte die Gräfin schließlich. „Vielleicht sollte ich sie für morgen zum Kaffee einladen.“

Gustav nickte und verschwand aus dem Zimmer, bevor die Mutter die Unterhaltung wieder auf seine Aktivitäten im Dorf würde lenken können.

Am folgenden Nachmittag um halb vier erschien Marion von Dortmann auf dem Anwesen ihrer Freundin. Die beiden Frauen ließen sich im Salon der Gastgeberin Kaffee und Kuchen servieren. Sie unterhielten sich über das Wetter und über Blumen. Es dauerte eine Weile, bis die Gastgeberin das Gespräch auf die Kinder lenkte.

Schon seit längerer Zeit waren die beiden Frauen gute Freundinnen. Sie hatten beinahe zur selben Zeit geheiratet, und ihre Kinder waren nur zwei Jahre auseinander. Sie bekamen beide keine weiteren Kinder mehr, und die beiden Kleinen wuchsen miteinander auf. Wie konnte es da anders sein, als daß sie gelegentlich von einer möglichen Heirat zwischen den beiden sprachen? Keine Verbindung hätte angemessener und passender sein können, und im Laufe der Jahre wurden die Träumereien der beiden Freundinnen immer mehr als Tatsache betrachtet, besonders von Ingrid von Schmundt.

Je mehr ihr eigenes Vermögen abnahm, desto mehr ersehnte sie sich Erfolg für ihren Sohn – ein Ziel, das durch eine Heirat mit der Tochter des benachbarten Gutsbesitzers in greifbare Nähe rücken würde. Die beiden Güter zusammengeschlossen würden einen riesigen Besitz ergeben und eines der größten Anwesen in ganz Nordostdeutschland werden. Ihr Sohn würde angesehen sein im ganzen Land, und sie würde an seiner Seite bleiben. Eines Tages würde er eine wichtige Rolle im neuen Deutschland spielen. Wenn sie bisher nicht so stark im Mittelpunkt des öffentlichen Interesses gestanden hatte, wie sie es sich vielleicht gewünscht hätte, so würde sie nun an seinem Ruhm teilhaben. Alle würden *sie* als die gesellschaftliche Matriarchin des Namens von Schmundt betrachten, und sie würde zu Ansehen und Bedeutsamkeit gelangen.

Die Frau des Grafen nahm an, ihre Freundin würde genauso empfinden wie sie, obwohl die beiden Frauen im Laufe der Jahre immer weniger darüber gesprochen hatten.

In den vergangenen Jahren hatte Marion gespürt, daß sich eine Mauer zwischen ihnen aufbaute. Der Grund hierfür war keine Feindseligkeit oder ein Konflikt, sondern ihre innere Einstellung. Marion von Dortmann und Ingrid von Schmundt, ehemals eng befreundet, hatten sich in verschiedene Richtungen entwickelt.

Die eine suchte die Anerkennung der Welt, Ruhm und Reichtum. Die andere hatte einen stillen, nachdenklichen Mann gewählt, auf den die Gesellschaft ein wenig verächtlich herabblickte. Während der Graf und die Gräfin viele Feste gaben und Reichtümer ansammelten, die den Neid der gesamten Region erregten, pflegte der Baron nebenan seinen lächerlichen Garten, sammelte Bücher und öffnete Fremden und Durchreisenden – ja sogar Bauern – sein Haus, wie Ingrid zu Ohren gekommen war.

Sie mochte Marion, obwohl sie schon damals nicht verstanden hatte, was sie an diesem Mann fand. Daß sie einen Dummkopf geheiratet hatte, war nur zu offensichtlich. Und doch hatten sie eine Tochter, die eines Tages das Gut erben würde, und diese Tatsache an sich war Grund genug, über seine Eigenarten hinwegzusehen.

Keine der Frauen wußte, daß es der Baron gewesen war, der den Grafen vor dem finanziellen Ruin gerettet hatte. Als von Schmundt mitten in seiner finanziellen Krise steckte, war von Dortmann zu ihm gegangen und hatte ihm 425.000 Reichsmark angeboten, genau den Betrag, der nötig war, um seinen Landbesitz auszulösen. Die einzige Bedingung, die der Baron gestellt hatte, war, daß niemand von dieser Transaktion erfahren sollte. Von Schmundt hatte zugestimmt, das Geld mit stoisch ertragener Demut angenommen und ihm herzlich gedankt. Das Geschenk wurde niemals wieder zwischen den beiden erwähnt. Der Graf dachte nicht im geringsten daran, dem Baron auch nur einen Pfennig zurückzuzahlen, als sein Vermögen wieder anwuchs und er wieder mehr Geld zur Verfügung hatte. Im tiefsten Innern ärgerte er sich nämlich darüber, daß er dem Baron zu Dank verpflichtet war.

Während Marion bei ihrer Freundin saß und ihrem Geplauder zuhörte, wurde ihr das Herz schwer. Ingrids Gedanken kreisten nur noch um sich selbst, sie beschäftigte sich nur mit seichten Romanen und Magazinen, mit ihren Kleidern und ihrem Haus. Der Graf weilte oft in Berlin, Gustav war fast erwachsen, und die arme Frau war die meiste Zeit sich selbst überlassen. Sie fand selbst, daß sie zu wenig Geist besaß, um sich sinnvoll zu beschäftigen.

Marion mußte feststellen, daß von der Freundschaft, die sie als junge Leute gepflegt hatten, nur sehr wenig übrig geblieben war. Dabei wurde ihr auch klar, was für ein Fehler es gewesen war, solche Luftschlösser in bezug auf ihren Sohn und ihre Tochter zu bauen. Als die Gräfin von Schmundt daher das Thema anschnitt, war es ihr ganz recht.

„Meinst du nicht, Marion", sagte Ingrid nach einem kurzen Schweigen, „daß es an der Zeit ist, Pläne zu schmieden?"

„Pläne, Ingrid? Was für Pläne?"

„Nun, für die Hochzeit natürlich. Mein Gustav ist immerhin schon achtzehn."

„Ja, und Sabrina ist erst sechzehn. Ich kann mir nicht vorstellen, daß sie so jung heiratet."

„Aber die Zeit vergeht so schnell. Es ist nicht zu früh, diese Dinge zu bedenken."

„Du sprichst davon, als sei es schon beschlossen."

„Ist das denn nicht? Ich dachte, wir –"

„Ingrid, das ist doch schon Jahre her", antwortete die Frau des Barons.

„Marion, ich verstehe nicht", entgegnete Ingrid. „Du hast doch nicht … deine Meinung geändert?"

Marion mußte tief Luft holen. Ihre Freundin schien tief getroffen.

„Bitte, Ingrid", sagte Marion sanft, „das waren doch bloß Träumereien. Wir sprachen davon, *was wäre, wenn,* es gab doch keine Pläne."

„Du hast es gar nicht ernst gemeint, Marion?“ fragte die Gräfin verständnislos.

„Vielleicht habe ich auch davon geträumt“, sagte sie, „aber nicht so ernsthaft, daß ich es als beschlossene Tatsache angesehen hätte. Die Kinder waren noch so jung damals. Eine solche Entscheidung können wir nicht für Gustav und Sabrina treffen.“

„Aber mein Gustav liebt Sabrina.“

„Liebe, Ingrid?“

„Das mußt du doch gemerkt haben. Er besucht sie häufig.“

„Ja, ja, das tut er. Sie sind schon seit Jahren Freunde, aber –“

„Das Herz wird ihm brechen, wenn ich ihm erzähle, was du gesagt hast.“

„Ich bin der Ansicht, die jungen Leute müssen ihre Entscheidung selbst treffen. Ganz bestimmt würde es auch Gustav nicht gefallen, wenn ihm eine Heirat aufgezwungen würde.“

„Aufgezwungen!“ wiederholte die Gräfin. Ihre Stimme klang nun nicht mehr verletzt, sondern verärgert. „Bist du etwa der Meinung, ich hätte versucht, meinem lieben Sohn deine Tochter aufzuzwingen?“

„Nein, bitte, Ingrid, das habe ich nicht gemeint.“

„Ich würde Gustav niemals zwingen zu heiraten. Jede andere junge Dame würde sich geehrt fühlen, seine Braut zu sein.“ Sie wurde immer lauter. „Aber wenn deine Tochter meinen Sohn für nicht gut genug hält –“

„Oh, Ingrid, nein. So ist es doch gar nicht“, bat Marion. „Sabrina und ich halten Gustav für einen feinen Jungen.“

„Aber für eine Heirat nicht gut genug“, warf die Gräfin ein. „Sei nicht so herablassend, Marion“, fügte sie noch hinzu und richtete sich gekränkt auf.

„Ich denke, ich sollte nun gehen“, sagte Marion schließlich. Sie schaute auf und versuchte zu lächeln. „Vielen Dank, Ingrid, für Kaffee und Kuchen. Es – es tut mir leid wegen des Mißverständnisses.“

Gräfin von Schmundt gab keine Antwort, sondern nickte ihr nur zustimmend zu.

Marion erhob sich und verließ das Haus. Die Gräfin sah ihr nach. Dann nahm sie sich ein weiteres Stück Kuchen und aß es gedankenversunken auf.

22

Unterwanderung der Bruderschaft

Es gibt Dinge, die man am besten selbst erledigt.

Er hätte auch jemand anderen nach Stettin und in dieses kleine Dorf schicken können. Aber er wollte selbst überprüfen, ob sich dort wirklich der Kern der Widerstandsbewegung der Kirche befand. Er hatte die Macht, dieses Nest auszuheben. Doch zuvor mußte er sicher sein, daß dies alles kein Ablenkungsmanöver war und daß sein Eingreifen auch weitreichende Konsequenzen haben würde.

Es war noch zu früh, Kirchenführer und Pastoren zu verhaften, obwohl er sich vor Himmler gebrüstet hatte, es ohne zu zögern tun zu wollen. Ein paar vielleicht, das war in Ordnung, als abschreckendes Beispiel sozusagen. Doch es gab viele Wege, diese Heuchler in die Knie zu zwingen. Und falls die Maßnahmen, die ihm vorschwebten, in dem einen Jahr, das er sich als Frist gesetzt hatte, fehlschlagen sollten, würden mehr Verhaftungen stattfinden müssen.

Sein Gesicht, das hinter den Scheiben des Wagens sichtbar war, wurde von seinen Augen dominiert. Diese Augen waren im Laufe der Jahre darauf trainiert worden, nicht nur das zu sehen, was war, sondern auch das, was *sein könnte.* Sie suchten die Gelegenheit. Deshalb waren sie auch immer leicht zusammengekniffen und zeigten schon Falten in den Augenwinkeln, nicht Falten des Alters, denn der Gestapomann war erst Anfang dreißig, sondern Falten der Verschlagenheit und Tücke. Diese Augen hatten gelernt, die wahren Gedanken und Absichten des Mannes zu verschleiern, eine unentbehrliche Eigenschaft in der Führungsspitze der Nazis, wo Betrug und Arglist der Sauerstoff zum Überleben waren.

Sein Gesicht war sehr schmal, die Nase dagegen breit und dick. Er hatte pockennarbige, eingesunkene Wangen, ein eckiges Kinn, einen breiten Mund mit vollen Lippen und schmalen, gelblichen Zähnen.

Ein aufmerksamer Beobachter würde die unverkennbaren Zeichen slawischer und russischer Abstammung erkannt haben. Doch in den Kreisen, in denen er verkehrte, tendierte man dazu, solchen Merkmalen wenig Beachtung zu schenken. Solange die Haut weiß war, er vor dem Hakenkreuz salutierte und sein *Heil Hitler* auf der Zunge hatte, würde man sich über seine Abstammung keine Gedanken machen.

Wieder besah er sich aus dem Auto heraus die verschiedenen Gebäude auf der anderen Seite des Feldes. Besonders interessierte ihn der Mercedes davor. Der große Wagen fiel auf, und er fragte sich, ob der Besitzer dieses Wagens wohl zur Dorfgemeinschaft gehörte. Sobald es dunkel war, würde er ihn sich genauer ansehen.

Doch er war zu weit entfernt, um zu erkennen, was in dem kleinen Dorf vor sich ging. Er mußte näher herankommen.

Neben den Gebäuden befand sich ein Bauernhaus. Er hatte gesehen, wie eine Frau herausgekommen war und Wäsche aufgehängt hatte. Es konnte also nicht zu dem Komplex gehören.

Dort würde er Position beziehen.

Er startete den Motor, fuhr langsam auf das Bauernhaus zu und parkte seitlich, so daß sein Wagen von dem Komplex aus nicht gesehen werden konnte. Er stieg aus und näherte sich der Hintertür. Die Frau war wieder ins Haus zurückgegangen. Es schien kein Mann in der Nähe zu sein, und er sah auch keinen anderen Wagen.

Ohne anzuklopfen betrat er das Haus.

Die Frau stand in der Küche, einen Wäschekorb in der Hand. Sie zuckte zusammen, dann grüßte sie ihn.

„Guten –", begann sie.

„Still“, fuhr Korsch sie leise an.

„Wer sind Sie?“ fragte sie und wurde langsam ärgerlich. Sie ließ sich nicht einschüchtern.

„Gestapo“, antwortete er, ging im Raum umher und schaute aus dem Fenster.

„Was wollen Sie?“

„Ich brauche Ihr Haus“, sagte er, schaute wieder aus dem Fenster und ging dann in das angrenzende Zimmer.

„Mein Haus ist nicht zu haben. Und nun gehen Sie bitte. Wir haben mit Ihrer Sorte nichts zu schaffen.“

Er drehte sich um und kam höhnisch lächelnd auf sie zu.

„Vielleicht möchten Sie, daß ich das berichte“, zischte er. „Ich könnte die SS veranlassen, sich einmal intensiver mit Ihnen zu beschäftigen.“

Sie hielt seinem Blick stand.

„Bitte“, sagte sie, „gehen Sie, und tun Sie Ihre schmutzige Arbeit woanders.“

„Schmutzige Arbeit, du häßliche, alte Hure!“ rief er. „Die Gestapo tut das, was ihr gefällt!“ fügte er hinzu. Er holte auf einmal aus und schlug sie mit dem Handrücken mitten ins Gesicht.

Sie schrie vor Schmerz auf, taumelte, stolperte über einen Stuhl und fiel hin.

Korsch kümmerte sich nicht um sie, sondern sah sich weiter in dem kleinen Haus um. In einem anderen Zimmer fing ein Baby an zu schreien.

„Sieh zu, daß das Balg den Mund hält, oder es wird ihm genauso ergehen!“ zischte er.

Die arme Frau rappelte sich hoch und rannte ins andere Zimmer.

Korsch fand einen geeigneten Beobachtungsposten in einem der Schlafzimmer, ging in die Küche zurück, holte sich, was er zu essen finden konnte, und bezog Position an dem Fenster, von wo aus er das gegenüberliegende Haus beobachten wollte.

Eine oder zwei Stunden lang saß er dort. Die Frau sah er nicht mehr wieder. Immer noch war alles still nebenan.

Als die Dämmerung hereingebrochen war, erhob er sich und verließ das Bauernhaus durch die Hintertür. Er ging zu den parkenden Wagen hinüber.

Irgend etwas in ihm sagte ihm, daß er auf ein Geheimnis gestoßen war, und er wollte herausfinden, um was es sich handelte. Wenn es sich vermeiden ließ, wollte er kein unnötiges Aufsehen erregen. Aber er mußte unbedingt wissen, auf wen der Wagen zugelassen war. Einige seiner etwas ungeschickteren Kollegen in der Gestapo wären wahrscheinlich direkt ins Haus geplatzt und hätten sich die Information durch Drohungen und Verhaftungen erzwungen.

Manchmal war eine solche Taktik ganz bestimmt angebracht. Doch er liebte es, im Geheimen zu ermitteln und dann wie ein Blitz aus heiterem Himmel zuzuschlagen. Er wollte seine Trümpfe nicht zu früh aus der Hand geben.

Als er etwa die Hälfte der Strecke zurückgelegt hatte, öffnete sich auf einmal die Tür des Schulgebäudes. Zwei Männer erschienen.

Sofort drehte er sich um und schlenderte lässig den Weg zurück, den er gekommen war. Kurz darauf hörte er, wie eine Autotür geöffnet und wieder zugeschlagen wurde.

Ein Motor heulte auf. Er wußte, es war der Mercedes.

Korsch beschleunigte seinen Schritt, versteckte sich hinter der Mauer des Bauernhauses und beobachtete, wie der Mercedes langsam auf ihn zukam. Zwar hielt er sich außer Sichtweite, konnte aber das Nummernschild erkennen, als der Wagen an ihm vorbeifuhr.

Schnell rannte er zu seinem Wagen, holte seinen Notizblock hervor und schrieb die Nummer auf. Er wartete noch eine Weile, dann startete er den Motor und fuhr davon.

Was er gesehen hatte, genügte.

Er würde die Razzia anordnen. In der Zwischenzeit würde er herausfinden, wer der Besucher in dem Mercedes war.

Die Bauersfrau hatte sich, von Furcht gelähmt, in eine Ecke des Schlafzimmers ihrer Tochter zurückgezogen. Als ihr Mann eine Stunde später aus Stettin zurückkehrte, fand er das Haus still und dunkel vor; die Hintertür stand weit offen.

23
Gespräch unter Eheleuten

Baron von Dortmann und seine Frau saßen in dem Wohnzimmer neben ihrem Schlafzimmer. Der Abend war schon vorangeschritten, und die Dienstboten hatten sich zurückgezogen. Sabrina hatten sie eine Stunde zuvor Gute Nacht gesagt.

„Gibt es etwas Neues in Finkenwalde?" fragte Marion. Ihr Mann war erst wenige Stunden zuvor vom Seminar zurückgekehrt.

„Dietrich befürchtet, daß die Nazis sie immer mehr in die Enge treiben."

„Besteht Gefahr? Ihr Leben ist doch nicht etwa bedroht?"

„Nein, so ernst ist es nicht. Doch das Seminar wird nur notgedrungen geduldet, seit die Leitung der Bekennenden Kirche Dietrich vor zwei Jahren gebeten hat, ihren Posten zu übernehmen. Es ist zwar unabhängig, aber den Nationalsozialisten immer noch ein Dorn im Auge, wenn man bedenkt, was sie den Theologiestudenten an den öffentlichen Universitäten auferlegt haben. Wahrscheinlich ist es nur eine Frage der Zeit, bis sie etwas unternehmen."

„Was können sie denn tun?"

„Die Nazis *können* tun, was sie wollen, so hat es den Anschein", seufzte Heinrich. „Was sie tun *werden,* ist eine andere Frage. Sie haben Karl Barth der Bonner Universität verwiesen und die Ausbildungszentren der Bekennenden Kirche für ungesetzlich erklärt. Außerdem haben sie die evangelische Kirche den Doktrinen des Nationalsozialismus unterworfen, über jüdische Geschäfte den Bann verhängt, Eheschließungen zwischen Juden und Ariern verboten, den Juden die Staatsbürgerschaft abgesprochen –"

Er brach ab. Diese Worte trafen eine empfindliche Stelle.

„Sie können und werden alles tun, so scheint es", fuhr der Baron nach einer Weile fort, „um in Deutschland jegliche

Religion auszurotten, die über die Verehrung unseres sogenannten Führers hinausgeht."

Im Raum war es eine Weile still, während sie sich darüber klar wurden, was der Baron da gesagt hatte.

„Ich muß lernen, meine Gefühle zu beherrschen", sagte Heinrich. „Ich sollte so etwas nicht sagen. Doch ich habe Angst um Dietrich. Er spricht noch viel offener. Ich glaube, er hat noch nicht einmal Angst vor dem Tod. Schon seit Jahren stellt er sich den Nazis entgegen, und er hat sich durch seine pro-jüdische Einstellung und seine Appelle an die Kirche, doch endlich aus ihrer Gleichgültigkeit aufzuwachen, schon viele Feinde geschaffen."

„Was hat er neulich noch gesagt?"

„Ich weiß, was du meinst. Er sagte: ‚Wenn Christus einen Menschen beruft, dann gebietet er ihm, zu kommen und zu sterben.'"

„Ja, genau."

„Gestern hat er das wieder gesagt. Diese Aussage ist einer der Ecksteine in seiner Predigtreihe über die Jüngerschaft. Er stellt übrigens ein Buch mit seinen Predigten zusammen. Gestern hat mich etwas, das er sagte, so berührt, daß ich es aufgeschrieben habe."

Der Baron erhob sich und ging zu seinem Mantel. Er zog ein Blatt Papier aus der Tasche und setzte sich wieder.

„Wenn Dietrich spricht, dann greift alles so vollmächtig ineinander, die Jüngerschaft, die Berufung Christi zu sterben und das, was er die billige und die teure Gnade nennt. Hör mal, was er gesagt hat."

Er fing an zu lesen:

> „Billige Gnade bedeutet, daß die Gnade allein alles bewirkt und daß deshalb alles so bleiben kann wie zuvor. Die Christen können so leben wie alle anderen Menschen in der Welt. Billige Gnade ist das Verkündigen von Vergebung ohne Buße.
>
> Teure Gnade ist der Schatz, der im Feld vergraben ist. Sie ist das Gebot Christi. Teure Gnade ist das Evangelium, das

immer wieder gesucht werden muß, das Geschenk, um das man bitten muß, die Tür, an die der Mensch anklopfen muß.

Eine solche Gnade ist teuer, weil sie uns auffordert, zu folgen, und sie ist Gnade, weil sie uns auffordert, Jesus Christus nachzufolgen. Sie ist teuer, weil sie einen Menschen das Leben kostet, und es ist Gnade, weil sie einem Menschen das wahre Leben schenkt. Über allem ist sie teuer, weil sie Gott das Leben seines Sohnes gekostet hat."

„Ich verstehe, warum dich das so berührt hat", sagte Marion nach längerem Schweigen.

„Er ist ein bemerkenswerter Mann. Das Zusammensein mit ihm gibt mir immer wieder neue Kraft."

„Aaron war gestern hier", erzählte seine Frau nach einer Weile. „Er bat dich, ihn anzurufen, wenn du wieder zurück bist."

„Hat er gesagt, warum?"

„Er sagte, es hätte bestimmte Entwicklungen gegeben – ich nehme an, er meinte, im Dorf."

„Er deutete nicht an, was für Entwicklungen?"

„Nein. Er meinte, du würdest es wahrscheinlich schon in Finkenwalde erfahren haben. Vielleicht ist es das, wovon du mir eben erzählt hast."

Der ernste Gesichtsausdruck des Barons ließ darauf schließen, daß in Finkenwalde ernstere Themen als nur Jüngerschaft und billige Gnade behandelt worden waren. Die Tage im Seminar hatten ihn nur in seiner Überzeugung bestärkt, daß schreckliche Zeiten auf sie alle zukamen, doch damit wollte er seine Frau nicht belasten. Sie würde noch früh genug damit konfrontiert werden, und solange es ging, wollte er sie davor schützen.

„Ich war heute nachmittag bei Ingrid", sagte Marion nach einer Weile, in der sie beide ihren Gedanken nachgehangen hatten. „Sie bedrängt mich wegen der Kinder. Sie will die beiden unbedingt verheiraten."

„Aber das war doch bloß so eine Idee von früher."

„Das habe ich ihr auch gesagt. Aber sie sieht das anders."

„Hast du mit Sabrina gesprochen?" fragte der Baron.

„Zumindest so viel, um zu wissen, daß es noch viel zu früh ist für eine Entscheidung bezüglich ihrer Zukunft."

„Mag sie denn den jungen Mann?"

„Sie sind seit Jahren gute Freunde, Heinrich. Im Augenblick aber – nun, ihre Beziehung scheint etwas gespannt zu sein. Doch die Frage ist, wie unsere Einstellung in bezug auf eine Heirat der beiden ist. Ingrid ist der Meinung, wir könnten Sabrina positiv beeinflussen."

„Meine Einstellung zu diesem Thema hat sich nicht geändert", sagte Heinrich. „Ich war von einer solchen Verbindung niemals begeistert. Du und Ingrid, ihr habt davon gesprochen, als sie noch klein waren."

Marion seufzte. „Mir ist nun klar, wie dumm es war, daß ich diese Träumereien zugelassen habe. Ingrid, und anscheinend auch Gustav, betrachten die Heirat als beschlossene Sache. Ingrid hat sich verändert. Es war ein trauriges Gespräch. Es tut mir so leid für sie. Sie lebt nur für Gustav. Sie hat so einen ganz anderen Lebensstil als wir, Heinrich. Wenn sich das nicht ändert ...!" Ihre Stimme erstarb.

„Ich weiß, was du meinst", erwiderte Heinrich. Auch er seufzte. „Aber auch um Ernst mache ich mir Sorgen."

„Hast du mit ihm darüber gesprochen?"

„Ernst und ich unterhalten uns nur sehr selten", antwortete Heinrich. „In den letzten zwei Jahren haben wir bestimmt nicht mehr als zehn Minuten miteinander gesprochen. Ich fürchte, die elitären Kreise in Berlin, in denen er sich bewegt, haben ihm den Kopf verdreht. Wahrscheinlich wird ihm sogar bald ein Regierungsposten angeboten. Aber um deine Frage zu beantworten, wenn wir uns in den vergangenen Jahren über die Kinder unterhalten haben, dann mehr in der Weise, daß wir uns über die seltsamen Einfälle ihrer Mütter belustigt haben – das soll keine Beleidigung sein", fügte er lächelnd hinzu.

„So habe ich das auch nicht aufgefaßt", erwiderte Marion, aber sie lächelte nicht. „Was sollen wir tun, Heinrich?"

„Ich glaube nicht, daß wir irgend etwas tun können. So etwas muß sich entwickeln. Gott wird uns rechtzeitig seinen Willen offenbaren. Sabrina ist noch so jung, und Gustav ist auch noch kein Mann. Wir müssen sehen, was aus den beiden wird. Außerdem liegen vermutlich viel weitreichendere Entscheidungen vor uns ..."

24

Das seltsame Geräusch

Am Donnerstagmorgen wurde Matthew durch ein seltsames klopfendes Geräusch geweckt. Als er zu sich kam, wurde ihm klar, daß er dieses Geräusch schon eine ganze Weile gehört hatte, sogar durch seine Träume hindurch.

Er richtete sich im Bett auf, so gut es ging, und schaute sich um.

Es war sehr früh, etwa halb sieben, schätzte er. Draußen machten sich das Dienstpersonal und die Arbeiter für ihre Tätigkeit bereit.

Es war ein dumpfes Klopfen, nur schwach wahrnehmbar. Zuerst hörte es sich an wie eine altmodische Maschine, die über das Feld herannahte. Doch dann erkannte Matthew, daß es nicht weit entfernt war, sondern nah – sehr nah.

Er lauschte angestrengt. Es hörte sich fast so an ... ja, er war jetzt sicher. Es kam aus seinem Zimmer!

Langsam setzte er sich auf, griff nach seinen Krücken und stand auf. Schnell warf er sich seinen Morgenmantel über, der auf der Couch lag, und humpelte mit seinem Gipsbein quer durchs Zimmer. Sofort erstarb das Geräusch.

Matthew öffnete die Tür und schaute den Korridor entlang. Niemand war zu sehen, und es war auch nichts mehr zu hören.

Verwirrt ging er zurück ins Zimmer, legte sich wieder hin und las eine Weile in einem Magazin, bis ein Dienstbote kam, der ihm half, sich anzuziehen, und ihn dann hinunter zum Frühstück ins Speisezimmer brachte.

Der Vormittag verlief ähnlich wie die beiden vorangegangenen. Sabrina besuchte ihn mehrmals, las ihm vor, und sie unterhielten sich über viele Dinge. Nach dem Mittagessen ließ sie ihn wieder allein in seinem Zimmer. Nachdem er eine Weile gelesen hatte, döste er ein.

Wieder wurde er durch das seltsame Klopfen geweckt.

Diesmal war er sofort wach. Er setzte sich auf und lauschte. Es mußte ungefähr zwei Uhr nachmittags sein, also konnte es nicht das Dienstpersonal bei seiner Morgenarbeit sein.

Das Geräusch schien von einer der Wände auf der gegenüberliegenden Seite zu kommen.

Matthew beschloß, diesmal keinen Lärm zu machen. So leise er konnte, stand er auf und bewegte sich möglichst geräuschlos durchs Zimmer auf das Klopfen zu.

Er näherte sich der seinem Bett gegenüberliegenden Ecke. Dies war die kürzeste Wand in dem seltsam geformten Raum, von dem offenbar ein großer Teil für die große Treppe auf der anderen Seite abgezweigt worden war. Gerade als er die Wand erreicht hatte, stieß er mit seinem Gipsbein gegen einen Stuhl. Sofort erstarb das Geräusch. Für den Rest des Tages hörte er es nicht mehr.

Einige Minuten später klopfte Sabrina an die Tür.

Matthew, der immer noch über das seltsame Geräusch nachdachte, fuhr zusammen und sagte: „Herein."

Sabrina öffnete die Tür und trat ein. Ein ungewöhnliches Blitzen lag in ihren Augen.

„Doktor Abrahams ist gekommen", sagte sie fröhlich. „Papa spricht gerade noch mit ihm, aber er wird gleich kommen."

Der Doktor war der Meinung, der Gips sei nun so hart, daß Matthew sich ohne weiteres auf einer Krücke fortbewegen könne, falls er nicht beide nehmen wolle.

„Ich kann das Bein jetzt also ruhig belasten?"

„Ja, mein Junge. Der Gips ist hart genug, du kannst dich nun nicht mehr verletzen. Ich bin auch sicher, daß du dir durch den Sturz nicht noch andere Verletzungen zugezogen hast."

Anfangs fiel es ihm schwer, sich fortzubewegen, besonders draußen, wo der Boden so uneben war. Doch nachdem er mehrere Tage eingesperrt gewesen war, konnte er es nicht abwarten, seine neu gewonnene Freiheit auszuleben. Sabrina und er verbrachten fast den ganzen Nachmittag auf der Terrasse, im Garten oder unten beim Fluß. Am Ende des Tages fiel ihm das Gehen schon viel leichter, obwohl er ziemlich erschöpft war.

Beim Abendessen erzählte er von dem seltsamen Geräusch, das er gehört hatte. Alle schauten ihn verwirrt an, und niemand konnte sich seine Ursache erklären.

„Jedes alte Haus hat seine Mäuse, manchmal sogar Ratten, Matthew", versuchte Herr von Dortmann zu erklären.

„Ich weiß, wie sich Mäuse anhören", erwiderte Matthew. „Doch dieses Geräusch war anders – es war ein Klopfen. *Irgend etwas* hat von innen gegen die Mauer geklopft, da bin ich sicher."

„Vielleicht hat Matthew das geheime Verlies entdeckt, Papa", meinte Sabrina aufgeregt.

Der Baron lachte.

„Ein geheimes Verlies!" rief Matthew.

„Ein altes Ammenmärchen, Matthew", erklärte Marion, „sonst nichts."

„Gibt es wirklich ein Verlies?"

„Nach Ansicht der alten Eppie schon", lachte Marion.

„Man nimmt an, daß es irgendwo unter dem Haus eines gibt", sagte Sabrina.

„Und, stimmt das?"

„Niemand hat jemals auch nur einen Zipfel davon gesehen, auch Eppie nicht, obwohl sie steif und fest behauptet, daß es da ist und daß von Zeit zu Zeit immer noch Gespenster daraus hervorkommen", sagte der Baron.

„Du solltest ihre Geschichten nur hören, Matthew!" sagte Sabrina.

„Das würde ich gern. Dieses Haus wird immer interessanter!“

„Wir werden sie morgen besuchen! Dürfen wir, Mama?“

„Von mir aus“, erwiderte Marion. „Paßt nur auf, daß ihr sie nicht zu sehr aufregt. Sie ist immer noch arg mitgenommen von ihrem Sturz.“

„Wir werden aufpassen. Hast du Lust, Matthew?“

„Ich kann es kaum erwarten.“

25

Der Geheimgang

Als er an diesem Abend in seinem Bett lag, dachte Matthew über das Verlies nach, von dem er gehört hatte. Ein Schatz sollte dort verborgen sein und Gespenster, die niemand sonst gesehen hatte außer einer geheimnisvollen Dienstmagd, die fast hundert Jahre alt war und schwor, daß es irgendwo im Haus verborgen war.

Er lachte in sich hinein.

Es könnte gar nicht aufregender sein, dachte er. Ein altes Haus wie dieses, eine alte Frau, die wahrscheinlich nur noch halb bei Verstand war und Geschichten von Gespenstern und Verliesen erzählte. Normalerweise kam so etwas nur in Märchen und alten Geschichten vor. Und doch hielt er sich in einem solchen Haus auf! Irgendwo über ihm lag auch die alte Eppie in ihrem Bett. *Was für Träume, Erinnerungen und Geschichten müssen ihr durch den Sinn gehen!*

Matthew döste ein. Bilder drangen in sein vom Schlaf umnebeltes Bewußtsein ein. Eine alte Dame mit weißem Haar, die vorsichtig in alle Richtungen spähte, kam einen dunklen und muffigen Gang entlang. Der Boden war feucht und der Gang so schmal, daß nur eine Person hindurchgehen konnte.

Die Decke war gewölbt und kaum höher als er groß war. Die alte Dame bewegte sich lautlos. Sie stand hochaufgerichtet, und die Falten in ihrem Gesicht ließen darauf schließen, daß sie schon sehr alt war.

Ohne ein Wort zu sagen, folgte ihr Matthew; er war nicht sicher, ob sie seine Gegenwart überhaupt bemerkt hatte. Es war ihm nicht daran gelegen, sie auf sich aufmerksam zu machen. Das einzige Licht in dem düsteren Gang kam von der Kerze, die die alte Frau in ihrer Hand trug. Er mußte dicht hinter ihr bleiben, weil er sich sonst im Finstern verirrt hätte. Das Kerzenlicht flackerte nicht, obwohl sie sich bewegte.

Auf einmal dämmerte es ihm – sie war ein Gespenst!

Er konnte durch ihren Körper hindurch die Kerze und den Gang vor ihr sehen.

Er versuchte, stehenzubleiben, doch seine Füße gehorchten ihm nicht. Immer noch folgte er ihr durch den dunklen Gang.

Er würde in sein Zimmer zurückkehren, dachte er bei sich. Er versuchte, sich umzudrehen, doch er konnte es nicht. Furcht überfiel ihn. Er öffnete den Mund, um zu schreien, aber er konnte seine Lippen nicht bewegen.

Von Furcht gelähmt fing er nun an zu zittern, der Schweiß brach ihm aus, aber immer noch folgte er der Frau. Er konnte ihr Gesicht sehen, obwohl er hinter ihr ging.

Gelegentlich deutete sie mit einer Hand auf eine der Türen, an denen sie vorübergingen. Ihr Mund bewegte sich, doch kein Laut kam über ihre Lippen. Ihm war klar, daß sie ihm die Geheimnisse und Legenden dieses Ortes erzählte, doch er konnte nichts hören.

Sie bog ab und betrat einen Gang, der nicht weiterführte. Nur wenige Schritte vor sich erkannte er eine Steinmauer, die ihnen den Weg versperrte. Sie blieb stehen. Zu ihrer Rechten befand sich eine Tür. Ohne daß er es wollte, blieb auch er stehen, nur wenige Schritte hinter ihr.

Sie drehte sich um und schaute ihm nun zum ersten Mal mitten ins Gesicht. Sie sprach schnell, doch er hörte nicht einen einzigen Laut. Er wußte, daß sie bei dem verborgenen Verlies angekommen waren und daß sie ihm erzählte, was er darin vorfinden würde. Während sie erzählte, brannte das Feuer in ihren Augen noch heller.

Wieder drehte sie sich um, hob die Hand und begann zu klopfen.

Warum klopfte sie? Warum gingen sie nicht einfach hinein? Wartete sie darauf, daß jemand die Tür öffnete?

Wer kann sich schon im Innern befinden? dachte er voller Furcht. *Natürlich noch ein anderes Gespenst!*

Sie klopfte weiter ... *klopf ... klopf ... klopf.* Die Tür war aus Stein, doch das Klopfen hörte sich an, als handelte es sich um eine Holztür.

Klopf ... klopf ... klopf ...

Auf einmal war Matthew hellwach und setzte sich im Bett auf. Er atmete schwer, sein Herz klopfte laut, und er war schweißgebadet.

Wie lange er geschlafen hatte, wußte er nicht.

Das Klopfen an der Wand seines Zimmer war wieder da. Ganz eindeutig kam es aus der Ecke, von wo er auch am Morgen das Geräusch gehört hatte. Doch nun war es noch lauter.

Er saß im Bett und starrte die Wand an, doch diesmal versuchte er nicht, aufzustehen und der Sache auf den Grund zu gehen. Er hatte immer noch den Geist der alten Dame vor Augen. Ganz bestimmt würde er heute nacht im Bett bleiben. Er wollte ihr nicht noch einmal begegnen, womöglich mitten in seinem Zimmer!

Langsam legte er sich wieder hin und zog sich das dicke Federbett über den Kopf.

Das Klopfen ging noch fünf Minuten weiter, dann brach es abrupt ab. Matthew fiel wieder in einen unruhigen Schlaf und träumte die ganze Nacht von dunklen, unterirdischen Gängen.

*

Als er erwachte, war es schon viertel nach acht.

Was für ein Tag ist heute? Ach ja, Freitag, sagte er sich. Sein Vater würde heute kommen.

Er erhob sich und kleidete sich allein an, dankbar dafür, daß ihn diesmal keine geheimnisvollen Geräusche in der Wand geweckt hatten. Er öffnete die Tür und machte sich auf den Weg ins Speisezimmer. Die Ereignisse der Nacht versuchte er abzuschütteln.

Sabrina und ihre Mutter saßen noch am Frühstückstisch, obwohl sie schon fertig gegessen hatten.

„Guten Morgen, Matthew", sagte die Frau des Barons. „Hast du gut geschlafen?"

„Ich habe lange geschlafen, Frau von Dortmann", erwiderte Matthew und schüttelte den Kopf, „aber nicht gut."

„Ist das Bett denn nicht in Ordnung?"

„Nein, am Bett liegt es nicht. Die Gespenster haben mich wachgehalten."

Hinter ihm war herzliches Gelächter zu hören. Matthew drehte sich um und sah den Baron ins Eßzimmer kommen. Er sah aus wie ein Feldarbeiter.

„Die geheimnisvollen Geräusche in deinen Wänden und unser gestriges Gespräch über die alte Eppie, ja?" fragte er immer noch lachend.

„Ich nehme es an."

Der Baron setzte sich und goß sich eine Tasse Kaffee ein. Es hatte den Anschein, als hätte er schon mehrere Stunden Arbeit hinter sich. „Der Roggen steht schon sehr gut", sagte er zu seiner Frau. „Wenn das Wetter so schön warm bleibt, ist es vielleicht schon in wenigen Wochen soweit."

Heidi brachte Matthew einige Scheiben frisches Roggenbrot, Wurst, Käse und Tee.

„Wofür?" fragte Matthew, der sich gerade eine Schnitte Brot mit Butter bestrich.

„Für die Ernte, mein Junge", antwortete der Baron.

„Oh, ich wünschte, du könntest dann hier sein", sagte Sabrina. „Diese Jahreszeit ist mir am allerliebsten."

„Wir können sie kaum von den Feldern wegbekommen", lachte Marion. „Sie läuft von frühmorgens bis spätabends hinter den Arbeitern und Heuwagen her. Das hat sie schon als Kleinkind getan."

„Damals wurde noch viel von Hand gemäht", erklärte der Baron. „Doch mit jedem Jahr gibt es neue Maschinen, so daß die Ernte immer einfacher wird."

„Und Papa kauft jede Maschine, die auf den Markt kommt, nicht wahr, Papa?"

„Ich versuche es", sagte der Baron und lächelte seine Tochter an. „Wir haben soviel Korn, daß ich immer nach Wegen suche, die Arbeit zu rationalisieren. Zu Zeiten meines Vaters zum Beispiel wurde noch von Hand geerntet. Während der Sommermonate lebten bestimmt fünfzig Hilfskräfte mehr als jetzt auf dem Gut. Doch nun, wo es den Mähbinder und andere Erntegeräte gibt, können wir viel leichter und schneller arbeiten. Dieselbe Arbeit können wir nun in sehr viel kürzerer Zeit mit fünfzehn oder zwanzig Erntehelfern erledigen."

„Was ist das, ein Mähb –"

Der Baron lachte. „Ein Mähbinder ist eine kombinierte Mäh- und Bindemaschine. Diese Maschine hat den gesamten Erntevorgang erheblich vereinfacht."

„Papa hat den einzigen in der ganzen Region", erklärte Sabrina stolz. „Wenn wir rechtzeitig mit unserer Ernte fertig sind, hilft er den anderen Bauern, ihre Ernte einzufahren."

„Der Mähbinder", sagte der Baron, „ist sehr interessant zu beobachten. Ich bin selbst immer noch fasziniert davon."

„Wie funktioniert er?"

„Er schneidet die Kornhalme und bindet sie zu Garben zusammen. Die Körner werden dann von der Dreschmaschine aus den Ähren herausgeschlagen und das Stroh zu Ballen gebunden. Es wird dann später im Viehstall als Streu für die Tiere verwendet."

„Dabei würde ich gern einmal zusehen."

„Vielleicht kannst du ja in der Erntezeit einmal herkommen."

„Oh ja!“ sagte Sabrina begeistert. „Die Erntezeit mag ich am liebsten.“

„Was hat meine Frau dir gesagt, Matthew?“ lachte der Baron. „Wenn die Ernte erst einmal angefangen hat, ist Sabrina nicht mehr zu halten. Sie arbeitet so gut wie zwei meiner Männer!“

„Oh, Papa!“

„Leider kommt dein Vater heute nachmittag. Wir hätten dich gern noch länger hierbehalten“, sagte der Baron.

„Sie alle sind so nett zu mir gewesen. Ich habe mich hier sehr wohlgefühlt, trotz des gebrochenen Beines.“

„Und trotz der Gespenster in der Nacht?“

Matthew lachte. „Ja. Wollen wir denn noch die alte Dienstmagd besuchen, Sabrina“, fragte er, „damit ich wahre Geschichten hören kann und mich nicht an meinen Träumen festhalten muß?“

„Das wird nicht möglich sein, Matthew“, sagte Sabrina bedauernd. „Eppie hat eine sehr schlechte Nacht gehabt. Sie wachte heute morgen auf und sagte, sie sei auf einem langen Spaziergang gewesen und sei zu müde.“

Matthew schauderte ungewollt, versuchte aber, Haltung zu bewahren.

„Was immer auch der Grund hierfür gewesen sein mag“, fügte der Baron hinzu, „auf jeden Fall war sie heute morgen sehr schwach und erregt. Doktor Abrahams ist im Augenblick bei ihr und hat ihr ein Beruhigungsmittel verschrieben. Eppie bekommt leicht einen Anfall, wenn ihre Phantasie mit ihr durchgeht. Wir müssen ein Auge auf sie haben.“

„Das ist schlimm. Es tut mir leid, das zu hören.“

„Du wirst uns wieder besuchen müssen!“

„Ja, ganz bestimmt“, fügte Sabrina hinzu. „Du mußt die Geschichten einfach von ihr selbst hören.“

„Nun, wenn ich Eppie schon nicht besuchen kann, möchte ich wenigstens noch einmal einen Gang durch Ihren wunderschönen Garten machen, bevor ich abfahre“, sagte Matthew. „Ich möchte ihn so gut kennenlernen, daß ich mich nicht mehr verirre.“

„Er steht ganz zu deiner Verfügung", entgegnete der Baron. „Nichts könnte mir lieber sein."

Sabrina erhob sich. „Natürlich kannst du in den Garten gehen, wann immer du willst, Matthew. Doch heute morgen habe ich noch einiges zu erledigen. Wenn du Lust hast, könnten wir direkt nach dem Mittagessen einen Spaziergang machen."

„Ja, gern!" erwiderte er, und Sabrina verließ das Zimmer.

Kurze Zeit später humpelte Matthew den Gang entlang zurück zu seinem Zimmer. Er ging hinein, setzte sich und nahm sein Buch zur Hand.

In dem Augenblick, als er es öffnete, begann wieder das seltsame Klopfen, viel lauter als sonst.

Diesmal würde er die Ursache herausfinden.

Er sprang auf und ging so schnell er konnte zu der schmalen Wand hinüber, von wo das Geräusch kam. Fast erwartete er, daß das Klopfen aufhören würde, als er sich näherte, doch statt dessen wurde es noch lauter.

Er legte sein Ohr an die Wand. Nun war es ganz deutlich zu hören. Direkt hinter der Wand, wo er stand, mußte etwas sein.

„Hey!" rief er. Er war neugierig, wie das, was immer es war, auf seine Stimme reagieren würde. Wenn es sich um eine Ratte handelte, würde sie sich erschrecken und davonlaufen.

Statt dessen hörte er unterdrücktes Gekicher. Das Klopfen hörte auf.

Noch bevor er überlegen konnte, was dieses neue Geräusch zu bedeuten hatte, bewegte sich plötzlich der Schrank neben ihm.

Matthew sprang zurück. Doch schon tauchte eine lachende Sabrina hinter dem Schrank auf.

„Du!" rief er erstaunt. „Hast *du* die ganze Zeit diese seltsamen Geräusche gemacht?"

Sie lachte weiter und nickte.

„Aber … ich verstehe nicht", stammelte er. „Warst du … wie bist du hinter –"

Er konnte den Satz nicht zu Ende bringen. Während er noch sprach, nahm Sabrina seinen Arm und zog ihn mit sich. Hinter dem Schrank, der sich geöffnet hatte, erkannte Matthew nun einen langen, dunklen Gang.

„Ich dachte, du hättest noch einiges zu erledigen", sagte Matthew, der nun auf den Streich einging, den sie ihm gespielt hatte.

„Hatte ich auch – ich mußte mich verstecken! Komm", drängte sie und führte ihn in den Gang hinein.

Der Gang war sehr schmal, und hinter einem Treppenabsatz, auf dem ein dicker Holzstock lag, führte eine schmale, gewundene Steintreppe hinab in die Finsternis.

„Damit habe ich gegen deine Wand geklopft", sagte Sabrina und nahm den Stock auf. „Ich will nur eben meine Kerze holen." Sie bückte sich und hob eine Kerze auf. Auf einmal erinnerte sich Matthew, daß er den Geruch wahrgenommen hatte. „Ich habe sie ausgeblasen, kurz bevor ich den Schrank beiseite geschoben habe", sagte sie. „Ich werde sie anzünden und dir zeigen, wie ich hierher gekommen bin."

Sie holte Streichhölzer hervor, zündete die Kerze an und ging vorsichtig die Treppe hinunter. Matthew hielt sich dicht hinter ihr.

„Du hast mir ja erzählt, daß es hier Geheimtreppen gibt, aber das ist einfach unglaublich! Eine Geheimtreppe hinter einem beweglichen Schrank!"

„Eben ein Haus voller Geheimnisse, wie Papa letztes Wochenende sagte!"

Langsam stiegen sie die Wendeltreppe hinunter. Matthew trug zwar seine Krücke bei sich, aber auf dieser Treppe war sie ihm nur wenig von Nutzen. Statt dessen stützte er sich auf Sabrinas Schulter ab. In weniger als einer Minute standen sie in einem unterirdischen Gang, der sich in einer geraden Linie in beide Richtungen erstreckte. Er war breit genug, daß zwei Personen nebeneinander hergehen konnten. Hier war es still wie in einem Grab, und tatsächlich erinnerte ihn dieser Ort an ein Grab. Das einzige Licht kam von der flackernden Kerze in Sabrinas Hand.

„Wo sind wir hier?" fragte er. Ihm war nicht bewußt, daß er flüsterte.

„Unter dem Haus."

„Es gibt also wirklich ein Verlies?" fragte Matthew. „Du hast mich gestern abend nicht nur auf den Arm genommen?"

„Nein, du Dummkopf", lachte Sabrina. Ihr Lachen hallte fröhlich in dem Gang wider. „Dies ist kein Verlies, sondern nur ein langer Gang, der von einem Ende des Hauses zum anderen führt. Komm mit, ich werde es dir zeigen."

Während sie den Gang entlangliefen, fiel ihm unweigerlich der Traum von der vergangenen Nacht ein. Ein unbehagliches Gefühl beschlich ihn. Er hatte das alles schon in seinem Traum gesehen, obwohl er erleichtert feststellte, daß die Kerze in Sabrinas Hand flackerte und Sabrina nicht durchsichtig war.

„Er führt vom Keller unter dem südlichen Wohnzimmer direkt unter der Halle hindurch bis hin zur Nordseite des Hauses, zu der kleinen Bibliothek."

„Wozu dient dieser Gang?" fragte Matthew.

„Das weiß keiner so genau. Papa meint, hier seien vielleicht früher leicht verderbliche Lebensmittel gelagert worden, oder es habe hier vielleicht eine unterirdische Quelle gegeben, die das Haus mit Wasser versorgt hat. Wie du sehen kannst, ist der Boden recht feucht."

Matthew schaute hinunter. Der Boden war tatsächlich feucht, was, besonders für diese Jahreszeit, ungewöhnlich war für ein so hoch gelegenes Haus.

„Papa meint, es müsse hier irgendwo ein Quellhaus geben, wo sie das Wasser geholt haben, das aber anscheinend zugemauert worden sei, nachdem die Brunnen und Pumpen draußen installiert worden waren. Seiner Meinung nach ist das der Grund für das Gerede von einem geheimen Raum oder einem Verlies. Sieh her –"

Sabrina blieb stehen und hielt die Kerze dicht an den Boden.

„Hier gibt es viel Sickerwasser. Papa hat schon alle Mauern abgeklopft, um zu sehen, ob es irgendwo einen Raum gibt, der früher für die Wasserversorgung genutzt wurde, doch er hat nichts entdecken können. Es gibt einen kleinen Raum am anderen Ende, genau unter der kleinen Bibliothek, und eine

Treppe hinauf in den Flur, der von der Bibliothek in das Wohnzimmer der Gäste führt. Man erzählt sich auch, daß es früher einen geheimen Gang vom Keller nach draußen gegeben haben soll. Papa ist sicher, daß er unter dem Fundament des Raumes, zu dem wir gerade gehen, nach draußen zur Nordseite des Hauses in der Nähe des Gemüsegartens führte. Dort fällt der Boden besonders steil ab, und er meinte, dies sei der geeignete Ort für einen solchen Tunnel. Doch er hat alles genauestens untersucht und nichts gefunden. Vielleicht ist das auch nur ein Märchen, wie die Geschichte vom Verlies."

Als sie weitergingen, erwartete Matthew eigentlich einen zweiten Gang, der im rechten Winkel von diesem hier abging, wie er es in seinem Traum gesehen hatte. Doch der Gang war lang und gerade und führte in den kleinen Raum, von dem Sabrina erzählt hatte. Am hinteren Ende führte eine Steintreppe, ähnlich wie die, die sie hinuntergestiegen waren, wieder nach oben.

Sie blieben stehen und schauten sich in dem kleinen Raum um.

„Nichts da", meinte Matthew. „Vielleicht ist dies das Verlies."

„Vielleicht", erwiderte Sabrina. „Papa meint, daß dies der Kühlraum gewesen sein könnte mit einem kleinen Tunnel, der nach draußen führte, damit das Eis im Winter hier hereingebracht werden konnte."

„Wofür wird er jetzt genutzt?"

„Für nichts. Niemand außer mir kommt hier herunter. Früher habe ich hier gespielt, obwohl ich mich immer ein wenig gefürchtet habe, wenn ich allein war. Alle Dienstboten haben Angst vor diesem Ort. Ich glaube, sie sind davon überzeugt, daß sie Gespenstern und Toten begegnen!"

„Irgendwie erinnert mich dieser unterirdische Gang an die Katakomben. Komm, wir wollen die Treppe hochsteigen", fügte er hinzu und ging darauf zu.

Sabrina reichte ihm die Kerze.

„Geh vor", sagte sie. „Ich bin direkt hinter dir. Gib mir deine Krücke, falls du stürzen solltest, fange ich dich auf."

Vorsichtig stieg Matthew die Treppe hoch, mit dem gesunden Fuß zuerst, dann zog er den eingegipsten nach. Oben angekommen sah er sich umgeben von drei dicken Mauern.

„Hier geht es nicht weiter“, sagte er zu Sabrina.

„Doch“, lachte sie. „Du mußt nur wissen, welchen Stein du herausziehen mußt.“

„Wovon sprichst du überhaupt?“

„Eine der Wände ist eine Tür. Der Türgriff ist in die Mauer eingelassen. Ein Stein ist genau so behauen, daß er das Loch ausfüllt. Du mußt nur einfach diesen Stein herausziehen und die Türklinke drücken ... so –“

Während Sabrina sprach, stieg sie die letzten Stufen empor und griff an Matthew vorbei nach einem losen Stein. Sofort entdeckte Matthew die verborgene Türklinke, griff danach und drückte sie herunter. Die Tür öffnete sich, und er fand sich am Ende des Korridors neben dem Gästewohnzimmer wieder.

Sabrina folgte ihm und schloß die Tür hinter ihnen. Als Matthew sich umdrehte, sah er nur noch eine Mauer vor sich.

„Hier war ich doch neulich schon! Ich hatte recht mit meiner Vermutung, daß es eine Geheimtür gibt!“

„Du sagtest, du wolltest das Geheimnis lösen.“

„Und du hast einen Weg gefunden, es mir zu zeigen – das Klopfen gegen meine Wand.“

Sabrina lachte. „Ich dachte, es würde mehr Spaß machen, dem Geheimnis von innen auf die Spur zu kommen!“

„Die Tür ist vollkommen unsichtbar“, sagte Matthew. „Niemand würde hinter dieser Wand einen Gang vermuten!“

„Das soll auch niemand“, lachte Sabrina.

„Kann man die Geheimtür auch von dieser Seite aus öffnen?“

„Wenn man weiß, wie“, antwortete sie mit einem verschlagenen Lächeln.

„Ich möchte es gern wissen.“

„Schließ deine Augen.“

„Das ist nicht fair!“

„Es ist mein Haus“, trumpfte sie auf.

„Das Haus deines Vaters", korrigierte er sie.

„Gut, fast meines – schließ die Augen."

Diesmal gehorchte Matthew. Im nächsten Augenblick hörte er, wie die Tür wieder aufging. Er öffnete die Augen und sah die Treppe vor sich liegen.

„Wir wollen noch einmal durchgehen", schlug er vor. „Das ist großartig!"

Seit Jahren hatte Matthew nicht mehr so viel Spaß gehabt. Das lag jedoch nicht nur an dem Geheimgang, sondern vor allem an Sabrinas Fröhlichkeit. Er, der sonst so ernste Junge, freute sich und genoß das Zusammensein mit ihr.

„Ich möchte den ganzen Gang sehen, von einem Ende zum anderen!" sagte er.

Wieder stiegen sie die Treppe hinunter, bis sie in dem kleinen Raum angekommen waren, den sie erst vor wenigen Minuten verlassen hatten.

Langsam schritt Matthew die Wände ab.

„Es sieht fast so aus wie eine Höhle", sagte er, „mit Ausnahme der Steine an dieser Wand hier", fügte er hinzu. „Sie sind wie Regale angeordnet. Diese Vertiefungen gehen in gleichmäßigen Abständen in die Wand hinein. Was für Behälter sind das?"

„Ich weiß es nicht, einfach alte Töpfe und Blumenbehälter. Sie stehen hier schon, solange ich denken kann."

„Sieht fast aus wie ein Raum zur Aufbewahrung der Gartengeräte", überlegte Matthew. „Das könnte ein weiterer Hinweis darauf sein, daß ein Gang von draußen hierher führen müßte. Liegt nicht genau auf der anderen Seite der Mauer der Gemüsegarten?"

„Ja."

Er beendete seinen Rundgang, dann betraten sie wieder den dunklen Gang und gingen zurück.

„Hier ist die Treppe zu deinem Zimmer", sagte sie, als sie daran vorbeigingen. „Und nun noch sechs oder sieben Meter ... da sind wir schon!"

Matthew sah, daß sie das Ende des Ganges erreicht hatten.

„Was nun?"

„Wieder eine Geheimtür“, erwiderte sie und griff in eine kleine Vertiefung in der Wand. Man hörte ein Klicken, und die Steintür schwang auf. Sie betraten den Keller, und Sabrina schloß die Tür hinter ihnen.

„Papa meint, es sei auch möglich, daß ursprünglich zwei Keller existierten, die durch diesen Gang miteinander verbunden waren, und daß aus irgendwelchen Gründen der eine auf der anderen Seite nicht mehr benutzt wurde, während dieser, der wegen der breiteren Treppe von der Küche aus besser zugängig ist, weiter genutzt wurde. Auf jeden Fall hast du nun jeden Zentimeter des Hauses gesehen, und ich bin hungrig. Bestimmt gibt es gleich Mittagessen!“

Sabrina sprang, zwei Stufen auf einmal nehmend, die Treppe hoch, während Matthew etwas langsamer und vorsichtiger auf seine Krücke gestützt folgte.

*

Zwei Stunden später, nach dem Mittagessen und einer angenehmen Unterhaltung mit Herrn und Frau von Dortmann, ging Matthew allein nach draußen und setzte sich auf eine Steinbank im Garten.

Allmählich wurde ihm klar, daß seine Zeit an diesem wunderschönen Ort dem Ende zuging. Stille umgab ihn, und er begann, sich viele Fragen über diese Leute zu stellen, mit denen er nun seit einer Woche zusammen war. Es war nicht nur dieses Haus, das ihn faszinierte. Auch an den Leuten war etwas Besonderes. Sie unterschieden sich erheblich von anderen Aristokraten, die er kennengelernt hatte.

Seine Überlegungen wurden von Sabrina unterbrochen, die auf einmal vor ihm stand. Sie hatte sich angeschlichen, und er hatte sie nicht gehört.

„Du siehst so nachdenklich aus“, sagte sie.

„Vermutlich habe ich auch nachgedacht“, antwortete Matthew lächelnd.

„Worüber?“

„Och, ich weiß nicht“, seufzte Matthew, „über – nun, über

euch, denke ich, und über dieses Haus. Es ist so anders hier, so friedlich. Und – *ihr* seid auch so anders. Ich meine nicht nur dich, sondern auch deine Eltern."

„Anders im positiven oder negativen Sinne?"

„Oh, im positiven Sinne natürlich!"

„Ach!"

Sie schwiegen eine Weile.

„Möchtest du darüber sprechen?" fragte Sabrina.

„Ich weiß nicht – irgend etwas ist hier ganz anders."

„Und du möchtest gern wissen, was es ist?" fragte Sabrina.

„Ja, vielleicht. Ich möchte nicht hier wegfahren und über etwas nachdenken müssen, was direkt vor meiner Nase lag."

„Hast du Lust zu einem Spaziergang?"

„Natürlich."

„Dann wollen wir in den Garten gehen."

Dieser Spaziergang verlief ganz anders als ihr vergnüglicher Erkundungsgang durch den Keller des Hauses; beide waren stiller und nachdenklicher.

Die beiden spielenden Kinder, die eben noch die Geheimgänge des Hauses erforscht hatten, gingen nun Seite an Seite den Weg entlang, tief in ihre Gedanken versunken, beide nach dem Sinn des Lebens und der so plötzlich zwischen ihnen entstandenen Freundschaft nachdenkend. Sie sprachen wenig, genossen nur den warmen Sommertag und die Gegenwart des anderen. Langsam gingen sie den Hügel hinab, und Sabrina stützte ihn, als sie die Treppen zum Garten hinunterstiegen.

Schließlich durchschritten sie den Steinbogen und betraten den *Frühlingsgarten*.

26

Das Geheimnis vom Reich Gottes

Eine Stunde später fand Baron von Dortmann seine Tochter und ihren gemeinsamen jungen Freund im Rosengarten.

Einem inneren Drang folgend war er hierher gekommen, und als er den Gesichtsausdruck der beiden sah, wußte er, warum der Geist Gottes ihn gedrängt hatte, hierher zu kommen.

Beide saßen schweigend da, tief in Gedanken versunken.

Dem Baron war klar, daß sich die beiden mitten in einer wichtigen Unterhaltung befanden. Leise ging er über das Gras und setzte sich neben sie. Innerlich betend wartete er ab.

Mehrere Minuten verstrichen.

Es war Sabrina, die das Schweigen brach.

„Ich habe Matthew gerade erzählt", sagte sie leise, „was uns unser Glaube an Gott bedeutet, Papa."

„Aha", murmelte er lächelnd, „ich wünschte, ich hätte hören können, was du ihm gesagt hast."

„Warum, Papa? Du weißt es doch ganz genau."

„Es ist immer schön, das aus dem Munde eines anderen zu hören. Und jedesmal, wenn wir über Gott sprechen, lernen wir wieder etwas Neues dazu."

Sie schwiegen wieder. Für eine solche Unterhaltung brauchte man Zeit.

„Was Sabrina mir gerade erzählt hat, habe ich noch nie gehört, Herr von Dortmann", sagte Matthew schließlich.

„Was meinst du denn?" fragte der Baron.

„Daß Sie Gott in alles, was Sie denken und tun, miteinbeziehen. Sabrina hat schon damals in Berlin davon gesprochen, und ich glaube, ich habe es gar nicht richtig verstanden. Aber durch diese Zeit hier mit Ihnen, durch unsere Gespräche und Ihre Art zu leben, beginne ich nun zu begreifen, wie ernst Sie Ihre Religion nehmen. Ich habe noch nie Menschen wie Sie getroffen."

Bei dem Wort *Religion* mußte der Baron lächeln, doch er sagte nichts dazu.

„Wenn unsere Sichtweise von Gott neu für dich ist", sagte er, „wie hast du ihn denn bisher gesehen?"

„Ach, ich habe nicht oft über ihn nachgedacht. Ich weiß nicht, vielleicht habe ich mir ihn so vorgestellt, daß er da oben irgendwo ist und auf die Welt herabsieht aus ..."

Er zögerte.

„Aus dem Himmel?" schlug der Baron vor.

„Ja, wahrscheinlich", antwortete Matthew.

„Wo immer der auch sein mag?" fügte der Baron fragend hinzu.

Matthew nickte.

„Der aber mit dem Alltag der Menschen wenig zu tun hat?"

„Ja, ich glaube, das ist es. Darum ist es so anders – und wenn Sie mir verzeihen, daß ich das sage – es ist so seltsam, Sabrina zuzuhören, wenn sie von Gott spricht, als gehöre er zu Ihrer Familie und als ginge er immer neben Ihnen her."

„Was hältst du von einer solchen Sichtweise?"

„Nun, das scheint mir ein wenig unheimlich – vielleicht sogar furchterregend. Ich bin nicht sicher, ob mir das gefällt." Matthew zögerte ein wenig.

Der Baron lachte herzlich.

„Eine sehr allgemeine Antwort, Matthew, mein Junge", sagte er. „Warum gefällt dir das nicht?"

„Ich weiß nicht, ich hätte vermutlich immer Angst, daß er mich beobachtet, um zu sehen, ob ich etwas Unrechtes tue."

„Um dich zu bestrafen, falls das der Fall sein sollte?"

„Ja – ich glaube schon."

„Doch wenn Gott oben im Himmel bliebe und du würdest etwas Falsches tun – was dann? Würde ihm das besser gefallen?"

„Nein, vermutlich nicht."

„Aber du würdest leichter einmal aus der Reihe tanzen, weil er so weit entfernt ist und dir nichts tun kann?"

„Ich habe mir darüber eigentlich bewußt noch keine Gedanken gemacht, aber wenn Sie das so sagen, habe ich vermutlich so ähnlich gedacht."

„Nun, Matthew", sagte der Baron liebevoll, „ohne es recht zu wissen, hast du eine falsche Vorstellung von Gott übernommen, die aber leider fast alle Menschen haben."

„Was für eine?" fragte er.

„Nur sehr wenige Menschen haben auch nur eine Ahnung von Gottes wahrem Charakter. Von dieser falschen Vorstellung geprägt ist auch deine Reaktion."

„Wie *ist* Gott denn?" fragte Matthew. „Wie kann man ihn denn so gut kennen?"

„Deine Frage, Matthew, ist die wichtigste Frage im ganzen Leben. Es ist die Frage überhaupt. Der Sinn des ganzen Lebens liegt darin, die Antwort auf diese Frage zu finden. Aber ich werde dir diese Antwort nicht geben."

„Wieso? Warum denn nicht?"

„Ich werde etwas viel besseres tun", sagte der Baron. „Ich werde dir den Weg zeigen, auf dem du die Antwort finden kannst."

Matthew schaute ihn ernst an, und der Baron fuhr fort.

„Auf die Frage: *Wie ist Gott wirklich?* gibt es nicht nur eine einzige Antwort, Matthew. Man kann die Eigenschaften Gottes nicht in einer Liste zusammenfassen, die ich dir aufsagen könnte. Es gibt keine Liste der Attribute Gottes. Die Antwort auf deine Frage ist vielmehr ein Weg. Verstehst du, was ich meine?"

„Nein. Wie meinen Sie das?"

„Die Antwort, Matthew, ist eine Reise, ein Weg, den du gehst, ein Prozess des Weitergehens und des ständigen Entdeckens. Darum sagte ich, ich würde dir den Weg zeigen und nicht versuchen, dir eine Antwort zu geben. Die Antwort mußt du selbst finden. Wenn du Gott wirklich kennenlernen willst, mußt du diesen Weg beschreiten. Das kann dir niemand abnehmen."

„Sie sagten, es sei ein Prozess des Entdeckens. Was meinten Sie damit? Was denn entdecken?"

„Entdecken, wer Gott wirklich ist. Das Wort ‚Entdeckung'

habe ich deshalb gewählt, weil es in gewisser Weise tatsächlich ein Geheimnis ist."

„Ein Geheimnis? Das begreife ich nicht."

Der Baron überlegte.

„Die Attribute Gottes sind einerseits offensichtlich, andererseits aber auch verborgen vor den Augen der Menschen. Immer wenn wir über Gott sprechen, erkennen wir etwas Neues an ihm. Das ist wie bei unserem Garten, wir unterhalten uns sehr gern darüber, nicht wahr, Sabrina?"

„Jedesmal wenn wir uns hier unterhalten, erkenne ich ein neues Geheimnis des Gartens, Papa."

„Es gibt viele Millionen Antworten, Matthew", fügte der Baron hinzu, „doch die meisten Menschen finden sie nicht. Es geht darum, die Antworten zu suchen, zu lernen, sie zu entdecken, in alles hineinzusehen und nach dem verborgenen Sinn des Lebens und des Universums zu forschen – und Gottes Gegenwart in allem zu erkennen!

Es ist wunderbar, Matthew, ich kann mir kein schöneres Leben vorstellen. Die Suche nach dem Wesen Gottes hört niemals auf. Es ist nicht so, daß sich am Ende des Weges ein goldener Topf befindet, in dem du eine einzige Antwort findest. Der Weg hört niemals auf, und mit jedem Schritt machst du eine neue Entdeckung."

Eine lange Stille folgte. Der Baron hatte vieles gesagt, über das der junge Mann nachdenken mußte.

Herr von Dortmann erhob sich nach einer Weile, streckte sich und wanderte im Rosengarten umher.

„Wie wär's mit einer kleinen Lektion?" fragte er. „Kannst du laufen, oder möchtest du lieber hierbleiben?"

„Ich sitze schon eine ganze Weile." Auch Matthew erhob sich. „Ich denke, ich schaffe es schon, wenn Sie langsam gehen."

„Schön, dann wollen wir noch einen kleinen Spaziergang machen.

Der Baron führte die beiden aus dem Rosengarten und den Hügel hinunter, wobei er einen Weg suchte, der möglichst eben war.

27

Ein Vater, den man „Vater" nennen kann

Sie gingen ein gutes Stück, bevor der Baron die Unterhaltung wieder aufnahm. Er plauderte über dies und das im Garten, und sowohl der Baron als auch Sabrina zeigten Matthew ihre Lieblingsbäume und -blumen.

Schließlich knüpfte er an das vorhergehende Gespräch wieder an.

„Würdest du gern wissen, welches die erste wichtige Erkenntnis von Gott ist?" fragte der Baron.

„Ja", erwiderte Matthew.

„Dann sage mir doch, wer der Herr über dieses Gut ist?"

„Sie, Herr von Dortmann."

„Was hast du während deiner Zeit hier gelernt?"

„In welcher Beziehung?"

„Ich frage noch einmal anders: Was hast du wirklich gelernt in dieser Woche? War es die Landwirtschaft, die Geschichte, der Garten oder Gott – worüber hast du am meisten erfahren?"

Er ließ Matthew Zeit, über diese Frage nachzudenken. Schließlich fing er an zu lächeln.

„Ich glaube, ich weiß, worauf Sie hinaus wollen!" sagte er.

Der Baron blickte gespannt auf Matthew.

„Die Antwort ist ... über *Sie*. Ich habe Sie alle kennengelernt – Sie, Sabrina und Ihre Frau, Ihre ganze Familie."

„Genau!" rief der Baron. „Du hast *uns* kennengelernt. Und wenn du uns verläßt, wirst du vertraut sein mit einigen Menschen, von deren Existenz du vorher noch nichts wußtest, und die du, wie ich hoffe, für den Rest deines Lebens als Freunde betrachten wirst. Und du kennst uns nicht nur oberflächlich, wage ich zu sagen. Bist du nicht auch der Meinung, daß du schon einiges über uns *weißt*, darüber, was für

Menschen wir sind, wie wir denken und miteinander umgehen?"

„Ja, natürlich."

„Und *wie* hast du uns kennengelernt, Matthew?"

„Indem ich Sie beobachtet und Ihnen zugehört habe, nehme ich an."

„Und indem du dich mit uns unterhalten hast, uns Fragen gestellt hast und so etwas?"

„Ja, genau", antwortete Matthew. „Das alles hat dazu beigetragen, Sie besser kennenzulernen."

„Mit anderen Worten, du bist zu einem Gut auf dem Lande gekommen. Dieses Gut hat einen Besitzer, der zufällig ich bin. Es gibt eine Familie, die hier lebt, einen Garten, Arbeiter und vieles mehr. Und während du beobachtet und zugehört hast, bist du in das Leben an diesem Ort miteinbezogen worden und hast nach und nach eine ganze Menge darüber gelernt, wie es auf diesem Gut zugeht. Was meinst du, über wen du am meisten erfahren hast, Matthew?"

Wieder dachte Matthew eine Weile nach.

„Ich denke, über Sie, Herr von Dortmann", sagte er.

„Du liegst richtig, Matthew. Alles, was du auf diesem Gut siehst, die Beziehungen untereinander, dieser Garten, durch den wir gerade gehen – all das läßt viele Rückschlüsse auf mich zu. Selbst in Sabrina, die du jetzt näher kennengelernt hast, spiegelt sich etwas von meiner – ihres Vaters – Persönlichkeit wider."

„Ich verstehe, was Sie meinen."

„Und wenn du wolltest, könntest du, indem du weiter sorgfältig beobachtest und genau zuhörst, noch mehr über mich herausfinden, ist das richtig?"

„Ja."

„Würdest du mich für einen freundlichen und netten Menschen halten oder für einen Menschen, der herumspioniert und darauf wartet, daß jemand eine Rose aus meinem Garten pflückt, damit ich ihn in das geheime Verlies stecken kann, von der die alte Eppie immer erzählt?"

Matthew lachte. „Natürlich halte ich Sie für freundlich und nett."

„Und jetzt sage ich Dir, worauf ich hinaus will: Die ganze Welt ist *Gottes* Zuhause, *Gottes* Gut – genau wie dieses hier meines ist. So wie du durch deinen Aufenthalt hier mein Wesen kennengelernt hast, indem du beobachtet, zugehört, Fragen gestellt und mit uns gelebt hast, kannst du auch Gottes Wesen kennenlernen. Und das ist das Aufregendste, was das Leben zu bieten hat!"

„Wie kann man das denn tun?"

„Indem du in das Leben auf seinem Gut, in seinem Reich eintrittst, so wie du es auf meinem Gut gemacht hast. Und durch Beobachten, Zuhören und Fragen wirst du erfahren, wie der Besitzer *dieses* Gutes wirklich ist, so wie du mich hier kennengelernt hast. Du siehst, alles im Leben spiegelt die Prinzipien in Gottes Reich wider. Dieses Gut hier spiegelt nur einen kleinen Teil von Gottes ganzer Welt wider. Er hat jeden Zentimeter dieser Welt geschaffen, jede Pflanze, jeden Dorn auf jedem Rosenbusch. Er hat dich und mich, Marion, Sabrina und deinen Vater geschaffen. Alles in dieser Welt zeigt uns etwas von Gottes Persönlichkeit – wenn wir nur aufmerksam all die kleinen Fingerzeige beobachten!

Aber das wichtigste Geheimnis ist dieses: *Gott ist unser Vater*. Er möchte, daß wir ihn kennenlernen als einen liebenden, freundlichen und großzügigen Vater, der sich an seinen Kindern erfreut. Er möchte mit uns gehen und Gemeinschaft mit uns haben. Er möchte, daß wir *alle* Blumen pflücken, die in seinem Garten blühen!

Gott ist ganz nah, Matthew, nicht weit entfernt. Und er ist nicht nur der schreckliche, starke und allmächtige Herrscher über das Universum, der Schöpfer des Himmels und der Überwinder der Sünde. Verstehst du den Unterschied? Doch er möchte, daß wir ihn Vater nennen. Er möchte, daß wir ihm so nah sind, daß er uns in seine Arme nehmen und liebevoll mit uns sprechen kann, wie ein Vater mit seinen Kindern."

„Ich habe noch nie gehört, daß jemand so von Gott gesprochen hat wie Sie gerade eben!" Matthew hörte erstaunt zu.

„Nun sind wir an dem Punkt angekommen, wo ich deine Frage von vorhin beantworten kann – warum es für uns so wunderbar ist, zu wissen, daß Gott immer bei uns ist, und warum wir keine Angst vor ihm haben, sondern uns freuen, in seiner Nähe zu sein.

Der Grund ist leicht zu verstehen. Gott ist ein *guter* Vater, der Freude daran hat, sich selbst zu offenbaren, und nicht ein böser, der nur darauf bedacht ist, uns zu bestrafen. Gott ist ein Vater, der uns von Herzen liebt."

Eine Weile gingen sie schweigend weiter. Mittlerweile waren sie zum unteren Teil des Gartens gekommen. Sie gingen nun an der anderen Seite wieder hoch.

„Erzähl ihm von Jesus, Papa", sagte Sabrina dann.

„Ach ja. Was weißt du von Jesus, Matthew?" fragte der Baron.

„Ich weiß nicht ... ich nehme an, dasselbe, was alle wissen."

„Warum ist er auf die Erde gekommen?"

Matthew dachte eine Weile nach.

„Um zu sterben, denke ich."

„Warum zu sterben?"

„Um die Welt von ihren Sünden zu retten?"

„Das hört sich eher an wie eine Frage", sagte der Baron. „Du scheinst dir nicht sicher zu sein."

„Ich wußte nicht genau, was Sie meinten."

„Aber du glaubst, daß er gekommen ist, um uns von unseren Sünden zu erretten?"

„Das wurde mir in der Sonntagschule beigebracht – als ich noch dorthin ging."

„Das glauben die meisten Menschen."

„Sie nicht?" Matthew sah den Baron skeptisch von der Seite an.

„Nein, ich nicht. Jesus ist zwar wirklich gestorben, und er hat uns von unserer Sünde gerettet. Das lag ganz entschieden in Gottes Absicht. Aber das ist nicht der Hauptgrund für sein Kommen."

„Was denn?"

Der Baron dachte kurz darüber nach, wie er am besten klarmachen konnte, was er meinte.

„Stell dir vor, Matthew“, sagte er, „stell dir vor, daß du hierher, auf dieses Gut, kommen und eine Woche hier verbringen müßtest. Doch du hättest gehört, daß der Besitzer des Gutes ein Riese sei, darauf bedacht, jeden, der seine Gebote übertritt, zu töten. Wenn du nun unbedingt herkommen müßtest, würdest du doch wahrscheinlich daran denken, einen guten Riesen mitzubringen, jemanden, der kräftig genug wäre, den bösen Riesen daran zu hindern, dich zu töten. Würdest du das für klug halten?“

Matthew nickte.

„Nun, viele Menschen sind der Ansicht, daß genau das Jesu Aufgabe auf dieser Erde gewesen sei, daß er die Rolle des guten Riesen gespielt habe, um uns vor dem Ungeheuer zu beschützen, das nur darauf wartet, uns zu töten. Das halten die meisten Menschen für den Grund, warum Jesus am Kreuz gestorben ist. Sie sehen in Jesus einen, der uns genau so vor Gott wie vor unseren Sünden retten muß. Sie meinen, er müsse uns vor Gott beschützen. Sie sagen: 'Gott ist Liebe', doch tief in ihrem Innern haben sie Angst vor ihm wie vor einem Ungeheuer, und sie suchen Zuflucht bei Jesus als dem beschützenden guten Riesen. Verstehst du, was falsch an dieser Vorstellung ist?“

„Daß Gott nicht gleichzeitig liebevoll und ein Ungeheuer sein kann.“

„Genau! Nun stell dir eine ganz andere Situation vor. Stell dir vor, du müßtest hierherkommen und hättest von einem Ungeheuer gehört. Stell dir weiter vor, daß du, am Tor angekommen, jemanden träfest, der dir erzählte, alle Gerüchte seien falsch, und der Besitzer des Gutes sei sehr gut und freundlich. Dieser Mann würde dich an der Hand nehmen und dir das Gut zeigen und dich schließlich dem Besitzer vorstellen, der genauso ist, wie er dir erzählt hat. Verstehst du, was ich meine?“

„Ich denke schon.“

„Jesus ist gekommen, um uns seinen Vater zu zeigen, um uns von ihm zu erzählen, uns sein Wesen zu zeigen und uns klarzumachen, wie falsch wir von ihm gedacht haben. Jesus ist nicht in erster Linie gekommen, uns vor der Bestrafung für unsere Sünde zu retten, sondern um uns zu sagen: ‚Deine Sünden werden deinen Tod zur Folge haben. Doch dein Vater liebt dich so sehr, daß er mich gesandt hat, um dich zu ihm zu bringen. Und nur er allein, dein liebevoller Vater, kann dich von ihnen erretten. Komm, nimm meine Hand, ich will dir deinen liebenden Vater zeigen.‘

Das ist der Grund, warum Jesus auf diese Erde gekommen ist!"

Nun hatten sie das Ende des Gartens erreicht und durchschritten schweigend das Bogentor.

„Was Sie von Gott erzählen, ist so ganz anders als alles, was ich je zuvor gehört und gedacht habe", sagte Matthew, als sie langsam auf die Treppe zugingen.

„Weil die meisten Menschen die grundlegende Wahrheit nicht erkannt haben ... nämlich daß Gott genau das ist, was die Bibel von ihm sagt – er ist *Liebe.*"

Langsam gingen sie über den Rasen aufs Haus zu.

„Vielen Dank, Herr von Dortmann", sagte Matthew. „In meinem ganzen Leben habe ich noch nie ein so interessantes Gespräch geführt. Ich werde nicht vergessen, was Sie gesagt haben."

*

Dem siebzehnjährigen Matthew McCallum war natürlich nicht klar, daß er soeben prophetische Worte gesprochen hatte. Denn noch nach Jahren erinnerte er sich an diesen Tag im Garten des *Lebenshauses* und an seine Unterhaltung mit Baron von Dortmann.

Die drei betraten das Haus. Thaddeus McCallum war bereits angekommen und saß mit Frau von Dortmann im Wohnzimmer. Er blieb über Nacht, und am Mittag des folgenden Tages fuhr er mit seinem Sohn nach Berlin zurück.

Teil III

Das Geheimnis der Bruderschaft

Herbst 1937

28

Finkenwalde

Baron Heinrich von Dortmann freute sich immer, wenn er durch die wunderschöne Landschaft nach Finkenwalde fahren konnte. Er wünschte nur, die Umstände wären angenehmer gewesen, so daß er die Vorträge seines Freundes über die Bergpredigt mehr genießen könnte. Dietrich war wirklich ein erstaunlicher Mann.

Das Seminar war in Zingsthof an der Ostsee aufgebaut worden, aber schon bald weiter nach Süden zu seinem jetzigen Standort, einer verlassenen Privatschule in Finkenwalde in der Nähe von Stettin, verlegt worden. Mehrere rasch erbaute Häuser beherbergten seinen Freund und die etwa fünfundzwanzig Vikare, Geistlichen und Studenten, die er betreute.

Dieses Seminar war ein Experiment, mutig nicht nur, weil es eine von den Nazis unabhängige Ausbildung zum Predigtdienst anbot, sondern auch, weil alle in einer engen Gemeinschaft zusammenlebten. Sowohl für diejenigen, die dort lebten, als auch für deren Besucher und Freunde war dieser Ort ein Hafen des Friedens, des geistlichen Wachstums, der Freiheit und der immer tiefer werdenden Beziehung zu Gott durch gelebte Gemeinschaft unter Gläubigen, die sich einer gemeinsamen Sache verschrieben hatten.

Der Tagesablauf beinhaltete gemeinsames Gebet, persönliches Bibelstudium und Meditation, gemeinsames Arbeiten und Bonhoeffers Vorträge. Es gab aber auch Erholung, frohes Feiern und regelmäßiges Singen und Musizieren von Spirituals, die Bonhoeffer seit seinem Amerika-Aufenthalt im Jahre 1930 besonders liebte. Er hatte sie mit nach Deutschland gebracht. An vielen Abenden klangen die Töne von „Swing low, sweet chariot“ durch die Nachtluft, und die Männer summten sie noch, wenn sie vom Gemeinschaftsraum in ihre Wohnungen, Appartements oder Zimmer zurückgingen. Die leisen Töne dieser Männer Gottes, die gezwungen waren, ihre Überzeugung im geheimen zu leben, erinnerten wirklich an den Kampf der schwarzen Sklaven, die auf einem anderen Kontinent und zu einer anderen Zeit ihre Freiheit gesucht hatten.

Bei solchen Gelegenheiten wünschte sich Baron Heinrich von Dortmann, der Gemeinschaft angehören zu können. Dieser Drang war besonders stark, wenn er, die leidenschaftlichen und redegewandten Vorträge Bonhoeffers und die leisen Töne der Spirituals immer noch im Ohr, in seinen Mercedes stieg und die Heimfahrt zu seinem sechsunddreißig Kilometer entfernten *Lebenshaus* antrat.

Und doch wußte er, daß er nicht das Leben seiner Freunde führen konnte, und seine Freunde nicht seines. Jeder mußte den Weg gehen, den der Vater für ihn vorgesehen hatte.

Er war gesegnet mit der wundervollsten Frau und der besten Tochter, die ein Mann nur haben konnte, mit einem Haus und Besitz, und er hatte genau hier seine Aufgabe. Seine Berufung war nicht die des Geistlichen. Daher würde er auf seine stille Weise Gott dienen an denen, die ihm in den Weg gestellt wurden, und Kraft schöpfen aus der Gemeinschaft mit seinen Brüdern in Finkenwalde.

Den Namen Dietrich Bonhoeffer hatte er zum erstenmal vor vier Jahren gehört, 1933. Rein zufällig hatte von Dortmann eine Radiosendung vom Berliner Rundfunk verfolgt, in der ein leidenschaftlicher junger Pastor der deutschen Öffentlichkeit vorwarf, nach einem „Führer“ verlangt zu haben, der ganz sicherlich zu einem „Verführer“ werden würde, zu einem Idol der Massen. Schon damals war dem Baron klar gewesen, welche Bedrohung von Hitler ausging, und er hatte sofort Sympathie für diesen jungen Mann empfunden, der es wagte, so mutig zur Nation zu sprechen. Es war nicht verwunderlich, daß die Sendung vorzeitig abgebrochen worden war.

Daraufhin hatte er versuchte, mehr über diesen Mann herauszufinden, war Bonhoeffers Spuren gefolgt und hatte seine Artikel gelesen. Seine Bekanntschaft hatte er gemacht, als er 1934 nach Ulm gereist war, um zusammen mit fünftausend anderen Pastoren und Laienpredigern die „Bekennende Kirche“ ins Leben zu rufen.

Anlaß hierzu war eine allgemeine Unzufriedenheit, der die Entscheidung der Evangelischen Kirche Deutschlands zugrunde lag, die anti-jüdische Politik des Führers zu unterstützen. Die nationale Kirche war so infiziert vom Nationalsozialismus, daß sogar die braunen Nazi-Uniformen getragen und Nicht-Arier von öffentlichen Ämtern ausgeschlossen wurden. Während die Reichskirche sich immer dichter an die Seite der Nazis stellte, mußte sie mehr und mehr Kompromisse schließen, wurde sie mehr und mehr rassistisch und politisch, da Staat und Kirche sich gleichermaßen als Werkzeuge Gottes betrachteten.

Auf Initiative Bonhoeffers und anderer wurde daher die Bekennende Kirche ins Leben gerufen. Später war sie aktiv daran beteiligt, das Nazi-Programm anzuprangern. Ihr Ziel war es nicht, einen Umsturz herbeizuführen, sondern die biblischen Wahrheiten und die Integrität der Kirche zu erhalten. Es war ein gefährlicher und noch unbeschrittener Weg des geistlichen, politischen und persönlichen Widerstandes. Schon im folgenden Jahr erklärte Hitler die Bekennende Kirche für illegal.

Obwohl Baron von Dortmann die Ereignisse mit großem Interesse verfolgte und half, wo immer er konnte, wußte er doch, daß seine Berufung auf anderem Gebiet lag. Daher war er hocherfreut, als er von der Verlegung des Seminars nach Finkenwalde erfuhr, einem Ort, der weniger als eine Stunde Autofahrt vom *Lebenshaus* entfernt lag. Während der vergangenen zwei Jahre waren der elf Jahre jüngere Bonhoeffer und er echte Freunde geworden.

Heinrich fuhr auf das Gelände, parkte seinen Wagen und stieg aus. Dann betrat er das größere der Gebäude, die ehemalige Schule.

Er fand Dietrich in seinem Zimmer, an seinem Schreibtisch.

„Ah, mein Freund“, begrüßte ihn der junge Pastor. Er erhob sich und ging mit ausgestreckter Hand auf ihn zu. „Es ist schön, dich wiederzusehen.“ Bonhoeffer wies auf einen Stuhl. „Setz dich doch bitte, ich mache mir gerade noch einige Notizen zu *Nachfolge*.“

„Ist es nicht bereits beim Verleger?“

„Doch, aber ich finde immer wieder Stellen, die ich verändern oder hinzufügen möchte. Das Leben eines Schriftstellers ist voller Zweifel an dem einmal Geschriebenen, Heinrich“, fügte er lachend hinzu.

„Irgendwann mußt du das Manuskript so lassen, wie es ist, sonst wird niemand dein Buch jemals lesen können“, entgegnete der Baron schmunzelnd.

„Natürlich hast du recht. Das wird mir spätestens der Verleger klarmachen. Doch Jüngerschaft ist ein solch umfassendes Thema und von so großer Bedeutung für die Jünger Gottes, daß ich einfach nicht aufhören kann, darüber nachzudenken, was ich noch hinzufügen müßte. Bei jedem Vortrag, den ich den jungen Männern hier halte, kommen Dinge aus meinem Mund, die für mich selbst neu sind. Ich lerne genauso viel wie sie!“

„Das zeigt, daß du als Christ wächst.“

„Was für den Christen ein Segen ist, ist für den Schriftsteller ein Fluch!“

Beide Männer lachten herzlich.

„Worüber wirst du heute abend sprechen?“ fragte der Baron.

„Ich hatte gehofft, daß du vielleicht zu den Männern sprechen würdest, mein Freund“, sagte Bonhoeffer.

„Du glaubst doch nicht, daß ich den ganzen Weg hierhergefahren bin, um mich selbst reden zu hören!“ rief Dortmann. „Ich habe für meine eigene kleine Herde zu sorgen und meinen eigenen Garten zu bestellen. Wenn ich hierher komme, dann bin ich der Lernende, der Zuhörer, der Hungrige, der Suchende. Ganz besonders heute. Wir haben von Sonnenaufgang bis Sonnenuntergang gearbeitet, um die Ernte einzufahren. Jeder Muskel tut mir weh, und an jedem Finger habe ich Blasen. Heute bin ich gekommen, um meinen müden Körper auszuruhen und meinen Geist zu erfrischen. Nein, ich will aus deinem Vorrat schöpfen!"

„Na ja, es war nur ein Versuch."

Der Baron lachte.

„Um deine Frage zu beantworten", sagte Bonhoeffer, „ich werde einige Abschnitte aus Matthäus 10 behandeln."

29
Persönliche Intrigen

Das war mehr, als er erwartet hatte!

Emil Korsch starrte auf den Bericht, der auf seinem Schreibtisch lag. Er hätte nie gedacht, daß dieses Nummernschild sich als ein solcher Brocken herausstellen würde! Eine Verbindung zwischen diesem illegalen Seminar und dem Bruder eines der einflußreichsten Bankiers – das war wirklich ein großer Fisch!

Und er war der einzige, der davon wußte!

Nicht Himmler, nicht Göring, nicht einmal Hitler selbst! Otto von Dortmann, der reiche Aristokrat und Finanzmann, Freund des Führers, wie man sich erzählte – und nun hatte er die Macht, ihn zu Fall zu bringen.

Zwar hätte er es noch lieber gehabt, wenn er erfahren hätte, daß jüdisches Blut in seinen Adern floß, aber zumindest könnte er den Millionär für sein Schweigen bezahlen lassen.

Das war genau das, wonach er gesucht hatte: eine Möglichkeit, die Furcht der anderen dazu zu benutzen, seine Taschen zu füllen. Was nützte schon die Macht, wenn dabei nichts heraussprang, das man auf einem Schweizer Bankkonto deponieren konnte?

Emil Korsch war nicht einfach nur ein Russe, ein Deutscher oder ein Nazi. Er war vor allem ein Opportunist, ein Mann, der Gelegenheiten wahrnahm, die sich ihm boten. Und dies war eine Gelegenheit!

Es würde ratsam sein, mehr herauszufinden. Er mußte ganz sicher wissen, ob tatsächlich eine Verbindung zwischen dem Burschen und der illegalen christlichen Kirche bestand oder ob es eine andere Erklärung gab. Seine Position war noch nicht so gesichert, daß er sich einen Schnitzer erlauben konnte. Er mußte vorsichtig vorgehen, bis er Himmler davon überzeugt hatte, daß man ihm vertrauen konnte.

Immer noch auf das Blatt starrend, setzte er sich auf seinem Stuhl zurück. Die Razzia in dem Seminar war beschlossene Sache. Aber vorher mußte er sichergehen, daß der Baron nicht nur zufällig dort gewesen war und sein Erpressungsmanöver damit vereitelt würde.

Er dachte noch ein wenig über die Konsequenzen nach, dann nahm er den Telefonhörer hoch und sprach hinein. Er setzte sich zurück und wartete.

Kurze Zeit später wurde auf der anderen Seite abgenommen. Kosch erklärte sein Anliegen.

„Ja ... sehr gut, ja ... richtig! Sagen Sie, haben wir jemanden etwas nördlich von hier, in dem ländlichen Gebiet auf der anderen Seite von Stettin?“

Er hörte aufmerksam zu, während die Stimme am anderen Ende der Leitung sprach.

„Nein ... muß nicht die Gestapo sein – wenn wir allerdings jemanden dort haben –“

Wieder hörte er zu.

„Natürlich ... ich verstehe. Ich habe es auch nicht erwartet ... in Stettin, sagen Sie ... ja ... auf dem Land – wie steht es mit treuen Anhängern der Partei? ... ja, ich warte.“

Eine lange Pause folgte. Korsch lehnte sich zurück und legte seine Füße auf den Schreibtisch. Zwei oder drei Minuten vergingen. Sein Gesichtsausdruck verriet, daß die Stimme am anderen Ende der Leitung ihm eine Antwort auf seine Frage gab.

„Ich verstehe ... gehört zur Luftwaffe, sagen Sie ... Niedersdorf? Ja – gut ... hmm ... Schmundt, sagen Sie ... ja – kommt mir bekannt vor, als hätte ich schon von ihm gehört. Loyal?"

Er hörte einen Augenblick zu. Sein Verstand verarbeitete in Windeseile die Informationen, die er bekommen hatte. Es war dasselbe Dorf!

„Familie?"

Eine kurze Pause.

„Einen Sohn? Wie alt ... hmm ... ja, sehr gutes Alter – ja, vielen Dank ... Sie waren mir eine große Hilfe."

Emil Korsch hängte den Hörer ein und dachte über seine neu gewonnenen Informationen nach. In diesem kleinen Nest, auf das er gestoßen war, schien es allerlei Interessantes zu geben! Er würde sofort jemanden nach Stettin schicken und versuchen, vorsichtig Verbindung zu dem Sohn des Grafen aufzunehmen. Wegen der Dortmann-Tochter könnte dieser Sprößling der Familie von Schmundt genau der richtige Angelpunkt sein. Am besten würde er aber noch nicht persönlich mit ihm in Kontakt treten. Falls sich der Junge als geeignet erwies, würde er einschreiten, wenn es an der Zeit war.

In der Zwischenzeit sah er keinen Grund, die Angelegenheit mit dem Bankier hinauszuzögern. Es war an der Zeit, Herrn Otto von Dortmann einen Besuch abzustatten.

30

Brief von Matthew

Nur wenige Tage nach Matthews Abreise bekam Sabrina einen Brief von ihm. Nachdem sie ihn gelesen hatte, suchte sie ihren Vater auf.

„Nun, was schreibt Matthew?“ fragte er. „Wie geht es seinem Bein?“

„Er sagt, es gehe ihm gut, aber den Gips müsse er noch eine Weile behalten“, erwiderte Sabrina. „Ich wollte dich fragen, Papa, was ich ihm antworten soll.“

„Worauf antworten?“

„Er ist sehr interessiert an dem, was du im Garten zu ihm gesagt hast, und er hat sehr schwierige Fragen gestellt.“

„Gut!“ erwiderte der Baron begeistert. „Fragen sind der Anfang von Wissen und Weisheit. Ich bin froh, das zu hören.“

„Doch ich weiß nicht, was ich ihm antworten soll.“

„Was fragt er denn?“

„Darf ich es dir vorlesen?“ fragte Sabrina.

„Natürlich.“

Sabrina schaute auf das Blatt Papier, das sie in der Hand hielt, und begann zu lesen: „‚Seit ich mit deinem Vater über Gott gesprochen habe‘“, las sie, „‚kann ich diese Sache nicht mehr aus meinen Gedanken verbannen. Wenn Gott so voller Güte und Liebe ist, und wenn er wirklich dieser wundervolle Vater ist, wie dein Vater sagte, warum ist dann die Welt so schlecht? Warum gibt es Kriege? Warum hassen und töten sich die Menschen? Wenn Gott die Welt und die Menschen geschaffen hat, hätte er sie so machen sollen, daß sie besser wären und sich besser verhalten würden. Mir hat alles, was dein Vater über Gott als den liebenden Vater gesagt hat, gefallen, und es ergibt in meinen Augen mehr Sinn als alles, was ich bisher über Gott gehört habe. Doch wenn er uns so sehr liebt, warum gibt es dann so viel Böses auf der Welt?‘“

Sabrina schaute ihren Vater an.

„Das ist eine sehr schwierige Frage“, sagte er nachdenklich nickend. „Wahrscheinlich ist das die Frage, die die meisten Menschen davon abhält, an Gott zu glauben. Und was wirst du ihm darauf antworten, Sabrina?“

„Ich weiß es nicht, Papa. Ich habe gehofft, du würdest mir dabei helfen.“

„Aber er hat doch an dich geschrieben. Ich denke, er

möchte wissen, was du denkst, und nicht, was ich sagen würde."

„Ich habe gehofft, du würdest mir sagen, was ich schreiben soll."

„Ich denke, du weißt die Antwort bereits. Sie liegt in dir drin."

„Vielleicht", erwiderte Sabrina. „Vielleicht ist sie irgendwo in meinem Herzen, doch ich glaube nicht, daß sie mir schon ins Bewußtsein gedrungen ist."

Der Baron lächelte und fügte hinzu: „Nun, dann will ich dir vielleicht einen Hinweis geben."

„Ja, Papa?"

„Ich denke, es hat etwas mit Reitunfällen zu tun und damit, daß die Rosen so viele verschiedene Farben haben."

Sabrina dachte eine Weile angestrengt nach. „Ich fürchte, ich verstehe immer noch nicht."

Der Baron stand lächelnd auf. „Das wird schon noch kommen", sagte er. Und damit ging er langsam davon. Sabrina blieb nachdenklich zurück.

*

Später am Abend, kurz bevor sie zu Bett ging, setzte Sabrina sich an ihren Schreibtisch und schrieb einen Brief an Matthew:

Lieber Matthew!
Ich bin froh, zu hören, daß es Deinem Bein besser geht. Der Gipsverband ist bestimmt sehr lästig, und ich weiß, daß es schrecklich juckt. Doch Papa sagt, daß Dein Bein, wenn Du geduldig bist und es ausheilen läßt, wieder genauso kräftig sein wird wie vorher.
Ich war neugierig zu erfahren, ob Dein Bein Dir mehr Zeit zum Nachdenken verschafft hat. Ich bin erstaunt, denn in Deinem Brief kommen so viele Gedanken zum Ausdruck. Und Du stellst so viele schwierige Fragen! (Ich denke, Du hast Dich sehr stark verändert, seit Du zu uns gekommen bist!)

Nun, ich kann nicht sagen, daß ich alles verstehe, was Du in Deinem Brief ansprichst, doch ich will dir sagen, was ich denke. Ich habe viel darüber nachgedacht, seit ich deinen Brief gelesen habe. Vielleicht habe ich solche Gedanken schon öfter gehabt, besonders wenn etwas Schlimmes passiert, zum Beispiel wenn ein Tier stirbt oder so, doch ich habe sie nie laut ausgesprochen. Wahrscheinlich hatte ich Angst davor.
Deine Frage berührt einen Punkt, der bestimmt sehr schwierig zu verstehen ist. Warum hat Gott nicht alles gut, vollkommen und voller Liebe geschaffen, so wie er ist? Manchmal wünsche ich mir sehr, daß es so wäre.
Ich muß gestehen, daß mich das genauso verwirrt wie Dich. Papa wollte mir die Antwort nicht geben oder besser: er sagte, ich wüßte sie bereits. Ich bin mir da gar nicht so sicher. Ich wünschte, Du könntest hier sein, und wir beide könnten mit ihm sprechen. Bei ihm klingt alles so logisch. Aber vielleicht würde er uns beiden dann dasselbe Rätsel aufgeben. Wie es aussieht, wirst Du Dich wohl mit meiner Erklärung zufrieden geben müssen von einer Sache, die ich selbst nicht richtig verstehe!
Schon seit langem weiß ich, daß Gott alles gut geschaffen hat. Ich kann einfach nicht glauben, daß Gott etwas Schlechtes gemacht haben soll. Meiner Meinung nach fing alles mit Satan an, der sich weigerte, Gott zu gehorchen. Und von Satan wurde dann die ganze Welt angesteckt. Wenn Du also die Frage stellst: „Warum läßt Gott das Schlechte in der Welt zu?“, ist meine Antwort darauf, daß er das gar nicht tut. Ich denke, nach seinem ursprünglichen Plan sollen alle Menschen gut sein. Aber wir, wie sehr wir uns auch bemühen, gut zu sein, versagen immer wieder und tun etwas Schlechtes.
Doch die meisten Schwierigkeiten hatte ich mit Deiner anderen Frage: Warum macht Gott nicht, daß die Menschen anständiger miteinander umgehen? Warum macht er uns nicht einfach alle gut? Warum hält er uns nicht einfach davon ab, etwas Schlechtes zu tun oder irgendwelche Dinge, die uns verletzen? Schon oft habe ich gedacht, daß dann alles viel besser wäre auf dieser Welt.
Über diese Frage habe ich heute sehr lange nachgedacht. Papa hat mir für die Antwort einen Hinweis gegeben. Er sagte, es habe

etwas zu tun mit den vielen verschiedenen Farben der Rosen und auch mit Deinem Reitunfall. Erst konnte ich mir keinen Reim darauf machen.
Doch dann begann ich, über den Garten nachzudenken – oh, Matthew, Du müßtest die Herbstblumen sehen!
Ich habe an die Vielfalt der Rosen gedacht. Warum hat Gott so viele verschiedene Arten und Farben geschaffen? Wäre eine Sorte nicht genug gewesen? Aber nein, er hat viele verschiedene Sorten geschaffen. Und ich begann, darüber nachzudenken, daß er auch die Menschen so geschaffen hat. Die Menschen sind wie die Rosen, wir haben verschiedene Größen, Farben und unterschiedliche Persönlichkeiten. Warum hat Gott uns so vielfältig geschaffen?
Und dann begriff ich etwas Neues: Gott gefällt es, daß wir so unterschiedlich sind. Darum hat er uns so geschaffen! Er liebt Dich, weil Du Matthew bist und nicht jemand anderes. Er liebt mich, weil auch ich einzigartig bin. Und mein Papa und meine Mama und jeden einzelnen Menschen – keiner gleicht dem anderen. Jeder ist etwas Besonderes! Er möchte nicht, daß wir alle gleich sind und alle das gleiche tun.
Ich denke, das hat Papa gemeint, als er mir den Hinweis mit den Rosen gab. Doch ich brauchte noch eine Weile länger, um zu verstehen, was Dein Reitunfall mit Gott und den schlechten Dingen im Leben zu tun hatte.
Aber schließlich bin ich drauf gekommen. Matthew, Dein Reitunfall war etwas Schreckliches. Vielleicht nicht so schrecklich wie manches, was heutzutage in der Welt vor sich geht, doch es war etwas Häßliches, und es hat Dir wehgetan. Warum also hat Gott das zugelassen? Warum hat Gott zugelassen, daß Du Dich verletzt? Er hätte den Sturz verhindern können oder auch, daß Du auf Waldfee ausreitest, er hätte uns beide daran hindern können, überhaupt zu reiten.
Doch wenn er das getan hätte – verstehst Du? – dann würde er uns nicht so sein lassen, wie wir sind! Er würde uns kontrollieren wie Marionetten. Das will er nicht. Genauso wie er die Vielfalt der Rosen liebt, möchte er, daß die Menschen unterschiedlich sind – daß sie ihre eigenen Entscheidungen darüber treffen, was sie tun und wer sie sein wollen.

Dieses Wort kam mir in den Sinn. Matthew, ich glaube wirklich, daß es das ist: die Entscheidungsfreiheit. Gott liebt die Menschen, weil er sie einzigartig geschaffen hat, aber gleichzeitig müssen wir uns entscheiden, wie wir sein möchten. Natürlich bedeutet das, daß wir uns auch für das Falsche entscheiden können, denn sonst wären wir ja nicht frei in unserer Entscheidung. (Und weißt Du, was ich gerade denke? Ich denke, daß Gott wirklich hofft, daß wir uns für ihn entscheiden.)
Deshalb hat Gott Dir vielleicht gestattet, Dich fürs Reiten, für Waldfee zu entscheiden und somit auch für die Gefahr, die damit verbunden war, und den Schmerz, der daraus entstehen würde. So wie auch anderer Schmerz dadurch entsteht, daß wir einfach in dieser Welt leben und schwierige Situationen aushalten müssen.
Ach, ich weiß auch nicht! Es gibt so vieles, worüber ich nachdenken muß. (Mein Kopf tut schon weh, ich glaube, von den vielen neuen Gedanken!) Ich fürchte, ich muß den Brief hier beenden und zu Bett gehen. Bitte schreib mir bald wieder und sag mir, was Du von meinen Ideen hältst!

Sabrina

P.S. Ich wünschte immer noch, Gott hätte verhindert, daß Du vom Pferd gefallen bist!

31

Ein schicksalhafter Anruf

Zwei Wochen später klingelte das Telefon auf dem Gut der von Dortmanns. Heidi klopfte an die Tür zum Arbeitszimmer des Barons.

„Ja, was ist denn, Heidi?" fragte er, als er die Tür öffnete.

„Sie werden am Telefon verlangt, Herr Baron", erwiderte sie.

Der Baron folgte ihr die Treppe hinunter. „Wer ist es denn?"

„Pastor Bonhoeffer. Es hört sich sehr dringend an, Herr Baron."

„Danke schön, Heidi", sagte der Baron, als er das Wohnzimmer betrat, in dem sich das Telefon befand.

Er nahm den Hörer auf.

„Ja ... guten Tag, Dietrich", sagte er und hörte dann eine Weile zu.

„Ja, ja, ich verstehe ... hmm ... ja ... nicht gut ... das ist ungeheuerlich ..." sagte er aufgebracht und antwortete auf den Bericht des anderen mit kurzen Kommentaren und erschrokkenen Ausrufen.

Schließlich herrschte ein längeres Schweigen. Das Gesicht des Barons war sehr nachdenklich.

„Du mußt sie herbringen, Dietrich", meinte er schließlich.

Wieder eine Pause. Er hörte zu.

„Was meint denn die Gemeinschaft? ... Nein, das ist bestimmt der beste Weg ..."

Er hörte zu, was Bonhoeffer einzuwenden hatte.

„Ich mache mir keine Gedanken um die Gefahr", sagte er. „Wir werden um Schutz beten. Ich weiß, daß die Engel in dieser Zeit viel zu tun haben, aber wir wissen ja, daß es ganze Scharen gibt."

Wieder lauschte er in den Hörer.

Die Stille im Raum wurde unterbrochen, als sich die Tür öffnete. Herr von Dortmann schaute auf und sah seine Frau hereinkommen. Er winkte sie zu sich heran. Seinem Gesichtsausdruck konnte Marion entnehmen, daß dieser Anruf nichts Gutes zu bedeuten hatte.

„Dietrich, ich sage dir, komm her und bring deine kleine Herde mit. Du wirst hier in Sicherheit sein. Wir werden zusammen beten und dann entscheiden, was wir als nächstes tun sollen ..."

Eine Pause.

„Zuflucht, Stille ... und Sicherheit – wenn ich meinen

Freunden das nicht anbieten kann, wozu ist mein Leben dann noch nütze? Aus welchem anderen Grund hat mich der Herr hierhergestellt?"

Wieder eine Pause.

„Ja ... ja, ich bin sicher, mein Bruder. Kommt ... ja, schnell ... noch heute abend, wenn ihr könnt. Hier werdet ihr in Sicherheit sein."

Er hängte seufzend den Hörer ein und schaute seine Frau an.

„Ich fürchte, es hat begonnen, mein Schatz", sagte der Baron. „Die Gestapo hat Finkenwalde heute morgen gestürmt. Das Seminar ist geschlossen worden. Dietrich hat Angst um seine jungen Studenten. Du hast ja das meiste gehört, was ich gesagt habe."

„Kommen sie?"

„Ja."

„Wie viele?"

„Ich weiß es nicht."

„Ich will Heidi und Sabrina sagen, daß sie die Gästezimmer vorbereiten. Carola muß mehr Brot und einige Kuchen bakken."

Sie drehte sich um und wollte den Raum verlassen. Der Baron hielt sie zurück.

„Marion", sagte er. Allein der Klang seiner Stimme schickte einen Schauer über den Rücken seiner Frau.

Sie drehte sich um. Sein Gesichtsausdruck war so würdevoll und entschlossen, wie sie es noch nie in all den Jahren, seit sie verheiratet waren, gesehen hatte.

„Laß die Gästezimmer im ersten Stock so, wie sie sind. Sag Sabrina und Heidi, sie sollen die Zimmer hinter der Waffenkammer lüften und dort die Betten frisch beziehen."

32

Bonhoeffer im Lebenshaus

Die Dämmerung hatte sich über das Land gelegt, als sich vier Automobile die Zufahrt hochquälten und hintereinander vor dem Brunnen anhielten, der das *Landhaus für Leben und Zurückgezogenheit* bewachte.

Sechzehn junge Männer stiegen zögernd zu beiden Seiten aus und blieben abwartend stehen, während ein siebzehnter – der einige Jahre älter war als die anderen, etwa Anfang dreißig, klein, mit ovalem Gesicht und runden Brillengläsern – über den Kies zum Vordereingang ging. Er brauchte gar nicht erst anzuklopfen.

Der Baron öffnete die Tür und bat sie ins Haus. Der Besucher gab den Wartenden ein Zeichen, und die sechzehn jungen Leute folgten ihm, ohne ein Wort zu sagen, in das große Haus. Keiner gab auch nur einen Laut von sich, bis sie sicher im großen Wohnzimmer saßen.

„Habt ihr es ohne Zwischenfall geschafft?“ fragte Baron von Dortmann.

Bonhoeffer nickte. „Ich hatte nicht den Eindruck, daß sie uns folgen oder uns verhaften wollten“, sagte er. „Ihre Absicht war es, das Seminar aufzulösen, und das ist ihnen auch gelungen.“

„Was genau ist denn geschehen?“

„Ein Wagen fuhr vor, gefolgt von einem Lastwagen. Noch bevor die beiden Gestapomänner ausgestiegen waren, sprangen etwa ein Dutzend oder noch mehr SS-Leute vom Lastwagen und stürmten auf die verschiedenen Gebäude zu. Sie zerrten die Männer aus ihren Quartieren. Die beiden von der Gestapo präsentierten mir Papiere, die das Seminar für aufgelöst erklärten. Ich fragte, wie lange wir Zeit hätten, unsere Sachen zu packen. Sie antworteten: ‚Der Befehl ist sofort auszuführen, Herr Bonhoeffer. Sie haben zu gar nichts Zeit, außer das Gelände sofort zu verlassen!‘ Die Männer wurden bereits aus ihren Zimmern und der Kapelle gezerrt, einige sogar mit vorgehaltenem Gewehr. Innerhalb weniger Minuten waren die Türen mit Brettern vernagelt, und alle Bücher, die wir besaßen, wurden in eine große Kiste verstaut, die sie mitnahmen. Wir bekamen Anweisung, das Gelände sofort zu verlassen."

„Konntest du irgend etwas retten?" fragte der Baron. Er konnte die plötzliche Wende der Ereignisse kaum fassen.

„Ein paar persönliche Dinge, nicht viel. Die Nazis hassen Bücher und haben von daher alles mitgenommen. Besonders hassen sie religiöse Bücher. Die Wahrheit finden sie ziemlich bedrohlich."

„Und deine Aufzeichnungen?"

„Leider haben sie auch mein Arbeitszimmer durchsucht und alles mitgenommen. Meine ganze Arbeit der letzten Monate ist zerstört."

„Dietrich!" rief der Baron. „Es tut mir so leid."

Bonhoeffer lächelte schwach. „Ich wußte seit Jahren, daß es gefährlich ist, sich gegen sie zu stellen. Jetzt ist es eben geschehen."

„Aber dein Buch –"

„Keine Angst, mein Freund. Es wird gerade in diesem Augenblick gedruckt. Die Nazis werden die Stimmen der Wahrheit niemals ganz zum Schweigen bringen können. Bei den letzten Aufzeichnungen handelte es sich nur noch um einige Änderungen."

Die Tür öffnete sich. Marion, Heidi und Carola kamen mit Tabletts herein, auf denen Tee, Butterbrote und Kuchen standen.

„Ach, liebe Marion, wie immer gastfreundlich und um unser leibliches Wohl besorgt!" rief Bonhoeffer. „Wir laufen um unser Leben, und du servierst uns Kuchen!"

„Auch Märtyrer und Flüchtlinge müssen essen", entgegnete Frau von Dortmann.

„Zum Glück sind wir bisher weder das eine noch das andere. Doch wir werden dankbar annehmen, was unsere liebe Schwester im Herrn uns anbietet."

Während Tee eingegossen und die Herren bedient wurden, zogen sich der Baron und Bonhoeffer in eine Ecke zurück und setzten leise ihre Unterhaltung fort.

„Seid ihr tatsächlich um euer Leben gelaufen?“ fragte von Dortmann seinen jüngeren Freund.

„Nein, so ernst war es wohl noch nicht, aber dazu kann es eines Tages leicht kommen“, erwiderte Bonhoeffer. „Viele Drohungen und wütende Worte – du kennst ja die Gestapo. Doch ich kann nicht glauben, daß diese jungen Männer in den SS-Uniformen darauf erpicht sind, ihre Gewehre gegen Männer der Kirche zu erheben.“

„Es könnte Verhaftungen geben.“

„Das stimmt allerdings. Ich habe Angst um einige der jüngeren Männer.“

„Und um dich?“

„Ich fürchte das Gefängnis nicht. Aber für die Männer bin ich verantwortlich, ich muß also tun, was ich kann, um sie in Sicherheit zu bringen. Darum habe ich dich angerufen.“

„Ich bin froh darüber. Was wirst du tun?“

Bonhoeffer seufzte. „Ich für meinen Teil werde versuchen, zurückzukehren. Das Seminar muß mit seiner Arbeit weitermachen. Junge Männer müssen auch weiterhin ausgebildet werden. Selbst wenn wir gezwungen sind, noch mehr in den Untergrund zu gehen, es muß eine Stimme in der deutschen Kirche geben, die keine Angst vor diesen üblen Nazis und der Gottlosigkeit hat, die sie sogar in die offizielle Kirche hineinbringen.“

„Nur du wirst zurückkehren?“

„Ich meine, es ist meine Pflicht als Leiter des Seminars. Ich werde die Männer mitnehmen, die bleiben wollen, komme was mag. Die anderen werde ich nach Hause zurückschicken. Ich fürchte, Finsternis hat sich über unser Land gesenkt.“

„Ich werde dir helfen, wo immer ich kann, mein Freund“, sagte der Baron und legte seine Hand auf Bonhoeffers Schulter.

„Ich denke, zuerst einmal sollten wir die Autos verstecken. Als nächstes werden wir zusammen beten. Mit der Hilfe des Herrn werden wir beschließen, was weiter zu tun ist.“

„Ihr könnt herzlich gern hierbleiben, solange ihr wollt. Aber warum die Autos verstecken? Ich dachte, ihr wärt nicht verfolgt worden."

„Ich bin sicher, daß uns niemand gefolgt ist", erwiderte Bonhoeffer. „Doch wäre mir wohler zumute, wenn sie nicht für jeden offensichtlich dort ständen. Ich würde euch nur sehr ungern in Gefahr bringen. Sie haben uns angewiesen, auseinanderzugehen, und wenn sie mehr als ein Dutzend von uns zusammen entdecken, könnte das sehr unangenehm werden."

„Wo sind die anderen der Bruderschaft?"

„Einige, die ein eigenes Auto hatten, sind auf dem Weg zurück in ihre Heimat. Diese sechzehn –" Bonhoeffer deutete mit dem Kopf auf die anderen, die am Tisch saßen, sich leise unterhielten und ihren Tee tranken – „wollten bei mir bleiben."

Der Baron dachte einen Augenblick nach.

„Ich schlage also vor, daß wir zuerst einmal die Autos wegfahren – laß mich überlegen ..." Der Baron rieb sich übers Kinn.

„Ja", sagte er schließlich, „das wird das Beste sein – wir fahren sie auf die andere Seite, hinunter zu den Kornscheunen. Ich werde Heiko und Hans holen, und drei oder vier deiner Studenten können die Autos hinunterfahren. Meine Männer sollen Platz schaffen. Trink in der Zeit ein bißchen Tee mit deinen Leuten. In wenigen Minuten werde ich zurück sein."

Der Baron verschwand.

Eine Viertelstunde später kehrte er zurück und nickte Bonhoeffer zu, der gerade zu seinen Männern sprach. Sie standen auf, gingen hinaus und holten ihre wenigen Habseligkeiten aus den Autos. Dann kehrten alle außer Bonhoeffer und drei anderen ins Haus zurück. Diese fuhren die Autos um die Nordseite des Hauses herum und parkten einen der Wagen neben dem Mercedes des Barons in dessen Garage. Die anderen drei fuhren den Hügel hinunter, und innerhalb von einer halben Stunde waren auch die anderen drei Wagen unsichtbar in zweien der nun beinahe leeren Kornspeicher untergebracht.

„Nun sollten wir Ihnen vielleicht die Zimmer zeigen, die wir für Sie vorbereitet haben", verkündete der Baron der kleinen Versammlung, als sie wieder oben im Haus angekommen waren. „Es sind ganz sicher nicht die luxuriösesten. Doch unter den gegebenen Umständen, denke ich, daß wir alle beruhigter sind, wenn Sie während der Zeit Ihres Aufenthaltes bei uns möglichst außer Sichtweite sind. Wir haben von Zeit zu Zeit Gäste hier, und ich möchte Sie nicht unnötig in Gefahr bringen."

„Wir verstehen es, Heinrich, und sind dankbar", fügte Bonhoeffer hinzu. „Es ist eine gefährliche Zeit für das Volk Gottes."

„Wenn Sie Ihre Sachen nehmen und mir folgen wollen", sagte der Baron.

Er führte die Gruppe junger Pastoren und Seminaristen aus dem Wohnzimmer und den Flur im Erdgeschoß entlang zur Nordseite des Hauses, um zwei Ecken herum, bis er zu einem Korridor kam, der im rechten Winkel abging. Dort blieb er stehen.

„Dies ist das Wohnzimmer", erklärte er und deutete auf eine Tür direkt hinter ihm. Er führte sie hinein. „Es liegt nicht allzu weit von der Küche entfernt, und Marion und ich haben beschlossen, daß Sie am besten hier essen. Angrenzend ist ein kleines Gästezimmer; und Sie können beide Zimmer jederzeit benutzen. Natürlich können Sie sich auch im ganzen Haus frei bewegen! Ich denke nur an Ihre Sicherheit. Wir könnten natürlich in dem offiziellen Speisezimmer unsere Mahlzeiten einnehmen", fügte er hinzu. Er schwieg eine Weile und rieb sich nachdenklich das Kinn. „Nein, es darf nicht benutzt aussehen für den Fall daß ... ja, hier ist es am besten", sagte er schließlich mit fester Stimme zu den anderen.

„Zu Ihren Zimmern gelangen Sie über diese Treppe hier." Er führte sie die Treppe hinauf. „Sollten wir unerwarteten Besuch bekommen, können Sie schnell über diese Treppe in den zweiten Stock gelangen, wo niemand Sie behelligen wird."

Sie kamen zum ersten Stockwerk.

„Dort am Ende des Flures ist ebenfalls ein Aufenthaltsraum, den sie benutzen können“, sagte er und deutete den Gang entlang. Dann stieg er die nächste Treppe hinauf und gelangte schließlich auf den Treppenabsatz des zweiten Stockwerks.

„Sie werden merken, daß dieses Stockwerk recht seltsam konzipiert ist“, erklärte er. „Die Gänge sind schmal und die Räume eigenartig geformt, eher rund als im rechten Winkel wie bei anderen Gebäuden. Auf jeden Fall werden die Zimmer nur selten genutzt – wir werden versuchen, Ihnen Ihren Aufenthalt bei uns so angenehm wir nur möglich zu gestalten. Es gibt hier auf der Nordseite des Westflügels neun Zimmer mit je zwei oder drei Betten; Sie können sich aussuchen, wie Sie schlafen wollen. Betrachten Sie unser Haus als das Ihre. Alles, was wir besitzen, steht zu Ihrer freien Verfügung.“

„Wir wissen das sehr zu schätzen, Heinrich“, sagte Bonhoeffer. Auch die anderen Männer drückten ihre Dankbarkeit aus.

„Auf dieser Etage gibt es nur zwei Badezimmer, die keine Badewannen haben. Doch Sie können gern die Badezimmer des ersten Stockes mitbenutzen; dort gibt es zwei Badewannen. Ich werde sie Ihnen später zeigen. Heidi und meine Tochter haben Sie mit Bettwäsche und Handtüchern versorgt. Ich denke, wir haben genügend Bettzeug für alle.“

„Wunderbar, Heinrich, wir sind überglücklich, vielen Dank!“

„Wir werden Sie nun für die Nacht alleinlassen. Sie sind sicher müde. Frühstück gibt es um halb acht zwei Stockwerke unter Ihnen. Und nun wünsche ich eine gute Nacht.“

33
Eine Verschwörung

Schon seit mehreren Stunden floß das Bier in Strömen.

In der Schankstube des einzigen Wirtshauses in Niedersdorf herrschte der wohlbekannte Lärm, den die Männer verursachten, die sich nach einem anstrengenden Arbeitstag hier erholten.

Nur wenige Frauen waren anwesend, die Bedienung des Wirtshauses. Ihre Aufgabe war es, so viel Bier zu servieren, wie die Männer vertragen konnten, und dabei zu lächeln, sich zu unterhalten, zu flirten, zu lachen und zu necken, so daß jeder der Gäste den Eindruck gewann, Hilda, Gretchen oder Klara sei nur für ihn da und hege für ihn eine besondere Vorliebe.

Ein wissendes Lächeln, ein Augenzwinkern, ein kleiner Klaps auf den Po und geflüsterte Intimitäten, sowie die Tatsache, daß fast jeder der Männer ein allabendlicher Gast hier war, dies alles zeigte, daß die drei robusten Fräuleins ihre Sache gut machten.

In den etwas größeren Bierkellern von Berlin würde eine Kapelle gespielt und die Stimmung noch gehoben haben. Doch in Niedersdorf ertönte die Musik nur aus einem großen Radio, das in einer der Ecken stand.

Während die Stimmen und das Gelächter der Gäste immer lauter wurden, hielten die vier Männer, die in einer Ecke der Schankstube saßen, ihre Stimmen gedämpft. Ihr Bier, das vor ihnen stand, war schal und warm geworden. Sie hatten es seit mehr als einer halben Stunde nicht mehr angerührt. In ihren Augen brannte ein Feuer, das einen anderen Ursprung hatte als das der anderen Dorfbewohner, die nur hierher gekommen waren, um den Feierabend mit ihren Freunden zu verbringen, mit ihnen zu lachen und soviel zu trinken wie möglich.

Einer der Männer am Tisch war deutlich älter als die anderen drei, wenn auch noch keine dreißig. Den schwarzen Ledermantel hatte er sich über die Schultern gehängt, weniger, weil ihm kalt war, als vielmehr, um Eindruck zu machen. Ganz offensichtlich genoß er das Ansehen, das ihm seine Position bescherte – und die Annehmlichkeiten, die damit einhergingen. Als Korsch ihn mit dieser Aufgabe betraut hatte, hatte er sein Glück kaum fassen können. Vor diesen drei Burschen vom Lande spielte er ganz und gar den Überlegenen.

Er wußte, Männer seiner Art waren gefürchtet. Aber das machte die Sache noch aufregender. Welch bessere Motivation könnte es geben? Furcht brachte ihre Sache voran.

Entweder man hatte selbst Furcht oder man wurde gefürchtet. Etwas anderes gab es heutzutage nicht. Jeder mußte sich irgendwann einmal entscheiden, auf welcher Seite er stehen wollte. Die am meisten Gefürchteten würden die Macht in Händen halten und über ihre Untergebenen herrschen.

Das hatte Korsch seinen Anhängern eingetrichtert, und genau das gab der junge Mann, der zu Korschs Favoriten gehörte, nun an die Burschen weiter, die ihm mit großen Augen zuhörten. Seine Worte wurden begierig aufgenommen, denn gleich und gleich gesellt sich gern.

„Indem Sie uns Ihre Loyalität beweisen“, sagte er gerade als Antwort auf die Frage, die einer der drei Jungen ihm gestellt hatte.

„Aber wie?“

„Das kann ganz unterschiedlich sein. Wir suchen nach Menschen, die, sagen wir, kreativ sind und deren Loyalität dem Reich gegenüber unbestritten ist.“

„Was können wir tun?“ fragte ein Junge, der höchstens sechzehn oder siebzehn war.

„Informationen sind immer nützlich.“

„Informationen? Was für Informationen?“

„Wenn ich dir das sagen muß, mein junger Freund, dann hast du keine große Zukunft in unserer Sache, fürchte ich.“

Die anderen hörten dem Gespräch aufmerksam zu. Einer der beiden, ein oder zwei Jahre älter als sein Freund, wußte genau, wovon der Gestapomann sprach.

„Er meint Informationen über die Leute hier", warf er ein. „Sie suchen Informanten – habe ich recht?" fügte er hinzu und schaute den jungen Gestapomann aus Berlin an.

„Du bist scharfsinniger als dein Freund."

„Sie meinen ... *Juden?*" fragte der Junge mit großen Augen.

„Doch nicht so laut, du Dummkopf!" flüsterte der Gestapomann ärgerlich. „Die Geheimhaltung ist unsere größte Waffe."

Ein gespanntes Schweigen folgte. Das Gelächter und die Musik vom anderen Ende der Schankstube drangen an ihr Ohr.

Der Besucher beugte sich vor, schaute die drei Jungen ernst und eindringlich an und sprach mit drohender Stimme kaum laut genug, daß sie es verstehen konnten.

„Ja, natürlich Juden", sagte er. „Die Identität dieser Verräter am Reich aufzudecken, ist immer unsere Absicht. Und wenn ihr uns solche Informationen über eure Mitbewohner bringt, wird das nicht unbeachtet bleiben."

„Aber wie sollen wir Sie benachrichtigen, wenn wir herausfinden, daß jemand ein Verräter ist?" fragte der eifrige Sechzehnjährige.

„Wir haben Mittel und Wege, Informationen weiterzugeben. Ich werde euch eine Telefonnummer hierlassen. Doch wir sind nicht nur auf der Suche nach Juden. Es gibt noch andere, sagen wir, Feinde des Reiches, die nicht so leicht zu erkennen sind."

„Was für Feinde?"

„Solche, die gegen unsere Sache sprechen – Christen zum Beispiel, oder solche, die englische, amerikanische oder russische Verwandte haben. Vor allem interessieren uns die Reichen und Mächtigen, die Aristokraten, die von alten und einflußreichen Familien abstammen. Mein Vorgesetzter beschäftigt sich besonders intensiv mit solchen Leuten, die möglicherweise gegen unsere Sache arbeiten könnten. Wir interessieren uns für *alles,* was die Loyalität dem Reich gegenüber in Frage stellt. ..."

Während der Mann sprach, hoben sich unmerklich Gustavs

Augenbrauen; er tat jedoch sein Bestes, sich nicht zu verraten. Seine Gedanken wanderten in viele Richtungen.

„... wir wollen gern über alles informiert werden, was unüblich oder ungewöhnlich ist", sagte der Besucher gerade. „Man kann nie wissen, was sich dahinter verbirgt, wenn man tiefer gräbt, deshalb sage ich euch: haltet Augen und Ohren offen – für alles. Und benachrichtigt mich, falls ihr der Meinung seid, etwas Bestimmtes könnte von Interesse für mich sein, habt ihr verstanden?"

Alle drei nickten.

„Ich möchte jetzt, daß ihr einer nach dem anderen aufsteht und nach Hause geht. Sprecht mit niemandem über unsere Unterhaltung, nicht einmal mit euren Eltern. Wenn ihr für mich arbeiten wollt, ist Geheimhaltung das Wichtigste überhaupt. Sollte ich herausfinden, daß ihr mir gegenüber unloyal gewesen seid, dann ... nun, ich bin sicher, mehr brauche ich nicht zu sagen."

Er schaute sie noch einmal an mit einem Blick, der nicht mißverstanden werden konnte, und nickte dann zuerst dem Sechzehnjährigen zu, der sich erhob und das Gasthaus verließ, gefolgt von dem nächsten, der einige Minuten später nach Hause ging.

Er selbst blieb noch eine Weile und unterhielt sich etwa eine halbe Stunde lang mit dem Ältesten der drei, den er auf Anweisung Korschs auf jeden Fall für sie gewinnen sollte. Er wollte sicher sein, daß der Bursche wußte, wie und wo er Kontakt zu ihm aufnehmen konnte, wenn er selbst morgen wieder nach Berlin zurückkehrte.

*

Eine Stunde später stieg Gustav in seinen Mercedes, den sein Vater ihm vor kurzem gekauft hatte. Nachdem der Gestapomann gegangen war, hatte er noch einige Bier und zwei oder drei Gläser Brandy getrunken. Es war schon spät. Seine Mutter würde schon schlafengegangen sein, und wenn er sich durch den Seiteneingang hineinschlich, würde sie ihn wahrscheinlich nicht hören. Sein Vater war nicht zu Hause.

In seiner Trunkenheit hatte er Schwierigkeiten, sich auf die Straße vor ihm zu konzentrieren.

Was würde seine Mutter sagen, falls sie doch noch auf war? Aber das war auch egal, dachte er. Oft war sie selbst in keinem besseren Zustand, das fette alte Weib. Allerdings wäre es ihm nicht recht, wenn Sabrina, diese eingebildete kleine Zimperliese, ihn so sehen würde ... das wäre das Ende!

Aber sie würde ihn nicht sehen ... sie konnte ihn nicht sehen ... aber er konnte *sie* sehen! Gustav kicherte in sich hinein und gratulierte sich zu seiner Schlauheit. Dieser Beobachtungsposten war wirklich Gold wert! *Sie wird eine gute Frau werden, diese kleine Hure ... eines Tages werde ich es ihr erzählen ... ich werde sie dorthin bringen.* Sie würde ihm gehören ... das ganze Tal, der Hügel, die Wälder und beide Gutshäuser ... *alles* würde ihm gehören! ... niemand würde dann mehr geringschätzig auf den kleinen Gustav herabsehen!

In die Träume von seiner Zukunft mischten sich vereinzelt die Worte des Besuchers aus Berlin ... *alles, was die Loyalität dem Reich gegenüber in Frage stellt ... Informationen ... Christen ... alles, was ungewöhnlich ist ... ruf mich an ...*

Er bog von der Straße ab auf den Weg, der zum Gut seines Vaters führte.

Aus den Augenwinkeln sah er irgend etwas in der Nacht, einen Lichtkegel ...

Gustav drehte sich um. Was hatten diese Lichter da hinten in den Feldern zu bedeuten?

Er drosselte die Geschwindigkeit und blinzelte, versuchte, etwas zu erkennen, doch ohne Erfolg.

Er fuhr weiter bis zum Haus, hielt an und stieg aus ... das waren Scheinwerfer! Die Scheinwerfer eines Wagens ... mehrerer Wagen ... in den Feldern des Barons ... was ging nur da drüben bei dem Baron vor sich? Warum fuhren zu so später Stunde so viele Wagen an einem so ungewöhnlichen Ort herum? Was war da los?

Der Baron war ihm schon immer verdächtig gewesen. Er

führte nichts Gutes im Schilde. Viele wirre Gedanken schossen Gustav durch sein benebeltes Gehirn. Die Lichter – sie hatten etwas zu bedeuten. Zu müde, um weiter zu grübeln, torkelte Gustav ins Haus, verwirrt von allem, was er gesehen und gehört hatte.

Die Gräfin war tatsächlich noch nicht zu Bett gegangen, doch die wenigen gemurmelten Worte ihres Sohnes interessierten sie weit mehr als sein stark nach Alkohol riechender Atem. Nach einer Weile stieg Gustav die Treppe zu seinem Zimmer hoch und ließ sich in seinen Kleidern aufs Bett fallen. Sekunden später war er fest eingeschlafen. Am folgenden Morgen erinnerte er sich an nichts mehr, außer daß er seltsame Lichter gesehen hatte und deswegen etwas unternehmen mußte.

34

Ein nachbarschaftlicher Besuch

Der Besuch ihrer Nachbarin traf die Baronin Marion von Dortmann vollkommen unvorbereitet.

„Hallo, Ingrid!“ rief sie zögernd. Sie brauchte eine Weile, um sich von dem Schrecken zu erholen. „Guten Morgen ... was ... das ist aber eine Überraschung!“

Frau von Schmundts Gesichtsausdruck und die Art, wie sie sich im Haus umsah, ließen darauf schließen, daß sie nicht nur gekommen war, um einen Morgenplausch zu halten.

„Wie ich höre, habt ihr Gäste, Marion“, sagte sie.

„Aber Ingrid ... wie kommst du denn darauf?“

„Mein Gustav erzählte, ihr hättet Gäste“, wiederholte die Gräfin bestimmt. „Ich dachte nur, ich könnte dir ein wenig zur Hand gehen.“ Der ärgerliche Ausdruck auf ihrem Gesicht verriet, daß sie wegen etwas ganz anderem gekommen war.

„Ich kann mir nicht vorstellen –“

Mit großer Erleichterung sah Marion ihren Mann um die Ecke kommen. Er trug seine Arbeitsstiefel und hatte die Hemdsärmel hochgekrempelt. In der Hand hielt er ein schwarzes, öliges Teil des Traktors, an dem Hans und er gearbeitet hatten. Sein Gesicht war schweißbedeckt, denn es war bereits recht warm, und sein Hemd und seine Hose waren schmutzig von der Arbeit.

„Sieh nur, wer gekommen ist, Schatz!“ rief sie, wobei sie versuchte, die Erleichterung zu unterdrücken, die sie bei seinem Anblick empfand. „Ingrid erzählt gerade, sie hätte gehört, daß wir Gäste haben“, fügte sie nervös hinzu.

Heinrich lachte. „Ich kann mir nicht vorstellen, wer so etwas aufgebracht hat“, entgegnete er. „Nein, nur die Familie ist hier. Aber es ist schön, Sie zu sehen, Ingrid! Kommen Sie doch herein und trinken Sie eine Tasse Kaffee mit uns!“

Der Baron legte das Maschinenteil auf den Boden, wischte sich seine Hände an der Hose ab und ging mit den beiden Frauen ins Wohnzimmer.

„Sag Carola doch, daß sie uns Kaffee bringt, Schatz“, forderte der Baron seine Frau auf. „Ingrid und ich werden uns derweil unterhalten.“

*

Während seine Mutter sich mit dem Baron und dessen Frau unterhielt, erwachte Gustav von Schmundt. Er lag in seiner vollständigen Kleidung auf dem Bett und fühlte sich noch schlechter, als er aussah. Er hatte schreckliche Kopfschmerzen.

Überaus vorsichtig schwang er die Beine über die Bettkante und probierte, ob er stehen konnte.

Sein Kopf explodierte fast, als er sich aufrichtete. Jetzt war er vollkommen wach. Wenn sein Gehirn auch noch nicht ganz funktionierte, seine Nerven taten es auf jeden Fall.

Er taumelte aus dem Zimmer und schaffte es irgendwie, nach unten zu kommen.

Die Küche war leer. Ein Dienstmädchen kam gerade herein, als er verwirrt dastand und sich umsah.

„Wo sind sie alle?“ fragte er. Unwillkürlich zuckte er von dem Schmerz zusammen, den der Klang seiner eigenen Stimme in seinem Kopf verursachte.

„Ihre Mutter ist ausgegangen, Herr Graf“, antwortete das Mädchen.

„Das sehe ich selbst“, fauchte er. „Wo ist sie?“

„Das weiß ich nicht, Herr Graf.“

„Dann bring mir Kaffee!“ befahl Gustav. „Und sieh zu, daß er stark ist.“

„Ja, Herr Graf.“

„Und zwar ein bißchen schnell, du dumme Kuh“, bellte Gustav. „Bring ihn mir auf die Terrasse.“

Das Mädchen verschwand. Eine solche Behandlung hätte ihr noch vor einen Jahr, kurz nachdem sie in die Dienste der von Schmundts getreten war, die Tränen in die Augen getrieben. Doch nun war sie daran gewöhnt und nahm es als selbstverständlich hin.

Eine halbe Stunde später, nachdem er die Fragmente seiner Erinnerung an die vergangene Nacht zusammengesetzt hatte, verließ Gustav das Haus. Sein Kopf schmerzte noch immer, doch die anderen Auswirkungen des Alkohols waren von dem schwarzen, starken Kaffee vertrieben worden, den sein Vater aus Frankreich importierte.

Er hoffte, der Gestapomann wäre noch nicht nach Berlin abgereist und würde sich vielleicht noch immer im Gasthaus aufhalten.

*

Gustavs Mutter suchte einen Weg, sich zu empfehlen. Sie hatte genug von Baron von Dortmanns lächerlichen Bemühungen, freundlich zu sein. Sie kannte ihn und glaubte nicht an die Ehrlichkeit seines Lächelns!

„Man sieht Ernst in letzter Zeit sehr selten, Ingrid", sagte Heinrich gerade. „Seine Geschäfte in Berlin müssen wichtig sein."

„Sehr wichtig, Baron", erwiderte die Gräfin.

„Zieht er in Betracht, einen Regierungsposten zu bekleiden? Ich habe gehört, daß man ihn darum gebeten hat."

„Sein Interesse gilt vorwiegend der Luftwaffe. Wie Sie wissen, war er im letzten Krieg Pilot."

„Ja, das wußte ich. Ein Posten unter Göring vielleicht?"

„Das müssen Sie ihn schon selbst fragen, Baron von Dortmann."

Sie stand abrupt auf. „Ich muß jetzt gehen", sagte sie. „Das heißt, Marion", fügte sie hinzu und wendete sich ihrer Freundin zu, die neben dem Baron saß, „falls du meine Hilfe bei deinen Besuchern nicht benötigst."

„Keine Besucher, Ingrid!" sagte Heinrich, erhob sich schnell und reichte ihr die Hand. „Außer Ihnen, natürlich!" fügte er lachend hinzu.

Marion erhob sich ebenfalls und stellte sich neben ihren Mann. „Vielen Dank, daß du gekommen bist, Ingrid", sagte sie ernst. „Das war sehr umsichtig von dir. Ich hoffe, du weißt, daß du hier immer willkommen bist."

Die Gräfin antwortete nicht darauf.

Der Baron begleitete sie aus dem Wohnzimmer durch den Flur bis zur Haustür. Als sie um die Ecke bogen, hasteten gerade zwei Männer die Treppe hinauf.

„Dann habt ihr also doch Gäste!" sagte die Gräfin mit Genugtuung, während sie ihnen nachsah.

„Nur Familie, Ingrid", sagte der Baron und ging weiter auf die Haustür zu.

„Unsinn, Baron."

„Das sind Brüder von mir, Ingrid."

Der Baron öffnete die Tür.

„Lügen Sie mich doch nicht an. Diese Männer sind Fremde. Ich habe noch keinen von ihnen vorher hier gesehen."

Auf einmal hatte die Gräfin es gar nicht mehr eilig, nach

Hause zu kommen. Der Baron jedoch ging langsam weiter auf ihren Wagen zu.

„Ich sage die Wahrheit, Ingrid: Diese Männer sind meine Brüder."

„Ich glaube Ihnen nicht."

„Das tut mir leid."

„Ich kenne Ihre Familie, Baron! Was glauben Sie denn, mit wem Sie es hier zu tun haben, mit einem Dummkopf?"

„Keineswegs, Ingrid", erwiderte Heinrich freundlich, öffnete die Wagentür und half der Gräfin hinein. „Nur diese beiden meiner Brüder haben Sie noch nie hier gesehen."

„Dann möchte ich sie kennenlernen."

„Im Augenblick paßt es nicht, Ingrid. Es tut mir leid. Hans wartet auf mich, wir müssen den Traktor wieder in Gang bringen."

„Wann würde es denn passen?" beharrte die Gräfin.

„Wir werden Sie anrufen."

Sie schaute ihn mißtrauisch an und startete den Motor.

Der Baron erwiderte lächelnd ihren Blick, winkte ihr noch nach und ging dann mit Marion zum Haus zurück.

Nachdem sie die Tür hinter sich geschlossen hatten, atmete er erleichtert auf.

„Was habe ich nur getan, Marion?" fragte er. „Habe ich gelogen, um die Bruderschaft zu schützen? Ich kann es nicht zulassen, daß ich genauso prinzipienlos werde wie die, die uns bedrohen!"

„Du hast nicht gelogen, Heinrich."

„Die Wahrheit ist für viele Menschen eine Grauzone, Marion", entgegnete der Baron traurig. „Schlimm wird es, wenn sie auch für mich eine Grauzone wird."

35
Hausdurchsuchung

Das laute Dröhnen von mehreren Motoren, die die Zufahrt entlanggebraust kamen, war kaum zu überhören. Staub und Steine aufwirbelnd rasten sie um das Pferd in der Mitte des Rondells herum. Als sie mit quietschenden Bremsen zum Stehen kamen, standen der Baron, seine Frau und die meisten Leute des Dienstpersonals bereits an der Tür und beobachteten das Schauspiel.

Eine Staubwolke zog hinter ihnen her. Vier Wagentüren öffneten sich fast gleichzeitig, während andere Männer von zwei Motorrädern mit Beiwagen sprangen. Innerhalb von wenigen Sekunden standen acht Braunhemden vor dem Haus, breitbeinig und die Gewehre im Anschlag.

Die beiden verantwortlichen Gestapomänner näherten sich nun dem Haus.

Mit ernstem Gesicht bedeutete der Baron Marion und dem Hauspersonal, zurückzubleiben. Er selbst ging den beiden entgegen.

„Ich bin Baron von Dortmann“, sagte er. „Was kann ich für die Herren tun?“

„Wir wissen sehr genau, wer Sie sind, Baron“, gab einer der Männer grob zurück. „Wir wollen Ihr Haus durchsuchen.“

„Mein Haus durchsuchen?“ wiederholte der Baron. „Weshalb, wenn ich fragen darf?“

„Sie dürfen nicht“, erwiderte der Gestapomann schnippisch. „Aber ich werde es Ihnen trotzdem sagen. Wir suchen Verräter am Reich.“

„Wir haben keine Verräter hier, das versichere ich Ihnen“, sagte der Baron, der sich nach Kräften bemühte, ruhig zu bleiben.

Der Mann lächelte böswillig. „Und“, höhnte er, „Sie erwarten, daß wir Ihnen das glauben? Sie haben wirklich Humor, Baron.“

„Ich sage Ihnen, es ist niemand hier. Wir sind nur eine Familie – eine Familie, die Landwirtschaft betreibt."

„Wir wissen alles über Ihre Familie, Baron von Dortmann", sagte er. Das Lächeln verschwand plötzlich aus seinem Gesicht. Statt dessen schaute er den Baron drohend an.

„Dann wissen Sie auch, daß wir keine Verräter sind."

„Ich weiß aber nicht, ob Sie nicht Verräter *beherbergen.*"

„Ich kann Ihnen versichern –"

Der Baron wurde unterbrochen von dem Mann, der seinen Leuten ein Zeichen gab und sagte: „Nun, Baron", sagte er, „Ihre Beteuerungen sind mir völlig egal. Ich werde es selbst herausfinden. Sind Juden hier?"

„Juden?"

„Sie haben richtig verstanden, Baron – Juden!"

Der Baron schluckte und holte tief Luft. Wenn diese herzlosen und minderbemittelten Leute seinen Haß hervorriefen, dann in einem Augenblick wie diesem.

„Nein, ich habe keine Juden unter meinen Angestellten", antwortete er, sehr darum bemüht, nicht die Fassung zu verlieren.

Der Mann schaute ihn eindringlich an, und der Baron gab seinen Blick zurück. Schließlich wendete sich der Gestapomann ab, dann nickte er den acht Männern von der Sturmtruppe zu.

Auf sein Zeichen hin stürmten sechs von ihnen auf das Haus zu, an Marion vorbei, während einer in den Garten und der achte zum Stall hinüber rannte. Sie waren gut vorbereitet und wußten genau, wo sie nachsehen mußten.

Der Baron und seine Leute folgten den sechs Männern ins Haus. Diese polterten gerade die Treppe hinauf und die Flure entlang. Das Erdgeschoß schien sie nicht zu interessieren. Die Informationen, die sie erhalten hatten, waren erstaunlich präzise. Sie wußten genau, wo sie suchen mußten.

Glücklicherweise waren alle Zimmer sofort gesäubert und die Betten abgezogen worden, nachdem die Brüder von Finkenwalde abgereist waren. Der Baron glaubte nicht, daß noch irgend etwas auf ihre Anwesenheit schließen ließ.

Marion klammerte sich an den Arm ihres Mannes und zitterte vor Furcht. Die Dienstboten beobachteten das gewaltsame Eindringen in ihr Zuhause mit stummem Entsetzen. Sie alle hatten schon viel gehört, doch noch niemand hatte bis zu diesem Augenblick die harte Realität erlebt.

„Papa, Papa!“ rief Sabrina, die auf einmal zum Haupteingang hereinplatzte. „Da ist ein Mann mit einem Gewehr im Garten und –“

Auf einmal erkannte sie, daß sie um mehr fürchten mußte als nur um die Pflanzen und blieb stocksteif stehen. Mit weitaufgerissenen Augen starrte sie ihren Vater an.

„Es ist in Ordnung, Liebes“, beruhigte sie der Baron. „Diese Männer suchen das Haus nur nach Verrätern ab. Sie werden nicht lange hierbleiben.“

Die beiden Gestapomänner folgten ihren Leuten die Treppen hinauf und verschwanden ebenfalls. Heinrich folgte ihnen vorsichtig. Von überall ertönten schroffe Befehle und erschreckende Laute.

Einige Minuten später kam einer der Männer, die das Gelände draußen untersuchten, hereingelaufen und polterte die Treppe hinauf. Er sprach kurz mit dem verantwortlichen Gestapomann, dann machte er kehrt und rannte wieder nach draußen.

Der Gestapomann kam langsam auf den Baron zu. „Mein Mann erzählt mir gerade, daß eine Ihrer Scheunen fast leer ist“, sagte er.

„Ja ...“, antwortete der Baron langsam. Er verstand nicht, was der Mann damit sagen wollte.

„Weshalb?“

„Meinen Sie, warum sie leer ist?“

„Genau das meine ich. Sie ist groß genug ... um, sagen wir, mehrere Autos zu verbergen.“

„Es ist eine Vorratsscheune. Wir bereiten sie auf die Kartoffelernte vor.“

Der Gestapomann überlegte eine Weile.

„Man sagte mir auch, man hätte frische Reifenspuren gefunden“, sagte er. „Hängt das auch mit den Kartoffeln zusammen, Baron?“ fragte er mit offensichtlichem Sarkasmus.

„In diese Scheune werden täglich Wagen hinein- und hinausgefahren. Es vergeht nicht ein Tag, an dem nicht ein Traktor oder ein Wagen oder sonst etwas über diesen Boden rollt."

„Und wo befinden sich diese Wagen jetzt, Baron?"

„Natürlich draußen auf dem Feld. Dies ist ein großes Gut. Tagtäglich sind viele Wagen draußen, die irgend etwas einfahren."

Diese spannungsgeladene Unterhaltung wurde plötzlich von dem Geräusch splitternden Glases unterbrochen.

Marion schrie leise auf und wollte in die Richtung laufen, aus der das Geräusch gekommen war. Doch der Baron hielt sie zurück mit einem Blick, der ausdrücken sollte: *Bleib ruhig, wir werden alles wieder in Ordnung bringen, wenn sie weg sind.*

„Beinhaltet Ihre Durchsuchung auch die Zerstörung privaten Eigentums?" fragte er laut.

Der Gestapomann lächelte böse und schaute dann nach oben, von wo seine Männer zurückkehrten. Alle schüttelten den Kopf. Er bedeutete ihnen, nach draußen zu gehen. Sie stiegen geräuschvoll die Treppe hinunter und verließen das Haus.

„Um Ihre Frage zu beantworten, Baron", sagte der Verantwortliche, der sich mit seinem Assistenten langsam anschickte, die Treppe hinunterzusteigen, „es gibt kein Privateigentum. Alles gehört dem Reich. Ich schlage vor, Sie merken sich das. Und was den Lärm betrifft, den Sie vor wenigen Augenblicken gehört haben, meine Männer sind manchmal etwas ungeschickt. Lassen Sie es sich als Erinnerung an unseren Besuch dienen."

„Den werde ich wohl kaum vergessen", erwiderte der Baron, der bei sich dachte, wie wenig es gebracht hatte, daß sie den zweiten Stock benutzt hatten. Falls er noch einmal jemanden beherbergen müßte, würde er bessere Vorkehrungen treffen.

„Achten Sie darauf, daß Sie es nicht vergessen. Und falls Sie noch einmal Verräter beherbergen sollten, Baron, werden wir sie finden. Dann wird mehr zu Bruch gehen als ein paar Trinkgefäße und Lampen, da können Sie sicher sein. Glauben Sie mir – dann wird es Ihnen allen schlecht ergehen. Heil Hitler!"

Der Mann drehte sich um und war verschwunden.

Sekunden später heulten die Motoren der beiden Wagen und Motorräder auf, als die Gestapomänner und ihr Sturmtrupp die Auffahrt entlangrasten.

36
Briefwechsel

Liebe Sabrina,
Endlich bin ich den Gips los, und ich fühle mich wieder wie ein normaler Mensch. Mein Bein ist wie neu, und wahrscheinlich werden keine bleibenden Schäden zurückbleiben, genau wie dein Vater gesagt hat. Doch ich glaube nicht, daß ich mich in absehbarer Zeit noch einmal in die Nähe eines Eurer temperamentvollen Trakehner wage, so schön sie auch sind!
Dein letzter Brief hat mir viel zum Nachdenken gegeben. Ich denke, er war tatsächlich eine Antwort auf meine Frage – noch dazu eine gute –, aber eine Art von Antwort, die immer umfangreicher wird, je länger man darüber nachdenkt. Sie ist wie Dein geliebtes Lebenshaus – man würde niemals für möglich halten, wie viel dahintersteckt.
Wenn ich darüber nachdenke, daß Gott uns gestattet, unsere eigenen Entscheidungen zu treffen, dann fühle ich mich wichtig, aber, um ehrlich zu sein, ein wenig fürchte ich mich auch. Wichtig, weil Gott mir gestattet, selbst zu entscheiden, was ich sein und tun will. Und ängstlich, denn wenn Gott mir wirklich gestattet, meine eigenen Entscheidungen zu treffen, dann ist das eine große Verantwortung.

Liebe Grüße
Matthew

Lieber Matthew!
Ich bin so froh, daß Du geschrieben hast und daß Du Deinen Gips nun endlich los bist. Er muß sehr lästig gewesen sein. Was hast du gegen den Juckreiz getan?
Wir haben eine aufregende Zeit hinter uns, doch Papa sagt, ich soll nicht darüber sprechen aus Gründen, die ich ebenfalls nicht schreiben darf. Ich kann nur sagen, wir hatten Besuch von der Gestapo – ja, ganz richtig, hier im Lebenshaus! Sie haben überall herumgeschnüffelt und Sachen zerbrochen und waren einfach schrecklich zu Papa. Wahrscheinlich sollte ich das alles nicht schreiben, aber es ist mir egal – sie waren so gemein!
Zwar ist nichts dabei herausgekommen, doch noch eine ganze Weile danach war Papa so ernst und hat immer wieder gesagt: „Was wird nur aus unserem Heimatland werden? Was wird nur aus Deutschland werden?" Er sagt, es sei keine gute Zeit, und es würde auch nicht besser werden. Was meint Dein Vater, Matthew? Seid ihr in Gefahr in Berlin? Manchmal hören wir, daß schreckliche Dinge in der Stadt passieren.
Doch ich habe auch noch eine gute Nachricht! Anfang nächsten Jahres werde ich das Gymnasium beendet haben. Papa und Mama haben immer darüber gesprochen, daß sie mich nach Oxford schikken wollen, um dort Literatur zu studieren, wenn ich will. Dann bin ich schon siebzehn, doch nun, wo es diese Uneinigkeit zwischen unserem Herrn Hitler und Mr. Chamberlain gibt, ist Papa der Meinung, daß ich besser nicht gehen sollte, bis wir sehen, wie sich alles entwickelt. Mir ist sowieso nicht wohl zumute bei dem Gedanken, so weit von zu Hause fortzugehen, deshalb bin ich gar nicht einmal so traurig über diese Entscheidung.
Und nun gehe ich für fünf Monate in die Schweiz! Ist das nicht aufregend? Das einzig Dumme ist nur, daß mein Onkel Otto, als er davon hörte, Vorbereitungen getroffen hat, daß Brigitte mit mir fährt!

Viele Grüße
Sabrina

Liebe Sabrina,
Welch großartige Neuigkeit, daß Du in die Schweiz fährst! Ich bin sicher, Du wirst die fünf Monate, die Du mit deiner Kusine zusammen bist, überleben.
Das Leben hier verläuft normal. Ich verbringe meine Zeit mit Schule und Lernen. Zeitweise gehe ich in eine Schule für Amerikaner, und ich habe auch einen Tutor. Ich fürchte, Deine Begeisterung für die englische Literatur kann ich nicht teilen. Viel lieber würde ich Kriminalromane lesen als „Jane Eyre" und „Moby Dick". (Diese beiden Romane muß ich in diesem Jahr lesen und Arbeiten darüber schreiben.) Zwar sind sie in meiner Muttersprache geschrieben, doch ich bin sicher, du würdest sie besser verstehen als ich. Unser Lehrer spricht andauernd von Symbolismus und Themen, doch für mich macht das alles keinen Sinn. Da ziehe ich Mathematik und naturwissenschaftliche Fächer schon vor.
Mein Vater ist im Augenblick sehr beschäftigt. Die politische Situation ist ausgesprochen angespannt. In unserer Botschaft balancieren sie ununterbrochen auf einem Drahtseil, weil sie versuchen müssen, mit allem, was sie tun und sagen, neutral zu bleiben.
Um ehrlich zu sein, ich habe mehr über das nachgedacht, was wir bei unserem letzten Besuch bei euch besprochen haben als über die politische Situation. Du stellst Fragen darüber, wie es meinem Bein geht und wie es in Berlin aussieht. Ich habe viele Fragen über Gott. An ihn zu denken, so wie Dein Vater es beschrieben hat, hat meine Sichtweise von vielen Dingen verändert.

Matthew McCallum

*

Lieber Matthew!
Der Winter steht vor der Tür. Der Herbst ist eine Jahreszeit, in der sich so vieles verändert. Zuerst ist es noch warm und friedlich, dann werden die Blätter gelb und fallen von den Bäumen, und schließlich beginnt es zu hageln und zu schneien.
Ich liebe den Herbst, doch er bringt immer eine gewisse Traurigkeit mit sich. Ich weiß zwar, daß alles, was lebt seinen Schlaf

braucht. Schlaf und Ruhephasen scheinen für die gesamte Schöpfung Gottes sehr wichtig zu sein. Doch irgendwie werde ich immer traurig, wenn ich sehe, wie Papa seinen Garten für den Winterschlaf zurechtmacht. Die ganze Woche über hat er die Bäume und Hecken beschnitten, um sie für ihren langen Schlaf vorzubereiten. Er liebt sie so sehr und versorgt sie so gut, als wären sie seine eigenen Kinder (was sie vermutlich auch sind). Besonders sorgsam beschneidet er seine Rosensträucher. Einige von ihnen blühen noch, und er freut sich über jede Blüte, die er findet. Einige Büsche läßt er unbeschnitten, nur um zu sehen, ob sie im Winter noch Blüten tragen. Er sagt, es gäbe immer Überraschungen, und selbst im kältesten Winter sieht er nach ihnen.
Als ich vor einigen Tagen allein im Garten war, ist etwas Merkwürdiges passiert! Du weißt ja, wie sehr ich den Garten liebe, doch diesmal fühlte ich mich irgendwie unbehaglich. Es war fast so, als würde ich beobachtet. Ich hatte das Gefühl, als sei noch jemand im Garten, mir so nah, daß ich seine Gegenwart spüren konnte. Ich schaute mich um, konnte aber niemanden entdecken. Je länger ich dort saß, desto ängstlicher wurde ich, und schließlich rannte ich zum Haus zurück. Hast du so etwas auch schon einmal erlebt, Matthew? Zwei Tage lang mochte ich nicht mehr in den Garten gehen!
Aber das ist nun zum Glück vorbei, und ich freue mich genau wie immer an den Herbstfarben.
Gott segne Dich!

Sabrina

*

Liebe Sabrina,
Es tut mir leid, daß ich erst jetzt zurückschreibe. Doch das Lernen hat mich ziemlich in Anspuch genommen, und die Arbeit meines Vater in der Botschaft nimmt auch ständig zu. Täglich lernt er neue Leute kennen und muß sich immer mehr wichtige Namen merken. Ich nehme an, in gewisser Weise ist das auch aufregend, doch die Abendeinladungen sind so langweilig, und ich sehne mich nach einer Unterhaltung mit Dir und Deinem Vater im Garten.

Dein Erlebnis im Garten ist in der Tat ungewöhnlich, doch ich freue mich für Dich, daß Du dieses Unbehagen überwunden hast. Wahrscheinlich fühlen sich bei der heutigen Weltsituation viele Menschen unbehaglich. Es hat den Anschein, als würde jeder den anderen beobachten, um zu sehen, was passiert.
Mein Vater und ich werden zum Erntedankfest und über Weihnachten in die Vereinigten Staaten reisen. Wir fahren in acht Tagen ab. Die Ferien werden wir mit meinen Cousins, Tanten und Onkeln verbringen. Mein Vater hat einen Bruder und zwei Schwestern, und alle kommen über Weihnachten zu meinen Großeltern nach Montana. Zwar haben wir dort immer noch ein Haus, doch es ist vermietet, deshalb wohnen wir während der Zeit unseres Aufenthaltes bei Verwandten. Ich werde auch meine Oma mütterlicherseits besuchen. Sie lebt in Philadelphia.
Ich wünschte, ich könnte Dich noch einmal sehen, bevor wir fahren, doch mein Vater hat noch so viele Verpflichtungen, und auch ich habe noch viel für die Schule zu tun, weil ich so lange fort sein werde. Vielleicht klappt es, wenn ich zurückkomme. Wann fährst Du eigentlich in die Schweiz? Wir werden am 11. Januar zurück sein.

Matthew

*

Lieber Matthew!
Ich fürchte, wir werden uns nicht mehr sehen, wenn Du nach Deutschland zurückkommst – nicht so bald zumindest. Ich werde dann nämlich schon in der Schweiz sein! Ich hoffe, Du bekommst diese Karte noch, denn ich schicke sie an Deine Adresse in Berlin.
Ich freue mich für Dich, daß Du zu Besuch in die Vereinigten Staaten fährst. Ich würde Dein Land irgendwann gern einmal sehen. Papa und Mama haben darüber gesprochen, daß wir als Familie einmal nach England reisen wollen. Aber so, wie es im Augenblick aussieht, wird das wohl noch lange dauern.
Diesmal schreibe ich nur kurz. Aber ich wollte Dir nur sagen, daß ich hoffe und bete, daß Gott dieses Weihnachten für Dich und Deinen Vater zu einem besonderen Fest werden läßt.

Und ich wünsche Dir einen wunderschönen Aufenthalt in den Vereinigten Staaten!

Es grüßt dich
Sabrina

*

Liebe Sabrina!
Deine Weihnachtskarte wurde mir nach Montana nachgeschickt. Ich bin froh, daß die Post immer noch durchkommt. Mein Vater macht sich Gedanken darum, wie es wohl sein wird, wenn wir nach Berlin zurückkehren.
Im Augenblick sind wir damit beschäftigt, Freunde und Verwandte zu besuchen. Das Beste hier ist der Tannenwald direkt vor der Stadt. Erinnerst Du Dich noch an das, was ich Dir von den Wäldern Montanas erzählt habe? Hier bin ich aufgewachsen, und diese Wälder und ich sind alte Freunde. Meine Mutter und ich lebten hier, als ich noch klein war. Und hier ging ich auch zur Schule. Mein Vater ist immer viel herumgereist, und wenn ich Ferien hatte, begleiteten wir ihn.
Hier ist jetzt Winter, und es liegt sehr viel Schnee, deshalb haben ein guter Freund von mir und ich uns heute morgen Skier angeschnallt und Langlauf gemacht. Wir waren ungefähr drei oder vier Stunden unterwegs, und danach war ich ziemlich erschöpft. Meinem Bein geht es übrigens gut.
Meine Erinnerungen an diesen Ort sind schön, außer natürlich, daß meine Mutter hier gestorben ist. Aber das geschah so plötzlich und unerwartet, daß die guten Erinnerungen bestehen blieben.
Anders ist es, glaube ich, für meinen Vater. Er fühlt sich schuldig, daß er so viel unterwegs war, und eine Rückkehr hierher erinnert ihn immer an sie. Ich glaube, meine Eltern haben sich sehr nahe gestanden, so wie Deine. Mein Vater vermißt sie sehr, und ganz besonders, wenn er hier ist. Wenn ich ihn so niedergeschlagen sehe, fällt mir das Gespräch mit Deinem Vater über Gott ein. Ich frage mich unwillkürlich, warum Gott, wenn er so ein liebender Gott ist, meinen Vater so traurig sein läßt. Ich kann nicht ver-

stehen, was der Tod meiner Mutter und die Traurigkeit meines Vaters zu tun hat mit dem, was Du in Deinem Brief über den freien Willen und all das geschrieben hast. Aber ich schätze, man kann eine Menge Fragen stellen, und im Endeffekt läuft doch alles darauf hinaus, ob man daran glaubt, daß Gott gut ist oder nicht – egal ob man das nun versteht oder nicht. Ich glaube, ich bin dabei zu lernen, daran zu glauben. Zumindest hoffe ich das!
Ende der Woche fährt mein Vater nach Washington D.C. zurück. Ich werde bis zum Ende der Ferien bei meinen Großeltern bleiben. Einige meiner Schulkameraden und ich haben geplant, auf Schneeschuhen einen Jagdausflug zu machen. Wenn die Schule wieder anfängt, werde ich zu meinem Vater nach Washington fahren. (Dort werde ich aber nicht die Schule besuchen, weil wir ja bald nach Berlin zurückkehren.) Außerdem muß ich noch zwei Bücher lesen und eine umfangreiche Arbeit schreiben.
Nächsten Juni werde ich die Schule beendet haben und eine Universität besuchen können. Dad und ich haben darüber gesprochen, wo ich hingehen und was ich studieren könnte, doch wir haben noch keine Entscheidung getroffen. Ich weiß nicht einmal, was ich studieren möchte. Vielleicht Politik …
Im Augenblick möchte ich eigentlich am liebsten bei meinem Vater bleiben und hingehen, wo er hingeht. Falls er in Deutschland bleiben sollte, werde ich versuchen, dort zu studieren, obwohl er ja nie genau weiß, ob er nicht auf einmal versetzt wird. Ich denke, wir sind in den vergangenen Jahren recht gute Freunde geworden, und keiner von uns ist erpicht darauf, daß wir uns für neun Monate im Jahr voneinander trennen.
Was Dein Vater mir erzählt hat, daß Gott wie ein Vater zu uns ist, ergibt für mich mehr und mehr Sinn. Manchmal bin ich ziemlich eigensinnig, und mein Dad muß dann sehr energisch sein. Hinterher tut es mir meistens sehr leid. Doch eigentlich möchte ich tun, was er sagt und bei ihm sein. Er hat immer so viel Verständnis und ist bereit zu verzeihen. Wenn Gott so ist, dann ist er ein Gott, an den ich glauben könnte.

Viele Grüße
Matthew

37
Zwei Freunde und schwierige Fragen

Nachdem sie das *Lebenshaus* verlassen hatten, trennten sich Bonhoeffer und seine kleine Gruppe. Einige kehrten nach Hause zurück, und andere versuchten, woanders unterzukommen, bis ein neues Seminar eingerichtet werden konnte.

Während Baron von Dortmann und seine Männer mit der Kartoffel- und Zuckerrübenernte beschäftigt waren, während Marion und die anderen Hausangestellten den häßlichen Zwischenfall mit der Gestapo zu vergessen suchten und während die Tochter des Barons und der Sohn des stellvertretenden amerikanischen Botschafters Briefe austauschten, war die Gestapo fleißig. Ganz offensichtlich heftete sich die Gestapo doch fester an die Fersen der ehemaligen Angehörigen des Seminars in Finkenwalde, als Bonhoeffer klar gewesen war. Im November wurden einige der Seminaristen verhaftet. Bonhoeffer blieb verschont. Im selben Monat wurde sein Buch über das Wesen der Jüngerschaft mit dem Titel *Nachfolge* veröffentlicht. Im darauffolgenden Monat gründete er zwei „Gemeinschaftspastorate" nordöstlich des von Dortmannschen Gutes in den kleinen Dörfern Köslin und Groß-Schlönwitz, in denen er hoffte, junge Geistliche weiter ausbilden zu können. Eine Zeitlang schienen diese getarnten Seminare den Augen der Gestapo zu entgehen.

Erst im Februar des folgenden Jahres sah von Dortmann Bonhoeffer wieder.

Ohne Vorwarnung kam er an einem stürmischen Tag vorgefahren, offensichtlich bei bester Gesundheit, doch niedergedrückt durch irgendeine Last.

„Es ist schön, dich wiederzusehen, mein Freund", sagte er, nachdem der Baron und er sich begrüßt hatten. „Wir vermissen dich bei unseren Veranstaltungen."

„Wenn ihr euch fest niedergelassen habt, werde ich euch, soweit es meine Zeit erlaubt, wieder besuchen."

„Ich fürchte, es wird keine Gemeinschaft mehr geben, Heinrich. Wir sind kaum mehr als ein bewegliches Seminar, das jederzeit bereit ist zu fliehen. Die friedlichen Tage von Finkenwalde sind für immer vorbei. Wir sind der Gestapo immer nur einen Schritt voraus. Hast du von den Verhaftungen gehört?"

„Ja. Wie bist du ihnen entkommen?"

„Durch die Gnade Gottes und dadurch, daß ich nicht da war, wo sie mich vermuteten."

„Ich bin froh, daß du in Sicherheit bist", sagte der Baron. „Aber komm doch herein. Warum stehen wir hier in der Kälte? Ich werde schnell Marion Bescheid sagen. Sie wird sich freuen, daß du hier bist. Dann trinken wir zusammen Tee. Soll dir Carola etwas zu essen bringen? Bist du hungrig?"

„Wunderbar. Ja, ich glaube, ich habe wirklich Hunger. Es ist schön, wieder unter Freunden zu sein."

„Wie lange kannst du bleiben?" fragte der Baron, schloß die Tür und führte seinen Gast in den angrenzenden Salon.

„Leider nicht so sehr lange. Es gibt einiges, das ich allein mit dir besprechen muß. Dann muß ich wieder fahren."

Von Dortmanns Stirn umwölkte sich.

„Ich werde Marion holen", meinte er nach einer kurzen Pause. „Wir wollen uns erst ein wenig erfrischen. Dann können wir hoch in mein Arbeitszimmer gehen und miteinander reden. Ich stehe ganz zu deiner Verfügung."

*

Eine Stunde später saßen die beiden Männer in dem Arbeitszimmer des Barons im ersten Stockwerk. Ein großes Fenster ging nach Westen hin; die leeren Felder erstreckten sich zu allen Seiten, einige lagen brach, auf den anderen wuchs das Wintergetreide heran. Hier und da fiel eine Schneeflocke vom Himmel, doch der richtige Schneefall hatte noch nicht eingesetzt.

„Vielleicht sind wir noch vor morgen früh eingeschneit, Dietrich", sagte der Baron, der am Fenster stand und auf sein

Land hinaussah. „Vielleicht mußt du doch etwas länger hierbleiben."

„Dann muß ich so schnell wie möglich los."

„Wohin willst du?"

„Zu meiner Schwester nach Göttingen."

„Das ist eine lange Strecke. Du kannst gern über Nacht hierbleiben."

„Nein, nein, das geht wirklich nicht", erwiderte Bonhoeffer eindringlich.

„Übernachtest du in Berlin?"

Überrascht sah Dietrich ihn an.

„Hast du es noch nicht gehört?"

„Was gehört?"

„Ich dachte, ich hätte dich angerufen. Vielleicht hatte ich das aber auch nur vor – es war so hektisch."

„Ob ich was gehört habe, Dietrich?" fragte der Baron mit ernster Stimme. Er setzte sich seinem Freund gegenüber.

„Letzten Monat wurde ich aus der Stadt gewiesen."

„Von wem?"

„Von wem schon? Von der Gestapo. Ich habe mein ganzes Leben lang dort gewohnt, doch mir wurde untersagt, weiterhin dort zu leben oder zu arbeiten." Die Traurigkeit in seinem Tonfall war nicht zu überhören.

„Und wo wohnst du seither?"

„Östlich von hier, in Groß-Schlönwitz."

„Und jetzt fährst du nach Göttingen. Was willst du dort?"

„Zum einen, denke ich, werde ich dort in Sicherheit sein. Zumindest eine Zeitlang. Und mein Dortsein wird die Arbeit hier nicht in Gefahr bringen. Göttingen ist weit vom Machtzentrum Berlin entfernt. Vielleicht vergessen die Nazis mich."

„Wie sehen deine Pläne aus?"

„Ich werde über die Erfahrungen, die wir in Finkenwalde gemacht haben, und über die christliche Gemeinschaft ein Buch schreiben. Ich werde es *Gemeinsames Leben* nennen. Das ist ein wichtiges Werk, das ich beenden muß. Danach, ich weiß es nicht ..."

Sein Gesicht verdüsterte sich.

„Du sagst mir nicht alles", meinte Baron von Dortmann.

„Vielleicht war es falsch, herzukommen", sagte Bonhoeffer und erhob sich. Dann machte er einen Schritt auf die Tür zu. „Es ist nicht nötig, dich in Gefahr zu bringen durch ..."

„Dietrich, Dietrich", unterbrach ihn der Baron, erhob sich und legte dem Freund eine Hand auf die Schulter. „Wir beide kennen uns doch nun schon so lange."

„Ich habe kein Recht, dich in meine Schwierigkeiten mit hineinzuziehen."

„Was sagst du da? Du schreibst ein Buch über Gemeinschaft und hältst gleichzeitig deine Gedanken vor mir zurück? Was bedeutet Gemeinschaft denn, mein Freund, wenn nicht, die Last des anderen mitzutragen?"

Bonhoeffer setzte sich seufzend wieder hin.

„Es tut mir leid", sagte er. „Ich wollte dich nur schützen vor ..." Wieder brach er ab.

„Wovor, mein Freund?" drängte der Baron ihn. „Du brauchst um mich keine Angst zu haben. Unser Vater wird uns beide in seiner Hand halten."

„Vielleicht habe ich auch nur um mich selbst Angst", seufzte Bonhoeffer. „Nicht um das, was die Nazis mir antun könnten, sondern was sie aus mir machen könnten."

„Ich verstehe dich nicht."

„Ach, Heinrich, es sind gefährliche Zeiten. Die Nacht bricht über unser geliebtes Land herein. Und ich fürchte, auch über die Kirche und ... Gott helfe mir – ich kann einfach nicht untätig dabeisitzen und zusehen."

„Du hast nie schweigend zugesehen, Dietrich. Du warst immer derjenige, der sich am lautesten gegen das Nazi-Regime ausgesprochen hat."

„Gesprochen, ja. Das habe ich. Doch die Zeit ist gekommen, daß drastischere Maßnahmen ergriffen werden müssen. Schwierige Entscheidungen müssen getroffen werden. Darum zögerte ich. Ich wollte dich nicht in eine Entscheidung hineinziehen, die ich mit meinem eigenen Gewissen abmachen muß."

„Was für eine Entscheidung? Was für drastischere Maßnahmen?“ fragte der Baron sachlich.

Es wurde totenstill im Raum. Ohne es auszusprechen, waren sich beide Männer bewußt, wie wichtig dieser Augenblick für ihre Freundschaft und ihr zukünftiges Leben war.

Bonhoeffer brach das Schweigen.

„Ich habe Kontakt zum Widerstand aufgenommen, Heinrich“, sagte er.

„Du meinst die Leute, die das Ziel haben, Hitler zu stürzen?“

„Ja – Admiral Wilhelm Canaris.“

„Aber sie ... das ist doch eine rein politische Bewegung, nicht wahr? Vertreten sie nicht die Ansicht, auch Gewalt sei gerechtfertigt, falls erforderlich, um eine Regierung zu stürzen?“

Bonhoeffer nickte.

„Was meinst du denn damit, du hättest Kontakt zu ihnen aufgenommen?“

„Ich überlege, ob ich mich der Bewegung anschließe, Heinrich, und ihnen meine Hilfe anbiete.“

Nun war es der Baron, der seufzte. Er lehnte sich auf seinem gepolsterten Stuhl zurück und dachte über die Worte seines Freundes nach. Wieder herrschte Schweigen im Raum.

„Jetzt verstehe ich, warum die Entscheidung so schwer auf dir lastet“, meinte der Baron schließlich.

„Begreifst du, warum ich mit dir darüber sprechen wollte?“

Der Baron nickte.

„Ich habe lange darüber nachgedacht“, fuhr Dietrich fort. „Jahrelang habe ich im Gebet um Klarheit gerungen über die Frage, wie wir als Christen auf das Böse reagieren sollten, das von den Nazis ausgeht. Ich habe immer noch keine Antwort darauf gefunden. Ich hatte gerade vor, nach Indien zu reisen, um Gandhi zu besuchen und mich mit dem Pazifismus auseinanderzusetzen, als ich gebeten wurde, die Leitung des Seminars zu übernehmen. Allein der Gedanke an eine eventuelle Gewaltanwendung ist schrecklich für mich. Doch wie die Nazis mit den Juden umgehen, ist so grauenvoll, daß ich der Meinung bin, dem müsse ein Ende gesetzt werden. Wie reagiert ein christlicher Pazifist auf einen Menschen wie Adolf Hitler?"

„Ich weiß es nicht, Dietrich. Ich weiß es nicht."

„Wir können doch nicht untätig zusehen."

„Wie ich schon sagte, du warst keineswegs untätig."

„Und doch wird es immer dunkler, umgibt uns die Nacht mit immer größerer Intensität. Müssen wir nicht *mehr* tun?"

„Meine Gebete haben mich in dieselbe Überlegung geführt."

„Ich meine, die Zeit sei gekommen, wo sich die Wege gabeln. Schicksalhafte Zeiten und schicksalhafte Entscheidungen liegen vor uns ... vielleicht sogar gefährliche Entscheidungen."

„Was hast du mit der Weggabelung gemeint?"

„Einige meiner Kollegen in der Kirche haben ihre Entscheidung schon vor Jahren getroffen. Sie haben sich angepaßt, haben eine Religion akzeptiert, die vom Reichstag und nicht von der Bibel vorgeschrieben wird. Sie haben den einen Weg beschritten. Werden wir widerstehen? Werden wir passiven Widerstand leisten? Denjenigen von uns, die Juden in ihrer Verwandtschaft haben, wird die Antwort nicht leichtgemacht werden."

„Du ... in deiner Familie?"

„Mein Schwager ist Jude", erwiderte Bonhoeffer.

„Was werden sie tun?" fragte von Dortmann voller Anteilnahme.

„Das ist auch ein Grund, warum ich nach Göttingen reise. Ich will sehen, daß ich ihn, meine Schwester Sabine und ihre beiden Töchter so schnell wie möglich aus Deutschland heraus in die Schweiz bringen kann."

Baron von Dortmann nickte. „Ich verstehe ... ja, du hast recht. Die Gefahr ist groß."

„Schon sehr bald wird es strafbar sein, Juden – in welcher Art auch immer – zu helfen."

Der Baron nickte. „Das werde auch ich eines Tages tun müssen", sagte er. „Ich habe auch schon darüber nachgedacht. Es leben so viele Juden hier. Ich habe viele Freunde und kann keinesfalls dabeistehen und tatenlos zusehen, wie sie ins Gefängnis gezerrt werden."

„Gefängnis – und Schlimmeres", fügte Bonhoeffer hinzu.

Wieder nickte der Baron. Beide Männer dachten über die persönlichen Konsequenzen nach, die für sie beide aus dem, was sie gerade besprachen, entstehen konnten.

„Könntest du in Betracht ziehen, dich ebenfalls dem Widerstand anzuschließen?" fragte Bonhoeffer nach einiger Zeit.

Der Baron antwortete nicht sofort.

„Du meinst, mit dir zusammen?" fragte er schließlich.

Bonhoeffer nickte. „In gewisser Weise stehst du den einflußreichen Leuten in der Regierung näher als ich. Der Name deiner Familie, deine Kontakte – du könntest viel bewirken zum Wohle unseres Landes."

Der Baron registrierte zwar die Worte seines Freundes, antwortete aber nicht. Er dachte eine Weile nach, erhob sich langsam, schlenderte zum Fenster hinüber und blickte hinaus. Vereinzelt fielen Schneeflocken vom Himmel.

Als er schließlich das Wort ergriff, zeigte sein Tonfall, daß er sich schon lange vor diesem Tag mit der ihm gestellten Frage beschäftigt hatte.

„Ich glaube, jeder, der ein Gewissen und auch nur ein Fünkchen Mut besitzt, wird sich diese Frage in den vergangenen Jahren mehrmals gestellt haben", seufzte er, als er sich umdrehte und langsam durch den Raum schritt. „Wer darüber bisher noch nicht nachgedacht hat, ist entweder blind oder verrückt, oder er hat kein Rückgrat. Ich behaupte nicht, Dietrich, daß ich besonders mutig wäre, doch ich bete zu unserem himmlischen Vater, daß er mir Mut schenken wird, wenn ich in eine Situation komme, in der ich ihn brauche. Ja, ich habe über diese Frage viele Male nachgedacht und darüber gebetet – wie du es ganz sicher auch getan hast."

„Und zu welcher Antwort bist du gekommen?"

„Noch zu keiner abschließenden, fürchte ich. Ich bete immer noch darum. Und während ich das tue, habe ich das Beispiel Jesu vor Augen, das sich meiner Meinung nach nicht mit solchem politischen Einmischen in Einklang bringen läßt. Das ist aber meine persönliche Sichtweise, die nicht gleichzeitig für dich oder irgend jemanden sonst gelten muß. Mein Gewissen beschränkt sich nur auf mein eigenes Leben und nicht auf das anderer."

„Ich verstehe dich."

„Ich sehe", fuhr der Baron fort, „daß unser Vater im Himmel uns ganz verschiedene Wege führt, Dietrich. Du stehst in der Öffentlichkeit, ich nicht. Du bekleidest ein kirchliches Amt, während meine Herde hier im *Lebenshaus* ist. Ich habe eine Familie, und der muß meine erste Sorge gelten."

Er machte eine Pause.

„Um deine Frage zu beantworten", fuhr er nach einer Weile fort, „ich bezweifle, daß ich mich dem Widerstand anschließen könnte. Ich sage nicht, daß es für einen Christen falsch ist. Das kann ich gar nicht sagen, denn ich weiß, daß du sehr viel über dieser Entscheidung gebetet hast. Doch für mich ist es nicht das Richtige, es ist, glaube ich, nicht Gottes Weg für mich."

„Was siehst du als seinen Weg für dich an in dieser schwierigen Zeit, Heinrich?" fragte Bonhoeffer.

„Ich sehe im Augenblick nur Dunkelheit, aber ich spüre, daß hier eine Aufgabe auf mich wartet. Allerdings glaube ich nicht, daß diese Aufgabe von politischer oder nationaler Bedeutung sein wird wie vielleicht deine Mitarbeit im Widerstand. Zumindest für den Augenblick ist meine Berufung, so denke ich, die Arbeit im Stillen. Ich habe das Gefühl, Gott möchte von mir, daß ich zu den Menschen inmitten dieser Dunkelheit spreche, anstatt zu versuchen, diese Dunkelheit zu beseitigen. Ich werde auch weiterhin unser Haus all denen zur Verfügung stellen, die Schutz suchen."

„Das könnte auch sehr gefährlich werden."

„In Gefahr sind wir alle", entgegnete der Baron. Er erzählte nichts von dem Besuch der Gestapo vor einigen Monaten. „Unsere Berufung ist nicht, der Gefahr aus dem Weg zu gehen, sondern unsere Aufgabe inmitten der Gefahr zu finden. Vielleicht werde ich das tun, was auch du für deine Schwester zu tun hoffst, obwohl ich nicht weiß, wie ein Fluchtnetz aussehen könnte."

„Es gibt schon einige, die darüber im Gespräch sind", fügte Bonhoeffer hinzu.

„Ich stehe in Kontakt mit einigen Leuten", sagte der Baron. „Vielleicht könnte das *Lebenshaus* anderen Menschen Leben, Zuflucht und Zurückgezogenheit bieten in einer Form, die wir vorher noch nie bedacht haben. Gottes Willen zu erfüllen, so wie er ihn mir offenbart, ist mein vordringlichster Wunsch."

„Und meiner!" entgegnete Bonhoeffer. „Wir sollten keine anderen Ziele verfolgen."

„Möge Gott uns helfen, seinen Willen zu erkennen."

„Amen!"

Im Einklang miteinander begannen die beiden Freunde zusammen zu beten. Sie befahlen ihren Weg ihrem himmlischen Vater an und beteten dann für den jeweils anderen.

Als sie ihre Augen öffneten, waren ihre Gesichter ernst.

„Ich glaube, du hast recht", sagte Bonhoeffer. „Es wird gleich wirklich kräftiger schneien. Ich kann nur hoffen, daß ich dem Schnee davonfahre, da ich ja in Richtung Süden unterwegs bin."

Der Baron begleitete ihn hinunter.

Am Treppenabsatz blieben sie stehen, schüttelten sich die Hände und umarmten sich herzlich. Ihre Augen waren feucht.

„Gott schütze dich, Dietrich", sagte der Baron mit rauher Stimme. „Ich danke meinem Gott, daß ich dich kenne, und ich werde nicht aufhören, für dich zu beten."

„Ich werde auch für dich beten, mein Freund", gab der junge Pastor zurück. „Gott beschütze auch dich. Möge sein Segen auf diesem Haus liegen."

Einen Augenblick standen sie noch da und schauten sich an. Dann drehte Bonhoeffer sich schnell um und ging zum Vordereingang hinaus. Der Baron folgte ihm und blieb in der offenen Tür stehen, bis Bonhoeffers Auto nicht mehr zu sehen war.

Dann ging er ins Haus zurück und schloß die Tür hinter sich.

Mit schwerem Schritt stieg er die Treppe wieder hoch und suchte die Abgeschiedenheit seines Arbeitszimmers. Der Abschied war ihm so endgültig vorgekommen.

Er ging zum Fenster hinüber und sah, wie der Wagen seines Freundes auf die Hauptstraße abbog und in Richtung Süden weiterfuhr.

38
Unregelmäßige Korrespondenz

Das Jahr 1938 über blieben Sabrina von Dortmann und Matthew McCallum in Briefkontakt.

Zuerst kamen die Briefe in die Schweiz. Sabrinas Heimkehr fiel zusammen mit einer erneuten Reise der beiden McCallums in die Vereinigten Staaten, so daß die beiden jungen Leute sich wiederum nicht sehen konnten.

In jedem Brief versprachen sie sich, häufiger zu schreiben, oder sie vereinbarten einen Besuch in Berlin oder in Niedersdorf, doch immer kam etwas dazwischen.

Die Zeit verging wie im Fluge, und ehe sie sich versahen war ein ganzes Jahr vergangen.

Die beiden Jugendlichen reiften innerlich heran, und unmerklich veränderte sich auch Ton und Inhalt ihrer Briefe.

Lieber Matthew!
Bist Du wieder in Berlin?
Wie Du an der Briefmarke sehen kannst, bin ich in der Schweiz. Schon seit zwei Wochen bin ich hier und vermisse Mama und Papa schrecklich. Doch auch hier gibt es nette Leute, und meine Tante bemüht sich sehr um mich. Ich glaube, sie versucht, mir

Vater und Mutter zu ersetzen, damit ich kein Heimweh bekomme. Natürlich kennt Brigitte schon drei oder vier Jungen und vermißt ihr Zuhause absolut nicht.
In gewisser Weise ist es in der Schweiz nicht viel anders als zu Hause. Natürlich ist die Landschaft anders, längst nicht so flach wie in der Pommerschen Ebene, wo wir leben. Sich die Schweiz ganz eben vorzustellen, ist komisch!
Doch die Menschen sind ähnlich wie bei uns. Die Sprache ist dieselbe, obwohl sie ganz anders klingt. Und die Leute verhalten sich auch genauso. Ganz anders ist es in den Dörfern. Als ich früher einmal mit Papa und Mama hier war, hatten wir uns in einem kleinen Dorf ein Häuschen gemietet. Es war eine herrliche Zeit. Papa machte ein Feuer, Mama kochte Kartoffeln, und wir gaben vor, Bauern zu sein. Papa stieg mit einem der Bauern auf die Alm und half ihm, seine Kühe zu melken. Kannst Du Dir das vorstellen? Im Sommer lassen sie ihre Kühe hier frei herumlaufen, so daß sie sie morgens erst einmal suchen müssen, bevor sie sie melken können! Ich weiß nicht, warum sie nicht einfach über Nacht in den Stall gebracht werden.
Doch zurück zur Gegenwart.
Natürlich wollen meine Tante und Brigitte nichts anderes tun, als auf Gesellschaften zu gehen – selbstverständlich nicht bei den Dorfbewohnern.
Einer der Gründe, weshalb ich so gern hierherkommen wollte, ist die wundervolle Bibliothek meines verstorbenen Onkels, in der einige Bücher stehen, die wir nicht zu Hause haben. Er hat einige Zeit in England verbracht, und ich möchte mein Englisch verbessern und viele englische Bücher lesen. Doch meine Tante interessiert sich nicht für so etwas, und wenn ich weiter so oft einkaufen, zum Schneider, zu einer Party oder einer Teegesellschaft gehen muß, dann werde ich verrückt. Ich hoffe nur, daß meine restliche Zeit hier nicht genauso verläuft wie diese ersten beiden Wochen! Man kommt in die Schweiz wegen der Alpen, dem Wasser und den Dörfern. Aber ich habe bisher mehr Salons als Schnee gesehen!
Heute werde ich meine Tante und Brigitte nicht zum Tee bei Familie Klumpmann begleiten. Ich bat sie, zu Hause bleiben und

am Feuer in ihrem Schlafzimmer lesen zu dürfen. Ihr Zimmer befindet sich im zweiten Stock und hat ein riesiges Fenster, durch das man auf die Berge schaut. Ich werde den ganzen Nachmittag allein sein mit meinem Buch, dem Feuer und den Bergen.
Das ist genau das, weshalb ich in die Schweiz gekommen bin! (Natürlich hält Brigitte mich für ein Kind, aber das ist mir egal.)

Es grüßt dich
Sabrina

*

Liebe Sabrina!
Ja, wir sind wieder zurück in Berlin. Wenn ich Deine Beschreibung von der Schweiz lese, trotz allem, was Du auf Dich nehmen mußt, dann kommt mir die Stadt noch langweiliger vor.
Hast Du etwas dagegen, wenn ich Dir noch eine andere Frage stelle? Ich denke schon seit Deinem Brief darüber nach, den Du mir vor einer Weile geschrieben hast.
Ich beschäftige mich viel mit geistlichen Dingen, obwohl ich nicht so viel darüber schreibe. Den Rat Deines Vaters habe ich mir zu Herzen genommen und lese die Evangelien. Ich habe versucht, auf dem Weg der „Entdeckung" zu bleiben, wie er es nannte und herauszufinden, wie Gott ist. Dadurch lerne ich viele Dinge, die ich vorher nicht wußte. Die Bibel mit dem Blick auf Jesus zu lesen, der uns von einem liebenden Vater erzählt, anstatt Gott für ein Ungeheuer zu halten, das verändert die ganze Bedeutung der Worte Jesu. Es macht mir richtig Spaß!
Jedoch ist mir eine andere Frage gekommen: Ist es nicht so, daß Du eigentlich deshalb an Gott glaubst, weil Deine Eltern Dir beigebracht haben, Christ zu sein? Und ist es denn wirklich so wichtig, was jemand glaubt? Kommt es nicht vielmehr darauf an, ein guter Mensch zu sein? Das ist eine Frage, über die ich nachgedacht habe, und auf die ich keine Antwort weiß.

Matthew

Lieber Matthew!
Wenn Du betest, bitte bete für meinen Vater. Ich weiß, daß er sich große Sorgen macht und Gott bittet, ihm zu zeigen, was er tun soll.
Jetzt zu Deiner Frage:
Wenn es nur darum ginge, ein gutes Leben zu führen, dann hättest Du wahrscheinlich recht. Aber so ist es nicht. Ich glaube, daß es so etwas wie die Wahrheit gibt, und daher ist es wichtig zu wissen, was wahr ist. Ob meine Eltern mir das nun beigebracht haben und ein anderer vielleicht ganz anders aufgewachsen ist, das ändert nichts an dem, was wahr ist. Daher scheint es mir das Wichtigste überhaupt zu sein, herauszufinden, was wahr ist.
Es ist gut, daß Du die Evangelien liest, denn dort kannst Du am ehesten die Wahrheit entdecken. Jesus selbst ist die Wahrheit.
Wenn Du die Wahrheit also finden willst, dann sind die Evangelien der rechte Ort dafür. Ich wünschte, wir hätten Zeit, einmal darüber zu sprechen.
Ich werde bald wieder schreiben.

Sabrina

*

Liebe Sabrina!
Mannomann, es ist lange her, seit ich das letzte Mal geschrieben habe. Bitte verzeih mir. Briefeschreiben gehört nicht zu meinen Stärken, aber ich bekomme immer wieder gern einen Brief von Dir.
Ich weiß nicht, wieviel Du in der Schweiz mitbekommst, aber hier spitzen sich die Ereignisse um die Tschechoslowakei zu. Dad sagt, es sei eine gefährliche Situation. Vielleicht fahren wir im Sommer wieder in die Staaten zurück – ich weiß nicht, für wie lange. Wir haben beschlossen, daß ich mit ihm hierher zurückkehre und hier ein Studium beginne. Ich möchte nicht in den Staaten studieren, während er in Deutschland ist. In der gegenwärtigen Weltsituation können sich unsere Pläne natürlich ändern, doch im Augenblick jedenfalls haben wir das vor.

Übrigens habe ich neulich in der Bibel die Stelle gelesen, wo Jesus von der Wahrheit spricht. Er sagte: „Ich bin der Weg, die Wahrheit und das Leben." Wahrscheinlich hatte ich das auch vorher schon gelesen, doch nun, nach Deinem letzten Brief, bedeutet es mir noch mehr.

Viele Grüße
Matthew

*

Lieber Matthew!
In wenigen Tagen werde ich nach Deutschland zurückfahren.
Es waren fünf lange Monate. Ich liebe die Schweiz, doch selbst die schönste Landschaft kann keine Beziehung ersetzen, und, um ehrlich zu sein, mit meiner Tante und Brigitte kann man keine besonders interessanten Gespräche führen. Ohne Deine und Mamas und Papas Briefe (sie haben mir beide jede Woche geschrieben) hätte ich es überhaupt nicht ertragen.
Aber eigentlich war es hier gar nicht so schlecht. Ich habe viel gelesen. Meine Tante mußte schließlich einsehen, daß es einfacher war, mich lesen zu lassen, als mich zu irgendwelchen Gesellschaften zu zerren. Und ich war viel in den Bergen. Ein paar Mal hat Brigitte mich begleitet, und ich glaube, es hat ihr sogar Spaß gemacht!

Sabrina

*

Liebe Sabrina!
Warum vergeht die Zeit nur so schnell?
Die Krise um die Tschechoslowakei spitzt sich zu. Dad hat beinahe ununterbrochen Besprechungen deswegen. Niemand weiß, was daraus entstehen wird. Ich bin so besorgt!

Viele Grüße
Matthew

Lieber Matthew!
Oh, es ist einfach schrecklich! Papa und Mama sind ganz krank wegen der fürchterlichen Ereignisse. Habt ihr etwas von der Reichskristallnacht mitbekommen? Ein Freund von Mama hat einen Cousin verloren. Kannst Du Dir das vorstellen, Matthew? Getötet, umgebracht! Papa ist seither so niedergedrückt, wie ich ihn noch nie erlebt habe. Ich weiß, daß er viel nachdenkt und betet, doch er sagt nicht, was er denkt.
Auch ich habe große Angst.

Es grüßt Dich
Sabrina

Teil IV

Das Geheimnis des Verlieses

1939

39

Der Konflikt bahnt sich an

In der Verzweiflung, die durch den Zusammenbruch Deutschlands nach dem Ersten Weltkrieg und die Weltwirtschaftskrise entstanden war, wendeten sich die Deutschen einem Verrückten zu, der ihre Hoffnungen wiederherstellen, ihre Wirtschaft wieder ankurbeln und dem verletzten germanischen Stolz wieder neue Nahrung geben sollte.

Er erreichte dies durch eine erst langsame, dann mit aller Macht vorangetriebene Wiederherstellung der Militärmacht Deutschlands. Außerdem proklamierte er immer wieder die arische Überlegenheit über alle anderen Nationen der Welt. Auf diese Weise fand er Millionen begeisterte Zuhörer.

Adolf Hitler schloß sich im Jahre 1919 der nationalsozialistischen Bewegung an, nur wenige Monate nach ihrer Begründung. Durch seine eindrucksvollen pro-arischen Reden arbeitete er sich schnell an die Spitze der Partei. Während der zwanziger Jahre wurde diese politische Bewegung immer stärker; Hitler gewann mehr und mehr Einfluß. Nach dem wirtschaftlichen Zusammenbruch von 1929 sollte die nationalsozialistische Partei die Geschichte der Welt entscheidend verändern.

Bei den Wahlen der späten Zwanziger erhielten die Nazis nur wenige Stimmen. Die Bevölkerung verachtete sie als eine fanatische politische Partei, die gut aus geflüchteten Insassen einer Irrenanstalt hätte bestehen können. Doch 1930 gelang es ihnen, immerhin 107 Mandate im Reichstag zu gewinnen, während es vorher nur zwölf gewesen waren. Innerhalb kürzester Zeit veränderte sich alles.

Die Massen wurden zunehmend unzufrieden mit der Führungsspitze der bereits im Zerfall begriffenen Weimarer Republik. Dieser Umstand bestärkte Hitler darin, sich auf die große Aufgabe vorzubereiten, die ihm seiner Überzeugung nach vom Schicksal zugedacht war.

Im Januar 1933 ernannte Reichspräsident Hindenburg Adolf Hitler – den Führer der Nationalsozialisten, der mittlerweile stärksten Partei Deutschlands – zum Reichskanzler. Eineinhalb Jahre später starb Hindenburg. Nach dessen Tod 1934 schaffte Hitler das Amt des Reichspräsidenten ab und machte sich selbst zum Führer über ganz Deutschland.

Ganz im Geheimen betrieb er die massive Wiederaufrüstung des Landes. Außerdem forderte er eine umfassende „Säuberung" Deutschlands von „unsauberen Elementen", die von der SS und der SA durchgeführt werden sollte. Im Laufe der Jahre sollten diese Einheiten das gesamte Leben in Deutschland kontrollieren. Der Nazi-Polizeistaat war ins Leben gerufen worden.

Unmittelbar nachdem er Kanzler geworden war, ordnete Hitler in Berlin einen Boykott jüdischer Läden und Geschäfte an. Nach und nach wurden alle Juden aus dem politischen und kulturellen Leben ausgeschlossen. 1935 wurden die „Nürnberger Gesetze zum Schutz der Reinheit der Rassen" erlassen, die die Juden völlig ihrer politischen und bürgerlichen Rechte beraubten.

Mitte der dreißiger Jahre stellte Hitlers nun nicht mehr geheime Kriegsmaschinerie eine enorme Gefahr für die an Deutschland angrenzenden kleineren Nationen dar. Der lethargischen britischen und amerikanischen Führung ging es darum, einen Krieg unter allen Umständen zu vermeiden – das ideale Klima für Hitler, seine Aufrüstung zu verstärken. Die dunkle Wolke des Faschismus breitete sich immer weiter über den Kontinent aus.

1936 wäre ein Konflikt vielleicht noch vermeidbar gewesen, vielleicht sogar noch gegen Ende des Jahres 1937, doch schon 1938 bestimmte Hitler den Gang der Ereignisse.

In der Hoffnung, den Diktator besänftigen und eine Konfrontation vermeiden zu können, gaben die Engländer und

Franzosen Hitlers zuerst kleinen, dann immer größer werdenden Forderungen nach.

Doch seit Hitler die Macht übernommen hatte, war sein Machthunger immer größer geworden. Er wollte nicht nur über Deutschland herrschen, sondern über die ganze Welt. Er suchte die „Säuberung" nicht nur innerhalb der Grenzen Deutschlands, sondern in ganz Europa.

Im März 1938 ließ Hitler seine Truppen in Österreich einmarschieren und übernahm die dortige Regierung. Es gab keinen Widerstand. Österreich war vom „Vaterland" annektiert und nun zu einer Provinz Deutschlands geworden.

Die erste Hürde war genommen, ohne daß auch nur ein Schuß gefallen war. Hitler wurde immer sicherer, daß niemand ihm Widerstand leisten würde. In dem Glauben, daß keine militärische Macht es mit ihm würde aufnehmen können, begann Hitler, Pläne für eine Ausweitung des deutschen Reiches zu schmieden.

Das Judentum war nicht die einzige Religion, die unter den Nazi-Stiefeln zertreten wurde. Einen Monat nach dem Anschluß Österreichs an das Deutsche Reich wurde ein Edikt erlassen, in dem alle christlichen Pastoren und Priester aufgefordert wurden, Hitler einen Treueeid zu leisten.

Die meisten legten diesen Eid ab. Andere, wie zum Beispiel Dietrich Bonhoeffer, erhoben sich dagegen und bemühten sich darum, die übrigen Kirchenführer aus ihrer Lethargie zu reißen. Doch ihre Stimmen verhallten ungehört. Die Deutsche Evangelische Kirche wurde immer mehr zum Instrument des faschistischen Staates. Einige Männer, denen ihr Gewissen keine Ruhe ließ, gingen nach England oder Amerika und versuchten, ihre Stimmen von dort aus zu Gehör zu bringen. Andere blieben in Deutschland. Auch Bonhoeffer ging ins Ausland, kehrte dann aber zurück, um in seinem Heimatland sein Schicksal als Bote Gottes auf sich zu nehmen.

Hitler dehnte seine Bestrebungen nun auf die Tschechoslowakei aus, wo ein Fünftel der Bevölkerung deutscher Abstammung war. Nach einigen zermürbenden Verhandlungen im August und September, die im Münchner Abkommen endeten, stimmte der britische Premierminister Neville Chamberlain zu, die Tschechoslowakei aufzuteilen und Hitler alles zu geben, was er forderte.

Die Kampagne gegen die Juden erreichte im November 1938 einen weiteren grausamen Höhepunkt, als ein Progrom gegen die jüdische Bevölkerung entfacht wurde. Im gesamten Reichsgebiet plünderten SA und SS jüdische Einrichtungen und beschädigten oder zerstörten dabei fast alle Synagogen und mehr als 7000 in jüdischem Besitz befindliche Geschäfte. Allein in Berlin, wo der damalige Chef der Gestapo Heinrich Himmler die Gewaltaktionen anführte, wurden 36 Menschen getötet und mehr als 190 Synagogen niedergebrannt, 76 davon völlig zerstört. Schaulustige und Polizisten standen dabei und beobachteten untätig das Geschehen. Sie griffen auch nicht ein, als ganze jüdische Familien aus ihren Häusern gezerrt und zusammengetrieben wurden. Dieser Abend, der als die „Reichskristallnacht" in die Geschichte einging, wurde zum Wendepunkt der Ereignisse. Die Nazis gingen jetzt mit unvorstellbarer Grausamkeit gegen die Juden vor.

Im Januar 1939 wurde ein Gesetz verabschiedet, nach dem alle jüdischen Geschäfte liquidiert wurden. Viele Juden flohen aus Deutschland und Österreich. Andere, die entweder zu alt oder mit Nichtjuden verheiratet waren, blieben in ihrem Heimatland. Die Gefahr jedoch war jetzt für alle offensichtlich.

Im März 1939 besetzte Hitler Prag. Nach dieser Aktion gewann er den Eindruck, daß er auch den Rest der Tschechoslowakei würde besetzen können, ohne auf ernsthaften Widerstand zu stoßen. Nun blickte er mit gierigen Augen nach Osten, hin zum ehemaligen Preußen und nach Polen.

Doch damit war er zu weit gegangen. Kriegerische Auseinandersetzungen waren absehbar. Die Freiheit stand auf dem Spiel. Paris, London und Washington, letzteres hinter den Kulissen, wurden endlich aufmerksam auf die Bedrohung, die von Hitler ausging.

Mit Beginn des Sommers 1939 beschleunigten sie ihre militärische Aufrüstung.

40
Suche nach Bonhoeffer

Emil Korsch war jede Akte auf seinem Schreibtisch sechsmal durchgegangen. Er hatte mit allen Kirchenführern gesprochen, sowohl mit denen, die mit ihrer Sache sympathisierten, als auch mit den anderen. Niemand schien etwas über den Verbleib des aufrührerischen Seminarleiters zu wissen.

Es war ihm sogar gelungen, einen seiner Männer in ihre „Gemeinschaftspastorate" in der Nähe der pommerschen Dörfer Köslin und Groß-Schlönwitz einzuschleusen. Doch auch dies hatte nichts gebracht. Keiner der Einfaltspinsel wußte, wo ihr Anführer und Begründer steckte. Er war seit über einem Jahr nicht mehr dort gewesen.

Mehrere Verhaftungen hatte er in Erwägung gezogen. Doch was hätte das gebracht, wenn die jungen Radikalen tatsächlich nicht wußten, wo er steckte? Er hätte sie foltern, sogar töten können und immer noch nichts erfahren.

Außerdem waren diese närrischen Christen genauso furchtlos und von ihrer Sache überzeugt wie die Nazis! Es hatte fast den Anschein, als gefiele es ihnen, gequält zu werden. Je schmerzhafter die Behandlung war, desto stärker beteten sie und sangen ihre lächerlichen Liedverse!

Seit er das Seminar in Finkenwalde geschlossen hatte, war er ihnen auf der Spur. Trotz der erfolgten Verhaftungen versicherten ihm seine Männer, daß die Ausbildungsstätten immer noch in Betrieb waren. Nachdem er sie ausfindig gemacht hatte, war er enttäuscht, daß derjenige, der ihn am meisten interessierte, nicht da war. Er beschloß, sie zunächst weitermachen zu lassen. Der Bursche würde irgendwann hoffentlich auftauchen, und er hatte immer noch seinen Mann in Köslin. Falls nicht, würde er eben später zuschlagen und die ganze Bande ins Gefängnis stecken!

Es gab Gerüchte, Bonhoeffer sei ins Ausland geflohen.

Im vergangenen Jahr hatten sie seine Spur aufnehmen können, doch leider war es zu spät gewesen, er hatte die Familie seiner Schwester schon in die Schweiz gebracht. Danach hatten sie keine Informationen mehr bekommen und ihn aus den Augen verloren.

Juden! Er hätte es riechen können! Mitten in der Familie dieses Verräters!

Einen Augenblick lang starrte Korsch auf die unnützen Seiten vor sich. Dann fegte er sie mit seinem Arm wütend vom Tisch.

Er haßte sie! Wenn es nach ihm ginge, so konnten die Juden ruhig bleiben. Er würde statt dessen diese Christen ausrotten. Wenigstens behielten die Juden ihre Religion für sich. Doch die Christen waren immer darauf aus, die ganze Welt zu missionieren.

Er ging zu seinem Tisch zurück und nahm das dünne Buch zur Hand, das gerade erst in seinen Besitz gekommen war und seinen Wutausbruch hervorgerufen hatte.

Wo immer er sich aufhielt, der Dummkopf schrieb weiter!

Er öffnete das Buch auf der ersten Seite. *Wie fein und lieblich ist's, wenn Brüder einträchtig beieinander wohnen!* las er da.

Dieses sinnlose Geschwafel machte ihn einfach krank!

Mit einer heftigen Bewegung flog das Buch durchs Zimmer und knallte gegen die gegenüberliegende Wand. Wie war es nur möglich, daß ein solcher Schwachsinn gedruckt werden konnte, wo es doch eine Zensur gab! Hitler, Himmler und all die anderen waren so fanatisch mit den Juden beschäftigt, daß sie diesen Christen gegenüber zuviel Nachsicht übten. Wenn er ihn finden würde, das schwor sich Korsch, würde er ihm nicht nur jede Möglichkeit des Lehrens nehmen, er würde ihm auch unter Androhung der Todesstrafe verbieten, nur noch ein einziges Wort zu schreiben!

Wieder starrte Korsch aus dem Fenster, die Arme ärgerlich hinter dem Rücken verschränkt.

Auf einmal hastete er zu seinem Schreibtisch zurück und durchwühlte die Akten.

Er hatte etwas gesehen – einen Namen.

Wie hatte er nur so blind sein können! Von dieser Verbindung hatte er seit über einem Jahr keinen Gebrauch mehr gemacht. Sie war ihm fast entfallen.

Ja, da war es! Er nahm das Blatt hoch, überflog es schnell ... natürlich ... das war perfekt! Dieser Bursche konnte wahrscheinlich mehr für ihn tun als nur sein Bankkonto mit Schweizer Franken aufzufüllen!

Ein verschlagenes Lächeln machte sich auf seinem Gesicht breit.

Er schnappte sich seinen Mantel vom Haken, faltete das Blatt zusammen und steckte es ein. Dann nahm er den Hörer ab.

„Meinen Wagen!" bellte er. „Ja, sofort!"

41

Verstärkter Druck

Wie nett, Sie wiederzusehen, Herr von Dortmann", sagte Korsch mit einem öligen Lächeln, als er die Tür des großzügigen Büros hinter sich schloß.

„Ich hatte Sie gebeten, mich nicht in meinem Büro aufzusuchen", entgegnete Otto, der sich nach Kräften bemühte, ruhig zu bleiben. Er war sehr verärgert, doch gleichzeitig hatte er Angst vor der Macht dieses Mannes.

„Dann freuen Sie sich also nicht, mich zu sehen?" fragte Korsch mit trockenem Sarkasmus.

„Es wäre höchst unangenehm, wenn Sie hier gesehen würden."

„Und warum, mein Freund?"

„Weil ... die Leute könnten reden ... mein Ruf."

Immer noch lächelte Korsch herablassend. Er nahm sich einen Stuhl und starrte den rundlichen Bankier an.

„Wollen Sie etwa behaupten, die Gestapo sei nicht angesehen?" fragte er lauernd.

„Bitte mißverstehen Sie mich nicht", sagte Otto, ganz aus dem Konzept gebracht. „Es ist nur, dies ist mein Geschäftsbereich, und … Sie – Sie haben Ihren eigenen Einflußbereich."

Sofort verschwand das Lächeln von Korschs Lippen.

„Alles ist Angelegenheit der Gestapo, Herr von Dortmann!" gab er zurück. „Ich denke, Sie sollten das am besten wissen."

Der Bankier saß schweigend hinter seinem Mahagoni-Schreibtisch. Es war nicht gut, diese Leute zu verärgern, das wußte er. Er hatte schon genug mit diesem Mann zu tun gehabt, um zu wissen, daß Nachgeben die einzig mögliche Reaktion war.

„Verzeihen Sie, Herr Korsch", sagte er und schluckte – wie schon so oft – seinen Stolz hinunter. „Gibt es Probleme mit, sagen wir … meinen Schulden?"

Böse lächelnd sah Korsch mit an, wie der Bankier sich wand. Er freute sich daran, seine Macht auszuspielen.

„Nein, mein lieber Freund", entgegnete Korsch. „Mein Schweizer Bankkonto wächst beträchtlich dank der liebenswürdigen Zahlungen Ihrer großzügigen Bank. Ich werde gut versorgt sein, wenn unser Reich seine glorreiche tausendjährige Herrschaft antritt."

Er lachte so laut, daß seine gelben Zähne sichtbar wurden.

„Ha! ha! ha! Was denken Sie, wenn Sie mich so reden hören, Dortmann? Ha! ha! Windet sich Ihr fetter Körper auf seinem Stuhl? Überlegen Sie, wie Sie mich für immer aus Ihrem Leben verbannen können? Ha! ha!"

Der Bankier schluckte seinen Ärger hinunter und schwieg.

„Ach, aber ist das nicht eine köstliche Ironie, Otto", fuhr Korsch immer noch kichernd fort. „Ich bin Ihr Schutz! Sie hassen mich, aber ich bin der einzige, der zwischen Ihnen und dem Ruin steht. Sie *brauchen* mich, Otto. Ha, ha!"

Otto von Dortmann wußte sehr genau, daß der Anruf des verhaßten Gestapomannes mit mehr als dem Erpressungsgeld zu tun hatte, das er ihm zahlte. Seit der Mann das erste

Mal bei ihm aufgetaucht und ein finanzielles „Arrangement" vorgeschlagen hatte, damit bestimmte Personen in den Kreisen der Mächtigen nichts von den Verbindungen seines Bruders zu bekannten subversiven Elementen erfuhren, hatte Otto fast täglich in der Furcht vor neuen Forderungen gelebt. So arbeitete die Gestapo – sie köderte einen Menschen mit wahren oder erdachten Anschuldigungen und grub immer tiefer. Und leider war es unmöglich, sich gegen sie zur Wehr zu setzen. Korsch brauchte nur mit dem Finger zu schnippen, und Otto wäre ruiniert!

Was kann der Mann nur von mir wollen, dachte Otto. *Will er noch mehr Geld für sein Schweigen?* Diese Summe war das Äußerste, was er jeden Monat über die Bank laufen lassen konnte. Wenn er noch mehr bezahlen müßte, würde er es von seinem Privatkonto nehmen müssen ...

Ottos Gedanken wurden von Korschs schleimiger Stimme unterbrochen, der bedeutungsvoll fragte: „Wie geht es Ihrem Bruder, Herr von Dortmann?"

„Äh ... Heinrich?" fragte Otto, der sich zusammenriß und den Mann vor seinem Schreibtisch anblickte.

„Natürlich", entgegnete Korsch kurz angebunden. „Er ist doch Ihr einziger Bruder, nehme ich an."

„Ja. Ich sehe ihn nicht sehr oft ... das heißt, so weit ich weiß, geht es ihm gut", antwortete Otto.

„Natürlich, ich bin sicher, daß es so ist", sagte Korsch. „Und Sie und er haben kaum Kontakt miteinander, wollen Sie mich das glauben machen?"

„Ja, das ist tatsächlich so. Heinrich und ich sind so verschieden ..."

Er wurde unterbrochen von Korsch, der mit der Faust auf den Schreibtisch donnerte und aufsprang. Mit drohendem Blick beugte sich der Gestapomann über den Tisch und starrte Otto an, der mit weit aufgerissenen Augen dasaß.

„Wofür halten Sie mich eigentlich, Dortmann?" fragte er wutschnaubend. „Denken Sie wirklich, ich würde Ihnen abnehmen, daß Sie keinen Kontakt zu Ihrem einzigen Bruder haben? Ich habe sehr umfangreiche Akten über Sie beide. Versuchen Sie nicht, mich an der Nase herumzuführen, Dortmann, oder ich werde Sie schneller zu Fall bringen, als Sie sich umschauen können!"

„Es tut mir leid, Herr Korsch", sagte Otto. „Ich meinte nur, daß wir uns nicht regelmäßig sehen."

„Ich weiß genau, was Sie meinten, Otto", schnaubte der Gestapomann. „Sie wollten nur Ihre fette Haut retten! Aber entspannen Sie sich nur wieder", fügte er hinzu, trat zurück und nahm wieder Platz. „Ich habe nicht die Absicht, Sie zu ruinieren – zumindest nicht ... solange Sie bereit sind, mir behilflich zu sein ... mit dem Reich zusammenzuarbeiten."

Wieder lächelte er und beobachtete zufrieden, wie dem Bankier bei seiner versteckten Drohung die Schweißperlen auf die Stirn traten. Er hatte den Dummkopf genau da, wo er ihn haben wollte!

Eine Zeitlang schwiegen sie.

„Für den kommenden Monat ist ein Fest, ein großes gesellschaftliches Ereignis geplant", sagte Korsch schließlich. „Zweifellos haben Sie von dem Befehl des Führers gehört, daß in diesem Sommer in Berlin viel gefeiert werden soll."

Der Bankier nickte. „Ja, ich habe davon gehört", meinte er nervös.

„Die Führer der Welt sollen sehen, daß in Deutschland alles in Ordnung ist, daß das Reich aufblüht und seine Menschen glücklich sind und daß Freund und Feind nichts zu befürchten haben."

„Ich verstehe, Herr Korsch."

„Darin würden Sie das Reich natürlich nur zu gern unterstützen, nicht wahr, Herr von Dortmann?"

„Natürlich, was immer ich tun kann."

„Wie ich schon sagte, ein Fest dieser Art ist geplant", sagte Korsch in unschuldigem Ton, „an dem ich äußerst interessiert bin. Wie der Zufall es will – ein bemerkenswerter Zufall! –, wird das Fest im Hause eines unserer Parteimitglieder auf dem Lande stattfinden, nicht weit von dem Ort entfernt, wo Sie selbst aufgewachsen sind, Herr von Dortmann, wenn ich es richtig verstanden habe."

Otto hörte weiter zu. Er ließ sich von Korschs Unschuldsmiene nicht irreführen. Daß das Fest zufällig an diesem Ort stattfand, glaubte er nicht eine Sekunde lang.

„Ein gewisser Graf von Schmundt und seine Frau haben sich liebenswürdigerweise bereiterklärt, Gastgeber zu sein", fuhr er fort. „Vielleicht kennen Sie sie?"

„Der Besitz des Grafen grenzt an unser Gut an", sagte Otto, der seine Verärgerung darüber verbarg, daß man ihn wie ein kleines Kind behandelte.

„Das ist aber wirklich erstaunlich!" rief Korsch, der Überraschung heuchelte. „Dann sind Sie ja Nachbarn!"

„Ja ... das heißt, der Graf und ich kannten uns, als wir noch Kinder waren."

„Dann werden Sie bestimmt auch eine Einladung erhalten."

„Vielleicht."

In Wahrheit hatte Otto seine Einladung bereits erhalten, da Korsch dies selbst veranlaßt hatte.

„Und auch Ihr Bruder wird eingeladen werden."

„Das ist wahrscheinlich."

„Ich würde Ihren Bruder gern kennenlernen, Herr von Dortmann."

„Ich bezweifle, daß er die Einladung annehmen wird", sagte Otto. „Er liebt solche gesellschaftlichen Verpflichtungen nicht besonders."

„Ich *will* Ihren Bruder kennenlernen, Herr von Dortmann."

„Und was soll ich tun?"

„Sie sollen dafür sorgen, daß er da ist, mein lieber Otto", sagte Korsch sarkastisch, „und mich ihm vorstellen."

„Aber was ... was wollen Sie denn ... von ihm?"

„Ich will nichts von Ihrem Bruder, Otto, glauben Sie mir."

„Ich sage Ihnen, ich habe nichts zu tun mit den Aktivitäten meines Bruders", stotterte Otto. „Er war schon immer etwas seltsam."

„Regen Sie sich wieder ab. Weder Sie noch er müssen sich über irgend etwas Gedanken zu machen."

42
Ein Wiedersehen

„Nun, Matt, was meinst du?“ fragte Thaddeus McCallum und blickte seinen Sohn an, der ihm gegenüber am Tisch saß. „Sollen wir fahren?“

Matthew ließ die Einladung sinken, die sein Vater ihm gegeben hatte.

„Hört sich an wie ein weiterer diplomatischer Empfang, Dad“, entgegnete er. „Wenn du nichts dagegen hast, würde ich den gern auslassen.“

„Hast du nicht gesehen, wo das Fest veranstaltet wird?“

„Doch, bei irgendeinem deutschen Grafen.“

„Sieh noch einmal genauer hin.“

Matthew nahm das Blatt hoch und überflog es.

„Schmundt – sollte ich den Namen kennen?“ fragte er.

„Wahrscheinlich nicht. Ein aristokratischer Nazi, wie ich gehört habe. Eigentlich verstehe ich nicht so recht, warum ein solches Ereignis so weit weg von der Hauptstadt stattfindet. Aber sieh dir doch einmal den Ort an.“

„Warum?“

„Das Schmundt-Anwesen grenzt genau an das Gut des Baron von Dortmann an. Auf diese Weise könnten wir den Baron noch einmal besuchen … und seine Tochter.“

Matthews Gesicht hellte sich auf. „Warum hast du das nicht gleich gesagt, Dad? Das ändert natürlich alles. Selbstverständlich komme ich mit!“

Sein Vater lachte. „Ich dachte mir schon, daß du deine Meinung ändern würdest! Wann hast du eigentlich den letzten Brief von Sabrina bekommen?“

„Ich glaube, im Mai.“

„Hast du ihr zurückgeschrieben?“

„Um ehrlich zu sein, nein.“

„Kein Wunder, daß du nichts mehr von ihr gehört hast. Aber ein Besuch ist bestimmt besser als zehn Briefe.“

„Das stimmt. Was ist überhaupt der Anlaß zu diesem Fest?"

„Du kennst doch die Deutschen. Sie versuchen ununterbrochen, so zu tun, als habe sich in Europa nichts geändert, obwohl ihr Napoleon des zwanzigsten Jahrhunderts die größte Armee der Welt aufgestellt hat und bedrohliche Bewegungen in alle Richtungen unternimmt. Mit ihren Festen wollen sie demonstrieren, daß alles ruhig ist und alle Menschen fröhlich sind. Nach dem Anschluß Österreichs im letzten Jahr fanden beinahe an jedem Wochenende Bälle und Empfänge statt!"

„Aber warum? Warum haben sie dich eingeladen?"

„Um der Welt zu zeigen, daß sich nichts geändert hat und daß Hitler nichts als Freude und Glück für alle bringt", antwortete Thaddeus zynisch.

„Willst du damit sagen, daß sie Heuchler sind?"

„Wenn du meine Meinung hören willst", fuhr sein Vater fort, „ich habe das Gefühl, diese Demonstration des guten Willens bedeutet, daß Hitler etwas vorhat. Er versucht, uns einzulullen."

„Warum gehst du dann hin?"

„Das gehört zum diplomatischen Spiel, es ist Teil meiner Aufgabe. Also verkehre ich mit den Nazis, als ob alles in Ordnung wäre, höre ihnen zu und tue so, als ob ich von dem allen nichts mitbekommen würde. So etwas nennt man Diplomatie. Doch im Grunde genommen ist alles nur eine Scharade."

*

Einige Tage später erreichte Heinrich von Dortmann folgender Brief:

Mein lieber Baron von Dortmann!
Es ist schon so lange her, seit wir uns gesehen haben. Durch die Korrespondenz meines Sohnes mit Ihrer Tochter bin ich in gewisser Weise mit Ihnen in Kontakt geblieben. Ach, die Zeit vergeht so schnell, und wie Sie sicherlich bemerkt haben, entwickeln sich die Ereignisse in erschreckender Weise. Dadurch habe ich außerordentlich viel zu tun in der Botschaft.

Matthew und auch ich würden Sie und Ihre Familie sehr gern wiedersehen. Zufälligerweise sind die Botschaftsangehörigen, und natürlich auch mein Sohn und ich, eingeladen worden, ein Fest in der Villa des Grafen Ernst von Schmundt zu besuchen. Zweifellos kennen Sie ihn, und vielleicht sind Sie ja auch eingeladen.
Was Sie mir über Ihr Lebenshaus erzählt haben, in dem jeder Zuflucht und Zurückgezogenheit finden kann, der das möchte, macht mir Mut, Sie zu fragen, ob es Ihnen recht ist, wenn Matthew und ich Sie für ein oder zwei Tage besuchen. Das Fest findet am 27. dieses Monats statt. Mir ist klar, daß das schon bald ist, und falls es Ihnen unpassend ist, werde ich selbstverständlich andere Vorkehrungen treffen.

Es grüßt Sie herzlich
Thaddeus McCallum
Stellvertretender Botschafter
der Vereinigten Staaten
Berlin

*

„Von wegen unpassend …“, murmelte der Baron vor sich hin und erhob sich. „Ich dachte, Sie würden mich besser kennen, Thaddeus!“

Schon stieg er die Treppe hinunter ins Wohnzimmer, in dem sich das Telefon befand, wählte die Berliner Nummer von Thaddeus McCallum und bestätigte freudig die Anfrage.

43
Das Fest

Die Gräfin Ingrid von Schmundt war aufgeregt. Während der vergangenen Tage hatte sie ein Wechselbad der Gefühle durchlebt, aber sie hatte es dennoch geschafft, sich zusammenzunehmen, die Vorbereitungen der Dienerschaft im Ballsaal zu koordinieren und alle Vorbereitungen zu treffen. Und nun trafen nach und nach die ersten Gäste ein. Sie saß allein in ihrem Boudoir und ordnete ihre Haare.

Alle großen Persönlichkeiten aus Berlin werden hier sein, dachte sie. Sie konnte nicht verhindern, daß ihr der Schweiß ausbrach. Das war ihre Chance, wieder ins Rampenlicht zu treten, wonach sie sich schon so lange gesehnt hatte. Ihr lose fallendes Kleid aus blauer Seide war so geschnitten, daß es ihre unliebsamen Pölsterchen verdeckte.

Als ihr Mann erzählt hatte, er sei gebeten worden, eines der Sommerfeste für die diplomatischen Kreise Berlins auszurichten, war sie vollkommen überwältigt gewesen.

Und das Fest würde genau mit Gustavs zwanzigstem Geburtstag zusammenfallen! Sie wollte ein großes Fest für ihren Sohn veranstalten und alle interessanten jungen Damen der ganzen Region einladen. Immer noch ärgerlich über die Kränkung, die ihr ihrer Meinung nach widerfahren war, war sie entschlossen zu zeigen, daß sie die Freundschaft zu ihren Nachbarn nicht mehr brauchte. Sie würde Marion und ihrer eingebildeten Tochter zeigen, daß Gustav der begehrteste Junggeselle im Umkreis von hundert Kilometern war! Eigentlich wollte sie sie nicht einmal einladen.

Ihr Mann jedoch hatte darauf bestanden, die von Dortmanns einzuladen.

„So wenig ich Heinrich leiden mag", hatte von Schmundt gesagt, „es wäre einfach nicht richtig."

„Ich sage dir, ich kann diese Bande nicht mehr ertragen!" hatte Ingrid verärgert geantwortet. „Ich kann gar nicht begreifen, was ich jemals an dieser Marion gefunden habe!“

„Nur keine Angst, mein Liebes. Du und Gustav, ihr werdet im Mittelpunkt des Interesses stehen. Eine bessere Gelegenheit, dieser Ziege zu zeigen, wie dumm es war, auf dich herabzusehen, wirst du nie wieder bekommen.“

„Ich verstehe wirklich nicht, warum wir sie einladen sollten, Ernst.“

„Es würde komisch aussehen. Außerdem wird auch Otto kommen.“

„Und seine Tochter?“

„Dafür habe ich gesorgt.“

Seine Frau lächelte.

„Denkst du vielleicht, daß wir die ganze Zeit die falsche von Dortmann im Auge gehabt haben?“ fragte der Graf.

„Dieser Gedanke ist mir tatsächlich gekommen. Doch ich verstehe immer noch nicht, warum Marion und der Baron kommen sollen.“

„Ingrid, Schatz, sie *müssen* kommen. Ich wurde angewiesen, dafür zu sorgen, daß sie kommen.“

Mehr sagte ihr Mann nicht, doch an seinem Tonfall erkannte Ingrid, daß er nichts weiter dazu sagen würde.

Sie drehte sich zum wiederholten Male vor dem Spiegel hin und her und überprüfte ihr Aussehen. Sie würde diesen Tag zu einem denkwürdigen Ereignis machen. Das Schmundt-Anwesen und das Fest würden Tagesgespräch in Berlin sein!

Während seine Frau ihre Toilette beendete, begrüßte Graf von Schmundt seine Nazi-Kollegen aus Berlin. Der Alkohol floß schon in Strömen, und die Unterhaltung drehte sich um die Sommerhitze in Berlin und das kürzlich mit Moskau geschlossene Abkommen.

Zwei große Hakenkreuz-Flaggen waren im Ballsaal aufgehängt worden, und Armbinden mit dem Hakenkreuz zierten viele der braunen Uniformen. Der einzige aus dem engsten Kreis um Hitler, der an diesem Ereignis teilnahm, war der Mann, den Hitler bald zum höchsten Offizier Deutschlands machen würde, Reichsmarschall Hermann Göring. Göring

Göring hatte einige Jahre zuvor aus der preußischen Geheimpolizei die Gestapo ins Leben gerufen. Obwohl die Gestapo nun unter dem Befehl Heinrich Himmlers stand, hielt Göring doch immer noch engen Kontakt mit vielen ihrer Mitglieder. Im Augenblick unterhielt er sich mit Emil Korsch, von dem er gehört hatte, er sei der vielversprechendste junge Gestapomann.

„Ich habe gehört, daß Sie letzte Woche nach Moskau gereist sind", sagte Göring gerade.

„Herr Himmler hatte mich gebeten, Herrn Ribbentrop und die Delegation zu begleiten", erwiderte Korsch, „als sein persönlicher Verbindungsoffizier."

„Aha", sagte Göring und nickte wissend. „Mit anderen Worten, Heinrich wollte, daß Sie ein Auge auf alles haben."

Korsch nickte. „Um sicherzugehen, daß auch die Gestapo vertreten war."

Göring lächelte. „Ein gerissener Mann, unser Freund Himmler", sagte er. „Und warum ausgerechnet Sie, Herr Korsch?"

„Ich spreche zufälligerweise Russisch."

„Und wie hat Ihnen Moskau gefallen?"

„Es ist grauenhaft dort. Unter uns, ich kann Rußland und das russische Volk kaum ertragen."

In der Zwischenzeit war auf der anderen Seite des Ballsaals Gustav in seinem Element. Er hatte schon eine kleine Gruppe junger Damen um sich geschart, darunter auch Brigitte von Dortmann, die Cousine der Nachbarin, die er eines Tages zu heiraten gedachte. Brigitte beherrschte die Kunst des Flirtens bis zur Perfektion. Natürlich fühlte sich Gustav dadurch geschmeichelt, obwohl er aus den Augenwinkeln immer die Tür zum Ballsaal im Auge behielt und auf die Ankunft Sabrinas wartete.

Sabrinas Zurückweisung hatte seinen Stolz empfindlich getroffen, und er war entschlossener denn je, sie zu besitzen. Es war kaum zu leugnen, daß Sabrina sehr schön war, und ihr offenes Wesen steigerte ihre Anziehungskraft noch.

Gustav wußte genau, was er wollte, und er würde es bekommen, dessen war er sicher.

Dies sollte ein denkwürdiger Tag werden, nicht nur wegen seines Geburtstages. Gustav hatte etwas ganz Besonderes geplant!

„Gustav", sagte Brigitte gerade vorwurfsvoll, „ich glaube nicht, daß du auch nur ein Wort von dem gehört hast, was ich gerade gesagt habe."

„Das ist doch Unsinn, meine Süße", erwiderte Gustav und riß seinen Blick vom anderen Ende des Ballsaals los. „Du hast meine volle Aufmerksamkeit."

„Nein, das stimmt nicht ... auf wen wartest du eigentlich?"

„Auf niemanden."

„Ich bestehe darauf, daß du es mir sagst. Erwartet ihr noch eine wichtige Persönlichkeit?"

„Ich habe mich nur umgeschaut, um zu sehen, ob deine Kusine schon angekommen ist."

„Ach so, die", sagte Brigitte verdrießlich. „Ich habe sie in der Schweiz zur Genüge genossen!"

Gustav nahm einen Schluck Wein aus seinem Glas, sagte aber nichts.

44

Begrüßungen und Gespräche

Thaddeus McCallum und sein Sohn trafen ungefähr eine halbe Stunde später ein. Sie waren in Berlin noch aufgehalten worden, und so fuhren sie direkt zu den von Schmundts, ohne vorher noch einmal im *Lebenshaus* anhalten zu können. Den Baron und seine Familie hatten sie noch nicht gesehen. Thaddeus befand sich gerade im Gespräch mit dem französischen Außenminister und einem spanischen Diplomaten, die beide fließend Englisch sprachen.

„Was meinen Sie, Monsieur McCallum, glauben Sie an

das, was uns die Deutschen über das Abkommen mit Rußland erzählen?"

„Meinen Sie, ob ich glaube, daß es einen neuen Geist des Friedens und der Kooperation ihres Führers signalisiert?" fragte Thaddeus.

Der Franzose nickte.

„Erwarten Sie wirklich, daß ich Ihnen auf diese Frage *hier* eine Antwort gebe? Wir sind doch umgeben von Nazis", fügte er leise hinzu.

„Dann flüstern sie Ihre Antwort doch", sagte der Franzose leise.

Thaddeus schaute sich schnell um. „Ich glaube, dieses Abkommen ist nichts anderes als wieder eine von Hitlers Blitz-Diplomatien", flüsterte er.

„Dann halten Sie einen Krieg für unausweichlich?" fragte der Spanier.

„Ich hoffe, daß es nicht so weit kommt", antwortete Thaddeus. „Doch ich muß sagen, es sieht nicht besonders –"

Er wurde unterbrochen durch das plötzliche Auftauchen des Gastgebers.

„Ah, meine amerikanischen, französischen und spanischen Freunde!" begrüßte sie von Schmundt überschwenglich. „Ich bin so froh, daß Sie kommen konnten. Und worüber unterhalten Sie sich im Flüsterton?"

„Wir haben gerade Ihrem Führer zu seinem Friedensvertrag mit den Russen gratuliert."

„Ein Meisterstück", entgegnete von Schmundt. „Er ist in der Tat ein großer Mann des Friedens, das können Sie gern den Menschen in Ihrem Land erzählen. Er wird leider von manchen mißverstanden. Dabei ist es sein einziges Ziel, die historischen Grenzen Deutschlands zu sichern, damit der Friede in ganz Europa regieren kann."

„Genau, das meinten wir auch gerade, Graf", fügte der Franzose hinzu.

Matthew hörte mit halbem Ohr hin, während er sich im Ballsaal umsah. In den zwei Jahren, die seit seinem ersten Besuch hier vergangen waren, war er noch etwas gewachsen.

Sein Aussehen war männlicher geworden, und die Ähnlichkeit zu seinem Vater trat immer deutlicher zutage. In dem schwarzen Abendanzug, dem weißen Hemd und der schwarzen Fliege hätte jemand, der ihn nicht kannte, ihn für einen Angehörigen des diplomatischen Korps halten können.

Als Baron Heinrich von Dortmann mit seiner Frau und seiner Tochter eintraf, wurde er von Graf von Schmundt so herzlich begrüßt, als wären sie die besten Freunde.

„Heinrich, mein Freund", sagte er und schüttelte die Hand des Nachbarn. „Ingrid und ich freuen uns so, daß ihr kommen konntet! Marion, Sabrina", fügte er an die beiden Frauen gewandt hinzu.

„Vielen Dank, Ernst", sagte der Baron herzlich. Er freute sich über diese freundliche Begrüßung, wenngleich sie ihn auch ein wenig erstaunte, da sie in der vergangenen Zeit eher kühl miteinander verkehrt hatten.

„Sich mitten in der Ernte loszureißen muß schwierig gewesen sein."

„Meine Männer arbeiten auch gut ohne mich", lachte der Baron.

„Wo ist Ingrid?" fragte Marion und schaute sich um.

„Sie wird gleich herunterkommen."

„Hast du unseren Freund, den Doktor, gesehen?" fragte der Baron.

Von Schmundts Gesichtsausdruck verdüsterte sich.

„Wessen Freund?" fragte er kühl.

„Unseren Freund natürlich – Doktor Abrahams."

„Er ist nicht *mein* Freund, Heinrich, und wenn du weißt, was gut für dich ist, würdest du ihn besser auch nicht mehr als den deinen ansehen."

„Wie meinst du das? Du hast ihn doch eingeladen, oder nicht?"

„Rede nicht so laut, Heinrich", entgegnete der Graf. „Und, nein, natürlich habe ich ihn nicht eingeladen."

„Warum nicht? Er ist doch schon seit Jahren ein Freund deiner Familie."

„Die Dinge haben sich eben geändert, Heinrich. Es ist an der Zeit, daß dir diese Tatsache klar wird."

„Aber Doktor Abrahams ist doch –"

„Sieh mal, Heinrich", unterbrach ihn der Graf, „Leute aus Berlin sind hier anwesend. Wichtige Leute. Der Doktor hat, sagen wir mal, Besuch von einigen von ihnen gehabt. Für keinen von uns ist es gut, gesellschaftlich mit ihm zu verkehren. Es hat sich alles geändert, Heinrich. All die Verbindungen von früher müssen überprüft werden. Ich habe meine Wahl getroffen, und ich schlage dir vor, daß du dasselbe tust."

Er sah seinen langjährigen Nachbarn eindringlich an. Dann versuchte er zu lächeln, doch ohne großen Erfolg, und fügte hinzu: „Nun amüsiert euch gut, nehmt euch etwas zu trinken – dort gibt es genügend Erfrischungen."

Otto hatte darauf bestanden, daß Heinrich von Dortmann die Einladung annahm. „Einflußreiche Leute werden da sein. Es wäre nicht gut, den Anschein zu erwecken, du würdest den Führer nicht unterstützen. Sie achten sehr auf so etwas, Heinrich. Du mußt lernen, mit der Zeit Schritt zu halten."

Heinrich von Dortmann lag nichts daran, mit der Zeit Schritt zu halten, wie Otto es ausdrückte. Doch seinem Bruder zuliebe, und weil es die erste Einladung war, die die von Schmundts seit Jahren an seine Familie ausgesprochen hatten, hatten sie sich entschlossen, sie anzunehmen.

Er schaute sich um, als sie langsam durch den Saal gingen.

Es ist alles nur Fassade, dachte Heinrich traurig.

Alles war nur Show, voller Gift und Unterströmungen; jeder hatte seine Rolle zu spielen. Das ganze Spektakel war veranstaltet worden, um die Korruption und Täuschung zu verschleiern, die von der Führungsspitze des Landes betrieben wurde. Es war beinahe wie die Ruhe vor dem Sturm.

„Als erstes fahre ich morgen früh in die Stadt, um zu sehen, ob mit Aaron alles in Ordnung ist", flüsterte er seiner Frau zu.

„Ich habe auf dich gewartet, Sabrina", sagte Gustav, der mitten in die Überlegungen des Barons platzte. Er hielt ein volles Glas Wein in der Hand.

„Hallo, Gustav", sagte sie höflich.

„Komm", sagte er, legte seine freie Hand auf ihren Arm

und wollte sie mit sich fortziehen. „Ich habe mit dem Tanzen extra auf dich gewartet!"

„Ich bin doch gerade erst angekommen", entgegegnete Sabrina und schaute ihre Mutter flehend an.

„Dann laß uns keine Zeit verlieren! Komm, Sabrina. Ich habe noch eine Überraschung für dich, die ich mir allerdings für später aufhebe. Doch jetzt möchte ich, daß du mit mir tanzt."

Matthew hatte die Dortmanns ankommen sehen. Während er Sabrina noch betrachtete, beobachtete er, wie Gustav sich auf einmal von Brigitte entfernte, mit Sabrina sprach und sie dann zur Tanzfläche führte, auf der viele der Gäste bereits zu den Klängen von Johann Strauss' Walzer tanzten.

Er starrte ihnen immer noch nach, als ihn eine sanfte Stimme aus seinen Gedanken riß und sich eine Hand auf seinen Arm legte.

„Vielleicht kann ich Sie heute für eine Unterhaltung gewinnen, Mr. McCallum", sagte Brigitte und schenkte ihm ein strahlendes Lächeln.

Matthew wendete sich ihr zu und lächelte zurück.

„Da meine Cousine im Augenblick nicht da ist, werden Sie sicher etwas Zeit für mich erübrigen können", fügte sie hinzu.

„Ich wollte damals wirklich nicht unhöflich sein."

„Nur daß Sie eine Unterhaltung über die Landwirtschaft meiner Gesellschaft vorgezogen haben", sagte sie neckend.

Die beiden plauderten ein wenig, doch Matthews Augen folgten Sabrinas Tanz mit Gustav.

Sie hatte sich verändert. Und doch erkannte er in der Frau, die sie mittlerweile geworden war, noch das junge Mädchen von vor zwei Jahren.

An ihrem grünen Abendkleid hatte sie eine frische Blume befestigt, ebenso in ihrem hellen Haar.

In der Zwischenzeit hatte Otto seinen Bruder entdeckt und kam nun auf ihn zu. Die beiden gaben sich die Hand und unterhielten sich eine Weile.

Als Emil Korsch Otto von Dortmann bei einem Mann stehen sah, den er für dessen Bruder hielt, entschuldigte er sich bei Göring und schlenderte auf die beiden zu.

„Otto, mein Freund", sagte er mit einem breiten Lächeln, „dies muß Ihr Bruder sein, von dem Sie mir erzählt haben."

„Ja, das ist er, Herr Korsch", entgegnete Otto nervös. „Darf ich vorstellen, Baron Heinrich von Dortmann. Heinrich, das ist Herr ... äh, Herr Emil Korsch, der mit –"

„Ich freue mich, Ihre Bekanntschaft zu machen, Baron", sagte Korsch schnell. „Otto erzählte mir, daß Sie direkt nebenan wohnen", fügte er hinzu.

„Das stimmt, Herr Korsch", erwiderte Heinrich freundlich. Auch ohne Ottos Schwitzen und Zittern wußte er, daß dies ein gefährlicher Mann war.

„Dann gehört das Gut, an dem ich auf dem Weg hierher vorbeigefahren bin, also Ihnen."

„Ja."

„Sie hatten keine Fahne gehißt."

Der Baron nickte.

„Stehen Sie etwa nicht auf der Seite des Nationalsozialismus?" fragte Korsch beißend.

Von Korsch unbemerkt, tat Otto durch Zwinkern und Gesten mit der Hand sein Bestes, seinem Bruder klarzumachen, daß er vorsichtig sein und genau überlegen sollte, was er sagte. Leider gelang es ihm nicht.

„Ich fürchte, ich habe tatsächlich andere Bindungen, Herr Korsch", erwiderte der Baron offen.

Der Gestapomann versuchte nicht, die Überraschung zu verbergen, die sich auf seinem Gesicht breitmachte. Otto war außer sich angesichts Heinrichs unbedachter Worte und sah doch keine Möglichkeit, in die Unterhaltung einzugreifen. Daher stand er nur stumm dabei und hörte zu, wie der Dummkopf, sein Bruder, dem Gestapomann Gründe an die Hand lieferte, sie alle ins Gefängnis zu bringen.

„*Andere* Bindungen?" wiederholte Korsch ungläubig. „Eine höhere Bindung als die an Ihr Reich und Ihren Führer?"

„Es tut mir leid, Herr Korsch", sagte Baron von Dortmann lächelnd. „Ich liebe mein Land und bin Deutschland gegenüber loyal. Doch er ist nicht mein Führer. Ich habe nur einen Herrn."

„Und wer könnte das sein?" forschte Korsch lächelnd nach. Er war erstaunt über die offene Auflehnung gegen das Reich.

„Mein Herr ist Jesus Christus, Herr Korsch."

Wieder lächelte Korsch, diesmal mit der Überheblichkeit, die Erwachsene oft Kindern gegenüber zeigen.

„Aber, aber, Herr Baron", sagte er und tat sein Bestes, seine Abneigung zu unterdrücken. „Wir sind doch alle gute Christen. Aber wir sind auch gute Bürger, gute Deutsche. Sicher stimmen Sie mit mir überein, daß der Eine, auf den Sie sich beziehen – ich werde den Ausdruck in dieser Diskussion selbst einmal gebrauchen –, dieser Eine, den Sie Ihren *Herrn* nennen, gesagt hat: Gebt dem Kaiser, was des Kaisers ist."

„Ich nenne ihn nicht nur meinen Herrn, Herr Korsch. Jesus Christus *ist* mein Herr."

Otto war nahe dran, einen Herzinfarkt zu bekommen. Korsch würde wahrscheinlich sein Schweigegeld verdoppeln oder verdreifachen! Wie konnte Heinrich nur ein solcher Narr sein! War ihm denn nicht klar, daß dieser Mann der Gestapo angehörte?

Während er sich nervös umschaute, fiel sein Blick auf die Gräfin von Schmundt, die gerade hoheitsvoll die breite Treppe herunterschritt. Das war der Moment, auf den sie gewartet hatte! Siegessicher schwebte sie unter gelegentlichem Applaus und bewundernden Ausrufen in den Raum. Ihr Mann kam auf sie zu, nahm ihre Hand, küßte sie leicht auf die Wange und machte mit ihr eine erneute Begrüßungsrunde.

Marion beobachtete mitleidig dieses Schauspiel.

Nach einer Weile ging sie auf die Gastgeberin zu.

„Hallo, Ingrid", sagte Marion. „Du siehst zauberhaft aus heute abend."

„Vielen Dank, Frau von Dortmann", erwiderte Ingrid betont förmlich.

„Alles sieht wunderbar aus – die Blumen, die Dekoration – sehr elegant."

„Nett, daß Sie das bemerken", entgegnete Ingrid steif.

„Bedienen Sie sich bei den Erfrischungen. Die Häppchen stammen vom besten Restaurant in Berlin. Wenn Sie mich jetzt bitte entschuldigen wollen", fügte sie hinzu. „Ich muß mich um meine anderen Gäste kümmern. Es sind sehr viele wichtige Persönlichkeiten aus der Stadt anwesend."

Schwungvoll drehte sie sich um und ließ Marion stehen, die zu ihrem Mann zurückkehrte. Heinrich unterhielt sich mit dem Gestapomann noch immer über die Konsequenzen der geistlichen Loyalität Gott und dem Land gegenüber.

„Ja", sagte Baron von Dortmann gerade, „ich bin fest davon überzeugt, den Kaisern und Führern alles zu geben, was ihnen rechtmäßig gehört."

„Man könnte Ihre Worte leicht anders auslegen, Baron."

„Ich tue mein Bestes, ein guter Bürger zu sein. Und ich halte mich für einen loyalen Deutschen", entgegnete von Dortmann. „Die Bürgerpflicht ist die eine Sache, die Bindung an einen Herrn eine andere."

„An einen Herrn?"

„Letztere ist nicht etwas, das einem Kaiser gebührt, das er nicht einmal rechtmäßig einfordern kann."

„Rechtmäßig? Der Herrscher über eine Nation hat das Recht, alles einzufordern, was er will."

„Ich gebrauche dieses Wort in geistlichem Sinne, Herr Korsch. Vollkommene Unterwerfung gebührt keinem anderen als meinem Herrn und Retter."

Die notwendigen Informationen zu bekommen, schien ja leichter zu sein, als er angenommen hatte, dachte Korsch mit immer noch geballten Fäusten. Dieser Dummkopf spielte sie ihm direkt in die Hand! Er hätte diesen Mann auf der Stelle verhaften können! Nun aber wollte er die Informationen bekommen, wegen der er gekommen war.

„Da Sie so offen sind, Baron", sagte Korsch nach einer kleinen Pause, „kennen Sie zweifellos einen anderen jungen Mann, der dieselbe Meinung vertritt wie Sie. Dieser Mann hat eine Weile hier in der Gegend gelebt. Ich meine einen gewissen Burschen mit Namen *Bonhoeffer*." Während er den

Namen langsam aussprach, zog sich eine seiner Augenbrauen in die Höhe.

„Dietrich Bonhoeffer?" fragte der Baron.

„Ja, ich glaube, so war sein Name", erwiderte Korsch mit Unschuldsmiene.

„Ja, ich kenne Dietrich tatsächlich", antwortete der Baron.

„Sie nennen ihn beim Vornamen – dann sind Sie ... *Freunde?"*

„Ja, das könnte man sagen. Keine intimen Freunde, doch ich habe ihn einige Male predigen hören, und ich besuchte ihn auch in dem Seminar in der Nähe von Stettin, dessen Leitung er eine Weile innehatte."

„Ach, Sie meinen Finkenwalde."

Der Baron nickte.

„Das war ein illegales Seminar, Baron. Vielleicht wußten Sie das nicht. Es hätte gefährlich für Sie sein können, dort gesehen zu werden. Wenn diese Information in die falschen Hände gelangt wäre ..."

Absichtlich ließ er den Satz unbeendet.

„Hmm, nein, ich wußte nicht, daß es illegal war", erklärte der Baron. „Ich habe gehört, es sei von den Behörden geschlossen worden, doch das ist alles, was ich weiß."

Endlich wurde dem Baron klar, daß der andere ihn bewußt ausfragte, und zwar aus einem bestimmten Grund. Er hatte Angst, schon zu viel gesagt zu haben, und so sehr es seinem Wesen zuwiderlief, erkannte er, daß er vorsichtiger sein und an seine Familie denken mußte.

„Haben Sie Ihren Freund Bonhoeffer in letzter Zeit gesehen?" fragte Korsch beiläufig.

„Eigentlich nicht", erwiderte der Baron, der erleichtert war, daß er diese Frage ehrlich beantworten konnte.

„Wann haben Sie ihn denn das letzte Mal gesehen?"

„Lassen Sie mich nachdenken ... das war etwa so um die Zeit, als Finkenwalde geschlossen wurde, und das ist jetzt ... ja, etwas über eineinhalb Jahre her."

„Und seither haben Sie ihn nicht wiedergesehen?"

„Nein."

„Auch nichts von ihm gehört?"

„Nein – warten Sie, doch ... Ich sah ihn im Februar letzten Jahres noch einmal kurz. Er war auf dem Weg nach Süden."

„Wohin?"

„Nach Göttingen, glaube ich."

„Ja, ich weiß von dieser Reise", sagte Korsch, der seinen Ärger verbarg. Diese Spur war schon seit eineinhalb Jahren kalt! „Und seither haben Sie nichts wieder von ihm gehört?"

„Nicht ein Wort."

„Sie beide sind doch Freunde, und Sie wissen nicht, wo er geblieben ist?" sagte Korsch frech, von Wut überwältigt. Doch er nahm sich schnell wieder zusammen, um seinen Ausrutscher zu kaschieren. „Entschuldigen Sie", sagte er überfreundlich, „es klingt irgendwie seltsam, wenn Sie das sagen, und ich bin sicher, es gibt eine logische Erklärung dafür."

„Ich bewundere Pastor Bonhoeffer", sagte Heinrich. „Ich habe seinen Predigten oft zugehört und auch viele seiner Schriften gelesen. Doch wir haben nicht persönlich verkehrt."

„Und seine politischen Neigungen?"

„Ich habe seine politischen Aktivitäten, wenn es denn welche gab, nicht verfolgt. Ich weiß wirklich nicht, wo er im Augenblick ist, und ich habe ihn die ganze Zeit weder gesehen noch von ihm gehört. Um ehrlich zu sein, Herr Korsch", sagte er lachend, „ich kümmere mich nicht allzusehr um die Politik."

Korsch nahm diese Worte mit gemischten Gefühlen auf. Der Mann, der da vor ihm stand, schien unfähig zu sein, zu lügen, und das war der Grund dafür, daß Korsch ihn um so mehr haßte.

45
Erneuerte Freundschaft

Nachdem Sabrina zwei ermüdend lange Walzer mit Gustav getanzt hatte, entschuldigte sie sich und suchte Zuflucht bei ihrer Mutter. Der Junge, mit dem sie aufgewachsen war, war so eingebildet geworden und von sich selbst eingenommen, daß sie ihn kaum noch erkannte. Wie hatten sie früher nur Freunde sein können, so fragte sie sich. Und noch unglaublicher war es, daß man eine Heirat in Betracht gezogen hatte!

Oh, ich wünschte, alles wäre nicht so kompliziert, dachte Sabrina. Wie gerne würde sie einfach nach Hause gehen!

Nach einer kurzen Unterhaltung mit ihrer Mutter, die sie wieder ein wenig aufrichtete, kam Matthew McCallum heran. Sofort hellte sich Sabrinas Miene auf. Wie schön war es, ihn zu sehen! Sie wunderte sich selbst, wie sehr sie sich freute. Er sah viel erwachsener aus, wie ein richtiger Mann! Und sein Gesichtsausdruck verriet ihr, daß sie ihre Freundschaft dort wieder aufnehmen konnten, wo sie bei seinem letzten Besuch stehengeblieben war. Es kam ihr so vor, als sei überhaupt keine Zeit vergangen.

„Hallo, Frau von Dortmann. Hallo, Sabrina", sagte Matthew, als er sie erreicht hatte. „Es ist so schön, Sie beide wiederzusehen."

„Wir haben uns auch sehr auf euren Besuch gefreut."

„Vielen Dank, Frau von Dortmann", erwiderte er und wendete sich dann an Sabrina. „Ich habe auf eine Gelegenheit gewartet, dir ‚Guten Tag' zu sagen", meinte er. „Du warst ... ziemlich beschäftigt da drüben." Er deutete mit dem Kopf zum Tanzboden hinüber.

Sabrina errötete. „Ach, das."

„Wer ist das denn überhaupt?"

„Unser Nachbar, der Sohn des Grafen von Schmundt. Laß uns lieber von etwas anderem sprechen. Wir haben als Kinder zusammen gespielt, das ist alles."

„Würdest du ... äh, gern tanzen?" fragte Matthew etwas ungeschickt. Auf einmal war er wieder ein verlegener Teenager.

Sabrina lächelte. „Sehr gern", antwortete sie. Sie war froh, daß Matthew nun bei ihr war, bevor Gustav sich wieder zu ihr gesellte.

Das junge Paar ging zur Tanzfläche und drehte sich zu den Klängen des Strauss-Walzers *Geschichten aus dem Wienerwald.* Nun, wo sie einander so nah waren – er in einem Abendanzug und sie in einem langen Kleid –, wurde deutlich, daß mehr zwischen ihnen mitschwang als nur die Freundschaft, die sie vor zwei Jahren geschlossen hatten. Sie waren so froh, sich wiederzusehen, daß sie es kaum aushalten konnten in einer so steifen und künstlichen Umgebung. Wie viel lieber wären sie beide irgendwo alleine gewesen.

„Es ist lange her, seit du das letzte Mal geschrieben hast," meinte Sabrina.

„Ja, es tut mir leid, daß ich nicht öfter geschrieben habe."

„Mir auch."

„Ich fürchte, ich bin kein besonders guter Walzertänzer", sagte Matthew.

„Unsinn", entgegnete Sabrina. „Ich würde sagen, du tanzt sehr gut."

„So gut wie dein Freund?"

„Gerechterweise muß ich sagen, daß Gustav ein ausgezeichneter Tänzer ist. Aber ich tanze zehnmal lieber mit dir."

„Du siehst heute bezaubernd aus", sagte Matthew. „Ich habe dich kaum wiedererkannt." Er wurde verlegen. „Naja, eigentlich", sagte er, „habe ich dich sofort wiedererkannt, als ich dich sah. Aber du bist so erwachsen geworden, und ... ach, du meine Güte, ich weiß es auch nicht! Du siehst einfach wunderbar aus!"

Sabrina lachte. „Vielen Dank, Matthew."

Wie schön, mit jemandem zusammenzusein, der nicht andauernd versucht, einen zu beeindrucken, dachte sie bei sich.

„Und du siehst genau so aus wie ein schneidiger Diplomat", sagte sie fröhlich. „Wahrscheinlich wirst du in nicht allzu langer Zeit den Präsidenten der Vereinigten Staaten im Ausland vertreten!"

„Wie gern würde ich das!" entgegnete Matthew. „Aber ehrlich gesagt, ich würde jetzt viel lieber woanders sein."

„Oh ja, ich auch", rief Sabrina. „Vielleicht im Garten?"

„Richtig! Oder auf dem Rücken eines Pferdes."

„Oder durch einen Wald stromern!"

„Egal was und wo, nur nicht in einen Abendanzug gezwängt sein!" stöhnte Matthew.

„Diplomaten dürfen Smokings nicht hassen."

„Dieser tut es."

„Wie wär es ... mit einem Verlies?" schlug Sabrina neckend vor.

„Prima! Hat dein Vater das Verlies schon gefunden?"

Sabrina lachte.

Noch nie in meinem Leben, dachte Matthew, *habe ich ein solches Lachen gehört.*

„Nein, aber er sucht weiter danach", antwortete Sabrina.

„Ich habe nicht vergessen, daß du mir versprochen hast, ich würde die alte Legende das nächste Mal hören, wenn ich euch wieder besuche."

„Ich werde dafür sorgen, daß du die ganze Geschichte erzählt bekommst! Wie lange könnt ihr bleiben?"

„Ich weiß es nicht. Vielleicht zwei oder drei Tage."

Auf einmal wurden sie von Gustav beiseite geschoben, der Sabrinas Cousine zur Tanzfläche führte.

„Wenn das nicht meine Cousine vom Lande ist", sagte Brigitte lachend, jedoch mit einem sarkastischen Unterton.

Sabrina tat ihr Bestes, den Kommentar zu ignorieren.

„Aber, aber, meine Liebe", ermahnte Gustav sie laut, „sprich bitte nicht schlecht von meiner zukünftigen Frau."

Matthew sah, wie Sabrina knallrot wurde, nicht aus Verlegenheit, sondern aus Wut. Ihre Augen funkelten und ihre Nasenflügel bebten.

Wie kann er so etwas sagen ... und auch noch vor Matthew ... und vor allen? Sabrina war außer sich.

Matthew sah, daß seine Partnerin nahe dran war zu explodieren. Er brach den Tanz ab, nahm ihre Hand und zog sie mit sich fort. Vor Wut bebend folgte Sabrina ihm, hörte aber noch Gustavs Stimme hinter ihr.

„Obwohl ich vielleicht mein Versprechen überdenken muß“, sagte er laut, „falls sie weiterhin mit den amerikanischen Feinden des Reiches verkehrt. Hahaha!“

Brigitte stimmte in sein Gelächter ein, und die beiden tanzten fröhlich in die entgegengesetzte Richtung. Matthew und Sabrina gingen durch eine der offenstehenden Seitentüren in die frische Luft hinaus. In Matthew stieg langsam der Ärger hoch.

„Was soll das alles?“ fragte er. „Stimmt es, was er über dich und ihn erzählt?“

„Natürlich stimmt es nicht!“ entgegnete Sabrina hitzig.

„Dann seid ihr also nicht verlobt?“

„Nein! Unsere Mütter haben früher ihren Träumen nachgehangen, und Gustav weiß, daß mich das ärgert.“

„Er scheint mir ein ziemlich ungehobelter Kerl zu sein.“

„Er ist mehr als nur ungehobelt. Wenn du wüßtest ...“

„Wenn ich was wüßte?“ fragte Matthew. Er spürte auf einmal den Drang, sie zu beschützen.

„Ich weiß nicht ... nichts Konkretes. Er ist nur ... etwas unheimlich geworden, seit wir älter geworden sind. Ich mag die Art nicht, wie er mich ansieht. Er kommt zu den unmöglichsten Zeiten vorbei. Manchmal überläuft mich ein kalter Schauer, wenn er mich beobachtet.“

46

Der Eklat

Es folgte noch ein Walzer. Dann hörte die Musik auf zu spielen und die gebieterische Stimme der Gräfin von Schmundt erhob sich über den Lärm.

„Meine Damen und Herren … bitte …“ sagte sie. „Heute ist ein ganz besonderer Tag …“

Matthew und Sabrina standen nicht weit von der Gräfin entfernt, die mit mütterlichem Stolz den zwanzigsten Geburtstag ihres Sohnes bekanntgab.

Gustav stand hochaufgerichtet neben ihr und nahm lächelnd die Huldigung entgegen.

„Und so, liebe Freunde, die Sie gekommen sind, um mit uns diesen Tag zu feiern, stimmen Sie mit ein in das Geburtstagsständchen für unseren lieben Gustav.“

Gustavs Freunde spendeten ihm Applaus und Beifallsrufe und begannen laut zu singen:

„Viel Glück und viel Segen
auf all deinen Wegen,
Gesundheit und Frohsinn
sei auch mit dabei.“

Nachdem alle gesungen hatten, bahnte sich Graf von Schmundt einen Weg durch die Menge und stellte sich neben seine Frau.

„Auch ich habe einige Worte zu sagen“, begann er. „Wie Sie alle wissen, hat sich das großartige Reich unseres geliebten Führers der Erhaltung des Friedens in Europa verschrieben. Daher verkünde ich mit großem Stolz und großer Freude, daß mein Sohn und Erbe, dem wir gerade zum Geburtstag gratuliert haben, vielleicht schon in zwei Wochen der Luftwaffe beitreten wird!“

Wieder applaudierten alle.

Mit selbstzufriedener Miene und verbeugte sich Gustav, nicht ohne Schwierigkeiten, dann hob er einen Arm und sagte mit dem Grinsen der Trunkenheit auf dem Gesicht: „Heil Hitler!"

Nachdem es wieder still geworden war im Saal, fuhr er fort: „Und nun, Mama, Papa, bin ich an der Reihe. Auch ich habe eine Ankündigung zu machen."

Während er sprach, drehte er sich um und ging zu einem in der Nähe stehenden Tisch hinüber, auf dem ein großes Blumenarrangement stand. Er griff hinein und zog eine langstielige dunkelrote Rose heraus.

Zu ihrem Entsetzen erkannte Sabrina, daß er damit auf sie zugetorkelt kam!

Hätte Matthew Gustavs Absicht früher erkannt, hätte er sicher einen Weg gefunden, Sabrina vor dieser Situation zu bewahren. Doch als ihm dämmerte, was Gustav vorhatte, stand dieser bereits vor ihnen. Alle Augen im Saal waren erwartungsvoll auf sie gerichtet.

„Auch ich möchte gern ein Geschenk überreichen", sagte er überschwenglich.

Sabrina stand wie gelähmt vor Wut da.

„Für die junge Dame, die mir ganz besonders viel bedeutet", sagte er zwar ernst, doch Sabrina erkannte den Hohn, der dahinter steckte, „und die die einzige Liebe meines Herzens ist ... schon die ganzen Jahre unserer Kindheit bis zu diesem Augenblick."

Er machte eine effektvolle Pause und fügte dann hinzu: „Und wie du weißt ... *je dunkler das Rot, desto tiefer die Liebe.*"

Unterdrückte Rufe der Verwunderung wurden laut unter den Frauen, die dem Schauspiel beiwohnten.

Die Gräfin wußte nicht, was sie davon halten sollte. Marion und Heinrich, die etwas weiter hinten standen, erkannten erst viel zu spät, daß ihre Tochter sich in einer entsetzlichen Situation befand, so daß sie ihr nicht zu Hilfe eilen konnten, ohne alles noch schlimmer zu machen.

Sabrina stand wie versteinert, ihr Gesicht wurde abwechselnd rot vor Verlegenheit und weiß vor Wut über seine Vermessenheit.

In seinem Zustand dauerte es eine Weile, bis Gustav bemerkte, daß er, der Sabrina zum Narren halten wollte, sich nun selbst lächerlich machte. Wut stieg in ihm hoch.

„Nimm sie, Sabrina“, beharrte er.

Sabrina rührte sich nicht.

„Nimm sie!“ befahl er.

Die Luft war zum Zerreißen gespannt.

Er kam noch einen Schritt näher und versuchte, ihr die Rose in die Hand zu drücken. Als sie immer noch keine Anstalten machte, ihre Finger um den dornlosen Stiel zu legen, ergriff er ihre Hand zusammen mit der Rose und wollte sie küssen. Sabrina versuchte, ihre Hand von seinen Lippen wegzuziehen, doch er hielt sie um so fester.

„Komm, Sabrina“, sagte er und versuchte, ihre Zurückweisung zu ignorieren, „wir wollen vor den Gästen meines Vaters tanzen.“

Er drehte sich um und rief dem Orchester zu, sie sollten einen Walzer spielen.

Schließlich kam Sabrina wieder zu sich, und mit einem Ruck entzog sie Gustav ihre Hand. Die Rose fiel zu Boden.

Sofort ergriff Matthew ihre Hand und wollte sie fortführen.

Gustav lief hinter ihnen her und packte Matthew fest bei der Schulter.

„Halt, Amerikaner!“ befahl er. „Du Schwein – dies ist nicht deine Sache! Laß meine kleine Sabrina in Ruhe!“

Sabrina wirbelte herum. „*Deine* Sabrina!“ rief sie. „Wie kannst du es wagen, mich so zu nennen, Gustav! Wie kannst du es wagen, meinen Freund ein Schwein zu nennen!“

Ohne Vorwarnung holte Sabrina aus und versetzte ihm eine Ohrfeige. Ein roter Fleck machte sich auf Gustavs Wange breit.

Seine Augen funkelten vor Wut, daß er vor so vielen Menschen so beleidigt worden war.

„Ich denke, Herr von Schmundt“, sagte Matthew, wobei er

sich nach Kräften bemühte, ruhig zu bleiben, „das reicht. Sabrina und ich werden jetzt gehen, und Sie können ihr Fest fortsetzen –"

Matthew konnte seinen Satz nicht zu Ende bringen.

Gustavs Faust landete mit einem mächtigen Schlag auf seinem Kinn. Wie betäubt taumelte Matthew zurück. Der natürliche Kampfinstinkt seiner eigenen Männlichkeit erwachte auf einmal in ihm. Er schüttelte den Kopf und sprang dann auf seinen Gegner zu.

Gustav hatte keine Gegenwehr erwartet, daher traf ihn Matthews Schlag unvorbereitet.

Mit funkelnden Augen antwortete Gustav mit mehreren schnell hintereinander folgenden Schlägen auf Matthews Angriff. Der Amerikaner, der noch niemals einen Faustkampf ausgetragen hatte, war ihm hilflos ausgeliefert. Nach zwei weiteren Schlägen ins Gesicht taumelte er zurück und fiel zu Boden.

„Das ist für dich, du amerikanischer Mistkerl!" rief Gustav, der mit geballten Fäusten über ihn gebeugt stand. „Ja, du kannst gehen, wenn ich mit dir fertig bin! Wir brauchen euch hier nicht, ihr feigen Amerikaner. Ihr seid genauso abscheulich wie die Juden!"

Mittlerweile kniete Sabrina neben Matthew auf dem Boden.

„Ha, ha!" lachte Gustav. „Seht sie euch nur an! Was habe ich nur an diesem kleinen Luder gefunden! Sie ist doch nur eine juden- und amerikanerfreundliche Schlampe! Du bist keine Deutsche! Du bist eine Verräterin, du und auch dein Vater – ihr alle – Verräter!"

In der Zwischenzeit waren Thaddeus und Baron von Dortmann herangeeilt, und innerhalb kürzester Zeit hatten sie Matthew aufgeholfen. Thaddeus hielt ein Taschentuch an die blutende Nase seines Sohnes, während die anderen Gäste peinlich berührt dabeistanden.

Marion ging auf Gustavs Mutter zu und versuchte, einige Abschiedsworte anzubringen, da sie, ihr Mann und Sabrina nun gehen würden.

Die Gräfin jedoch machte ihr Vorwürfe, beschuldigte ihre eingebildete und schlecht erzogene Tochter, den Geburtstag ihres Sohnes und ihre Rückkehr in die Gesellschaft verdorben zu haben und wandte sich von ihr ab. Marion stand da und hatte Tränen in den Augen.

47
Wie man mit Wut umgeht

Irgendwie schien Ihr der *Frühlingsgarten* nicht mehr derselbe zu sein, nun, da sie so betrübt war.

Seit fast einer Stunde spazierte sie über die bekannten Wege, tat alles, was sie sonst auch tat, und schnitt wie immer einen Strauß Rosen für ihre Mutter.

Doch nichts konnte die Empörung besänftigen, die sie fühlte. Sie ging schneller als sonst, und auch ihr Puls war beschleunigt. Sie konnte nichts tun, um sich abzureagieren.

Ihr Vater hatte es bemerkt, als er zum Frühstück vom Feld hereingekommen war, aber er schwieg dazu. Die Zeit heilte immer noch am besten, und er wollte dem Wirken des Geistes nichts vorwegnehmen.

Ihn beschäftigte aber nicht nur die Ernte, die in vollem Gange war, und Sabrinas Gemütsverfassung, er mußte in die Stadt fahren, da er sich Sorgen um Doktor Abrahams machte.

Am Vormittag kehrte er zurück und suchte Marion, um ihr zu berichten, was er in Erfahrung gebracht hatte. Danach nahm er seinen Lieblingsspazierstock zur Hand und machte sich auf den Weg, die Treppen hinunter und an der großen Eiche vorbei, weiter bis hin zu den Feldern, wo er sehen wollte, wie weit die Ernte auf einem der Weizenfelder gediehen war. Dann ging er weiter, überquerte die Brücke und fand sich schließlich im *Frühlingsgarten* wieder.

Er wußte nicht, wo seine Tochter war, oder ob sie überhaupt noch draußen war.

Langsam ging er umher, freute sich an der warmen Luft und den Düften des Sommers, räumte hier und da einen Stein mit seinem Spazierstock beiseite, schnitt eine Knospe ab und knipste einen abgestorbenen Ast von einem der vielen blühenden Büsche.

Sabrina hörte ihn herankommen und ging ihm entgegen.

Sie trafen sich an einer besonders sonnigen und trockenen Stelle im *Frühlingsgarten,* wo der Baron einige Pflanzen ziehen konnte, die sonst nur im Mittelmeerraum gediehen.

„Was machst du hier, Papa?" fragte sie.

„Ich genieße den Tag, mein Liebes. Was ist mit dir?"

„Ich versuche das auch. Aber heute können mich selbst die Rosen nicht erfreuen."

„Bist du immer noch wütend wegen gestern nachmittag?" fragte der Baron, der langsam weiterging. Dann bückte er sich, legte seinen Spazierstock auf den Boden und lockerte sorgfältig die Erde unter einer seiner wunderschönen Dornenpflanzen. Er hatte sie vor Jahren aus einem Ableger selbst gezogen und sie mit ihren winzigen orangefarbenen Blüten besonders ins Herz geschlossen.

„Sie will schon wieder blühen", sagte er, während er die Erde auflockerte und etwas Unkraut auszupfte.

„Ja, Papa, doch ihre Dornen sind so lang und spitz, daß ich mich durch ihre Blüten nicht täuschen lasse."

Die Miene des Barons wurde nachdenklich, und er überlegte, ob die einfachen Worte seiner Tochter nicht das ganze Leben widerspiegelten.

„Sollte ich nicht mehr wütend sein?" fragte sie nach einer Weile. Ihre Stimme klang gepreßt, fast als ob die stille Wut, die immer noch unter der Oberfläche schwelte, sich gegen ihren Vater richtete.

Er antwortete nicht sofort, sondern ging weiter vor ihr her.

„Du hattest jedes Recht, wütend zu sein", antwortete der Baron schließlich. „Ich war auch wütend auf Gustav, weil er dich und Matthew so behandelt hat."

„Und warum bin ich dann so unruhig?“

„Vielleicht, weil du mit deiner Wut nicht richtig umgegangen bist.“

„Aber wie kann ich das nach dem, was Gustav getan hat?“

„Was ein anderer tut, rechtfertigt nicht unser eigenes Verhalten, Sabrina. Gustavs Fehlverhalten entbindet dich nicht von der Pflicht, dich so zu verhalten, wie Christus es uns geboten hat.“

„Und das wäre?“

„Ganz sicher brauche ich dir nichts über die Vergebung zu erzählen, nicht wahr, Sabrina?“

„Nein, Papa.“

„Wir müssen Gustav seinen Fehltritt vergeben. Ja, wir können dadurch dem Geist Gottes Gelegenheit geben, durch uns hindurchzufließen.“

Sabrina dachte lange darüber nach.

„Ich weiß, daß du recht hast“, sagte sie schließlich. „Es fällt mir schwer, das zu sagen“, fügte sie etwas verlegen hinzu, „aber jemandem vergeben zu müssen, gibt einem das Gefühl, als hätte man selbst Unrecht getan – so als würde ich Gustav nachgeben –, und das ist nicht sehr angenehm.“

„Nun, du hast auch Unrecht getan“, sagte ihr Vater, „indem du deine Wut so lange mit dir herumgetragen hast. Die Wut, die sich in dir festsetzt, verletzt dich selbst mehr als Gustav. Und Gott weiß das. Gottes Vergebung zu erbitten, so wie du Gustav vergeben sollst, ist keine leere Geste, sondern eine Notwendigkeit für deine eigene geistliche Gesundheit.“

Sabrina schaute auf den Boden.

Die beiden schwiegen eine Weile miteinander. Der Baron schaute sich in seinem Garten um in dem Wissen, daß seine Tochter mit ihrem Vater im Himmel Zwiesprache hielt. Wie froh war er, daß sie sich Schritt für Schritt aus der Abhängigkeit von *ihm* löste und sich in die Abhängigkeit *Gottes* begab.

Kurze Zeit später öffnete Sabrina die Augen. Schweigend saßen sie nebeneinander.

„Vielen Dank, Papa“, sagte sie schließlich leise.

„Du entwickelst dich zu einer wunderbaren Frau, Sabrina“,

sagte der Baron. „Du lernst, in dich selbst hineinzuschauen mit den Worten aus Psalm 51 und 139."

„Sag sie mir noch einmal, Papa."

„Schaffe in mir, Gott, ein reines Herz. Erforsche mich, Gott und erkenne mein Herz; prüfe mich und erkenne, wie ich's meine. Und sieh, ob ich auf bösem Wege bin und leite mich auf ewigem Wege."

„Papa, ich sehe ein, wie falsch es von mir war, an meiner Wut festzuhalten. Ich schäme mich, daß ich mich nicht richtig verhalten habe."

Wieder schwiegen sie.

„Ich habe noch eine Frage, Papa", sagte Sabrina nach einer Weile.

„Frag nur, mein Kind."

„Was ist mit den Nazis, Papa? Was ist mit dem vielen Bösen in dieser Welt? Dürfen wir wütend darüber sein? Sie tun dem Volk Gottes doch Böses an. Rechtfertigt das die – wie ich dich manchmal sagen hörte – rechtschaffene Wut?"

Von Dortmann seufzte. „Ach, meine Tochter", sagte er schließlich traurig. „Du hast eine schwierige Frage gestellt. Ganz ehrlich, ich weiß es nicht. Ich kämpfe schon seit Jahren um die richtige Antwort darauf. So viel Unrecht wird getan – wie soll das Volk Gottes auf all das reagieren? Was würde Jesus tun, wenn er hier bei uns wäre?"

Er brach ab und seufzte tief.

„Ich habe unseren Freund Aaron Abrahams vor einer Stunde besucht", erzählte er. „Er ist wütend, Sabrina."

„Aber doch nicht auf dich, Papa?"

„Oh nein – auf die Nazis."

„Was ist passiert?"

„Ich ging zu seinem Haus. Die Fensterscheiben waren zerbrochen und die Rollos heruntergelassen. Ich klopfte. Als er kam, begrüßte er mich nicht einmal.

‚Geh weg, Heinrich', sagte er. ‚Geh weg! Es ist besser für dich!'

Ich versuchte, mit ihm zu sprechen. Ich fragte ihn, ob ich hereinkommen könnte, doch er wollte mich nicht einmal durch die Tür lassen.

,Geh, Heinrich! Du bist in Gefahr – du darfst hier nicht gesehen werden', sagte er. ,Du mußt vergessen, daß du mich jemals gekannt hast.'

Ich sagte ihm, das sei unmöglich, und er sei unser Freund – mehr als ein Freund.

,Geh weg, Heinrich', wiederholte er immer wieder. ,Ich existiere nicht mehr für dich!' Und damit schlug er mir die Tür vor der Nase zu und reagierte auf mein weiteres Klopfen nicht mehr."

„Papa. Das ist ja entsetzlich!"

„Ja, das ist es. Ich fürchte, schreckliche Zeiten stehen uns bevor. Einige reagieren darauf mit Wut. Vielleicht ist das unter den gegebenen Umständen auch richtig. Doch um ehrlich zu sein, meine Tochter, ich weiß es nicht."

„Was wirst du tun, Papa?" Der Baron schwieg.

„Ich habe keine Antwort auf diese Fragen, Sabrina", sagte er schließlich resigniert. „Ich weiß es einfach nicht."

48
Was rote Rosen bedeuten

An dem Morgen nach dem Fest bei den Schmundts frühstückten Thaddeus und Matthew McCallum allein in ihrem Zimmer. Heidi brachte ihnen ein Tablett mit Kaffee und Brötchen und ließ es nach einem leisen Klopfen vor der Türe stehen. Als die beiden aufstanden, waren die Erntehelfer des Barons bereits fleißig bei der Arbeit und der Baron mit seiner Tochter im Garten. Erst spät am Morgen bekamen sie ihren Gastgeber zu Gesicht. Der Baron lud seine Gäste kurz vor Mittag ein, ihnen im Speisezimmer der Familie Gesellschaft zu leisten. Heidi war damit beschäftigt, den Tisch mit Brot,

Käse, Wurst und Marmelade zu decken. Der Geruch von frischem Kaffee füllte den Raum.

„Ich dachte, es wäre vielleicht schön, wenn wir ein zweites, ausgiebiges Frühstück zusammen einnehmen und erst später, vielleicht so um halb drei, zu Mittag essen", meinte er.

„Das klingt gut, Baron", erwiderte Thaddeus.

„Danach werde ich mit meinen Männern zusammen auf den Feldern arbeiten, vielleicht sogar bis zum Einbruch der Dunkelheit", fuhr der Baron fort. „Zwar würde ich meine Rolle als Gastgeber lieber anders wahrnehmen, doch wenn ein Feld reif zur Ernte ist, dann dürfen wir nicht warten, denn für Ende der Woche ist Regen angekündigt. Also versuchen wir, bis dahin so viel Korn wie möglich einzufahren."

„Das geht schon in Ordnung, Baron", gab Thaddeus zurück. „Wir würden gern zuschauen, wenn wir nicht im Weg sind."

„Aber ganz und gar nicht. Ich würde mich freuen! Ich habe gerade nach meinen Männern gesehen. Sie arbeiten großartig, und meine Anwesenheit wird erst in drei Stunden wieder erforderlich sein. Matthew – du siehst heute morgen kampfesmüde aus."

Matthew, mit seinem blauen Auge und der verbundenen Wunde unter seinem Ohr, sah etwas verlegen drein. Auch seine Nase war noch rot, obwohl sie nicht mehr blutete und der Baron sicher war, daß sie nicht gebrochen war. Er wünschte, er hätte Aaron hinzuziehen können, um sie zu untersuchen, doch er wußte, daß er nicht kommen würde, wenn es sich nicht gerade um eine Sache auf Leben und Tod handelte.

„Na ja, wenigstens kann ich noch laufen", bemerkte Matthew trocken. Er setzte sich und nahm sich eine Scheibe Brot aus dem Brotkorb, den Marion ihm reichte. „Obwohl ich, nachdem Ihr Nachbar von Schmundt mir die Schläge verpaßt hatte, nicht gedacht hätte, daß ich jemals noch einmal würde aufstehen können! In meinem Kopf läuteten so viele Glocken, daß ich den Eindruck hatte, ich würde auf einem Kirchturm stehen! Er ist wirklich stark."

Die Miene des Barons verfinsterte sich.

„Es macht mich traurig zu sehen, was der Graf und Ingrid aus ihm gemacht haben", fügte Marion hinzu.

„Was man auch auf unsere ganze Nation beziehen kann", sagte der Baron nachdenklich. „Wir haben einem Tyrannen gestattet, die Macht zu ergreifen, und nun scheint es nichts zu geben, das ihn aufhalten könnte. Das wirkt offenbar auf viele aus unserem Volk ansteckend."

„Wir im diplomatischen Korps tun jedenfalls unser Bestes, den Frieden zu erhalten", sagte Thaddeus, „obwohl es täglich schwieriger wird", fügte er seufzend hinzu.

„Nun, vom diplomatischen Standpunkt aus gesehen habe ich gestern sicherlich nichts getan, den Frieden zu erhalten. Ich weiß auch nicht, was in mich gefahren ist, daß ich ihn so angegriffen habe! Ich bin ein schöner Diplomat!"

„Du hast nur versucht, mich zu beschützen", sagte Sabrina. „Ich fühle mich geehrt, daß du für mich eingetreten bist."

„Danke schön", sagte Matthew, „aber ich hätte besser versucht, diplomatischer vorzugehen. Wenn ich in Dads Fußtapfen treten will, werde ich lernen müssen, besser mit solchen Dingen fertigzuwerden."

Ein Schweigen entstand. Alle ließen sich das Essen schmekken, das vor ihnen auf dem Tisch stand.

„Was sollte eigentlich der Quatsch mit der Rose?" fragte Matthew.

Sabrina errötete.

Matthew erkannte, daß er ungeschickt gewesen war, und versuchte, die Frage zurückzuziehen.

„Nein ... das ist schon in Ordnung", sagte Sabrina. „Aber habt ihr in Amerika nicht auch diese Sitte?"

„Was für eine Sitte?"

„Die Sitte, Rosen zu verschenken ... rote Rosen?"

„Ich weiß es nicht. Menschen schenken sich oft Rosen, und ich schätze, rot ist die gängigste Farbe."

Sabrina schaute ihre Mutter an.

„In unserem Land, Matthew", erklärte Marion „hat das Verschenken einer Rose eine ganz besondere Bedeutung."

„Welche denn?" fragte er.

„Nur Liebende schenken sich rote Rosen", erwiderte Sabrinas Mutter. „Wenn man sich rote Rosen schenkt, ist das fast so, als würde man Ringe austauschen. Nur Ehepaare oder solche, die bald heiraten wollen, tun das. Aus reiner Freundschaft schenkt man andersfarbige Rosen – aber niemals rote."

„Gustavs Handlungsweise war also mehr als nur ungeschickt?" fragte Matthews Vater.

„Weit mehr", erwiderte der Baron. „Kein Mann von Ehre würde einer Frau eine rote Rose anbieten, wenn sie nicht schon seine Frau oder bereit wäre, seine Frau zu werden. Doch Gustav und seinen Eltern war bereits deutlich zu verstehen gegeben worden, daß Sabrina nicht daran interessiert ist, ihn zu heiraten. Deshalb war das, was er gestern getan hat, höchst beleidigend. Es war sehr ehrenhaft von dir, für meine Tochter einzutreten. Ich bin stolz auf dich und danke dir dafür."

„Es ist, als läge ein Geheimnis in der Rose", sagte Matthew.

Der Baron schaute seine Frau bedeutungsvoll lächelnd an. „Das haben wir schon immer so empfunden", sagte er. „Darum züchten wir Rosen und lieben sie. Sie bergen so viele Geheimnisse. Eines davon ist, daß Liebende sich durch Rosen ohne Worte sagen können, was sie füreinander empfinden."

Schweigen legte sich auf die kleine Runde.

„Nun, ich denke, wir haben jetzt genug über gestern gesprochen", sagte der Baron. „Es ist an der Zeit, daß wir das hinter uns lassen. Und da wir gerade bei dem Thema Rosen sind, wie wäre es mit einem Gang durch den Rosengarten?"

Sie erhoben sich und verließen zusammen das Haus.

49
Elternsorgen

So sehr ich Ihren Garten liebe, Baron", sagte Matthew, „es gibt noch etwas anderes, das ich kaum erwarten konnte."

Eine Stunde war vergangen. Die fünf waren durch den *Frühlingsgarten* bis hinunter zum Fluß spaziert und wieder den Hügel hinauf, hatten sich kurz an Marions und Heinrichs Lieblingsplatz aufgehalten und saßen nun plaudernd im Rosengarten.

„Und was ist das?"

„Ich möchte die Legende dieses Hauses hören", entgegnete er. „Und jetzt, wo ich wieder laufen kann und nicht mehr diesen Gips hinter mir herschleppen muß, möchte ich noch einmal in den Keller. Ich will sehen, ob ich Ihr geheimes Verlies nicht finden kann."

Der Baron lachte.

„Viel Glück dabei! Ich werde meinen Hut vor dir ziehen, falls es dir gelingen sollte, und dir ewig dankbar sein. Jahrelang habe ich danach gesucht und bin schließlich zu der Überzeugung gekommen, daß dieser Ort nur in der Einbildung der alten Eppie existiert."

„Dürfen wir Eppie denn besuchen, Papa?" fragte Sabrina aufgeregt.

„Wie geht es ihr, Marion?" fragte der Baron.

„Es geht ihr gut. Ich zweifle nicht daran, daß es ihr großes Vergnügen bereiten würde, einigen unverhofften Besuchern Angst zu machen ..."

„Gut, wir werden Eppie heute abend gemeinsam besuchen."

„Dann komm, Matthew!" rief Sabrina und sprang auf. „Wir wollen noch einmal einen Erkundungsgang machen!"

Schon lief sie den Hügel hinauf, und die beiden waren wieder Kinder. Matthew rannte ausgelassen hinter ihr her. Die Eltern blieben sitzen und hörten schmunzelnd ihr Rufen und Lachen, als sie zum Haus rannten.

*

Aus der Ferne starrten zwei funkelnde Augen durch ein Fernglas und beobachteten die Vorgänge im Garten. Wütend sah Gustav mit an, daß im *Lebenshaus* noch immer Freude und Fröhlichkeit herrschten.

Es war, als wäre nichts geschehen!

Sabrinas Fröhlichkeit bohrte sich in sein Herz wie ein Messer. Er schwor sich, daß der Tag kommen würde, an dem er sie für ihre Dummheit bezahlen lassen würde. Sie hatte einen Narren aus ihm gemacht.

Es war egal, wie lange es dauern würde, Jahre, wenn es sein mußte – er würde sie doch besitzen!

*

„Sie haben keine Vorstellung davon, wie gut der Umgang mit Ihrer Tochter für meinen Matthew ist“, sagte Thaddeus schließlich. Sie saßen immer noch im Rosengarten, verborgen vor den fernen, spionierenden Augen. „Er hat nicht viel Kontakt zu jungen Leuten seines Alters. Das gehört zu den Nachteilen meiner Arbeit.“

„Aber er ist sehr reif, Thaddeus“, warf der Baron ein, „was ganz sicher ein Vorteil ist.“

„Ja, das ist er in der Tat. Aber es tut mir manchmal leid, daß er sich meistens unter Menschen bewegt, die viel älter sind als er. Besonders durch das Zusammensein mit den Diplomaten, die alle so förmlich und ordentlich sind, hat er wenig Gelegenheit gehabt zu spielen, herumzustreunen und zu laufen. Ich glaube, ich fühle mich ein wenig schuldig, weil ich ihm einen Teil seiner Kindheit geraubt habe.“

„Es gab Umstände in Ihrem Leben, die Sie nicht ändern konnten, Thaddeus“, sagte Marion voller Anteilnahme.

„Sie meinen ... den Tod meiner Frau?"

„Ja, aber auch Ihre Arbeit, Ihre Aufgabe hier in Deutschland. So wie ich es sehe, haben Sie beide das Beste aus der Situation gemacht. Sie stehen einander sehr nahe, und das ist immerhin etwas, das nicht alle Väter und Söhne miteinander erleben."

„Ja, und dafür bin ich auch sehr dankbar, da haben Sie recht."

„Und trotzdem tut Matthew Ihnen leid, ist es das?"

„Vielleicht", stimmte Thaddeus zu. Er dachte einen Augenblick nach. „Er stellt hohe Ansprüche an sich selbst – zu hohe. Das hat er von mir, denke ich. Außerdem verkehren wir überwiegend in intellektuellen Kreisen, und er hat sich schon früh darum bemüht, der vollendete Sohn des Diplomaten zu sein, wenn Sie verstehen, was ich meine."

„Aber das hat ihm nicht geschadet", meinte Marion. „Er wirkt sehr erwachsen!"

„Ja, er hat schon früh gelernt, sich wie ein Erwachsener zu verhalten. Sie werden aber sicher schon bemerkt haben, daß er dazu neigt, sich ungeschickt und verlegen zu fühlen, wenn die glatte diplomatische Oberfläche angekratzt wird oder wenn er das Gefühl hat, er hätte die Kontrolle über sich verloren oder etwas Dummes gemacht.

Meine Hauptsorge ist eigentlich, daß er nicht weiß, wo und wann er ruhig einmal ... so richtig kindisch und leichtsinnig sein darf."

„Es hat aber durchaus den Anschein, als genieße er seinen Aufenthalt hier", sagte Marion.

„Das ist der Einfluß Ihrer Tochter", entgegnete Thaddeus. „Ich stelle fest, daß Sabrina ihn sogar dazu bringen kann, wieder Kind, ja sogar impulsiv zu sein. Er hat immer viel Spaß, wenn er mit ihr zusammen ist. Das hat er mir gesagt. Sie bringt einen Teil seines Wesens zum Vorschein, das er bis jetzt noch nicht hatte entdecken können."

Wieder lachte er. „Obwohl es lustig ist, denn die beiden sind schließlich keine Kinder mehr."

Eine Pause entstand. Es war der Amerikaner, der das Schweigen nach einer Weile brach.

„Haben Sie etwas dagegen, wenn ich Ihnen eine Frage stelle?“ sagte er.

„Nicht im geringsten“, erwiderte der Baron.

„Gut“, sagte Thaddeus. „Wie bereiten Sie Ihre Tochter auf eine Welt vor, in der, wie ja offensichtlich ist, nicht besonders angenehme Dinge vor sich gehen? Hier ist es – hier scheint alles vollkommen, heiter und idyllisch zu sein. Verstehen Sie mich nicht falsch – ich liebe die Atmosphäre im *Lebenshaus*, wie ich schon gesagt habe. Aber haben Sie keine Angst, daß, falls es zum Schlimmsten kommt, Ihre Tochter darauf nicht vorbereitet ist, weil sie hier vollkommen behütet vor allen Grausamkeiten des Lebens aufgewachsen ist?“

Der Baron nickte ernst, während Thaddeus sprach. Tiefe Sorgenfalten traten auf seine Stirn. Er dachte eine Weile über das nach, was sein Freund gesagt hatte, und ergriff dann das Wort.

„Sie können sich nicht vorstellen, wie lange und ernst wir schon darüber nachgedacht und gebetet haben, Thaddeus“, begann er.

Marion nickte.

„Für alles im Leben gibt es bestimmte Zeiten, Thaddeus“, sagte der Baron. „Gott schenkt uns Zeiten der Fröhlichkeit, oft mit dem Ziel, uns auf die Schwierigkeiten vorzubereiten, die auf uns warten. Meiner Ansicht ist es nicht nur die Not, die einen auf Nöte vorbereitet. Auch die Fröhlichkeit kann stärken.

Nehmen wir zum Beispiel die Pflanzen, die wir hier im Garten finden. Ein zartes junges Pflänzchen in einem Gewächshaus aufzuziehen und es dann der Kälte des Winters auszusetzen, könnte es töten. Auf der anderen Seite wird die Pflanze, wenn sie tiefgehende Wurzeln entwickelt hat und Stengel und Blätter stark geworden sind, so widerstandsfähig, daß sie selbst unter ungünstigen Bedingungen blühen kann.

Stellen wir uns einen Baum vor, der aus einem winzigen Samenkorn hoch oben auf einem felsigen Berg gewachsen ist, wo die Natur ihr Bestes tut, ihn zu zerstören. Wenn dieser

Baum überlebt, wird er in der Tat sehr widerstandsfähig sein. Und doch sterben die meisten dieser Sämlinge, *bevor* sie überhaupt erst groß werden. Diejenigen, die überleben, sind in der Regel verkümmert oder mißgestaltet und keineswegs so fruchtbar, wie sie sich entwickelt hätten, wenn sie in einer geschützeren Umgebung aufgewachsen wären.

Was ist also der beste Weg, eine gesunde und lebenstüchtige junge Pflanze zu ziehen, Thaddeus, im Gewächshaus oder im Gebirge? Beides birgt ein Risiko in sich." Der Baron sah seinen Freund fragend an.

Thaddeus schmunzelte ihn an.

„Ich habe das unbestimmte Gefühl, daß Sie gar nicht die Pflanzen meinen, Baron."

„Was sind Kinder denn anderes als zarte, wachsende Lebewesen?" fragte von Dortmann zurück. „Ich bin der Ansicht, daß man allen wachsenden Dingen einen guten, gesunden Anfang in der geschützten Umgebung eines Gewächshauses geben sollte. Ich will Ihnen ein Beispiel geben", fuhr der Baron fort. „Wenn ich nach Berlin fahre, um eine neue Pflanzenart für meinen Garten zu suchen, oder wenn ich einen neuen Ableger bekommen habe, dann versuche ich so lange es geht, dieser Pflanze all die Hilfe zukommen zu lassen, die es ihr ermöglicht, lebenstüchtig zu werden. Wie kräftig sie wird, hängt davon ab, welche Hilfestellung ich ihr während der ersten ein oder zwei Jahre ihres Lebens gebe. Als erstes muß ich sie vor allem beschützen, was sie töten könnte – Schnee, Frost, Wind, Schädlinge, Pilze, Hasen, Wild, Schnecken und dergleichen. Ich passe sehr gut auf meine jungen Pflänzchen auf und decke sie oft ab, während sie wachsen. Ich dünge und schneide sie auch, wenn es nötig ist, und scheue keine Anstrengung in den ersten beiden Jahren."

Der Baron machte eine Pause und schaute zum Himmel im Osten.

„Sehen Sie diese dunklen Wolken in der Ferne, Thaddeus?" fragte er.

McCallum schaute auch hinüber und nickte.

„Dem Geruch nach zu urteilen und dem Wind nach, der vor

zwanzig Minuten aufgekommen ist, kann ich sagen, daß sie sich in diese Richtung bewegen. Morgen um diese Zeit wird es regnen, dafür garantiere ich. Vielleicht sogar heftig. Und wenn ich Pflanzen oder Ableger hätte, die ich erst vor kurzem gesetzt hätte, würde ich noch an diesem Nachmittag Vorkehrungen treffen, um sie vor zu starkem Regen oder Sturm zu schützen.

Das Überleben der Pflanzen hängt davon ab, daß sie ihre Wurzeln tief in den Boden treiben, damit Stengel, Stamm und Blätter, die über der Erde wachsen, gesund sind. Ohne die tiefen Wurzeln können die Einflüsse von außen die ersten zarten grünen Sprosse zerstören.

Ich glaube, daß es so auch bei den Kindern ist: Auf die Wurzeln kommt es an, Thaddeus! Die Wurzeln müssen sorgfältig genährt werden, damit sie tief ins Erdreich eindringen können. Auch muß man die Pflanze vor Schädlingen, Wind und Frost schützen, damit sie sich gut entwickeln und stark werden können."

„Auf jeden Fall", fuhr der Baron fort, „hat Gott es so mit seinem eigenen Sohn gehalten. Um sicherzustellen, daß Jesus in einer beschützten Atmosphäre aufwuchs, wählte sein Vater die gottesfürchtige junge Frau, Maria, die sozusagen die Funktion des Gewächshauses wahrnehmen sollte."

„Und wie lange soll das so gehen, Heinrich?" fragte Thaddeus.

„Ah, mein Freund, da haben Sie die schwierigste Frage von allen gestellt! Pflanzen und Kinder müssen langsam selbständig werden. Kinder brauchen dazu viele, viele Jahre, in denen sie sich immer mehr dem elterlichen Einfluß entziehen. Sehen Sie sich doch nur unsere beiden an – sie haben ihr eigenes Wurzelsystem entwickelt und werden immer unabhängiger von uns. Und doch sind sie in so vieler Hinsicht noch Kinder. Sie entfalten sich – werden groß, stark und charakterfest –, und doch haben sie ihre volle Reife noch nicht erreicht."

„Das wird aber nicht mehr lange dauern", bemerkte Thaddeus.

Der Baron seufzte. „Die Kinder werden leider schneller erwachsen, als wir denken."

50
Auf der Suche nach dem Verlies

Während ihre Eltern noch im Garten zusammensaßen, rannten Sabrina und Matthew lachend von einem Ende des Kellers zum anderen.

Sabrina war aus dem Garten über die Terrasse, durch die Küchentür und die langen Korridore, die Treppen hinunter in den Keller, den schmalen Gang entlang gespurtet – Matthew ihr immer auf den Fersen – und hinein in den leeren Kellerraum an der Nordseite des Hauses. Dort ließ sie sich auf die Treppe fallen, die hinauf in das Gästezimmer führte. Sie konnte sich vor Lachen kaum halten. Matthew hatte sie eingeholt und saß nun neben ihr mit dem Rücken an die Mauer gelehnt. Er lachte genauso herzlich wie sie.

„Wie kannst du nur so schnell laufen“, fragte Matthew atemlos.

„Ich kenne das Haus wie meine Westentasche“, erwiderte Sabrina.

„Draußen würde ich dich überholen können!“

„Früher habe ich immer gespielt, ich würde vor bösen Leuten davonlaufen, die mich fangen wollten“ fuhr Sabrina fort, die langsam wieder zu Atem kam. „Und zum aktuellen Zeitpunkt“ lachte sie, „habe ich mir eingebildet, ich würde vor Gustav davonlaufen – das hatte ich fast vergessen!“

„Kennt er diese unterirdischen Gänge?“

„Oh nein, ich habe ihn niemals mit hierhergenommen.“

„Warum nicht, wenn du doch früher mit ihm zusammen immer hier gespielt hast?“

„Ich weiß es nicht. Irgendwie hatte ich das Gefühl, daß ich das besser nicht tun sollte.“

„Was ist mit den geheimnisvollen Räumen oben im zweiten Stock? Bist du mit Gustav dort hinaufgegangen?“

„Nein … ich weiß es nicht, es ist schon so lange her. Ich bin sicher, daß er schon auf dem Balkon gewesen ist, doch ich kann mich nicht erinnern, jemals mit ihm durch die Zimmer im zweiten Stock gegangen zu sein. Als wir noch klein waren, haben wir meistens draußen gespielt."

Sie schwiegen. Beide waren noch ganz außer Atem. Dann begann Matthew in dem kleinen Raum umherzugehen.

„Genau so, wie ich es in Erinnerung hatte", sagte er.

Er schaute sich um. Sein Blick fiel auf den Mauervorsprung an der inneren Wand, auf dem einige zerbrochenen Töpfe standen.

„Hey", sagte er. „Sieh her! Das ist ein guter Platz, um einen Schlüssel zu einem Geheimraum oder einem Verlies zu verstecken!"

„Matthew, deine Phantasie geht mit dir durch!"

„Nein, komm her, ich möchte nachsehen."

Er stellte sich auf die Zehenspitzen, konnte jedoch immer noch nicht über den Rand sehen.

„Komm her", sagte er. „Ich mache eine Räuberleiter."

Matthew bückte sich, verschlang die Hände ineinander und hielt sie Sabrina hin. „Komm, stell dich drauf, ich werde dich hochheben, dann kannst du nachsehen, ob irgend etwas da ist."

Sabrina stellte ihren Fuß in seine Hände und schaute genau nach. Sie leuchtete mit der Kerze in alle Ecken, fand aber nur Schmutz und Staub.

„Ach, Mist!" sagte Matthew. „Ich weiß, daß er hier irgendwo ist."

„Matthew!" lachte Sabrina. „Ich sage dir, es gibt keinen Schlüssel!"

„Gut, dann werden wir dieses Verlies eben ohne ihn finden!" sagte er bestimmt und ging zu dem schmalen Gang zurück.

„Ich sage dir, es hat keinen Zweck", meinte Sabrina, die hinter ihm herkam. „Papa hat schon jeden Zentimeter dieser Mauern untersucht und beide Geheimgänge von einem Ende bis zum anderen."

„Was ist denn mit dem Fußboden ... oder der Decke?" schlug Matthew vor. Sorgfältig suchte er mit den Augen den feuchten, schmutzigen Gang ab.

„Dem Fußboden?" wiederholte Sabrina.

„Natürlich, vielleicht gibt es noch eine Ebene hier drunter, und möglicherweise eine Falltür, die jetzt nur von den vielen Schmutzschichten verdeckt ist."

Sabrina lachte.

„Verliese sind immer tief unten im Keller", sagte Matthew. „Ich wette, das ist es! Das Verlies befindet sich unter uns!" Sofort ging Matthew in die Knie und begann, mit den Fingern die Erde beiseite zu kratzen.

Sabrina lachte immer noch.

„Du bist wirklich witzig, Matthew! Da ist nichts als Erde. Selbst wenn es etwas zu finden gäbe, müßte man jeden Zentimeter dieses Ganges umgraben, um sicher zu sein, daß man es nicht verfehlt."

„Hast du eine Schaufel oder einen Haken? Wenn wir an der einen Seite beginnen und uns bis zur anderen durcharbeiten – ich bin sicher, daß wir irgendwo eine Falltür finden."

Während er sprach, kratzte er weiter mit den Händen die Erde locker.

„Hey, was ist das?" rief er auf einmal und kratzte heftiger. „Ich habe etwas gefunden!"

Sabrina kniete sich neben ihn und schaute ihm zu.

„Fühl mal genau hier", sagte er und führte ihre Hand an die Stelle, an der er gearbeitet hatte.

„Das ist doch nur ein großer Stein", meinte sie nach einer Weile. „Sieh mal ... da sind seine Ränder." Sie schob die Erde beiseite, und nach kurzer Zeit konnte man den Umriß eines unregelmäßig geformten Steines erkennen.

„Naja, vielleicht ist die Falltür ja nicht gerade hier", gab Matthew zu und erhob sich. „Aber ich wette, es gibt hier irgendwo eine."

„Ich werde Papa von deiner Theorie erzählen", lachte Sabrina. „Aber er wird bestimmt nicht wollen, daß der ganze Gang aufgegraben wird. Komm, wir gehen hoch. Ich möchte dir die Räume im zweiten Stock noch einmal zeigen."

„Und die Waffenkammer?" fragte Matthew, als er ihr folgte.

„Wenn du möchtest!"

Sie lief los, blieb dann aber wieder stehen.

„Das ist die Treppe, die hoch zu dem Gästezimmer führt, in dem du das letzte Mal gewohnt hast", sagte sie. „Wir wollen hier hochgehen."

Er folgte ihr. Sie betraten den Raum, in dem er damals eine Woche verbracht hatte, und stiegen dann die Haupttreppe hoch in den zweiten Stock. Matthew folgte Sabrina zuerst in die Waffenkammer und dann zum Ostflügel des Hauses, wo sie Verstecken spielten, lachten und die Räume erforschten, bis es Zeit war zum Mittagessen.

Als sie das Speisezimmer betraten, erhitzt, lachend und immer noch plaudernd, mußten sie sich eingestehen, daß sie seit Jahren nicht mehr so viel Spaß gehabt hatten.

Die Wunden in seinem Gesicht von der Schlägerei mit Gustav hatte Matthew vollkommen vergessen.

51

Bei der Ernte

Unmittelbar nach dem Mittagessen erhob sich der Baron und entschuldigte sich.

„Ich muß sehen, ob der Hafer reif zur Ernte ist", sagte er. „Dieses Feld ist am schwierigsten abzuernten; es liegt ganz in der Nähe des Waldes, ist ziemlich uneben und hat viele Steine. Der Mähbinder ist eine sehr empfindliche Maschine. Falls etwas schiefgeht und wir beispielsweise aus Versehen einen großen Stein erwischen, dann möchte ich lieber selbst den Traktor fahren."

Nachdem sich die Tür hinter ihm geschlossen hatte, fügte Marion hinzu: „Mein bescheidener Ehemann ist, um ehrlich zu sein, der geschickteste Traktorfahrer östlich von Berlin. Er weiß, daß dieses Feld schwer abzuernten ist und daß er es eher schafft als seine Männer, ohne einen Schaden anzurichten."

„Er macht einen großen Teil der Arbeit selbst, nicht wahr?" fragte Thaddeus.

„Ja, sehr viel", antwortete Marion. „Weit mehr, als den meisten Leuten klar ist. Er macht kein Aufhebens darum, aber es liegt an ihm, daß unser Gut schon jahrelang erfolgreich arbeiten kann. Jeden Tag steht er schon bei Sonnenaufgang auf. Er ist ein sehr geschickter Landwirt, und nicht nur das."

Bevor Thaddeus nachfragen konnte, was Marion damit gemeint hatte, erhob sich Sabrina, um ihrem Vater nach draußen zu folgen.

„Komm, Matthew", sagte sie. „Wir wollen uns umziehen und aufs Feld gehen. Ich möchte dir zeigen, was sie gerade machen. Heiko und einige der anderen Männer werden wahrscheinlich Stroh binden auf dem Kornfeld, das Papa gestern morgen vor dem Fest abgeerntet hat."

„Stroh binden?"

„Ja, es wird zu Ballen gebunden für die Kühe. Papa hat eine brandneue Maschine dafür gekauft. Es ist so faszinierend, dort zuzuschauen."

Sie verließen das Haus, während Thaddeus und Marion sich weiter unterhielten.

Das Feld mit dem reifen Hafer war recht weit vom Haus entfernt. Der Baron war hingeritten, Matthew und Sabrina jedoch gingen zu Fuß. Als sie ankamen, saß er bereits auf dem Traktor, der den Mähbinder hinter sich herzog.

Sabrinas Vater winkte den beiden jungen Leuten zu, legte die Hand aber ganz schnell wieder an den Steuerknüppel. Er mußte aufpassen, was er tat. Matthew fiel sofort auf, daß das Feld recht uneben war, und das komische Ding schien so wakkelig zu sein und hatte so viele Teile, die sich alle bewegten, daß er den Eindruck hatte, es müsse jeden Moment auseinanderfallen.

Fasziniert beobachteten sie, wie der Baron zwei lange Reihen abmähte. Dann führte Sabrina Matthew zu dem etwas weiter gelegenen Kornfeld, auf dem nun nur noch die Stoppeln aus der Erde ragten und die Getreidegaben auf ihre Weiterverarbeitung warteten.

„Da sind sie!“ rief Sabrina und deutete quer über das Feld. „Heiko und Hans binden das Stroh zu Ballen – komm!“

Sie lief los über das Stoppelfeld, Matthew hinterher. Er holte sie ein, dann liefen sie Seite an Seite weiter.

Sabrina lief sofort auf die drei Männer zu, die mit der Dreschmaschine arbeiteten. Einer fuhr den Traktor, ein zweiter ging nebenher und warf die fertigen Ballen auf den Heuwagen, auf dem der dritte stand und die Ballen aufstapelte. Offensichtlich hatten die beiden Männer Mühe, mit dem Traktor Schritt zu halten, denn die Ballen fielen schneller, als sie sie auf den Wagen schaffen konnten.

Ganz offensichtlich hatten sie Hilfe nötig. Sabrina kletterte auf den halbvollen Wagen und begann dem Mann zu helfen, die heraufgeworfenen Ballen zu stapeln. Matthew schaute einen Moment zu, dann lief er zu dem Mann, der neben dem Heuwagen herging und half ihm, die Ballen auf den Wagen zu werfen.

Als er das nächste Mal aufschaute, war Sabrina allein auf dem Wagen. Sie rief ihm zu, er solle zu ihr hinaufklettern.

„Wo ist der andere hin?“ fragte er, als er sich auf den Wagen schwang, der langsam über das abgeerntete Feld rumpelte.

Sie deutete hinüber.

„Er holt einen neuen leeren Wagen und will sehen, ob Papa beim Hafer Hilfe braucht. Im Augenblick werden mehrere Felder gleichzeitig abgeerntet, so daß es für alle viel zu tun gibt.“

Auf einmal flog ein Strohballen auf den Wagen, traf Matthews Beine und bewirkte, daß er hinterrücks auf die bereits aufgestapelten Ballen fiel.

„Du wirst keine große Hilfe sein, wenn du nicht besser auf deine Füße achtgibst!“ lachte Sabrina. „Achtung, da kommt schon der nächste!“

Wieder flog ein Ballen auf den Wagen.

„Was soll ich tun?“ fragte Matthew, der sich wieder hochrappelte.

„Du bleibst da stehen, und wenn Hans den nächsten hochwirft, bringst du ihn zu mir. Ich kann ihn dann aufstapeln, ohne immer hin- und hergehen zu müssen.“

Matthew tat, wie ihm geheißen, vor Zufriedenheit strahlend, und Sabrina stapelte den Ballen auf. Als Matthew sich umdrehte, lag schon der nächste Ballen vor seinen Füßen. Er bückte sich, ergriff hastig die Schnur, machte zwei oder drei Schritte, um ihn Sabrina vor die Füße zu legen und drehte sich gerade wieder um, als ihn der nächste schon wieder gegen die Knie traf.

„Ich habe vergessen, dir zu sagen, daß sie scheinbar immer schneller kommen“, lachte Sabrina. „Du mußt auf sie vorbereitet sein.“

„Ich versuche es!“ rief Matthew zurück.

Nach wenigen Minuten hatten sie die dritte Schicht beendet und begannen mit der vierten. Mit der Zeit hatte Matthew es raus, sich die Triebkraft des Wagens und sein eigenes Körpergewicht zunutze zu machen, so daß er die Ballen leichter heben konnte.

„Es kommt mir vor, als hättest du das schon jahrelang gemacht!“ rief Sabrina ihm zu. Matthew grinste.

In weniger als einer Stunde war der Wagen voll, sieben Schichten hoch. Mittlerweile war Heiko mit einem leeren Wagen zurückgekehrt. Der Traktor blieb stehen, der volle Wagen wurde gegen den leeren ausgetauscht, und schon flogen die Ballen wieder, während Heiko langsam und vorsichtig mit dem vollen Wagen zur Scheune zurückfuhr.

Als die erste Schicht fast fertig war, stieß die Maschine, die die Strohballen auswarf, auf einen Aststumpf und blieb stehen. Die Männer gingen hinüber, um nachzusehen. Matthew stand auf dem Wagen und beobachtete sie, als er sich auf einmal auf den Strohballen wiederfand. Das Gelächter hinter ihm zeigte ihm nur zu offensichtlich, daß der Ballen, der ihn niedergestreckt hatte, mit Absicht geworfen worden war.

„Hey!“ rief er und drehte sich um. Mit einer schnellen Bewegung ergriff er Sabrinas Knöchel und zog ihr die Füße unter dem Körper weg. Lachend fiel sie auf ihr Hinterteil.

Nun begann ein Kampf darum, wer sich am längsten auf den Beinen halten konnte. Sie lachten so sehr, daß sie kaum noch Luft bekamen, und keiner von beiden konnte die Oberhand gewinnen.

Auf einmal setzte sich der Wagen ruckartig wieder in Bewegung. Beide fielen rückwärts auf den Stapel und kicherten wie Kinder. Kurz darauf warf Hans einen Strohballen auf sie.

„Hans, das hast du mit Absicht getan", lachte Sabrina, die sich gerade wieder hochrappelte.

Der alte Feldarbeiter, der schon lange Jahre auf dem Gut arbeitete, lächelte Sabrina verschmitzt an. Ihre Verspieltheit ließ ihm die Arbeit viel leichter von der Hand gehen als sonst.

Am Abend fuhr der Traktor mit dem Heuwagen langsam zum Haus zurück. Hans saß hinten auf dem Wagen und ließ die Beine über den Rand hängen, Matthew und Sabrina thronten oben auf der letzten Strohballenschicht. Der Baron sah die heimkehrenden Arbeiter von seinem Haferfeld aus, stellte den Traktor ab und ging ihnen entgegen.

Der Fahrer hielt den Traktor an. Der Baron schaute zu seiner Tochter und ihrem jungen Freund hinauf, der mit staubverschmiertem Gesicht und schweißtriefend in seinen schmutzigen Sachen neben Sabrina auf einem Strohballen saß. Er lächelte, sprang auf den Wagen und gab Friedrich, der den Traktor fuhr, ein Zeichen, weiterzufahren.

„Du hättest ihn sehen sollen, Papa. Er ist so stark und hat die Ballen umhergeworfen, als wären sie federleicht."

Matthew lachte.

„Lüg deinen Vater nicht an, Sabrina!" sagte er. „Du hast sie viel besser gestapelt als ich."

Nun war sie an der Reihe zu lachen.

„Und, was hältst du nun vom Leben eines Landwirts, Matthew?" fragte der Baron.

„Es ist harte Arbeit, aber ich glaube, ich habe noch nie so viel Zufriedenheit verspürt, auch wenn meine Arme und Beine so müde sind wie noch nie in meinem Leben."

„Du hast recht“, gab der Baron zurück. „Das Leben hier draußen füllt einen so richtig aus. Doch nun müssen wir die Ernte und das Stroh noch in die Scheune bringen, bevor es regnet.“

Lachend und plaudernd fuhren sie zurück zum Haus.

52

Die Geschichte der alten Eppie

Obwohl sie von der Arbeit des Tages sehr müde waren, versammelten sich alle am Abend, frisch gebadet und umgezogen, im Salon. Bei ihnen war noch ein ganz besonderer Gast, die Dienstmagd, die beinahe ihr ganzes Leben im *Lebenshaus* verbracht hatte. Sie wurde von der Familie nur liebevoll „die alte Eppie“ genannt. Als sie gehört hatte, daß ausländische Gäste im Haus waren und der Baron sie einlud, den Abend mit ihnen zu verbringen, hatten ihre Augen geleuchtet, und sowohl Heinrich als auch Marion war klar, daß sie sie bestimmt nicht zu ermutigen brauchten, Geschichten aus der Vergangenheit zu erzählen.

Die Atmosphäre war um so gemütlicher, als die schwarzen Wolken des Nachmittags sich verdichtet hatten. Noch vor Tagesanbruch, vielleicht schon gegen Mitternacht, würde es in ganz Norddeutschland heftige Regenschauer und Gewitter geben.

Nachdem sie sich alle gemütlich niedergelassen hatten, servierten Sabrina und Marion Tee und Gebäck auf kleinen Platten.

„Wir haben unseren Gästen erzählt, Eppie“, begann der Baron, „daß du schon länger hier wohnst als wir alle zusammen.“

„Sogar länger als irgendein Mann oder eine Frau eigentlich

leben sollte!" entgegnete Eppie mit rauher Stimme, begleitet von einem gackernden Lachen. „Aber Sie sind sehr gut zu mir gewesen, Baron", fügte sie hinzu. „Obwohl Sie mich schon vor Jahren hätten wegschicken können, haben Sie mich hierbehalten, als ob ich zur Familie gehören würde, genau wie Sie es auch schon mit meiner Mutter gemacht haben."

„Du *gehörst* zur Familie, Eppie", lachte der Baron. „Aber es war mein Großvater, der für deine Mutter gesorgt hat, nicht ich."

Ein fragender Blick trat in ihre Augen.

„Dann haben Sie meine Mutter gar nicht gekannt, Baron?"

„Nein, Eppie. Vielleicht hat sie mich noch gekannt, aber ich hatte leider nicht das Vergnügen. Sie starb, als ich etwa fünf Jahre alt war."

Eppie schwieg. Sie hatte die Stirn verwirrt in Falten gezogen. Aber man konnte zwischen den Falten der Verwirrung und denen des Alters nicht unterscheiden. Ihre Wangen, ihre Stirn, ihr Hals und ihr Kinn waren von so vielen Runzeln durchzogen, daß sich dem Betrachter der Vergleich mit einem Reptil aufdrängte. Ihr Haar war noch verhältnismäßig dicht, aber genauso weiß wie ihre Haut, und es stand vom Kopf ab, als hätte sie gerade ein Gespenst gesehen.

„Waren Sie denn dabei, als der Ministerpräsident hier einen Besuch abstattete?" fragte sie mit einer auf einmal recht abwesenden Stimme.

„Wen meinst du, Eppie?" fragte der Baron. „Wessen Besuch?"

„Der des Ministerpräsidenten – Bismarck ... von Preußen."

„Wann war das denn?"

„Ich muß damals zehn oder zwölf Jahre alt gewesen sein", sagte sie und versuchte sich zu erinnern. „Meine Mutter erinnert sich bestimmt daran ... wir müssen sie fragen. Ja, Bismarck war hier – das war, als er gegen Österreich kämpfte."

„Er hat doch immer gegen die Österreicher gekämpft, nicht wahr, Eppie?" sagte der Baron.

Sie kicherte. „Er war in der Tat eine kämpferische Natur – das hatte der alte Graf bald herausgefunden!"

„Der Graf? Welcher Graf, Eppie?"

„Der Graf von nebenan, wer sonst!" Während sie sprach, weiteten sich ihre Augen, und der Baron wußte, daß sie sich weit weg in einer Zeit befand, die lange zurücklag. Doch so oft er ihre Geschichten aus der Vergangenheit auch gehört hatte, niemals hatte sie eine Verbindung zwischen Bismarck und den Vorfahren der von Schmundts erwähnt. Sie hatte zwar ab und zu von Bismarck gesprochen, aber nie so direkt.

„Er hat für die Österreicher spioniert, obwohl er Preuße war. Aber Bismarck hat es herausgefunden und ihm sein Schwert durchs Herz gestoßen, das Schwert, das oben hängt."

Sie deutete mit der Hand nach oben. Tatsächlich befanden sie sich direkt unter der Waffenkammer.

„Wo ist das passiert, Eppie?" fragte der Baron.

„Im Verlies, wo sonst? Er fand den Grafen, der sich in unseren Mauern verbarg! Der Graf hatte sich von den Feldern hereingeschlichen, in den Keller, die beiden Gänge entlang – es war dunkelste Nacht, als er kam – und dort hat er ein Komplott geschmiedet gegen den Baron und ganz Preußen. Doch Bismarck hat sein Versteck entdeckt, obwohl nur der Baron davon wußte, riß die Tür auf und fand den Grafen. ‚Bereite dich darauf vor, deinen letzten Atemzug zu tun, Verräter!' rief der Ministerpräsident, und schon im nächsten Moment lag der Graf auf dem Boden, sein Blut sickerte in die Erde auf dem Fußboden des Verlieses. Bismarck stand über ihm, zog sein Schwert aus dem Körper und wischte das Blut an einem Tuch ab, das auf einem Tisch in der Mitte des Raumes lag."

Eppie unterbrach sich, heftig atmend und mit weit aufgerissenen Augen. Im Zimmer war es totenstill.

Auf einmal war ein fürchterliches Krachen zu hören. Alle sprangen erschrocken auf.

Der Baron lächelte. „Es scheint, als sei das Gewitter doch früher als erwartet ausgebrochen", sagte er.

Durch die Fenster waren die Blitze am Himmel zu sehen, gefolgt von Donnerschlägen.

„Erzähl nur weiter, Eppie", sagte der Baron.

„Das Verlies wurde danach nie mehr benutzt, obwohl der Reichskanzler es immer überprüft, wenn er herkommt."

„Der Reichskanzler? Eben hast du ihn noch Ministerpräsident genannt."

„Er wurde später zum Reichskanzler ernannt – nach der Niederlage Österreichs und der Vereinigung ... das sollten Sie doch wissen, Baron."

„Ach ja, Eppie – ich hatte es vergessen."

„Sie müssen ihn nun mit Reichskanzler anreden – die Zeiten sind nicht mehr, was sie einmal waren."

„Ich verstehe."

„Er muß seine Würde bewahren, Baron."

„Ist er noch einmal hiergewesen?"

„Oh ja, ich sah ihn erst kürzlich. Er sieht immer nach, um sicherzugehen, daß der Graf noch tot ist. Manchmal nimmt er mich mit, damit jemand im Haus weiß, wo der Graf abgeblieben ist, für den Fall, daß er noch mehr Ärger macht. Er ist ein Verräter, wissen Sie, ein Spion. Er will das Gut für sich. Und da ist auch das Gold, wissen Sie?"

„Das Gold?"

„Das Gold der Preußen, das während des preußischen Krieges versteckt wurde. Es ist immer noch da, Baron."

„Wo denn?"

Eppie senkte ihre Stimme zu einem Flüstern und legte die Hand an den Mund, so daß nur der Baron sie hören konnte.

„Irgendwo in dem Verlies."

„Hast du es gesehen?"

„Nein, er hat es mir nie gezeigt."

„Woher weißt du dann, daß es dort ist?"

„Er sagte mir, er hätte es gut versteckt, bis er es wieder brauchen würde. Dann würde er es mich wissen lassen."

„Und was dann?"

„Wir würden es zusammen ausgraben."

„Ich verstehe."

„Er sagte –"

„Wer, Eppie?" unterbrach sie der Baron.

„Otto, wer sonst? Otto von Bismarck – er gestattete mir manchmal, ihn Otto zu nennen."

„Weiter – was ist mit dem Gold?"

„Er sagte, einiges davon würde zu dem vermißten Hohenzollernschatz gehören aus der Zeit, als Albrecht von Brandenburg-Ansbach das Herzogtum Preußen gründete. Das ist schon Jahre her, Baron, es war, glaube ich, zur Zeit, als meine Großmutter lebte."

In Wahrheit war das Herzogtum Preußen 1525 gegründet worden, gut drei oder vier Generationen vor der Errichtung dieses Hauses und dreihundert Jahre vor der Zeit, als Eppies Großmutter lebte.

„Und der Graf ist hinter dem Gold her, sagst du?" fragte der Baron, der nun ebenfalls flüsterte.

„Oh ja. Er will alles haben – das Gold, das Gut, das ganze Pommersche Land. Das wollte er schon immer. Der Baron hätte ihn töten müssen, doch Otto deckte seinen Verrat zuerst auf, einen noch größeren Verrat an ganz Preußen, und mußte ihn töten."

„Weißt du, wo das Verlies ist, Eppie?" fragte der Baron.

„Natürlich. Sie nicht?"

„Ich scheine es vergessen zu haben, es ist schon so lange her. Könntest du mich hinbringen?"

„Natürlich", erwiderte Eppie und wollte sich sofort erheben. „Sie müssen eine Kerze mitnehmen, Baron", sagte sie. „Dort ist es sehr dunkel, wie Sie wissen."

„Ja, daran kann ich mich noch erinnern."

Der Baron schaute zu den anderen hinüber, die mit weit aufgerissenen Augen gespannt dasaßen. Dann erhob er sich, reichte Eppie seine Hand und half ihr beim Aufstehen. „Hier, Eppie, nimm meinen Arm. Ich werde dich führen, soweit ich mich an den Weg noch erinnern kann. Dann wirst du mich führen. Marion", fügte er an seine Frau gewandt hinzu, „bitte nimm eine Kerze für uns mit."

Die anderen erhoben sich leise und folgten der alten Eppie. Sie wagten kaum zu atmen, so gespannt waren sie. Langsam gingen sie zur großen Treppe, hinunter ins Erdgeschoß und hinüber zum Salon auf der Südseite. Dort half der Baron Eppie die Steintreppe hinunter. Aus ihren Bemerkungen konnte man schließen, daß sie genau wußte, wohin sie gingen.

Zehn Minuten später stand die kleine Gruppe in dem dunklen, unterirdischen Gang.

Mit einem seltsamen Gefühl ging Matthew hinter Sabrina und den anderen her. Er erinnerte sich an seinen gespenstischen Traum, den er bei seinem ersten Besuch gehabt hatte. Eppie, die eine Kerze in der Hand hielt, führte die kleine Gruppe an. Sie sah genauso aus wie das Gespenst, das er vor zwei Jahren in seinem Traum gesehen hatte.

Plötzlich blieb Eppie stehen.

Sie wendete sich erst nach rechts, dann nach links und schien eine Öffnung in der Mauer zu erwarten.

„Die Tür ... sie muß doch ...“, murmelte sie kopfschüttelnd vor sich hin.

Sie gab die Kerze dem Baron und tastete dann in steigender Verwirrung die Mauern ab.

Der Baron sprach mit ihr, doch ohne Erfolg. Sie nahm die Kerze und ging weiter, zögernder jetzt, sich immer noch umschauend, als erwarte sie, an eine Öffnung zu kommen. Schließlich erreichten sie das Ende des Ganges und versammelten sich in dem leeren Kellerraum an der Nordseite, den Sabrina den Eisraum genannt hatte.

Verwirrt schaute Eppie sich um.

„Das ist nicht das Verlies“, sagte sie. „Der Tisch müßte dort sein –“

Während sie sprach, zeigte sie mit ihrem Finger auf eine Stelle.

„Und der Körper des Grafen ist fort ... wir müssen das dem Reichskanzler sagen. Der Verräter ist vielleicht wieder auf freiem Fuß! Wir müssen es ihm sagen, Baron!“ Eppie war sehr erregt.

„Ich werde dafür sorgen, Eppie“, beruhigte sie der Baron. „Ich werde sehen, daß er gleich benachrichtigt wird.“

„Und das Gold – es muß bewacht werden, um des Preußischen Königreiches willen! Die Österreicher dürfen es nicht finden! Auch der Graf nicht. Er ist ein böser Mann ... sie sind alle böse, der Graf und die Österreicher!"

„Wir werden Vorkehrungen treffen, Eppie", beruhigte sie der Baron. „Doch es ist schon spät geworden, ich denke, wir sollten uns jetzt alle zurückziehen."

Er nahm sie sanft beim Arm und führte sie den Weg zurück, den sie gekommen waren.

Nachdem Marion Eppie in ihr Zimmer gebracht und dafür gesorgt hatte, daß sie ruhig einschlief, kehrte sie in den Salon zurück, wohin der Baron die anderen geführt hatte. Als sie eintrat, unterhielten sich die anderen immer noch über Eppies bemerkenswerte Geschichte vom Besuch Bismarcks im *Lebenshaus*.

Etwa eine Viertelstunde später zeigten verstecktes Gähnen und verstohlene Blicke zur Uhr, daß es an der Zeit war, den unvergeßlichen Abend zu einem Ende zu bringen.

Die Freunde erhoben sich und stiegen langsam die große Treppe hinauf. Der Baron und seine Frau wendeten sich nach links, Thaddeus nach rechts.

„Vielen Dank für alles, Heinrich ... Marion", sagte Thaddeus.

„Gute Nacht, Thaddeus", gab Marion zurück.

Doch Sabrina war noch nicht bereit, den Abend abzuschließen.

„Matthew", flüsterte sie, „komm mit!"

Er warf seinem Vater einen Blick zu, der besagen sollte: *Ich denke, daß ich bald zurück bin ...!* und folgte Sabrina.

Sie kamen an der Waffenkammer vorbei, und sie führte ihn die stillen, dunklen Gänge entlang hinein in den geheimnisvollen Ostflügel. Als die Gänge enger wurden, ging er dicht hinter ihr. Keiner sagte ein Wort. Matthew wußte genau, wo sie waren.

Sabrina blieb stehen.

Sie drehte sich um und schaute Matthew an. Das kleine Licht in ihrer Hand reichte gerade aus, daß sie ihre Gesichter sehen konnten.

„Dies ist eine meiner Lieblingszeiten und einer meiner Lieblingsorte", sagte sie. „Ich bin so oft allein hierhergekommen und hatte nie jemanden, mit dem ich das teilen konnte. Aber jetzt ... ich kann mir niemanden vorstellen, mit dem ich lieber hier sein würde als mit dir."

„Ich freue mich sehr darüber", sagte Matthew ernst und schaute in ihre Augen, die er in der Dunkelheit kaum ausmachen konnte. Vielleicht war es gut, daß nicht mehr Licht da war, denn die Herzen der beiden klopften zum Zerspringen, und ihre Augen würden davon sicher mehr offenbart haben, als sie zeigen wollten.

Matthew konnte das gelegentliche Grollen des Donners hinter der Tür hören, vor der Sabrina stand.

Eine Weile schaute Sabrina ihn noch an, dann drehte sie sich um und öffnete die Tür.

Das Brausen des Windes begrüßte sie mit all seiner Macht.

Sie traten auf den Balkon hinaus.

Das Gewitter war weiter nach Westen gewandert, doch auch weiterhin zuckten Blitze am Nachthimmel, die begleitet wurden vom Grollen des Donners in der Ferne. Der Wind tobte, und dicke Regentropfen prasselten auf den Steinboden.

„Stell dich da hin!" rief Sabrina. „Mit dem Rücken zur Mauer, da, wo die Tür ist. Du wirst sehen, da wirst du nicht naß!"

Matthew gehorchte. Sie standen Seite an Seite und sprachen kein Wort, sondern erfreuten sich an dem wilden Toben der Elemente.

„Der Sturm kommt aber doch auf uns zu", wunderte sich Matthew. „Warum schützt die Mauer uns vor dem Regen? Der Wind müßte doch aus der anderen Richtung kommen."

„Ich habe Papa einmal danach gefragt", gab Sabrina zurück. „Es hat etwas zu tun mit dem Drehen des Windes im Gewitter. Der Wind bläst auf der Erde in die eine Richtung, während weiter höher, in der Atmosphäre, der Sturm in die andere Richtung bläst. Ich verstehe das zwar nicht so ganz, aber auf jeden Fall sind wir hier trocken!"

Wieder standen sie schweigend nebeneinander. Da spürte Matthew auf einmal, wie Sabrinas Hand seine suchte, und seine Finger schlossen sich um ihre zarte Hand.

Lange Zeit standen sie da, ohne ein Wort zu sagen. Sie fühlten mehr glückliche Zufriedenheit als jemals zuvor in ihrem jungen Leben. In der Unschuld ihrer Liebe gab es für sie nichts anderes als nur diesen Moment. Sie dachten nicht an die Krisen, Kriege und Bedrohungen um sie herum, ganz allmählich vergaßen sie auch den Sturm.

Endlich hielt Sabrina es nicht mehr aus. Sie konnte ihre überschäumende Freude nicht mehr zurückhalten, rannte mitten auf den Balkon und rief:

„Oh, Matthew! Ich freue mich so! Ich bin so glücklich!"

Sie warf ihren Kopf in den Nacken und ließ den Regen über ihr Gesicht laufen, warf die Arme in die Luft und stieß einen Freudenschrei aus.

Matthew war mit einem Satz an ihrer Seite, und ausgelassen tanzten sie im Regen umher, und nur langsam verebbte ihre Fröhlichkeit. Immer noch prasselte der Regen auf ihre Köpfe. Sie gingen zur Tür, durchnäßt bis auf die Haut, und zurück durch die Flure zu ihren Zimmern.

„Gute Nacht, Matthew", war alles, was sie leise sagte, als sie an seinem Zimmer vorbeikamen.

Er schaute ihr liebevoll in die Augen.

„Gute Nacht, Sabrina", sagte er.

*

Am Morgen war der Sturm schon abgeebbt, und am Spätnachmittag kehrten Thaddeus und Matthew nach Berlin zurück.

53

Der Krieg bricht aus

Drei Tage später wurde Sabrina noch vor Tagesanbruch von einem Gefühl der Angst geweckt. Sie hatte in der Nacht viel geträumt, wirr und seltsam, aber sie konnte sich an nichts erinnern. In der Ferne nahm sie ein schwaches Grollen wahr.

Sie schaute nach draußen. Es war immer noch dunkel. *Das muß ein Gewitter sein,* sagte sie sich. Ihre Gedanken kehrten zu Matthew zurück.

Hellwach sprang sie aus dem Bett, zog sich schnell an und rannte auf den Flur hinaus.

Es gab nur einen Ort, wo sie jetzt sein wollte. Wenn sie auch nicht wirklich mit Matthew zusammensein konnte, so konnte sie doch an ihn denken. Kurze Zeit später betrat sie den Balkon, der nach Osten ging.

Es war der erste Tag im September des Jahres 1939.

Diesmal regnete es nicht, und die Luft war warm. Sabrina atmete tief durch und vertrieb damit die letzten Schatten dieser Nacht, in der sie so schlecht geschlafen hatte. Der Morgen war still und ruhig. Und doch konnte man weit hinten im Osten einen gelegentlichen Donner hören. Sie meinte auch kleine Lichtblitze zu erkennen, doch sie sahen eigentlich gar nicht wie richtige Blitze aus.

Sabrina ging zur Balkonbrüstung und wieder zur Tür zurück. Dort lehnte sie sich gegen die Mauer und erinnerte sich an die stürmische Nacht, als sie mit Matthew hier gestanden hatte. Wie geborgen hatte sie sich gefühlt.

So stand sie lange Zeit, träumend und nachdenklich. Auf einmal merkte sie, daß es nicht mehr dunkel war. Zwar war es noch sehr früh, aber die Sonne ging auf, und der Horizont hatte sich orange verfärbt.

Der Himmel war wolkenlos und klar. Es versprach, ein warmer Spätsommertag zu werden.

Doch immer noch war das Donnern zu hören, häufiger

nun, wie Sabrina feststellte. Aber wo waren die Wolken ... wo war der Sturm? Irgend etwas stimmte nicht.

Langsam erkannte Sabrina auch noch andere Geräusche – ein tiefes Rumpeln, als ob schwere Maschinen herankämen, und nun sah sie auch die Flugzeuge.

Die friedliche Morgendämmerung war auf einmal erfüllt von Vorboten des Schreckens.

Sabrinas Herz begann zu klopfen.

Ein Zittern ging durch ihren Körper, und auf einmal fühlte sie sich wieder sehr klein, allein und schutzbedürftig ... sie hatte Angst!

Sie drehte sich um und rannte durch die Tür zurück, durch die Korridore und hinunter in den ersten Stock. Sie platzte in das Schlafzimmer ihrer Eltern am Ende des Flügels, aber – sie waren nicht da!

Sabrina schaute sich in panischer Angst um. Die Tür zu dem Wohnzimmer, das sie mit ihnen teilte, stand offen. Sie rannte hinein, aber auch dieses Zimmer war leer. Doch jetzt sah sie durch das Fenster ihre Mutter und ihren Vater auf dem Balkon stehen. Sie atmete erleichtert durch und ging zu ihnen hinaus.

Ihr Vater hatte seinen Arm um die Schultern seiner Frau gelegt und hielt sie fest an sich gedrückt. Beide standen, immer noch in ihren Schlafanzügen, reglos da und starrten nach Osten.

Sabrina kam heran und stellte sich neben ihren Vater.

Er legte seinen anderen Arm um sie und zog sie zu sich heran.

Sabrina schaute ihre Eltern fragend an. Marion schluchzte, und auch ihrem Vater rannen Tränen über die Wangen.

„Was ist denn los, Papa?“ fragte sie schließlich. „Was bedeutet das alles?“

Der Baron antwortete nicht sofort, sondern starrte weiter über die Felder hinweg in die Ferne. Sie nahmen das Dröhnen eines Flugzeugs wahr, das gen Osten flog; dann gab es eine Explosion aus derselben Richtung.

„Die dunkle Mitternacht unserer Geschichte naht heran, Sabrina“, sagte der Baron mit beinahe feierlichem Ernst.

Seine Worte machten ihr Angst. „Ich ... ich verstehe dich nicht, Papa."

„Was du da hörst, meine Tochter", sagte der Baron, „ist das Geräusch von Gewehren, Panzern, Flugzeugen und Bomben – das bedeutet wohl Krieg. Ich vermute, daß unser Führer seine Armee geschickt hat, um unser eigenes Volk, Preußen, zu überfallen."

„Überfallen, Papa?" fragte Sabrina ungläubig.

„Ich nehme an, daß gerade Polen angegriffen wird", sagte der Baron. „Innerhalb von wenigen Tagen, da bin ich sicher, wird es kein Polen mehr geben, so wie es auch mit Österreich geschehen ist. Es wird vom deutschen Vaterland geschluckt worden sein."

54

Ein gutgemeintes Angebot

Heidi klopfte an die Tür des Arbeitszimmers, um dem Baron mitzuteilen, daß Besucher auf ihn warteten.

„Aber ich erwarte doch niemanden", sagte er und erhob sich, um ihr nach unten zu folgen.

Er ging hinunter in die Halle und war ganz überrascht, Thaddeus und Matthew McCallum dort vorzufinden.

Die Freude des Barons, als er seine Freunde begrüßte, wurde rasch durch Thaddeus' ernstes Gesicht gedämpft, das auf schlechte Nachrichten schließen ließ.

„Es sieht nicht gut aus, mein Freund", sagte er. „Ich hätte gern angerufen oder geschrieben, aber so, wie die Dinge im Moment stehen, hatte ich Angst, ich würde Sie in Gefahr bringen."

„Unsinn, Thaddeus, Sie sind doch mein Freund!" sagte der Baron.

„Die Welt hat sich verändert, Heinrich. Über Nacht ist alles anders geworden. Ich habe Angst um Sie."

„Sie sind doch nicht gekommen, nur um mir das zu sagen?" entgegnete der Baron.

„Nein, ich bringe eine Nachricht, die in der momentanen Situation zu erwarten war ... ich bin in die Vereinigten Staaten zurückberufen worden."

„Nein!" rief der Baron. „Wann denn?"

„Ich fürchte, sofort. Wir sind gekommen", sagte Thaddeus und schaute seinen Sohn an, „um zu versuchen, Sie dazu zu bewegen, mit uns zu kommen – Sie und Ihre Familie. Es ist noch nicht zu spät. Wege lassen sich immer finden ... ich habe einige Verbindungen, die es möglich machen würden."

„Aber ... aber, Thaddeus ... was sagen Sie da? Wie sollen wir das Land verlassen?"

„Ansonsten dient unser Besuch leider einem sehr unerfreulichen Zweck ... nämlich dem, uns zu verabschieden."

Der Baron bedeutete seinen unerwarteten Gästen, Platz zu nehmen. Er selbst ließ sich verwirrt in einen Sessel fallen.

Es war nun genau zwei Wochen her, daß von Dortmann und McCallum sich das letzte Mal gesehen hatten. Am 3. September hatten Großbritannien und Frankreich Deutschland formell den Krieg erklärt, gefolgt von Australien, Neuseeland, Indien, Südafrika und schließlich Kanada.

Der Nacht- und Nebelangriff der deutschen Luftwaffe auf Polen zwei Tage zuvor, am 1. September, war von verschiedenen Seiten erfolgt – über Ostpreußen, Pommern, Brandenburg und Schlesien. Er war direkt auf das Herz Polens gerichtet. Eine Million Männer, siebenundvierzig Divisionen, neun Panzerdivisionen und fünfzehnhundert Flugzeuge hatten diesen Überraschungsangriff durchgeführt. Die polnische Armee hatte keine Chance gehabt, dieser Übermacht Widerstand zu leisten, und hatte innerhalb weniger Wochen kapituliert.

Der Zweite Weltkrieg hatte begonnen.

Die Vereinigten Staaten blieben offiziell noch zwei Jahre lang neutral, doch faktisch war eine Neutralität unmöglich.

McCallum und die meisten Männer vom diplomatischen Korps waren zu Gesprächen, Sitzungen und Diskussionen zurück nach Washington beordert worden.

„Wann fliegen Sie, Thaddeus?" fragte der Baron schließlich.

„In zwei Tagen. Doch Sie zu besuchen und Sie davon zu überzeugen, daß es besser ist, wenn Sie mit uns in die Staaten kommen, hatte die oberste Priorität in unserer Terminplanung. Darum sind wir so schnell wie möglich hierher gekommen."

Baron von Dortmann wurde erneut still und nachdenklich. Er schaute auf seine Uhr. Er war gerührt von ihrer Sorge um ihn und seine Familie.

„Es ist schon spät", sagte er. „Sie bleiben doch sicher über Nacht?"

McCallum nickte. „Aber wir müssen gleich morgen früh zurück nach Berlin. Wir fliegen übermorgen."

„Dann müssen wir jede Minute, die uns noch bleibt, nutzen", sagte der Baron und erhob sich. „Ich hole Marion und Sabrina. Gehen Sie beide doch schon ins Wohnzimmer hinüber. Wir kommen dann auch dorthin."

Er verschwand aus dem Zimmer.

Kurz darauf saßen die Freunde tief in Gedanken versunken beieinander. Der Baron hatte Frau und Tochter von dem Angebot der McCallums erzählt, sie außer Landes zu bringen, bevor die schrecklichen Ereignisse des Krieges sie einholen würden.

Thaddeus hatte all seine diplomatische Überzeugungskunst aufgewandt, um seine Freunde dazu zu bringen, daß es das Beste für sie sei, Deutschland zu verlassen, und wenn sie schon nicht in die Vereinigten Staaten wollten, so sollten sie doch wenigstens nach England oder in die Schweiz gehen.

„Aber ... hier ist unser Zuhause, Thaddeus", hatten alle drei geantwortet. „Unser Zuhause, unser Land, unser Volk."

„Begreifen Sie denn nicht, was auf dem Spiel steht?" hatte der Amerikaner sie beschworen.

Der Baron und seine Frau schauten sich an. Sie wußten genau, was dieser Krieg für Deutschland bedeuten konnte.

„Menschen werden sterben – vielleicht viele Millionen", fuhr Thaddeus fort. „Ich möchte einfach nicht, daß Sie, meine Freunde, all dem Schrecklichen ausgesetzt sind, was ganz sicher kommen wird."

Eine bedrückende Stille legte sich auf das Zimmer.

„Ich habe vor wenigen Tagen erfahren", sagte der Baron leise, „wo unser Freund und Bruder Dietrich Bonhoeffer sich aufhält. Ich danke Gott, daß ich es noch nicht wußte, als ich auf dem Fest des Grafen von diesem Burschen darüber befragt wurde, der so darauf versessen war, ihn zu finden. Der Information zufolge ist Dietrich nach langer Abwesenheit wieder in Deutschland."

„Wo ist er gewesen?" fragte Thaddeus.

„Zuerst in England, danach in den Vereinigten Staaten", antwortete von Dortmann. „Doch vor kurzem ist er zurückgekommen. Er sagte, er wäre zu dem Entschluß gekommen, daß er diese schwierige Zeit mit den Gläubigen in unserem Land zusammen durchleben müßte. Trotz der Gefahr für ihn persönlich fühlt er sich getrieben, hier bei seinem Volk zu bleiben."

Der Baron machte eine Pause und fügte dann hinzu: „Er ist ein mutiger Mann, und ich habe das Gefühl, daß es auch meine Berufung ist, hierzubleiben. Vielleicht können wir dem Volk Gottes irgendwie helfen, diese Dunkelheit zu ertragen. Vielleicht hat Gott hier einen Auftrag für mich."

„Wollen Sie es sich nicht noch einmal überlegen, Ihrer Frau und Ihrer Tochter zuliebe?"

Der Baron schaute seine Frau an, die neben ihm saß.

„Es könnte ... gefährlich werden", sagte er leise, "... besonders für dich, mein Schatz. Ich wäre beruhigter, wenn ich dich in Sicherheit wüßte ..."

„Heinrich, bitte", unterbrach ihn Marion. „Wir haben doch schon oft darüber gesprochen. Du hast immer wieder versucht, mich zu überreden, und meine Antwort ist immer noch dieselbe. Ich gehöre hierher, an deine Seite, und dort werde ich auch bleiben."

Der Baron nickte. Er wußte, daß es keinen Zweck mehr hatte, weiter in sie zu dringen.

Er machte eine kurze Pause.

„Sabrina", sagte er dann und schaute seine Tochter an. „Matthew und sein Vater haben angeboten, dich mitzunehmen, für eine begrenzte Zeit, bis die Gefahr vorüber ist. Du hast meinen Segen, wenn du sie begleiten willst. Ich würde es sogar gerne sehen, obwohl deine Mutter und ich dich natürlich sehr vermissen würden. Aber das würden wir auf uns nehmen, damit dir nichts geschieht."

„Danke, Papa", sagte Sabrina.

„Du bist nun schon achtzehn Jahre alt, und dies ist eine schwerwiegende Entscheidung ... eine, die ich allein dir überlassen muß."

„Willst du mit uns kommen, Sabrina?" fragte Thaddeus.

„Ich ... ich weiß es nicht", antwortete sie. „Ich brauche Zeit, um darüber nachzudenken und zu beten."

„Es bleibt nicht viel Zeit", entgegnete Thaddeus. „Die Ereignisse überstürzen sich."

55

Was der Baron auf dem Herzen hat

Nach dem Abendessen bat Baron von Dortmann seine Gäste, sich noch einmal mit ihnen zusammenzusetzen.

„Ich habe Sie hierhergebeten", begann der Baron, nachdem sie alle Platz genommen hatten, „wegen einer äußerst wichtigen Angelegenheit. Ich muß Ihnen, Thaddeus und Matthew, etwas mitteilen, das von entscheidender Bedeutung ist. Es könnte auf Sie vielleicht einen noch größeren Einfluß haben als dieser Krieg, der ausgebrochen ist und uns nun alle in den Strudel seiner schrecklichen Ereignisse zu ziehen droht."

Thaddeus und Matthew schauten sich fragend an und überlegten, was für eine Information der Baron besitzen konnte, die die internationale Sicherheit betraf.

„Ich fürchte, ich bin nur ein recht untergeordneter Diplomat, Baron", lachte McCallum. „Wenn Sie eine dringliche Information haben, sollte ich vielleicht Kontakt zu meinen Vorgesetzten aufnehmen und Sie könnten dann –"

Der Baron winkte ab. „Nein, Thaddeus", sagte er, „Sie haben mich mißverstanden. Was ich sagen möchte, hat nichts mit der Welt der Diplomatie zu tun. Sie sind hierhergekommen, um zu sehen, ob Sie uns helfen können. Sie glauben gar nicht, was mir und meiner Familie Ihre Fürsorge bedeutet. Da dies aller Wahrscheinlichkeit nach für lange Zeit der letzte Abend ist, den wir zusammen verbringen werden, gilt es jetzt oder nie, wie man so schön sagt."

Thaddeus nickte, obwohl er immer noch nicht verstand, was Baron von Dortmann meinte.

„Möchte jemand von Ihnen noch Kaffee?"

Thaddeus nickte. „Ja, gern."

Marion erhob sich und füllte zuerst seine Tasse, dann die des Barons.

„Sabrina, noch etwas Tee?" fragte sie und schaute ihre Tochter an.

„Ich habe genug, Mama, danke schön."

Marion nahm wieder Platz.

Eine kurze Pause folgte, dann begann der Baron.

„Zuerst einmal möchte ich sagen, daß ich nicht an zufällige Begegnungen glaube. Alles hat seinen Sinn. Daher ist es meine feste Überzeugung, daß unsere Freundschaft nicht rein zufällig entstanden ist."

„Das tue ich auch nicht, Baron", warf McCallum ein. „Mein Sohn und ich sind dadurch, daß wir Sie kennen, sehr bereichert worden."

„Vielen Dank", entgegnete der Baron. „Das beruht absolut auf Gegenseitigkeit. Darum fühle ich mich auch gedrungen, Ihnen etwas zu sagen, was mir sehr wichtig ist. Niemand von uns weiß, was die Zukunft bringen mag. Wir leben in einer gefährlichen Zeit. Ich fürchte, unsere Welt steuert auf ein Unglück zu, und Schuld daran trägt diese rücksichtslose und machtgierige Regierung der Nationalsozialisten. Der Gedanke daran macht mich außerordentlich besorgt und traurig, und es kann gut sein, meine lieben Freunde, daß wir uns nicht mehr wiedersehen werden ..."

Während er dies sagte, schaute er zuerst Thaddeus, dann Matthew an. In seinem Blick lag tiefe Zuneigung, die er für die beiden Männer empfand.

„Sie haben mittlerweile sicher erkannt, daß ich vom Glauben spreche. Schon von Beginn unserer Freundschaft an habe ich offen über unseren christlichen Glauben geredet. Ich gehöre aber nicht zu denen", fuhr der Baron fort, „die der Meinung sind, die Berufung eines Christen bestehe darin, andere vom christlichen Glauben zu überzeugen. Solche Menschen nenne ich *Überzeugungschristen*.

Mein Ziel hingegen ist es, meinen Glauben zu *leben,* nicht andere dazu zu überreden. Ich hoffe sehr, sagen zu können, daß ich so etwas nie versucht habe, oder?"

„Nein, ich habe nie den Eindruck gehabt, daß Sie versucht hätten, mich zu überreden", antwortete Thaddeus. „Ganz im Gegenteil, Sie sind der umsichtigste und einfühlsamste Mann, den ich je kennengelernt habe."

„Vielen Dank", meinte der Baron mit einer Spur von Verlegenheit in der Stimme. „Ich möchte Ihnen nur sagen, daß die Prinzipien, nach denen ich zu leben versuche, mir gut zu sein scheinen. Sie haben mir geholfen, meinen himmlischen Vater besser kennenzulernen. Daher empfehle ich sie Ihrer Überlegung.

Wenn ich die Evangelien lese, dann finde ich genau dies darin – Jesus legte seinen Jüngern und Zuhörern die Wahrheiten über das Reich Gottes vor; er versuchte nicht, sie dazu zu überreden. Er sprach die Wahrheit, erklärte, wie das Leben im Reich Gottes funktioniert ... aber dann drehte er sich um und ließ die Menge zurück, damit sie über das, was er gesagt hatte, nachdenken und sich ihre eigene Meinung bilden konnte. Er versuchte nicht, die Menschen zu überreden."

Der Baron brach ab. Eine lange Stille folgte.

Als er wieder das Wort ergriff, klang aus seiner Stimme Besorgnis, Liebe und auch Dringlichkeit. Obwohl er auch weiterhin leise sprach, war der Raum von einer Intensität und Leidenschaft erfüllt, die keiner der Anwesenden mißverstehen konnte. Allen wurde die Bedeutung dieser Stunde bewußt, und sie spürten, jeder auf seine Weise, daß der Geist Gottes unter ihnen am Werk war.

Der Baron sprach weiter, ermutigt durch die Bereitschaft seiner Freunde.

„In den Evangelien gibt es jedoch auch einige Stellen, wo Jesus mehr tut, als seinen Hörern die Wahrheit nur darzulegen. In manchen Situationen schaut Jesus einem Menschen gerade ins Gesicht und konfrontiert ihn mit dem Sinn seines Lebens und seiner Zukunft. Sie haben sicherlich schon einmal von dem reichen Jüngling gehört. Er kam zu Jesus und fragte ihn, was er tun müsse, um ewiges Leben zu bekommen. Jesus sagte ihm, er solle die zehn Gebote halten. Der junge Mann gab zurück, die hätte er schon sein ganzes Leben über gehalten. Darauf sagte Jesus, daß ihm nur noch eines fehle. Hier war der Augenblick der Entscheidung gekommen. In diesem Moment schaute Jesus den jungen Mann an, den er innig liebte, und sagte zu ihm: ‚Eines fehlt dir noch. Gehe hin, verkaufe alles, was du hast, und gib es den Armen, so wirst du einen Schatz im Himmel haben; komm und folge mir nach!‘“

„Und, was geschah?“ fragte Thaddeus.

„In einem solchen Moment kann man zwei Entscheidungen treffen. Dieser junge Mann entschied sich, nicht das zu tun, was Jesus sagte, und ihm nicht nachzufolgen. In der Bibel heißt es: ‚Er ging betrübt davon, denn er hatte viele Güter.‘ – Worauf ich nun hinaus will, ist nicht, daß Sie Ihren Besitz verkaufen sollen. Sehen Sie sich nur um, ich habe das nicht getan. Gott hat mir nicht gesagt, ich solle es tun. Was er Ihnen, mir, uns allen sagen will, ist unterschiedlich. Denn jeder hat sein eigenes Hindernis, das ihn davon abhält, zu Gott zu kommen. Bei dem jungen Mann in der Geschichte war es sein Reichtum, bei mir ist es vielleicht etwas anderes, und bei Ihnen wieder etwas anderes. Doch was die Geschichte aussagen will, ist, daß dieser Zeitpunkt für jeden Menschen einmal kommt ... auch für Sie beide."

„Wollen Sie damit sagen, daß ... *dies* ein solcher Zeitpunkt ist?" fragte Matthew und runzelte die Stirn.

„Oh nein, auf keinen Fall, Matthew!" erwiderte der Baron. „Das kann ich doch nicht wissen. Ich bin nicht derjenige, der den Zeitpunkt festsetzt!"

„Wer ist es dann?"

„Der Geist Gottes, der in jedem von uns wirkt. Er bestimmt den Zeitpunkt und die Umstände, den Ort und die Stunde. Und wenn der Moment da ist, dann läßt er es uns wissen und spricht deutlich zu dem inneren Ohr unseres Herzen. Und von diesem Augenblick, wann und unter welchen Umständen auch immer er kommen wird, hängt das ganze Leben ab.

In diesem Moment steht er vor uns, und wir vor ihm. Der Herr kommt, schaut uns ins Auge und spricht: *Folge mir nach!* Wenn diese Worte in unser Herz dringen, gibt es nur zwei Wege, die wir gehen können: entweder nach vorne in ein Leben mit ihm ... oder wir wenden uns ab und gehen davon.

Dieser Augenblick, in dem der Herr uns zur Nachfolge ruft, wird im Leben eines jeden von uns kommen. Ich sage Ihnen das alles, weil ich möchte, daß Sie auf diesen Moment vorbereitet sind. Ich möchte das Beste für Sie, denn ich mag Sie beide und empfinde große Zuneigung für Sie. Deshalb ist mir diese Sache auch so wichtig."

„Woher weiß man denn, daß ein solcher Augenblick gekommen ist?" fragte Matthew.

„Du wirst es wissen."

„Wie?"

„Er wird dir das klarmachen."

„Was ist, wenn man ihn nicht hört?"

„Dann wird er noch einmal sprechen."

„Wenn man dann immer noch nicht hört?"

„Dann wird er noch einmal sprechen, etwas lauter."

„Wenn man dann immer noch nicht hört?"

„Er wird dich so lange rufen, bis du ihn gehört hast und du weißt, daß du ihn gehört hast."

„Und was dann?" fragte Thaddeus. „Wenn man ihn gehört hat und weiß, daß er zu einem spricht, was tut man dann?"

„Das ist der Augenblick der Entscheidung", antwortete der Baron. „Sie müssen sich entscheiden, ob Sie ihm folgen wollen wie seine Jünger es taten, oder nicht."

„Und wenn man ihm folgen möchte, was tut man dann? Wie kann man ihm nachfolgen?"

Der Baron lächelte. Diese Worte hätten ihn nicht froher machen können. Er wußte, daß das Wort Gottes bereits Wurzeln geschlagen hatte ...

„Lesen Sie im Johannesevangelium, Kapitel 3 und Kapitel 15. Dort erklärt Jesus, wie man ein Jünger wird und was es bedeutet, ihm nachzufolgen. Jünger zu werden ist sehr einfach. Schwierig ... und doch einfach. Lesen Sie die vier Evangelien des Neuen Testamentes. Lesen Sie sie immer wieder. Versenken Sie sich hinein. Und während Sie das tun ... tun Sie, was Jesus Ihnen sagt."

56

Abschied

Am nächsten Morgen war die Stimmung am Frühstückstisch gedrückt.

Die Erkenntnis, daß ein schmerzlicher Abschied bevorstand, hatte sich während der Nacht wie eine Last auf alle gelegt. Nur wenig wurde gesprochen. Es war alles gesagt worden, die Freunde verstanden sich auch ohne Worte.

„Es fällt mir schwer, Abschied zu nehmen, Baron", meinte

Thaddeus, als die Mahlzeit beendet war und sie eine Weile schweigend zusammengesessen hatten, „doch wir müssen uns langsam auf den Weg machen."

Baron von Dortmann nickte traurig.

Auf einmal erhob sich Sabrina, brach in Tränen aus und rannte aus dem Zimmer.

Die vier anderen blieben eine Weile schweigend sitzen, dann erhob sich Marion und wollte hinter ihr hergehen. Doch der Baron legte ihr sanft die Hand auf den Arm und schüttelte unmerklich den Kopf. Marion setzte sich wieder hin.

Daraufhin erhob sich Matthew und verließ den Raum. Der Baron ließ ihn gehen. Die Eltern spürten, daß sich eine besondere Beziehung zwischen den jungen Leuten angebahnt hatte. Dieser Augenblick gehörte seiner Tochter und Matthew allein, nicht ihm oder seiner Frau.

Matthew ging zuerst in sein Zimmer, dann suchte er Sabrina. Schweren Herzens ging er durch die ihm mittlerweile vertrauten Flure. Er wußte, wo er sie finden würde.

Er trat auf den Balkon hinaus und ging auf Sabrina zu. Die Hände hielt er hinter dem Rücken.

Sie spürte seine Gegenwart, drehte sich aber nicht um. Matthew wußte, daß sie immer noch weinte.

„Ich habe beschlossen, hierzubleiben", sagte sie nach einer Weile mit tränenerstickter Stimme. „Ich könnte nicht –"

„Ich weiß", sagte Matthew.

„Aber woher? Wie konntest du das wissen? Ich habe diese Entscheidung doch gerade erst getroffen."

„Ich habe es geahnt. Vielleicht, weil du deinem Vater so ähnlich bist."

„Ich könnte sie niemals verlassen", sagte Sabrina, „egal, was passiert."

Eine Weile herrschte Schweigen.

Langsam drehte Sabrina sich um. Ihr Gesicht war verweint, aber sie atmete tief durch, um ihre Fassung wiederzugewinnen.

„Ich muß fürchterlich aussehen", sagte sie. So verlegen hatte Matthew sie noch nie erlebt.

„Du siehst wunderschön aus“, erwiderte er einfach.

Sie lachte wieder und wischte sich die Tränen aus den Augen.

Nun atmete Matthew tief durch.

„Ich werde dich nie vergessen“, sagte er.

„Ich dich auch nicht.“

„Ich habe noch nie jemanden kennengelernt, mit dem ich so viel Schönes erlebt habe wie mit dir.“

„Oh, Matthew, nicht“, sagte sie halb lächelnd, halb bittend. „Ich fange nur wieder an zu heulen.“

„Es stimmt aber, Sabrina. Du bist die beste Freundin, die ich je hatte.“

Sie gab seinen Blick dankbar lächelnd zurück.

„Ich habe dir etwas mitgebracht“, sagte er. „Ich weiß, es ist nichts Besonderes – außerdem habt ihr das hier überall. Aber … nun, es war … das heißt, ich wollte eine finden, die einfach vollkommen war.“ Er war ein wenig unsicher. „Ich war in drei Geschäften in Berlin, bis ich gefunden hatte, was ich wollte.“

„Matthew – was ist es denn?“ fragte Sabrina lachend. „Spann mich doch nicht so auf die Folter.“

Er zog seine Hände hinter dem Rücken hervor und gab ihr eine einzige gelbe Rosenknospe.

Tränen traten in Sabrinas Augen.

Sie nahm sie aus seiner Hand und wandte sich vor Rührung ab.

„Ich habe eine kleine Karte dazu geschrieben“, sagte Matthew und gab sie ihr. Sie nahm sie und schaute darauf. Es standen nur drei Worte darauf: *Für immer Freunde*.

„Wie kannst du sagen, diese Rose sei nichts Besonderes?“ fragte sie leise mit rauher Stimme. „Das ist die schönste Rose, die ich je bekommen habe. Ich werde sie wie einen Schatz aufbewahren – für immer! Ich danke dir, Matthew.“

Wieder schwiegen sie.

Auf einmal hellte sich Sabrinas Miene auf. „Ich habe auch etwas für dich! Aber es ist noch in meinem Zimmer.“

Sie gingen zusammen ins Haus zurück. Sabrina führte ihn

zu dem kleinen Balkon an dem Wohnzimmer, das sie sich mit ihren Eltern teilte.

„Warte einen Augenblick hier“, sagte sie. „Ich bin sofort wieder da.“

Damit verschwand sie in ihrem Zimmer und kehrte kurze Zeit später zurück.

Sie reichte Matthew ein kleines, rechteckiges Kästchen aus Porzellan, etwa fünf mal zehn Zentimeter groß und fünf oder sechs Zentimeter hoch, mit einem abnehmbaren Deckel, auf dem eine wunderschöne rosa Rose gemalt war. Matthew nahm es vorsichtig, hob den Deckel und schaute hinein. Es war leer.

„Mein Vater hat es mir zu meiner Konfirmation geschenkt“, sagte Sabrina. „Er sagte mir, ich solle nichts hineintun bis zu dem Tag, an dem ich das Geheimnis der Rose kennen würde.“

„Aber ... aber das kann ich doch niemals annehmen“, sagte Matthew. „Es ist doch ein Geschenk von deinem Vater!“

„Ich habe gestern abend mit ihm darüber gesprochen“, sagte sie. „Ich habe ihn gefragt, ob er, falls ich mich entschließen würde, hierzubleiben, etwas dagegen hätte, wenn ich es dir schenken würde ... als Erinnerung an mich. Er hielt das für eine wunderbare Idee.“

„Ich habe dir aber doch schon oben auf dem Balkon gesagt, daß ich dich nie vergessen würde.“

„Ich möchte trotzdem gern, daß du es behältst.“

Matthew starrte auf das kleine Porzellankästchen in seiner Hand. „Ich ... ich weiß nicht, was ich sagen soll“, meinte er stotternd.

„Sag, daß du es annimmst.“

„In Ordnung ... ich nehme dein Geschenk *an*“, sagte er auf einmal aufgeregt. Er schaute Sabrina an. „Aber ich werde es nicht *mit*nehmen!“

„Ich verstehe nicht, was du meinst.“

„Ich werde es hierlassen ... bei dir – zur Aufbewahrung!“ rief Matthew. „Dann – verstehst du denn nicht? – muß ich zurückkommen, um es mir abzuholen! Es ist ein Symbol für mein Versprechen, zurückzukommen und dich zu besuchen ... und zwar bald!"

„Ja – natürlich, ich verstehe!" sagte Sabrina. Ihre Miene hellte sich nun auch auf.

Während ihre Eltern niedergedrückt waren vom Gang der Ereignisse, machten die beiden jungen Leute aus ihrem Abschied ein Spiel, mit dem Versprechen, daß sie sich bald wiedersehen würden.

„Wir wollen beide etwas hineinlegen – jetzt – heute noch!"

„Und dann verstecken wir es."

„Und öffnen es wieder, wenn ich zurückkomme!"

„Oh ja, wie schön!" rief Sabrina entzückt. „Wo sollen wir es verstecken?"

„Irgendwo, wo niemand es finden kann."

„Nur wir beide dürfen das Versteck kennen."

„Im Garten deines Vaters?"

„Nein, da könnte es jemand ausgraben."

„Im Verlies", sagten sie dann wie aus einem Munde.

Beide lachten. „Oh, wenn wir nur wüßten, wo es ist!" fügte Sabrina hinzu.

„Was ist mit dem Raum am Ende des Ganges?" schlug Matthew vor. „Du sagtest doch, daß niemand jemals dorthin geht."

„Das ist gut!" rief Sabrina. „Komm, laß uns gehen!"

Sie sprang auf und lief aus dem Zimmer.

Matthew, der immer noch das Kästchen in der Hand hielt, folgte ihr.

Am Treppenabsatz blieb Sabrina auf einmal stehen.

„Aber was sollen wir hineinlegen?" fragte sie und schaute Matthew an.

Sie starrten beide auf das Porzellankästchen mit der zarten, gemalten Rose auf dem Deckel.

„Eine Rose natürlich!" sagte Matthew.

„Wir pflücken jeder eine Rose ... nur die Knospe ohne Stengel!" sagte Sabrina. Die beiden beeilten sich, in den Garten des Barons zu kommen. Jeder suchte nach der einen Knospe, mit der er die Freundschaft besiegeln wollte und das Versprechen, sich wiederzutreffen.

Endlich kamen sie wieder aufeinander zu, die Hände hinter dem Rücken haltend.

„Welche Farbe hat deine Knospe?“ fragte Matthew.

„Ich weiß nicht, welche Farbe hat deine?“ fragte Sabrina verschmitzt lächelnd.

Matthew gab das Lächeln zurück. „Auf jeden Fall nicht rot“, sagte er. „Ich möchte nicht denselben Fehler machen wie dein Nachbar.“

„Gelb?“

„Ich habe auch noch andere Lieblingsfarben, weißt du“, lächelte Matthew. „Was ist mit dir?“

„Ich auch“, entgegnete Sabrina lachend. „Ich liebe alle Rosen meines Vaters!“

„In Ordnung“, meinte er. „Wir werden es so machen: Jeder legt seine Knospe in das Kästchen, ohne daß der andere sie sieht. Erst wenn wir es gemeinsam wieder öffnen, sagen wir, welche Farbe wir gewählt haben und warum. Einverstanden?“

„Einverstanden“, stimmte Sabrina zu.

Matthew kniete sich hin, stellte das kleine Kästchen auf den Boden und nahm den Deckel hoch. Sabrina kniete sich neben ihn.

„Nun schließen wir beide unsere Augen“, sagte er, „und legen unsere Knospe hinein.“

Sie schlossen die Augen.

„Sind deine Augen zu?“ fragte er.

„Ja.“

„Dann lege ich meine Rose jetzt ins Kästchen ... so – ich bin fertig. Jetzt bist du an der Reihe.“

Sabrina tastete umher, fand das Kästchen und legte ihre Knospe hinein.

„Fertig“, sagte sie.

Mit immer noch geschlossenen Augen tastete Matthew nach den beiden Rosenknospen. Dann legte er den Deckel auf das Kästchen.

„Du kannst die Augen jetzt wieder aufmachen", sagte er.

Sie schauten sich lachend an und erhoben sich.

„Das wär's", sagte Matthew. „Jetzt wollen wir das Kästchen verstecken!"

Sie eilten aus dem Garten, und kurze Zeit später standen sie in dem dunklen, stillen Raum unter der kleinen Bibliothek.

„Wo sollen wir es verstecken?" fragte Matthew und schaute sich um.

„Auf diesen Mauervorsprung dort oben", sagte Sabrina. „Da oben ist nichts außer einigen alten, zerbrochenen Blumentöpfen. Wir können es ganz zurückstellen, so daß man es von hier unten aus nicht sehen kann."

„Das gefällt mir nicht. Jemand könnte auf die Idee kommen, hier sauberzumachen."

„Nicht ohne mein Wissen", entgegnete Sabrina.

„Gibt es nicht einen Ort, wo es ganz außer Sichtweite ist?" fragte Matthew, der sich immer noch in dem Raum umsah. „Wir könnten doch versuchen, einen der Steine zu lockern."

„Meinst du, das geht?"

„Wenn du – könntest du hochgehen und einen Stuhl holen?" fragte Matthew. „Wenn ich etwas habe, worauf ich stehen kann, geht es vielleicht."

Schon im nächsen Augenblick war Sabrina die Treppe hochgerannt und kam mit einem der Stühle aus dem Gästezimmer zurück.

Matthew stellte ihn hin. Auf Zehenspitzen auf dem Stuhl stehend, beugte er sich über den Mauervorsprung.

„Ich glaube, ich könnte einen dieser Steine in der Mauer lockern, aber dazu brauche ich ein Messer oder so etwas."

„Ich hole eine Schaufel aus dem Geräteschuppen", rief Sabrina und verschwand wieder.

Diesmal blieb sie einige Minuten fort, kehrte dann jedoch mit dem benötigten Werkzeug zurück. Sie reichte es Matthew, und dieser begann, den gehärteten Lehm um einen der Mauersteine wegzuklopfen. Kurze Zeit später zog er einen der Steine heraus, der etwa dreimal so groß war wie seine Faust.

„Da haben wir ihn!" rief er und zeigte ihn Sabrina.

„Wird das Kästchen in das Loch passen?“ fragte sie.

„Mit Leichtigkeit! Gib es mir hoch.“

Sie hob es vom Boden auf und gab es ihm. Matthew schob es in das Loch in der Mauer und sprang dann vom Stuhl herunter.

Er bückte sich, legte den Stein auf die Erde und begann, ihn mit der Hacke zu bearbeiten.

Nach kurzer Zeit hatte er sein Ziel erreicht. Er stellte sich wieder auf den Stuhl, steckte den halben Stein zurück in das Loch, drückte die Erde in die Ritze und blies die restliche Erde fort.

„So“, sagte er zufrieden. „Selbst wenn jemand genau draufschauen würde, könnte er nicht sehen, wo das Kästchen versteckt ist.“

„Laß mich sehen“, sagte Sabrina.

Sie stellte sich auf den Stuhl.

„Das ist toll, Matthew ... richtig perfekt!“

Sie kam wieder herunter, und er wischte sich den Schmutz von den Händen.

Eine Weile standen sie sich gegenüber und schauten sich an. Ihnen wurde klar, daß sie den traurigen Moment nicht länger hinausschieben konnten.

„Oh, Matthew – ich halte es nicht aus!“ sagte Sabrina.

„Ach, komm schon“, entgegnete er betont fröhlich. „Deshalb haben wir ja das Kästchen versteckt – es ist mein Versprechen, bald zurückzukommen.“

Sie schniefte und wischte sich die Augen.

„Ich weiß.“

„Und du mußt mir versprechen, daß du es nicht öffnest, bis ich wieder hier bei dir bin“, fügte er hinzu.

Sabrina lächelte und nickte.

„Ich werde die Rosen nicht anschauen, bis wir uns zusammen daran freuen können.“

„Darf ich dir weiter schreiben?“ fragte Matthew.

„Ich werde sehr böse sein, wenn du es nicht tust!“ entgegnete Sabrina energisch.

„Und du mußt mir zurückschreiben.“

„Ist doch klar."

Sie wollten den Raum verlassen.

„Der Stuhl", sagte Matthew.

„Ich werde ihn später holen", antwortete Sabrina.

Sie betraten den langen Gang, gingen hintereinander her und kamen schließlich zur Terrasse, wo ihre Eltern auf sie warteten.

„Wo seid ihr zwei denn nur gewesen?" fragte Marion lachend.

„Überall, Mama – auf dem Balkon, im Rosengarten und im Keller. Ich mußte Matthew noch einmal herumführen."

„Wir müssen los", drängte Thaddeus endlich. „Ich habe deine Sachen schon zum Wagen gebracht."

Matthew nickte.

Als Matthew Marion die Hand hinhielt, nahm sie ihn stattdessen in die Arme und drückte ihn fest an sich.

Langsam gingen sie ums Haus herum zum Haupteingang, vor dem der Wagen stand.

Es wurde wenig gesprochen, allen fehlten die richtigen Worte.

„Schreib mir ...", sagte Matthew zu Sabrina.

„Das werde ich – und du mir!"

„Ich verspreche es."

Ein letztes Händeschütteln, ein letzter Blick ... dann öffneten Thaddeus und Matthew die Wagentüren und stiegen ein.

„Gott sei mit Ihnen, Thaddeus ... und mit dir, Matthew", sagte der Baron. „Wir werden im Gebet an euch denken."

Der Motor sprang an. Langsam rollte der schwere Wagen los.

Sabrina drehte sich um und rannte ins Haus hinauf in das Arbeitszimmer ihres Vaters. Sie wollte dem Wagen nachsehen, bis er vollkommen außer Sichtweite war.

Heinrich und Marion gingen Hand in Hand zu ihrem Lieblingsplatz im *Frühlingsgarten,* um dort zu beten.

Nur das sich aufbäumende steinerne Pferd blieb vor dem Haus zurück und starrte hinter dem wegfahrenden Auto her. Sein wilder Blick erinnerte an den Diktator in Berlin, der alle Nationen der Erde herausgefordert hatte, ihm zu zeigen, ob sie den Mut hatten, ihn aufzuhalten oder nicht.

57
Gebet um Führung

Es war noch sehr früh am Morgen.

Die Dämmerung brach an, obwohl die Sonne noch nicht am Horizont aufgegangen war.

Baron Heinrich von Dortmann, Gutsbesitzer, deutscher Aristokrat, Ehemann, Vater und Kind Gottes, lag mit offenen Augen in seinem Bett und starrte an die Decke.

Es mußte etwa fünf Uhr sein, er hatte aber nicht auf seine Uhr geschaut.

Seine Männer würden schon bald mit dem Melken der Kühe beginnen, und um sechs würden die Feldarbeiter frühstücken.

Der Baron war aufgewacht mit dem Gefühl, als höre er eine Stimme im Zimmer. Er wußte, daß sein Vater im Himmel zu ihm gesprochen hatte. Nun wollte er aufstehen und seine Gegenwart suchen.

Um seine schlafende Frau nicht zu wecken, erhob er sich vorsichtig, zog sich an und nahm seine Bibel vom Nachttisch.

Er ging nicht in den Garten, sondern machte den Umweg über den Fluß, über die Felder und ging dann tief in den Wald hinein.

Er liebte diese frühe Stunde und fühlte sich im Einklang mit sich selbst, seiner Umgebung und seinem himmlischen Vater.

Obwohl es erst September war, spürte der Baron doch die ersten Anzeichen des Herbstes. Der Tannenwald duftete viel stärker als sonst, bedingt durch die höhere Feuchtigkeit im Boden. Der Duft der von der Sonne getrockneten Tannennadeln war dem Geruch von Tau, Feuchtigkeit, Erde, Humus, Zerfall und verwelkten Blättern gewichen. Er liebte den Duft des Sommers, aber er liebte auch diese neuen Gerüche, die den immerwährenden Kreislauf des sich verändernden, erneuernden, wachsenden Lebens verkörperten.

Er schaute zu Boden. Seine Schritte verursachten auf dem

trockenen Waldboden keine knackenden Geräusche, wie es im Juli immer der Fall war. Sein Stiefel versank im feuchten, weichen Boden; Tau hatte sich überall im Wald auf den Grasstellen gesammelt. Er bückte sich, um die Spitze eines Tannenastes zu betrachten. Die Tautröpfchen hielten sich lange und fielen erst im letzten Moment herunter – ein winziges, schimmerndes, flüssiges Kristall, das dann lautlos auf den Waldboden fiel.

„Oh, Gott", seufzte er immer wieder, „was willst du mir bloß sagen?"

Seine Gebete vermischten sich mit seinen Gedanken.

Der jahrelange Freund des Barons, Aaron Abrahams, ging ihm nicht mehr aus dem Sinn, seit er ihn zuletzt in Niedersdorf gesehen hatte. Aaron war eigentlich mehr als nur ein Freund von ihm und Marion. Entgegen ihrem eigenen Wunsch hatten sie beide versprochen, niemandem sein Geheimnis zu offenbaren – nicht einmal ihrer eigenen Tochter. Die ganzen Jahre über hatte es niemand erfahren. Und nun hatte der Doktor Schwierigkeiten mit den Behörden. Es machte Heinrich sehr zu schaffen, daß er ihm nicht helfen konnte.

Er war nicht der erste, und würde ganz sicher nicht der letzte sein. Die Verfolgung nahm von Jahr zu Jahr zu.

In seinem Buch *Mein Kampf* hatte Hitler die Theorie von der Überlegenheit der Rassen entwickelt, und nun führte sein geheimes Netzwerk von Armee, Polizei und Spionen seine üblen Pläne der Judenvernichtung mit immer größer werdendem Eifer durch. Diese schreckliche Nacht des Aufruhrs, der Zerstörung und des Mordens, die als die *Reichskristallnacht* in die Geschichte eingegangen war, lag bereits ein Jahr zurück. Und es wurde immer schlimmer. Nun hatten die Übergriffe auch schon ein so kleines Dorf wie Niedersdorf erfaßt!

Seine Tochter und auch Bonhoeffer hatten den Baron herausgefordert, zu überlegen, was er tun würde, nun, wo die Auswirkungen der Nazi-Politik immer deutlicher sichtbar wurden. Was war richtig? Was sollte das Volk Gottes tun?

„Gott ... oh, Gott", rief er verzweifelt aus, „was willst du, daß ich tun soll? Wie kann ich deinem Volk helfen?"

Er ging noch einige Schritte weiter, fiel auf seine Knie und bedeckte sein Gesicht mit den Händen.

„Oh, lieber Vater, ich habe Angst, deinem Volk stehen Trauer, Schmerz und Leiden bevor, den Juden genauso wie den Christen. Ich kann nicht tatenlos zusehen. Was ist dein Weg mit mir? Mein Herz tut weh, Vater, wenn ich an Aaron denke, was kann ich tun ... oh, Gott ..."

Als er sich zehn Minuten später erhob, leuchteten seine Augen, und seine Wangen waren tränenfeucht.

Er setzte seinen Spaziergang fort, immer noch innerlich betend – obwohl der Sturm in seinem Herzen gestillt worden war. Er bat seinen himmlischen Vater um Führung.

Eine Stelle aus der Bibel ging ihm seit dem Aufwachen nicht mehr aus dem Kopf. Er hatte sie bereits mehrmals gelesen. Noch einmal öffnete er die Bibel und las die Worte.

Das sagt der Heilige, der Wahrhaftige, der da hat den Schlüssel Davids, der auftut, und niemand schließt zu, der zuschließt, und niemand tut auf ... Siehe, ich habe vor dir eine Tür aufgetan, und niemand kann sie zuschließen.

„Der Schlüssel ... welcher Schlüssel, Herr? Welche offene Tür?"

Denn du hast eine kleine Kraft und hast mein Wort bewahrt und meinen Namen nicht verleugnet.

Er dachte an seinen Freund Dietrich Bonhoeffer und an die vielen deutschen Kirchenführer, die den Geboten der Nazis nachgegeben hatten, Hitler den Treueeid geschworen und somit den Namen ihres wahrhaftigen Retters verleugnet hatten.

Er las weiter.

Siehe, ich werde schicken einige aus der Synagoge des Satans, die sagen, sie seien Juden und sind's nicht, sondern lügen; ich will sie dazu bringen, daß sie kommen sollen und zu deinen Füßen niederfallen.

„Wen meinst du, Herr ... wer sind diese falschen Juden ... was ist die Synagoge des Satans?"

Und sie werden erkennen, daß ich dich geliebt habe.

„Geliebt ... sie werden erkennen, daß du mich geliebt hast", wiederholte Heinrich. „Wen hast du geliebt, Herr?"

Weil du mein Wort von der Geduld bewahrt hast, will auch ich dich bewahren vor der Stunde der Versuchung, die kommen wird über den ganzen Weltkreis, zu versuchen, die auf Erden wohnen. Siehe, ich komme bald; halte, was du hast, daß niemand deine Krone nehme! Wer überwindet, den will ich machen zum Pfeiler in dem Tempel meines Gottes.

„Oh, Vater, was willst du mir sagen?" flehte Heinrich. „Laß mich deine Stimme klar und deutlich hören, damit ich das tun kann, was du von mir erwartest!"

Halte, was du hast … was du hast …

„Was habe ich denn, Herr …?"

Siehe, ich habe vor dir eine Tür aufgetan … eine Tür aufgetan … offene Türen … viele offene Türen …

Mittlerweile war der Baron zum Waldrand gekommen. Vor ihm breitete sich in allen Richtungen sein Land aus, das Land seiner Väter, das Land, das er liebte. Geradeaus vor ihm, auf dem Hügel, stand sein geliebtes *Lebenshaus* mit dem Garten, der sich harmonisch an den Abhang schmiegte.

Während er über seinen Besitz hinwegblickte, trat plötzlich ein ungläubiger Blick in seine Augen.

Mit weit aufgerissenen Augen schaute er zuerst auf den Garten, dann auf das Haus.

„Natürlich … das ist es! *Halte, was du hast …* Ich habe offene Türen, mein Haus hat viele Türen, viele offene Türen für das geliebte Volk Gottes, um mitzuhelfen, sie vor dem Schlimmen zu bewahren, das kommen wird über den ganzen Weltkreis. Wie habe ich nur übersehen können, was du mir zeigen wolltest! Oh … Vater … danke!"

Er begann zu laufen, über das Feld zurück zum Haus.

Er durfte keine Zeit verlieren! Er mußte mehr in der Bibel lesen, doch das konnte er nur in seinem Arbeitszimmer tun. Wenn er Gottes Stimme richtig verstanden hatte, dann würde er dort Bestätigung finden.

Eine Stunde später legte der Baron seinen Stift nieder und lehnte sich auf seinem Stuhl zurück. Auf dem Papier, das er vor sich hatte, standen etwa ein halbes Dutzend Bibelstellen, die bestätigten, was er vor einer Stunde geahnt hatte.

Sie würden viele Sicherheitsvorkehrungen zu treffen haben, denn was schon einmal passiert war, würde sich leicht wiederholen können. Vielleicht wurde er immer noch beobachtet. Er würde ein großes Risiko auf sich nehmen. Sie würden Mauern, Türen und Gänge verändern müssen. So vieles war zu tun! Doch wenn dies wirklich nach dem Willen des Vaters war, dann würde alles zusammenpassen.

Es war an der Zeit, Marion von seinem Spaziergang zu erzählen und mit ihr alles weitere zu besprechen.

58

Neue Aufgabenstellung

Der Raum, in dem die beiden Männer saßen, war äußerst nüchtern eingerichtet. Eine passendere Umgebung für die Abwicklung ihrer Geschäfte hätte sich kaum finden lassen. Die Wände waren kahl, der Fußboden ohne Teppich, und das einzige hochliegende Fenster war schmutzig und ließ nur einen Lichtschimmer durch.

Zwei Stühle mit gerader Lehne standen sich gegenüber. Auf dem einen saß ein Mann von etwa dreiunddreißig Jahren und unterhielt sich mit seinem um ungefähr zwölf Jahre jüngeren, in Uniform gekleideten Gegenüber.

„Sie haben sich bereits gut bewährt", sagte der ältere der beiden gerade. „Ich habe mich mit Ihren Vorgesetzten unterhalten. Sie sagen, daß Sie eine glänzende Zukunft in der Luftwaffe vor sich haben und man Ihnen bald eine eigene Staffel anvertrauen will."

„Ich freue mich, daß mein Dienst für das Reich zufriedenstellend ist."

„Ich bin sicher, eine solche Zukunft würde die meisten patriotisch eingestellten deutschen Männer glücklich machen."

Der andere erwiderte nichts.

„Es gibt allerdings bestimmte ‚Dienste' für das Reich und unseren Führer, die eine gewisse Furchtlosigkeit und Liebe erforderlich machen, die über das hinausgeht, was die meisten Männer zu geben bereit sind. Verstehen Sie, was ich meine?"

„Vielleicht."

„Ich hatte gehofft, Sie würden zu uns kommen, als mein Mann vor zwei Jahren mit Ihnen sprach. Ich war etwas enttäuscht zu hören, daß Sie zur Luftwaffe gegangen sind."

„Mein Vater hielt es für das Beste."

„Tun Sie immer nur, was Ihr Vater Ihnen sagt?"

Der junge Mann schaute den anderen verwirrt an.

„Ich treffe meine eigenen Entscheidungen", sagte er.

„Es könnte sich lohnen, diese hier noch einmal zu überdenken. Ich könnte darauf bestehen, daß Sie es sich noch einmal überlegen."

„Überlegen ... ich verstehe nicht."

„Ich brauche jemanden, der sehr wohl versteht und auf dessen Loyalität ich mich hunderprozentig verlassen kann."

„Loyalität ... wem gegenüber?"

„Mir gegenüber, Sie Dummkopf! Wem denn sonst!"

„Entschuldigung", sagte der Jüngere. Er wußte, daß dies im Augenblick von ihm erwartet wurde. „Ich habe nur an den Führer gedacht."

„Wenn ich spreche, spricht gleichzeitig der Führer!" entgegnete der andere. „Loyalität mir gegenüber ist auch Loyalität meinem Vorgesetzten gegenüber, der dem Führer sehr nahesteht. Loyalität mir gegenüber ist Loyalität dem Vaterland und dem Reich gegenüber!"

„Natürlich."

„Empfinden Sie eine solche Loyalität?"

„Wenn Sie mich für würdig erachten, die Aufgabe, von der Sie sprechen, zu erfüllen, wird meine Loyalität grenzenlos sein", antwortete er versöhnlich.

„Was immer auch von Ihnen verlangt wird?"

Der junge Mann nickte. „Ich weiß über die Art Ihrer Aktivitäten Bescheid."

Der Ältere lächelte ernst. „Die Aufgabe, die ich für Sie vorgesehen habe, würde es erforderlich machen, Ihre Uniform an den Nagel zu hängen."

„Das ist ein Preis, den zu zahlen ich mich überreden lassen könnte ..."

„*Überreden*?" wiederholte der andere ungläubig. „Sie meinen, wenn der Preis stimmt?"

„Ich denke, Sie haben mich verstanden, Herr Korsch."

„Es gibt keinen Preis", schnappte der Ältere. „Wenn Sie in meine Dienste eintreten wollen, haben Sie keine Bedingungen zu stellen. Haben Sie immer noch nicht begriffen, mit wem Sie es zu tun haben?"

Der andere nickte nur.

„Allerdings", lenkte Korsch ein, „gibt es selbstverständlich gewisse, sagen wir, Entschädigungen, wie Sie sicherlich wissen. Macht, und das Prestige, das damit einhergeht, bedeuten nicht unbedingt auch finanziellen Gewinn, und doch ... Beschlagnahmungen sind gelegentlich dazu angetan, unsere Aktivitäten zu finanzieren. Ich bin gerade mit einer solchen Umverteilung beschäftigt. Wenn dieser Krieg vorbei ist, wie immer er auch ausgehen mag, beabsichtige ich auf der Siegerseite zu stehen. Wenn Sie sich an mich halten, wenn Sie loyal sind, werde ich dafür sorgen, daß auch Sie zu denen gehören, die von dieser Auseinandersetzung profitieren."

Beide Männer lächelten wissend.

„Zusätzliche Beschlagnahmungen auf dem Gebiet, auf dem Sie äußerst nützlich sein können, sind manchmal sehr lukrativ. Es gibt Leute, die ausgedehnte Ländereien besitzen, die, wie Sie wissen, ihnen nicht rechtmäßig gehören."

„Das habe ich gehört."

„Ihre Freunde könnten dazugehören."

„Sie sind nicht meine Freunde."

„Dann sind Sie also bereit, mir bei meinen Bemühungen zu helfen, das Reich von solchen aufrührerischen Gesetzesbrechern zu reinigen?"

„Ich werde Ihren Befehlen Folge leisten."

„Gut. Ich wußte, daß ich auf Sie zählen kann. Auch der Führer wird erfreut sein!"

Eine Pause entstand.

„Nun habe ich Ihnen einige von meinen Verdachtsmomenten anvertraut", fuhr Korsch fort. „Haben Sie noch Informationen, die mir weiterhelfen könnten?"

„Nur daß sie außer ihrer Beziehung zu dem Burschen, den Sie suchen, auch noch Kontakt zu Amerikanern haben."

„Amerikaner, sagen Sie? Nein, das wußte ich nicht! Diese Information könnte sehr nützlich sein ... Sie sind ein gerissener junger Mann!"

„Vielen Dank, Herr Korsch."

„Wie gelingt es Ihnen, an solche Informationen heranzukommen?"

„Ich habe Mittel und Wege." Gustav genoß seine Überlegenheit.

„Wenn Sie für mich arbeiten, dann will ich wissen, welche!" sagte Korsch säuerlich.

„Ich habe einen Aussichtspunkt, von dem aus ich beobachten kann, was vorgeht. Ich benutze ihn schon seit Jahren."

„Zu welchem Zweck?"

Der jüngere Mann antwortete nicht direkt.

„Ach ja", sagte der andere, „das Mädchen! Natürlich. Ich vergaß. Sie haben es sich zur Gewohnheit gemacht, sie heimlich zu beobachten, nicht wahr?"

Ein bösartiges Lächeln umspielte seine Lippen.

„Ja, Sie werden Ihre Sache gut machen, mein liebeskranker junger Freund! Wenn es Ihnen gelingt, die Sache durchzuziehen, und wir es schaffen, sie alle zu ruinieren, dann werde ich dafür sorgen, daß Sie Ihr Mädchen schließlich doch bekommen."

Teil V

Das Geheimnis vom Lebenshaus

1942

59

Finsternis über dem Land

Die Dunkelheit hatte sich über die kleine polnische Stadt Wloclawek gesenkt.

Die Finsternis im übertragenen Sinne jedoch war schon drei Jahre zuvor über dieses Gebiet hereingebrochen. Das Polen ihrer Ahnen, das preußisch-polnische Königreich der Hohenzollern und das Otto von Bismarcks, die Königreiche, aus denen das vereinigte Deutschland entstanden war, existierten nicht mehr.

Nun umgab nur noch schwarze Hoffnungslosigkeit das Land.

Die polnische Armee war durch den Blitzkrieg vom September 1939 wie gelähmt gewesen. Gegen die modernen deutschen Bomben, die zahlreichen Panzerdivisionen und die fünfzehnhundert Flugzeuge hatten die Polen aufgrund des Überraschungseffektes so gut wie keine Chance gehabt, obwohl die polnische Armee der Wehrmacht zahlenmäßig kaum unterlegen war.

Innerhalb kürzester Zeit war der Feldzug entschieden. Polen kapitulierte nach wenigen Wochen.

Dem Nichtangriffspakt mit Rußland gemäß marschierten sowjetische Truppen Mitte September über die Grenze im Osten. Die Vertreter Hitlers trafen sich mit denen Stalins, und die beiden Autokraten teilten Polen in zwei Teile. Die eine Hälfte wurde Deutschland zugeteilt, die andere Rußland.

Die Kriegserklärungen Großbritanniens, Frankreichs und ihrer wenigen Verbündeten waren mitnichten dazu angetan, Hitlers Eroberungsdurst zu löschen, sie verstärkten ihn nur noch.

Mit derselben Geschwindigkeit und Macht fiel Hitler 1940 in Frankreich, Norwegen und Dänemark ein; 1941 in Jugoslawien, Griechenland und Nordafrika. Nur Großbritannien (trotz des Bombardements durch die Deutsche Luftwaffe) und bis zu einem gewissen Grad auch die Sowjetunion (die nun feststellen mußte, daß Hitler, ihr früherer Verbündeter, auch gegen sie zu Felde zog) behaupteten sich gegen die Deutsche Armee.

Japans Angriff auf Pearl Harbour, und somit auf die Vereinigten Staaten, vom Dezember 1941 bewegte Amerika dazu, an der Seite Großbritanniens in den Krieg einzutreten. Mit Beginn des Jahres 1942 war die ganze Welt in einen Krieg verwickelt, wie ihn die Welt noch nicht erlebt hatte. Völlig unvereinbare Ideologien der Alliierten und der Achsenmächte Japan, Deutschland und Italien machten ein Friedensabkommen undenkbar.

Territoriale Eroberungen waren jedoch nur eines von Adolf Hitlers größenwahnsinnigen Zielen. Er war besessen von der Idee, nicht nur Deutschland, sondern ganz Europa von der „Plage" der jüdischen Rasse zu befreien.

Dieses Ziel konnte nur erreicht werden, indem die hebräische Rasse vollständig ausgelöscht wurde. In Polen, das sich nun in Hitlers Händen befand, wohnten Juden polnischer Herkunft und viele Einwanderer aus Rußland und Deutschland.

Besondere „Einsatztruppen" trieben die Juden wie Vieh in Güterwaggons und Lastwagen zusammen, um sie zu ihrem Bestimmungsort zu bringen, wo sie mit Maschinengewehren erschossen und in große Gruben geworfen wurden.

Im Laufe des Krieges wurden die Methoden dieses Völkermordes immer ausgefeilter, immer das Ziel vor Augen, mit möglichst geringem Aufwand möglichst viele Menschen möglichst schnell zu töten. Es wurden Todeswagen erfunden, die ihre Opfer schon auf dem Weg zu ihrer letzten Ruhestätte vergasten.

Gegen Ende des Jahres 1941 nahm man die sogenannte „Endlösung der Judenfrage" in Angriff. Dazu gaben Adolf

Hitler und der Urheber dieses Plans, Heinrich Himmler, Befehle an die Chefs der Gestapo, Heinrich Müller und Adolf Eichmann. Diese gaben ihren Untergebenen Anweisungen, wie dieser grausame Massenmord durchzuführen sei.

Obwohl auch weiterhin viele Juden durch Erschießen, Phenol-Injektionen und Erhängen getötet wurden oder an Unterernährung und Krankheit starben, zeigte sich der Höhepunkt dieser Unmenschlichkeit in der Errichtung von speziellen Lagern, deren einziger Zweck der Massenmord war. Gaskammern und Krematorien sollten die Massenabschlachtungen möglichst „effizient" und „sauber" durchführen.

Aus allen eroberten Ländern Europas wurden die Juden zusammengetrieben und entweder zu Sklavenarbeiten ins Reich oder zu Konzentrationslagern in Polen wie zum Beispiel Auschwitz transportiert. Außerdem wurden Juden von nationalsozialistischen Wissenschaftlern zu medizinischen Menschenversuchen mißbraucht. Nachdem die Juden getötet worden waren, wurden ihre Kleidung, Schuhe, Goldfüllungen, ihr Schmuck und ihre Knochen gesammelt – die Knochen verarbeitete man zu Dünger, die Kleider bekamen die Armen in Deutschland, und Gold und Juwelen wurden dem Reich zugeführt.

Auswanderung wurde unmöglich. Es gab keinen Ort, wo man hätte hingehen können. Aus Deutschland oder Polen herauszukommen, nützte nichts, denn ganz Europa war von diesem Wahnsinn ergriffen. Juden, deren Identität bekannt war, versuchten sich vor der SS und der Gestapo zu verstecken oder Schutz zu suchen auf Dachböden oder in Kellern von Freunden, die sich ihrer erbarmten.

Die Gefahr lauerte überall. Unterirdische Netzwerke bildeten sich; einige in Verbindung mit der Widerstandsbewegung gegen die Nazis in den verschiedenen Ländern, andere arbeiteten unabhängig. Alle, die sich dieser Aufgabe verschrieben hatten, gingen ein großes Risiko ein.

Spione gab es überall. Niemand konnte mehr seinen Freunden und Nachbarn trauen, nicht einmal mehr seiner eigenen Familie.

Einige beschlossen, in ihrem Zuhause und an ihrer Arbeitsstelle zu bleiben. Sie hofften, daß ihre hebräische Abstammung nicht entdeckt werden würde. Andere versuchten, ihre Namen zu ändern und gefälschte Papiere zu bekommen. Doch alle lebten in der ständigen Furcht vor den schweren Stiefeln der Gestapo und hatten Angst davor, daß der Lastwagen doch eines Tages vor ihrem Haus halten und sie dem Tod ausliefern würde.

60

Nächtliches Warten

In einem der oberen Schlafzimmer saßen ein Vater und eine Mutter zusammen mit ihrem siebenjährigen Sohn und ihrer vierjährigen Tochter zusammengekauert in der Dunkelheit. Sie warteten darauf, daß die Stunden vergingen.

Sie konnten ihr Leben nicht mehr weiterführen wie bisher und darauf hoffen, daß sie nicht entdeckt würden. Der Mann mit Namen Jakob wußte, daß es dazu zu spät war. Morgen würde die Gestapo hier sein. Heute nacht war ihre letzte Chance, aus Wloclawek zu fliehen.

Sie würden nur das mitnehmen, was sie anziehen konnten. Das waren die Anweisungen, die er seiner Frau gegeben hatte. Nur eine kleine Tasche mit ein paar persönlichen Sachen würden sie mitnehmen, um nicht aufzufallen.

Als Jakob drei Stunden zuvor von der Arbeit nach Hause gekommen war, hatte er seiner Frau leise berichtet, worauf sie schon seit langem gewartet hatten.

„Wir müssen sofort fliehen", sagte er.

„Wann, Jakob?"

„Um Mitternacht."

„Aber ... aber – wie ... was werden wir –"
„Es ist alles vorbereitet."
„Aber Jakob, wir können doch nicht einfach so gehen – so ohne –"
„Wir müssen, Ulrike", unterbrach ihr Mann sie mit großer Dringlichkeit, und sie wurde sich der Panik bewußt, die in seiner Stimme lag.

Jakob nahm sie sanft in den Arm und drückte sie an sich. Alle Juden Polens mußten jederzeit mit dieser Stunde rechnen. Nun war sie für Jakob und Ulrike Kropf gekommen. Sie waren besser dran als die anderen: Wenigstens waren sie vorgewarnt worden. Obwohl ein ungelernter Textilarbeiter, war Jakob Kropf doch ein heller Kopf. Er hatte die Vorgänge genau beobachtet und dann Pläne geschmiedet für seine Frau und seine Kinder.

„Die Gestapo kam heute in die Fabrik", erzählte Jakob schließlich, der seine junge Frau noch immer in den Armen hielt. „Ich habe sie beobachtet. Ich sah zwei Männer und wußte sofort, daß sie von der Gestapo kamen. Sie gingen in das Büro des Aufsehers, ließen sich dort Papiere zeigen und nahmen sie mit. Ich weiß, es waren die Listen der Angestellten. So machen sie es immer. Später kamen sie zurück. Diesmal fand ich eine Entschuldigung und konnte näher rangehen. Sie zeigten dem Aufseher die Liste wieder und deuteten auf einige Namen. Er ging zum Aktenschrank und holte noch mehr Akten heraus. Du weißt schon, welche, Ulrike! Meine Personalakte und die der andern!"

„Was hast du getan, Jakob?"

„Was konnte ich schon tun? Ich versuchte, mich auf die Arbeit zu konzentrieren. Ich wußte, es war mein letzter Tag in der Fabrik, ich würde keinen Lohn mehr bekommen, und schon morgen würde keiner von uns mehr da sein."

„Bist du sicher?"

„Es passiert doch überall, Ulrike! Denk' an die Stahlfabrik: Die Gestapo kam, und am nächsten Tag waren alle dort beschäftigten Juden verhaftet – zusammen mit ihren Familien. Das war erst letzte Woche. Sie haben sich auf Wloclawek konzentriert. Morgen werden sie hier sein. Wir haben nur noch heute nacht, Ulrike – nur noch heute nacht."

Das war vor Stunden gewesen.

Schnell hatten sie etwas gegessen. Ulrike hatte einige Nahrungsmittel zusammengepackt und die wenigen Dinge, die sie nicht zurücklassen wollten. Es war Winter und sehr kalt. Sie würden mehrere Kleidungsstücke übereinander tragen und auf diese Weise den größten Teil ihrer Kleidung mitnehmen können. Alles andere mußten sie zurücklassen. Ihnen blieb nur die Hoffnung, diese Reise zu überstehen. Eine andere Chance hatten sie nicht.

Nachdem sie gegessen hatten, war Ulrike mit Tränen in den Augen im Haus umhergegangen und hatte sich von den vielen Dingen verabschiedet, die sie nie wiedersehen würde – den Kinderschaukelstuhl, den Jakob selbst gebaut hatte, die Frisierkommode ihrer Mutter, ihre Kleider, das Porzellan, der Tisch, den sie von ihrem Onkel bekommen hatte. Sie fuhr mit dem Finger über den Messingkerzenhalter und ging dann weiter durch den Raum. Sie schluckte. Schnell nahm sie noch die Spieluhr vom Regal – die Kinder würden vielleicht gern damit spielen, und sie würde sie an die glückliche Zeit hier erinnern.

Auch Jakob nahm in der Zwischenzeit Abschied von einem Leben, das sie von nun an nicht mehr kennen würden. Er zwang sich, ruhig zu bleiben.

Nachdem sie zu Abend gegessen hatten, hatten sie die Lichter zur gewohnten Zeit gelöscht. Alles mußte ganz normal erscheinen. Nicht einmal ihre Nachbarn und Freunde durften vermuten, was sie vorhatten, sonst würden auch sie in Gefahr geraten.

Und nun, in den stillen Stunden des voranschreitenden Abends, kauerten sie in der Dunkelheit zusammen und warteten darauf, daß die Zeit verging. Jakob hatte vereinbart, den Mann mit Namen Luddoff um Mitternacht zu treffen.

Es war noch nicht so spät, doch die Dunkelheit war schon weit vorangeschritten. Jakob und Ulrike sprachen nur wenig miteinander, weil sie die Kinder nicht aufwecken und sich selbst nicht beunruhigen wollten.

Allmählich wurde auch Jakob müde, die Anstrengungen des Tages machten sich bemerkbar.

Er nahm seinen schlafenden Sohn fester in die Arme und kämpfte gegen den Schlaf an. Ihre letzte Chance durften sie nicht vertun.

61

Die dunklen Pläne der Gestapo

Der Sektionschef der Gestapo ging entschlossenen Schrittes in dem kleinen Raum hin und her. Seine Augenbrauen waren nachdenklich zusammengezogen und ließen die dunklen Augen noch eingesunkener erscheinen, als sie tatsächlich waren.

Vor einigen Stunden hatte er einige Akten überflogen, die von seinem eigenen Schreibtisch und die von dem eines seiner Untergebenen.

Es drängte sich ihm die Frage auf, ob vielleicht doch mehr dahintersteckte, als für jeden offensichtlich war.

Schon seit Wochen war er dem Rabbi Wissen auf der Spur. In der Hoffnung, ihn aufstöbern zu können, hatte er vor mehreren Wochen den Befehl erteilt, das Netz um diese Region, die sich von Torun über Inowroclaw bis nach Wloclawek erstreckte, enger zu ziehen.

Viele Juden waren schon ausgerottet worden, aber nicht dieser Rabbi.

Er wußte, daß sich dieser schmutzige, dunkelhäutige Semit in diesem Gebiet aufhielt, vielleicht sogar genau hier in Wloclawek!

Er haßte es, wenn man ihn zum Narren hielt, und der Rabbi war seiner Verhaftung schon zu lange entkommen!

Er hatte sich diese Aufgabe nicht ausgesucht. Hierfür hatte

er sich nicht den Weg durch die Ränge der Gestapo gebuckelt. Reichsführer Heinrich Himmler hatte die Art, so zu tun, als wären bestimmte Aufgaben freiwillig, obwohl das absolut nicht der Fall war. Er hatte das Angebot angenommen. Nicht, daß er auch nur das geringste Interesse daran gehabt hätte, nach Polen geschickt zu werden, nein, aber Himmler war ein Mann, dem man nichts abschlagen konnte.

Wie sich herausstellte, bedeutete die Versetzung eine Beförderung, eine Chance, wichtige Basisarbeit zu leisten für einen weiteren Aufstieg in der SS. Außerdem war es die Gelegenheit, den Osten besser kennenzulernen. Nur für alle Fälle. Die Russen hatten 1939 diesen Teil besetzt, und obwohl sie sich im Augenblick auf dem Rückzug befanden, konnte man nie wissen, ob sich das nicht wieder ändern würde.

Hinzu kam, daß Himmler sich ihm gegenüber bereits wohlgesonnen gezeigt hatte. Was die Judenfrage anging, würde die Hauptarbeit der SS auch in Zukunft in Polen stattfinden. Ein Weiterkommen in der SS war nur im Bereich der Judenfrage möglich, so verachtenswürdig die Christen auch waren. Die Gestapo errichtete gerade im ganzen Land „effizientere" Einrichtungen für die Lösung des Judenproblems. Wenn er gute Arbeit leistete, konnte er sich vielleicht hier einen Namen machen.

Bisher war alles gut gegangen … bis der Befehl gekommen war – von Himmler persönlich – diesen Rabbi aufzustöbern und festzunehmen. Der Befehl war in der Tat so präzise formuliert, daß er alles stehen- und liegenlassen und seine ganzen Bemühungen darauf konzentrieren mußte, diesen Rabbi Wissen zu fangen.

Daß der Rabbi ihm entkommen war, sprach nicht gerade für ihn. Es war eigentlich eine so leichte Aufgabe gewesen: „Verhaften Sie einen bärtigen Geschichtsprofessor, der jeden wichtigen Juden und Synagogenführer in Polen kennt und der eine Akte hat über einige noch unentdeckte Juden; bringen Sie ihn nach Berlin."

Der Stabschef war wütend auf sich selbst, weil er die Sache vermasselt hatte. Falls Himmler erfuhr, daß Informationen über die Akten, die der Mann besaß, zurückgehalten worden waren, würde ihn das seinen Kopf kosten. Himmler wollte den dunkelhäutigen Verräter nur, um Informationen aus ihm herauszufoltern, doch der Stabschef hatte erfahren, daß der Mann einen weit wertvolleren Schatz besaß. Hitler würde alles dafür geben – das stand zweifelsohne fest –, wenn er erst einmal von den Steinen erfahren hatte. Mit dem Inhalt dieses Kästchens würde Hitler den Krieg vielleicht doch noch gewinnen können!

Falls er sich entschließen würde, es Hitler zu übergeben, dachte der Stabschef bei sich, würde er seinen Preis nennen können. Vielleicht würde Himmler selbst dann der Untergebene sein! Vielleicht würde er sie aber auch einfach behalten. Diese Steine würden nach dem Krieg mehr wert sein als jedes Bankkonto! Und wer wußte schon etwas darüber?

Doch die Juden konnten ganz schön gerissen sein, und der Rabbi-Professor war aus der Stadt entkommen und hatte das heilige Kästchen mitgenommen.

Die Begeisterung des Führers für Kunstgegenstände und historische Reliquien konnte der Stabschef nicht so recht verstehen. Alle Nazi-Führer, angefangen bei Hitler und Göring, hatten für jede Stadt und jedes Land, das ihre Armee überrannt hatte, ein enormes Plünderungsprogramm für Kunstschätze erstellt. Von Wien über Prag und Paris ließen sie Gemälde, Gold- und Silberreliquien, Wandteppiche, wertvolle Bücher und andere Dinge von unschätzbarem historischen und materiellen Wert ins Reich schaffen. Ganze Museen, Bibliotheken und Galerien wurden geplündert, und die Ausstellungsstücke zierten nun die privaten Sammlungen der Nazi-Führer. Jeder der oberen Nazis beschäftigte seine eigenen Leute, die die Augen offenhalten sollten nach Schätzen, und sie wetteiferten miteinander, um sich der besonders begehrten Objekte zu bemächtigen. Eine vollständige militärische Einheit, die als „Einsatzstab Rosenberg“ bekannt war, begleitete die Armee bei ihren Überfällen auf die verschiedenen Länder mit dem einzigen Ziel, allen wertvollen Besitz von Juden und anderen „ideologischen Feinden des Nationalsozialismus“ einzuziehen.

Und nun hatte er vielleicht das Wertvollste überhaupt entdeckt! Dies ließ jedenfalls die Information, die er vor sechs Monaten aus purem Zufall erhalten hatte, vermuten. Nur er wußte davon – nicht Hitler, nicht Himmler oder Göring, nicht einmal Alfred Rosenberg.

Es ging um das Größte überhaupt: um die Macht, die Zukunft vorauszusagen, den Willen Gottes zu erkennen! Ob man nun an ein solches Wesen glaubte oder nicht, spielte keine Rolle. Hitler war jedenfalls dem Mystischen und Übersinnlichen so ergeben, daß er an die Macht der Steine glauben würde.

Der sich windende Dummkopf, aus dem er diese Information herausgeprügelt hatte, glaubte jedenfalls daran!

Dieser Narr hatte eine panische Angst vor dem Zorn Gottes gehabt und wie ein Idiot gestammelt, als er ihn zwang, das Geheimnis des Rabbis zu verraten. Doch schließlich hatte er noch mehr Angst vor einem weiteren Schlag mit dem Gewehrkolben gegen seinen Schädel gehabt und die Information ausgespuckt.

Erneut hatte er ihm den Kolben seines Gewehrs in den Bauch gestoßen und gehört, wie einige Rippen brachen. Schließlich hatte er ihm eine Kugel zwischen die Augen geschossen.

Sie waren so auf den Himmel ausgerichtet! Nun, der Stabschef würde sich glücklich schätzen, sie alle augenblicklich dorthin zu schicken!

Er runzelte die Stirn. Zwar hatte er entdeckt, was der Rabbi besaß. Doch den Professor selbst zu finden, war nicht so einfach. Der Bursche war aus der Universität entkommen, aus Warschau geflohen und hatte nun, wie ihm berichtet worden war, Verbindungen zu einer Fluchthilfe-Organisation für Juden aufgenommen, die Aufrührer und Verräter aus dem Land schleusten, ihnen manchmal sogar zur Flucht vom Kontinent verhalfen.

Der Stabschef ging noch einmal die Akten durch.

Seine Männer hatten die Verhaftungen für morgen früh geplant. Reine Routinesache. Sie würden nur die durch die Untersuchungen der Personalakten in den Fabriken identifizierten Personen festnehmen.

Doch irgend etwas war ihm bei der Durchsicht eines der Dokumente aufgefallen. Was war es nur? Ja – da war es!

Er nahm sich ein Blatt Papier, auf dem mehrere Namen aufgelistet waren – *Luddoff* ... wo hatte er den Namen nur schon einmal gehört? Hier stand, daß man vermutete, er sei einer der Organisatoren des Netzwerks. Außerdem war vermerkt, daß, falls einige dieser neu entdeckten jüdischen Fabrikarbeiter eine Flucht in Betracht ziehen sollten, dieser Luddoff ganz bestimmt daran beteiligt sein würde. Dem Bericht zufolge war dies ganz sicher ein Deckname, mehr war noch nicht herausgefunden worden.

Wo hatte er den Namen nur schon einmal gehört? Unruhig eilte er in seinem Zimmer hin und her.

Plötzlich blieb er abrupt stehen und donnerte triumphierend mit der Faust auf den Tisch.

Natürlich! Dieses kleine Wiesel, das er in Warschau getötet hatte! Er hatte den Namen Luddoff genannt, während er ihn verprügelt hatte. Damals hatte er sich nichts dabei gedacht. Er war nur an Informationen über den Rabbi interessiert und hatte auf kaum etwas anderes geachtet.

Was hatte er noch gesagt? Er konnte sich nicht mehr erinnern.

Aber was immer es gewesen war, auf jeden Fall bestand eine Verbindung zwischen dem Professor und diesem Luddoff. Eine Tatsache, die Rabbi Wissen mit diesem Gebiet in Verbindung brachte, mit Wloclawek!

Falls Luddoff dieser Fluchthilfeorganisation angehörte, mußte er auch etwas mit dem Rabbi zu tun haben. Daran gab es keinen Zweifel. Entweder war der Rabbi ihm schon entwischt, oder er würde bald entkommen sein ...

Und Luddoff war vielleicht der Schlüssel!

Wieder nahm er die Papiere zur Hand und ging sie atemlos durch. Falls einige dieser Fabrikarbeiter tatsächlich Kontakt zu der Fluchthilfeorganisation aufgenommen hatten, durfte er nicht riskieren, sie entwischen zu lassen. Vielleicht war dies seine einzige Chance, diesen Luddoff in die Hände zu bekommen ... und den Rabbi!

Morgen könnte es also schon zu spät sein.

Er würde die Verhaftung dieser Leute für heute abend ansetzen! Er würde sie befragen, sie schlagen und foltern, um etwas über den Aufenthaltsort von Luddoff herauszufinden!

Die Papiere immer noch in der Hand haltend, rannte der Stabschef aus dem Zimmer und rief zwei Männern im Vorraum knappe, aber präzise Befehle zu. Dann verließ er das Gebäude und sprang in seinen Wagen.

Er würde die Verhaftungen selbst überwachen.

62

Flucht in der Nacht

Sie waren ihnen dicht auf den Fersen!

„Lauf, lauf!" rief Jakob.

Sie rannten über das weite, verlassene Feld, Ulrike einige Schritte vor ihm. In jedem Arm hielt er eines der Kinder, ihr Gewicht brachte ihn fast zum Stolpern.

Wenn sie doch nur die Höhle erreichen könnten, dort würden sie in Sicherheit sein!

Hinter ihnen leuchteten die Scheinwerfer des Todesfahrzeugs auf. Sein Motor dröhnte, während es über die offene Weide raste. Jakob wußte, daß auf seiner Ladefläche bereits ein Dutzend oder mehr seiner Leidensgenossen saßen, die mitten in der Nacht wie Tiere gejagt worden waren. Und nun sollten noch er und seine Familie der Zahl derjenigen hinzugefügt werden, die vor Tagesanbruch erschossen werden sollten.

Er zwang seine erschöpften Beine, weiterzulaufen, sein Herz klopfte laut und voller Angst, einer von ihnen könnte stolpern und von ihren Verfolgern gefunden werden.

Hinter ihnen hörte er den Lastwagen, der mit hoher Geschwindigkeit auf sie zuraste. Doch die Scheinwerfer, die sich durch die Dunkelheit bohrten, hatten die Flüchtenden noch nicht erfaßt.

Nach Atem ringend spürte Jakob, wie er langsamer wurde. Er wußte, daß er und die Kinder jeden Augenblick hinfallen und die Schreie der Kinder den Verfolgern ihre gegenwärtige Position verraten konnten.

Schritt für Schritt schleppte er sich voran.

Ulrike hatte bereits die Höhle erreicht.

Das Motorengeräusch des Lastwagens wurde lauter. Die Scheinwerfer suchten das Feld ab.

Jakob erreichte die Höhle. Ulrike hatte sich bereits in die Vertiefung geduckt. Mit keuchendem Atem, kaum in der Lage zu stehen, setzte er die Kinder ab, dann führte er sie schnell in das unterirdische Loch, wo ihre Mutter schon auf sie wartete – zuerst das Mädchen, dann seinen Sohn.

„Jakob ... Jakob, bitte laß uns hier nicht allein!“ rief Ulrike aus der Tiefe ihres Versteckes.

„Nur so werdet ihr sicher sein“, erwiderte Jakob.

„Bitte, Jakob – bitte bleib bei uns!“

„Ich muß euch am Leben wissen! Sie werden uns suchen, bis sie uns finden. Ich muß als Lockvogel dienen und versuchen, in den Wald zu entkommen. Ich werde zurückkommen. Falls ich es nicht schaffe, mußt du den Mann finden, den sie Luddoff nennen. Er wird euch in Sicherheit bringen.“

„Nein, Jakob –“

„Um sicherzugehen, werde ich diese beiden Bohlen noch über das Loch legen.“

Jakob trat von der Vertiefung zurück und nahm zwei große Holzlatten auf.

„Jakob, nein ... bitte –“

Doch die verzweifelten Bitten seiner Frau gingen unter im Lärm, den die Holzlatten machten, die er über das Loch legte.

Hastig riß er noch Gras und Unkraut ab und verteilte Erde und Dreckklumpen zur Tarnung darauf.

Dann setzte er seinen verzweifelten Lauf über das Feld fort. Wenn er es nur bis zum Wald auf der anderen Seite schaffen würde!

Auf einmal hörte er den Lastwagen ganz dicht hinter sich!

Rufe mischten sich in das Dröhnen des Motors, wütende Rufe auf Deutsch, daß er stehenbleiben solle! Sie hatten ihn entdeckt!

Und plötzlich erfaßten ihn die Scheinwerfer. Im nächsten Augenblick war sein ganzer Körper in gleißendes Licht getaucht.

Er rannte weiter, wußte jedoch, daß es zwecklos war.

Schüsse ertönten hinter ihm, Gewehrfeuer!

Die Bäume waren so weit entfernt. Er würde es niemals schaffen. Immer noch rannte er.

Auf einmal wurde alles dunkel, als eine Kugel seinen Rükken mit einem bohrenden Schmerz durchschlug ...

*

Jakob schrie auf und war plötzlich hellwach.

Er atmete heftig. Kalter Schweiß bedeckte seinen ganzen Körper.

Wie viele Male hatte er diesen Alptraum schon geträumt? Er konnte es nicht zählen.

„Was ist los, Jakob?“ flüsterte Ulrike.

„Nichts ... nur ein Alptraum.“

„Wie lange noch?“

„Vielleicht eine Stunde. Ich werde am Fenster auf die Uhr sehen.“

Vorsichtig erhob sich Jakob.

Auf einmal durchbrach ein Geräusch die Stille der Nacht. Ein kalter Schauer lief über seinen Körper.

Jakob lauschte angestrengt.

Da war es wieder – das Quietschen von Bremsen – das Kreischen von Reifen in der Ferne!

Vielleicht hatte er sich verhört ... er hörte genauer hin.

Ein Wagen – nein, dem Geräusch nach zu urteilen, mehrere Wagen; sie rasten durch die nächtlichen Straßen von Wloclawek.

Es gab keinen Zweifel mehr, sie kamen hierher.

Vielleicht – aber er würde kein Risiko eingehen!

Er schaute Ulrike an. Ihre vor Angst weit aufgerissenen Augen waren so groß wie der Mond, der erst vor einer Stunde aufgegangen war.

„Wir müssen gehen“, sagte er.

Der Lärm auf der Straße wurde bereits lauter. Als die Familie die Hintertür erreichte, wußte Jakob, daß die Autos der Gestapo gehörten, und daß sie sie suchten!

Warum kamen sie schon jetzt?

Was sollten sie bloß tun? Sie würden ihre Kontaktperson nicht vor Mitternacht treffen können!

Jakob gab Ulrike das Mädchen in den Arm und nahm seinen Sohn hoch. Sie rannten durch die Hintertür auf die Terrasse hinaus.

Reifen quietschten. Das Motorengeräusch war höchstens noch eine Straße entfernt.

Die Scheinwerfer tauchten das Gebäude in helles Licht. Der Lärm wuchs an. Genau wie er es in seinem Alptraum erlebt hatte, schienen die Lichter die Dunkelheit nach ihm abzusuchen!

Mit dem unheimlichen Gefühl, alles schon einmal erlebt zu haben, eilten Jakob Kropf und seine kleine Herde nach draußen, aber nicht ins Feld wie in seinem Traum, sondern in ihren eigenen kleinen Hof.

Die jungen jüdischen Eltern, deren Arme von ihrer schweren Last schon müde geworden waren, bereiteten sich auf den Spurt über die offene Fläche hinter ihrem Haus vor. Sie schwitzten, hatten Angst und wußten, daß sie um ihr Leben liefen.

Dies war kein Traum!

Ulrike stolperte, als sie die Stufen der Veranda hinunterlief und schrie auf. Es gelang ihr, das Bündel in ihren Armen festzuhalten. Sie fiel nur auf ein Knie und stöhnte vor Schmerz auf.

Jakob blieb stehen, half ihr mit seiner freien Hand auf und lief dann über den unebenen Boden weiter.

Die Wagen blieben mit kreischenden Bremsen vor dem Haus stehen.

Nun waren Stimmen zu hören – laute, wütende Stimmen. Ein anderer Wagen kam herangebraust.

Das Trampeln der Stiefel ertönte hinter ihnen. Überall im Haus ging das Licht an. Männer gingen darin umher, Männer mit Gewehren.

Aus einem anderen Wagen stiegen noch mehr Männer aus. Drei von ihnen rannten durch die Tür, die Jakob gerade erst hinter ihnen geschlossen hatte.

Nun hörte er ärgerliche Rufe und Befehle. Die Männer rannten nach draußen, riefen, daß das Haus leer sei. Vor Jakobs Blick verschwamm alles, die Lichter und Geräusche rauschten wie im Nebel an ihm vorbei.

Immer noch rannten sie ... es war doch gar nicht so weit ... warum brauchten sie nur so lange, um das Versteck zu erreichen ... wenn sie es nur schaffen würden ...

Der Alptraum war auf einmal Wirlichkeit geworden! Oder träumte er etwa schon wieder?

63

Wilde Suche

Der Stabschef der Gestapo hatte die Männer in zwei Wagen schon vorgeschickt. Er selbst war ihnen in seinem eigenen gefolgt. An diesen Verhaftungen wollte er selbst teilnehmen. Er wollte in ihre Gesichter sehen und die Angst darin lesen, wenn ihnen klar würde, daß sie sich in den Händen der Gestapo befanden! Dann würde er einen nach dem anderen befragen, bis er die Information bekommen würde, die er brauchte.

Dreißig Minuten später war die erste von sieben Wohnungen durchsucht. Er hatte dabeigestanden, als seine Männer die sechsköpfige Familie aus ihren Betten gezerrt hatte. Er haßte es, wenn sie um Gnade winselten. Schreie konnte er noch ertragen. Dieses Betteln aber erfüllte ihn mit Abscheu. Er hatte dann immer das Bedürfnis, ihnen auf der Stelle ein Messer in die Brust zu stoßen.

Er erinnerte sich an jene Nacht im vergangenen Jahr in Posen, als dieser große, stämmige Bursche auf seine Knie gefallen war und um Gnade für seine Frau und seine drei Kinder gebettelt hatte. Diese Feigheit hatte ihn krank gemacht. Beinahe hätte er sich über diesen Hund erbrochen. Was für Männer waren diese Juden eigentlich, daß sie so tief sinken konnten? Sie glaubten doch an ein Leben nach dem Tod, warum konnten sie dem Tod nicht wie Männer ins Auge sehen?

Dieses Betteln hatte noch nicht einem von ihnen das Leben gerettet. Sie hatten ihre Religion und ihren Gott. Sollten sie ruhig ihre Gebete sprechen und sich ohne Auflehnung in das Unvermeidliche fügen.

Sie waren Narren, alle! Es hatte ihm Vergnügen bereitet, an diesem Abend ein Gewehr zur Hand zu nehmen, und diese ganze feige Bande zu erschießen.

Es machte ihm sogar Spaß, sich persönlich an den Hinrichtungen zu beteiligen. Das hielt ihn davon ab, zu weichherzig zu werden.

Das Schreien eines kleinen Bengels zu seinen Füßen brachte ihn in die Gegenwart zurück. Er schlug ihm ins Gesicht, stieß einen Fluch aus und befahl seinen Eltern, ihre Brut ruhig zu halten.

Er war nicht in der Stimmung dafür. Er wollte nur diesen Rabbi!

Doch von diesen Leuten würde er vermutlich keine Informationen bekommen, weder über ihn noch über diesen Luddoff. Diese armen Idioten waren solche Narren; es war ganz offensichtlich, daß sie keine Fluchtpläne geschmiedet hatten.

Es würde nichts bringen, sie zu foltern. Sie wußten nichts über Luddoff!

Er ging zurück zu seinem Wagen und zündete sich eine Zigarette an, während die Sturmtruppen die sechs auf den Wagen zerrten. Er setzte sich ans Steuer, wartete, daß die Wagen und der Lastwagen losfuhren und folgte ihnen zum nächsten Haus auf der Liste.

Während die Wagen bei dem dunklen Haus vorfuhren, schien ihm irgend etwas seltsam zu scheinen.

Das Haus war zu dunkel, zu still.

Seine Männer rannten hinein. Der Stabschef sah, wie die Lichter angingen und die Leute vom Sturmtrupp in alle Zimmer liefen. Offensichtlich fanden sie keine Bewohner.

Als er herankam, signalisierte er den Männern des zweiten Wagens, zurückzufahren und die Straßen abzusuchen.

Er selbst rannte die Treppen hoch.

„Es ist ganz leer", sagte einer der Männer, der ihm mit dem Gewehr in der Hand an der Tür entgegenkam.

Ohne eine Antwort zu geben, schob er ihn beiseite, betrat das Haus und sah selbst nach.

Sie mußten sich fortgeschlichen haben. Der Gedanke erfüllte ihn mit Wut. Er mochte es nicht, wenn man seine Absichten erriet!

Stille Wut kochte in ihm. *Sie sind nicht weit entfernt,* dachte er. Sein Gefühl sagte ihm, daß sie das Haus nur wenige Minuten vor seiner Ankunft verlassen hatten.

In dem Zimmer hing noch der schwache Duft der Menschlichkeit, eine Andeutung von Körperwärme. Er konnte ihre Anwesenheit praktisch spüren.

Er biß seine gelben Zähne aufeinander, und seine Hände ballten sich zu Fäusten.

Woher hatten sie das gewußt? Wo waren sie?

Mit plötzlicher Entschlossenheit drehte er sich um und ging zur Vorderseite des Hauses.

„Sucht überall!" ordnete er an. „Gebt nicht auf, bis ihr sie gefunden habt. Das sind diejenigen, nach denen wir gesucht haben. Sucht die nahegelegenen Häuser und Höfe ab. Weckt die Nachbarn, verhaftet sie, wenn nötig. Irgend jemand muß sie doch gesehen oder von ihren Plänen gewußt haben!"

Auf der Stelle schwärmten die Männer in verschiedene Richtungen aus, während ihr Vorgesetzter sich schweigend umdrehte und noch einmal durchs Haus ging. Falls sie in dieser Nacht keinen Erfolg haben sollten, würde er am Morgen mit Hunden zurückkehren.

Der Stabschef öffnete die Hintertür und blieb einen Augenblick lang dort stehen. Dann hob er die Laterne in seiner Hand hoch, um in die Dunkelheit des Hofes hinter dem Haus sehen zu können. Aber er sah nur seine eigenen Männer.

Der Mond war aufgegangen, und es waren viele Wolken am Nachthimmel, die ihn bald verdecken würden.

64

Ein Grab der Sicherheit

In dem Versteck, wo sie sich in verängstigtem Schweigen zusammengekauert hatten, hörten Ulrike und Jakob Kropf die dumpfen Schritte der schweren Stiefel.

Hier war viel weniger Platz als in dem Zimmer, in dem sie noch vor wenigen Augenblicken gesessen hatten. Es schien ihnen eine Ewigkeit her zu sein, seit sie die Wärme des Hauses gespürt hatten, das so viele Jahre lang ihr Heim gewesen war. Hier war es dunkel und feucht, und es roch nach Erde.

Niemals, dachte Jakob Kropf, *hat ganz normale Erde so gut gerochen!*

Ein verspäteter Angstschrei entrang sich den Lippen seiner Tochter, die so jäh aus dem Schlaf gerissen worden war und sich nun an einem so seltsamen Ort wiederfand.

Mit einer Schärfe, die er nicht beabsichtigt hatte, legte Jakob ihr schnell die Hand auf den Mund. Die Nazis waren nur wenige Meter entfernt! Schon das kleinste Geräusch konnte sie verraten.

Er spürte, daß sie schreien wollte. Während er seine Hand immer noch fest gegen ihre zitternden Lippen drückte, sprach Ulrike beruhigend auf sie ein und fing schließlich an, ihr ein vertrautes Wiegenlied ins Ohr zu singen.

Während des ganzen vergangenen Jahres hatte Jakob dieses Loch gegraben, er war immer nach Mitternacht aufgestanden, hatte die dicke Rasenschicht beiseite gerollt, die den Eingang zu dieser kleinen Höhle verbergen sollte, und einige Zentimeter tiefer gegraben. Ein Jahr lang hatte er nur für diesen Augenblick gearbeitet – einen Eimer voll Erde alle paar Nächte, den er entweder sorgfältig in seinem Garten verteilt, in die Gullys der benachbarten Straßen gesiebt oder zu den Feldern am Stadtrand gebracht und dort verstreut hatte.

Er hatte mit niemandem darüber gesprochen, nicht einmal mit seiner Frau oder seinem Sohn, obwohl Ulrike gemerkt hatte, daß er etwas Geheimnisvolles tat.

Jakob erinnerte sich an die Geschichte von Belsazar im fünften Kapitel des Buches Daniel. Der babylonische König wurde durch die Schrift an der Wand gewarnt. Doch im Gegensatz zu dem König wußte er, was diese Schrift zu bedeuten hatte. Er erkannte, daß die Juden von Polen in großer Gefahr waren. Die Razzien in Posen und Torun zeigten, daß es nur noch eine Frage der Zeit war.

Damals hatte er erste Kontakte zu der Fluchthilfe-Organisation aufgenommen und damit begonnen, diese Höhle etwa dreißig Meter von der Rückseite seines Hauses entfernt zu graben für den Fall, daß sie sich einmal schnell würden verstecken müssen.

Diesen Augenblick hatte er sich viele Male vorgestellt.

In seinen Alpträumen hatte er Ulrike und den beiden Kleinen immer in dieses Grab hinuntergeholfen und ihnen letzte Anweisungen gegeben, mit wem sie Kontakt aufnehmen und wie sie die Bohlen legen sollten, damit das Gras nicht einsackte, falls jemand darauf treten sollte. Dann hatte er die Latten über sie gelegt und sorgfältig wieder mit dem Gras abgedeckt und war fortgelaufen, um die Gestapo abzulenken. Aus jedem Traum war er mit dem Krachen eines Schusses im Ohr aufgewacht.

Doch nun war er hier, *mit* seiner Familie, zusammengekauert in der Dunkelheit, immer noch am Leben, aber ängstlich auf jedes Geräusch lauschend, das die gestiefelten Beine über ihm verursachten. Jeden Augenblick fürchtete er, daß die Bohlen über ihm zusammenkrachen und sie entdeckt würden. Dann würden Gewehre und Taschenlampen auf sie gerichtet werden, man würde sie aus dieser Höhle zerren und vor eine Grube stellen, um sie zu ermorden.

Er konnte kaum glauben, daß sein Plan funktioniert hatte! Und doch waren sie am Leben und noch unentdeckt.

Jakobs kleine Höhle machte nicht den Eindruck, als böte sie Platz für eine ganze Familie. Er hatte vorgehabt, sie zu vergrößern, hatte auch Wasser und andere nützliche Dinge für den Notfall dort lagern wollen. Doch der Notfall war früher eingetreten als erwartet. Nun kauerten sie zusammen in einem Loch, das nicht mehr als einen Meter tief und vielleicht achtzig Zentimeter breit war.

Jabkob lauschte angestrengt. Aber er konnte nur das Atmen seiner verängstigten Frau und seines Sohnes hören. Das Mädchen war jetzt ruhiger. Sie merkte nicht, was um sie herum vorging. Nun, wo sie die Arme ihrer Mutter spürte, die sich fest um sie gelegt hatten, fühlte sie sich wieder sicher.

Jakob wußte, daß die Männer immer noch herumliefen und sie suchten, denn er spürte die Erschütterungen im Boden. Gelegentlich hörte er auch gedämpfte Rufe.

Allmählich wurde es heiß hier unten von der Wärme ihrer Körper. Wie lange, überlegte er, würden sie es wohl hier aushalten, ohne zu ersticken? Hatte er vielleicht, ohne es zu ahnen, seiner Familie das Grab gegraben? Könnte es sein, daß sie alle hier sterben würden?

Aber das wäre immer noch besser als durch Gas, Folter oder Kugel zu sterben.

Auf einmal riß ihn eine fürchterliche Erschütterung aus seinen Gedanken. Jemand war genau auf die Bohle getreten, die er, nachdem er sich in die Grube gelegt hatte, über sich gedeckt hatte. In der Mitte hatte er noch eine Stützstrebe eingezogen. Würde das ausreichen, die Höhle zu verdecken?

Ängstlich wartete er.

Doch es passierte nichts. Der Pfeiler hatte die Erschütterung abgefangen, wie er gehofft hatte.

Die Zeit verstrich. Wie lange, konnte er nicht sagen.

Der Sauerstoff war allmählich verbraucht. Das Atmen fiel immer schwerer. Alles war dunkel.

„Höre, Israel", begann er zu flüstern, und Ulrike stimmte mit ein, *„der Herr ist unser Gott, der Herr allein. Und du sollst den Herrn, deinen Gott, liebhaben von ganzem Herzen, von ganzer Seele und mit all deiner Kraft ..."*

Sie zitierten ihre Lieblingspassagen, zuerst aus den Psalmen, dann aus dem fünften Buch Mose.

Es muß beinahe Mitternacht sein, dachte Jakob.

Er fragte sich, ob sein Kontaktmann wohl noch an der verabredeten Stelle war. Würde er auf sie warten, oder würden sie auf sich allein gestellt sein und durch die Nacht wandern müssen, bis die Gestapo sie bei Tagesanbruch fassen würde?

Vorsichtig zog er seine Beine unter dem Körper seines nun schlafenden Sohnes hervor, streckte seine Hand aus und hob den Deckel etwas an. Er streckte sich ein wenig und schaute in den Hof hinaus. Sein Herz klopfte.

Die frische Luft in seinem Gesicht wirkte belebend.

Im Haus brannten noch alle Lichter. Er fragte sich, ob sich wohl jemand darin aufhielt und auf ihre Rückkehr wartete. Wahrscheinlich wurde es bewacht.

Er hob den Deckel etwas weiter an, damit er sich umschauen konnte. Alles war still. Es schien sicher zu sein. Die Gestapo war anscheinend abgezogen.

Vorsichtig kletterte er aus der Grube. Er legte den Finger auf den Mund und bedeutete Ulrike, ebenfalls still zu sein. Er kniete sich hin und nahm ihr das schlafende Mädchen ab.

65
Nacht des Todes

In einem anderen Teil von Wloclawek war die letzte Verhaftung durchgeführt worden.

Weder der Rabbi noch der Leiter dieser jüdischen Fluchthilfe-Organisation waren gefunden worden. Nur noch mehr Juden, von denen aber keiner etwas wußte. Sie arbeiteten überwiegend in dieser Textilfabrik. *Wo kommen diese Juden nur alle her,* fragte sich der Stabschef. *Warum gibt es in Polen und Rußland so viele von ihnen?*

Er stieg in seinen Wagen, startete den Motor und fuhr hinter dem Lastwagen her.

Es war erst ein oder zwei Uhr morgens. Die Stadt lag friedlich da, nur die beiden Wagen der SS, der Lastwagen mit den Kindern Gottes, von denen das Deutsche Reich für immer gesäubert werden würde, und der Wagen hinter dem Lastwagen waren unterwegs.

Langsam schlichen die vier Fahrzeuge zum Randbezirk der Stadt, dann vier oder fünf Kilometer nach Süden ins Land hinein zu einem einsamen Waldstück, auf einem Feldweg in den Wald hinein, wo sie bei einem großen Erdhügel anhielten.

Daneben befand sich eine riesige Grube, die im Mondlicht seltsame Schatten warf. Er stieg aus und stellte sich neben das Massengrab. Nicht einmal die dicke Erdschicht konnte den fauligen Gestank der verwesenden Leichen zurückhalten, die bereits in diesem Grab lagen. Er wendete sich ab, ging einige Schritte in den Wald hinein und zündete sich eine Zigarette an.

Schweigend sah er zu, wie seine Männer die Ausbeute dieses Abends vom Lastwagen zerrten. Er nahm einen tiefen Zug von seiner Zigarette, die Spitze glühte auf, erleuchtete aber nur schwach die tiefliegenden dunklen Augen, die die grausamen Vorgänge überwachten.

Einen Augenblick später begann das Schreien schon wieder.

Laß sie nur schreien, dachte er. *Niemand kann sie hier hören. In ein oder zwei Minuten ist sowieso alles vorbei.*

„Bitte … bitte, im Namen Gottes –“

Die Worte gingen in einem Schlag mit dem Gewehrkolben gegen den Kopf unter, gefolgt von dem dumpfen Aufschlagen eines Körpers in der Grube. Stöhnen, Schreie und Gebete wurden laut und lauter. Die Wachen stießen die kleine Versammlung in die Grube. Ein helles Licht wurde auf sie gerichtet, dann zerriß das Feuer von Maschinengewehren die Stille der Nacht.

Fünf oder zehn Sekunden, dann war alles vorbei.

Das Echo verhallte, es gab kein Schreien oder Jammern mehr.

Der Stabschef der Gestapo entließ seine Männer. Er würde selbst Wache halten, um sicherzugehen, daß die Aufgabe zur Zufriedenheit des Führers ausgeführt worden war. In der Dunkelheit war das oft nicht so richtig zu sehen.

Er nahm sein Gewehr und stellte die Taschenlampe auf die Motorhaube, während seine Männer davonfuhren.

Da war eine Bewegung in der Grube, einer der Körper zuckte. Mehrere Salven von seinem Gewehr, Blut spritzte, der Körper fiel in sich zusammen.

Wieder wartete er, dachte über den Rabbi nach, den er heute nacht zu finden gehofft hatte. Er wurde wütend über sein eigenes Versagen.

Was war das für ein Geräusch?

Er hörte genauer hin.

Das war das Wimmern eines Kindes! Diese Dummköpfe! Konnten sie ihre Arbeit denn nicht sorgfältiger verrichten?

Er betätigte den Abzug und schickte eine Salve durch die ganze Grube. Er würde schon dafür sorgen, daß es keine Geräusche mehr gab.

Als die Schüsse verhallt waren, hatte er sein Ziel erreicht. Alles war nun still – dauerhaft.

Er knipste seine Taschenlampe aus, blieb aber noch eine

Weile neben seinem Wagen stehen. Hin und wieder nahm er einen Zug von seiner Zigarette, die er zwischen Daumen und Zeigefinger hielt.

Während er ausatmete, verfiel er wieder ins Nachdenken. Er war enttäuscht über seinen Mißerfolg und überdachte die möglichen Folgen. Seine hervorstehenden Wangenknochen hoben sich im Mondlicht scharf von dem übrigen Gesicht ab und zeichneten ein furchterregendes Bild von der Seele des Mannes, die irgendwo unter dem Ledermantel steckte, den er trug. Zu sagen, sie wohne in der Nähe seines Herzen, wäre falsch gewesen, denn das hätte bedeutet, daß er ein Herz besitzen würde.

Er hatte weder den Rabbi noch den Kontaktmann des Netzwerks in die Finger bekommen, dessen Namen er in Warschau gehört hatte.

Er stand da und konnte nicht verhindern, daß seine Gedanken zu diesem leeren Haus zurückwanderten. Vielleicht hatte er doch recht gehabt, und der Schlüssel, den er suchte, war noch in diesen leeren Räumen versteckt …

Es mußte eine Verbindung geben!

Und wenn das der Fall war, würde er sie finden. Falls der Mann mit Namen Kropf Kontakt aufgenommen hatte zu der Fluchthilfe-Organisation, dann mußte er auch eine Spur hinterlassen haben … Er mußte mit jemandem gesprochen haben. Niemand – sei es ein Jude, Pole, Russe oder Deutscher – verschwand einfach, ohne eine Spur zu hinterlassen.

Und was für eine Spur das auch immer sein mochte, schwor sich Emil Korsch, er würde sie finden!

Vielleicht führte der Weg zu dem Rabbi ja durch die Straßen und die Nachbarschaft, wie zum Beispiel in diesem Fall.

Er mußte bei dem leeren Haus anfangen!

Für den Rest der Nacht würde er einen Mann darauf ansetzen, am Morgen würde er dann mit den Hunden zurückkommen.

Er würde jemanden ins Netzwerk einschleusen, diesen Schurken Kropf finden und das Netzwerk zerschlagen.

Durch ganz Polen würde er sie verfolgen, durch ganz

Europa, falls das notwendig sein sollte. Er würde das heilige Kästchen des Rabbis in die Hände bekommen, und wenn es den ganzen Krieg über dauern sollte.

66

Das Netzwerk

Auf einem Feldweg etwa drei Kilometer westlich von Wloclawek schleppten sich drei Gestalten voran, eine Frau, ein Junge und ein Mann, der ein in Decken gehülltes Bündel trug.

Regen hatte eingesetzt, und sie kamen nur mühsam weiter. Dennoch stellte der Regen sicher, daß die Hunde, die mit Sicherheit in wenigen Stunden nach ihnen suchen würden, ihre Spur nicht würden aufnehmen können.

An einer kleinen Brücke bog der Mann, der den beiden anderen voranging, nach rechts ab und ging an dem Fluß entlang.

Schließlich kamen sie an einen Tannenwald. Er blieb stehen, legte seine Last ab, schaute sich nervös um und wartete.

Aus dem Waldstück flackerte kurz ein Licht auf und verschwand wieder.

„Das ist das Signal", flüsterte Jakob.

„Was, wenn das Ganze eine Falle ist, Jakob?" fragte Ulrike angstvoll. „Was, wenn das ein Gestapomann ist?"

„Es ist das Signal, nach dem ich Ausschau halten sollte. Komm."

Die beiden nahmen ihre Kinder auf den Arm und gingen in den Wald hinein, hier und da stolpernd, weil kein Weg da war.

Als sie eine Weile gegangen waren, blieben sie stehen.

Mehrere Meter vor sich entdeckte Jakob die Gestalt eines Mannes. Es war nur ein Schatten in der Dunkelheit. Er bewegte sich. Eine Stimme sprach ihn auf polnisch an.

„Herr Kropf?“ fragte sie.

„Ja, ich bin Jakob Kropf. Luddoff?“

„Kommen Sie mit mir“, entgegnete der Mann, ohne auf die Frage zu antworten. „Sie sind spät.“

„Die Gestapo hat unser Haus durchsucht. Wir mußten uns zwei Stunden lang versteckt halten.“

„Wir haben eine Stunde verloren. Ich muß Sie noch vor Tagesanbruch in mein Haus bringen, sonst sind wir alle verloren.“

Der Mann ging schnell durch den Wald. Jakob und Ulrike bemühten sich, mit ihm Schritt zu halten. Sie trugen immer noch die schweren Kinder.

Als der Mann losging, tauchte eine zweite Gestalt hinter den Bäumen auf und hielt Schritt mit ihnen.

„Wer ist das?“ fragte Jakob. „Man sagte mir, nur ein Mann würde uns erwarten.“

„Das, Herr Kropf, wird Ihr Reisegefährte sein.“

„Ich dachte, nur meine Familie und ich.“

„Es hat eine Änderung der Pläne gegeben. Er muß unbedingt aus diesem Gebiet heraus. Er wird in ein sicheres Haus weit von hier entfernt gebracht werden. Seine Familie wird morgen zu uns stoßen.“

Der zweite Mann blieb stehen und drehte sich um.

Er sprach akzentfreies Polnisch. „Ich bete darum, daß ich Sie nicht in irgendeiner Weise in Gefahr bringe. Vielleicht kann ich Ihrer Frau mit dem Kind helfen. Ich heiße Heziah Wissen.“

Er ging auf Ulrike zu und nahm ihr ihre Tochter ab, dann hasteten alle drei hinter Luddoff her, der schon fast außer Sichtweite war.

67
Wieder vereint

Drei Frauen kauerten sich auf einem Strohballen an der Innenmauer der Scheune zusammen. Dies war der wärmste Platz, den sie in der Scheune finden konnten. In ihren alten Steinmauern gab es viele Ritzen und Spalten, durch die jedes Wetter – Wind, Regen und Schnee – dringen konnte. Doch das Dach war in Ordnung, und in dem Stall, gegen dessen Mauer sie lehnten, hatten schon seit einiger Zeit keine Tiere mehr gestanden.

Sie waren also wenigstens trocken. Und die Wärme ihrer Körper und das Stroh, das sie auf die einzige Decke gestreut hatten, die sie besaßen, hatte sie in der letzten Nacht einigermaßen bequem schlafen lassen.

Dieser Tag jedoch war wieder lang und kalt gewesen. Mit der hereinbrechenden Nacht und dem Wind, der durch die Ritzen und Löcher pfiff, sank auch ihr Mut.

Die Mutter der beiden Mädchen im Teenageralter tat ihr Bestes, um zu verhindern, daß die Sorge und Traurigkeit sie überwältigte. Die stummen Gebete, die sie zum Himmel schickte, zeigten aber, daß sie sich nur allzusehr der Gefahr bewußt war, in der sie schwebten.

Sie hatten den ganzen Tag Schritte gehört oder glaubten, sie gehört zu haben.

Der Wind hatte ums Haus gepfiffen und unheimliche Töne gemacht. Sie hatten geglaubt, einen Wagen vorbeifahren zu hören, eine Herde Kühe – das auf jeden Fall – und dann, mitten am Nachmittag, sechs bis acht Soldaten. Die hatten an der verriegelten Tür gerüttelt, während die verängstigten Frauen sich in einer Ecke zusammengedrückt hatten. Die Soldaten hatten sich dann offenbar eines Besseren besonnen und waren weitergezogen.

Nun wurde es wieder dunkel. Und die Stunden schleppten sich dahin.

Auf einmal waren draußen Stimmen zu hören!

Die Mutter nahm die beiden Mädchen in die Arme und zog sich die Decke um die Schultern.

Jemand rüttelte an der Tür. Leute sprachen! Hände arbeiteten an dem Schloß!

Dann ging die Tür auf. Ein Windstoß wirbelte Stroh und Staub auf, der Lichtschein einer Laterne erhellte die Dunkelheit.

Ein großer Mann stand im Lichtschein. Sie kannten ihn nicht. Wer konnte das sein?

Er blieb nur einen Augenblick stehen und schaute sich suchend um. Die drei versanken tiefer im Stroh.

Nun ging der Mann weiter in die Scheune hinein. Eine junge Familie folgte ihm. Wer waren diese Leute?

Dann kam noch eine andere Gestalt herein. Ihr Blick fiel auf ein bekanntes Gesicht – ein bekanntes, bärtiges Gesicht!

Im nächsten Augenblick ertönten Freudenschreie, und drei Gestalten rannten aus der Dunkelheit der Scheune auf sie zu.

Jakob und seine Familie traten zu Tode erschrocken zurück, als die drei Frauen an ihnen vorbei in die Arme ihres Weggenossen liefen.

„Oh, Heziah, wir haben solche Angst gehabt!“ rief die Mutter der beiden Mädchen.

„Papa, wieso hast du so lange gebraucht?“ fragte die jüngere der beiden, während der Rabbi die drei Frauen, die so lange auf ihn gewartet hatten, umarmte, küßte, begrüßte und beruhigte. „Ein Mann hat uns hier zurückgelassen. Wir sind eine ganze Nacht und den ganzen Tag über hiergewesen und haben uns gefragt, ob du wohl jemals kommen würdest“, fügte das andere Mädchen hinzu.

In der Zwischenzeit hatte Luddoff die Tür hinter ihnen geschlossen und schaltete sich nun in die Wiedersehensfreude ein.

„Ich habe euch Männern die Anweisungen gegeben“, sagte er. „Sie werden Polatski morgen abend um zehn Uhr unter der Eisenbahnbrücke vier Kilometer östlich von hier treffen. Seien Sie pünktlich. Er wird Sie auf der Ladefläche seines

Wagens zu dem Mann bringen, der Sie dann weiter nach Ciehocinek bringen wird. Dort wird Ihre erste Station sein. Es gibt einen Fluß auf der anderen Seite des Hügels, da können Sie Wasser holen und baden. Es müßten genügend Vorräte da sein bis morgen abend. Schließen Sie die Tür ab, wenn Sie gehen. Halten Sie die Kinder ruhig. Ohren gibt es überall."

Er schüttelte den Männern die Hand, gab Jakob die Laterne, öffnete die Tür einen Spalt und verschwand in der Nacht.

Auf einmal standen sich acht Fremde gegenüber.

Der Rabbi ergriff zuerst das Wort.

„Jakob, Ulrike", sagte er, „darf ich euch meine Frau Helga und unsere beiden Töchter Ursula und Gisela vorstellen. Helga ... Mädels", fügte er an seine Familie gewandt hinzu, „dies sind meine Freunde und unsere Weggenossen Jakob und Ulrike Kropf mit ihrem Sohn Dieter und ihrer Tochter Angelika."

Sie schüttelten sich die Hand und tauschten sich aus.

Eine Stunde später, nach einer üppigen kalten Mahlzeit, spielten die beiden älteren Mädchen mit den jüngeren Kindern in einer Ecke der Scheune, während die Eltern sich in einer anderen leise unterhielten.

68

Wanderung durch die Wüste

So hatte die lange Reise durch das ehemalige Polen ihrer Großeltern und Urgroßeltern begonnen, ein Polen, das nun der unersättlichen territorialen Gier des Dritten Reiches zum Opfer gefallen war.

Unterwegs gingen diesen Menschen, die das Schicksal so plötzlich zusammengeführt hatte, unendlich viele Gedanken durch den Sinn. In diesen ersten beiden Nächten im Wald und in der Scheune hatten sie noch nicht viel voneinander gewußt. Die einzige Gemeinsamkeit war, daß sie alle Juden waren. Doch wenn sie überleben wollten, waren sie aufeinander angewiesen, mußten sie einander vertrauen und einander näher kommen.

So etwas konnte eigentlich nur die Zeit bringen. Doch Zeit war etwas, das sie nicht hatten.

Ulrike Kropf schaute ihren Mann an, der neben Rabbi Wissen herging.

Zwei Männer, die sich mehr voneinander unterschieden, konnte sie sich nicht vorstellen: der gelehrte Rabbi, ein respektierter Universitätsprofessor, bekannt, gebildet, weise; dann der Fabrikarbeiter bäuerlicher Herkunft, intellektuell ungebildet, Vater zweier Kinder, Ehemann und praktisch veranlagt. Der eine benutzte seinen Verstand, der andere seine Hände. Und nun lag das Schicksal dieser kleinen Gruppe von Juden, die durch die Nacht einem unbekannten Ziel entgegengingen, in ihrer beider Hände.

„Lieber Gott, hilf ihnen", betete Ulrike im stillen. „Gib ihnen Weisheit."

Ulrike Kropf war, wie ihr Mann, praktisch veranlagt, obwohl sie auch viel nachdachte. Es war nun schon zwei Wochen her, seit sie ihr Haus verlassen und diese Reise angetreten hatten. Sie verspürte eine gewisse Verwandtschaft zu dem Volk Israel, das durch die Wüste wanderte. Sie wußte nicht, wohin sie unterwegs waren. Sie hatten nur das Versprechen Gottes, sie zu führen.

Ulrike kannte die Versprechen Jahwehs. Er würde sie in seiner Hand halten.

Es gab für sie noch einen anderen Unterschied zwischen denen, die Mose durch die Wüste folgten, und dieser kleinen Gruppe von Juden. Sie, Helga, ihre Kinder und ihre Männer trafen unzählige Freunde, die bereit waren, ihnen zu helfen. Dies war keine ziellose Wüstenwanderung. Obwohl Ulrike nicht alles verstand, folgten sie einem gut ausgeklügelten Plan. Immer wieder traten Tränen in ihre Augen, wenn sie sah, wie freundlich und opferbereit viele Menschen zu ihnen waren.

Die meisten von ihnen gehörten nicht ihrem Glauben oder ihrer Rasse an. Sie waren Christen. Doch diese unzähligen Diener des Guten inmitten dieser Nazi-Plage setzten Tag für Tag ihr Leben für die Sicherheit dieser Flüchtlinge ein, die sie nicht einmal kannten und die sie nie wiedersehen würden.

Was brachte diese Menschen dazu, fragte sich Ulrike immer wieder. Welchen verborgenen Winkeln des Wesens entsprang eine solche Nächstenliebe, die die Menschen dazu trieb, in Zeiten der Gefahr Opfer zu bringen für ihre Nächsten, während andere nur an sich selbst und ihre Sicherheit dachten?

War es vielleicht das Unglück, das entweder tief verborgene Güte oder Egoismus zum Vorschein brachte? Sie wunderte sich besonders über die, die sich Christen nannten, sowohl die katholischen als auch die evangelischen. Die meisten hießen sie wie Glaubensgenossen willkommen und sprachen davon, daß sie denselben Gott anbeteten.

Sie behandelten sie wie Gleichgesinnte. Sie nannten sie *Schwester* und ihren Mann *Bruder*. Das verstand sie nicht. Doch sie spürte, wie es sie veränderte. Sie würde niemals mehr dieselbe sein wie vorher.

Ulrike schaute ihren Sohn an, der vor ihr herging, und ihre Tochter an ihrer Seite, deren winzige Hand in ihrer lag. Unwillkürlich drückte sie sie liebevoll.

Sie hoffte, die beiden Kleinen würden diese Wochen nicht nur als Wochen der Furcht in Erinnerung behalten. Wie alles auch enden würde, etwas Tiefergehendes war am Werk. Sie betete für die Kinder, daß sie zu solchen Menschen werden würden, die anderen genauso halfen, wie sie Hilfe erfuhren von den liebevollen Händen der Kinder Gottes – von Menschen, deren Freundlichkeit sich nicht nur auf ihre Glaubensgenossen beschränkte.

Ihr Mann und der Rabbi sprachen immer noch miteinander, jetzt sehr angeregt. Sie gestikulierten mit den Händen. Hier und da war ein Lachen zu hören.

Der Klang ihrer Stimmen brachte Wärme in ihr Herz.

69

Auch die Blätter der Rosen duften

Die müden Wanderer wachten nach und nach aus einem oberflächlichen Nachmittagsschlaf auf.

Als Heziah zu sich kam, sah er Jakob an einem der Scheunenfenster stehen und in die hereinbrechende Dunkelheit starren. Leise ging er zu ihm hinüber.

Dies sollte die letzte Etappe ihrer Reise sein.

„Konntest du nicht schlafen, mein Freund?" fragte der Rabbi leise.

Kropf wendete sich ihm zu und nickte. „Doch, ein bißchen. Ich kann es kaum erwarten, von hier fortzukommen."

„Es waren sechs lange Wochen. Auch ich werde mich freuen, einmal mehr als zwei Nächte an ein und demselben Ort zu schlafen."

Die beiden Männer schwiegen.

Der Fabrikarbeiter und der Rabbi, beide hebräischer Abstammung, waren auf einmal zusammengeführt worden zu dieser nächtlichen Reise auf Leben und Tod durch das Polen ihrer Vorfahren, in dem sie plötzlich zu Ausgestoßenen geworden waren. Sie waren die Gejagten, die wußten, daß jeder Tag, jede Nacht, jeder kleinste Fehler ihnen den Tod bringen konnte. Sie hatten gelernt, sich aufeinander zu verlassen, einander zu vertrauen ... und sich als Brüder und Freunde zu betrachten.

„Was wirst du tun?" fragte Jakob schließlich. „Was wirst du tun mit dem Kästchen und seinem Inhalt?"

„Falls wir das Haus sicher erreichen, wird alles gut werden. Ich hoffe, daß es da eine Weile in Sicherheit ist. Dann muß ich versuchen, Kontakt zu dem Netzwerk des Südens aufzunehmen", erwiderte Wissen. „Wir müssen tun, was wir können, um so viele wie möglich über die Grenze nach Süden zu bringen."

„Deine Frau wird dagegen sein."

Der Rabbi seufzte.

„Ja, du hast recht. Es würde mir nicht leichtfallen, sie und die Mädchen noch einmal zu verlassen. Doch manchmal sind den Männern Aufgaben aufgetragen, die es erforderlich machen, ihre Familie an die zweite Stelle zu setzen. Dies ist eine solche Zeit. Viele Menschenleben hängen vom Gelingen meiner Aufgabe ab."

Wieder eine Pause.

„Und was ist mit dir, mein Freund Kropf?"

„Was meinst du?"

„Was wirst du tun?"

„Wenn wir angekommen sind?" Jakob seufzte. „Ich weiß es nicht. Wir haben keinen Ort, wo wir hingehen können, keinen Ort, wo es sicher ist für uns. Ich nehme an, wir werden uns verstecken müssen, bis diese schreckliche Zeit vorüber ist. Vielleicht können wir neue Papiere bekommen, unsere Namen ändern – wie, das weiß ich allerdings nicht – und irgendwie ein neues Leben beginnen ... als Heiden." Er schwieg.

*

Das Netzwerk, von dem der Rabbi gesprochen hatte, bestand aus vielen Untergrund- und Widerstandsbewegungen, die das ganze Land durchzogen. Es gab viele Menschen, die mithalfen; einige versuchten, ganze Familien nach Osten, nach Rußland, zu schaffen; andere wurden in die Schweiz gebracht, wo die Schwester von Dietrich Bonhoeffer und viele andere nun in Sicherheit waren. Wieder andere stellten ihre Häuser zur Verfügung für diejenigen, die keinen Ort hatten, wo sie hingehen konnten.

Es war ein unsicheres Leben für die Juden. Sie waren auf die Gnade von Menschen angewiesen, die sie nicht kannten. Abhängig. Und sie wußten, daß sie das Leben derer in Gefahr brachten, die Mitleid mit ihnen hatten. Dies anzunehmen, war nicht einfach, aber in jedem Fall besser als die Konzentrationslager. Ulrike lief ein Schauer über den Rücken.

Die vergangene Nacht war wie die vielen anderen Nächte gewesen während ihrer Dreihundert-Kilometer-Pilgerreise durch Nordpolen nach Westen. Alles verschwamm in einem ununterbrochenen Strom von Feldern, Scheunen, Wäldern, Nebenstraßen, Kellern, Dachböden, verdunkelten Räumen, unbekannten Stimmen, geflüsterten Unterhaltungen und der ständigen Furcht, entdeckt zu werden. Sie hatten sich auf einem alten Heuwagen zusammengekauert, waren mit Dekken, Heu und Stroh bedeckt über holpriges Gelände transportiert worden und schließlich, als die Sonne aufging, an diesem Gebäude angekommen, das ihnen für diesen Tag Unterkunft bot.

Es war nicht leicht, alle zur selben Zeit zum Schlafen zu bekommen. Manchmal wurden die Kinder zu den ungelegensten Zeiten müde. Angelika war oft von einem der vier Erwachsenen getragen worden. Doch an diesem Tag waren alle gegen Mittag eingeschlafen und hatten wenigstens einige Stunden durchgeschlafen. Nun, da die Dämmerung hereinbrach, war es an der Zeit, sich wieder auf den Weg zu machen.

Die letzten vier Kilometer mußten sie allein gehen, ohne einen Führer, war ihnen gesagt worden.

Die Leute, die für das Netzwerk arbeiteten, kannten sich nicht. Auf diese Weise waren alle geschützt. Nur diejenigen, die durch das Netzwerk in Sicherheit gebracht wurden, trafen mehr als zwei oder drei Glieder der Kette.

Die größte Sicherheitsvorkehrung war jedoch, daß niemand zu viel wußte. Sie durften nicht wissen, was vorging, wenn Reisende in Not sich ihnen anvertrauten.

Der Landwirt, der sie zu der Scheune gebracht hatte, wußte nicht, wem dieses Gebäude gehörte und wo sie als nächstes hingehen würden. An einem vereinbarten Treffpunkt würden sie um Mitternacht einen anderen treffen, einen, der nichts von dem Landwirt, seinem Heuwagen oder der Scheune wußte, sondern nur die restliche Strecke kannte und das Passwort, das am Ende der Strecke benötigt werden würde.

Mit diesen wenigen Informationen machten sie sich auf den Weg. Der Mond war als Sichel am Himmel zu sehen.

Sie marschierten durch die verlassene Landschaft, Jakob an der Spitze, wie es seine Gewohnheit geworden war. Sie hätten sich nicht besser ergänzen können. Heziah Wissen hörte zu und erinnerte sich an jede Einzelheit der Instruktionen, und Jakob Kropf führte diese dann aus und ging der kleinen Gruppe voran. Jeder brauchte den anderen. Der Rabbi war froh, sich Jakobs Führung anvertrauen zu können, und Jakob brauchte Heziahs Weisheit und Urteilsvermögen.

Ihre gegenseitige Freundschaft war sehr praktischer Natur.

*

Der Plan funktionierte. Alle acht lebten und bewegten sich stetig auf ihr unbekanntes Ziel zu.

Ihren letzten Kontaktmann trafen sie zwischen ein und drei Uhr morgens auf einem großen Feld in der Nähe einer verlassenen Hütte.

Es wurde nur wenig gesprochen. Das war immer das Beste. Die Aufgabe des Netzwerks bestand darin, Menschenleben zu retten und nicht Freundschaften zu stiften. Der Mann hatte dem Rabbi die Instruktionen für den Rest der Nacht gegeben und das Passwort, das sie auf keinen Fall vergessen durften.

Sie dankten ihm. Er verschwand. Sie gingen weiter.

Sie würden niemanden mehr treffen. Den Rest des Weges würden sie allein machen müssen.

Bei Tagesanbruch hatten sie immer noch nicht den Waldrand erreicht. Das Mondlicht war zu schwach gewesen, um ihnen den Weg zu zeigen. Sie hatten sich einige Male verlaufen, aber Jakob hatte wenigstens die richtige Richtung beibehalten können.

Nun brach der Morgen heran, und es war klar, daß sie ihr Ziel nicht erreichen würden. Der Mann bei der Hütte hatte sehr eindringlich zu ihnen gesprochen.

„Falls Sie es bis Tagesanbruch nicht schaffen, gehen Sie *nicht* weiter! Verstecken Sie sich im Wald, bis die Nacht hereinbricht. Sie sind vielleicht schon so nah, daß Sie ihr Ziel vor Augen sehen. Sie mögen müde, hungrig, durstig, und die Kinder mögen quengelig sein. Aber versuchen Sie nicht, das kurze Stück weiterzugehen, nachdem die Dämmerung angebrochen ist! Das würde die ganze Operation in diesem Gebiet in Gefahr bringen. Es gibt Berichte über rege SS-Aktivität dort, und wie sicher es Ihnen auch erscheinen mag, Sie könnten gesehen werden. Es muß stockdunkel sein, bevor Sie näherkommen!"

„Falls wir es wirklich nicht in dieser Nacht schaffen sollten", hatte der Rabbi gefragt, „wo sollen wir denn den Tag verbringen?"

„Im Wald. Dort gibt es viele Stellen, wo die Bäume sehr dicht wachsen. Bleiben Sie dort, und halten Sie vor allem Ihre Kinder ruhig. Ich bin selbst noch nicht dort gewesen, doch dieser Wald soll sehr gefährlich sein."

Der Professor hatte genickt.

Nun war tatsächlich eingetreten, wovor der Mann sie gewarnt hatte. Die Dämmerung brach an, und Jakob und Heziah sahen sich nach einem Platz um, wo sie den Tag verbringen konnten.

Sie fanden eine kleine Lichtung mitten in dem nassen Wald, die von allen Seiten von Bäumen und Büschen umgeben war, und mit Hilfe der Decken, die sie bei sich hatten, konnten sie den Kindern ein erträgliches Lager bereiten.

Kurz nachdem sie sich niedergelassen hatten, machte Jakob auf einmal wilde Gesten mit der Hand und bedeutete ihnen, sich absolut still zu verhalten.

Schritte waren zu hören!

Jakob ließ sich hinfallen und spähte an den Bäumen vorbei.

Ja, er hatte richtig gehört! Zwei Füße in Stiefeln bahnten sich ihren Weg durch den verlassenen Wald.

Was, wenn ihr nächster Kontakt sich vielleicht auf die Suche nach ihnen gemacht hatte, dachte er.

Sollte er ihn rufen?

Wie hieß noch mal das Passwort? Irgend etwas mit Pflanzen oder Bäumen.

Heziah würde sich daran erinnern. Vielleicht würde er ihm das Passwort zurufen.

Er schaute zu den anderen hinüber. Sie starrten ihn alle ängstlich an. Jakob wollte nicht den ganzen Tag warten, bis sie weitergehen konnten, nicht, wenn sie ihrem Ziel so nahe waren. Er würde sich das Passwort von dem Rabbi holen. Was hatten sie schon zu verlieren?

Langsam bewegte er sich auf seine Freunde zu. Irgend etwas drängte ihn, wieder durch die Bäume zu schauen. Sein Blick fiel auf die Stiefel, die sich nun durch den Wald entfernten. Wenn er nicht bald das Passwort rufen würde, würde es zu spät sein.

Ein kalter Schauer lief ihm den Rücken hinunter. Auf einmal schien Gefahr von den Stiefeln auszugehen. Jakob beobachtete sie und blieb still. Er erschrak zutiefst.

Was hatte er da gerade gedacht?

Wie hatte er nur so nahe dran sein können, ihre Position zu verraten! Was für ein Narr er doch war! Der Mann hatte sich doch sehr deutlich ausgedrückt: „Versteckt euch bis zum späten Abend! Auch die Wälder sind gefährlich!“

Als die Schritte verklungen waren, kroch er zu den anderen zurück. Niemand sprach ein Wort. Der Ausdruck auf Jakobs Gesicht machte deutlich, daß immer noch Gefahr auf sie lauerte und sie sehr vorsichtig sein mußten.

Wo auch immer die gestiefelten Füße hingegangen waren oder was sie in diesem Wald gewollt hatten, sie kamen jedenfalls nicht wieder zurück.

Am Nachmittag durchnäßte ein Wolkenbruch die acht bis auf die Haut. Keine Decke und kein Mantel konnte sie vor dem Regen schützen.

In gewisser Weise war das Warten sogar schlimmer als die Gefahr. Man hatte zu viel unwillkommene Zeit, um nachzudenken.

Was hätte alles passieren können, überlegte Jakob, als er zitternd im Wald saß. Wie hatte er nur so nahe daran sein können, sie zu verraten! Jakob meinte, keine weitere Stunde hier draußen in diesem Regen und dieser Kälte ertragen zu können, während er sich bemühte, Dieter so warm wie möglich zu halten.

Als es schließlich dunkel wurde, wollte bei der kleinen jüdischen Gruppe kaum Freude aufkommen. Sie konnten nicht fassen, daß sie wirklich am Ende ihrer langen Reise angekommen sein sollten, daß sie nicht, wie ihre Vorfahren, vierzig Jahre durch die Wüste Sinai zu wandern brauchten.

Unter Jakobs Führung erreichten sie sicher den Waldrand, obwohl es mittlerweile schon sehr dunkel war.

Sie blieben stehen.

Der Mond ging gerade auf. Es war gut, daß dieser Winter nicht so kalt war, sonst wären sie schon lange tot. Bisher hatten sie nur Regen, aber keine Eiseskälte zu ertragen gehabt.

Jakob konnte Umrisse erkennen. Man hatte ihnen nicht gesagt, wie der Ort aussehen würde, zu dem sie gehen sollten.

Er wies die anderen an, im Schutz der Bäume zu bleiben. Er selbst würde die Gegend auskundschaften.

Etwa eine halbe Stunde blieb er fort.

Dann war er wieder da und machte ihnen Zeichen, ihm zu folgen.

Wenige Minuten später zwängten sie sich durch eine schmale Öffnung zwischen dicht beieinander wachsenden Bäumen oder Büschen. Keiner konnte sagen, ob sie wieder in den Wald zurückgingen. Bei Tageslicht hätten sie erkennen können, daß sie sich durch eine hohe, dichte Hecke zwängten.

Unter Jakobs Führung überquerten sie eine kleine Holzbrücke und gingen einen Hügel hinauf. Erst einige Zeit später fiel ihnen auf, daß sie nun einem schmalen Weg folgten, der an der Innenseite der Hecke entlangführte, durch die sie sich gezwängt hatten.

Im fahlen Licht des Mondes konnten sie erkennen, daß sie sich nicht mehr im Wald befanden. Ganz sicher war dies kein unkultiviertes Stück Land. Zu ihrer Rechten schien sich ein großer und gut gepflegter Garten zu befinden.

Der Weg führte nun in den Garten hinein und endete dann abrupt in einem Bogen, der von allen drei Seiten von dichten Büschen umgeben war.

Jakob blieb stehen.

Er schaute sich um und suchte die dornige, feste Hecke mit der Hand ab. In einem der Büsche entdeckte er ein Seil. Er zog daran, aber es regte sich nichts. Kurze Zeit später sprang ein Teil dieser grünen Mauer auf. Eine Gestalt mit einer Laterne erschien, sagte aber nichts.

Jakob schob den Rabbi vor.

„Haben Sie Rosen?" fragte der Rabbi die Gestalt, die vor ihm stand.

Die Antwort kam ohne Zögern.

„Nein, dies ist nicht die Zeit für Blüten."

„Ja", antwortete der Rabbi, *„doch denen, die lieben, duften selbst die Blätter."*

„Ich sehe, Sie verstehen die Wege des Vaters", entgegnete die Stimme. *„Wie viele Blätter brauchen Sie?"*

„Acht", erwiderte der Rabbi.

„Dann kommen Sie, ich denke, wir werden welche für Sie finden."

Ohne weitere Worte zu verlieren, führte er sie durch eine Tür in einen unterirdischen Tunnel, der etwa fünfzehn bis zwanzig Meter lang war. Das einzige Licht war die Laterne in der Hand des Mannes, der vor ihnen herging.

Sie hatten den Jordan überquert und waren ins Gelobte Land gekommen!

Sie kamen zu einer anderen Tür, gingen hindurch und kamen in einen Raum, der einen Steinfußboden besaß. Eine Treppe war zu sehen, doch sie stiegen nicht hinauf. Ihr Führer öffnete eine andere schmale Tür, durch die fahles Licht fiel. Sofort löschte er seine eigene Laterne und sprach zu ihnen.

„Gehen Sie diesen Gang entlang", sagte er. „Er ist gerade, aber ziemlich lang. Am Ende kommen Sie in einen kleinen Raum. Warten Sie dort. Man wird Sie holen."

Jakob, der wieder die Führung übernommen hatte, tat, wie ihm geheißen. Als die acht müden Wanderer in den Gang getreten waren, wurde die Tür hinter ihnen geschlossen.

Jakob führte sie über den feuchten Fußboden, bis sie, wie versprochen, zu dem kleinen Raum kamen. Dort standen sie zitternd vor Kälte etwa fünf Minuten lang eng beieinander.

Dann öffnete sich eine Tür irgendwo über ihnen. Sie schauten auf. Auf der schmalen Wendeltreppe in der Ecke erschien eine Frau, die wie eine Magd gekleidet war. Sie hielt eine Laterne in der Hand.

„Kommen Sie mit mir", sagte sie. „Die Stufen sind schmal und steil, passen Sie also bitte auf. Wir werden noch mehr Treppen hochsteigen müssen, doch Sie sind nun in Sicherheit und brauchen keine Angst mehr zu haben. Sie sind bei Freunden."

Jakob folgte ihr. Er nahm seine Tochter auf den Arm und stieg die Wendeltreppe hoch, so gut es ging. Ulrike folgte ihnen, dann die anderen. Der Rabbi bildete den Schluß.

In dem schwachen Lichtschimmer konnten sie erkennen, daß sie sich tatsächlich in einem Haus befanden, noch dazu in einem sehr großen. Sie gingen durch viele Gänge und Flure, noch zwei andere schmale Treppen hoch, durch ein halbes Dutzend Türen hindurch, um unzählige Ecken herum, bis sie schließlich durch eine Tür traten und sich in einem hell erleuchteten, einladenden, wundervoll sauberen Schlafzimmer befanden.

„Dies ist das erste Zimmer für Sie", sagte die Frau und lächelte sie an. „Das andere liegt genau gegenüber, auf der anderen Seite des Flures. Ich habe Brot und getrocknete Früchte hochbringen lassen. Das Bad ist schon eingelassen", fügte sie hinzu. „Trockene Kleidung werden wir Ihnen sofort bringen. Ich heiße Heidi, und falls Sie noch irgend etwas brauchen, jedes der Zimmer hat eine Klingel, die direkt in mein Zimmer führt. Bitte scheuen Sie sich nicht, sie zu benutzen, und klingeln Sie, falls ich etwas vergessen haben sollte."

Bestimmt waren sie gestorben und in den Himmel gekommen, dachten Helga und Ulrike und brachen in Tränen aus.

Auch die Augen des Rabbis waren feucht, als er ihre Gastgeberin ansprach, die eine weiße Schürze anhatte und ihnen tatsächlich wie ein Engel erscheinen mußte.

„Sagen Sie mir bitte, junge Dame", sagte er, „wann werden

wir unseren Gastgeber kennenlernen? Wir ... wir müssen ihm danken für –"

Seine Stimme erstarb, doch Heidi verstand genau, was in ihm vorging.

„Dazu ist morgen früh noch genug Zeit", antwortete sie. „Sie werden ja eine Weile bei uns bleiben. Machen Sie es sich nun bequem. Baden Sie und ziehen Sie sich um, essen und trinken Sie, was Sie wollen."

„Vielen Dank – Sie sind so freundlich, wir können Ihnen gar nicht genug danken!"

„Schlafen Sie gut, Sie alle", sagte Heidi. „Wir freuen uns, Sie bei uns zu haben."

Sie zeigte ihnen noch den zweiten Raum, zeigte den immer noch weinenden Müttern, wo sie trockene Sachen und die Bäder finden konnten und ließ die Reisenden allein.

„Gott sei mit Ihnen", sagte sie.

„Schalom", antwortete der Rabbi.

„Schalom auch Ihnen", wiederholte Heidi.

70

Ein Morgen im Garten

Die Regenwolken waren während der Nacht nach Norden weitergezogen.

Es versprach ein wundervoller Wintertag zu werden – der Morgen war kalt, sonnig, und eine Million funkelnder Tautropfen würden die Stahlen der Sonne reflektieren, wenn sie erst einmal aufgegangen war.

Baron Heinrich von Dortmann war schon seit dem ersten Anzeichen der Morgendämmerung auf den Beinen. Er wußte, daß es einen wunderschönen Sonnenaufgang geben würde, und nicht einmal dem Krieg war es gelungen, seine

Bewunderung für die Wunder der Schöpfung Gottes einzudämmen.

Er und seine Frau waren ein Stück durch die Felder gewandert und hatten zusammen für ihre ständig größer werdende Familie gebetet, die nun bei ihnen wohnte. Nachdem sie zurückgekommen waren, war Marion in die Küche gegangen, um bei den Vorbereitungen für das Frühstück zu helfen, während er den Garten aufgesucht hatte, um den Sonnenaufgang mitzuerleben.

Dort traf er seine Tochter.

Sie beugte sich gerade über einen Farn, von dem die Wassertropfen des gestrigen Regens tropften. Er beobachtete sie mit derselben lebendigen Begeisterung, die sie dem Farn widmete.

Als sie sich umdrehte, zeigte sie keinerlei Überraschung, ihn zu sehen.

„Ist es nicht einfach herrlich nach einem Regen, Papa?" fragte sie mit fast ehrfürchtiger Stimme.

„Das stimmt", gab der Baron zurück.

„Wenn die Regentropfen, wie du manchmal gesagt hast, Tränen Gottes sind, dann folgt ihnen ganz bestimmt eine überschwengliche Freude."

„Vielleicht sind es ja Freudentränen", meinte der Baron lächelnd.

„Heute morgen ganz bestimmt", entgegnete Sabrina. „Heute ist alles so klar, so sauber und hell. Das wird ein wundervoller Tag werden, wenn die Sonne erst einmal aufgegangen ist und aus jeder dieser winzigen Perlen einen Regenbogen machen wird."

Sabrina war reifer geworden, und die innere Haltung des Barons spiegelte sich in ihren Augen wider. Sie war kein Mädchen mehr, sondern eine Frau, und noch dazu eine schöne, die in der Sicherheit der Liebe ihres himmlischen Vaters ruhte.

„Ich staune immer wieder, daß ich mir Tag für Tag diese Pflanzen ansehen kann, diesen Farn, die Blumen, und ihrer nie überdrüssig werde", sagte sie nachdenklich.

„Das ist auch ein Geheimnis des Gartens", entgegnete ihr

Vater. „Du bist erst einundzwanzig; ich schon weit über vierzig. Ich werde bald ein alter Mann sein. Doch ich bin dieses Gartens noch nicht einen Tag überdrüssig gewesen. In allen Dingen, die Gott geschaffen hat, liegt eine immerwährende Offenbarung."

Er blieb stehen und runzelte die Stirn.

„Bis jetzt habe ich noch nie darüber nachgedacht, Sabrina", sagte er. „Vielleicht ist das einer der Gründe, warum Gott *Wachstum* in alles hineinlegt, das er schafft, damit immer wieder etwas Neues entsteht – neue Blätter, neue Haut für die Eidechse, neues Haar für uns Menschen, neue Blüten, neue Fingernägel!"

„Papa, manchmal sagst du so seltsame Dinge!" lachte Sabrina. Mit ihrem hellen Gelächter wirkte sie wieder wie ein kleines Mädchen.

„Aber denk doch nur! Immer stirbt ein Teil der Natur, um Platz zu machen für etwas Neues – die braunen Wedel des Farns machen Platz für die zarten neuen, die sich aus seinem Herzen entrollen. Sogar die Rosenknospen drüben im Rosengarten", sagte er und deutete mit der Hand auf die Pflanzen, die er so liebte, „selbst die äußeren Blütenblätter verwelken langsam, damit die Knospe sich weiter öffnen und mehr ihres Innern offenbaren kann. Und dann stirbt auch die Knospe, damit eine andere ihren Platz einnehmen kann."

„Aber jetzt, mitten im Winter, blühen nicht viele Rosen", sagte Sabrina.

„Nicht viele, da hast du recht", stimmte der Baron zu, „doch einige mutige Knospen stoßen doch durch den eisigen Grund, nur um uns daran zu erinnern, daß das Leben im Innern der Erde trotzdem weitergeht, auch wenn wir es nicht immer sehen. Und wenn eine solche Knospe entschlossen ist, sich ihren Weg hinaus ans Licht zu bahnen, wird sie nicht der heftigste Hagel, nicht der stärkste Wind oder der kälteste Schnee davon abhalten. Vielleicht ist das dann keine besonders schöne Blüte, doch die Kraft des Lebens wird in ihr lebendig sein."

„Läßt du darum immer einige Rosenstöcke während des Winters unbeschnitten?"

Der Baron nickte. „Man kann nie wissen, welche Geschichte eine Rose zu erzählen hat", sagte er. „Man muß vielleicht geduldig und schweigend zuhören, um die feine Botschaft herauszuhören, die sie vermitteln möchte. Das ist um so mehr ein Grund, warum ich den Pflanzen gern Gelegenheit gebe, uns ihr Geheimnis mitzuteilen, ganz besonders den Rosen."

Sabrina dachte an die gelbe Rose, die Matthew ihr geschenkt hatte. Sie hatte sie getrocknet und an einem ganz bestimmten Ort in ihrem Zimmer aufbewahrt. Ihr Vater hatte recht – Blumen konnten wirklich Geheimnisse erzählen.

„Auch wenn zu dieser Jahreszeit nur wenige Blüten da sind", fuhr der Baron fort, „weißt du, was man sich von den Rosen erzählt?"

„Was denn, Papa?"

„Daß die Blüten gar nicht zählen."

„Warum?"

„Weil denen, die lieben, sogar die Blätter duften."

Sie lachten beide. Sie hatten diese Unterhaltung schon oft geführt.

Schweigend begannen Vater und Tochter nun durch den Garten zu wandern.

„Wir haben neue Blätter im Haus", sagte der Baron schließlich.

„Ja, ich habe sie gestern abend kennengelernt."

„Oh, ich wußte nicht, daß du sie schon gesehen hast!"

„Heidi bat mich, ihr beim Baden der Kinder zu helfen."

Wieder gingen sie eine Weile schweigend den Weg entlang und atmeten tief die frische Morgenluft ein.

„Jeder Tag ist so frisch und neu", sagte Sabrina schließlich.

„Und es gibt neue Geheimnisse des Vaters zu entdecken! Und überall sind heute die Tränen des Vaters zu erkennen – vielleicht doch keine Freudentränen, sondern Tränen der Trauer, die fließen, wenn er sich seine Welt anschaut", fügte der Baron nachdenklich hinzu. „Doch selbst inmitten eines solchen Elends, wie unser Land es der Welt gebracht hat, kann die Schöpfermacht unseres Vaters im Himmel nicht zum Stillstand gebracht werden. Jedes Blatt, jede Ähre auf unseren Feldern, jeder Busch, jede Blume und jeder Baum – ob im Sommer oder im Winter – sind heute anders, als sie gestern gewesen sind."

„Denkst du, daß das auch bei diesen Leuten so ist, daß sie jetzt ein wenig anders sind, als sie am Tag zuvor gewesen sind?"

„Eine interessante Frage. Hmmm ... darüber müssen wir sorgfältig nachdenken! Warum sollte es nicht so sein? An jedem Tag ist der Garten anders, an jedem Tag ist die ganze Schöpfung anders als am vorhergehenden. An jedem Tag, so scheint es, hat unser Haus neue Bewohner. Warum sollte sich also nicht auch ein Mensch an jedem Tag ein wenig verändern?" Er dachte kurz nach.

„Mir fällt da noch etwas ein. Gott schafft nicht nur alles neu, sondern er schafft niemals dasselbe zweimal. Stell dir vor, Sabrina, von allen Rosen, die es auf dieser Erde gibt, sieht keine Blüte genauso aus wie die andere. *Jede einzelne* ist ein Unikat!"

„Sogar bei den Schneeflocken ist das so!"

„Und sieh dir nur diesen wundervollen Sonnenaufgang an."

Vater und Tochter staunten, wie die Sonne langsam am Himmel hochstieg und ihre Strahlen über die Hecken und Bäume, den Garten und die Felder schickte.

„Orange, rot, rosa und gelb, dahinter der blaue Himmel und die goldenen Strahlen der Sonne, die sich bereit macht, über den Horizont zu schauen –"

Er brach ab, und sie standen eine Weile schweigend zusammen.

„Gottes Pinsel hat so viele verschiedene Farben", fuhr der Baron fort, „und doch wird Gott, wenn zwanzig Minuten vorüber sind, diesen Pinsel von heute morgen fortwerfen und ihn nie wieder benutzen. Niemals! Er wird fort sein, noch bevor unsere Gäste aufstehen!"

„Das ist aber doch Verschwendung."

„Oh nein, verstehst du denn nicht, Sabrina? In Gottes extravaganter ‚Verschwendung' liegt die Vollendung von allem, was sein Finger berührt! Der Mensch versucht immer nur zu haben, aufzuheben und zu horten. Die Kinder Israel versuchten, das Manna aufzubewahren, und so viele arme Seelen sind der Meinung, sie könnten sich ihre Sicherheit bewahren, indem sie Geld in der Bank meines Bruders lagern. Doch Gott schafft einen Sonnenaufgang und läßt die Farben sich im blauen Himmel auflösen, und es gibt niemals mehr genau denselben. Gott läßt eine Rose entstehen und wieder zu dem Staub werden, aus dem sie geschaffen ist. Er bewahrt nichts auf, er hortet nichts. Er hat keine Taschen, keine Bank, keine Bibliotheken, nichts, um seine Wahrheit aufzubewahren. Seine Wahrheit lebt – genau wie der Sonnenaufgang und die Rosen. Selbst ihr Tod dient dem Leben, um Platz zu machen für einen neuen Sonnenaufgang, für neue Rosen und neue Farne."

Sabrina dachte nach. „Meinst du eigentlich, daß wir die Rosen nicht abschneiden und versuchen sollten, unsere Freude an ihnen zu verlängern?"

„Nein, unser himmlischer Vater gibt uns alles zu unserer Freude. Ich glaube, daß es Gott Freude macht, wenn eines seiner Geschöpfe seine Nase in die Blüte einer Rose steckt, ihren Duft tief einatmet und dann mit neuem Staunen nach oben und in die Welt blickt, mit neuer Hoffnung und neuer Liebe für alle Dinge."

„Es liegt etwas in ihrem Duft, das auf etwas hinzuweisen scheint, das man nicht richtig in Worte fassen kann."

„Ja, die Rose hat viele Geheimnisse, genau wie der Garten viele Geheimnisse birgt. Nein, mein Kind, es macht Gott Freude, wenn wir uns an dem erfreuen, was er geschaffen hat. Wir können die Blumen abpflücken und sie einander schenken und durch sie Freude und Zuneigung ausdrücken."

Sabrina schwieg, sie dachte wieder an die gelbe Rose in ihrem Zimmer.

„Wenn wir nur nicht versuchen, sie *zu* lange zu behalten?" fragte sie vorsichtig.

„Ja, und sie selbst zum Gegenstand unserer Liebe machen anstatt ihn, der sie geschaffen hat", antwortete ihr Vater, der nicht erkannte, in welche Richtung Sabrinas Gedanken gingen. „Alles wird vergehen", fuhr er fort. „Dieser wunderschöne Garten, diese Rosen und unser Haus werden eines Tages nicht mehr sein. Doch das Leben, das sie geschenkt haben, wird weiterexistieren. Daher müssen wir sehr weise mit all diesen Wundern umgehen, die wir von Gott geschenkt bekommen haben, und darauf achten, daß sie auch wirklich Leben geben, damit, wenn sie selbst zertreten werden von den Füßen der Zeit, das Leben, das durch sie entstanden ist, weiterbestehen wird."

„Ich mag es gar nicht, wenn du davon sprichst, daß dieser Garten einmal nicht mehr sein wird, Papa. Ich weiß, daß es stimmt, doch ich mag es trotzdem nicht."

„Ach, dieser kurzsichtige Idealismus der Jugend!" lachte der Baron.

„Willst du mich necken, Papa?" fragte Sabrina lächelnd.

„Vielleicht."

„Ich weiß, daß du recht hast. Aber ich möchte, daß meine Kinder und auch deren Kinder sich eines Tages genauso an dem Garten erfreuen wie ich."

Die Miene des Barons verfinsterte sich. Im Augenblick dachte er nicht gern über die Zukunft nach. Obwohl die Sonne heute schien, hing eine dunkle Wolke über der Welt, und ihm war klar, daß dieses Haus, das er so sehr liebte, genau darunter stand.

71

Das Leben im Lebenshaus

Der Baron setzte sich an seinen Schreibtisch, um sich auf den Tag vorzubereiten.

Seit jenem Morgen vor mehr als drei Jahren, als der Krieg ausgebrochen war und er Gott um Führung gebeten hatte, war Gelegenheit genug gewesen, den Kindern Gottes zu helfen.

Aarons Familie hatte er selbstverständlich als erste bei sich aufgenommen. Doch schnell waren auch noch andere gekommen. Dann kamen sie in regelmäßigen Abständen. Noch bevor es ihm überhaupt bewußt war, und ohne daß er sich darum bemüht hatte, war der Baron ein wichtiges Bindeglied in der Fluchthilfe-Organisation im Untergrund geworden, die Christen und Juden gleichermaßen half.

Innerhalb weniger Monate hatten Aaron und er einige bauliche Veränderungen vorgenommen, um die Sicherheit ihrer Gäste zu gewährleisten. Sie hatten neue Räume und Gänge hinzugefügt, doppelte Wände zum Lärmschutz eingezogen, neue Badezimmer gebaut und ganze Korridore abgemauert.

Mit Hilfe der modernsten Technik hatten sie Warnlichter, Klingeln und andere Warnvorrichtungen installiert. Der Baron und der Doktor empfanden es als eine Herausforderung, immer neue Einrichtungen zu schaffen und ihre Arbeit trotzdem geheimzuhalten – was besonders schwierig war in bezug auf die Beschaffung von Lebensmitteln und einer Unzahl von anderen Haushaltsdingen. Vieles davon ging langsamer vonstatten, als ihnen recht war. Doch schließlich waren die meisten nötigen Veränderungen in Haus und Garten vorgenommen worden.

Das vielleicht Genialste von allem, was sie unternommen hatten, war das Anbringen einer Alarmeinrichtung, die sie unter dem Vorwand der Gartenarbeit etwa drei Zentimeter unter die Erde bei der niedrigen Öffnung der Hecke eingegraben hatten. Durch den ganzen Garten hindurch hatten sie Drähte verlegt und mit dem Haus verbunden. Schon der Druck eines Fußes aktivierte die Vorrichtung und setzte im Haus eine Klingel in Gang. So konnte der Baron schnell in den Keller unter dem Wohnzimmer auf der Südseite gehen, von dort durch den neu entdeckten Tunnel, der etwa zwanzig Meter lang war und unter der südwestlichen Seite des Westflügels hindurchführte, zu der Holztür gehen und dort auf die Neuankömmlinge warten.

Auf diese Tür waren Schmidt und Hans gestoßen, als sie

einen riesigen Busch ausgegraben hatten. Er hatte einen hohen Erdwall verdeckt, der sich am Hügel in der nordwestlichen Ecke des Gartens entlangzog.

Sofort war der Baron herbeigerufen worden. Man hatte die Tür freigelegt, sie aufgestemmt und den verschwundenen Tunnel entdeckt. Als sie hindurchgingen, kamen sie an eine schwere Steintür, die sie mit Hammer und Meißel aufstemmen mußten, da die Scharniere eingerostet waren. Sie fanden sich im Keller wieder. Der Baron war begeistert, daß sie einen solchen Verbindungsgang zwischen dem Keller und dem *Frühlingsgarten* entdeckt hatten.

„Unvorstellbar", meinte er, „daß wir all diese Jahre lang den legendäre Tunnel auf der Nordseite vermutet haben, wo er geradewegs durch den Keller gegraben worden war! Wir sind immer von falschen Voraussetzungen ausgegangen!"

Die halbverrottete Holztür war ersetzt und dichtes Buschwerk und Hecken waren davor gepflanzt worden, um sie genauso gut zu verstecken wie bisher. Man brachte ein Klingelseil an, das eine zweite Glocke im Keller anschlagen ließ, wo die Steintür mit völlig neuen Scharnieren ausgestattet worden war.

Mit all diesen Vorrichtungen besaß das *Lebenshaus* ein narrensicheres System, wodurch nur diejenigen Zutritt zu dem geheimen Leben im Innern des Hauses bekamen, die alle drei Sicherheitsvorkehrungen kannten: die Öffnung in der Hecke, das verborgene Seil dort und das genaue Passwort. Nur Leute, die vom Netzwerk geschickt worden waren, würden alle drei richtig einzusetzen wissen.

Als ihre Aktivitäten zunahmen, entließ der Baron die meisten seiner festen Angestellten. Die jüngeren Männer mußten sowieso in den Krieg ziehen, und er beschäftigte nur noch Tagelöhner für die Feldarbeit, unter denen viele Frauen aus der Region waren, die nun, da ihre Männer nicht mehr da waren, jede erdenkliche Arbeit annahmen. Die wenigen treuen Dienstboten – Heidi, Carola, Hans, Schmidt, Heiko und ein paar andere – zog er ins Vertrauen. Auch sie waren überzeugte Christen mit gefestigtem Glauben. Es sei gefährlich für sie zu bleiben, sagte er ihnen. Wenn sie ihn verlassen wollten, würde er das verstehen und ihnen alles Gute wünschen. Doch alle weigerten sich zu gehen.

Heidi, eine eifrige Christin, die das Abenteuer nicht fürchtete und immer auf der Suche war nach etwas, das sie für andere tun konnte, hatte in dem leeren Zimmer auf der Südwestseite Quartier bezogen, damit sie näher bei den Gästezimmern war.

*

Nicht lange nach Ausbruch des Krieges hatte der Baron eine ernste Unterhaltung mit seiner Tochter.

„Nun, siehst du jetzt, wie groß die Gefahr ist?" fragte er sie. „Bist du sicher, daß du nicht doch noch in die Schweiz oder zu den McCallums fahren möchtest?"

„Ja, Papa", hatte sie ihm versichert. „Ich möchte hierbleiben. Mein Platz ist bei Mama und dir."

In den folgenden Jahren war die immer wichtiger werdende Arbeit des *Lebenshauses* für Sabrina zu einer sehr persönlichen Aufgabe geworden. Sie war der Überzeugung, daß Gott auch sie in dieser Arbeit haben wollte.

Der Baron dachte oft über das Gespräch mit seinem Freund Dietrich Bonhoeffer nach und darüber, wie sie beide vor schwierigen Entscheidungen gestanden und unterschiedliche Wege beschritten hatten. Wie er gehört hatte, war Dietrich zum Widerstand gegangen und im Augenblick damit beschäftigt, den Sturz der Nazi-Regierung vorzubereiten und Kontakt aufzunehmen zu den Briten, um Friedensverhandlungen vorzubereiten.

Er selbst hätte diesen Weg niemals beschreiten können, dachte der Baron. Es gab keinen anderen Ort, wo er Gott lieber dienen wollte als genau hier.

*

Während der Vater in der Abgeschiedenheit seines Arbeitszimmers betete, ging die Tochter über den Flur des zweiten Stockwerks zu den Zimmern der Gäste, die gestern abend angekommen waren.

„Morgen, Fräulein von Dortmann“, begrüßte sie ein kahlköpfiger kleiner Mann, der in der offenen Zimmertür stand.

„Morgen, Herr Müller“, erwiderte sie.

„Hat Ihr Vater meinen Ausweis schon fertig?“ fragte er.

„Es tut mir leid, das weiß ich nicht, Herr Müller“, antwortete Sabrina. „Er hat die letzten Abende daran gearbeitet, doch wir hatten gestern einige Neuankömmlinge. Sie werden ihn ja beim Frühstück sehen.“

„Vielen Dank, Fräulein von Dortmann. Es ist nur so, daß ich weiter muß.“

„Ich bin sicher, daß mein Vater sich Ihrer Situation bewußt ist, Herr Müller. Entschuldigen Sie mich.“

Sabrina ging lächelnd weiter. Der kleine Mann fragte bestimmt dreimal am Tag nach seinen Papieren. Wo konnte er wohl sicherer sein als im *Lebenshaus?* Doch während die meisten ihrer Gäste mit ihrer gegenwärtigen Situation ganz zufrieden waren, wollte Albert Müller, ein jüdischer Uhrmacher aus Dresden, unbedingt weiter.

„Guten Morgen, Sabrina“, begrüßte sie eine ältere Dame, die ihr auf dem Flur begegnete.

„Morgen, Frau Sievers.“

Sie bog nach rechts ab zu den Gästezimmern im Ostflügel, die ihr Vater vollkommen umgebaut hatte, seit Matthew und sie zuletzt dort gewesen waren. In diesem Teil des Hauses waren die vielen Juden untergekommen, die seit der dramatischen Verschärfung der Judenverfolgung im *Lebenshaus* Schutz gefunden hatten. In den vielen Korridoren gingen Leute jeden Alters leise umher, zu ihren Zimmern, zu einem der vielen Badezimmer oder zu einer der beiden Treppen, die das zweite Stockwerk mit den unteren verband. Das von Dortmannsche Gut war nicht mehr nur eine Quelle für die Seele, wie Thaddeus McCallum es genannt hatte. Es war wirklich ein Haus geworden, in dem Menschen, die dem Tode nahe waren, das Leben fanden.

*

In der Zwischenzeit lag der Baron in seinem Arbeitszimmer auf den Knien.

„Oh, Vater", betete er leise, „ich habe so vieles, wofür ich dankbar sein kann. Vielen Dank für dieses wunderbare Haus, wo wir für die verängstigten Lämmer deiner Herde sorgen können, wo sie Ruhe finden können. Beschütze diesen Ort, Vater.

Oh, Gott, beschütze dein Volk in diesem vom Krieg geschüttelten Land, und die, die versuchen, das Leben mit denen zu teilen, die leiden. Ich bete für Dietrich, wo immer er ist und was immer er tut. Bewahre ihn davor, daß er denen zum Opfer fällt, die die Welt nach ihrem eigenen Gutdünken umgestalten wollen.

Ich bitte dich für die Menschen, die gestern abend zu uns gekommen sind. Ich bitte dich, daß du ihnen ein Vater bist, daß du dich ihnen offenbarst. Hilf uns, ihnen zu dienen. Gib mir Mut, das zu tun, was du mir vor die Füße legst. Hilf mir, dir zu vertrauen, Herr. Gib mir die Kraft, mich dem zu stellen, was noch kommen mag.

Du weißt, wo ich verletzlich bin, du weißt, wieviel Angst ich habe. Ich bin nicht der richtige Mann für diese Aufgabe. Oh, Herr ... warum hast du mich hierhergestellt, wo so viele auf mich sehen und Hoffnung und Ermutigung von mir erwarten?

Laß mich in dieser schrecklichen Zeit die Last für meine Frau und meine Tochter und all die anderen tragen. Laß mich diesen Menschen dienen ... mach mich bereit, mich für sie einzusetzen, was immer du auch von mir erwartest. Befreie mich von meinem Ichdenken, daß ich nur deinen Willen tue ..., und stille meine Ängste, Vater, die mich überfallen, wenn ich an das denke, was auf uns zukommt. Stärke mein Vertrauen in dich und halte mich in deiner Hand."

Er schwieg, und die Ruhe, um die er gebeten hatte, durchströmte ihn. Er atmete tief ein und faßte neuen Mut.

Noch einmal atmete er tief durch und verließ dann sein Arbeitszimmer.

Er ging geradewegs zum neu gestalteten Eßzimmer im zweiten Stock, wo er seine neuen Gäste zu finden hoffte.

Sabrina war schon dort, und sie stellte ihm die Familien Wissen und Kropf vor. Der Baron hieß jeden einzelnen von ihnen herzlich willkommen.

„Aber ich erkenne Ihre Stimme, Herr Baron", meinte Jakob, als die beiden Männer sich die Hand gaben.

„Ich auch", bestätigte Helga Wissen. „Du hast recht, Jakob."

Der Baron lachte gutmütig.

„Sie haben mich erwischt – ich gestehe!" sagte er. „Sie haben mich gestern abend schon gesehen."

„Aber wo?" fragte der kleine Dieter Kropf. „Ich habe aber gar nichts gesehen. Es war doch so dunkel."

Wieder lachte der Baron.

„Du hast mich im Tunnel gesehen, junger Mann", sagte er, „als ich euch vom Garten hereingelassen habe. Wissen Sie, ich führe alle unsere Gäste persönlich durch den Tunnel ins Haus hinein."

72

Spur nach Süden

D*diese Leute haben eine teuflische Gerissenheit,* dachte Emil Korsch.

Es war nicht verwunderlich, daß sie im Geschäftsleben so erfolgreich waren. Sie waren listig und verschlagen. Er konnte verstehen, warum Hitler geschworen hatte, sie auszulöschen.

Nicht, daß er das Schwein nicht gehaßt hätte. Doch so machte die Jagd mehr Spaß, und er könnte seinen Sieg mehr genießen. Ein wirklich hochkarätiges Schachspiel – mit dem Tod als Preis für den Verlierer!

In der Tat eine höchst gerissene Strategie! Die gerade Linie, die ins Nichts führte!

Und er war darauf hereingefallen! Durch halb Polen hindurch hatte er sich an jeden Strohhalm geklammert, den sie für ihn hinterlassen hatten. Er hatte geglaubt, ihnen immer näher zu rücken. Niemals hatte er darüber nachgedacht, wie unsinnig diese Richtung war. Was lag schon nordwestlich? Sie waren von Anfang an in die entgegengesetzte Richtung marschiert.

Erst in Bydgoszcz hatte er angefangen, Verdacht zu schöpfen.

Da war die Spur auf einmal in zwei Richtungen weitergegangen. Die eine deutete in Richtung Nordosten, auf die Ostsee hin. Die andere nach Posen ... und den Süden.

Auf einmal hatte es ihm gedämmert. Die Ostsee zu erreichen nützte ihnen gar nichts! Juden mit dem Schiff durch die dänischen und schwedischen Kanäle aus Deutschland herauszuschaffen, war unmöglich. Vereinzelt gab es Berichte, daß einige Verrückte diesen Versuch unternommen hatten und sogar bis nach Finnland gekommen waren. Aber nein, wirkliche Sicherheit für sie gab es nur im Süden – in der Schweiz!

Wofür hielten sie ihn eigentlich? Er war schließlich nicht von gestern! Sie hatten es mit Emil Korsch zu tun, der rechten Hand des Reichsführers Himmler.

Offensichtlich wollte der Rabbi in die Schweiz! Nur dort konnte er hoffen, seine geheiligten Reliquien vor dem Zugriff der Nazis in Sicherheit zu bringen.

Nachdem er das Spiel durchschaut hatte, paßten alle Einzelstücke zusammen. „Rheinsdorf“ – er hatte nie davon gehört, doch er würde es finden; „Kirkhaus“, „Fürstenburg“ – was immer die Codes auch bedeuteten, sie rochen nach religiösen Schurken, und sie rochen nach Bayern!

Falls dies wirklich Standorte an der südlichen Grenze entlang waren, wovon er überzeugt war, würde er sie ausfindig machen. Dies waren Schlüssel, für die er beträchtlich bezahlt hatte. Informationen bekam man nicht nur durch Prügel;

wenn er für etwas bezahlen mußte, dann würde er auch das tun, obwohl das lange nicht so interessant war.

Er hatte auch einen Namen genannt bekommen. Stegerwald. Wo er es oder ihn finden sollte, wußte er nicht. Man sprach auch von einem Tunnel.

Er würde den Rabbi finden, und wenn er ein Jahr hierbleiben müßte. Falls das Kästchen in die Schweiz gelangte, würden sie glauben, es sei in Sicherheit. Doch er würde ihm selbst dorthin nachjagen, wenn das nötig werden sollte.

Er schaute aus dem Fenster und sah sich die vorbeifliegende Landschaft an. Der Zug war beinahe leer. Die einzigen, die in diesen Tagen innerhalb des Reiches umherreisten, waren gewöhnlich geschäftlich unterwegs.

Morgen würde er in München sein, am folgenden Tag in Salzburg. Er würde sich einen Wagen nehmen, Kontakte zur SS im südlichen Sektor knüpfen und damit beginnen, die Verbindungen des Untergrund-Netzwerks zu enttarnen.

Und dann würde der Rabbi zweifellos ihm gehören!

73
Das Verlies

Sabrina und ihre Mutter saßen zusammen in dem Wohnzimmer, das zwischen ihren beiden Schlafzimmern lag. Sie hatten über Matthew gesprochen.

„Ich habe schon seit mehr als einem Jahr nichts mehr von ihm gehört, Mama“, sagte Sabrina gerade. „Ich kann nichts tun, ich kann nicht schreiben ... was ist, wenn er mich vergessen hat?“

„Er hat dich nicht vergessen, Sabrina“, beruhigte sie Marion liebevoll.

„Aber warum hat er dann nicht einmal den Versuch gemacht –"

Auf einmal platzte der Baron herein. Er war über und über mit Schmutz bedeckt, und er, der sonst so peinlich genau auf sein Äußeres achtete, schien ganz vergessen zu haben, daß er mit seinen Stiefeln alles schmutzig machte. Seine Augen strahlten.

„Marion, Sabrina ... ratet, was passiert ist!" rief er, noch bevor sie auch nur ein Wort sagen konnten.

„Ich habe das Verlies entdeckt!"

„Du meinst –"

„Richtig – die alte Eppie kannte ihre Legenden! Ich wünschte nur, sie wäre noch am Leben. Ich wäre geradewegs in ihr Zimmer gelaufen, noch bevor ich es euch beiden erzählt hätte."

„Aber wie ... wo ist es?" rief Marion völlig verdutzt. Sie konnte es nicht fassen. „Es liegt unter der Erde! Der Schlüssel war da ... die alten beweglichen Messingarbeiten ... von Steinen verborgen – dann gab die Tür nach! Einer der Vorfahren muß ein Genie gewesen sein im Erfinden mechanischer Vorrichtungen. Wer weiß, was für Geheimnisse hier noch verborgen sind!"

Die beiden Frauen starrten ihn ungläubig an.

„Nun kommt schon – warum sitzt ihr da wie Statuen? Ich will es euch zeigen!"

Sie erhoben sich und folgten ihm gespannt.

Als Mutter und Tochter den Flur erreichten, war der Baron schon halb die Treppe hinunter und außer Sichtweite. Sie beschleunigten ihren Schritt, um mit ihm mithalten zu können. Ungeduldig wartete er unten an der Treppe auf sie. Im nächsten Augenblick schon war er die Geheimtreppe hinunter in den Keller entwischt. Wieder wartete er, und als Marion und Sabrina unten ankamen, führte er sie den unterirdischen Gang entlang.

„Wie oft bin ich schon hiergewesen und habe danach gesucht, und es war die ganze Zeit direkt vor meiner Nase", sagte er aufgeregt. „Stell dir nur vor, von welchem Nutzen das jetzt für uns ist!"

Sabrina, die ihren Eltern folgte, dachte an Matthew. *Oh, wenn er jetzt doch nur hier sein könnte!*

Nachdem sie die Hälfte des Ganges zurückgelegt hatten, blieb der Baron stehen und bückte sich.

„Seht nur, hier ist es", sagte er. „Der kleine Messinghebel hinter diesem Stein, das ist das ganze Geheimnis. Er ist so gut versteckt, daß man ihn vollkommen übersieht, wenn man nicht genau weiß, wonach man suchen muß."

Er zog leicht an dem Messinggriff und trat zurück, während seine Frau und seine Tochter staunend das Resultat bewunderten.

74
Der geheime Arbeitsraum

Gut ein halbes Jahr später beugte sich Heinrich von Dortmann in dem kleinen Raum über einen roh gezimmerten Holztisch. Der modrige Geruch war ihm eine ständige Erinnerung daran, daß ihre Aktivitäten geheimer und unterirdischer Natur waren.

Doktor Abrahams saß ihm gegenüber. Sie waren gerade dabei, falsche Ausweise herzustellen, mit Stempeln und Fotos und den persönlichen Angaben. Die Blankoformulare hatten sie von einem Drucker in Fürstendorf erhalten. Der katholische Priester, der ihr Verbündeter bei diesem Projekt war, hatte diesen Kontakt hergestellt. Die Ausweise dieser Woche waren für eine Familie bestimmt, die sie als katholische Flüchtlinge aus Dresden in einem Kloster in Potsdam unterzubringen hofften. Die Schreibmaschine, auf der der Doktor gerade die Namen tippte, hatten sie aus dem Büro einer Behörde. Daher würden die Papiere keinen Verdacht erregen. Über den Tisch verteilt lagen Stifte, Scheren, Kleber und andere Utensilien, die sie für ihre Fälschungsarbeiten benötigen.

An dem Nachmittag, an dem der Baron das Verlies entdeckt hatte, war er mit dem Doktor zurückgekommen, und es war ihnen gelungen, ein provisorisches Licht zu installieren.

Ihre erste und vordringlichste Aufgabe war es dann, eine dauerhafte Elektroinstallation anzubringen. Sie hatten nur wenige Einrichtungsgegenstände hinuntergeschafft, denn der Weg war so schmal, daß sogar der Tisch, an dem sie saßen, erst unten hatte zusammengebaut werden können. Ansonsten sah der Raum noch beinahe so aus, wie sie ihn vorgefunden hatten. Den alten Tisch, den Stuhl und den Schrank hatte er unangetastet gelassen. Nach Eppies Erzählung sollte dahinter, darunter oder darin der sagenhafte Bismarck-Schatz verborgen sein.

Eine genaue Untersuchung dieses geheimen Verlieses stand noch aus. Er wollte damit warten, bis er jeden Augenblick dieser aufregenden Aufgabe genießen konnte. Darum hatte er alle Ausrüstungsgegenstände in den leeren Teil des Raumes gestellt. Er konnte warten. Was immer auch die Geister Bismarcks und des alten Grafen, der seine Hand an diesen Schatz hatte legen wollen, von den Vorgängen halten mochten, der Baron machte sich nichts daraus. Es gab nur einen Geist, an den er glaubte.

Nur Marion, Sabrina und der Doktor kannten diesen geheimen Raum. Niemandem, nicht einmal den Dienstboten, hatte man etwas gesagt, was die Aufgabe, den Raum fertigzustellen, um so mehr erschwerte.

Die Entdeckung des Geheimverlieses wertete der Baron als ein Zeichen von Gott, daß er noch größere Sicherheitsvorkehrungen treffen sollte. Nach und nach schaffte er alle wichtigen Papiere und alles, was auf die Arbeit des Netzwerks hindeuten könnte, in diesen Raum.

Der Baron begann auch, sein Tagebuch regelmäßiger zu führen. Er fühlte sich wohl hier, in der Stille dieses unterirdischen Raumes, dem einzigen Zimmer, wo er sich wirklicher

Abgeschiedenheit erfreuen konnte. Er mochte den Raum, vielleicht wegen Eppies alter Geschichten, vielleicht aber auch, weil er so alt und so lange unberührt gewesen war. Hier fühlte der Baron sich verbunden mit seinen Vorfahren, mit der Geschichte seines Landes.

Ihm war es wichtig, ein persönliches und auch ein historisches Vermächtnis zu hinterlassen, besonders für Sabrina. In diesen Aufzeichnungen erzählte er von seiner Vergangenheit, von seinen frühen Ehejahren mit Marion, er erzählte die Geschichte dieses Gutes und berichtete, wie sie während dieser schrecklichen Verfolgungszeit hier Juden versteckt hatten.

Warum der Herr ihm diesen Auftrag gegeben hatte, wußte er nicht. Doch er verspürte immer mehr den inneren Drang, seine Aufzeichnungen auf dem neusten Stand zu halten, nicht nur die Ereignisse in seinem persönlichen Bereich, sondern auch seine Beobachtungen in bezug auf die historischen Kämpfe seines Volkes und viele andere Gedanken.

So oft es ihm möglich war, schlich er sich herunter ins Verlies und arbeitete sorgfältig. Er versteckte sie gut, an einem Ort, wo sie nur von jemandem gefunden werden konnten, den der Herr dazu bestimmt hatte.

Teil VI

Das Geheimnis des Opfers

1944

75

Das Haus von Schmundt

Die Kriegsjahre hatten Gustav von Schmundt, dem Erben des Schmundt-Gutes im Norden Deutschlands, die Möglichkeit gegeben, die Leiter des Erfolgs im Dritten Reich so hoch wie möglich hinaufzusteigen. Er hatte gelernt, sich stets so zu verhalten, wie es sich für die überlegene Rasse der Menschheit geziemte, der er sich zugehörig fühlte. Er besaß Macht und Einfluß und stieg beständig höher in der Hierarchie der SS. Jede deutsche Mutter wäre stolz auf einen Sohn wie ihn gewesen.

Während Gustav auf der Erfolgsleiter immer höher gestiegen war, waren jedoch die verborgenen Ströme des wahren Wesens in ihm immer mehr versiegt. In dem ausgetrockneten Flußbett seines Charakters floß nur noch ein Rinnsal.

Seine Wünsche waren eigennützig; sein ganzes Tun war auf sich selbst gerichtet.

Doch das Eine, das er sich am meisten wünschte, konnte er nicht bekommen.

Sabrina von Dortmann ging ihm nicht aus dem Sinn.

Gustav ging durch das kleine Zimmer, das er bewohnte, und schaute nach draußen. Er wohnte in einem schmutzigen, unattraktiven Stadtteil. Doch es war Berlin, das Herz des Reichs. Der Reichstag war nur zwei Kilometer von ihm entfernt. Noch dichter am Zentrum der Macht konnte man kaum sein.

So hatte er wenigstens noch vor kurzem gedacht. Nun war er sich nicht mehr so sicher. Niemand sprach so etwas aus. Allein laut zu denken, das konnte einen zusammen mit den ungarischen Juden nach Auschwitz bringen.

Doch Gustav bemerkte beunruhigende Anzeichen. Seit der Niederlage der 6. Armee im Winter 1943 bei Stalingrad schien sich das Glück vom Dritten Reich abgewandt zu haben. Nach diesem Fiasko war die Niederlage in Nordafrika gekommen. Im letzten Jahr waren die Alliierten in Anzio, Italien, gelandet, und vor zwei Monaten in der Normandie.

Sie kamen, das war klar. Die Generäle der deutschen Wehrmacht konnten sagen, was sie wollten, Gustav wußte, daß dieser Krieg nicht so lief, wie er eigentlich sollte. Wenn nicht bald etwas geschah, würden die Deutschen innerhalb kürzester Zeit auf der Verliererseite stehen.

Gustav starrte in die Nacht hinaus.

In den letzten vier oder fünf Jahren hatte er nicht oft Gelegenheit gehabt, sich einsam zu fühlen. Er war zu beschäftigt, zu aufgeblasen von der Arroganz, der gefürchteten Gestapo anzugehören, zu gefangen in der Bedeutsamkeit des Nazianliegens. So etwas wie Demut und Schwäche war als Charakterzug genauso abzulehnen wie jüdisches Blut. Einsamkeit schmeckte nach allem, was Gustav haßte. Seine Mutter war einsam, und er verachtete sie dafür. Er würde sich solche Gefühle niemals gestatten.

Doch ... man mußte praktisch denken. Seine Jahre in der Gestapo hatten ihn das gelehrt.

Es war an der Zeit, darüber nachzudenken, was aus ihm werden sollte, falls das Undenkbare eintreten und das ruhmvolle Reich des Führers zusammenbrechen sollte.

Er war jetzt fünfundzwanzig. Was würde zu Hause auf ihn warten? Sein Vater würde aufs Gut zurückkommen. Gustav würde dort leben, ein erwachsener Mann, aber immer noch unter den Fittichen seiner in ihn vernarrten, neurotischen Mutter. Nicht gerade eine verlockende Aussicht.

Der Krieg hatte vieles verändert, nicht aber seinen leidenschaftlichen Wunsch, Sabrina von Dortmann zu seiner Frau zu machen.

Es war an der Zeit, sie auf seine Denkweise einzustimmen, sie davon zu überzeugen, daß sie keinen besseren Mann bekommen konnte als ihren Nachbarn und Freund aus Kindertagen. Er hatte sich lange genug geduldet. Nun war es an der Zeit, ihre Verlobung festzumachen. Ganz sicher würde sie nun die Vorteile sehen, die eine solche Verbindung mit sich bringen würde. Wenn er es recht bedachte, war es gar nicht schlecht, daß sie so widerspenstig war. Das würde ihrem Zusammenleben mehr Würze verleihen.

Es gab nur noch ein Problem. Selbst wenn er Sabrina heiraten sollte, würden sie immer noch unter dem Dach einer ihrer Väter leben. Da er aber die Absicht hatte, sich des von Dortmannschen Gutes zu bemächtigen, würde er sich wohl der Gegenwart von Sabrinas Vater entledigen müssen.

Er verachtete diesen frommen alten Dummkopf. Darin stimmte er mit seinem Vater überein. Gustav wußte, daß der Graf das Gut des Barons sofort an sich bringen würde, wenn er könnte. Aber eine Heirat würde das Problem nicht angemessen lösen können. Der Baron war stark wie ein Ochse, kerngesund und zu genau in seinen finanziellen Angelegenheiten, als daß ihm in dieser Richtung irgend etwas entgegenkommen könnte.

Der einzige Weg, sich das Gut zu sichern, wäre, sich des Barons zu entledigen. Das Gut würde dann Sabrina zufallen – und durch die Heirat auch ihm.

Das war die einzige Lösung. Und der Krieg konnte ihm vielleicht irgendwie das Rohmaterial für seinen *Coup de maître* liefern.

So könnte es gehen. Gustavs Gesicht hellte sich merklich auf.

Es gab natürlich auch noch andere Möglichkeiten. Wollte er überhaupt für den Rest seines Lebens auf dem Land in der Nähe des Dörfchens Niedersdorf leben? Mit der wunderschönen Baroneß Sabrina an seiner Seite konnte er doch gehen, wohin er wollte.

Er war jung. Gelegenheiten gab es genug, auch nach einer eventuellen Kapitulation. Ihm war klar, daß eine Niederlage oft die größten Gelegenheiten bot, soweit kannte er sich in der Geschichte aus.

Seine teils direkte, teils indirekte Arbeit für Emil Korsch

hatte ihn gelehrt, realistisch zu sein. Er vermutete, obwohl er das natürlich niemals andeuten würde, daß Korsch im Herzen kein Nazi war, sondern ein Opportunist, der nur aus Zweckmäßigkeit das nationalsozialistische Programm vertrat. Nach der Kapitulation der 6. Armee in Stalingrad hatte er leichte Veränderungen im Verhalten seines Vorgesetzten entdeckt. Korsch hatte begonnen, die Ereignisse im Osten mit erhöhtem Interesse zu verfolgen, und behielt ganz besonders den Vormarsch der russischen Armee im Auge.

Hier und da waren Bemerkungen gefallen, Andeutungen, die darauf hinwiesen, daß Korsch bereits „Pläne für den Notfall" parat hatte, wie er es nannte, für den Fall, daß der Krieg nicht so ausgehen würde, wie sie alle angenommen hatten. Natürlich waren es nur Andeutungen, er könnte jegliche Art von Verrat weit von sich weisen, falls es Gustav in den Sinn kommen würde, sich gegen ihn zu wenden. Doch gleichzeitig brachte Korsch damit zum Ausdruck, daß er Gustav mochte und sich seiner im Falle eines Falles annehmen würde, falls er weiterhin loyal zu ihm stehen würde.

Während Gustav über all dies nachdachte und Bilder von Sabrina, ihrem Vater und Emil Korsch an seinem geistigen Auge vorüberzogen, kam ihm allmählich in den Sinn, ob er nicht mit einem einzigen Schlag bei allen dreien erreichen konnte, was er wollte.

Ein kaltes Lächeln breitete sich auf seinem Gesicht aus.

Vielleicht konnte er sich bei Korsch einschmeicheln, indem er ihm eine Information verschaffte, die den stolzen und mächtigen Baron von Dortmann von seinem hohen Roß holen würde. Diese Vorstellung war so verlockend, daß er nicht begreifen konnte, warum er nicht schon früher daran gedacht hatte! Korsch haßte die Christen, und er würde mit Freude die Gelegenheit wahrnehmen, jemanden in einer solchen Stellung, wie der Baron sie innehatte, zu verhaften. Sie hatten vor Jahren einmal über den Baron gesprochen, doch dann war er wieder aus ihrem Gesichtskreis verschwunden.

Ja, der Baron konnte vielleicht die Tür zu seinem Glück sein, dachte Gustav. Und wenn er dabei Macht über Sabrina gewinnen und sie in eine Lage bringen konnte, wo nur eine Heirat mit ihm ihre hochwohlgeborene Haut retten konnte, um so besser!

Das Lächeln wurde noch breiter, und in der Stille seines Zimmers lachte Gustav von Schmundt in sich hinein. Korsch würde sich ihm verpflichtet fühlen, er würde Sabrina in seine Gewalt bekommen und sich des Barons entledigen – mit einem Streich!

76

Das heilige Kästchen

Entgegen den Wünschen seiner Frau und seiner Töchter war Rabbi Heziah Wissen nach Süden gegangen.

Er hatte viele Kontakte mit verschiedenen anderen Rabbinern geknüpft, die sich immer noch im Land aufhielten. Viele Häuser hatte er besucht, in denen Juden versteckt waren, und so war er nach Innsbruck gekommen, von wo aus er nach Zürich geschmuggelt worden war.

In der Schweiz hatte er sich mit jüdischen Führern aus ganz Europa getroffen und die Informationen weitergegeben, die er über das Untergrund-Netzwerk in Polen besaß.

Die Nachricht, daß die Alliierten in der Normandie gelandet waren, erreichte ihn in Zürich. Sofort begann er mit den Vorbereitungen für seine Rückkehr nach Deutschland, obwohl er dadurch sein Leben in Gefahr brachte und obwohl die Nazis in ihren Konzentrationslagern fieberhaft daran arbeiteten, Europa von allen Juden zu „befreien“, bevor die Alliierten sie daran hindern würden. Er würde seine Frau und seine Töchter nicht allein lassen, wenn der Krieg vorbei war.

Die Helfer des Netzwerks brachten ihn nach Innsbruck zurück und von da aus nach Norden.

Nach einer Abwesenheit von zehn Monaten war er nun seit einer Woche wieder im *Lebenshaus*. Es war Anfang August im Jahr 1944.

Er und Baron von Dortmann saßen eines Nachmittags allein in der Bibliothek. Wie in stummer Übereinkunft hatten sie sich in dem Zimmer getroffen, das eine Weisheit beherbergte, die größer war als ihre eigene.

„Schlimme Zeiten kommen auf uns zu, Baron", sagte der Rabbi gerade. „Je näher die Alliierten kommen, desto unberechenbarer werden die Führer Deutschlands handeln."

„Ein wildes Tier ist immer am gefährlichsten, wenn es in die Ecke gedrängt wird", stimmte Baron von Dortmann ihm zu.

„Besonders nach diesem letzten mißlungenen Attentat auf Hitler."

Der Baron nickte. Sein Herz war schwer geworden, als er davon gehört hatte, nicht, weil es mißlungen oder weil es überhaupt geplant worden war, sondern weil seine geliebte Nation so tief gesunken war, daß die einzige Lösung schien, den Führer zu töten. Vielleicht war er auch deswegen traurig, weil sein Freund Dietrich Bonhoeffer zu denen gehörte, die so dachten.

„Es ist vielleicht an der Zeit, daß Sie Ihre Situation neu überdenken, Baron", fügte Rabbi Wissen hinzu.

„Wie meinen Sie das?"

„Es wird noch intensiver nach uns gesucht werden als vorher. Sie haben Familie, müssen an Ihre eigene Sicherheit denken."

„Was wollen Sie damit sagen, Heziah?" fragte der Baron erstaunt.

„Daß sie in Betracht ziehen sollten, uns alle zu bitten, Ihr Haus zu verlassen. Ich möchte das *Lebenshaus* nicht in Gefahr bringen. Je länger wir hier bleiben, desto größer wird das Risiko für Sie, entdeckt zu werden –"

„Sprechen Sie nicht weiter, Heziah!" unterbrach ihn der Baron. „Ich übernehme eine Verpflichtung nicht nur so lange, wie es mir genehm erscheint. Wenn ich eine Aufgabe übernehme, dann führe ich sie auch bis zum Ende durch."

„Ich wollte doch nur –“

„Natürlich. Ich weiß genau, was Sie denken, und ich weiß das auch zu schätzen“, sagte von Dortmann. „Doch wir wollen nicht weiter davon sprechen. Wir werden alle notwendigen Vorkehrungen treffen. Ihre letzte Reise war gefährlich genug. Für die meisten Leute ist es am sichersten, wenn sie an einem Ort bleiben. Dies ist Ihr Heim und das Heim der anderen, so lange Sie hier sicher sind. Falls sich das ändern sollte, werden wir beten und nach dem Willen unseres Vaters im Himmel in dieser Angelegenheit fragen.“

Der Rabbi nickte.

„Sie haben mich nie nach dem Inhalt des Kästchens gefragt, das ich Ihnen zur Aufbewahrung gegeben habe“, meinte der Rabbi nach einer Weile.

„Den brauche ich nicht zu kennen.“

„Sind Sie nicht neugierig?“

„Ich hebe mir meine Neugier für die geistlichen Dinge auf. Ich betrachte Neugier im täglichen Leben nicht als eine besonders erbauliche Eigenschaft.“

„Das ist wieder einer Ihrer ungewöhnlichen Charakterzüge. Ich denke trotzdem, daß es an der Zeit ist, Ihnen zu verraten, was darin ist.“

„Wie Sie möchten. Doch es macht mir auch nichts aus, ihn nicht zu kennen.“

„Es könnte sein, daß der Inhalt dieses Kästchens Sie in weit größere Gefahr bringt als die zwanzig oder dreißig Juden, die sich in Ihren Räumen aufhalten.“

„Ist er so wertvoll?“

„Von unschätzbarem Wert. Obwohl das Kästchen so klein ist, enthält es mehrere Gegenstände, die von außerordentlicher historischer Bedeutung für das gesamte Judentum sind. Wie sie nach der Zerstörung Jerusalems im Jahre 70 n. Chr. nach Warschau gekommen sind, ist ein Geheimnis, das wir wohl niemals herausfinden werden. Es gibt Gerüchte und Legenden darüber, manche besagen, sie seien über Rußland, andere behaupten, sie seien über den Orient dorthin gelangt – in manchen Legenden heißt es, übers Mittelmeer und Afrika.

Wie auch immer, auf jeden Fall kamen sie vor einigen Jahrhunderten nach Warschau und gelangten schließlich in meine Hände. Als Rabbi dieses Gebietes bekam ich sie zur Aufbewahrung."

„Ich muß zugeben, ich bin fasziniert von dem, was sie erzählen", sagte der Baron.

„Haben Sie schon von Urim und Thummim gehört?"

„Natürlich, die geheimnisvollen Steine aus der Brusttasche Aarons."

„Man sagt, die beiden Diamanten in dem Kästchen seien der Urim und der Thummim."

„Was?! Ich habe nie eine Beschreibung darüber gelesen. Ich hatte nicht einmal eine Ahnung davon, daß es sie überhaupt noch gibt!"

„Ich kann eigentlich nicht glauben, daß es wirklich Urim und Thummim sind, von denen im zweiten Buch Mose gesprochen wird. Niemand weiß genau, was Urim und Thummim waren, doch die Legende sagt, es seien Edelsteine von großem Wert gewesen, deren Farbe sich veränderte, je nachdem, ob nun etwas Gutes oder etwas Schlechtes vorausgesagt wurde. Der eine, der Urim sein soll, ist ein großer Diamant von fünfzehn Karat – in jeder Beziehung von unschätzbarem Wert. Der zweite, Thummim, ist auch ein Diamant, aber kleiner, etwa zwölf Karat, aber von einem bestechenden Hellblau. Es ist der schönste Stein, den ich je gesehen habe."

„Ich bin überwältigt, Heziah", sagte der Baron. „Allein der Gedanke daran ist atemberaubend."

„In dem Kästchen befinden sich auch noch zwei alte Dreidels und mehrere Minas aus wertvollen Metallen, zwei davon aus purem Gold. Zwei oder drei sollen aus der Zeit Davids und Salomos stammen und sogar von Salomo selbst bei der Entscheidung in sehr kniffligen Angelegenheiten verwendet worden sein. Ich bin mir nicht sicher. Doch es gibt Anzeichen dafür, daß die übrigen Steine tatsächlich die sind, die zur Zeit Nehemias bei der Wiederherstellung der Stämme verwendet wurden."

„Wenn ich mich also nicht irre, sind das Gegenstände, die

damals verwendet wurden, um den Willen Gottes zu erkennen."

„Genau, Baron. Verstehen Sie jetzt, warum sich die Nazis dieser Dinge unbedingt bemächtigen wollen?"

„Natürlich."

„Sie sind nicht nur von materiellem Wert, viel größer ist ihr historischer Wert. Und außerdem würde ein Mensch wie Hitler alles darum geben, diese Gegenstände zu besitzen, von denen man behauptet, sie könnten den Willen Gottes zeigen oder die Zukunft voraussagen. Mir ist nicht klar, ob Hitler von ihrer Existenz weiß. Doch eigentlich glaube ich schon, daß auch andere von dem Kästchen und seinem Inhalt wissen. Wo dieses Kästchen ist, da ist Gefahr. Möchten Sie, daß ich es entferne, nun da Sie wissen, was sich in dem Kästchen befindet?"

„Ich kann mir kein Versteck vorstellen, wo diese jüdischen Schätze sicherer sind als da, wo ich sie aufbewahrt habe."

„Sie zu erhalten ist unglaublich wichtig für die jüdische Tradition. Ich hoffe, daß ich sie eines Tages nach Israel bringen kann, wenn ein neuer Tempel gebaut wird."

„Zurück nach Israel?" wiederholte der Bron.

„Eines Tages wird unsere Nation sich wieder in Palästina sammeln. Ob das noch in dieser Generation oder erst in tausend Jahren passiert, weiß ich nicht, doch eines Tages wird das Land wieder Israel heißen. Gott hat es versprochen."

„Sicher wäre Ihnen nichts lieber", meinte der Baron lächelnd, „als dieses heilige Kästchen persönlich in seine Heimat zurückzubringen."

„Auch die Juden hängen ihren Träumen nach, Baron."

Ein langes Schweigen legte sich auf sie.

77

Der Baron, der Rabbi und die Religion

Als der Baron und der Rabbi ihre Unterhaltung wieder aufnahmen, ergriff der Rabbi, der sehr nachdenklich geworden war, das Wort.

„Mir ist aufgefallen, Baron“, sagte er, „und auch meine Frau und meine Töchter haben das gesagt, daß Sie Gott anscheinend sehr persönlich kennen. Das Christentum scheint nicht nur eine *Religion* für Sie zu sein, ich weiß gar nicht, wie ich es beschreiben soll.“

Der Baron lächelte.

„Ihre Beobachtungen sind richtig, Heziah. Unser Glaube ist nicht nur eine Religion.“

„Was denn?“

„Ein Lebensstil.“

„Die Religion ist für jeden ein Lebensstil, Baron, oder nicht? Ich würde dasselbe von unserem jüdischen Glauben behaupten. Hält nicht jeder seinen Glauben für einen Lebensstil?“

Der Baron nickte nachdenklich.

„Ja, ich verstehe“, sagte er nach einer Weile langsam. „Ja, Sie haben recht. Hm … wie kann ich Ihnen das erklären?“ überlegte er.

Nach einem Augenblick lächelte er.

„Vor mehreren Jahren, noch vor Ausbruch des Krieges, hatten wir Gäste hier im *Lebenshaus* – einen Amerikaner mit seinem Sohn. Der Junge stellte mir beinahe die gleiche Frage, warum wir unseren Glauben in unseren Alltag miteinbeziehen, warum wir ein so persönliches Verhältnis zu Gott haben.“

„Und was haben Sie ihm geantwortet?“

„Wir unterhielten uns über die Vaterschaft Gottes. Für

meine Frau, meine Tochter und mich ist das der Schlüssel zu allem."

„Gottes ... Vaterschaft? Was meinen Sie damit, Baron?"

„Unser Glaube ist nicht eine Religion im allgemein gebräuchlichen Sinne. Wir sind vielmehr zusammen auf der Suche, auf einer lebenslangen Reise, einem Abenteuer, um alles über einen Vater zu erfahren, den nur wenige seiner Geschöpfe wirklich kennen."

„Fahren Sie fort. Das interessiert mich sehr."

Der Baron faßte den Inhalt seiner Unterhaltung mit Matthew McCallum zusammen.

„Sie sehen also, Heziah", schloß von Dortmann, „wir führen ein Leben der Entdeckung und richten uns nicht nur nach einer Religion. Unser Gebet, unser einziges Lebensziel ist es zu entdecken, wer Gott ist, und zu tun, was er uns aufträgt."

„Alles, was Sie gesagt haben, Baron", meinte der Rabbi, „hätte auch ein praktizierender Jude sagen können. Tatsächlich könnte man, wenn man Ihnen zuhört, die Überzeugung gewinnen, Sie seien ein Jude – und was für einer!"

Baron von Dortmann lachte.

„Ich würde das als eine hohe Ehre ansehen", sagte er. „Um ehrlich zu sein, ich habe mich selbst immer als einen Juden gesehen – im geistlichen Sinn."

„Ich für meinen Teil würde Ihrem Anspruch nicht widersprechen. In dem, was Sie gesagt haben, ist nichts, das einen Juden – obwohl wir nicht glauben, daß Jesus der Christus ist – vom Anteil an dieser Vaterschaft ausschließen würde."

„Ja, Rabbi – das ist der entscheidende Unterschied zwischen Juden und Christen: Sie glauben nicht, daß Jesus Gottes Sohn und der Messias ist. Ich weiß nicht, ob Sie das von der Vaterschaft Gottes ausschließt. Jesus hat gesagt: ‚Niemand kommt zum Vater denn durch mich.'"

„Und trotzdem haben Sie mit mir Gemeinschaft und riskieren sogar Ihr Leben für mich?"

„Ich bin der Meinung, daß die Arme Gottes viel weiter reichen, als die meisten Christen glauben", stimmte ihm der Baron zu. „Wenn dies ein Fehler ist, stehe ich dazu. Ich bin davon überzeugt, daß sich die Arme Gottes bis ins Unendliche hinein strecken, so daß unser menschlicher Verstand es gar nicht erfassen kann."

Der Rabbi jedoch verweilte noch bei einem anderen Gedanken. „Ich möchte Sie fragen: Haben wir nicht alles, was notwendig ist, um Gott zu kennen und ihm zu gehorchen, in der heiligen Schrift?"

„Da kann ich Ihnen nur voll zustimmen, Rabbi."

„Was ist denn dann das Geheimnis, dieser Vorgang des Entdeckens, von dem Sie so gern sprechen? Ist uns nicht alles klar und deutlich dargelegt?"

„Ach ja, ich verstehe, was Sie meinen", nickte der Baron.

Er dachte über die Frage des Rabbis nach.

„Sie als Jude", sagte er schließlich, „setzen den Gehorsam Gott gegenüber mit Gehorsam dem Gesetz gegenüber gleich, ist das richtig?"

„Natürlich."

„Das ist vielleicht der eigentliche Unterschied zwischen uns. Für mich ist nur der Gehorsam Gott selbst gegenüber wichtig. Hier kommen wir zu dem persönlichen Element meines Glaubens, von dem wir eben gesprochen haben."

„Sind Sie nicht der Meinung, daß Gott sich im Gesetz offenbart?"

„Ich bin der Überzeugung, daß das Gesetz, wie es im dritten Buch Mose des, wie wir es nennen, Alten Testaments aufgeschrieben ist, eine wirkliche Offenbarung Gottes war und ist. Doch nur ein Teil der Offenbarung."

„Ein Teil?" Der Rabbi war erstaunt.

„Ja, eine Offenbarung Gottes, die nur für eine gewisse Zeit bestimmt war, als einen Aspekt einer fortschreitenden Offenbarung, die die Menschen nun befähigt, den Vater kennenzulernen. Aber nicht so, wie er in früherer Zeit gekannt wurde, sondern von Angesicht zu Angesicht mit einer neuen Vertrautheit."

„Wie ist eine solche Vertrautheit möglich?"

„Ich fürchte, Rabbi, diese Frage führt uns genau ins Zentrum der Unterschiede zwischen Judentum und Christentum. Durch Jesus, dem Sohn Gottes, den der Vater gesandt hat, um sich zu offenbaren, wie es durch das Gesetz niemals möglich gewesen wäre, erlangen wir eine solche persönliche Beziehung zu Gott, dem Vater."

„Dann glauben Sie also, daß der jüdische Glaube falsch ist?" fragte der Rabbi ein wenig herausfordernd.

„Oh nein, auf keinen Fall!" entgegnete der Baron. „Verzeihen Sie, wenn ich diesen Anschein erweckt haben sollte. Ich sehe keinen Sinn in solchen Streitereien. Erst durch den jüdischen Glauben ist der christliche Glaube überhaupt möglich geworden. Ohne Judentum würde es kein Christentum geben. Jesus war Jude, Paulus war Jude, alles, worauf sich unser Glaube gründet, ist jüdischen Ursprungs, die meisten unserer Schriften, die wir mit Ihnen gemeinsam haben. Ich sehe den jüdischen Glauben nicht als falsch an, höchstens als unvollständig. Jesus hat keinen neuen Glauben gebracht, sondern die Vervollständigung des jüdischen Glaubens."

„Sie versetzen mich immer wieder in Erstaunen, Baron", lachte der Rabbi. „Sie lassen sich nicht auf eine Diskussion über gegensätzliche Standpunkte ein, nicht wahr?"

Der Baron nickte. „Ich mag das Wort *falsch* überhaupt nicht", sagte er. „Christen haben es viel zu oft in den Mund genommen. Ich wollte Ihre Frage nicht umgehen. Aber für mich gibt es mehr als falsch und richtig."

„Die meisten bringen jede Unterhaltung über geistliche oder philosophische Fragen gern zu dem Punkt, an dem die Unterschiede liegen", fügte der Rabbi hinzu. „Dies ist auch eine Vorliebe aller jüdischen Rabbiner. Sie dagegen scheinen immer auf der Hut zu sein vor solchen Eisbergen der Unterhaltung und umfahren sie lieber mit Ihrem Schiff."

„Sie haben mich durchschaut", lachte der Baron. „Genau das ist meine Absicht."

„Sie sind sehr offen und tolerant, Baron, obwohl Sie einen so starken Glauben haben."

„Eine starke persönliche Überzeugung muß einen Menschen nicht notwendigerweise starrsinnig und rechthaberisch machen. Ich habe festgestellt, daß die Hände meines Vaters einladend und offen sind und nicht gebieterisch, so als wären sie himmlische Polizisten, die anderen den Zugang zu seiner Gegenwart versperren. Ich bin immer auf der Suche nach Übereinstimmung und Harmonie. Ich suche die Brüderlichkeit, wo sie zu finden ist. Es freut mich immer sehr, wenn ich verwandte Seelen finde."

„Dann betrachten Sie mich als Ihren Bruder?" fragte der Rabbi ernst.

„Im umfassenden Sinn, in dem alle Menschen als Schöpfung Gottes Brüder und Schwestern sind, ganz gewiß", erwiderte der Baron. „In dem Sinn allerdings, wie Christen diesen Ausdruck gebrauchen, nämlich als Bezeichnung für andere Menschen, die denselben christlichen Glauben mit ihnen teilen, als ‚Brüder und Schwestern in Christus', vermutlich nicht. In bezug auf die geistlichen Bindungen zwischen uns, die in unserem gemeinsamen Gott zwischen uns bestehen, in unserem gemeinsamen geistlichen Erbe also, sind wir sicherlich Brüder. Vielleicht könnte man sagen, wir sind *Cousins* ."

„Das gefällt mir ... Cousin von Dortmann!" sagte der Rabbi schmunzelnd.

Der Baron lachte. „Mir auch, Cousin Wissen."

78

Zurück Richtung Norden

Emil Korsch haßte es, wenn man ihn zum Narren hielt!

Wie er sich dazu hatte verleiten lassen können, in die Schweiz zu reisen, wußte er schon nicht mehr.

Wenigstens war es nicht ganz umsonst gewesen. Während seines Aufenthaltes dort hatte er Münchner Verbindungen nach Innsbruck verfolgt, von denen man annahm, daß sie mit jüdischen und christlichen Kontakten in den Bergen eng verwoben waren.

Das kleine Dorf Scharnitz war in dieser Hinsicht vielversprechend. Doch all das würde noch warten müssen.

Nachdem er seinen fatalen Irrtum erkannt hatte, kehrte er so schnell wie möglich in den Norden zurück. Er würde sich später um Bayern und Österreich kümmern

Rabbi Wissen hatte nun einmal Vorrang!

Doch während der Gestapochef wieder nach Norden zurückeilte und sich für seine eigene Dummheit verfluchte, daß er ein ganzes Jahr in Bayern und Österreich vergeudet hatte, war der Rabbi die ganze Zeit über ganz in seiner Nähe gewesen.

Die beiden Männer hatten sich sogar zur gleichen Zeit in Innsbruck aufgehalten und waren an einem Nachmittag nur etwa einen halben Kilometer voneinander entfernt gewesen.

Aber das konnten sie nicht wissen. Und sie würden es auch niemals erfahren.

Nun war Korsch wieder zurück in Posen und entschlossener denn je, den Rabbi zu finden. Er wußte, daß weder das Kästchen noch sein Inhalt, von dem weder Hitler noch irgend jemand sonst vom Oberkommando wußte, bisher aufgetaucht war.

Sobald er zurück war, setzte Korsch diskrete Nachforschungen in Gang, doch es kam nichts dabei heraus. Er nahm Kontakt zu von Schmundt auf. In seinem letzten Bericht hieß es, Rabbi Wissen sei nirgends zu finden. Gerüchten zufolge sei er nach Süden geflüchtet, vermutlich in die Schweiz.

Korsch explodierte fast vor Wut, als er diesen Bericht las.

Wollte der Kerl etwa Katz und Maus mit ihm spielen? Er hatte genug von der Schweiz! Nichts wollte er mehr davon hören! Der semitische Professor war irgendwo hier in der Nähe, dessen war er sicher.

Nachdem er zu dem Ort zurückgekehrt war, wo die Spur kalt geworden war, rekonstruierte Korsch die Ereignisse seit der Flucht des Rabbis aus Warschau.

Nachdem er diesen Luddoff in Wloclawek in die Hände bekommen und Informationen aus ihm herausgefoltert hatte, hatte er die Bewegungen des Rabbi nach Ciehocinek, dann nach Torun und Bydgoszcz verfolgt, wo sie offensichtlich in Richtung Süden nach Wagrowiec und Posen weitergegangen waren.

Hier hatte sich die Spur geteilt. Er war der falschen in Richtung Süden gefolgt.

Nun versuchte er, die Spur wieder aufzunehmen, diesmal in Richtung Ostsee, doch bisher ohne Erfolg. Er hatte einige Leute aufgestöbert, doch falls jemand wirklich die Richtung kannte, die die Kropf und Wissen eingeschlagen hatten, nachdem sie Posen verlassen hatten, gab niemand sie preis.

Korsch war durch einen Wehrmachtsoffizier von der Spur abgebracht worden, den er nun für ein Mitglied dieser Untergrund-Organisation hielt. Dieser Mann würde sterben, falls er ihn erwischen sollte!

Nun ging er wütend auf und ab, während er sich an den Zwischenfall erinnerte.

Falls er diesen Burschen jemals in die Hände bekommen sollte, schwor er sich, würde er die feinsten Methoden der Gestapo anwenden, um zu erfahren, was er wissen wollte. Sie hatten Mittel und Wege, die Leute zum Sprechen zu bringen!

Von Schmundt hatte ihm nur von Spuren erzählt, die in die Schweiz führten. Er hatte es satt, davon zu hören!

Korsch begann sich zu fragen, ob dieser Bursche wirklich das leisten würde, was er sich von ihm erhofft hatte. Er war nicht sicher, ob er kaltblütig genug war. Andererseits war er bisher recht nützlich gewesen. Sein Schützling machte sich sogar einen Namen in den Kreisen der Gestapomänner mittleren Ranges. Also blieb er weiterhin in Kontakt mit diesem jungen Mann und wies ihn an, ihn zu benachrichtigen, falls er eine Spur hätte, die nicht in die Schweiz führte.

Doch trotz ihrer gemeinsamen Anstrengungen blieb der Rabbi verschwunden.

79
Die Gräfin spioniert

Marion hatte Ingrid von Schmundt seit beinahe eineinhalb Jahren nicht gesehen.

Daher war sie sehr überrascht, als ihre Nachbarin eines Morgens lächelnd vor der Tür stand.

„Hallo, Ingrid“, sagte Marion, die die Treppe hinuntergehastet kam, nachdem Heidi ihr besorgt von der Besucherin berichtet hatte. Während ihre Herrin hinuntereilte, verbreitete Heidi im zweiten Stockwerk die Nachricht, daß Vorsicht geboten sei.

Marion führte die Nachbarin zu dem kleinen Salon in der Nähe der Tür.

„Du bist ja ganz verschwitzt so, Marion. Was hast du denn gemacht?“

„Ach, nur Hausarbeit, Ingrid“, antwortete Marion, die immer noch versuchte, sich von ihrer Überraschung zu erholen.

„Hausarbeit, tatsächlich? Wofür hast du denn Dienstboten, Marion?! Warum tust du so etwas selbst?“

„Es macht mir Spaß, mit den Frauen zusammenzuarbeiten. Es ist doch viel effektiver, wenn man selbst mithilft.“

„Unsere Angestellten versorgen uns gut“, sagte Ingrid hochmütig.

„Das ist schön. Doch uns macht es Spaß, selbst mit Hand anzulegen.“

Die Gräfin lachte. „Ich werde dich und den Baron nie verstehen! Du und ich, wir haben früher dieselben Ansichten gehabt. Manchmal frage ich mich, ob ich dich überhaupt noch kenne. Mit den Angestellten zusammenzuarbeiten – was für eine Vorstellung!“ rief Frau von Schmundt. „Ich sage dir, Marion, dein Mann hat keinen guten Einfluß auf dich ausgeübt. Du hast dich verändert.“

Marion schluckte die scharfe Bemerkung hinunter, die

sie auf der Zunge hatte. Sie holte tief Luft, um sich zu beruhigen.

Es wäre schlimm, wenn ich mich nicht verändert habe, sagte sie sich. *Ich würde mit vierzig nicht derselbe Mensch sein wollen, der ich mit zwanzig gewesen bin. Ich hoffe doch sehr, daß ich reifer geworden bin.*

Doch zu ihrem Gast sagte sie nur: „Es tut mir leid, daß du das so siehst, Ingrid. Heinrich hat mich nicht verändert, wir sind zusammengewachsen. Er arbeitet mit seinen Männern zusammen, ich mit meinen Frauen. Dies ist eine Zeit, wo alle zusammenhalten müssen. Wir haben nicht den Wunsch, über ihnen zu stehen."

„Aber ihr *steht* doch über ihnen", wandte die Gräfin verärgert ein.

„So sehen wir das nicht."

„Wie kann man es denn sonst sehen?"

„Für uns ist das Dienen das Wesentliche im Leben."

Die Gräfin von Schmundt warf den Kopf in den Nacken und lachte aus vollem Hause. Sie bemühte sich nicht einmal, ihre Verachtung zu verbergen.

„Aber Marion", sagte sie nach einer Weile und betupfte sich die Augen mit einem Taschentuch, „das ist das Lächerlichste, was ich je gehört habe!"

Marion hielt sich zurück. Sie empfand nun nur noch Mitleid für ihre frühere Freundin, nicht mehr die Verärgerung, die in ihr hochgestiegen war, als die Gräfin ihren Mann lächerlich gemacht hatte.

„Das Dienen, in der Tat! Dienstboten sind Dienstboten, nicht mehr."

„Es gab einen, der gesagt hat, der erste würde der letzte sein, und man könne wahre Größe nur erlangen, wenn man anderen dienen würde."

„Nun, wer immer das auch war, er war ein Narr", entgegnete die Gräfin."

Marion zuckte zusammen und schloß kurz die Augen, als ihr Gegenüber so beleidigend von ihrem Herrn sprach.

„Verzeih mir, Marion", fügte die Gräfin hinzu, „du hast

wahrscheinlich von deinem Mann gesprochen, und ich wollte ihn nicht beleidigen." In ihrem Tonfall lag aber keine Reue, nur Höflichkeit. In Wirklichkeit hatte sie den Baron sehr wohl beleidigen wollen, denn sie verachtete ihn.

„Ich habe nicht von meinem Mann gesprochen", sagte Marion leise.

„Es ist nicht nur, daß du mit deinen Dienstboten zusammenarbeitest, Marion", fuhr die Gräfin fort, sichtlich bemüht, verletzt zu klingen. „Früher hast du mich zu dir eingeladen. Wenn ich kam, setzten wir uns in deinen Salon oder ins Wohnzimmer, oder wir haben in der Küche Kaffee getrunken. Du bist so steif und förmlich geworden. Bei den letzten beiden Besuchen hast du mich in das Empfangszimmer geführt, das keine zehn Schritte von der Tür entfernt liegt, so als wolltest du mich nicht in deinem Haus haben." Während sie sprach, wunderte sie sich darüber, wie sie ihren Sohn nur mit der Tochter von solchen Einfaltspinseln hatte verheiraten wollen!

„Es tut mir leid, Ingrid", sagte Marion. „Das war nicht meine Absicht. Ich wollte nur –"

„Und dann die Sache mit den Fremden, die ich bei euch gesehen habe und mit deinem Mann, der mich angelogen und gesagt hat, er würde mich zu einem Besuch einladen. Ich sage dir, Marion, es ist nicht leicht für mich, das alles zu verkraften. Was immer hier auch vorgeht –"

„Was meinst du damit?" fragte Marion zu voreilig. Ihre Nervosität fiel Ingrid sofort auf.

„Was soll ich schon meinen", wiederholte die Gräfin, als ob die Frage absurd sei. „Nun, fremde Besucher, und du hältst mich vom Haus fern, die Lügen deines Mannes – mein Gustav hatte in der Nacht seltsame Lichter bei eurem Haus gesehen. Ich sage dir, Marion, ich bin nicht so naiv, wie du glaubst."

„Ich habe dich nie für naiv gehalten, Ingrid."

„Dann leugnest du also, daß etwas bei euch vorgeht?"

„Hier läuft alles seinen Gang, Ingrid", entgegnete Marion, die wieder zu schwitzen begann. „Du weißt, daß das *Lebens-*

haus immer allen offengestanden hat. Manchmal haben wir Gäste hier, die wir nicht einmal kennen. Sie suchen Erholung und freuen sich an unserem Garten. Du weißt doch sicher, wie wir über das denken, was Gott uns gegeben hat. Ich habe nie ein Geheimnis daraus gemacht, daß wir unseren Besitz mit anderen teilen wollen, und noch vor einigen Jahren habe ich mit dir darüber gesprochen."

„Warum willst du mich dann daran hindern, den Rest des Hauses zu sehen?" Die Gräfin forderte Marin heraus.

„Das will ich doch gar nicht. Ich glaube, Carola hat frischen Kuchen gebacken, und ich wollte gerade in die Küche zu gehen, um sie danach zu fragen", sagte Marion, die versuchte, ihre Nervosität unter Kontrolle zu bringen. „Warum kommst du nicht mit mir in die Küche, und wenn er fertig ist, essen wir ein Stück zusammen."

Die Gräfin nickte hoheitsvoll, und die beiden Frauen standen auf und verließen den Raum.

Auf dem Weg zur Küche schaute sich die Gräfin aufmerksam um. Sie wollte ihrem Sohn alles berichten, was sie sah und hörte.

Marion führte sie in die Küche, wo, wie sie gesagt hatte, Carola dabei war, mit dem Pinsel Schokoladenguß auf mehreren Kuchen zu verteilen.

Marion schnitt zwei Stücke von einem ab, den Carola bereits fertig hatte, und sie und Ingrid nahmen an einem der kleinen Tische Platz.

„Das ist genug Kuchen, um eine ganze Armee zu versorgen, Marion!" rief Ingrid.

„Wie du weißt, haben wir viele Arbeiter."

„Seit dem Krieg nicht mehr", entgegnete die Gräfin. „Man sagte mir, ihr hättet nur noch sechs oder acht fest angestellte Dienstboten. Was ist mit der Rationierung?"

„Wir produzieren die meisten Lebensmittel selbst. Du weißt doch, Heinrich hat eine Begabung für die Landwirtschaft."

„Das sind sechs große Kuchen", beharrte die Gräfin.

„Die Tagelöhner essen auch mit uns zu Mittag."

Die Gräfin nahm die Information zur Kenntnis und sagte nichts mehr, doch ihr Gesichtsausdruck zeigte, daß sie keineswegs überzeugt war.

Die beiden Frauen schwiegen, während die eine an ihrem Kuchen pickte und die andere ihren verschlang.

Auf einmal öffnete sich die Hintertür. Stimmen waren zu hören, noch bevor man ihre Besitzer sehen konnte. Schritte erklangen auf dem Gang vor der Küche. Marion konnte nichts tun, um zu verhindern, daß ihr Gast die Unterhaltung mitbekam.

„... ob wir neue Rosen zu verkaufen hätten."

„Er sagte es genau rückwärts!"

„Der Ausdruck auf dem Gesicht des armen Burschen zeigte mir, daß er nur verwirrt war. Ich glaube, er hatte tagelang nichts gegessen."

„Was haben Sie getan?"

„Ich habe ihn hereingelassen, und der –"

Der Baron brach ab, als er die Gräfin erblickte. Schnell schaute er zu Marion hinüber, die mit vor Angst weit aufgerissenen Augen versuchte, ihn zum Schweigen zu bringen. In einer Sekunde hatte er die Situation erfaßt.

„Ah, Ingrid!" rief er. Sein Gesicht hellte sich auf. „Mach schon ohne mich weiter", fügte er an Schmidt gewandt hinzu.

Doch die Gräfin hatte die nervösen Blicke, die das Ehepaar ausgetauscht hatte, wohl bemerkt. Irgend etwas ging hier vor, davon war sie nun überzeugt.

Was immer es war, Gustav würde es sicher ergründen können.

Sie blieb höflich, aß ihr Stück Kuchen auf und entschuldigte sich dann.

Sie hätte noch viel zu tun, sagte sie; der Tag würde ihr unter den Händen zerfließen, wenn sie sich nicht vorsah.

An erster Stelle ihrer Tagesordnung stand ein Anruf bei ihrem Sohn.

80
Der Verdacht

Gustav legte den Hörer auf die Gabel und lehnte sich auf seinem Stuhl zurück.

Er hätte seinem Verdacht schon früher nachgehen sollen!

Seine Mutter hatte getan, worum er sie gebeten hatte. Was sie ihm gerade erzählt hatte, war zwar nichts Genaues gewesen – das hatte er nicht erwarten können –, doch es deutete immerhin darauf hin, daß der Baron etwas verbarg.

Jedesmal, wenn er zu Hause war, nahm er seinen geheimen Aussichtsplatz im Wald ein – eigentlich, um Sabrina zu beobachten. Es gab ihm immer das Gefühl, Macht über sie zu besitzen, wenn er sie beobachtete, ohne daß sie es wußte.

Er dachte zurück an diesen Besuch vor zwei Jahren, im Winter. Er erinnerte sich noch sehr gut an diesen kalten Tag. Er war sehr früh im Wald gewesen und hatte jemanden auf dem Dachbalkon gesehen. Kurze Zeit später war Sabrina herausgetreten. Sein Fernglas war auf sie gerichtet gewesen, doch es war ihm aufgefallen, wie erschrocken sie gewesen war, einen – wie er annahm – Gast auf dem Balkon zu sehen. Angstvoll hatte sie sich umgeschaut und die Person, wer immer es gewesen war, förmlich ins Innere des Hauses gezerrt.

Seltsames Benehmen, dachte er, für eine Gastgeberin, die immer so stolz auf diesen Balkon gewesen war.

Doch er hatte nicht weiter darüber nachgedacht – bis zu diesem Augenblick.

Es war nichts, auf das er seinen Finger hätte legen können. Aber das machte nichts.

Er wußte, Emil Korsch würde begeistert sein. Korsch hatte sich vor einigen Jahren äußerst interessiert gezeigt an dem Baron und den Vorgängen auf seinem Gut, weil er Informationen über diesen Pfarrer bekommen wollte, gegen den er zu Felde gezogen war. Seit dieser Bonhoeffer ins Gefängnis gekommen war, hatte Korsch den Namen von Dortmann nicht wieder erwähnt. Er schien ganz von der Aufgabe besessen zu sein, diesen jüdischen Rabbi ausfindig zu machen, hinter dem er schon die ganze Zeit her war. Die Christen schien er darüber vergessen zu haben. Jeder Kontakt mit ihm hatte sich um die Informationen gedreht, die Gustav über den Rabbi, die Fluchthilfe-Organisation, zu der er allem Anschein nach gehörte, und über möglicherweise noch in Berlin verbliebene Juden hatte sammeln können. Gustav hatte sich in den vergangenen zwei Jahren sehr darum bemüht, Informationen über den Aufenthaltsort von Rabbi Wissen zu bekommen, während Korsch ihm in den Süden und in die Schweiz gefolgt war.

Vielleicht, dachte er, *ist es an der Zeit, Korsch wieder auf etwas Greifbareres hinzuweisen.* In Deutschland gab es keine Juden mehr, das hatte Goebbels vor mehr als einem Jahr erklärt.

Doch die Christen, sie stellten immer noch eine ernste Bedrohung dar! Bonhoeffer saß wohl im Gefängnis, doch man munkelte, daß er und andere führende Christen an dem Anschlag auf Hitler beteiligt gewesen waren.

Was, wenn –

Gustavs Hand legte sich auf einmal auf seine Stirn, und seine Augen weiteten sich ungläubig.

Baron von Dortmann!

Man wußte, daß er Kontakte zu dem Verräter Bonhoeffer unterhalten hatte! Genau aus diesem Grunde hatte Korsch ihn ja angeheuert – um ihn zu beobachten. Doch dann hatte der Krieg andere Aufgaben für sie bereit gehalten.

Er runzelte die Stirn. Ja, so mußte es sein. Das war unglaublich! Einfach unglaublich!

Und das direkt vor seiner Nase!

Er hatte vermutlich etwas entdeckt, was Sabrinas Vater ruinieren und ihr Leben in seine Hände legen würde.

Das war eine großartige Entdeckung, die ihn vielleicht zum Helden machen würde! Einen Orden vom Führer höchstpersönlich!

Gustav rannte aus seiner Wohnung und nahm sich nicht einmal die Zeit, die Tür abzuschließen. Er brauchte jemanden, dem er diese Aufgabe anvertrauen konnte, jemanden, der unschuldig aussah, dem sie vertrauen und Zugang gewähren würden.

Besonders nun, da er ihren Geheimcode kannte! Wenigstens *einmal* war ihm seine Mutter sehr nützlich gewesen.

Alle jene Jahre, die er mit Sabrina im Garten gespielt hatte, würden sich nun doch bezahlt machen!

81

Ein Fremder auf dem Gut

Sie saßen gerade beim Abendbrot, als Heidi hereinkam.

„Da ist ein Mann an der Tür, Herr Baron", sagte sie.

„An der Hintertür oder am Vordereingang, Heidi?"

„Am Vordereingang."

„Wie ist er gekommen?"

„Ein Auto ist nicht da. Er scheint müde zu sein, ich nehme an, er ist zu Fuß gekommen."

„Hat er nach unseren Rosen gefragt?"

„Ja, Herr Baron, doch als ich ihm sagte, wir hätten keine, fragte er, ob er Sie persönlich sprechen könnte."

„Was genau hat er gesagt?"

„Er fragte: ‚Haben Sie neue Rosen zu verkaufen?'"

„Das genau waren seine Worte?"

„Ja, Herr Baron."

„Er sagte nichts von den Blütenblättern?" fragte Baron von Dortmann verwirrt.

„Als ich sagte, dies sei nicht die Zeit für die schönsten Blüten, starrte er mich nur an. Ich fragte, ob er mir etwas antworten könne. Er schien überrascht zu sein und bestand darauf, daß ich ihn zu Ihnen bringen sollte. Er sagte, er brauche Hilfe, er sei Christ und ein Freund von Pastor Bonhoeffer."

Die Stimme der Dienstmagd verriet ihre Unruhe.

„Mir gefällt das nicht, Herr Baron", fügte sie hinzu.

„Ich verstehe, Heidi", antwortete der Baron, der sich langsam erhob und nachdachte, während er sein Messer hinlegte. Er war innerlich im Zwiespalt, einerseits wollte er keinen Bruder abweisen, andererseits erfüllte ihn die Situation mit einem gewissen Unbehagen. „Ich werde zu ihm gehen ... aber gemächlich. Hast du ihm gesagt, daß wir beim Abendessen sind?"

„Ja, aber er war sehr hartnäckig. Er sagte, in einer solchen Zeit müßten sich Brüder gegenseitig helfen."

„Und er deutete nicht an, in welchen Schwierigkeiten er sich befand?"

„Nein."

„Gut, Heidi. Geh schnell und sag den anderen Bescheid. Bleibt von den Fenstern weg, und die Leute sollen alle in den Geheimzimmern verschwinden. Ich werde mir Zeit lassen. Marion, sag den anderen Dienstboten, sie sollen ruhig sein und ihrer Arbeit nachgehen. Und betet, daß Gott mir Weisheit und die rechten Worte gibt – Sabrina, wenn du mich klingeln hörst, bring deine Mutter schnell zu dem Geheimschrank. Jetzt bleib erst einmal im Wohnzimmer. Wenn ich dich brauche, werde ich dorthin kommen."

Die Frauen taten, was der Baron ihnen aufgetragen hatte.

Als er allein im Zimmer war, fiel er erst einmal auf die Knie.

„Oh, Vater", betete er leise, „ich möchte deinen Willen tun, nur deinen Willen in allen Situationen ... was immer auch kommen mag. Zeig mir, was ich tun soll. Hilf mir zu unterscheiden, gib, daß ich schnell erkenne, ob dieser Fremde wirklich zu dir gehört."

Er blieb noch zwei oder drei Minuten auf den Knien liegen und ging dann langsam zur Eingangstür.

Der Mann, der auf den Baron wartete, hatte einfache Bauernkleider an und stand mit dem Hut in der Hand da. Auf seinem Gesicht war nicht Nervosität oder Furcht zu lesen, sondern, wie Heidi richtig bemerkt hatte, Aufdringlichkeit.

„Ich bin Heinrich von Dortmann", sagte der Baron und

schüttelte ihm die Hand. „Man sagte mir, daß Sie mich sprechen wollen. Kommen Sie doch bitte herein."

Ohne seinen Namen zu nennen, folgte der Mann dem Baron in den kleinen Salon zu ihrer Rechten. Er schaute schnell in alle Flure und die große Treppe hinauf.

Der Baron schloß die Tür hinter ihnen und bot dem Fremden einen Platz an.

„Was kann ich für Sie tun?" fragte er freundlich.

„Ich habe gehört, daß ich hier Zuflucht finden kann."

„Zuflucht? Was meinen Sie damit?"

„Man sagte mir, daß Sie Leuten helfen."

„Wenn ich dazu in der Lage bin, helfe ich jedem gern", gab der Baron zurück. „Wie sind Sie auf mich gekommen?"

Der Besucher zögerte einen Moment, zeigte erste Anzeichen von Unruhe.

„Ich bin ein Freund von Pfarrer Bonhoeffer", antwortete er dann. „Er sagte mir, daß Sie mir helfen würden."

„Wie ich hörte, ist Dietrich schon vor über einem Jahr verhaftet worden und sitzt seither in Berlin im Gefängnis."

„Ja – äh, natürlich haben Sie recht. Er hat mir das gesagt, bevor er verhaftet wurde."

„Ich verstehe", meinte der Baron. „Wann haben Sie mit ihm gesprochen, wenn ich das fragen darf? Ich habe Dietrich schon seit Jahren nicht mehr gesehen."

„Lassen Sie mich nachdenken ... es muß vor ungefähr zwei Jahren gewesen sein."

„Irgendwann im Jahre 1942?"

„Das könnte sein – das genaue Datum fällt mir nicht mehr ein. Doch er war sehr deutlich in bezug auf seine Beziehung zu Ihnen. Er sagte, daß, wann immer ein Mitchrist in Not wäre, Baron von Dortmann ihm helfen würde."

„Vielleicht haben Sie ihn im Frühling 1942 gesehen, als er in Wien auf der Konferenz der Untergrund-Pastoren gewesen ist?"

„Ich glaube, da war es. Ja, dort habe ich mit ihm gesprochen. Waren Sie etwa auch dort?"

„Oh nein, ich bin kein Pfarrer. Ich bin seit Jahren nicht in

Österreich gewesen. Aber es tut mir leid, Sie enttäuschen zu müssen; ich bin wirklich nicht in der Lage, Ihnen Hilfe anbieten zu können."

„Meine Informationen waren aber sehr genau", sagte der Mann und schaute den Baron eindringlich an.

„Ihre ... *Informationen?"* fragte der Baron.

„Ja, daß Sie, seit Pfarrer Bonhoeffer im Gefängnis sitzt, die Untergrundbewegung der Christen in diesem Gebiet leiten."

Der Baron konnte nicht umhin, in Lachen auszubrechen. Sein Gast starrte ihn weiter unbewegt an, ohne auch nur die Spur eines Lächelns zu zeigen.

„Es tut mir leid", sagte der Baron. „Aber nichts könnte abwegiger sein."

„Also sind Sie nicht bereit, mir ein Zimmer anzubieten, wo ich einige Tage bleiben könnte?" fragte der Mann.

„Es ist nicht so, daß ich es nicht wollte", erwiderte der Baron ruhig. „Es ist nur so, daß meine Familie und ich andere Pflichten haben, die unsere Aufmerksamkeit erfordern. Es tut mir sehr leid. Doch wenn Sie hungrig sind, kann ich Ihnen gern etwas zu essen geben."

„Das wird nicht nötig sein", antwortete der Mann steif.

Der Baron erhob sich und der Fremde mit ihm.

Sie verließen das Zimmer, und der Baron brachte den Mann zur Tür. Ohne ein Wort des Abschieds entfernte sich der Fremde.

Der Baron beobachtete ihn noch eine Weile, dann ging er zurück ins Haus. Während er in sein Arbeitszimmer hinaufging, fiel ihm auf, daß der Fremde seinen Namen nicht genannt hatte.

Er betrat sein Arbeitszimmer und ging schnell zum Fenster hinüber. Der Bursche war an der Zufahrt stehengeblieben und versuchte nun, einen Blick hinter das Haus zu werfen. Dann schlenderte er zur anderen Seite hinüber, um sich einen Blick auf die Nordseite zu verschaffen.

Schließlich drehte er sich um und schaute zur Vorderfront des Hauses. Er blickte genau zu dem Eckfenster hin, hinter dem der Baron stand. Einen Augenblick lang war es, als würden sie sich direkt in die Augen schauen. Der Mann drehte sich um, schlenderte die Zufahrt entlang und war schließlich verschwunden.

Zehn Minuten blieb der Baron noch dort stehen und schaute hinaus, dann plötzlich sah er einen Wagen, der nach Norden in Richtung Niedersdorf davonfuhr.

Er verließ sein Arbeitszimmer und ging wieder nach unten, wo Marion auf ihn wartete.

„Du kannst allen sagen, daß sie jetzt wieder sicher sind", sagte er, „obwohl wir von jetzt an auf der Hut sein müssen."

„Was wollte er?" fragte Marion.

Ihr Mann erzählte ihr von der Unterhaltung, als sie zusammen zum Eßzimmer zurückgingen.

„Könnte es sein, daß er wirklich ein Bruder war, Heinrich?" fragte Marion.

„Nein, es sei denn, ich hätte mich vollkommen geirrt."

„Du bist ganz sicher, oder? Sonst hättest du ihn nicht fortgeschickt."

„Ja, ich bin ganz sicher, obwohl es mir zuwider ist, einen anderen Menschen zu beurteilen. Ich fürchte, ich habe den Mann an der Nase herumgeführt."

„Was meinst du damit?"

„Ich habe ihm eine Falle gestellt, um ihn zu entlarven."

„Wie denn?"

„Ich stellte ihm einige Fragen. Er sagte, Dietrich hätte mich 1942 in Wien erwähnt. Zu der Zeit war Dietrich aber in Norwegen, Schweden oder in der Schweiz, jedoch nicht in Wien. Und es gab auch keine Konferenz der Pfarrer des Untergrunds in diesem Jahr. Seit dem Fest bei dem Grafen habe ich nicht mehr eine solche Hartnäckigkeit erlebt. Ich sage dir, Marion, ich bin sicher, daß ich gerade mit einem Mann der Gestpo gesprochen habe."

Marion hielt den Atem an und wurde blaß.

„Oh, Heinrich!"

„Hab keine Angst, mein Liebes", beruhigte sie der Baron. „Wir werden alle notwendigen Vorkehrungen treffen."

Der Baron sagte nichts weiter. Doch von diesem Augenblick an gingen seine Gebete in eine andere Richtung.

82

Die drei Mädchen

Zwei Tage später bat Sabrina ihren Vater vor dem Schlafengehen um die Erlaubnis, den beiden Töchtern des Rabbis den Garten zeigen zu dürfen.

„Du kennst doch die Regeln, mein Liebes", erwiderte ihr Vater. „Keiner unserer Gäste darf gesehen werden. Nicht einmal die Tagesarbeiter wissen etwas."

„Ich weiß, Papa. Ich dachte, wenn wir ganz früh gehen."

„Wie früh?" fragte er stirnrunzelnd.

„So früh, wie du sagst."

„Wenn es unbedingt sein muß, dann geht bei Anbruch der Dämmerung. Aber bleibt nicht zu lange draußen. Die Arbeiter kommen gegen sechs."

Seit Matthews Besuchen hatte Sabrina sich über keinen Gast so gefreut wie über die Töchter des Rabbis. Nie hatte sie Mädchen von solcher Charakterstärke kennengelernt. Wie anders waren sie doch als ihre Kusine Brigitte! Beinahe vom ersten Augenblick an hatten sie sich verstanden, und nun, mehr als zwei Jahre später, fühlte sie sich ihnen so vertraut, als hätte sie sie schon ihr ganzes Leben lang gekannt. Obwohl sie einige Jahre älter war – und in vielem schauten die Mädchen auch zu ihr auf, als sei sie ihre ältere Schwester –, waren sie gute Freundinnen geworden.

Wie ihre Eltern war sich Sabrina ihrer Verbindung zu diesem Volk bewußt – diesem erwählten Volk –, und sie freute sich darüber, diese alte hebräische Abstammung in sich zu tragen. Es war ein Vorrecht, sowohl Jude als auch Christ zu sein, und Sabrina war ihren Eltern dankbar für dieses Erbe.

Sie erwachte, noch bevor die ersten Lichtstrahlen durch das Fenster ihres Schlafzimmers fielen. Schnell zog sie sich an, schlüpfte in feste Schuhe, um sich vor der Feuchtigkeit des Morgens zu schützen, und stieg schnell durch die Korridore in den zweiten Stock hinauf, wo sie Ursula und Gisela weckte.

„Papa hat erlaubt, daß wir in den Garten gehen“, flüsterte sie, „wenn ihr immer noch wollt.“

Sofort sprangen die beiden Mädchen aus ihren Betten. Ihre aufgerissenen Augen und ihr begeisterter Gesichtsausdruck waren Antwort genug. Sie konnten es kaum erwarten, wieder einmal an der frischen Luft sein zu dürfen.

Sabrina wünschte, sie könnten auf den Dachbalkon gehen, doch das wäre zu gefährlich. Das Dach konnte man schon von weitem sehen. Vielleicht waren Arbeiter zu den nahegelegenen Feldern unterwegs. *Man hat den Eindruck, als gäbe es heutzutage nur noch mißtrauische Menschen,* dachte Sabrina, als sie durch die dunklen Flure nach unten gingen und auf die Terrasse hinaustraten. Das graue Licht der ersten Dämmerung zeigte sich am Horizont.

Die beiden Schwestern waren nicht mehr draußen gewesen, seit sie an jenem Abend im *Lebenshaus* angekommen waren. Als sie nun aus dem Haus hinaustraten, atmeten sie die kühle Morgenluft in tiefen Zügen ein. Sie war noch feucht vom Morgentau; es versprach, ein wundervoller Septembertag zu werden.

Da sie wußten, daß sie vorsichtig sein und sich still verhalten mußten, gab jede auf ihre Weise ihren Gefühlen Ausdruck.

Trotzdem warf Sabrina die Arme in die Luft und drehte sich um sich selbst. „Ist es nicht einfach herrlich?“ fragte sie leise. Die beiden Mädchen beobachteten ihren Freudentanz und machten es ihr nach. Für einen Augenblick schüttelten sie den Druck der vergangenen Jahre ab.

Auf einmal waren sie wieder Kinder, sie kicherten leise und liefen umher, und erfreuten sich der Freiheit, wieder einmal draußen sein zu können.

Sabrina führte sie in den Garten und zeigte ihnen all ihre Lieblingsplätze. In der Tat hatte es den Anschein, als hätte jeder Winkel seine ganz besonderen Merkmale. Die Rosensträucher trugen immer noch viele Blüten, und Hunderte der bekannten Herbstblumen entfalteten ihre prächtigen Farben.

Die Zeit verging wie im Fluge. Schon bald wurde es im Osten hell, und Sabrina wußte, daß sie sofort zum Haus zurückkehren mußten. Sie zeigte den beiden Schwestern aber noch den Lieblingsplatz ihrer Mutter.

„Wir wollen uns hier noch eine Weile hinsetzen, bevor wir wieder zurückgehen müssen", sagte sie.

Die drei Mädchen setzten sich zusammen auf die Bank. Sabrina sagte nichts mehr, sie wollte sehen, ob die beiden die Besonderheiten dieses einzigartigen Winkels erkennen würden. Sie wurden schweigsam.

Ursula ergriff als erste das Wort.

„Sieh nur, Gisela, ein Feigenbaum!"

„Ich dachte mir schon, daß es ein Feigenbaum ist", meinte die Schwester, dann erhob sie sich, ging ein paar Schritte und bückte sich. „Und schau nur – Petersilie. Wußtest du eigentlich", fragte sie an Sabrina gewandt, „daß wir Petersilie als Bitterkraut beim Passahfest verwenden?"

„Ja, das wußte ich", antwortete Sabrina. „Und diese Pflanze, kennt ihr die?"

Während sie sprach, verließ Sabrina die Bank und ging zu Gisela hinüber. Sie bückte sich und deutete auf einige hellrote Blüten. „Seht nur, was übrig bleibt, wenn die Blüten verwelkt sind", fügte sie hinzu und brach eine spitze Hülse ab. Mit den Fingernägeln schlitzte sie sie auf, und beide Mädchen schrien vor Begeisterung leise auf.

„Mohn!" riefen sie beide wie aus einem Munde. „Wir verwenden Mohnsamen in unseren Kuchen", erklärte Ursula.

„Auch das wußte ich", sagte Sabrina.

„Stammen all diese Pflanzen aus Palästina?" fragte Ursula verwundert.

„Alle, die ihr hier seht. Dies ist der Garten meiner Mutter. Sie möchte, daß unsere jüdischen Gäste sich willkommen fühlen!"

Die drei erhoben sich.

„Kommt, es ist an der Zeit, zu gehen", meinte Sabrina. „Ich sehe Papa kommen. Bestimmt sucht er uns."

*

Während die drei Mädchen sich im Garten über die Blumen beugten, wurden sie durch ein Fernglas beobachtet.

Neugierde, Rachegefühle und Entschlossenheit mischten sich in die Gedanken des Beobachters.

Was tun sie da bloß? fragte er sich. *Vergraben sie etwas, graben sie etwas ein, einen Setzling oder neuen Samen? Und warum so früh?*

Und wer waren die beiden Mädchen, die er nicht erkannte?

Er hatte keine Besucher bemerkt, obwohl dies die Vermutungen seiner Mutter bestätigte, und auch den Bericht, den Karl ihm gegeben hatte, nachdem er ihn vor drei Tagen an der Zufahrt zum Anwesen der von Dortmanns aufgelesen hatte.

Er mußte herausbekommen, was sie vorhatten.

83

Mädchengespräche über die Liebe

Der Baron begrüßte die drei Mädchen.

„Habt ihr einen schönen Spaziergang gemacht?" fragte er.

Ursula und Gisela begannen gleichzeitig zu sprechen, brachen ab, schauten Sabrina an und brachen in Gelächter aus.

Der Baron lächelte, legte aber dann seinen Finger an die Lippen, um sie daran zu erinnern, daß Vorsicht geboten war. Zusammen gingen sie zum Haus zurück.

Ein so einfühlsamer Mann wie Heinrich von Dortmann spürte, daß sich eine besondere Beziehung zwischen seiner Tochter und den beiden Töchtern des Rabbis entwickelt hatte. Er wollte den Zauber dieses Morgens nicht brechen und schlug deshalb vor, daß Sabrina die beiden jüngeren Mädchen mit in ihr Zimmer nahm. Er wollte Carola sagen, daß sie ihnen das Frühstück dorthin bringen sollte.

„Aber bleibt vom Fenster weg", warnte er wieder, „und geht nicht auf den Balkon."

„Ja, Papa."

Sabrina führte die Mädchen zu ihrem Zimmer, und schon bald frühstückten sie miteinander und unterhielten sich, als seien sie ganz normale Schulmädchen.

„Bist du verlobt, Sabrina?" fragte die fünfzehnjährige Gisela.

„Nein, natürlich nicht", antwortete Sabrina heftig; unwillkürlich mußte sie an Gustav denken.

Ihre schnelle Antwort hatte die beiden überrascht. Ihr fiel ein, daß die beiden jüdischen Mädchen einen ganz anderen kulturellen und religiösen Hintergrund hatten als sie.

„Es tut mir leid", sagte sie. „Ich nehme an, unsere Traditionen sind in vielerlei Hinsicht ganz anders als eure. Seid ihr verlobt?"

Gisela schüttelte den Kopf, doch die siebzehnjährige Ursula nickte.

„Ich schon", sagte sie. „Doch ich weiß nicht, wie alles werden wird. Vielleicht sehe ich Joseph nie wieder."

„Denken deine Eltern nicht, daß du noch zu jung bist für eine Verlobung?"

„Jüdische Mädchen werden schon sehr früh verlobt. Das ist ein sehr wichtiger Teil unseres Lebens. Wir werden dazu erzogen, einmal zu heiraten."

Ihre Stimme begann zu zittern.

„Ich weiß nicht, was nun aus mir werden wird", fügte sie hinzu. „Ich weiß nicht einmal, wo Joseph jetzt ist."

„Liebst du diesen Joseph?"

„Ihn lieben?"

„Ja, liebt ihr euch?"

„Ich weiß es nicht. Ich glaube, ich habe nie darüber nachgedacht."

„Du bist verlobt und hast nie darüber nachgedacht, ob du deinen Bräutigam liebst? Das ist doch sehr ungewöhnlich." Sabrina wunderte sich.

„Ich liebe meine Eltern und vertraue ihnen. Sie wissen, was das Beste für mich ist."

„Reicht das für eine Ehe?“ fragte Sabrina.

„Es ist genug. Ein jüdisches Mädchen muß Gott und ihre Eltern lieben. Diese Liebe erstreckt sich dann auch auf ihren Ehemann, wenn sie verheiratet ist.“

Ein verlegenes Lächeln legte sich auf Ursulas Gesicht.

„Ich habe immer ein so komisches Gefühl, wenn er in der Nähe ist“, flüsterte sie Sabrina und Gisela zu. „Ich kann mich glücklich schätzen, denn er sieht sehr gut aus.“

Die beiden Mädchen lachten bei Ursulas verlegenem Geständnis.

„Du bist alt genug, um zu heiraten, Sabrina“, meinte Gisela. „Gibt es niemanden, den deine Eltern für dich ausgesucht haben?“

Wieder dachte Sabrina an Gustav und das Mißverständnis zwischen den beiden Müttern. Aber im nächsten Moment schon wanderten ihre Gedanken zurück zu dem Augenblick, in dem sie erkannt hatte, wie viel Matthew ihr bedeutete.

Tränen traten in ihre Augen bei der bittersüßen Erinnerung an den letzten Abend, den sie miteinander verlebt hatten. Sie dachte daran, wie sie das Kästchen in dem unterirdischen Gang versteckt hatten. Sie wußte, daß auch sie ihn vielleicht nie wiedersehen würde, so wie Ursula es von ihrem Joseph vermutete.

„Ja“, antwortete sie schließlich. „Es gibt jemanden, den ich sehr mag.“

„Haben deine Eltern ihn für dich ausgewählt?“

„Nein“, sagte Sabrina. „Bei uns ist das anders. Doch meine Eltern mögen ihn fast genau so sehr wie ich.“

„Erzähl uns doch von ihm, Sabrina“, bat Gisela.

„Oh ja, bitte!“ fügte Ursula hinzu.

„Eigentlich gibt es nicht viel zu erzählen“, begann Sabrina nachdenklich lächelnd. „Nur daß ich mich so gut mit ihm verstanden habe – ähnlich wie mit euch beiden. Ich kann mit euch lachen, rennen und Spaß haben, aber auch über ernste Angelegenheiten sprechen. Wir waren damals so jung. Ich war erst sechzehn. Wir hatten so viel Spaß miteinander!“

„Was heißt *damals* – das hört sich an, als würdest du ihn jetzt nicht mehr kennen."

„Wir haben uns seit fünf Jahren nicht mehr gesehen."

„Warum denn das?" riefen beide Mädchen ungläubig.

„Weil der Krieg uns getrennt hat, genau wie dich und Joseph. Matthew ist Amerikaner, wißt ihr, und ich kann nicht sagen, ob ich ihn je wiedersehen werde. Er hat mir seit drei Jahren nicht geschrieben und –"

Sabrina wendete sich ab; Tränen strömten aus ihren Augen.

Die beiden jüdischen Mädchen legten ihre Hand auf Sabrinas Arm.

Nach einem Augenblick holte Sabrina tief Luft, schniefte und putzte sich ihre Nase.

„Matthew sieht übrigens auch blendend aus", sagte sie schließlich, sich zu einem Lächeln zwingend.

Die Mädchen kicherten.

84

Gustavs Besuch

An diesem Nachmittag ertönte auf einmal das Motorengeräusch eines großen Automobils auf der Zufahrt zum von Dortmannschen Anwesen.

Vom ersten Stockwerk aus, wo Heidi und Marion gerade dabei waren, weitere Gästezimmer herzurichten für eventuelle neue Gäste, sahen sie den Wagen ankommen.

In dem Augenblick, als der Fahrer ausstieg, zog Marion tief die Luft ein. „Gustav!" hauchte sie.

Schnell hatte sie sich wieder gefangen.

„Heidi", sagte sie, wobei sie versuchte, ruhig zu bleiben, obwohl ihre Stimme verriet, daß sie Angst hatte, „sorge dafür, daß alle Gäste auf ihre Zimmer gehen – sofort! Sie sollen sich still verhalten. Achte auf die Glocke, für den Fall, daß es nötig sein wird, die Gäste in die Geheimzimmer zu bringen. Schnell!"

Mit diesen Worten rannte Marion aus dem Zimmer, um ihre Tochter zu suchen.

Sabrina war im Wohnraum der Gäste zusammen mit Ulrike Kropf und den beiden Töchtern des Rabbis. Alle schauten erstaunt auf, als Marion hereinplatzte.

„Sabrina, komm mit! Ihr anderen geht bitte über die Hintertreppe hinauf in eure Zimmer, sofort!"

Marion verließ den Raum, Sabrina eilte hinter ihr her.

„Gustav ist hier, Sabrina", erklärte Marion, während sie den Flur entlang eilte. Sabrina mußte sich anstrengen, mit ihr Schritt zu halten. „Er ist gerade eben vorgefahren. Halte ihn draußen. Er darf auf keinen Fall ins Haus! Wir werden versuchen, alle zu verstecken!"

„Wo ist Papa?"

„Auf den Feldern. Ich werde ihn holen, sobald ich kann."

Marion drehte sich um und rannte über die Treppe bei der Bibliothek hinauf in den zweiten Stock, während Sabrina die große Treppe hinunterhastete. Gerade als die Türglocke erklang, kam sie unten an.

Sie blieb eine Weile stehen, atmete tief durch, um sich zu beruhigen, öffnete dann die Tür, trat hinaus und schloß die Tür hinter sich.

„Gustav", sagte sie fröhlich, „wie schön, dich zu sehen."

„Guten Tag, Sabrina", sagte er und trat zwangsläufig zurück. „Du bist ... willst du irgendwohin?" fragte er unsicher. In Wahrheit war er mehr überrascht von ihrer Freundlichkeit als davon, daß sie so schnell auf sein Klingeln geöffnet hatte und fast zur Tür herausgerannt kam.

„Nein", erwiderte sie.

„Du scheinst so ... außer Atem zu sein."

„Wirklich? Ich habe gerade – äh – mein Zimmer saubergemacht."

Gustav schien über eine mögliche Antwort nachzudenken, überlegte es sich dann aber anders und sagte: „Ich bin für einige Tage zu Hause, und ich wollte dich besuchen. Können wir nicht hineingehen und uns hinsetzen?"

„Oh, Gustav, es ist so ein wunderschöner Tag – ich würde lieber draußen bleiben. Wollen wir nicht in den Garten gehen?"

Während sie sprach, entfernte Sabrina sich langsam vom Haus. Gustav folgte ihr. So freundlich hatte Sabrina ihn schon seit Jahren nicht mehr behandelt. Außerdem paßte dieser Spaziergang ganz wundervoll in seine Pläne. Genau deswegen war er ja gekommen!

Er holte sie schnell ein, und während sie um den Westflügel herumgingen, legte er vertraulich den Arm um ihre Schultern.

Sabrina entzog sich seiner Berührung und ging weiter, doch ihr Gesicht rötete sich.

Beleidigt schaute Gustav sie an.

„Was soll das?" fragte er.

„Dasselbe könnte ich dich fragen", entgegnete sie schroff.

„Ach, komm schon, Sabrina", erwiderte er lächelnd, „wir sind erwachsen. Du brauchst doch keine Angst vor mir zu haben."

„Ich habe keine Angst."

„Warum bist du dann so zurückhaltend?"

„Weil ich nicht möchte, daß du dich mir gegenüber so verhältst."

„Bist du immer noch wütend über die Sache mit der Rose an meinem Geburtstag?" lachte er.

„Nicht mehr, als wenn du deinen Arm um mich legst." Sabrina versuchte, ihren Ärger so gut wie möglich zu unterdrücken. Sie wußte, daß Gustav ein sehr gefährlicher Mann war. Sie mußte sich in acht nehmen.

„Eine Rose ... mein Arm – warum bist du so nervös, Sabrina? Willst du immer noch nicht die unausweichliche Tatsache anerkennen, daß du eines Tages meine Frau sein wirst?"

„Unausweichliche Tatsache?" wiederholte Sabrina und holte tief Luft. „Ich habe nicht die Absicht, deine Frau zu werden, Gustav."

„Ach, Sabrina", rief Gustav, „sei doch nicht dumm. Bist du wirklich so blind? Siehst du nicht, daß ich ein wichtiger Mann geworden bin?"

„Das ändert gar nichts an meiner Entscheidung."

„Was ist es denn – glaubst du, daß du diesen lächerlichen Amerikaner liebst? Ha, ha, ha!" Gustav brach in rohes Gelächter aus.

„Du läßt Matthew aus dem Spiel", schnappte sie.

„Ach, mein liebes Fräulen", neckte er sie mit einem verschlagenen Glitzern in den Augen, „die Flammen lodern also immer noch."

„Falls sie in falsche Hände geraten würde", fuhr er fort, „diese Information, daß du mit den Amerikanern sympathisierst, könnte das, äh, sagen wir, sehr unangenehm werden für deine Familie und dich. Spione für unsere Feinde werden wegen Verrats erschossen, weißt du." Er wurde sehr direkt.

„Wir sympathisieren nicht mit den Amerikanern", verteidigte sich Sabrina, die ihre Gefühle allmählich wieder unter Kontrolle brachte. Die Erwähnung von Matthews Namen tat ihr weh genug.

„Dann hast du also keinen Kontakt mehr zu deinem amerikanischen Freund?"

„Ich habe seit drei Jahren nichts mehr von Matthew gehört", erwiderte Sabrina.

Nur das Zucken an seinem Kinn verriet Gustavs Schmerz darüber, daß der Amerikaner einen Platz in Sabrinas Herzen besaß, aber er schwieg, um sich nicht zu verraten.

„Bitte, Gustav", sagte Sabrina und blieb stehen. „Ich denke, ich habe genug für heute. Ich möchte nicht in den Garten gehen."

„Aber ich, Sabrina", erwiderte er. Auf einmal war er mehr Gestapomann als Freund und Verehrer.

„Bitte, Gustav –"

„Ich bestehe darauf", sagte er, nahm ihren Arm und zog sie mit sich fort. „Ich möchte gern einen bestimmten Teil des Gartens sehen."

Sabrina erkannte, daß es zwecklos war, sich zu weigern und

folgte Gustav den Hügel hinunter. Sie konnte den Gedanken nicht ertragen, Gustav in der Nähe der geliebten Rosen ihres Vaters zu sehen, deshalb versuchte sie, ihn in eine andere Richtung zu lenken. Doch Gustav behielt hartnäckig diese Richtung bei. So wenig er den Garten kannte, er schien doch genau zu wissen, wo er hin wollte.

Auf einmal erkannte Sabrina voller Schrecken, daß sie sich an dem Lieblingsplatz ihrer Eltern befanden, an dem sie noch heute morgen mit Ursula und Gisela gewesen war.

Zu ihrem Entsetzen ließ Gustav sich genau auf der Bank nieder, die ihr Vater für Marion gebaut hatte. Er schien zielstrebig genau hierher gekommen zu sein!

„Eine interessante Anordnung der Pflanzen hier", sagte er, nachdem er sich eine Weile umgeschaut hatte. „Wenn ich mich nicht irre, stammen sie nicht aus Deutschland."

„Mein Vater ist viel herumgereist und hat viele verschiedene Arten mitgebracht." Die Nervosität in Sabrinas Stimme war nicht zu überhören.

„Woher kommen diese Pflanzen?"

„Äh ... aus dem Süden, glaube ich."

„Aus dem Süden?" wiederholte Gustav.

„Irgendwoher, wo es wärmer ist."

„Aha, ich verstehe", sagte er und nickte. Er schaute sich um, stand auf und ging langsam umher. Sabrina beobachtete ihn. Sie schwitzte nun viel mehr, als durch die Hitze des Tages zu erklären war. Er hatte vermutlich auch die kleinen Messingschildchen ihres Vaters gesehen!

Ich muß ihn hier fortschaffen, dachte sie. *Irgendwie muß ich es schaffen, ihn hier wegzulotsen!*

Sie erhob sich spontan, als sei ihr eine Idee gekommen.

„Willst du den Rosengarten meines Vaters sehen?" fragte sie. „Für ihn ist das die schönste Stelle im Garten."

Langsam schaute Gustav sich noch einmal um und nahm in sich auf, was er sah. Ihm war Sabrinas Nervosität aufgefallen, und er wußte, es mußte einen Grund dafür geben. Er würde die Puzzleteile später zusammensetzen. Im Augenblick wollte er bei ihr keinen Verdacht erregen.

„Ja, das wäre schön“, meinte er. „Die Rosen deines Vaters würde ich mir sehr gern anschauen.“

Erst später fiel ihm auf, daß er vergessen hatte, sie nach den beiden Mädchen zu fragen, mit denen sie im Garten gewesen war. *Macht nichts,* dachte er. Er hatte genug gesehen.

85

Gustavs große Entdeckung

Als er diesmal durch die Felder schlich, war Gustav stocknüchtern. Er war kein leicht zu beeindruckender Jüngling mehr; er war jetzt der ranghöchste Gestapomann in diesem Gebiet, und er hatte eine geheime Mission zu erfüllen.

Bald würde er es wissen.

Er entzündete ein Streichholz und schaute auf die Uhr. Es war halb drei Uhr morgens.

Er blies das flackernde Licht aus, trat es in den Boden und ging weiter.

Schließlich erreichte er das von Dortmannsche Gut und begann den langen Aufstieg den Hügel hinauf; diesmal nicht als Nachbar, der einen Besuch abstattet, sondern als spionierender Feind.

Er schlich sich von Norden heran, ging im trüben Licht des von Wolken umgebenen Mondes um den Gemüsegarten herum und kam schließlich zum Bogengang, der in den *Frühlingsgarten* führte.

Er blieb stehen und schaute an der Fassade der beiden Flügel hoch.

Wie oft hatte er auf dem Hochsitz im Wald gesessen und diese Mauern mit seinem Fernglas nach Sabrina abgesucht. Manchmal hatte er stundenlang auf ihr Fenster und den Balkon gestarrt, um auch nur einen Blick auf ihre Gestalt werfen zu können.

Nun war es hinter ihrem Fenster dunkel. Dahinter lag sie im Bett und schlief.

Es war seltsam aufregend, hier zu stehen, allein in der Dunkelheit, und zu wissen, daß er sie alle in seiner Gewalt hatte – Sabrina, ihren stolzen Vater, die ganze Bande!

Er lächelte bei dem Gedanken daran.

Er, Gustav von Schmundt, würde bald die Macht haben, den geschätzten Rosengarten und das ganze von Dortmannsche Gut in seinen Besitz zu bringen, vor allem aber das kostbarste Juwel der ganzen Region – die Tochter des Barons!

Er warf noch einen letzten triumphierenden Blick auf das Haus, drehte sich um und betrat den Garten.

Dies war kein Vergnügungsspaziergang. Gustav wußte genau, wohin er ging und was er suchte. Es würde nicht lange dauern, bis er bestätigt fand, was er am Nachmittag schon vermutet hatte.

Ein Geräusch ließ ihn plötzlich stillstehen.

Er lauschte. Er hatte den Eindruck, als sei es ganz aus seiner Nähe gekommen, ein schlurfendes Geräusch, gefolgt von einem dumpfen Aufschlag. Nun war alles wieder ruhig.

Eine Weile blieb er noch stehen, dann eilte er in die Richtung, aus der das Geräusch gekommen war. Doch die vielen Gänge verwirrten ihn; er verlor die Orientierung und wußte nicht mehr, woher es gekommen war.

Wieder blieb er stehen. Alles war still.

Wahrscheinlich war es ein Tier gewesen, vielleicht eine Kuh, die sich in einem der Ställe bewegt hatte.

Er kehrte um und versuchte, seine ursprüngliche Richtung wiederzufinden.

Nach zwei oder drei Minuten war er an dem Ort angekommen, wo er mit Sabrina gesessen hatte.

Er zündete die kleine Laterne an und begann, die Pflanzen und die kleinen Messingschildchen daneben zu untersuchen.

Dornenkrone, eine Erinnerung an unseren Heiland, war auf

einem zu lesen. *Hebräischer Kräutergarten. Der heilige Olivenbaum von Israel ...*

Genau das hatte er sich schon gedacht – alle Pflanzen in diesem Teil des Gartens stammten aus Palästina!

Der Baron war ein größerer Narr, als er gedacht hatte! Daß er diese belastenden Schildchen hier stehen ließ, so daß jeder sie lesen konnte!

Er nahm auf der Bank Platz, auf der er schon am Nachmittag gesessen hatte. Diese Entdeckung war weit größer als nur die Tatsache, daß sie Christen waren oder eine Verbindung zu Bonhoeffer besaßen.

Dieses offensichtliche Interesse an dem, was sie das Heilige Land nannten, gab dem Ganzen eine ganz neue Dimension: Die von Dortmanns waren an Juden interessiert! Wahrscheinlich hatten sie auch Verbindungen zu dem Netzwerk, das Korsch unbedingt zerschlagen wollte ... Es konnte kein Zweifel bestehen: Sie sympathisierten mit den Juden!

Auf einmal erinnerte sich Gustav an das kleine Messingschild auf der Rückseite der Bank, das ihm am Nachmittag aufgefallen war. Er hatte sich nicht zu auffällig umschauen wollen aus Angst, Sabrina könne mißtrauisch werden.

Er sprang auf und ging um die Bank herum.

Da war es, im Laufe der Jahre hatte es Grünspan angesetzt. Er hielt seine Laterne dicht daran und las die folgende Inschrift: *Meiner lieben Marion. Möge dieser Garten aus dem Land deines Volkes immer eine Erinnerung sein an die Wege, auf denen unser Herr selbst wandelte. Von deinem Mann, Heinrich von Dortmann.*

Gustav las die Inschrift ein zweites Mal – *das Land deines Volkes ... deines Volkes ... deines Volkes!*

Schlagartig wurde es ihm klar.

Diese Leute waren nicht nur Christen oder besaßen ein ungebührliches Interesse an dem Land Palästina oder hatten vielleicht Verbindungen zu dem Netzwerk.

Gustav jubilierte innerlich über diese Entdeckung!

Die Frau des Barons war selbst Jüdin!

*

Wenige Minuten später, während Gustav in fieberhafter Eile den Abhang hinuntereilte, stiegen müde Neuankömmlinge die Wendeltreppe zu den Räumen hoch, die Heidi, Marion und Sabrina für sie vorbereitet hatten.

86

Irgendwo in Polen

Die dunkle Ecke dieser Taverne in einem düsteren Teil der polnischen Stadt Posen war die perfekte Umgebung für dieses heimliche Treffen. Zwei große Gläser dunklen Bieres standen auf dem Tisch vor den beiden Männern.

„Sie sagten, Sie hätten eine Information, die so wichtig sei, daß Sie sie persönlich überbringen müßten", sagte Korsch.

„Für jemanden, der schon seit so vielen Jahren auf der Spur von Christen und Juden ist, denke ich, daß sie von großem Wert ist." Gustav lächelte siegessicher. Er war jung, doch er hatte viel gelernt in der Gestapo.

Korsch verstand sofort, was er meinte.

„Keine Angst, mein kluger Freund. Wenn Sie mir geben, was ich will, dann werden Sie nicht unbeachtet bleiben."

„Was genau könnten Sie meinen?"

„Es ist meine Überzeugung, daß wir, die wir hier im Osten sind, die Russen *vor* den Amerikanern sehen werden. Ich habe Schritte unternommen, um sicherzustellen, daß das von Vorteil für mich sein wird. Falls Sie sich mir gegenüber als loyal erweisen, könnte sich vielleicht auch für Sie ein Platz finden lassen."

Seine Worte waren von größerer Bedeutung, als einer der Männer zugegeben hätte. Das Reich war dem Zusammenbruch nahe. Jeder Narr konnte die Anzeichen erkennen, doch die Fassade mußte aufrechterhalten werden, damit man nicht für einen Verräter gehalten wurde. Doch unter den praktisch Denkenden machte sich allmählich Verzweiflung breit. Diese begannen damit, ihre Zukunft zu sichern.

„Ich mag die Vorstellung nicht, mit den Russen zu tun zu haben", sagte Gustav.

Nun war es an Korsch, wissend zu grinsen. Auch er besaß wertvolle Informationen, obwohl seine Herkunft im Augenblick besser noch geheim blieb.

„Wir werden keine Wahl haben", entgegnete Korsch, „wenn wir überleben wollen."

„Sie haben Verbindungen?"

Korsch nickte.

„Zu so hochgestellten Persönlickeiten, daß Sie sich vor Verfolgung schützen können, falls der Krieg zu unseren Ungunsten ausgehen sollte?"

„Ja – hoch genug."

„Für solche Zusicherungen würde ich Ihnen vielleicht geben, was ich habe. Doch eine Bedingung stelle ich noch."

Korsch lachte. „Ich weiß, Sie haben kein Geheimnis daraus gemacht. Falls ich bekomme, was ich will, werde ich dafür sorgen, daß Sie das Mädchen haben können."

„Ihr darf nichts geschehen."

„Ich weiß immer noch nicht, warum Sie hier sind oder warum Sie der Meinung sind, es könnte ihr etwas geschehen."

„Geben Sie mir Ihre Zusicherung und erlauben Sie mir, bei der Razzia dabeizusein."

„Bei welcher Razzia?"

„Das werden Sie noch sehen. Geben Sie mir Ihr Wort."

„In Ordnung", lachte Korsch. „Sie sind ein sentimentaler Dummkopf, Schmundt! Sie haben nun genug Zeit mit all dem verschwendet – was haben Sie mir zu sagen?"

Gustav nahm einen großen Schluck Bier aus seinem Glas, stellte es langsam wieder ab und begann.

„Sie haben diesen Bonhoeffer eine Weile verfolgt", sagte Gustav. „Meine erste Aufgabe war es, Informationen über ihn von dem Nachbarn meines Vater, Baron von Dortmann, zu beschaffen."

Korsch nickte. „Nachdem wir ihn gefaßt hatten", sagte er, „und seine Untergrund-Organisation zerschlagen war, brauchten wir uns darauf nicht mehr zu konzentrieren. Ich dachte, ich hätte Ihnen verständlich gemacht, daß Sie ausschließlich die Spur von Rabbi Wissen verfolgen sollten."

„Ich habe Ihre Anweisungen befolgt", entgegnete Gustav, „doch weil wir Nachbarn sind und mein Interesse an den Angelegenheiten des Barons –"

„Ihr Interesse an seiner Tochter, meinen Sie?" unterbrach ihn Korsch.

„Vielleicht haben Sie recht", stimmte Gustav zu. „Auf jeden Fall deuten meine Informationen darauf hin, daß die Untergrund-Organisation ganz und gar nicht zerschlagen ist."

„Was! Und davon haben Sie mir nichts gesagt?"

„Ich habe gerade erst davon erfahren", sagte Gustav. „Nachdem ich sicher war, bin ich sofort zu Ihnen gekommen."

„Fahren Sie fort." Korsch wurde ungeduldig.

„Bonhoeffer und der Baron hatten miteinander zu tun. Der Baron war ein häufiger Besucher des Seminars, wie Sie mir selbst gesagt haben. Auf dem Fest anläßlich meines Geburtstages hat er Ihnen gegenüber selbst eingestanden, daß er auch nachher noch Kontakt zu dem Pfarrer gehabt hat. Als das eine Seminar geschlossen wurde, eröffneten sie ganz in der Nähe andere Ausbildungsstätten. Doch Bonhoeffer hatte kaum mit ihnen zu tun. Er war niemals dort. Sie waren nicht in der Lage, ihn zu fassen. Jemand anderes mußte für die Leitung verantwortlich sein. Bonhoeffer verschwand, verließ das Land und ist nun schon seit mehr als einem Jahr im Gefängnis. Doch die Untergrund-Aktivitäten sind seither nicht zum Stillstand gekommen."

Gustav machte eine effektvolle Pause.

„Es ist meine feste Überzeugung, Herr Korsch", fuhr er langsam fort, „daß Baron von Dortmann Bonhoeffers Stelle eingenommen hat."

Mittlerweile hörte Emil Korsch aufmerksam zu. Er sagte

nichts zu Gustavs Ausführungen, versuchte nur, die unglaublichen Zusammenhänge in sich aufzunehmen.

„Was, wenn das Gut des Barons, direkt vor unserer Nase, das Zentrum illegaler christlicher Aktivität gewesen wäre und das Seminar in Finkenwalde ersetzt hätte? Ich glaube, daß dies der Fall ist. Seine Landwirtschaft ist nur Tarnung; er holt Christen aus dem ganzen Reich zusammen und bildet sie aus.

Ich sage Ihnen, Herr Korsch, Baron von Dortmann ist ein Verräter, der Kopf dieser christlichen Widerstandsbewegung. Ich habe nicht den geringsten Zweifel daran, daß er irgendwie noch mit Bonhoeffer in Verbindung steht."

Wieder machte Gustav eine Pause. Damit gab er seinem Vorgesetzten Zeit, diese Informationen zu verarbeiten.

Korsch zeigte auch weiterhin keinerlei Reaktion. Seine Gedanken überschlugen sich nun.

Er erinnerte sich an die Unterhaltung mit dem Baron im Haus der von Schmundts. Ja, alles, was der Sohn des Grafen sagte, paßte genau ins Bild.

„Um es kurz zu machen, Herr Korsch", sagte Gustav, „ich glaube, daß Baron Heinrich von Dortmann ein Spion ist, der für den Widerstand arbeitet. Also könnte er auch gut an dem kürzlichen Attentat auf den Führer beteiligt gewesen sein."

Korsch dachte nur daran, welchen Reichtum diese Information seinem Schweizer Bankkonto bringen konnte.

Am Ende würde ihm Ottos ganze Bank gehören. Eine Verbindung zwischen dem Bruder des Bankiers und Graf Stauffenberg und den anderen Hitler-Verschwörern herzustellen, würde Otto alles kosten, vielleicht sogar sein Leben, und ihn selbst zu einem reichen Mann machen.

Vielleicht würde er gar kein Asyl in Rußland suchen müssen! Er würde den Rest seines Lebens bequem in der Schweiz oder vielleicht sogar in Südamerika verbringen können. Er würde den Dummkopf ausbluten lassen!

Eines war sicher – diese Verhaftung würde er persönlich vornehmen. Es würde ihm ein ganz besonderes Vergnügen sein, diesem stolzen christlichen Aristokraten Heinrich von Dortmann ins Gesicht zu spucken!

„Da ist noch etwas“, sagte Gustav langsam. Er war nicht der Dummkopf, für den Korsch ihn hielt. Er wußte sehr genau, welche Gedankengänge er im Kopf des anderen in Gang gesetzt hatte, und es machte ihm seinerseits nun Spaß, ein wenig mit ihm zu spielen.

„Und das wäre?“ fragte Korsch.

„Ich habe im Garten des Barons eine kleine Entdeckung gemacht.“

„In seinem Garten?“

„Ja, nur eine kleine Information, die sich als sehr nützlich erweisen könnte.“

Korsch wurde allmählich ungeduldig, doch er nahm sich zusammen.

Gustav erzählte ihm von den Pflanzen, die er gesehen hatte und was sie bedeuteten.

„Sie sehen also, es gibt nicht nur eine Verbindung zu dem christlichen Untergrund, sondern auch zu dem jüdischen ...“

Endlich veränderte sich der Gesichtsausdruck Emil Korschs. Seine Augen waren weit aufgerissen, und sein ohnehin blasses Gesicht wurde weiß wie die Wand.

Natürlich!

Wie hatte er das nur übersehen können! Diese religiösen Idioten waren alle gleich, und in einer solchen Zeit hielten sie zusammen. Die Spur des jüdischen Netzwerks führte direkt zum Haus des Barons Heinrich von Dortmann!

„... und die Lösung der ganzen Sache“, fügte Gustav triumphierend lächelnd hinzu, „ist, *daß die Frau des Barons selbst Jüdin ist!* – Es ist gut möglich, Herr Korsch, daß das Haus des Barons nicht nur eine Ausbildungsstätte für Christen, sondern ein Unterschlupf der Fluchthilfe-Organisation für Juden ist. Von dort werden vielleicht Juden die Küste entlang oder nach Süden in die Schweiz geschleust. Ich vermute, daß sich auch jetzt Juden dort aufhalten!“

Ein bösartiger Zug legte sich um Emil Korschs Lippen. Was für ein Fisch war ihm da ins Netz gegangen!

87

Heinrich und Marion

Es war schon spät. Der Baron und seine Frau hatten eine Weile zusammengesessen und sich unterhalten.

Es herrschte eine düstere Stimmung. Die im *Lebenshaus* bisher sonst so friedliches Stille war an jenem Morgen gewichen, als sie mit ihrer Tochter auf dem Balkon gestanden und dem Lärm des Krieges und der Zerstörung in Polen gelauscht hatten.

Fünf Jahre waren seither vergangen.

Sie saßen zusammen auf der Couch in ihrem Wohnzimmer, die Beine ausgestreckt auf einem Fußpolster. Der Baron hatte den Arm um Marion gelegt, Marions Kopf ruhte an seiner Brust. Sie brauchten den gemeinsamen Austausch und hatten es nicht eilig, zu Bett zu gehen.

Beiden war klar, was kommen würde. Die letzte Stunde für das Volk Gottes in Deutschland brach bald an. Mit jedem Strich auf der Uhr rückte die schwarze Mitternacht näher.

Zehn Minuten lang hatte niemand etwas gesagt. Das ganze Haus lag in tiefem Schweigen. Die große Uhr an der gegenüberliegenden Wand tickte.

„Gustavs Besuch gestern ist ein schlechtes Zeichen", sagte der Baron schließlich. Sein Tonfall zeigte, daß er schon eine Weile über diesen Zwischenfall nachgedacht hatte. Erst Gustavs Gegenwart hatte den Baron auf die Gefahr aufmerksam gemacht, in der sich sein Haus der Sicherheit und der Zuflucht nun befand.

„Der Sohn unserer Nachbarn hat sich sehr verändert", meinte Marion.

„Sie haben sich alle verändert", fügte der Baron hinzu. „Der Graf... Ingrid – dieser schreckliche Nationalsozialismus hat selbst die verändert, die vor dem Krieg einigermaßen respektabel waren."

Wieder schwiegen sie.

„Wir können unsere Gäste nicht mehr länger bei uns behalten", meinte der Baron schließlich. „Es würde sie in Gefahr bringen."

Marion nickte zustimmend.

„Das *Lebenshaus* muß immer Leben geben. Wenn es denen, die der Vater uns schickt, keine Sicherheit mehr bieten kann, müssen wir ihm gestatten, auf andere Weise für sie zu sorgen."

„Gibt es denn einen anderen Ort?"

„Viele. Der Rabbi und ich haben den größten Teil des Nachmittags damit verbracht, die Möglichkeiten zu diskutieren. Aaron hat den ganzen Tag unten an den Ausweispapieren gearbeitet. Das Netzwerk nach Süden funktioniert gut."

„Können die Leute denn wirklich so weit reisen, ohne entdeckt zu werden?"

„Dem Rabbi ist es in beiden Richtungen gelungen. Er sagt, täglich seien immer mehr Menschen bereit, den Juden zu helfen, dem Nazi-Schrecken zu entkommen."

„Es sind so viele, Heinrich."

„Neunundzwanzig, mit den Neuankömmlingen."

„Können wir denn wirklich hoffen, sie alle woanders in Sicherheit zu bringen, sie den ganzen Weg bis in die Schweiz reisen zu lassen?"

„Nicht ohne die Hilfe unseres Herrn, und auch dann können sie nur in kleinen Gruppen reisen. Wir haben im Augenblick drei Autos. Einige werden bis nach Fürstendorf laufen müssen, wo sie ganz sicher andere Transportmittel finden werden."

„Das sind achtzehn Kilometer!"

„Wenn sie in der Nacht durch den Wald gehen, ist es zu schaffen. Der Pfarrer dort macht diese Arbeit schon länger als wir. Er arbeitet eng mit dem katholischen Priester zusammen, der viele Kontakte zu Klöstern und Stiften hergestellt hat. Ich stehe mit beiden Pfarrern in Verbindung."

„Ist das nicht gefährlich?"

„Jede Nachricht wird verschlüsselt übermittelt."

„Oh, Heinrich, das klingt alles so beängstigend!"

„Wir leben in einer gefährlichen Zeit. Doch ich bin überzeugt, daß es noch gefährlicher für sie ist, hierzubleiben."

„Hast du denn alles, was sie brauchen?"

„Beinahe. Für alle neunundzwanzig habe ich gefälschte Ausweise vorbereitet. Ich denke, wir haben auch genügend Kleidung. Ich bin noch dabei, ein neues Nummernschild herzustellen, damit es keine Verbindung zu uns gibt. Ich denke, wir sind so gut vorbereitet, wie es nur geht."

Die Uhr schlug die volle Stunde. Heinrich schaute auf. Die Zeiger standen auf elf Uhr. Es war an der Zeit, zu Bett zu gehen. Es gab noch so vieles zu tun. Morgen würde ein arbeitsreicher Tag werden.

Er zog seine Frau enger an sich heran.

„Wir haben ein wunderschönes Leben miteinander gehabt, Marion", sagte er schließlich. „Ich möchte dich wissen lassen, daß ich unserem Vater im Himmel unendlich dankbar bin, dich als Frau zu haben."

„Danke", flüsterte Marion leise. Freudentränen liefen ihr die Wangen hinunter. „Ich hätte mir keinen einfühlsameren und liebevolleren Ehemann wünschen können. Du bist so lieb zu mir, das kann ich gar nicht fassen." Sie blickte zu ihm auf.

„Wir haben eine richtige Romanze miteinander", sagte Marion leise und lächelte.

„Manchmal, wenn ich so darüber nachdenke", meinte der Baron, „denke ich, daß es tatsächlich so ist. Manchmal schreibe ich das auch in mein Tagebuch!"

„Ich hoffe, niemand liest es."

„Aber Marion – ich habe darüber nachgedacht, eines Tages ein Buch daraus zu machen!" neckte der Baron seine Frau.

„Das meinst du doch nicht im Ernst?" fragte sie halb aufgeschreckt. Sie drehte ihren Kopf und schaute ihrem Mann in die Augen. Das Funkeln seiner Augen bestätigte aber seinen Scherz.

Langsam ließ sie ihren Kopf wieder auf seine breite Brust sinken.

„Außer der Tatsache, daß ich dich liebe", fügte der Baron nun wieder ernst hinzu, „bist du der beste Freund, den ein Mann sich nur wünschen kann."

„Dann bedauerst du also nichts?“ fragte sie.

„Nichts.“

„Nicht einmal den Schmerz, den ich dir zugefügt habe, wenn ich dir nicht vertrauen konnte?“

„Ein kleiner Preis für die Ehre, das Leben mit dir teilen zu dürfen.“

„Danke für das Kompliment. Doch es bleibt ein Rätsel für mich.“

„Für mich ist es kein Rätsel. Ein Geheimnis vielleicht – aber kein Rätsel.“

„Und was ist das Geheimnis?“ fragte Marion leise lächelnd, denn sie kannte seine Antwort schon.

„Das Geheimnis der Rose natürlich.“

„Oh, Heinrich, ich liebe dich so. Doch ich mache mir Gedanken, daß meine Abstammung dich nun –“

„Sprich nicht mehr davon, mein Liebes“, unterbrach sie der Baron. „Wir werden der Gefahr ins Auge sehen, so wie wir uns allen Stürmen des Lebens gestellt haben – gemeinsam. Unser Vater wird uns in seinen Händen halten.“

Ein langes Schweigen legte sich wieder auf sie. Langsam hob und senkte sich Marions Kopf mit der Bewegung von Heinrichs Brustkorb. Nirgendwo fühlten sie sich zufriedener, als wenn sie so aneinandergekuschelt zusammensaßen. Sie waren zusammengewachsen im Lauf ihres Lebens, und sie fühlten sich im Einklang miteinander.

„Hast du Angst vor dem Tod, Heinrich?“ fragte Marion schließlich.

Der Baron seufzte tief und dachte lange nach, bevor er antwortete.

„Natürlich habe ich Angst“, sagte er. „Es wäre eine Lüge zu sagen, daß ich den Tod nicht fürchte. Du kannst dir nicht vorstellen, Marion, was ein schwacher Mann wie ich fühlt. So viele Menschen erwarten von mir Führung, Schutz und Hilfe. Du, Sabrina und die vielen anderen im Laufe der Jahre – manchmal denke ich, ihr haltet mich für eine nie versiegende Kraftquelle. Doch ich sage dir, es gibt Zeiten, wo ich genauso ängstlich bin wie ein kleiner Junge und mich frage, wo dieser erwachsene Mann geblieben ist, den alle *Baron von Dortmann* nennen.

Ja, ich habe Angst. Und ich frage mich, wie ich wohl reagieren werde, wenn der Augenblick der Gefahr kommt – der Augenblick, der, wie ich spüre, nicht mehr lange auf sich warten lassen wird. Wenn ich dich nicht an meiner Seite hätte und wir uns nicht gegenseitig sagen könnten: *Alles ist gut ... wir ruhen sicher in den Armen unseres Vaters* – wenn ich das nicht mit dir teilen könnte, Marion, dann würde ich unter der Last meiner Ängste zusammenbrechen.

Aber ich glaube, unser Vater wird alles richtig machen. Mein Glaube daran ist viel stärker als meine Ängste. Mein Vertrauen darauf, daß er alles richtig macht, befähigt mich, den Gedanken zu ertragen, dir vielleicht auf Wiedersehen sagen zu müssen – bis wir uns wiedersehen! Nicht einmal der Tod könnte mich dazu bringen, Lebewohl zu sagen."

„Glaubst du, daß wir uns trennen werden müssen, Heinrich?"

„Ich weiß es nicht, mein Schatz", seufzte der Baron. „Wenn es dazu kommen sollte, wird unser Vater uns in seinen Armen halten."

Heinrich schwieg und fügte dann hinzu: „Ich liebe dich, Marion. Du bist die einzige Liebe meines Lebens, mein ein und alles."

„Und ich liebe dich, Heinrich."

Sie saßen noch eine Zeit zusammen, erhoben sich dann schweigend und gingen zu Bett.

Die Uhr im Wohnzimmer tickte weiter. Es waren noch sieben Minuten bis Mitternacht.

88

Der letzte Abend im Lebenshaus

Baron von Dortmann und Rabbi Wissen verbrachten den größten Teil des folgenden Tages gemeinsam. In stiller Übereinkunft sprachen sie während des Nachmittags mit jedem Mitglied ihrer kleinen Herde. Sie wollten abends nach dem Abendessen zusammenkommen – Christen und Juden gemeinsam –, Abschied voneinander nehmen und Gott gemeinsam loben.

Nachdem dieser Plan gefaßt worden war, hatten der Baron, der Rabbi, Aaron Abrahams, Sabrina und Jakob Kropf mehrere Stunden unten im Keller des Hauses verbracht und die nötigen Vorbereitungen zur Abreise getroffen.

Sie versammelten sich gegen zwanzig Uhr in der Bibliothek. Der Baron hatte Anweisung gegeben, einige Bücherschränke zu entfernen, damit Stühle gestellt werden konnten. Die Bibliothek war neben dem Ballsaal der einzige Raum, der Platz genug bot für vierzig Leute – die Familie des Barons, ihre Angestellten, denen sie vertrauten, und die jüdischen Gäste. Außerdem war sie von außen nicht einsehbar, sie brauchten also mit Licht nicht vorsichtig zu sein. Etwa ein Dutzend Kerzen waren im Raum verteilt, und mehrere Krüge mit Wasser standen auf dem Boden.

Baron von Dortmann und Rabbi Wissen saßen schweigend vor der kleinen Versammlung. Als alle da waren, erhob sich der Baron.

„Meine lieben Freunde", sagte er, „ich habe uns alle hier zusammengerufen, damit wir Abschied nehmen voneinander, die wir eine Zeitlang zusammengelebt haben.

Es muß einen Abschied geben. Wie ich oder Rabbi Wissen einigen von euch schon gesagt haben, ist es meine feste Überzeugung, daß wir in unmittelbarer Gefahr sind, entdeckt zu werden. Es ist daher unausweichlich, daß ihr, unsere lieben Freunde, uns nun verlaßt und daß wir Vorbereitungen treffen für eure Reise an einen Ort, an dem ihr sicherer sein werdet als hier. Wir haben schon Vorkehrungen für die Reise getroffen. Botschaften sind ausgesandt, um den Weg zu bereiten – wie es in der Heiligen Schrift auch der Prophet Elia getan hat – und die Wege zu ebnen, die ihr gehen müßt."

Er machte eine kleine Pause und fuhr dann fort.

„Dieser Abschied fällt uns allen sehr schwer. Wir haben seit einigen Jahren mit der uns umgebenden Gefahr gelebt, die meisten von euch sind bedroht, nur weil das Blut der Kinder Israel in euren Adern fließt, und wir anderen deshalb, weil wir uns entschieden haben, zu denen zu gehören, die das Volk Gottes lieben.

Gleichzeitig kann in dem Abschied aber auch Vorfreude liegen auf das, was Gott für uns geplant hat. Es ist unsere Hoffnung und unser Gebet, daß es euch gelingen möge, auf demselben Wege in die Schweiz zu gelangen, den euer Rabbi Anfang dieses Jahres schon genommen hat."

Ein hörbares Raunen ging durch den Raum, denn das Ziel der Reise war bisher noch nicht bekannt gewesen.

„Deshalb möchten meine Familie und ich diese letzten Stunden unseres Zusammenseins mit euch teilen, meine Freunde. Es ist richtig und angemessen, jetzt zu tun, was unser Herr mit seinen Freunden an dem Abend, bevor er gekreuzigt wurde, auch getan hat.

Wahrscheinlich hat es das noch nie gegeben, daß Juden und Christen zusammengekommen sind, um in der Einheit des Geistes gemeinsam Abendmahl und Passah zu feiern. Doch ich bitte euch alle, die Angehörigen beider Glaubensrichtungen, alle Unterschiede der Lehre und des Glaubens für diese kurze Zeit beiseite zu schieben und euch an diesem Abend einander zu öffnen, unserem gemeinsamen hebräischen Erbe und unserem gemeinsamen Gott – Jahweh, dem Herrn –, unserem Vater im Himmel. Wir alle sind in diesem Moment Pilger in einem schrecklichen Exil. Ihr, die ihr dieses Haus bald verlassen müßt, werdet auf der Suche nach einem Land sein, wo Frieden und Freiheit herrschen – wahrhaftig einem gelobten Land.

Daher laden wir euch Juden unter uns ein, als Freunde, die wir lieben, im Herzen eins mit uns zu sein, im Gebet und in der Anbetung unseres gemeinsamen Gottes. Wir werden das Vorrecht haben, auch eins mit euch zu sein. Und nun, Rabbi, würden Sie bitte noch etwas sagen?“

89

Verrat

Während er die vertraute Straße nach Niedersdorf entlangfuhr, auf der er in seinem jungen Leben schon viele tausend Male gefahren war, hatte Gustav von Schmundt mit völlig unerwarteten und ihm ungewohnten Gefühlen zu kämpfen.

Er hatte einen Mann, einen Feind des Reiches verraten.

Aber der Verrat ging noch viel weiter.

Der Mann, um den es ging, war sein Nachbar, es war der Mann, bei dem er als Kind gespielt hatte. Für seine eigenen dreißig Silberlinge hatte sich Gustav gegen den Baron gewandt, der dem Mädchen, das er liebte, das Leben geschenkt hatte. Es war der Mann, den er zu seinem Schwiegervater zu machen hoffte – obwohl der Baron, wie es schien, wohl erst nach seinem Tod zu dieser Ehre kommen würde.

Freiwillig hatte er die ruchlose Tat begangen, in voller Kenntnis der Konsequenzen, die daraus entstehen würden.

Er war lange genug bei der Gestapo, um zu wissen, worum es bei dieser Mission ging und was ihr unausweichliches Ergebnis sein würde. Es war nicht nur ein Bruch der deutschen Gesetze, Jude zu sein, einen Juden zu heiraten oder Juden zu beherbergen. Es handelte sich hier um *Verrat,* und dieses Vergehen wurde, wenn Emil Korsch dabei war, nur auf eine Weise geahndet – durch den sofortigen Tod. Ihm kam es nicht in den Sinn, daß er sich durch sein bloßes Zuschauen desselben Verbrechens schuldig machte.

Gustav hatte den Baron aus freien Stücken verraten. Doch nun begann sich so etwas wie das Gewissen in ihm zu regen. Ein höchst unbequemes Gefühl, das immer stärker wurde, so daß er kaum wußte, wie er damit fertig werden sollte, als er auf dem Beifahrersitz durch die Nacht jagte. Er versuchte, mit ausdruckslosem Gesicht, dem Markenzeichen der SS, in die Nacht zu starren. Doch das geladene Maschinengewehr auf seinem Schoß wurde mit jeder Minute schwerer.

90

Das Passahfest

Als Baron von Dortmann seinen Platz wieder eingenommen hatte, erhob sich Rabbi Wissen.

„Auch ich habe an einer solchen Zusammenkunft noch nicht teilgenommen, auch nicht von etwas Gleichartigem gehört. Vermutlich würde ich selbst als Passahlamm enden, sollten meine Kollegen erfahren, was wir getan haben." Er schmunzelte.

Gelächter durchbrach die feierliche Stimmung, in der bei den Anwesenden mittlerweile kein Auge mehr trocken geblieben war.

„Wir feiern das Passahfest im Frühling, in unserem Monat Nisan. Es ist die Zeit der Erneuerung, des Frühlings, der Wiedergeburt und der Freiheit. Doch das Passahfest erinnert uns an die Nacht, als unsere Väter Ägypten verließen, als der Todesengel an ihren Türen vorbeiging, damit sie am nächsten Tag das Land ihrer Knechtschaft verlassen und ins Land Israel ziehen konnten. In unseren geliebten Ländern Polen und Deutschland gellen die Klagelaute der Kinder Abrahams so laut wie damals im Lande Ägypten. Es gibt hier viele Todesengel, die von einem modernen Pharao durch das Land geschickt werden, um das Volk Gottes zu suchen und zu töten. Darum feiern wir das Passahfest jetzt, in Erinnerung an diese Zeit und als Vorbereitung auf unsere Flucht.

Als unser Volk mit Mose Ägypten verließ, wußten sie nicht, was auf sie wartete. Sie wußten nur, daß sie aus einem Land des Todes und der Sklaverei flohen. Auch wir wissen nicht, was uns erwartet. Es kann gut sein, daß eine Wüste vor uns liegt. Wir sehen nicht mehr als unsere Vorfahren, die damals ausgezogen sind. Doch unser Gott wird vor uns hergehen, wie er vor ihnen hergegangen ist. Und besser eine Wüste, in der Gott mit uns ist, als die Konzentrationslager des Pharao-Führers."

Er machte eine kurze Pause und schaute den Baron an.

„Ich möchte auch euch, unsere christlichen Freunde –", nun schaute er die Familie und die Dienstboten des Barons an, „– einladen, an dem teilzuhaben, was wir tun. Ich sehe dies nicht als eine Gedenkfeier für ein Ereignis in der Vergangenheit an, sondern, wie für unsere Väter in Ägypten, als eine Vorbereitung auf unsere Flucht, damit Gott den Todesengel an uns vorbeigehen läßt. Deshalb laden wir euch Christen ein, die ihr uns auf unserer Reise beschützt und beherbergt habt, mit uns dieses Passahfest zu feiern."

„Es ist uns eine Ehre, dies zu tun", sagte der Baron von seinem Platz aus.

Rabbi Wissen drehte sich um und ging zu einem Tisch, der in einer Ecke des Raumes stand und mit einem weißen Tuch abgedeckt war. Er und der Baron hatten ihn schon vor der Versammlung vorbereitet. Er nahm das Tuch auf der linken Seite ab. Zum Vorschein kam eine große Platte mit seltsamen Speisen darauf. Daneben stand ein Korb mit Brot, ein Becher Wein und eine kleine Schüssel.

„Unsere Familien wissen, was diese Platte bedeutet, doch ich möchte es auch unseren Freunden erklären", sagte er und deutete lächelnd auf die von Dortmanns und ihre Dienstboten.

„Dies ist unsere Seder-Platte. Als Kernstück unseres Passahmahles hilft sie uns, die Geschichte des Passahfestes zu erzählen, und wir wiederholen diese Geschichte jedes Jahr, wie Mose sie uns gelehrt hat. Wir lehren unsere Kinder, sie an ihre Kinder weiterzugeben, damit unsere Tradition für alle Zeit erhalten bleibt.

Auf der Seder-Platte befinden sich fünf Zutaten. *Zroa* – gebratene Knochen, die uns an das Opfer erinnern sollen, das unser Volk Gott brachte, bevor es Ägypten verließ. *Baytzah* – ein hartgekochtes Ei als Symbol für neues Leben und die Opfergaben im Tempel von Jerusalem. *Maror* – eine Meerrettichwurzel, deren bitterer Geschmack uns daran erinnern soll, wie bitter der Frondienst in Ägypten war. *Horoset* – eine Mischung aus Früchten, Nüssen und Wein, die aussieht wie Mörtel, den die jüdischen Sklaven während der Zeit ihrer Sklaverei zum Herstellen von Ziegeln verwendeten. Und *Karpas* – grüne Petersilie, um den Frühling auf die Seder-Platte zu bringen."

Wieder schaute der Rabbi den Baron an. „Diese Seder-Platte ist um so kostbarer", sagte er, „als alle Zutaten aus dem Garten unseres Gastgebers stammen. Wir haben hier auch eine kleine Schüssel mit Salzwasser, die uns an das Meer erinnert, durch das unser Volk ziehen mußte, als es aus Ägypten floh. Und wir stellen auch immer ein Glas Wein neben die Platte für Elia, den Propheten, den der Baron bereits erwähnt hat. Einer alten Legende zufolge könnte es sein, daß Elia zu unserem Passahfest kommt und einen Schluck Wein nimmt.

Und schließlich steht hier dieser Korb mit dem Passahbrot, hart und flach, wie ihr sehen könnt, und ungesäuert. Man nennt es *Matzoh,* weil unser Volk Ägypten in solcher Eile verließ, daß keine Zeit mehr war, das Brot aufgehen zu lassen."

Er schaute den Baron mit einem leichten Kopfnicken an.

91
Unbequeme Gedanken

Mit jedem Kilometer wurde die Waffe auf Gustavs Schoß schwerer.

Er hatte noch nie getötet.

Zugesehen ja, und jedesmal war er innerlich zusammengezuckt. Es war ihm einigermaßen gelungen, seinen Widerwillen zu verbergen. Er versuchte sogar, sich davon zu überzeugen, daß er diese Überempfindlichkeit überwinden würde. Jede Verhaftung, jedes Verhör und jede Razzia betrachtete er als geeignete Abhärtungsmaßnahme für sich selbst.

Noch nie war Gustav einem Menschen begegnet, der so kalt und gefühllos war wie jener, der im Augenblick hinter dem Steuer saß.

Emil Korsch hatte schon getötet. Gustav hatte gesehen, wie er es ohne mit der Wimper zu zucken getan hatte; nur ein bösartiges Lächeln hatte seine Lippen dabei umspielt.

Und nun waren sie auf dem Weg zu dem Haus, in dem er als Kind so viel Zeit verbracht hatte. Ein Gewehr lag auf seinem Schoß, und Korsch erwartete von ihm, daß er es auch benutzte.

Was würde er tun, falls er dem Baron von Angesicht zu Angesicht gegenübertreten mußte? Gustav biß sich auf die Unterlippe.

So viele Gedanken gingen Gustav von Schmundt in diesem Augenblick durch den Sinn. Dies war das Land seiner Kindheit. War es wirklich so unschuldig, wie es ihm in Erinnerung war? Hatte er wirklich als Kind dort gespielt und sich mit dem Mann unterhalten, den er nun vielleicht töten sollte?

War dies alles nur ein schrecklicher Traum?

Töten ... *ihn!*

Würde er den Abzug drücken können? Würde er Sabrinas Vater töten können?

Was würde dann aus Sabrina werden? Er kannte sie gut

genug, um zu wissen, daß sie eher wie ein Tier in Auschwitz verrecken als den Mörder ihres Vaters heiraten würde!

Und doch würde Korsch nichts weniger von ihm erwarten.

Nicht nur seine Zukunft stand auf dem Spiel, vielleicht sogar sein Leben. Beförderungen waren nicht vorgesehen für Leute, die sich weigerten, ihre Pflicht zu erfüllen, und schon gar nicht für solche, die Milde walten ließen bei Juden und deren Sympathisanten.

In was habe ich mich nur hineinmanövriert, fragte sich Gustav, doch seine Frage blieb ohne Antwort.

92
Das Abendmahl

Sich der Gefahr, die sich in rasendem Tempo auf sie zubewegte, nicht bewußt, erhob sich der Baron, ging zu dem Tisch und nahm das Tuch auf der rechten Seite des Tisches ab. Darunter befand sich ein Korb mit Brot und ein großer Becher mit Wein.

„Auch wir feiern dieses Ereignis, von dem Sie gesprochen haben“, sagte der Baron. „Unser Herr hat seine Jünger gelehrt, das Passahfest zu feiern und diese Tradition weiterzugeben. Als er mit ihnen dieses Passahfest feierte, war es genau so ein Abend wie dieser, ein Abend des Abschieds, ein Abend, an dem der Tod über ihm schwebte. Er wußte, daß seine Zeit auf der Erde vorbei war, daß er sein Werk vollbracht hatte. Daher schwebte nicht nur der Tod über ihm bei dieser Feier, sondern durch diesen Tod auch die bevorstehende Freiheit.

So viele unserer Symbole und Traditionen haben eine gemeinsame Bedeutung. Es ist mein Gebet, daß wir heute abend diese Einigkeit feiern können.

Man hat euch beigebracht, dies in der Erinnerung an die

Treue Gottes zu tun. Uns wurde beigebracht, dies in der Erinnerung an seinen Sohn zu tun. Bei ihrem letzten Abendmahl brach er das Brot mit seinen Jüngern. Dies wird im übertragenen Sinne auch unser letztes gemeinsames Abendmahl sein, unser Passahfest, wie mein Cousin –" er schaute den Rabbi lächelnd an, „es ausdrückte. Als Christen essen wir dasselbe Brot wie ihr, und wir trinken den Wein in Erinnerung an das Blut, das Jesus Christus, unser Herr, vergossen hat. Heute abend wollen wir das Brot teilen."

Er wendete sich dem Tisch wieder zu, und zusammen mit dem Rabbi, der neben ihn getreten war, nahm er das Tuch ganz vom Tisch. In der Mitte des Tisches stand derselbe Brotkorb wie auf beiden Seiten.

Dann nahm jeder einen Korb hoch, holte das Brot heraus und legte es in den Korb in der Mitte des Tisches.

Beide Männer lächelten. Ehrfürchtig sahen alle zu. Jeder spürte, wie die trennenden Mauern zwischen ihnen fielen und der Geist Gottes den Raum erfüllte.

Langsam gingen sie durch die Reihen und reichten Juden und Christen, Aristokraten und Bauern, Polen und Deutschen gleichermaßen das Brot. Der Rabbi nahm den Korb zuerst und bot das Brot der Familie des Barons an. Dann gab er ihn dem Baron, der seinerseits allen anwesenden Juden das Brot reichte.

Der Baron reichte den Christen nun den Wein herum. Als er den Becher wieder auf den Tisch stellte und seinen Platz neben dem Rabbi einnahm, schwiegen sie lange Zeit.

Jeder im Raum betete auf seine Weise.

Schließlich ging der Baron zur anderen Seite des Raumes, nahm ein Handtuch und ein leeres Gefäß und goß Wasser aus einem der Krüge hinein. Der Rabbi tat es ihm nach.

„Wir Christen erinnern uns an noch einen Aspekt des Abendmahls, vielleicht den wichtigsten überhaupt", sagte er. „Das ist das lebendige Beispiel des Opfers."

„Das hat auch in unserer jüdischen Tradition eine sehr große Bedeutung", fügte der Rabbi hinzu.

„Wir sind gelehrt worden, daß nur durch das Dienen wahre

Größe im Himmel erreicht werden kann. Rabbi – wenn Sie bitte ...", sagte der Baron und deutete auf den leeren Stuhl.

Rabbi Wissen setzte sich. Baron von Dortmann kniete sich vor ihm hin, stellte sein Gefäß auf den Boden, zog dem Rabbi vorsichtig die Schuhe aus und begann, seine Füße zu waschen. Danach wuschen beide Männer allen anderen die Füße.

Dann erhoben sich alle und sangen ein Psalmlied.

Umarmungen, Tränen und gute Wünsche folgten. Dreißig Minuten später hatte noch nicht ein einziger den Raum verlassen.

93
Das Unheil naht

Immer noch rasten sie über die einsame, verlassene Landstraße auf eine Kreuzung zu, an der das Schicksal vieler Menschen zusammenlaufen würde.

Sie waren schon nahe – sehr nahe. Gustav kannte jeden Meter. Das Licht des Vollmondes über ihnen erleuchtete die vertraute Umgebung.

Das Gewehr fühlte sich nun an wie eine heiße, brennende Gerte, die seine rechte Hand zu versengen drohte. Der Schweiß lief ihm den Rücken hinunter, obwohl es ganz bestimmt keine warme Nacht war. Sein Atem ging stoßweise. Er mußte jetzt Ruhe bewahren!

Der Wagen wurde langsamer.

„Wie weit noch?" fragte eine Stimme.

Gustav starrte teilnahmslos aus dem Fenster.

„Wie weit noch", wiederholte Korsch ungeduldig.

Gustav, der auf einmal zu sich kam, warf den Kopf herum. „Oh ... etwa einen Kilometer noch, Herr Korsch", antwortete er. „Auf der rechten Seite stehen mehrere Bäume. Das ist die Zufahrt."

Korsch verringerte seine Geschwindigkeit und schaltete die Scheinwerfer des Wagens ab. Es war genügend Licht vorhanden, und wahrscheinlich würde ein Wachposten aufgestellt sein. Obwohl niemand im Haus hoffen konnte, ihm und seinen Männern zu entkommen, wollte Korsch nicht, daß die Wagen früher als notwendig entdeckt wurden.

Diese Angelegenheit wollte er sauber abwickeln. Er hatte bereits das notwendige Werkzeug dabei, um eine große Grube nicht weit von hier graben zu lassen, in die der menschliche Abfall kommen sollte.

Die drei Wagen und vier Lastwagen hinter ihm schalteten ebenfalls die Scheinwerfer aus. Korsch hatte genügend Helfer mitgebracht. Er hatte das Gefühl, daß es sich hierbei um eine größere Operation handelte, und er war nicht bereit, auch nur ein einziges Exemplar dieses Ungeziefers am Leben zu lassen.

Natürlich hatte er diesem Weichling da neben sich nichts davon erzählt. Das Mädchen war Halbjüdin. Er konnte sie genauso wenig am Leben lassen wie ihre hebräische Mutter oder den Vater, der den Widerstand leitete. Wenn dieser Mann, sein Untergebener, so gnadenlos war, wie er immer gedacht hatte, wie konnte er in bezug auf das Mädchen so blind sein?

Da waren die Bäume. Korsch bremste noch mehr ab, bog langsam in die Zufahrt ein und arbeitete sich den steilen, kurvenreichen Weg hoch.

Gustavs Lungen arbeiteten mittlerweile sehr heftig, seine Brust wurde von der Furcht zusammengeschnürt. Er wußte, daß er, noch bevor die Nacht vorbei war, Sabrinas Vater von Angesicht zu Angesicht gegenüberstehen würde. Dann würde er ihn entweder töten müssen oder eine Kugel aus Korschs Gewehr durch seinen eigenen Rücken gebohrt bekommen ...

94
Der Todesengel

Emil Korsch hatte seinen Plan gut ausgearbeitet.

Niemand würde lebendig entkommen.

Als sie beinahe oben angekommen waren, blieb er stehen. Er wartete einige Minuten. So hatten die fünfzehn Mann auf dem Lastwagen Zeit, abzuspringen und sich zu verteilen, das Haus zu umzingeln und dann langsam den Rest des Hügels hochzusteigen. Jede Ecke, jeder Ausgang würde von einem bewaffneten SS-Mann bewacht werden. Zwei der Männer hatten Suchscheinwerfer bei sich, die, sobald die beiden Wagen vorne vorfuhren, die Rückseite des Hauses hell erleuchten würden. Alle seine Männer hatten die Anweisung, sofort zu schießen.

Jetzt!

Korsch ließ den Motor an und trat das Gaspedal durch. Mit aufgeblendeten Scheinwerfern raste der Wagen über das kleine Rondell, der Kiesel flog in alle Richtungen. Dann plötzlich trat er auf die Bremse und blieb mit auf die Eingangstüre gerichteten Scheinwerfern stehen.

Innerhalb von wenigen Sekunden standen auch die anderen Wagen.

Unter Rufen und Türschlagen und dem Lärm dröhnender Stiefel war das von Dortmannsche Gut, einst die Zuflucht für Menschen in Not, in gleißendes Licht getaucht.

Nie mehr würde das *Lebenshaus* ein sicherer Zufluchtsort für Reisende in Not sein.

Korsch probierte nicht einmal, ob die Tür offen war.

Eine Salve aus seinem Maschinengewehr traf das Schloß. Das Holz zersplitterte. Er hob einen Fuß und trat die Tür mit lautem Krachen ein.

Mit einem Handzeichen setzten sich die Sturmtruppen hinter ihm in Bewegung. Sie folgten Korsch über die Schwelle, rissen Türen auf, drangen in die Räume ein; es war, als würde ein Orkan über das *Lebenshaus* hereinbrechen.

Nach kurzer Zeit rief einer der Männer von oben herunter: „Alles ist leer!"

Das Gesicht ihres Anführers wurde aschfahl.

Das konnte nicht sein! Wie war der Fuchs dem Netz nur entkommen?

„Haben Sie jedes Stockwerk, jedes Zimmer durchsucht?" fragte er. Noch während er fragte, wußte er, daß es stimmte. Geräusche, die er mittlerweile zu hören gehofft hatte, den Lärm von panischem Rennen und Schreien und Rufen – nichts von alledem. Nur seine eigenen Männer rannten herum – und fanden nichts.

„Ja, Herr Korsch", antwortete der Mann. „Jedes Stockwerk."

„Sucht weiter", rief Korsch. „Sie müssen hier irgendwo stecken. Diese Judenfreunde lieben Geheimräume, falsche Wände und Geheimgänge. Nehmt das Haus auseinander, wenn es sein muß! Ich will sie haben! Ich will den Lärm von Gewehren und Zerstörung hören! Wenn sie nicht hier sind, werden wir diesen Ort in Trümmern hinterlassen, falls ihnen einfallen sollte, noch einmal zurückzukehren!"

Wut stieg in ihm hoch. Korsch stürmte durch die nun hell erleuchteten Korridore zur hinteren Terrasse, wo die Wachen standen.

„Ihr", rief er, „durchsucht jede Scheune, jedes Gebäude auf dem Gut. Vielleicht verstecken sie sich dort. Durchlöchert mit euren Maschinengewehren jeden Fußboden, jeden Holzstapel und jeden Heuboden. Seht überall nach. Nehmt die Gebäude auseinander. Ich will wissen, ob irgendwo Fahrzeuge sind!"

Sofort schwärmten die Männer aus zu den außerhalb gelegenen Gebäuden.

Im ganzen Haus waren die Salven der Maschinengewehre zu hören. Fenster zersplitterten, Türen wurden aus den Angeln getreten, in jedem Schlafzimmer wurden schlimme Verwüstungen angerichtet. Es dauerte nicht lange, bis sie die geheimen Schlafzimmer und Verstecke im zweiten Stockwerk gefunden hatten.

Korsch wurde gerufen.

Seine Wut verwandelte sich in blanken Zorn bei der Entdekkung, daß die Feinde tatsächlich hier ihr Lager aufgeschlagen hatten. Der jüdische Abschaum war hier versteckt worden! Die Betten waren noch vor kurzem warm gewesen.

In seiner blinden Wut schoß er wild im Raum umher, in dem er stand, und hätte beinahe einen seiner eigenen Männer durch die aufspritzenden Holz- und Glassplitter verwundet.

Er stürmte aus dem Zimmer. Wo war dieser Schmundt-Verräter?!

Gustav stand am Treppenaufgang und versuchte immer noch, mit dem Fiasko fertigzuwerden, für das er, wie er wußte, die volle Verantwortung trug.

Korsch zog ihn am Kragen mit sich hinaus.

„Hören Sie, Schmundt", sagte er, „falls ich herausfinden sollte, daß *Sie* das Schwein gewarnt haben, daß *Sie* Rücksicht genommen haben wegen der Tochter, werden Sie ein toter Mann sein!"

„Ich schwöre, Herr Korsch, ich bin genauso überrascht –"

„Schweig, du Hund!" rief Korsch und schlug ihn heftig ins Gesicht. „Wo können sie das Kästchen versteckt haben?"

„Was für ein Kästchen?"

„Das heilige Kästchen, Sie Dummkopf. Der Rabbi muß hiergewesen sein!"

„Ganz sicher hätten sie es nicht für uns zurückgelassen –"

„Vielleicht hielten sie es für sicherer, es hierzulassen, als es mitzunehmen. Nun, wo können wir suchen? Wir haben nicht die ganze Nacht Zeit!"

„Der Garten!" sagte Gustav, einer plötzlichen Eingebung folgend. „Das war immer der Lieblingsplatz des Barons!"

Innerhalb weniger Sekunden rannte Gustav zur Hintertür hinaus, gefolgt von Korsch und zehn SS-Männern.

Sie begegneteten drei oder vier Männern, die den Hügel heraufgelaufen kamen.

„Da sind keine Fahrzeuge!" sagte einer von ihnen zu Korsch. „Alle Gebäude sind leer!"

Korsch fluchte laut. Er bedeutete Gustav, weiterzugehen.

Er führte sie zu der Stelle, wo er das Geheimnis des Barons

entdeckt hatte. Er blieb stehen. Korsch und die anderen holten ihn ein. Sie trugen Laternen. Gustav schaute sich schnell noch einmal um, da waren der Oliven- und Feigenbaum, die Dornenkrone und andere Erinnerungen an einen Berg, genannt der Ölberg.

„Er kam häufig hierher", sagte Gustav. „Dieser Garten ist sein Lieblingsplatz, um zu beten und allein zu sein. Ich dachte, hier könnte der Schlüssel liegen, ein Hinweis darauf, wo er sich aufhält oder daß sie das Kästchen hier vergraben haben ... aber ich kann nichts entdecken."

„Pah! Sie sind ein Dummkopf!" rief Korsch unwirsch. „Wo sollen wir noch suchen?"

Gustav drehte sich um und rannte in den Rosengarten. Schwere Stiefel folgten ihm und trampelten Marions so liebevoll gehegten Pflanzen achtlos nieder. Sie standen nun im Rosengarten.

„Nichts da! Was haben Sie erwartet?" brüllte Korsch. An seine Männer gewandt, fügte er hinzu: „Zerstört den Garten!"

Gustav führte sie zurück zum Haus, während hinter ihm Gewehrfeuer und schwere Stiefel alles in Grund und Boden stampften, was der Baron mit so viel Liebe und Sorgfalt aufgebaut hatte.

Nun, da er erkannte, daß der Baron sie alle an der Nase herumgeführt hatte, legte sich Gustavs Gewissen wieder zur Ruhe. Da nicht zu erwarten war, daß er den Baron würde töten müssen, trat nun Wut anstelle der Furcht, die er vorher empfunden hatte. Er verachtete den Baron nun um so mehr dafür, daß er ihn wie einen Idioten dastehen ließ. Als sie das Haus wieder erreichten, war er mit derselben Leidenschaftlichkeit entschlossen, den Schlüssel zu dem Aufenthaltsort des Barons oder des Kästchens zu finden.

Im ganzen Haus waren die Geräusche von Zerstörung zu hören, Glas splitterte, Holz krachte, Porzellan zerschellte. Gustav führte sie die Treppe hinauf.

„Folgt mir!" sagte er zu Korsch und den anderen.

Kurz drauf standen sie mitten in der Bibliothek.

Auf einen Blick erkannten sie, daß hier vor nicht allzulanger Zeit eine ansehnliche Versammlung stattgefunden hatte. Es standen über dreißig Stühle herum, Essen stand unangerührt, zwei halbvolle Gläser Wein, Gefäße mit Wasser auf dem Boden, feuchte Handtücher hingen über der Rückenlehne eines Stuhles. Ein siebenarmiger Kerzenleuchter stach ihnen ins Auge.

Hier waren Juden gewesen. Und zwar nicht wenige!

Während er noch versuchte, dem allen einen Sinn zu geben, ergriff Korsch ein Weinglas und schüttete seinen Inhalt auf einmal hinunter, wischte sich den Mund mit dem Handrücken ab und ging zurück in den Flur.

„Wenn ihr mit diesem Stock fertig seid", sagte er zu seinen Männern, „werft so viele Bücher wie möglich auf den Boden. Alle sollen helfen. Dann zündet sie an."

Er verließ die Bibliothek, Gustav auf den Fersen.

„Ich werde Ihnen noch eine Chance geben, Ihre Zukunft zu sichern", sagte Korsch und starrte seinen jungen Schützling mit unbewegter Miene an. „Wo können wir die Privatpapiere des Barons finden, seine Akten – alles, was uns einen Hinweis darauf geben könnte, wo wir den Rabbi finden?"

„Er hat ein Arbeitszimmer."

„Warum haben Sie das nicht früher gesagt?" brüllte Korsch. „Führen Sie mich hin!"

Gustav zuckte zusammen und tat, wie ihm befohlen.

Korsch stürmte hinein und blieb eine Weile mitten im Zimmer stehen.

„Lassen Sie mich allein", sagte er ungewohnt ruhig zu Gustav.

Gustav ging aus dem Zimmer und schloß die Tür hinter sich.

Er drehte sich um und entfernte sich schnell von dem Arbeitszimmer, und einen Augenblick später öffnete er mit zitternder Hand die Tür zu Sabrinas Zimmer.

Langsam ging er hinein. Es war noch nicht angerührt worden, obwohl das brennende Licht darauf schließen ließ, daß die Männer es schon sorgfältig durchsucht hatten.

Ein Schwall seltsamer Gefühle durchfloß ihn. Alles erinnerte ihn an Sabrina. Da war ihr Bett. Ihr Frisiertisch, ihr Spiegel!

Er holte tief Luft, sog den schwachen Duft ihrer Gegenwart ein.

Wie im Traum schritt er jeden Zentimeter ihres Zimmers ab, schaute jedes Trinkgefäß, jeden Gegenstand an, der ihn an sie erinnerte, dann nahm er ihr Kissen hoch und hielt es dicht ans Gesicht.

In der Zwischenzeit legte sich vier Zimmer weiter ein triumphierendes Lächeln auf das pockennarbige Gesicht von Emil Korsch.

Unter den Papieren des Barons hatte er eine handgezeichnete Karte und einen Umschlag gefunden, den er gerade ans Licht hielt.

Es war wirklich sehr unachtsam von diesem Dummkopf, dachte er, *solche Papiere hier herumliegen zu lassen.* Aber wahrscheinlich waren sie sehr in Eile gewesen und hatten nicht damit gerechnet, daß das Haus durchsucht werden würde.

Der Brief war offensichtlich nicht auf dem normalen Postweg befördert worden.

Korsch zuckte zusammen. Er war eilig hingekritzelt, der Name auf dem Umschlag aber dennoch deutlich zu lesen.

Wilhelm Stegerwald, Fürstendorf.

Das bösartige Grinsen wurde breiter. Es war vielleicht ein langer Weg gewesen und hatte eine wilde Jagd durch die Schweiz erfordert, aber schließlich paßte doch alles zusammen.

Nun hatte er den Namen und die richtige Stadt!

Emil Korsch stopfte die Karte und den Umschlag in die Tasche und holte sein Maschinengewehr hervor. Eine letzte Salve ergoß sich über den Schreibtisch des Barons, den Stuhl und das Fenster.

Ihre Mission in diesem Haus war beendet!

95
Das Opfer

Die Reisenden schleppten sich durch ein einsames Waldstück.

Die Nacht war sehr lang gewesen. Sie waren durch unzählige Wälder und Felder gewandert. Die meisten der Kinder schliefen schon seit Stunden. Jakob Kropf trug seine Tochter Angelika, und auch die anderen Männer hielten irgendein Kind auf dem Arm. Auch der Rabbi und seine Familie gehörten zu den Wanderern. Während der ersten vierundzwanzig Stunden würde die Gefahr am größten sein, hatte der Baron ihnen gesagt. Danach würde die Reise nach Süden relativ leicht sein. Die jüdischen Gäste hatten unter sich ausgemacht, wer das *Lebenshaus* zu Fuß und wer es mit dem Wagen verlassen sollte.

Siebzehn waren zu Fuß unterwegs, und jeder der drei Wagen war mit fünf Leuten besetzt worden. Die Fahrzeuge hatten verschiedene Routen genommen und besaßen unterschiedliche Ziele. Mittlerweile würden sie hoffentlich schon viele Kilometer weit südwestlich sein. Diejenigen, die das Haus des Barons zu Fuß verlassen hatten, mußten Fürstendorf noch vor Tagesanbruch erreichen.

Alles war arrangiert worden. Der Verbindungsmann würde die kleine Gruppe ungesehen ins Dorf und zu dem Haus von Pastor Stegerwald bringen. In der folgenden Nacht sollten sie dann in einem Lastwagen mit Hilfe von gefälschten Frachtpapieren nach Innsbruck gebracht werden, wo sie dann eine Woche lang in zwei verschiedenen Häusern würden bleiben können. Kurze Zeit später würden sie dann über die Schweizer Grenze gebracht werden.

Der Lastwagen mußte am Abend losfahren. Sie mußten ihren Verbindungsmann unbedingt beim Morgengrauen erreichen, sonst würde alles verloren sein.

Nachdem die drei Wagen losgefahren und die Wanderer ihre

letzten Vorbereitungen zum Aufbruch getroffen hatten, wurde der Baron von einer inneren Unruhe erfaßt.

Er bat Marion und Sabrina zu sich in sein Arbeitszimmer und schloß die Türe.

„Ihr wißt, daß ich nicht oft behaupte, der Herr hätte zu mir gesprochen", begann er. „Doch vermutlich tut er es gerade jetzt. Ich kann es nicht mit Sicherheit sagen, doch ich habe das starke Gefühl, daß wir dieses Haus mit den anderen zusammen verlassen müssen."

„Verlassen, Heinrich ... das *Lebenshaus* verlassen?" fragte Marion.

„Ja, mein Liebes. Vielleicht ist es nur so, daß wir die anderen sicher dem Pastor übergeben müssen. Er hat eine Karte geschickt, die Jakob sich angesehen hat. Doch ich bin sehr unruhig. Ich wollte eigentlich allein mit ihnen gehen. Aber nun habe ich das Gefühl, daß auch ihr beide mitgehen solltet."

„Was ist mit den Dienstboten?" fragte Marion.

„Sie müssen zu ihren Leuten zurückgehen. Hierzubleiben wäre im Augenblick zu gefährlich."

Die drei nahmen sich bei der Hand, beteten zusammen und begannen, das Nötigste zusammenzupacken.

Während der nächsten Stunde gingen der Baron, Marion und Sabrina durchs Haus und nahmen weinend Abschied von dem Ort, den sie so sehr liebten. Würden sie bald zurück sein? Würden sie dieses geliebte Haus je wiedersehen?

Sowohl Sabrina als auch der Baron hatten noch etwas im Keller zu erledigen, allerdings wußte ihr Vater nicht, was Sabrina in dem Kellerraum wollte, den sie den Eisraum nannten.

Heinrich schloß das Verlies zu, mit dem so viele Geheimnisse verhaftet waren, dann versteckte er den Schlüssel und kam wieder nach oben.

*

Das war vor wenigen Stunden gewesen. Nun, da die Nacht bald zu Ende war, hatten sie sich schon weit von ihrem Zuhause entfernt.

Trotz der Tatsache, daß alle kaum noch auf ihren Füßen stehen konnten, drängte der Baron sie zum Weitergehen.

Als sie aus einem kleinen Tannenwald kamen, zeigten sich die ersten Anzeichen der Morgendämmerung im Osten. Der Mond, der ihnen die ganze Nacht über den Weg gezeigt hatte, war vor einer Stunde untergegangen.

Jakob führte sie aus der Deckung der Bäume heraus, und der Schutz der Dunkelheit wich langsam von ihnen.

Sie gingen am Ufer eines kleinen Flusses entlang. Jakob blieb alle paar Minuten stehen, schaute sich um und versuchte sich zu orientieren. Hinter ihm ging Baron von Dortmann. Nur das Notwendigste wurde gesprochen.

Sie kamen an eine schmale Brücke, die über den Fluß führte, überquerten sie und gingen geradewegs über eine Wiese, die sich vor ihnen ausbreitete. In der Ferne waren die Umrisse der Kirche von Fürstendorf und einiger anderer Gebäude zu erkennen.

Nun durchquerten sie nacheinander einen kleinen Obstgarten und kamen schließlich an einen Feldweg, den ein kleinerer Feldweg kreuzte, der aus einem Wald herausführte.

Ihre Anweisung lautete, die Kreuzung zu überqueren und den schmalen Weg entlang in den Wald zu gehen. Nach etwa hundert Metern würden sie im Wald auf den Sohn des Pastors treffen, der sie ins Dorf bringen sollte.

Jakob trat auf die Straße, gefolgt von dem Baron. Er blieb stehen, und schaute sich in alle Richtungen um. Dann machte er den anderen ein Zeichen, zu kommen.

In der Ferne konnte man leise das Geräusch eines Motors vernehmen.

Undeutlich zuerst, wurde es doch ständig lauter, dann waren unverkennbar zwei Motoren zu hören.

Der Baron lauschte angestrengt. Unbewußt trieb er die Wanderer zu größerer Eile an. Es war klar, daß die Wagen in ihre Richtung fuhren, und zwar schnell.

Vielleicht war es ja nur ein Bauer, der nach fortgelaufenen Tieren suchte. Auf jeden Fall war Eile geboten. Es wäre nicht gut, wenn sie gesehen würden.

„Komm, Ursula", flüsterte der Baron, „Ulrike ... Heziah, mein Freund – wir haben es bald geschafft ... geht weiter, alle."

Die beiden Wagen bogen um eine Kurve, und auf einmal erhellten die Scheinwerfer die Dämmerung und tauchten die kleine Gruppe in helles Licht.

Sie begannen zu rennen, über die schmale Straße dem Wald zu. In dessen Schatten stand eine einsame Gestalt und beobachtete, wie sich vor seinen Augen der gefürchtetste Alptraum aller Juden abspielte. Still betete der Sohn des Pfarrers für die Flüchtlinge, die, so schnell sie konnten, auf ihn zurannten.

Es war zu spät.

Die beiden Wagen rumpelten in rasender Geschwindigkeit über den Feldweg. Ihre Scheinwerfer hatten sie erfaßt und hielten sie fest.

Gerade rannte der letzte der ihm Anbefohlenen über die Straße. Nur zwei zögerten.

„Heinrich ...?" flehte Marion, obwohl ihre Stimme zeigte, daß sie die Wahrheit schon kannte. Ihre Augen füllten sich mit Tränen.

Auf einmal schien die Zeit stillzustehen. Die drei nahmen nichts mehr um sich herum wahr. Diese Sekunden gehörten ihnen.

„Gott schütze dich, Marion", sagte Heinrich. Seine Stimme war leise, doch er war gefaßt.

Sie widersprach ihm nicht und zog sich langsam zurück.

„Papa ... komm doch, Papa!" bat Sabrina, die allmählich begriff, was ihr Vater vorhatte.

„Geh, Sabrina", sagte er immer noch leise. „Geh mit deiner Mutter."

„Nicht ohne dich", rief sie und brach in Tränen aus.

„Sabrina", sagte er. Er sprach schnell und liebevoller, als sie ihn je gehört hatte. „Du weißt, daß denen, die lieben, auch die

Blätter duften. Und manchmal kommt der Duft der Liebe auch von den Dornen. Die Krone unseres Herrn bestand nicht aus duftenden Blüten, mein Kind."

„Sie werden dich ins Gefängnis stecken!"

„Ihr werdet frei sein."

„Ich möchte, daß auch du frei bist!"

„Ich *werde* frei sein, Sabrina. Du weißt, daß es so ist."

„Ja, Papa", erwiderte Sabrina mit Tränen in den Augen.

„Nun geh, mein Kind; möge Gott bei dir sein."

„Oh, Papa ..."

„Ich werde dich wiedersehen."

„Aber wann?"

„Wenn Gott es will."

Der Baron drehte sich um.

Die beiden Autos kamen mit quietschenden Reifen zum Stehen. Noch bevor sie richtig zum Halten gekommen waren, flogen die Türen auf, und innerhalb von wenigen Sekunden standen die SS-Männer mit den Gewehren im Anschlag da und hielten ihren Blick auf die sechzehn Gestalten gerichtet, die vor Angst gelähmt dastanden.

Emil Korsch sprang aus dem Wagen, sein Gewehr schußbereit, die Augen funkelnd in diabolischer Zufriedenheit, daß er diese Juden und Christen, die er so haßte, endlich in die Finger bekommen hatte.

Schweigen hing in der Luft. Es wurde durch Gustav unterbrochen, der auf der Beifahrerseite des Wagens ausstieg, sein Gewehr in der Hand hielt, es aber nicht auf die Menschen, sondern auf den Boden gerichtet hielt.

Der Baron ging unbewegt auf den zu, der ihn verhaften würde.

Gustav näherte sich Sabrina und bedeutete ihr, sie solle zu ihm kommen. Doch Sabrina drückte sich nur noch näher an ihre Mutter heran.

Der Klang von Korschs Stimme hinderte Gustav daran, sie weiter zu bedrängen.

„Nun, mein Freund, Baron von Dortmann", sagte er verschlagen grinsend, „so treffen wir uns also wieder. Meine

Berichte, daß Sie zu den Führern des Widerstands gehören, waren offenbar richtig."

Der Baron erwiderte nichts, blickte seinem Feind nur fest in die Augen und ging weiter langsam auf ihn zu. *Herr Gott, unser Vater,* betete er leise, *hilf, daß deinem Volk nichts passiert.*

Er drehte sich ein letztes Mal zu seiner Familie und seinen Freunden um.

„Marion ... Sabrina ... Heziah", sagte er, „geht weiter mit den anderen in den Wald. Was auch immer mit mir geschieht, geht einfach weiter und dreht euch nicht um. Habt keine Angst um mich."

Alles blieb still. Nicht einmal Emil Korsch sagte ein Wort.

„Geht, sage ich", wiederholte der Baron. „Sie werden euch nichts tun und euch auch nicht folgen. Keiner der Männer wird schießen. Und nun ... geht."

Von Schluchzen geschüttelt, gehorchte Marion, dann Sabrina, und schließlich gingen alle auf den Wald zu.

Der Baron wandte seinen Blick wieder auf Emil Korsch.

„Halt!" rief Korsch, doch das Wort klang hohl und unsicher.

„Sie hindern sie nicht daran", sagte der Baron eindringlich. „Sie haben meine Anweisung zu gehen." Langsam ging er auf Korsch zu und blieb direkt vor ihm stehen. „Ich bin es, den Sie wollen", sagte er leise.

„Haltet sie auf!" rief Korsch seinen Männern zu. „Schmundt, ich befehle Ihnen, diesen Mann zu töten!"

Der Baron wendete sich den SS-Männern und Gustav zu und sprach mit ruhiger Stimme. „Im Namen Jesu Christi befehle ich Ihnen, nicht zu feuern und diese Menschen gehen zu lassen."

„Schmundt, töten Sie diesen Narren!" schrie Korsch aufgebracht.

Der Baron suchte betend den Blick seines jungen Nachbarn, der sein Gewehr in der Hand nicht mehr heben konnte. Es schien ihm so schwer wie fünfhundert Kilo.

Dann sah er Emil Korsch mit eindringlichem Blick an. „Herr Korsch", sagte er leise, kaum lauter als ein Flüstern,

„Sie können mich verhaften, aber Sie werden diese Menschen in Ruhe lassen."

Eine ganze Weile hielt er den Blick des Gestapomannes fest.

Hinter ihm lief die kleine Gruppe auf den Wald zu. Der Baron drehte sich um und machte einige Schritte auf seine Frau zu, die wieder reglos dastand und vor sich hin weinte.

Ihre Blicke trafen sich. Sie sah, wie sich seine Lippen zu einem letzten Lebewohl bewegten.

Marion versuchte, die Worte zurückzugeben.

Heinrich lächelte, wendete sich dem Nazi-Agenten zu und blieb reglos stehen.

Dann plötzlich war der Bann gebrochen.

Korsch packte ihn unsanft, band ihm die Hände hinter dem Rücken fest und deutete mit dem Kopf auf seine Kameraden. Die Männer kamen herbei und begannen, auf ihren Gefangenen einzuschlagen, während sie ihn zum Wagen zerrten.

Marion konnte es nicht mehr ertragen.

Sie drehte sich um und floh in den Wald. Beinahe blind vor Tränen, sah sie kaum, wohin sie lief. Die anderen waren ihr schon weit voraus, hatten den Sohn des Pfarrers erreicht und wurden in das dichte Gebüsch des Waldes geführt, wo sie sich verstecken konnten.

96

Gerettet

Die Tunnelöffnung gähnte ihnen aus dem schneebedeckten Berg schwarz entgegen.

Heziah Wissen und Jakob Kropf, die sich in den nun mehr als zweieinhalb Jahren ihres Zusammenseins näher gekommen waren als Brüder, schüttelten die Hand des Burschen, der sie den steilen Schafsweg in die österreichischen Alpen geder sie den steilen Schafsweg in die österreichischen Alpen geführt hatte. Von hier aus würden sie ihre Reise allein fortsetzen müssen.

Sie warteten, bis die sieben Frauen und Mädchen und Jakobs neunjähriger Sohn sie eingeholt und die Gelegenheit gehabt hatten, nach dem steilen Aufstieg wieder zu Atem zu kommen. Dann übernahm Jakob mit seiner kleinen Laterne wieder die Führung und ging seiner Gruppe in den verlassenen Eisenbahntunnel voran. Ihm folgten seine Frau und ihre siebenjährige Tochter, dann Ursula und Gisela, danach Marion und Sabrina – die über zwei Jahre lang Gastgeber gewesen waren und nun ihrerseits von ihren jüdischen Freunden versorgt wurden. Rabbi Wissen und seine Frau Helga bildeten den Schluß.

Wie passend, die Reise auf eine solche Art zu beenden, dachte der Rabbi bei sich, als sie langsam im Maul des Berges verschwanden.

Die vergangenen Jahre waren wie ein langer, schwarzer Tunnel für die Juden in Europa gewesen. Niemand wußte, wie lange die Dunkelheit noch dauern würde und ob es überhaupt noch einmal Licht für sie geben würde. Bei den meisten war dieses Glück nicht eingetreten, und der Tunnel hatte im Tod geendet.

Jedem der Pilger gingen ähnliche Gedanken durch den Kopf, während sie langsam Jakob Kropf folgten. Jeder war in den vergangenen drei Wochen auf seine Weise gereift, auf dieser Reise, die länger gedauert hatte, als man zuerst angenommen hatte. Sie hatten gelernt, voneinander abhängig zu sein und einander zu lieben, füreinander zu beten und sich gegenseitig zu vertrauen. Sie hatten umso mehr den Preis und den Wert der Freiheit schätzen gelernt – und den des Lebens.

Doch immer dachten sie an den einen, dem sie ihre Freiheit verdankten. Man sprach nicht oft von ihm, aus Respekt vor der Frau, die mittlerweile wohl seine Witwe war. Doch nur selten gab es einen Augenblick, in dem nicht wenigstens einer der zehn trotzdem für die Sicherheit und Bewahrung des Mannes betete, der sich für sie geopfert hatte.

Den größten persönlichen Eindruck hatte dieses Opfer bei den beiden jüdischen Männern hinterlassen, die die Umstände in eine Führungsrolle gedrängt hatten, um die sie sich nicht selbst bemüht hatten.

Das galt besonders für Jakob Kropf, den Mann von bäuerlicher Herkunft und geringer Bildung, der sich auf einmal Seite an Seite mit einem der führenden Rabbis Europas fand und seine eigene Geschicklichkeit und praktische Veranlagung mit dessen Weisheit kombinierte. Die beiden Männer hatten einander lieben gelernt, und ohne Zögern hätte einer sein Leben für den anderen gegeben.

Vor ihrem inneren Auge stand immer der Baron, der wirklich sein Leben gegeben hatte, damit sie alle entkommen konnten. Die Erinnerung an die willige Hingabe des Barons stärkte in vielerlei Hinsicht ihren Charakter.

Der tiefe christliche Glaube des Mannes sprach mit jedem Tag, der verging, lauter zu ihnen. Der Rabbi konnte nicht vergessen, wie der Baron davon gesprochen hatte, daß das Christentum erfüllte, was das Gesetz des Judentums begonnen hatte.

Diese Worte berührten ihn jetzt. Wenn er daran dachte, daß der Baron nicht nur geredet, sondern vor allem auch gehandelt hatte, so wurde ihm immer klarer: *Der Baron hat seinen christlichen Glauben gelebt.*

Sein Glaube war nicht nur eine Religion für ihn, sondern ein täglicher, praktischer *Lebensstil.* Durch seine Bereitschaft, sich für seine Frau und seine Tochter, für sie alle zu opfern, hatte sich sein Glaube als tief und echt erwiesen. Dieses Beispiel war eindrücklicher als alles, was er seit Jahren aus dem jüdischen Gesetz hatte entstehen sehen.

Theoretische Opfer gehörten zum jüdischen System. Doch nicht das bereitwillige Opfer eines Menschen, der sich selbst für einen anderen dahingibt. Was der Baron getan hatte, konnte er nicht begeifen.

Er war doch der einzige Unschuldige unter ihnen gewesen! Nur er besaß reines, arisches Blut – unverfälscht. Ein Germane, ein Deutscher höchsten Ranges, ein Sohn und Nachfahre des Adels, wie es die Nazis sahen.

Alle anderen waren Juden, sogar die Frau des Mannes und seine Tochter! Alle anderen waren in den Augen der Nazis schuldig!

Und er, der Unschuldige, war vorgetreten, hatte sich in die Hände der Nazis begeben, damit die anderen, alle Juden, alle „Schuldigen“ frei sein konnten.

Das war unglaublich!

Auf einmal sah er alles, was er gehört und geglaubt hatte, alles, was er gelesen, geschrieben und über den Mann Jesus, den die Christen den Christus nannten, gesagt hatte, in einem anderen Licht!

Heziah war stets gelehrt worden, daß der Tod Jesu Christi keine besondere Bedeutung habe, daß er ein Mensch wie jeder andere gewesen sei. Schließlich mußte jeder einmal sterben. Doch die Liebestat des Barons, der sich an der Liebe seines Herrn orientierte, ließ ihn erneut über diesen Jesus und seinen Tod nachdenken.

Wenn schon der Baron – in menschlicher Weise – das Prinzip der willigen Opferbereitschaft einer kleinen Gruppe von Menschen verdeutlichen konnte, wieviel mehr mochte der Tod Jesu Christi für *alle* Menschen bedeuten … falls das, was die Christen schon immer gesagt hatten, stimmte: daß er der Sohn Gottes war …

Der jüdische Rabbi wunderte sich über seine Gedanken. Er mußte sich wohl noch einmal neu mit dem Ganzen beschäftigen!

Der Rabbi hatte auch bei Marion von Dortmann eine Veränderung bemerkt.

Ihr wurde immer klarer, was ihr Mann wirklich getan hatte. Die anfängliche Trauer wurde immer mehr ersetzt durch die Erkenntnis, wie tief und allumfassend seine Liebe gewesen war.

Auch Marion hatte sich in den vergangenen drei Wochen seine Worte wieder und wieder ins Gedächtnis gerufen. So vieles, was sie in den vergangenen Jahren erlebt hatten, stand wieder neu vor ihr. Sie hatte gewußt, daß er ein einzigartiger Mann war. Doch nun, wo er nicht mehr da war, schnitt diese besondere Beziehung, die sie miteinander gehabt hatten, ihr besonders tief ins Herz. Die Dornen mischten sich mit den Knospen der Rosen, die sie beide so geliebt hatten.

Ein Satz war ihr besonders im Gedächtnis geblieben. Heinrich hatte gesagt, daß der Tod die Liebenden nicht trennen könne, wenn sie in der Hand des Vaters blieben.

Das tröstete sie, denn: Wohnte nicht etwas viel Wichtigeres als Tod und Leben in ihrem Herzen – das Größte von allem, von dem der Apostel Paulus sagte, daß es sogar über dem Glauben und der Hoffnung stehe?

Tief in ihrem Innern bewahrte sie die Erinnerung an seine funkelnden Augen, an seine Lippen, die ihr ein letztes „Ich liebe dich" zuriefen und die Zusage, daß sie sich wiedersehen würden.

Jakob schleppte sich weiter durch die Dunkelheit und fragte sich, ob dieser grabähnliche Tunnel jemals enden würde. Sie hatten drei Wochen gebraucht, um hierher zu gelangen, und es kam ihm vor, als dauere es drei Tage, diesen dunklen Tunnel zu bewältigen.

Auf einmal meinte er, in der Ferne einen schwachen Lichtschimmer wahrzunehmen.

Er beschleunigte seinen Schritt ein wenig, obwohl der Boden unter ihren Füßen steinig und uneben war.

Es konnte keinen Zweifel mehr geben ... ja – das Licht wurde heller. Das Ende des Tunnels war in Sicht!

Hinter sich konnte er hören, wie die Jüngeren Freudenschreie ausstießen. Das Licht wurde immer heller, in ein, zwei Minuten würden sie keine Laterne mehr brauchen.

Nun liefen sie, stolperten vorwärts, so schnell es ihnen möglich war.

Da waren Leute auf der anderen Seite! Sechs oder acht, er konnte es nicht sagen. Es schienen sogar noch mehr zu sein, ein halbes Dorf hatte sich anscheinend draußen vor dem Tunnelausgang versammelt!

Was machten sie ... was riefen sie ... was bedeutete der Aufruhr? Sie riefen ihnen etwas zu ... wollten sie sie etwa warnen, wieder zurückzugehen? Jakob war verwirrt; er trat als erster aus dem Tunnel heraus; im hellen Sonnenlicht schirmte er seine Augen ab. Die Menge jubelte und klatschte.

Nach einer Weile öffnete er die Augen.

„Ihr habt es geschafft!" rief ein Mann in Bauernkleidung, der zu ihm hinlief und ihm die Hand schüttelte. „Ihr seid angekommen ... ihr seid in Sicherheit!"

„Sie meinen –"

„Ja – ja, mein Freund. Ihr seid in der Schweiz!"

Die Flüchtlinge brachen in Tränen aus. Jakob umarmte Ulrike, dann Heziah, Sabrina, Ursula und Marion, und schließlich lagen sich alle zehn in den Armen, weinten, schluchzten, schüttelten die Köpfe, beteten zu Gott und konnten das Wunder nicht fassen.

Schließlich nahmen sie die Menge um sich herum wieder wahr, die gekommen war, um sie willkommen zu heißen.

„Aber wer sind Sie alle?" rief Ulrike Kropf, die selbst über die Unsinnigkeit dieser Frage lachen mußte.

„Wir sind Christen und Juden unten aus dem Dorf Rheinkirkhaus", antwortete eine Frau freundlich lächelnd. „Wir sind gekommen, um euch mit zu uns nach Hause zu nehmen. Wir wollen euch helfen, eine Bleibe zu finden."

„Aber woher wußten Sie, daß wir kommen?" fragte Rabbi Wissen, der nun vortrat.

„Die Nachricht von eurer Reise ist euch vorausgeeilt", antwortete die Frau. „Wir haben durch Untergrundkanäle gehört, daß ihr der Gestapo entkommen seid. Wir haben auf euch gewartet und für euch gebetet."

„Ist etwas über ... über den Zwischenfall bekannt?" fragte der Rabbi.

„Meinen Sie über den Mann, den die Gestapo verhaftet hat?"

Der Rabbi nickte.

„Ja, wir haben die ganze Geschichte gehört. Aber wer von Ihnen ist denn Frau von Dortmann?" fragte die Frau aufgeregt.

Marion trat vor, Sabrina war an ihrer Seite.

„Ich habe eine Botschaft für Sie", sagte die Frau und ergriff

Marions Hand. „Sie ist vor zwei Tagen hierher gelangt. Seit Sie Fürstendorf verlassen haben, hat Pastor Stegerwald seine Verbindungen spielen lassen und versucht, etwas über den Verbleib Ihres Mannes zu erfahren."

Während die Frau sprach, schloß Marion die Augen. Sabrina atmete tief durch und versuchte, Haltung zu bewahren.

„Vor zwei Tagen haben wir die Nachricht erhalten – Ihr Mann lebt, Frau von Dortmann! Sie haben ihn ins Gefängnis gesteckt, aber wenigstens nicht in ein Konzentrationslager. Niemand weiß, warum, doch die Nazis lassen ihn am Leben."

Marion und Sabrina schrien vor Freude auf. Freudentränen standen in ihren Augen, und auch ihre Freunde waren tief bewegt.

Rabbi Wissen und Jakob Kropf sanken auf die Knie und dankten jeder auf seine Weise für das Leben ihres Freundes.

„Papa hat gesagt, daß der Duft der Liebe manchmal durch die Dornen kommen muß", sagte Sabrina. „Vielleicht hat er diesen Augenblick gemeint."

„Er wollte mir nicht *Lebewohl* sagen, sondern *Auf Wiedersehen*", fügte ihre Mutter hinzu. „Als ich sah, wie sie ihn wegführten, habe ich ihm zuerst nicht geglaubt. Nun sehe ich, daß er recht hatte."

„Womit, Mama?" fragte Sabrina.

„Wir werden ihn wirklich wiedersehen."

Die Dorfbewohner führten die Neuankömmlinge den Berg hinunter dem schweizer Dorf zu, dessen Dächer bereits zu sehen waren.

Marion und Sabrina schauten sich an. Müdigkeit und Trauer auf ihren Gesichtern hatten sich mit Dankbarkeit und Freude gemischt. Sie umarmten sich, dann drehten sie sich um und gingen den Weg hinunter, von neuer Hoffnung durchdrungen.

Epilog

Immer noch bewegte sich der Schaukelstuhl langsam hin und her.

Obwohl ihre gemeinsame Zeit nur kurz gewesen war, gab es doch so viele Erinnerungen.

Sie hatte ihm so vieles zu sagen gehabt.

Aber nun wurde er müde. Die Geschichte war lang, und er war erschöpft. Sich an ihre Worte zu erinnern, war sein einziges Vergnügen und zugleich seine schlimmste Qual. Die Erinnerung an ihr Gesicht war alles, wofür er lebte, aber er mußte es vergessen.

Die Erinnerung war unvollständig. Und in seinem Zustand waren selbst beglückende Gedanken sehr strapazierend.

Er führte das kleine Kästchen noch einmal an seine Nase und sog tief den Duft der vertrockneten Blütenblätter ein; dann legte er es wieder in seinen Schoß zurück.

Er schloß die Augen und lehnte sich im Stuhl zurück.

Er würde sich ein anderes Mal ins Reich der Erinnerung begeben.

Wenige Minuten später war er eingeschlafen.

Eine Bemerkung zu Dietrich Bonhoeffer

Mir ist klar, wie schwierig es ist, eine authentische Person in einen fiktiven Roman einzuflechten. Ungenauigkeiten können sich einschleichen, Motive verfälscht werden. Doch als ich Nachforschungen anstellte über die Zeit und über dieses Gebiet Deutschlands (nun Polens), das ehemalige Pommern, wurde mir deutlich, daß Bonhoeffer nicht aus den Ereignissen um das Dortmann-Anwesen herausgelassen werden konnte. Nicht nur befindet sich das *Lebenshaus* ganz in der Nähe des Seminars, der Baron und der junge Pfarrer ähnelten sich auch in ihren geistlichen Ansichten und in ihrem Temperament so stark, daß es mir unmöglich schien, daß sie keine Freunde gewesen sein sollten.

Je tiefer ich mit meinen Nachforschungen in die Geschichte eindrang, desto mehr stellte ich fest, daß sich Bonhoeffer mit seiner starken Persönlichkeit wie von selbst immer mehr in die Geschichte hineindrängte. Ich kam zu der Auffassung und bin mehr denn je davon überzeugt, daß die Geschichte von mutigen und hingebungsvollen Gläubigen in Deutschland nicht erzählt werden kann, ohne daß Dietrich Bonhoeffer eine entscheidende Rolle darin spielt.

Ich wußte nur wenig über ihn, als ich mit diesem Projekt begann. Doch nun empfinde ich Bewunderung und Hochachtung für ihn. Es ist meine feste Überzeugung, daß wir seinem Vorbild viel verdanken, und ich selbst bin verändert worden durch den Geist dieses Bruders, der mit seinem Leben für die Wahrheit eingetreten ist und sie nicht, wie viele andere, verwässert hat. Die Unterhaltungen zwischen Bonhoeffer und Baron von Dortmann sind natürlich frei erfunden, genau wie Bonhoeffers Besuch im *Lebenshaus* – seine Reisen jedoch, die Daten seiner Biographie, Orte, Zitate aus seinen Schriften, die Erscheinungsdaten seiner Bücher, Informationen über die Bekennende Kirche, Reden, Artikel usw. sind, so weit ich das beurteilen kann, authentisch. Wo ich mich grundlegend geirrt habe, entweder im Geist der Sache oder in Tatsachen, entschuldige ich mich hiermit, sowohl bei seinem Gedenken als auch bei seinen Freunden, die heute noch am Leben sind. Durch die Einbeziehung von Dietrich Bonhoeffer in dieses Buch wollte ich ihn ehren und seiner Stellung in der Geschichte der europäischen evangelikalen Bewegung dieses Jahrhunderts Rechnung tragen.

DIE RUSSLAND-SAGA BAND 2

Michael Phillips
Judith Pella

Unruhe der Herzen

Auf der Suche nach Liebe in stürmischen Zeiten

Der Russisch-Türkische Krieg ist zu Ende. Doch damit ist noch kein Friede in Rußland eingekehrt. Die Unruhen im Land werden immer stärker, die politischen Aufrührer immer radikaler. Es kommt zu Bombenattentaten auf den Zaren. Wird die Regierung diese Krise meistern können?
Auch Anna und Katrina durchleben schwere Zeiten. Katrinas große Liebe zu Dmitri scheint nicht erwidert zu werden. In dieser schwierigen Zeit ist Annas Glaube für Katrina ein Rettungsanker, der ihr hilft, nicht zu verzagen. Desgleichen muß sich Annas Glaube an Gott in einer harten Prüfung bewähren, als ihr Vater schwer erkrankt und sie erkennt, daß sich ihr eigener Bruder den Rebellen angeschlossen hat.
Annas Liebe zu Prinz Sergei wird immer tiefer. Doch sind die gesellschaftlichen Unterschiede nicht zu groß? Wird ihre Liebe Bestand haben?

Dieses Buch ist der zweite Band der "RUSSLAND-SAGA" und die Fortsetzung von "Anna und Katrina".

Paperback, ca. 420 Seiten, Bestell-Nr. 15 222

DIE RUSSLAND-SAGA BAND 3

Michael Phillips
Judith Pella

Triumph der Hoffnung

Was hat Bestand im Angesicht von Aufruhr und Gefahr?

Das adelige Haus Fedortschenko hat allen Grund zur Freude: Katrina und Dmitri haben geheiratet. Sergei ist wieder zu Hause - und Katrina erwartet ein Kind.

Doch das Leben ist kein Märchen: Haß, Gewalt und Rachsucht liegen wie eine dunkle Wolke über Rußland. Anna, Katrina und die Menschen, die sie lieben, werden in den Strudel von Ereignissen hineingerissen und müssen hilflos mitansehen, wie alles um sie herum ins Wanken gerät. Unaufhaltsam schwindet die Macht des Zaren, und mit ihr zerfällt auch die Einheit der Familie Fedortschenko. Sogar Annas Liebe zu Prinz Sergei scheint zum Scheitern verurteilt.

Als ein Wahnsinniger versucht, Katrina zu ermorden, kann Anna ihr Leben retten. Doch eine noch viel schwerere Prüfung steht der Prinzessin und dem Bauernmädchen bevor ... bis ihre Familien auf unerwartete Weise gleich zweifach miteinander verbunden werden.

Paperback, 400 Seiten, Bestell-Nr. 15 261